現代文學系列五四

五行經脈命門關（五）

遵本草之性味歸經　法傳統之辨證論治

謝文慶　著

博客思出版社

人體周身經脈之相位區分與臟腑對照

人體周身上下		
正面	背後	兩側
陽明	太陽	少陽

	手			足		
	開	闔	樞	開	闔	樞
陽	太陽	陽明	少陽	太陽	陽明	少陽
	小腸	大腸	三焦	膀胱	胃	膽
陰	太陰	厥陰	少陰	太陰	厥陰	少陰
	肺	心包	心	脾	肝	腎

奇經八脈			
任脈	督脈	衝脈	帶脈
陽蹺脈	陰蹺脈	陽維脈	陰維脈

五行之於五臟與五方位

東為肝木
南為心火
中為脾土
西為肺金
北為腎水

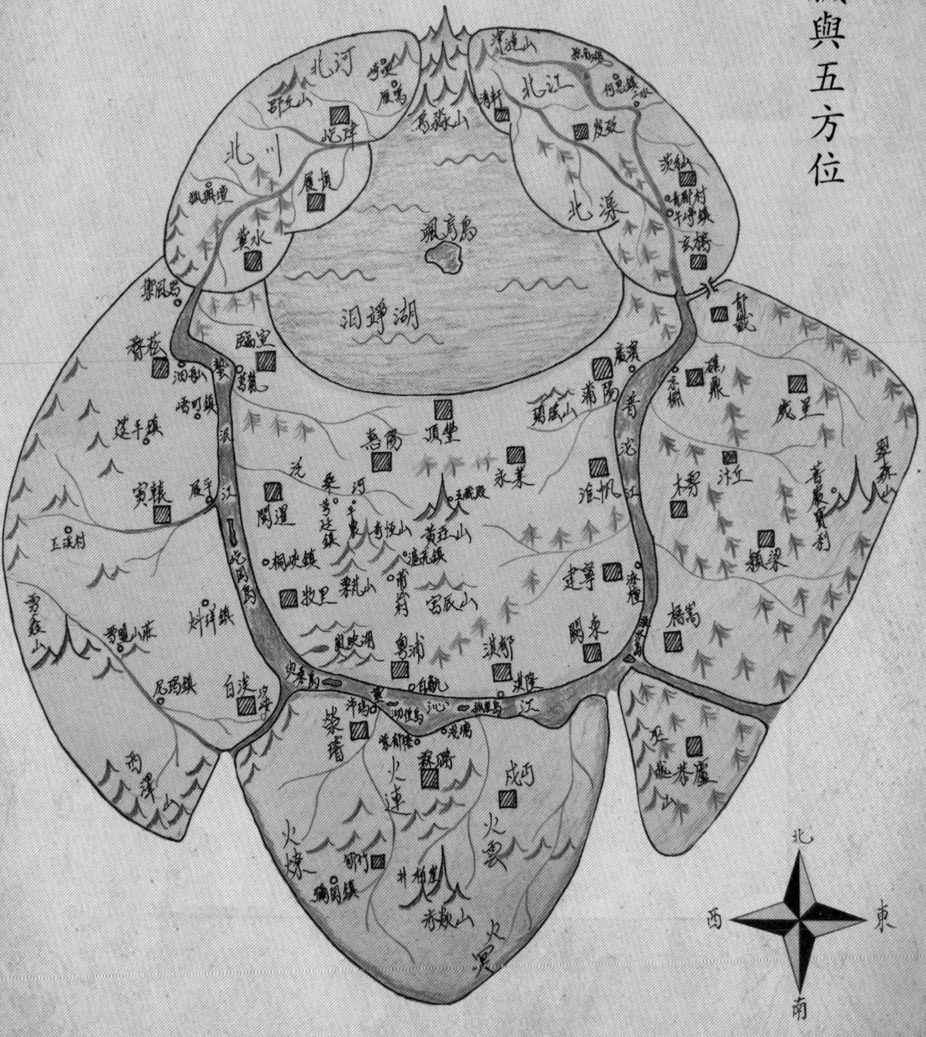

五州地域圖

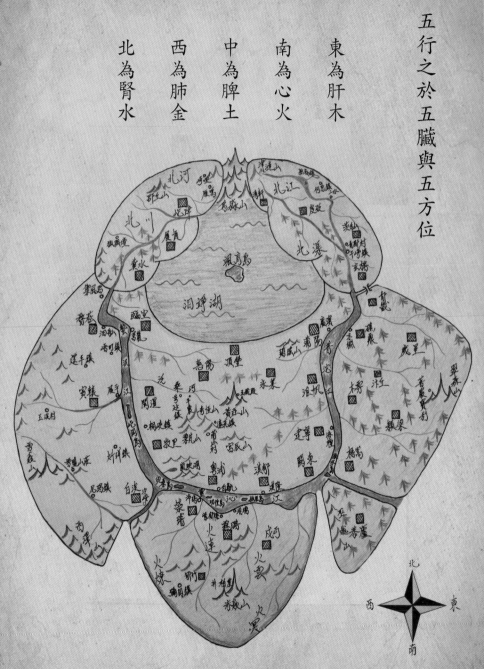

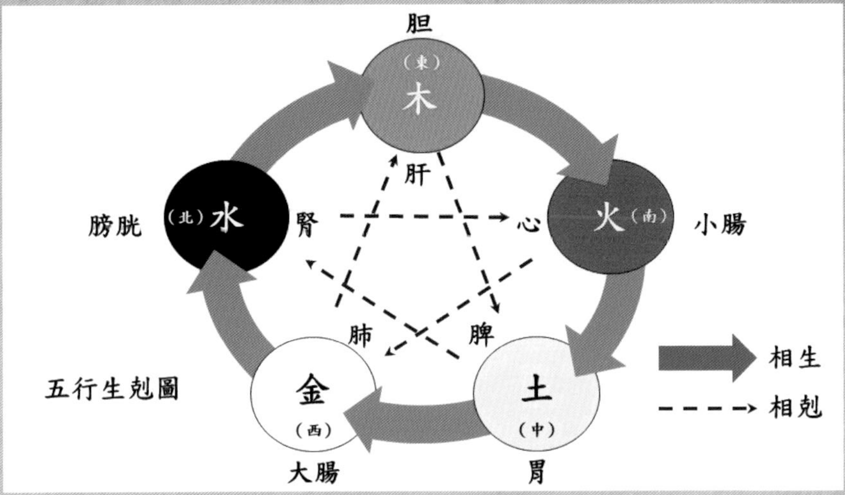
胆
（東）
木
肝
膀胱
（北）水
腎
心
火（南）
小腸
肺
脾
金
（西）
土
（中）
大腸
胃
五行生剋圖
相生
相剋

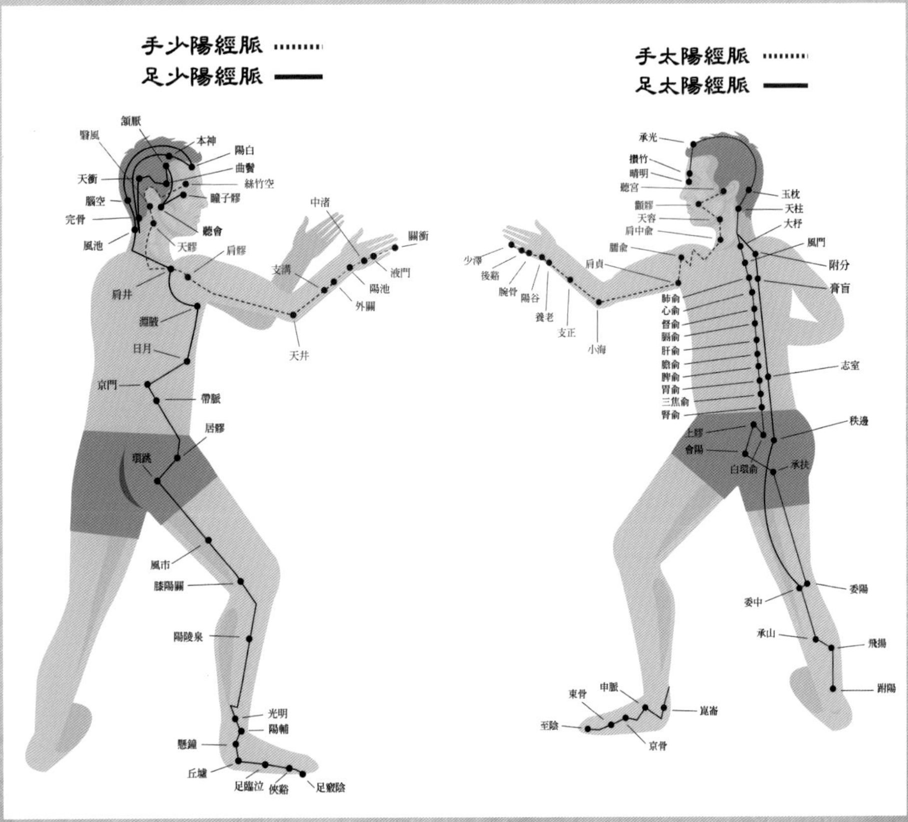
手少陽經脈
足少陽經脈
頷厭
翳風
本神
陽白
曲鬢
絲竹空
天衝
瞳子髎
腦空
完骨
聽會
風池
天髎
肩髎
中渚
關衝
支溝
液門
陽池
外關
肩井
淵腋
天井
日月
京門
帶脈
居髎
環跳
風市
膝陽關
陽陵泉
光明
陽輔
懸鐘
丘墟
足臨泣
俠谿
足竅陰
手太陽經脈
足太陽經脈
承光
攢竹
睛明
聽宮
玉枕
天柱
顴髎
天容
大杼
肩中俞
風門
臑俞
附分
少澤
後谿
腕骨
陽谷
養老
支正
小海
肩貞
膏肓
肺俞
心俞
督俞
膈俞
肝俞
膽俞
脾俞
胃俞
三焦俞
腎俞
志室
秩邊
上髎
會陽
白環俞
承扶
委中
委陽
承山
飛揚
跗陽
申脈
束骨
崑崙
至陰
京骨

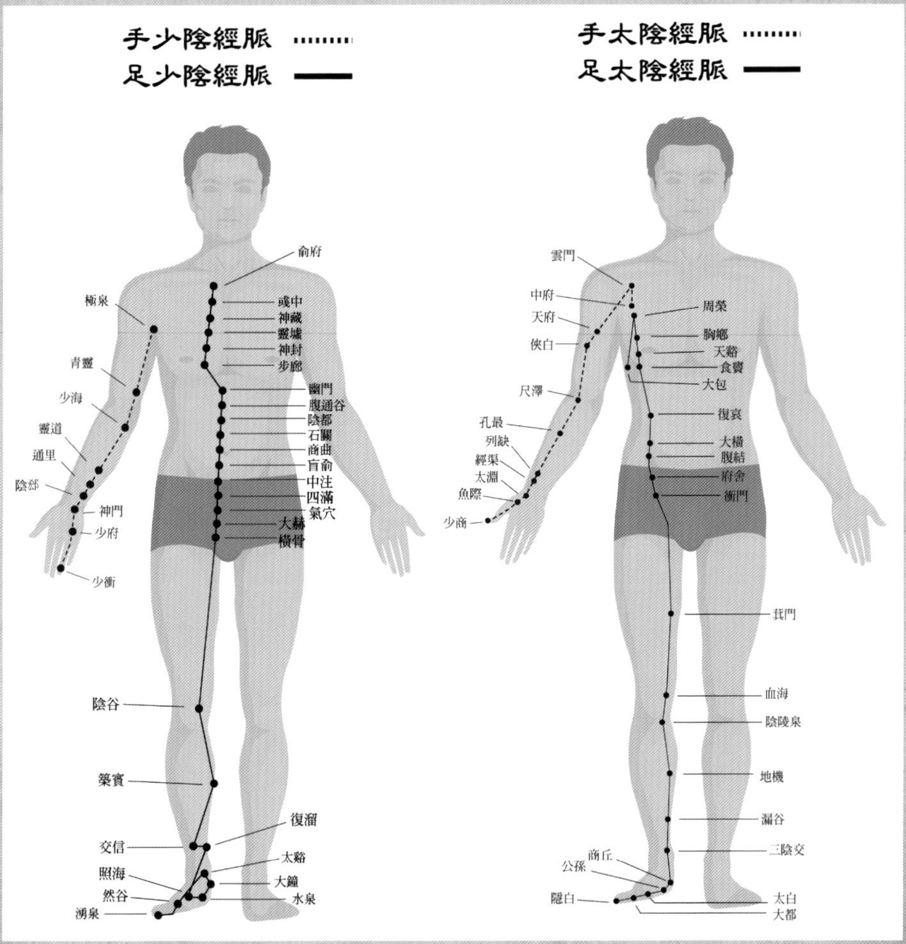

手少陰經脈
足少陰經脈
俞府
彧中
神藏
靈墟
神封
步廊
幽門
腹通谷
陰都
石關
商曲
肓俞
中注
四滿
氣穴
大赫
橫骨
極泉
青靈
少海
靈道
通里
陰郄
神門
少府
少衝
陰谷
築賓
復溜
交信
太谿
照海
大鐘
然谷
水泉
湧泉
手太陰經脈
足太陰經脈
雲門
中府
天府
俠白
尺澤
孔最
列缺
經渠
太淵
魚際
少商
周榮
胸鄉
天谿
食竇
大包
腹哀
大橫
腹結
府舍
衝門
箕門
血海
陰陵泉
地機
漏谷
三陰交
商丘
公孫
隱白
太白
大都

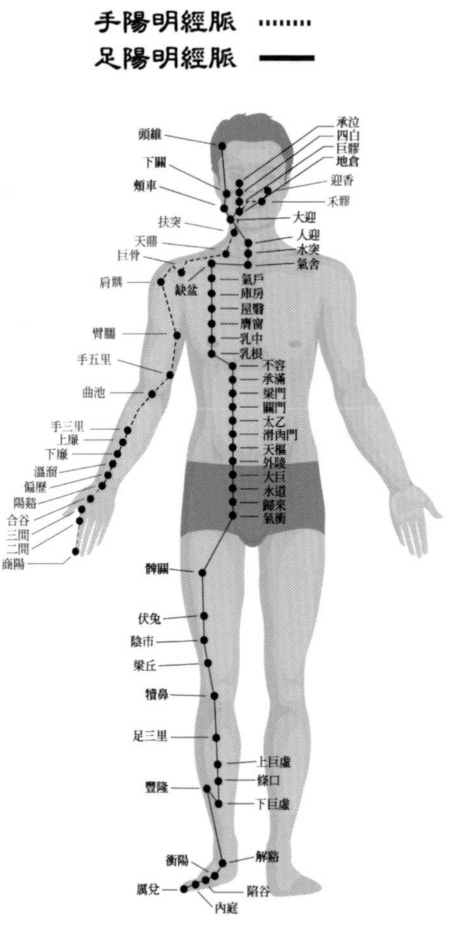
手陽明經脈
足陽明經脈
頭維
下關
頰車
扶突
天鼎
巨骨
肩髃
臂臑
手五里
曲池
手三里
上廉
下廉
溫溜
偏歷
陽谿
合谷
三間
二間
商陽
承泣
四白
巨髎
地倉
迎香
禾髎
大迎
人迎
水突
氣舍
缺盆
氣戶
庫房
屋翳
膺窗
乳中
乳根
不容
承滿
梁門
關門
太乙
滑肉門
天樞
外陵
大巨
水道
歸來
氣衝
髀關
伏兔
陰市
梁丘
犢鼻
足三里
上巨虛
條口
豐隆
下巨虛
衝陽
解谿
厲兌
陷谷
內庭

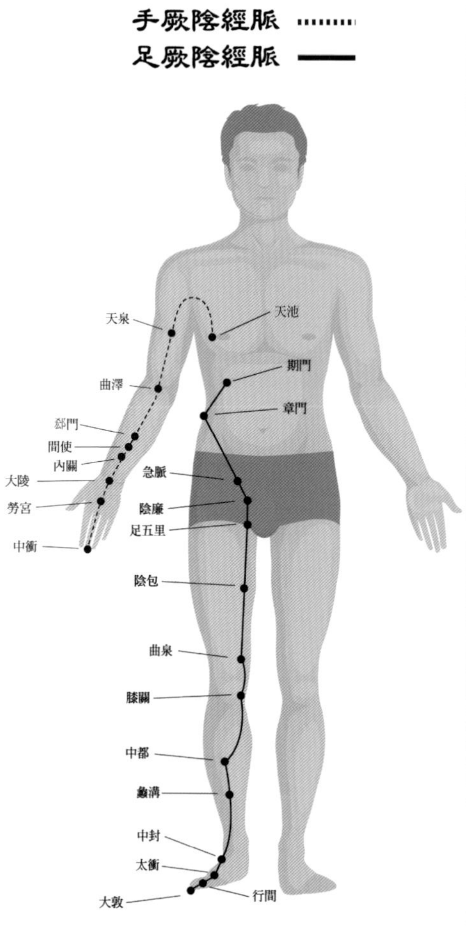
手厥陰經脈
足厥陰經脈
天泉
天池
期門
曲澤
章門
郄門
間使
內關
大陵
勞宮
中衝
急脈
陰廉
足五里
陰包
曲泉
膝關
中都
蠡溝
中封
太衝
大敦
行間

目錄

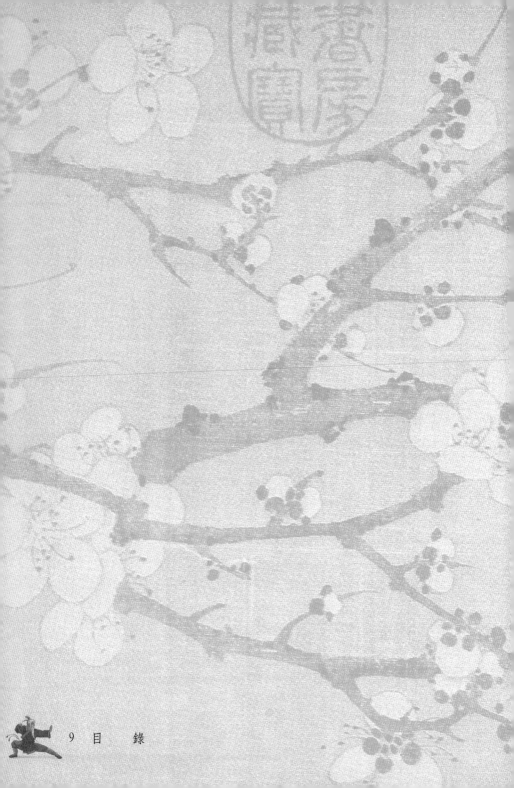

第卅一回　潛圖問鼎

春日遲遲，卉木萋萋。倉庚喈喈，采蘩祁祁。

春令之央點謂春分，春分者，陰陽相半也，故晝夜均而寒暑平。

自翠森峰俯瞰蓊鬱東州，浮翠流丹；望普沱分流兩旁，柳綠花紅。惟見一支流之盡頭，倏轉懸河瀉水，飛流直下，其氣勢可言「虛空落泉千仞直」，其震撼可謂「雷奔入江不暫息」；遠眺白練騰空，一如水簾懸掛。水簾之上，蒙面宵小循洞而下；水簾之下，衛林軍兵嚴謹駐紮。何等地域如此固守？東州青龍洞窟也！

「唰……唰……唰……」一桶桶冰涼泉水接連潑灑受捆俘虜，待二俘虜漸趨清醒，立見其一頻頻甩頭以揮去水珠，另一人則藉其毛孔，自行將水濕吸收，此一現象，霎時引來兩人對話聲響……

「哇……真是奇人啊！早聽聞此人之水濕神功蓋世，而今一見，超乎想像啊！」

「是啊！幾年過去啦！老子連個軍機總管都沾不上邊兒，這傢伙卻已掌權於一身啦！」

「若非此人尚有利用價值，還真想一刀斃了他！」

「噓……別急！別急！咱們還得藉其神功，移轉這六稜晶鎮之能呀！」

清醒後之狼行山，不屑道：「哼！放眼東州能藉迷魂煙霧而擄人者，除了余氏父子，狼某不做第二人想！」又說：「在下不過於墨頂台出了點兒鋒頭，竟讓余兄弟記恨了這麼多年，狼某真是過意不去啊！只是……閣下遭通緝後，竟能安然藏匿於菩巖寶剎，想必是嚴少主一手策劃所成。在下尚且熟悉嚴少主與余副總管之聲音，唯另一人始終蒙面搗嘴，不願露相，不知與狼某可有過節？」

獠宇圻岔話道：「值寶剎殿前交手時，獠某深覺山哥所述蒙面人之眼神，似乎在哪兒見過？見其手上之銀桿利槍，頗具威力，稍有不慎，皮開肉綻，惟其金口不開，以致獠某尚未能猜透，此人何方神聖？」

話才說完，獠宇圻突然發現，嚴翃廣將西蒙秋延刀擱於一不起眼之石縫，遂輕聲對山哥道出：「眼前三人各擁狂刀、長矛、銀槍，致使咱受縛二人之情勢……不甚樂觀啊！」

「哈哈哈，別急！別急！該現身的，時候到了，就會出現。惟此蒙面戰友甫遇喪親之痛，情緒不甚穩定，或許讓他歇著點兒，對爾倆較為有利啊！」余翊先接著又說：「自從家父勘查了瀑布上端，並將當年清森方丈發現之濕濡陡坡，重新鋪設了步下石階，進而直通瀑布旁之青龍洞窟，遂可促成今日衛林軍駐守於洞外，而咱們同聚於洞窟內之機會啊！然而選擇聚於此處，

無非想與狼大人談筆交易！」

「交易？閣下已遭官府追緝，何來籌碼與我狼行山談交易？」

「呵呵，欲談籌碼嘛……有嚴少主在此，何須擔心沒籌碼嘞？」余回應道。

嚴翃廣立對狼話道：「翃廣本藉狼兄弟入宿寶剎，伺機尋出單獨會晤之機，怎料狼兄弟將中州欲追查之懸案，出人意料地公諸於寶剎大殿之前，因而亂了翃廣原有之計劃！其中，閣下更鎖定了翃廣於擔任打撈任務總督期間，有關中、東二州之資金流向？無妨，既然狼兄弟欲知內幕，翃廣就直接了當相告。」

嚴接著道：「薩孤齊將首批資金一分為三，一是支付庳蘇里奧打造探勘船隻之用；二是買通中州內政大臣井上群等文武官之用；其三則用於買通我這監督現場之總督帥！經雙方密會後達成協議，一旦撈到運金船，速將黃金運至一處不見人煙，且歸屬南州之沕徨島，並邀翃廣擔任聯繫南離王之使者。然因昔日翃廣曾與薩孤齊合作，藉以誘使翃寬出兵濮陽城，終達成雙方欲設目標，遂使咱倆之二次合作，一拍即合！」

嚴又說：「藉此不妨告知狼兄弟，薩孤齊確實暗中謀劃，夥同翃廣私吞運金船之黃金，並伺機引誘南離王揮軍北犯！不過，以南離王之實力，根本拿不下中州。薩孤齊謊稱將與南離王裡應外合，惟此舉僅為分散中州軍力，而薩孤齊之真正目的，即是助翃廣登上東州王位，待翃廣揮軍中州，中州同時受敵於東、南二向，疲於禦外之下，薩孤齊即聯合收買之文武官，趁勢篡下中州王位！」

翃廣又道：「中州不論人口數，抑或軍兵數量，皆逾各州數倍之多，倘若沒有能者裡應外合，根本不可能奪取廣大中州。可惜啊！薩孤齊這般有心人，終究不得老天眷顧，竟讓當時機警之代中主給抄了！唉……」

聞訊後之狼行山，隨即追問薩孤齊向東震王追加之龐大資金去向，得翃廣輕鬆回應道：「呵呵，瞧您急得嘞！現任中州之狼軍師，對錢財之重視，亦不下於先前之中州國師啊！」「沒錯！追加之資金，拜東州稅務坊總管房令盅大人之助，實已全數納入翃廣所管控，此乃方才余翊先所提，能與狼大人談交易之籌碼啊！哈哈哈……」

余翊先接話道：「少主，咱們不妨開門見山地說吧！」

視得翃廣頷首之後，余即表明父親余伯廉於離開姚逢琳宅院後，隨即快馬北上，倏與軍機處駐北之乾德戊、歐聿岐二將會合，藉以逆襲自北渠歸來之東震王一行人。待告捷消息傳回後，少主將帶領益東派所掌軍兵，直入歲星城東震殿。值少主掌控一切後，益東派將迫使嚴東主退位，翃廣少主即可順勢繼任王位。」

「呵呵，多麼粗糙之逼宮手法啊！相較之下，薩孤齊之手段，技高一籌啊！」狼行山不屑之後，又道：「好吧，就算爾等計謀能得逞，究竟何等交易必須於此洞窟內談判嘞？這般先綑綁，再談判，極不厚道啊！」

嚴翃廣冷笑表示，知悉狼軍師武藝絕頂，尚未達成共識前，未敢掉以輕心。又說：「此處乃東州青龍岩洞，當初薩孤齊即是為著六稜青晶鎮而來，故冀望藉由狼兄弟所擁之收放神功，將晶鎮能量轉輸於咱們身上。」

「哦……又是為了這玩意兒！」狼又說：「已有諸多例子證實，採此能量，下場悽慘，為何大夥兒仍趨之若鶩？難道諸位不擔心洞窟突然下陷或崩塌，甚而再發生泉水倒灌之慘劇？耳聞摩蘇里奧與前火連教主邢彪，差點兒遭埋南州朱雀洞窟！不過，瞧爾三人不惜一切地將狼某抓來，轉能一事兒似乎已勢在必行！只是……欲談啥交易條件？難道諸位不擔心轉能之間，被我狼行山隱動手腳？」

「哈哈，狼兄弟果然是識實務之人啊！」翊廣接著道：「好，不妨把話說直了，狼兄弟可採一手吸能，一手釋能之方式，逐一輸能予咱們三人，一旦閣下從中使詐，另二人即可即時遏制，何等下場？自行想像。相對的，倘若狼兄弟遵循遊戲規則，翊廣可允諾，必將先前私納之巨金，全交由你狼行山處置。再則，一旦翊廣能登上東州大位，勢將開放東州之醫藥限制，屆時狼總管所掌速效丸劑，即可大方進入東州，如何？」

「呵呵，真沒想到，嚴東主之二公子不僅文武全才，甚連交易談判上，亦是個大氣之能者啊！此刻狼某若選擇不妥協之路，應會是條絕命路！反之，同意嚴少主所述，甚而預設中、東二州未來之合作路徑！嗯……確實值得狼某考慮考慮。」

余翊先霸氣道：「一旦狼兄弟能完成轉能任務，咱倆可就此化敵為友。待嚴少主提攜余某為軍機總管後，連同閣下患難之交獠宇圻，我余翊先同等視為東州上賓，如此光景，即在狼兄弟一念之間！」

然於此刻，獠宇圻突覺左大腿處有著隱約刺痛感，這才發現於大雄寶殿前之衝突，其猛然抽出被殘破扇骨纏住之秋延刀時，扯斷了一小截該扇鐵骨，恰巧刺匿於衣料之間。獠為爭取解繩時間，遂向山哥使了個眼色後，佯裝鎮靜地對嚴翊廣說道……

「欸……過往獠宇圻曾深居東州，一直以為嚴氏兄弟，一文一武，堪稱東震王之左右手；其中飽讀詩書者，嚴二少是也！何以溫文儒雅之二少主，竟能身擁使人逆脈衄血之神功？莫非……尚有高人指點教授？不過，如此怪異神功，應非出自中土武術名門才是。對此，獠某實在百思不得其解？」

「哈哈哈，如此疑問，非僅獠兄弟一人提及！舉凡薩孤齊，南離王，甚至翊廣身旁之余翊先，皆有此疑問才是。」翊廣又說：「趁著狼大人考慮合作之際，不妨讓大夥兒瞭解，未來東州霸主憑著什麼雄霸東州？」

嚴翊廣表示，適值打撈運船期間，發現了艘殘破不堪之古船；待登船視察之後，並未發現任何金銀財寶，令在場打撈團隊極為失望。而後，打撈船欲將該古船拖回交差前夕，隻身留於古船中之翊廣，不經意發現船艙夾縫中繫著一張羊皮，將之展開後，竟呈出密密麻麻之麻略斯文！然而唯芒禪師確曾教授翊廣研習磐龍文，翊廣遂於瀏覽羊皮內文後，當下即知此乃境外神功之練就心法；待薩孤齊對打撈運船之計劃灰心後，翊廣遂獨自留於沏徨島練功。

翊廣又說：「一日，翊廣欲回往中州補充糧食之際，怎料於淇郁城遇上不識翊廣之巡城都衛新兵，更因打撈任務已終止，該兵懷疑翊廣冒充總督身分而伺機行騙，隨後竟遭軍兵無理盤查與刁難，甚欲強行押扣翊廣！適值翊廣反手出擊，忽覺體內一股熱能，瞬自掌中竄出，然為迅速脫離現場，遂連續出手制服六七軍兵，此即南中州傳出不明衄血案之初始。」

狼好奇道：「如此蓋世神功，豈是藉一心法即可練成？難道嚴少主未遇練功中之波折？」狼藉此拖延時間，以應獠宇圻割繩所需。

「呵呵，閣下果真是練家子，一聽即知練就神功，絕非一蹴可幾！」嚴接著表明，此一神功，一如中招者所顯之**熱血妄行**狀態，故名曰〈逆脈衄血掌〉！然此掌功雖可藉多次施用而自我精進，惟於初生狀態，翊廣出掌飄忽不定，遂有多人中掌之後，衄血程度不一，甚而併發**濕熱內盛之證**！後因翊廣內力控制不當，致使內熱逆竄，因而形成熱邪內聚，實熱腹滿，按之劇痛之症。難受當下，就近求助於南離王，遂得王府御醫淳于翕診治，故得其辨證論治述出……

「**黃疸腹滿，小便不利而赤，自汗出，此為表和裡實，當下之，宜大黃硝石湯**」，隨後寫下**大黃**四兩、**黃柏**四兩、**硝石**四兩、**梔子**十五枚，並解釋此方取自承氣湯法理之**大黃**與**硝石**，亦兼具**梔子柏皮湯**（**山梔子**，**黃柏**，**甘草**）之清利濕熱、退黃逐邪之效。患者呈顯自汗出即是裡熱壅盛之表現，因而歸為**熱盛裡實**之**黃疸**！」

狼行山笑道：「呵呵，能用上四兩之**大黃**與**硝石**以瀉下，再合以瀉火除煩之**山梔子**，與清熱解毒之**黃柏**以解症，或可想像，當遇上〈逆脈衄血〉神功之內熱逆竄時，嚴少主肯定熱盛煩躁，劇痛難捱啊！不過，值狼某見那岩子當場擊斃神鬣門芮猢時，想必其所擁之衄血掌功力，應已達爐火純青之境才是。」

「哈哈哈，閣下欲知火侯如何？不妨親自試試。我嚴翊廣蟄伏許久，老天爺終讓翊廣身擁稱霸一方之實力，此說尚且提示了閣下，倘若閣下於傳輸晶鎮能量之際，恣意妄為，其後果可就……」

「呵呵，狼某能想像妄為之後果，絕對不堪設想。」狼又說：「曾見過身手敏捷之芮猢，慘死於〈逆脈衄血〉神功之下。更見著余翊先於殿前施放迷魂煙霧之際，趁隙逆襲沁茗方丈，隨後即見方丈臥地不起。眼下受縛之狼行山若敢不從，恐將更為不堪才是！」

霎時，嚴翊廣震驚道：「什麼？翊先傷了沁茗方丈？方丈可是咱們重要後盾啊！翊廣雖於大殿之前見得方丈呈出退怯之貌，但極可能是即興苦肉之計啊！」

余翊先不改神色地表示，曾於寶剎內監視沁茗方丈之舉動，發現西堂之沁析與後堂之沁梓兩法師，不時藉話語提醒著沁茗方丈，一如「禍兮福之所倚，福兮禍之所伏」等字句。孰料寶剎慶典前夕，又出現了個回鍋之大髯客……荊双兇！余又說：「原本方丈欲將沁葳納入竄奪東州之行列，怎料還俗之荊双兇卻不時於交談話意中，試圖影響沁茗方丈之思路！」

余又道：「然因狼行山哪壺不開提哪壺，突於殿前掀起波瀾，瞬令方丈顏面盡失，隨後荊双兇再於對峙之中，伺機向方丈遊說洗腦。當下翊先早匿於一旁，見方丈心軟地退去身後支持弟子，瞬間即知事態不妙！倘若方丈就此轉向，此舉將令遭通緝而暫匿寶剎之余翊先……何去何從呢？難不成……棄暗投明？而父親余伯廉牽引反動勢力之下場，又將如何呢？且嚴少主有多少不為人知之秘密，是否將因方丈退怯而公諸於世呢？情急之下，翊先只得施以權宜之策以應！」

余再道：「適值混亂之中，倏以豆兒大之加溫火焰石熔了方丈唇舌，並重襲其後顱，使其因創傷而無以登堂受審。再說，狼行山的唐突之舉，著實捅了咱們不小樓子。翊先遂於衝突中，藉迷煙之釋出，順勢將狼兄弟押來青龍洞窟，此舉對咱們而言，或許就是一個轉機啊！」

說著說著，余翊先走到狼行山之前，放軟身段地表示，逃出地牢之聶忞超已有了東山再起之準備。益東派亦得知，眼下不少中州文武官實已默默支持著聶忞超；據聞其中尚包括了狼城主熟悉之……蔓晶仙姑娘！倘若狼兄弟能成全小弟，順利完成傳輸晶能，將來咱倆即可聯手殲滅聶忞超所生之逆勢力，畢竟……中鼎王之下，尚有一令人頭疼的……雷世勛！又說：「沒準兒狼兄弟滅了聶忞超後，或可趁勢取代痼疾纏身之中鼎王，進而成為中州之新主呀！」

聽聞蔓晶仙三字兒的狼行山，究竟是振起了許久未有的精神？還是頓時失去了對局勢之判斷能力？竟於腦海中不斷思索著余翊先所述。然於狼行山同意嚴、余二人所提交易之前，在場始終保持緘默的蒙面客，突然驚訝地放聲叫道：「喂喂喂，瞧瞧，這六稜晶鎮……似乎……浮離了岩石基座啊！」

「怎會發生這情形嘞？欸……透過晶鎮浮離空隙，似乎可見岩石基座……有著若干刻痕？好像是……磐龍文之類的，少主是否能識出其中端倪？」余訝異道。

嚴翃廣隨即上前探查，且為進一步瞭解刻痕形制，大膽地將雙掌伸入浮離空隙之中。然此一伸，可了不得了！竟於咄嗟間感受一股強大能量灌入體內，心裡立想，「原來，能量是無形之陽，手掌乃有形之陰；此晶鎮為維持穩定，遂由陰陽之平衡而自然形成能量傳輸，根本無須倚賴狼行山轉能！換言之，余翊先等，亦可藉此增進能量囉！嗯……不行！余氏父子乃具奪權篡位之心，亦為得寸進尺之輩！其不惜一切地欲登軍機總管一職，為的即是兵權；一旦余翊先得逞，又剷了沁茗這後盾，而後極可能父子聯手架空我嚴翃廣，好讓余氏能取代嚴氏於東州之地位。嗯……唯有獨掌這強大能量，強化吾之蓋世神功，才能牽制這兩條看門狗。畢竟……余伯廉仍掌握不少益東派之勢力，尚具利用價值。好……只好這麼辦了。」

「啊……呃啊……」伸手入了晶鎮空隙之嚴翃廣，突發陣陣慘叫，顯出非常痛苦之貌，此舉霎令余翊先與蒙面客心生畏懼，隨即退移了一大步。適值嚴翃廣於取能當下，驚見余翊先身後不遠處之狼、獠二人，趁隙掙脫了綑於身上之韁繩，立馬向余喊出：「快……那兩俘虜掙脫啦！」

余翊先轉身見狀，蹬躍俄頃，火速衝向狼行山，而率先掙脫束縛之獠宇圻立馬迎上，狼行山則起身對上隨之而來之蒙面客。剎那間，洞窟內成了兩兩對擊之戰場，而城府甚深之嚴翃廣，嘴角緩緩上揚，且於吸取能量之餘，默默觸感著岩石基座上之刻痕。

接著，狼於過招中仔細分析敵對之身形與出手招式，約莫十招之後，狼之出手越來越帶勁兒，值對手一記鉤藤纏腿掃空之際，立馬轉檔旋腰，回敬對手一側踢，直接踢中蒙面客之下頷，使之踉蹌後退。然此同時，出招犀利之獠宇圻頃刻失察，眨眼中了余翊先之〈誘蛾撲火〉招式，致使腹脘挨了一計重拳，霎時深覺中焦忽而一陣灼熱，忽而一陣刺痛，難捱當下，不禁暫退一步，藉以緩和傷勢。

此刻，甫踹開了敵對，及時攙住獠宇圻之狼行山，搖了搖頭，面對蒙面人發聲道：「真沒想到，狼某僅為了向姚逢琳大師賀壽，再次造訪了東州，怎料前後相隔十餘載，場景由過往的普沱江岸，轉移至眼下之青龍洞窟；巧合的是，『人為刀俎，我為魚肉』之戲碼沒變，且劇中之重要角色亦無更換啊！」狼又說：「呵呵，宇圻老弟啊！咱倆當年遭姓余的推入牢房，又差點兒命喪於姓樊的手裡。眼前咱倆再次遭到余兄弟要脅，倒是那姓樊的以下犯上，自知理虧，遂改以真人不露相之姿，蒙面登場哩！」

霎時，獠宇圻恍然大悟，道：「哦……無難乎覺得這蒙面人之眉宇神色，似曾相識，原來……換了把銀亮利刃，替代了昔日七骨銀鏈之蒙面者，即是當年之……樊曳騫！」「呵呵，有道是十年河東，十年河西！回觀十餘來年之差異最甚者，莫過於余翊先自軍機處副總管，變成了軍機處通緝要犯，而阿山哥由當年之囚犯，變成樊曳騫之上司。看來……余、樊二人混得並不怎麼開啊！」

樊曳騫揭下了掩面布巾，一臉橫肉地表示，狼行山藉由攀附雷婕兒以親近雷王府，進而一路飛黃騰達，如此小人手段而得志，令人嗤之以鼻。又說：「昔日江邊之樊曳騫僅是個受託殺手，而今置身洞窟中之樊曳騫，卻要為自己殺出一條路來！哼……一個原屬於樊曳騫的女人，不該讓薄情『狼』所糟蹋！」

聞得逆言之後，狼之神色急轉直下，豹頭環眼地指向樊曳騫，吼道：「爾放肆地攜著婕兒前往了滬芫鎮，是出於婕兒自願？抑或雷夫人搭橋使然？」

樊讖笑回應：「果然！閣下勝任了軍師後，消息倒是挺靈通的！怎料連枕邊人之意向都無以掌握，甚而懷疑起岳母之行徑，看來軍師對身家經營……問題頗大啊！」樊又說：「沒錯！閣下雖是直屬長官，而雷夫人亦是提攜樊某之長輩。惟長輩提醒一句『追求真愛，勇於付出』，試問，此語乃『指桑罵槐』呢？還是硬要說成『搭橋』啊？雷夫人當然希望有人能守護、愛護、照護愛女婕兒，針對此點，夫人似乎對其女婿……頗有微詞！因此，只要狼行山消失於世，樊某將可取而代之；蟄伏多年而得此機會，應是樊某付諸行動之時候了！」

「得了吧！瞧你那副嘴臉！姓樊的，今兒個可是嚴少主直接與狼軍師談交易，最終決定權還在咱們山哥手上，甭高估了自個兒啊！樊曳騫僅是個攪局的配角而已，爾若傷了山哥，何以向嚴少主交代嘞？」獠嗆道。

樊睥睨喊道：「狼行山忸怩作態，像個娘兒們似的，見其刻意拖延談判時間，不過是為了爭取掙脫的時間罷了。方才雙方已擦槍走火，未見世面的鄉巴佬也看得出干戈已起，何以談判？」話出之後，樊自腰際取出了薩孤齊曾交予的小橫笛。

「欸……蔓晶仙的笛子！怎會在你手上？」狼面對著樊曳騫，驚訝話道。

「呵呵，樊某頸上所繫之外顯領巾，實乃出自婕兒之女紅藝品，閣下連問都沒問，反而一眼即識出一藝妓之不起眼小笛，針對如此無良者，倘若婕兒見得以下舉動，應表認同且開心才是！」話後，惟聞「噼咧……」一聲，樊曳騫已將小橫笛折斷於指掌之間。

「樊曳騫，你……」狼咬牙道。

「哈哈哈，原來樊兄弟與那狼大人之間，尚重疊著同一女子；而狼大人又與聶忞超之間，亦存在著另一撫琴女子。我說狼大人啊！您真是個多情種啊！還是學學咱們樊將軍吧……男人是要勇於為愛付出的！閣下若把聶忞超給了了，不僅擄獲了美人心，更為中、東二州除去眼中釘啊！到時候，雷婕兒終歸樊曳騫，而狼兄弟與蔓晶仙雙宿雙飛，多完美之結局啊！哈哈哈……」余譏諷道。

狼行山愣了下後，急轉皺眉，怒斥道：「堂堂中州駙馬都尉，豈容他人亂點鴛鴦譜？樊曳騫以下犯上，甚而鴇合狐綏，楚雨巫雲，罪不勝誅！余大少若欲與狼某談條件，待狼某將樊寇就地正法後，有的是時間，喝啊……」

狼一話完，瞬藉一陣飄忽不定之〈夜狼巡行步〉，殺氣騰騰地衝向樊曳騫。樊立抽銀槍於一霎，及時抵住了對手出掌。一旁余翊先立持起長矛助陣，獠宇圻隨即運起手臂內側之手厥陰經脈、外側之手少陽經脈真氣，雙手各拾起一三稜青晶石，以其拿手之〈金臂螳手〉功夫，直接迎向余翊先，並藉晶石之堅，抵禦敵對之疾槍出擊，剎那見得石刃擦擊，火花四溢。

然而赤手空拳之狼行山，縱然拳腳功夫了得，惟遇敵對之索魂飛槍，銳利無比，稍有不慎，即見布衫衣袖摧解損裂，更見對手招招針對要害，大意不得。當下，狼深覺拳腳功夫難以占得優勢，惟因方才吸收了余翊先潑灑之山泉，致使身上水氣頗為充盛，遂於對峙中隱隱備起了〈隱狼溯水掌〉！

此刻，怒火中燒之狼行山伺機侵入敵對經脈，藉此報復樊曳騫對雷婕兒輕蔑之舉。怎料說時遲那時快，現場突聞「咧……咧……咧……」之鐵鏈聲響傳出，立見樊之銀槍鏑頭連著鐵鏈飛出，且隨銀桿橫掃出擊。霎時，狼以蜻蜓點步，點躍於洞窟岩壁之間，而對手之鏈槍攻勢，破壞力極強，狼每閃過一次鏈槍頭，即見槍頭摧損一處岩壁，立於交手之餘喊道：「閣下銀桿鏈槍之犀利，猶勝昔日之七骨銀鏈，只是……如此毀損岩壁，咱倆或許勝負未分，大夥兒恐因洞窟崩塌而慘遭活埋啦！」

再觀一旁之長矛伶俐攻勢，余翊先接連使上崩、點、穿、劈、圈、挑、撥，招招威猛出擊，一般持刀劍之對手尚難接下這七連攻勢，何況是僅以三稜晶石作擋之獠宇圻？

「唰……唰……唰……呃啊……」果然，獠宇圻於三聲長矛嘯響後，中招三處，雖不致斃命，卻也創痛難捱，不禁急促哀嚎，撫傷蹲坐。余一見敵對無以再戰，立對獠宇圻撂下一句：「呵呵，在吾眼裡，爾也不過是個攪局的配角而已！想跟我鬥，鬥兒都沒有！獠兄弟命中註定是個階下囚，還是認命吧！喝啊……」

余翊先將八尺長矛之矛鋒一轉，蹬躍而上，立見長矛凌空朝著獠宇圻劈下，突然！「鏗……」「唰擦……」一銀亮飛物倏朝余翊先飛來，余因閃躲逆襲而騰空逆轉，咄嗟失衡，自空跌落，而該逆襲飛物則應聲嵌於石縫之中。獠見機不可失，忍痛起身，立朝對手推出拿手之〈連環炙風掌〉，轉眼形成了余、獠兩敗俱傷之局面。

中掌當下之余翊先，忍著**上焦**熱風內竄之苦，撫傷蹲坐於一旁，抬頭一瞧，見著深嵌於石縫間之銀亮異物後才明瞭，原來狼行山藉蜻蜓點步閃躲之際，刻意接近隱置於石縫中之西蒙秋延刀，待取得此堅刃剎那，立見對手之鏈槍鏑頭襲來，狼及時握刀揮砍，惟聞一聲鏗響，秋延刀應聲劈斷銀亮鏑頭後方之接鏈扣環，瞬令該鏑頭失了向兒，怎料直朝余翊先飛去，隨後見其失衡翻落！

狼見對手失去了刃鏑頭，立馬乘勝追擊，卻見敵對以銀桿延伸之鐵鏈，改行鞭擊攻勢，霎時嘯嘯作響。然而，秋延刀在握之狼行山，信心大增，適值對手一次拋鏈攻勢下，及時以秋延刀作擋，倏而速旋刀身，使之捲纏敵對之鐵鏈，待纏死鏈條後，狼立旋轉刀柄，使刀尖朝下，猛然將秋延刀插入地層，致使敵對無以收回鐵鏈，隨後瞬以巡行快步，眨眼來到尚於拉扯銀桿之對手面前。

樊驚覺銀桿難以收回，欲即時蹬躍脫身卻為時已晚，惟見狼行山擊開對手雙臂後屈膝出招，立以〈隱狼溯水掌〉直接轟向敵對**腹部距臍中外開四寸**，為**足太陰經脈與陰維脈交會之大橫穴**，瞬將大量水濕之氣，直灌其中！

此刻，怒氣仍處高張之狼行山，狼向中掌之樊曳騫咬牙唸道……

「是你的，終歸於你；不歸於你而硬取，絕對要付出代價！」「當年狼某有命逃離江邊，眼下就瞧你樊曳騫有無本事兒逃過在下之水濕神掌了！喝啊……」

樊曳騫瞬遭狼行山震向數尺之外，倒臥之後，口鼻隨即溢水而出。接著，狼走向余翊先，余撫著胸口之熱，俄而提起八尺長矛喊道：「狼……狼大人，咱們不是有要事兒要談嗎？此刻，不諳轉能之嚴少主正遭晶鎮魔力吸附，而樊曳騫與獠宇圻亦成傷兵，不如……這趟買賣就由咱倆好好談談，翊先不僅可告知蔓姑娘之下落，甚是聶忞超勾結了哪些中州官員？只要狼兄弟將晶鎮能量……轉予翊先即可！」

狼暫不回應地攙起獠宇圻，瞬讓獠服下一粒痲鎮丹，藉以鎮住傷處之疼痛，並說：「當年我吃了你給的痲鎮丹，逃過了一劫；今天咱倆一樣能齊力殺出重圍的！」獠宇圻接手後隨即服下，孰料狼行山一回頭，欲回應余翊先之剎那，「啊……這是？」

一冷不防身影，倏由右側疾衝而來。狼隨即轉身應對，惟對手出手力道甚大，超乎預料，一陣掌風更令人後退數尺，不禁令其唸道：「看來……又是個絕處逢生的例子囉！甫見嚴少主遭晶鎮空隙吸入，煞是痛苦。怎麼？找到轉解晶能之方法啦？」

「哈哈哈，幸得我嚴某人習過磐龍文，原來這晶鎮下之刻痕，竟是種轉能心法！否則任由逆能攻心，恐暴斃身亡啊！」嚴笑著又說：「呵呵，我說……翊先啊！此回談條件之主角，是我嚴翃廣啊！除非余伯廉已完全掌控了局勢，班師回朝，並漂白爾之過往行徑，否則以你現今身分，能予人何等承諾嘞？倘若再有私自作主之事兒，爾恐怕沒機會著我東州官服，頂我東州官帽啊！」

「是……是……小的該死，小的僅為拖點兒時間，好讓少主能從容處理晶鎮轉能。倒是……見少主一如脫胎換骨，咱們是否不須倚藉狼行山之力啦？」余問道。

翃廣頷首後道出：「狼行山尚具利用價值，畢竟未來中、東二州間之利益，仍得藉中州大軍師穿針引線才成。至於雙方該由誰主導，那就得憑本事兒說話了！」

甫一話完，嚴翃廣開始摩擦手掌，緩緩地與狼行山形成對峙步伐。獠宇圻驚見嚴翃廣雙手泛出罕見之赤色，立覺到，「不妙！嚴翃廣似乎真吸了奇晶異能！相較先前於殿前之出手氣勢，判若二人。不知山哥之溯水神掌能否制得住對手之衄血神功？」

霎時，嚴、狼二人目光一對上，雙雙蹬躍咄嗟，「啪嚓……啪嚓……啪嚓……」二人躍步出招，瞬聞拳掌擊聲連連，惟當下雙方狀況不一，狼行山乃於交手樊曳騫之後，而翃廣卻是蘊足了精神、受惠了晶能，每輒出招，既重且猛，霎令對手吃力以對。不過，見著倒臥一旁，口鼻不斷溢水之樊曳騫，翃廣仍不免畏懼著敵對神功；惟因〈逆脈衄血〉神功尚須實際觸及對手以發威，而〈隱狼溯水〉絕技卻能隔空改變周遭水濕以達陣，忽視不得！

十招之後，瞬見狼之攻勢漸趨收斂，且頻增防禦應對。嚴翃廣則於交手之中，頻感眼眶乾澀，口乾舌燥，深覺敵對已藉燥濕之術，擾亂了自身之津液輸佈，不禁覺到，「好厲害的燥濕神力！所謂**人之五臟，脾主水濕運化，性喜溫燥；肺則主宣發肅降，性喜涼潤**。面對敵手這般燥化之術，恐有損我肺金之虞！嗯……眼下不妨施點兒技巧，伺機擊潰對手！」

甫遭指責之余翊先，見著武藝精湛之翃廣，心有不甘地想著，「好你個嚴翃廣，這些年來若非父親百般佈局，說服沁茗方丈捨薩孤齊以助嚴二少，爾豈有今天？只因老天錯愛，陰錯陽差地施捨爾一絕世神功，又巧合地自取了晶鎮奇能，而我余翊先卻僅能受人擺佈！看來翃廣一旦得勢，勢必重視與狼行山之合作關係，就算我余某人能登上軍機總管之位，應也是個傀儡角色才是。哼……嚴翃廣，切莫小看了余氏，待翊先掌了軍權，隨後登場之戲碼即是父親推翻嚴氏而主政，榮享東震王之銜啦！好……不信我手持長矛利槍，幹不出一番事業來！欸……翃廣似有詭異動作？」

果然，嚴翃廣每一出招，皆朝著洞內某一定點兒瞧一下，三五回後，不禁令狼行山起疑，遂側頸朝該定點兒瞧了一眼，然此一瞧可了不得了，眨眼敵對之掃葉腿已來到踝邊，隨後即見一橫掃再接一側踢，直將狼行山踹向一隅，使其仆臥於地。

余翊先見機不可失，火速持起八尺長矛，倏將鏑頭朝向狼行山，跨步出擊，洪聲吼出：

「殺……」

驚見余翊先突來之舉，大出翃廣意料，立向余發出制止之聲，卻見余之怒眼直瞪狼行山，鷙狠狼戾地疾衝而去。突然！獠宇圻奮力一躍，及時以身撲向狼行山之肩背上，笑著對狼說：

「呵呵，吾已服下痲鎮丹，余這一槍，小弟捱得住的，山哥保重啦！」

「啊……啊……呃啊……」現場旋即傳來一陣慘烈哀嚎之聲。

剎那間，嚴翃廣詫異瞬生，蹬躍一霎，凌空使出〈逆脈衄血〉神功！惟因對手飄忽不定，神功根本難以奏效，遂轉而藉由晶鎮所得能量，欲以掌風力鎮對手，怎料雙臂頓感筋骨漸趨僵硬，且隨交戰持續，狀態愈趨明顯，為不致發生敗陣窘態，斯須翻飛而下，立指著對方喊道：

「何方妖道？竟採邪術襲擊我軍機要臣！」

忽然！一手持法杖之身影，凌空飄下。狼行山見狀後，驚喜交集，顫著雙唇唸道：「大……大……大師兄！真……真的……真的是你？除了鬚毛髮絲翻白外，幾乎沒啥變異啊！果真是……當年嵐映首俠……寒　肆　楓！」

狼發聲之後，青龍洞窟內溫度驟降，幾可見得岩壁表面漸趨凝結冰霜！

「什麼？寒肆楓？」翊廣訝異又道：「日前曾聞父王提及，北坎王表明了當年墜崖之寒肆楓已重生。翊廣本以揑造之說視之，孰料現身眼前之身影，不僅能降周遭之溫而使人毛骨悚然，甚能隔空擊倒我武將並凍鎖他人經脈，這……這到底是人？是鬼？還……還是……死神現身？」

遭不明異物擊中右下腹之余翊先，倚著岩壁而坐，經手撫觸傷口後，始知右下闌尾處正插著一冰錐體，而隨著冰錐融化，創痛才正要啟始。余隨即喊道……

「耳聞寶刹弟子傳論，寒肆楓於北州玄武岩洞內，殺害了莫乃言與一中州要官羅崑，並以風寒妖術重創了前來支援之堅防軍兵！少主得千萬小心，此人連北州莫大少都敢殺，姑且不論其是人？是鬼？但絕對是一摧命妖魔！少主快藉神功，制服這魔頭，免得影響咱們佈局甚久之大計啊！」

當下雙臂尚感麻木之嚴翊廣覺到，「眼前所謂之寒肆楓，內力深不可測！方才其已抓住了吾發功時機，卻能憑藉寒氣，強鎖我經脈氣道，煞是高手！此人無懼北坎王所轄境域，放肆殺了莫乃言，倘若與之強力對衝，恐將百害而無一利。倒是……余翊先想利用我除掉寒肆楓，這如意算盤打得可真快啊！嗯……還是先觀察情勢發展，再隨機應變為妙。」

寂靜片刻後，寒肆楓走到了奄奄一息的樊曳騫身旁，輕觸其於頸部喉結旁之人迎脈；一會兒後，再探其手橈骨莖突處之寸口脈。此舉立引狼行山唸道：「沒料到大師兄也對水濕氾濫者之脈動……有了興趣？」

寒肆楓微微搖頭，以低沉之聲調表示……

人迎一盛，病在少陽。二盛，病在太陽。三盛，病在陽明。四盛已上為格陽。

寸口一盛，病在厥陰。二盛，病在少陰。三盛，病在太陰。四盛已上為關陰。

人迎與寸口俱盛四倍以上為關格，關格之脈贏，不能極於天地之精氣，則死矣。

寒接著又道：「眼前此一額冒絕汗者之脈象，實已近關格，足見狼四弟之水濕神功，相較過往，更威更猛矣！」

話後，寒肆楓一如往常，走到樊曳騫腦後，於其頭頂百會一個手震姿勢後，僅見樊曳騫身顫兩下，雙眼隨即翻白，嗚呼咄嗟，想當然爾，此舉立馬震懾在場，且聞狼、獠二人顫聲唸出「攝……魂……大……法」四字兒；一旁余翊先更是忘了闌尾傷勢，僅見其口唇顫個不停。而後，寒持起三犄法杖，指向了六稜青晶鎮，立見法杖上之透淨水晶直將晶鎮之青光引出。待寒收回法杖，俄頃蹬躍，凌空將透淨水晶所取能量，直朝狼之身上射出，只見一道青光直撲狼胸前之膻中穴，不知不覺中，狼深感體內肌骨筋腱漸趨強壯，經脈通暢無阻。惟因獠宇圻服下麻鎮丹，致使經脈閉鎖而麻木，恐令轉能成效不彰，寒肆楓遂予以作罷。

此刻，識實務之嚴翃廣見得寒肆楓僅藉由法杖，即將晶鎮能量輸予狼行山，亦可眨眼攝人陰魂，指顧之間，單膝下跪，對著寒說道：「嚴翃廣有眼不識泰山，望寒大俠能冰釋前嫌，翃廣願迎合寒大俠之所囑咐！」

翃廣此話一出，立馬遭余翊先斥道：「翃廣乃東震王唯一繼嗣，豈可向妖魔俯首稱臣！再則，父親已備妥逼宮章節，一旦東震王越過沐潤大橋進入東州鄯畿城，父親將與歐聿岐、乾德戉二將，偕同鄯畿城主襄少錡，聯手行刺曹崴總管，以架空其所掌之北防軍兵；待父親親領嚴東主回朝，這蒼翠東州即是嚴少主囊中之物啊！難道……如此良機，嚴少主甘願就此隨『楓』而逝？」

余急忙又道：「此刻少主身擁神功，亦有晶能加持，定能撂倒邪魔歪道。至於狼、獠二庸輩，此生註定受制於翊先；待少主將晶能傳予翊先，咱倆憑著秋延刀與長堅矛，定能拿下大片江山，望少主三思啊！」

狼行山鬆了下肩頸肌骨後，起身話道……

「嗯……晶能確實助吾提升了數年功力，惟嚴少主習武不出十年，根基尚未紮實，藉晶能強提功力有限。甫與少主交手之際，若能避開少主之直接掌攻，狼某尚能抵住對手猛烈出擊，惟自大師兄賜轉晶鎮奇能後，脫胎換骨之狼行山或可獨自擺平洞外之駐防軍兵。換言之，應不致將余兄弟之八尺堅矛擱在眼裡才是。」

狼行山話一說完，隨即運起雙臂內力，一陣高舉舞動之後，洞窟內之山泉水滴旋即集結成球狀，接著雙手一推，惟見蜜瓜大之水團，伴於一聲「唰」響，瞬間擊向余翊先。身負創傷之余中招後，寒肆楓再乘勢揮出法杖，一陣凜寒陣風隨即撲向余翊先，並隨狼所釋水濕，直接侵入余之經脈，正符合了「**風寒濕三氣雜至，合而為痺也！**」

寒收招後，回頭對狼行山冷冷唸道：「狼四弟曾遭余翊先誣陷，怎還相信他？哼……此人架謊鑿空成性，早已不足取用！」接著又對嚴翊廣提醒道：「嚴氏若納余氏父子入閣……養虎為患！」

這時，撫著全身痺痛之余翊先，無助地對著翊廣喊道：「救……我，少主，莫睬……妖魔之說，吾已接獲駐北大將乾德戉之密函，東震王現已遭軟禁於青畿城，咱倆鴻業遠圖……近在咫尺啊！呃啊……救我！」

正當嚴翊廣面露躊躇之貌，寒肆楓緩緩走向六稜晶鎮，對著大夥兒冷笑道出……

「世間多少英雄好漢，甘冒身家性命於刀口上舔血，終為了奪取區域之統領管轄權，而後再自立為王，稱霸一方。待群雄割據確立後，稱臣者再藉串謀與利益誘惑，或是侵略，或是併吞，抑或逼宮，以圖推翻原霸主。試問，反動勢力需有幾分把握，始能推翻前朝呢？」又說：「嚴少主心思細膩，事事順著毛向撫摸，待摸出紋理後，即從中顛覆以得勢；殊不知，毛髮紋理間尚存隱點，一旦隱點漏了餡兒，先前鋪陳勢將功虧一簣！一如我狼四弟僅藉祝壽之行，即可推倒嚴少主之後盾……菩巖寶剎！」

「寒大俠所言甚是，翊廣確實求好心切而未能諸事妥善，駑鈍之至，承蒙提點。」嚴又說：「見得沁茗受薩孤齊之鋪陳，平步青雲，進而掌下菩巖寶剎。翊廣乃嚴氏後嗣，故得余氏父子一路殷勤謀劃，甚而將見水到渠成。蓋五州梟雄皆身擁神功以統轄州域，翊廣遂決定強化自身武藝，以應未來。待余伯廉逐一串連朝臣，一旦老天眷顧，賜予良機，翃廣即可同余氏父子裡應外合，順理成章地繼任為東震王！」

「老天眷顧？哈哈哈……多可笑之思維！」寒肆楓面顯不屑地譏笑道：「天地間有多少人幼稚地等著老天眷顧？而今寒某重回世間，一切所為，皆由自身主宰，卻對蒼生頻藉爭鬥，自立為王之俗事，毫無興趣；惟僅『強大自我』之目的，與凡人相合。然而，性喜爭權奪利者，難免殺戮；再合以世人或傷、或病，以致三陽不固而虛弱，然此虛弱之體，正是寒某狩獵之目標！一如方才所見樊曳騫之陽脫剎那，正是吾充實內力之來源。」

狼行山聽聞後，心想，「還好，大師兄對『自立為王』之俗事，毫無興趣，否則其若執意重組勢力以對決中鼎王，那我這雷王府駙馬都衛不就尷尬啦！」

嚴翃廣則想到，「眼前能攝魂之強敵，高深莫測，眼下自擁之實力，應非其對手。不過，瞧他不以權位為目的，倒是件好事兒。所謂好漢不吃眼前虧，不如先順著趨勢走，一旦余伯廉偕北渠葉縣令順利除去曹總管與衛蟄沖，父王定會順應余伯廉之意，推舉翃廣接任王位，待吾擁有了東州衛林軍，寒肆楓何以能動我？倒是余翊先這角色就尷尬啦！倘若捨棄了余翊先，余伯廉還能順吾乎？」

余翊先心想，「不妙！少主若不能即刻遏制寒肆楓，原擬之計畫恐將生變！若非嚴翃廣握有龐大資金，我余氏早將他撂倒。不過，眼前能否離開這兒？仍得倚仗翃廣之力才成，除非……吾之長矛能刺穿寒肆楓，搶下那能轉能的三犄法杖！」

獠宇圻亦想，「眼前陰陽怪氣之寒肆楓，似乎有著十足把握能掌控這洞內一切。究竟此人為著啥目的而來？不過，見其及時出手救了山哥與我，至少已扭轉了原有的頹勢。嗯……這寒肆楓應會護著山哥，我得加倍小心余翊先突發之舉才是。」

一陣靜思之後，嚴翊廣刻意走向西蒙秋延刀，隨即將之拔出地面。余翊先見狀，轉悲為喜，忍痛喊道：「對！就這麼做，少主有了這口寶刀，定能殺出洞外，再令岩洞駐軍入內，圍剿這幫妖魔匪徒，令其插翅難飛！」

寒肆楓笑道：「呵呵，嚴少主是個聰明人，欲走出這青龍洞窟應不成問題。惟此時此刻，洞外駐軍欲拘捕者，應是余氏家族才是！」

「楓哥，您這話的意思是？」狼疑問道。

寒肆楓隨手將法杖橫置，盤腿而坐，低沉地將所聞所見，娓娓述出……

「余伯廉因熟識林務坊總管陸洺煊，遂發函邀其前往青畿城共商大計。話說白了即是遊說正東派之陸洺煊，極力拉攏各正東派大老，適值嚴東主一行人回往青畿城時，即可齊力推倒嚴氏執政。孰料，陸洺煊喬裝成余氏所派之密使，漏夜循水路前往北州玄榕城，待其見過玄榕城主蓋沅喨後，始知北渠葉縣令刻意助嚴東主搜尋其母舅弟兄之舊墳，為的即是轉移嚴震洲之關注點，致使余伯廉有充裕時間為計畫而佈局。然蓋沅喨本是葉啟程之妻舅，亦與益東派唐文沖總管往來密切，遂與余伯廉一拍即合。陸洺煊得知大事不妙，趁隙來到蓋沅喨為嚴東主安排之京陽客棧，並將余伯廉之大計，全盤托出。」

狼行山驚訝表示，嚴東主一行人不僅遭北州在地的蓋沅喨盯上，甚於沐潤橋竣工之日，亦有東州之青畿城主襄少錡引領入甕，相信嚴東主於得知消息後，寢食難安才是。

一旁緊握堅矛之余翊先，趁著寒描述之際，不斷對嚴翃廣使出眼色，似乎表達著余氏即將掌控東州局勢，應即時將狼行山一干人滅了才是。

寒肆楓接續表明了沐潤大橋竣工當日，葉縣令與蓋城主雙雙現身於大橋竣工大典。值大典之後，二人依照原訂程序，陪同嚴東主一行人徒步前往大橋中點，立由襄少錡親迎嚴東主回往青鑯城。然於嚴東主走完大橋後，立見東州軍機首長與東震王府二馬車，已於橋之一端靜候。當下，曹崴總管破例強邀襄城主登上軍機總管馬車，以作為前導指揮。孰料當車隊接近青鑯北城門前，兩旁樹林突現數十燃火飛箭射出，巧合地全數落於前導大輦上，隨後該馬車立遭熊火吞沒！半晌之後，驚聞一陣哀嚎聲發自火矢射出之林中，這才知曉，嚴東主於離開大橋剎那，貼身護衛衛螯沖隨即脫隊，而曹崴總管則於上車後，立將隱隱監視嚴東主之襄少錡擊昏，並迅速由車尾離開，隨後與衛螯沖聯手，暗中循著發箭處，瞬將林中放矢者一一殲滅。

寒又說：「發箭前鋒遭滅後，忽見一群軍騎隊伍狂奔而來，霎時揚起一陣黃土飛沙，仔細一瞧，此乃余伯廉偕歐聿岐、乾德戊二將，齊領五百軍兵前來。待其作勢撲滅火勢後，東震王隨即持劍出車，余伯廉心知曹崴總管已遇害，立馬面著嚴震洲裝腔作勢，直至發現燒死於馬車內僅襄少錡後，面色急轉鐵青。接著，見著陸洺煊自嚴東主馬車走出，再見曹崴與衛螯沖自林中歸隊後，東震王當場拆穿余伯廉之詭計。」

嚴翃廣聞訊至此，一陣驚惶急湧而上，隨後頻頻搖頭，並朝著余翊先方向望去。

寒接續道：「余伯廉之陰謀雖遭拆穿，惟事發當下仍掌握著重金收買之二武將與五百軍兵，藉以作為倚仗之籌碼。余伯廉自知騎虎難下，東震王又豈能向叛逆臣子俯首稱臣，雙方遂生首波衝突。值得一提的是，曾遭薩孤齊重創之曹歲，與徹夜難眠而肝疾復發之東震王，一時難抵余伯廉領兵圍攻，以致頻頻護主之曹歲不慎掛彩，情急之下，遂由手持方天戟之衛蟄沖，一人力抗揮使質重兵刃之歐聿岐與乾德戉。雖說衛蟄沖威猛善戰，欲擊退眼前二叛將，綽綽有餘，卻因余伯廉領兵上前，終被迫退移以應。後於陸洺煊提出權宜建議，嚴東主一干人遂朝沐潤橋退去。」

嚴翃廣想著，「父王定是聽了陸洺煊之舉報而肝鬱上火，否則以其功力，余伯廉絕非其對手。」接著，翃廣立對寒肆楓呼道：「父王退往沐潤橋後，如何？」

余翊先強忍全身痺痛，岔話喊道：「父親刻意安排葉縣令與蓋沅嘵留守沐潤橋上，藉以令嚴東主一干人無後路可退。陸洺煊此一建議，無疑是讓嚴東主走上了絕路！」

「沒錯！東震王這回頭一撤，霎令遠處觀戰之寒某直覺是步險棋。果然，退回沐潤大橋之嚴東主，不僅見橋之中點處已列著若干衛兵，更見葉啟丞與蓋沅嘵手持兵刃以候。然而葉、蓋二人本僅扮演抬轎角色，儘量不讓嚴東主於北州遇難而衍生事端，怎奈余伯廉未能於青畿城前達陣，想當然爾，緊逼而來之余伯廉，勢將沐潤橋推成第二波衝突之交戰場地！」寒描述道。

「如此前後夾擊之勢，任憑東震王武藝再高，依舊難抵猴群圍攻啊！看來，余伯廉之陰謀得逞，近在咫尺啊！」狼說道。

寒肆楓依然面顯冷酷，接續表示，正當東震王一路退向橋中，突然對同夥兒喊道：「往橋下跳！或可藉由江水，逃過一劫！」孰料千鈞一髮，驚聞一陣鏗鏘擊響，隱約由橋之北端傳來！然而隨著鎗鎗啾唧逼近，葉啟丞與蓋沅嘵被迫轉向，倏朝橋北回攻而去，這才知曉，此刻由玄榕城一路衝來沐潤橋之隊伍，正是由北坎王親自領軍，並以隨身護衛關薦擔任先鋒，火速殺向沐潤橋。東震王見堅防援軍到來，士氣大振，倏地朝北推進，乘勢逼退葉、蓋二人陣勢；再因葉、蓋二人武藝不精，終不敵關薦之戕戎劍出擊，隨後雙雙棄劍，以求保命。待葉、蓋二人就擒後，鐵漢個性之嚴震洲，因嚥不下遭余伯廉追殺這口氣，當下決定折返，要顯出一副不攻回青畿城，絕不罷休之氣勢！

獠宇圻突然疑問道：「何來原因，使北坎王於沐潤橋竣工之日，領兵前來拘捕葉、蓋二人？」

寒隨即描述了北坎王於沐潤橋上之所言。原來，北渠縣乃北州重要藥材產地，自北州醫藥總管莫乃言殞命後，惲軍師遂徹查北州所有醫藥材之來往，才發現，葉啟丞提供劣質之**生地黃**、**熟地黃**等藥材予余伯廉，藉以充當貴重藥材，並於東州牟取暴利，而余氏則將回扣交予葉啟丞。然而余伯廉於穎梁城外，尚擁東州最大飼鹿場，其以出產峻補元陽之**鹿茸**，私下透過葉啟丞轉售北州高官顯貴。惟因莫乃言留下了葉啟丞之賄賂記錄，遂使余、葉二人逃漏稅務、互利共生之關係曝光。

寒再道：「余伯廉曾透過唐文沖總管，贈予蓋沅喨重建官邸之各類昂貴木材，以期北渠能一改過去單一水路之運輸方式，而以玄榕城作為北、東二州之陸路連通大城，而後再由唐文沖代表益東派，力諫嚴東主增建連通二城之大橋。然而北州機察處亦因莫乃行之失蹤，頓時少了查緝高官犯罪之力量，遂使諸多北、東二州交易，形同黑箱作業。為此，惲子熙刻意表明不參與沐潤大橋之竣工大典，實為卸下葉、蓋二人之戒心，怎料北坎王與惲子熙喬裝商賈，入住玄榕城以蒐證，竟不經意探得了余伯廉密謀行刺曹崴總管一事兒！」

寒續表示，北坎王於降服葉啟丞與蓋沅喨之兵馬後，立令關薦將軍押解葉、蓋二人回玄榕城，隨即交予惲軍師處置。然而北坎王為了不讓北、東二州之軍兵迎面對戰，但見曹崴總管已於先前衝突中受了創，遂決定持起水霰冰稜劍，隻身偕同東震王之蒼宇陷空劍，一同殺回青畿城。自此，北、東二王連同曹崴、衛蟄沖等人，並列沐潤橋上，隨後南向跨步，齊朝余伯廉這一頭而去。

狼疑道：「不……不可能吧？東震王欲藉此負傷人伍，對上余伯廉之軍兵？何況還有歐聿岐、乾德戊二員猛將，縱然嚴東主與莫烈持有『陷空』與『冰稜』二神器，惟二老合著都逾出百卅歲了，就算有了驍勇善戰之衛蟄沖助陣，還有誰能頂替曹崴總管嘞？陸洺煊能扛此一角嗎？能打的武將關薦都已回玄榕城了，除非……北州軍機總管符鐵，及時趕來助陣？」

「嗯……四弟猜的沒錯，確實有人及時趕到！」寒肆楓點了頭，冷冷地唸道：「頂替曹崴之威猛衝鋒者，即是惲子熙之子……擎中岳！」

「擎……是……那於麒麟洞窟前，將雷世勛之巨石球震碎的擎中岳！」狼再驚訝道：「嗯……此人手持六尺長棍，確實有著一夫當關，萬夫莫敵之勢。有了擎中岳與衛蟄沖聯手，欲戰余伯廉與歐聿岐、乾德戊二將，綽綽有餘啊！」

此刻，越聽越覺情勢不妙的余翊先，似乎已準備著出人意料之下下策了！

寒肆楓接著表示，果然，接續發生之衝突，非同小可。北坎王之水霰冰稜劍能自劍盒菱孔中，發出大小不一之凝冰飛箭，霎時鎮住了余伯廉之兵馬陣隊。另一頭則見衛蟄沖手持方天戟，迎面對戰歐聿岐之長柄鳳嘴刀；擎中岳則藉其厥陰伏虎棍，對上乾德戊之七尺三板斧。然於單挑對戰下，方天戟變化之速，凸顯鳳嘴刀之駑，不出十招，衝蟄沖即以一反躍橫掃招式，正中劈斷對手之七尺長桿，致使鳳嘴刀鋒整個翻頭，適值歐聿岐失衡前傾，胸腹不偏不倚地對著翻頭刀鋒，直撲而上，眨眼斃命於自個兒大刀下。再觀激戰乾德戊之擎中岳，絲毫不畏三板斧使出劈、砍、剁、摟、截之五連猛招，居中僅倚其脈衝奇能，隨棍出擊，趁著敵對不諳低身攻勢下，以其釋著橙紅光氣之伏虎棍，瞬間擊碎了對手之腿骨，令敵對倒地不起。最終，寶刀未老之嚴震洲以其獨步江湖之陷空旋劍式，硬是將余伯廉手上三尺八之蒼松利劍，旋折成半。至此，余伯廉所謀劃之顛覆大計，即於劍折當下，劃下了句點！而嚴東主為避免打草驚蛇，倏令乾德戊手書密函，假報嚴東主已遭軟禁青畿城之消息。

「呵呵，無怪乎矇在鼓裡之余翊先會表示，已接到乾德戊之密函，告知東震王已遭軟禁於青畿城。呵呵，果真薑是老的辣啊！嚴東主處事之嚴謹，恐非嚴少主能料啊！」狼說道。

「喝啊……」余翊先突然蹬躍咄嗟，使盡吃奶力道，倏將長矛拋向背對之狼行山，隨後即聞「鏗」之一聲巨響，行進間之長矛應聲遭秋延刀攔腰劈斷。此刻，驚見翃廣及時出刀攔阻之余翊先，面露詫異表情，顫著手，指向嚴翃廣。狼行山不待余翊先再發聲，俄而雙掌齊出，直中余翊先正胸之**足太陰腹哀穴**，惟此穴歸於脾、絡於胃，若遭強灌過盛水濕之氣，將使胃腑水逆上湧，津液隨竅而出；更因狼行山力道過猛，瞬將余翊先震向獠宇圻方向。霎時，獠宇圻雙手分持三稜青晶石並將胳臂朝內一拐，直以晶石擊中余翊先雙眼角旁之**足少陽瞳子髎穴**，立見血水自其眼眶滲出。然於余翊先一息尚存之際，寒肆楓立馬起身，僅見其單掌揮出攝魂大法手勢，余翊先旋即雙眼吊白，嗚呼哀哉！

嚴翃廣立馬接話道：「余翊先應是聽聞余伯廉瓦解冰泮，功敗垂成，遂決定放手一搏。不過，縱然余翊先有命離開這兒，東州應已無余氏可容之處才是！」

狼行山則道：「余氏父子，作繭自縛，不足憐憫。惟眼下局勢如何發展？咱們尚難捉摸！」

寒肆楓面無表情地表示，摯中岳已奉惲子熙之命，速偕東震王護衛衛蟄沖，火速前來青龍洞窟坐鎮。嚴震洲則下令陸洺煊即刻接任青畿城主，儘速穩住駐北軍兵，隨後於道別了北坎王，立偕曹崴押解余伯廉與乾德戌二叛角，一路回往崴星城東震大殿。

寒又說：「為了拖延摯中岳前來青龍洞窟，寒某已於余翊先押著狼四弟離開菩巖寶剎後，趁隙收了奄奄一息之沁茗方丈，並藉當日晝時之烈陽直照，與入夜涼風徐徐之條件，分別對寶剎施以竄風大法。寶剎弟子受此或溫、或涼之風邪後，就算出現了個多事兒之藥對王，也難免一陣混亂，屆時諳於醫術之摯中岳應會懷疑寒某出沒，暫往寶剎支援，倘若僅是衛蟄沖前來洞窟，應非抑得住狼四弟與嚴少主之聯手才是！」

「什麼？沁茗方丈已經……」翊廣頓感詫異，心想，「沁茗這顆棋子沒了，余伯廉又前功盡棄，應難逃極刑處置。眼下若不順於寒肆楓，恐將不利於己，不如暫先順著姓寒的，待我功力增進，始有與其談判之籌碼，嗯……就這麼辦了。」

嚴翊廣改口附和道：「也好，一旦沒了沁茗這線索，父王也難查翊廣與方丈間之互利關係；甚可將一切事端，歸咎於方丈之利欲薰心所致！只是……摯中岳是何等人物？竟須寒大俠利用寶剎危難，以拖住其前來青龍洞窟？」

狼行山於寒肆楓回應前，倏將凌允昇、摯中岳、揚銳與龐鳶四人之事蹟，順勢向大夥兒描述了一遍，居中不免詫異於先前傳來摯中岳乃惲子熙後嗣之消息。惟聞狼之所述，立馬引來寒肆楓之關注！

「什麼？身擁經脈武藝者，尚有揚銳與龐鳶二者！」寒肆楓稍顯嚴肅地表示，眼前所練就之至陰神功，須藉極大能量以突破瓶頸。過往於內力重建之際，不巧於何思鎮交手了身擁經脈武藝之凌允昇，無端耗損了大半內力。又說：「適逢去年冬至，巧於北州玄武岩洞前，又遇上了身擁至陽神功之擎中岳，亦耗損了寒某不少內力，以致急需攝魂以充實回復。倘若寒某之陰功能順利突破六重至陰領域，凌允昇等一干人所呈之經脈武藝，將不再成為寒某之阻力。只要我寒肆楓能抑制世間三陽，追隨寒某之諸弟兄，自能無憂統領自掌州域！」

嚴翊廣不禁問道：「若依寒大俠所述，父王應已回東震大殿。眼前情勢對翊廣極為不利，倘若順從寒大俠所云，嚴某何時能無憂地統領州域呢？」

「不急！不急！中土五州已醞釀著戰事爆發，惟戰事發生前，寒某須整合五州晶石之力，藉以突破至陰神功之極限。眼下，北州莫乃行與鄒煬已隨吾差遣；爾倆亦須協助寒某達成五晶鎮之合成，一旦蒼生虛弱萎靡，何人能與爾等為敵？再則，治病療疾，絕對需要狼四弟大量供應速效藥丸兒，屆時誰能不依順四弟嘞？」

狼行山頷首示意後，附和道：「原來失去蹤跡之莫乃行，早已歸順了大師兄，且已為著接掌北州大位而鋪路。嚴少主若能順著我大師兄行事，將來執掌東州王位，指日可待！嚴少主不妨再費些心，精進所擁衄血神功，一旦遇我大師兄整合神功之際，絕不希望那乳臭未乾之三陽傳人來亂事兒，故須藉咱們幾個聯手防抵，甚至適時滅了這幫三陽勢力！」

一旁獠宇圻則道：「甫遇余翊先突襲剎那，幸得寒大俠及時解圍，獠某銘感五內。惟宇圻乃一介莽夫，應無以助寒大俠成就大業才是！」

寒肆楓難得微笑回應：「甫見獠兄弟一雙能耐溫之金臂螳手，甚而以〈連環炙風掌〉回擊對手，煞是一絕！然北州玄武晶鎮、東州青龍晶鎮，現已成寒某囊中之物，唯南州火炎地域，不利於寒某之寒涼體性，故須藉由獠兄弟之特質，於夏至來臨前，隨寒某走趟南州朱雀洞窟，藉以收下那朱雀晶鎮！」此話一出，立見聞訊三人頻頻點頭，瞭解了寒之用意。

嚴翃廣再好奇道：「甫聞寒大俠述及中土五州已醞釀著戰事爆發？此說可有跡象可循？」

寒看著狼行山表示，嚴少主所提之事，端看勝任中州軍師之狼行山，如何掌控拿捏？

見狼行山一臉茫然，寒肆楓直接應道：「去年冬至，傳聞莫乃言斃命於玄武岩洞一事兒，雖已得北坎王淡化處之，試圖減少五州無謂動盪。然此事件另一羅難主角……中州肅毒官羅崑，說穿了，此人即是中鼎王之子……雷世勛！」接著，寒肆楓將當日事端之發生前後，精簡地描述了一番。

「什……麼？於洞內出事兒的人，真是雷世勛！」狼驚愕片刻後，又道：「惟因中州上下文武官，並未見聞羅崑之名。本以為是北坎王為了平息家醜，刻意捏造羅崑這人物，唉……這下不妙了！倘若雷夫人知悉愛子已逝，定會興兵北戰！怎奈眼下之中州，正為著防禦南離王恐發北侵之舉，軍機戎總管正調動軍兵南移，一旦雷夫人趁著中鼎王病臥，且值狼某不在瑞辰殿坐鎮，定會出兵北州，勢以討回雷世勛殞命之真相。無怪乎大師兄表出，五州已醞釀著戰事爆發！」

然而聽聞狼行山提及雷嘯天病臥，寒肆楓驟然瞠目，心中不禁湧上一句，「雷王啊雷王，爾也有虛萎不振之時啊！」

待經一陣盤算後，寒回了神，道：「甫吸收了晶鎮能量之狼、嚴二人，應不至遭人為難，唯狼四弟應速速回往惠陽指揮上下，以期延後戰事爆發，否則各晶石岩洞若遭戰亂波及，必定阻礙了吾之整合計畫。一旦寒某能練成喚靈大法，現任五州霸主能奈我何？待吾一一逼退各州老賊，爾倆即可相繼稱霸，執掌各自州域！」

忽然！洞窟外走進兩巡視衛兵，驚呼道：「什……什麼人？擅闖我東州禁地！欸……可不是嚴少主嗎？少主怎會出現在這兒？呃啊……呃啊……」

寒肆楓本不欲多耗費體能以戕殺氣血仍盛之巡兵，但為避免節外生枝，隨即釋出內力以凝冰；現場惟聞「咻……咻……」二聲響，兩支六寸冰針應聲而出，眨眼已雙雙刺入二衛兵之耳前**手太陽聽宮穴**與**足陽明**於頸上之**水突穴**，且於二兵仆臥剎那，寒立以雙掌震開該兵頭盔，搶於二兵斃命前，倏攝二魂入體。然此攝魂戲碼再現，直教在場目擊者無不顫慄以對！當下狼行山更是想著，「多可怕之攝魂大法！吾若倚恃著雷嘯天而與大師兄作對，何等下場？自當心裡有數！」

待寒肆楓擱下兩頭顱後，不急不徐地將兩巡衛之配刀，先後刺入余翊先與樊曳騫身上，再將余翊先被截斷的長矛，與樊曳騫之鏈槍鏑頭，分別插入二巡衛大體後，冷酷話道：「如此鋪陳，或可擾亂嚴東主之斷案方向。趁著外頭駐軍尚未大舉入洞，咱們應儘速離開才是！」

接著，大夥兒見著寒肆楓以三犄法杖，緩緩將六稜青晶鎮移開基座後，納入了寒之預藏皮袋，隨後四人依循原來路徑，悄悄離開了青龍洞窟。惟眼尖之狼行山，值晶鎮移開基座剎那，見著了基座上若干刻紋，不禁想到，「咦……這般刻紋排列？與過往於西州振生藥舖拾獲的拓紋布內容，極為相似。憶得當時摩蘇里奧不惜代價地急取那拓紋。嗯……看來得費點心思研究一下盤龍文了！」

潛圖問鼎之輩於青龍洞窟得了共識，獠宇圻即受寒肆楓療傷後隨之離去，而狼行山則刻意蓄了唇鬚鬢髮，並藉灰泥塵土為掩飾，喬裝成推板車之運工，甚為低調地朝著普沱江岸前進，以期趁隙渡江回往中州。然經數日後，狼輾轉來到了東州木雰城，巧於一呈顯「恆翠坊」三字兒之碩大招牌下，突讓一面相福態之中年男子給叫住，原來此人乃恆翠坊老闆……魯靖！惟聞該酒坊正缺人手將空酒罈運至裕登埠頭，隨後再過江交易另一批醇酒回來。然此乘船回中州之大好機會，正符合狼之所意，當下立點頭加入了該酒坊臨時運工之列。

「一罈、兩罈、三罈……嗯……這些空酒罈散發之剩餘酒氣，煞是香醇！若是回到了中州，我堂堂中州軍師爺，要喝多少有多少，更不乏美女為我斟酒哩！唉……惟嘆時不我與，眼下避免他人認出身分，只得這麼低聲下氣地將一罈罈搬上車囉！」狼行山無奈唸道。

忽然！一女子自大街上輕盈地走來，見其緩緩提步，跨過門檻，一舉手，一投足，無不吸引著狼行山之目光。待一陣清風拂過，瞬將該女子之長髮撩起，這才清晰見著，「她……是她！她是昔日於濮陽怡紅園拂琴奏樂之蔓晶仙姑娘！」

本欲上前招呼的狼行山，惟因當下之身分、立場不適，立馬止住了舉動，隨後側轉身子，放緩了搬運酒罈之動作。這時，魯靖走了出來，才知道，眼前蔓姑娘是為暫時告別木雰城而來。惟聞二人對話道……

「什麼？蔓姑娘要去菩巖寶剎？蕭寅知悉這般決定嗎？」魯靖問道。

「哦……蕭大哥忙著，沒來得及知會，有勞魯大哥代為轉告。」蔓接著又道：「昨夜收到娘稍來訊息，提及了菩巖寶剎受到怪異風寒與風熱外邪襲擊，眾弟子接連深感不適，或顯出**風寒之脈相浮緊，惡寒發熱，項強疼痛**，或呈現**風熱之洪數脈象，頭脹身熱，咽喉腫痛**。藥對王為著療治寶剎上下，日以繼夜，焚膏繼晷，幸得龐鳶二師兄擎中岳前來相助，二人針藥並進，暫時穩了些情勢。此刻，娘已抵達菩巖寶剎，而晶仙就此前往協助！」

魯靖回應表示，今晨於市集，耳聞菩巖寶剎遭不明外感所肆，卻不知疫情如此嚴重！魯靖搔搔後腦勺，又道：「唉……真是隔行如隔山啊！論做生意嘛，魯某尚稱在行，但一提到所謂**風、暑、濕、燥、寒、火之六淫外邪**，俺就一竅不通啦！僅記得龐姑娘曾提過，外感風寒時，有發汗者，須服以**調和營衛**之解表藥劑，一如**桂枝、白芍、生薑、大棗和甘草**，五味共組之**桂枝湯**；若無發汗者，就得使上發表力道較強，由**麻黃、杏仁、桂枝、甘草**合成之**麻黃湯**，其餘的俺就記不得啦！」

「不難！不難！醫經藥理並不難瞭解。魯大哥已有了兩方劑之常識，明兒個再多識得幾味藥，一回生來兩回熟，配合觀察病患之病徵，慢慢就能因應啦！」蔓接續表示，醫經有關風寒襲表之述，甚為簡明，所謂**太陽經脈主一身之表，風寒外邪入侵後，始成太陽之病**……

太陽之為病，脈浮，頭項強痛而惡寒。

太陽病，發熱、汗出、惡風、脈浮緩者，名為中風（太陽風邪）。

太陽病，或已發熱，或未發熱，必惡寒，體痛，嘔逆，脈陰陽俱緊者，名為傷寒。

太陽病，發熱而渴，不惡寒者，為溫病。若發汗已，身灼熱者，名風溫。

風溫為病，脈陰陽俱浮，自汗出，身重，多睡眠，鼻息必鼾，語言難出。

故遇太陽中風，可施以桂枝湯，祛風解表；見太陽傷寒之惡寒無汗，即可施以麻黃湯，辛溫發汗，宣肺平喘。

蔓又說：「風溫者，春月受風，其氣已溫，發汗後顯現身灼熱，自汗而沉重，可採辛涼透表，清熱解毒之組合，以驅邪外出。一如由金銀花、連翹、荊芥、桔梗、牛蒡子、薄荷、淡豆豉、竹葉、蘆根和甘草，十味所組成之傳世名方……銀翹散，即是一針對溫病初起之表熱證良方。方中藉金銀花、連翹以清熱解毒，辛涼透表，牛蒡子伍上薄荷以疏散風熱，清利咽喉，藉竹葉以清上焦之熱，蘆根清熱生津，荊芥、豆豉疏風透表，桔梗利咽宣肺，終以甘草調和諸藥，十味合用，以達清熱解表之效。」

「呵呵，瞧蔓姑娘尚未見著病患，即能依著醫經藥理述出如此詳盡解說，魯靖不得不佩服再三啊！只是……蔓姑娘這麼前去菩巖寶剎，倘若蕭……寅欲前往中州，蔓姑娘可有配合之計畫？」

「魯大哥，此回晶仙前往菩巖寶剎，僅是偕同我娘協助藥對王與摯少俠，以期寶剎弟兄能早日回歸作息，重振寶剎莊嚴一面，並非前去打仗啊？應該不會待很久才是。待任務告一段落，晶仙自會前往濮陽城，順勢再往蕭大哥籌設的『精忠會』據點會合的。」

雙手正提著兩空罈的狼行山，心裡不斷猜想，「甫聞二人對話中之蕭寅，究竟何方神聖？其不僅讓蔓姑娘主動報備行蹤，更將於狼某管轄之濮陽城與蔓姑娘會合？他是個商賈嗎？不……此人還籌設個什麼精忠會？應是個私人組織才是，但……會是何等組織呢？瞧蔓姑娘這般雀躍，莫非……她已……心有所屬！」

「繃……繃……噹……噹……」突聞兩酒罈落地之破碎聲響傳出，此幕立馬招來魯靖喝道：「喂喂喂，不就讓你搬移這麼幾個空罈子上車，你也能將罈子打破，光是這兩罈，就得砍半爾之雇資啦！快……動作快些，多雇了你這一板車，就是希望能趕得上明天的運船啊！」

「唉呀魯大哥！人家搬運工一天才賺幾文錢，您就別為難他了。要不？待會兒再到街上幫您找幾輛運車來，定能趕上明天裕登埠頭之運船的。」蔓說道。

「闖了禍，還有人為你求情，好吧！算你走運，還不快謝過蔓姑娘！」魯靖喊著。

狼行山低著頭，拱手對著蔓晶仙唸道：「在下一時滑手，感激蔓姑娘為在下求情！」

聞聲剎那，蔓突然正經起來，立馬關注眼前運工之眉宇，心想，「這般咬字聲調甚為熟悉？瞧其雙手，非如一般運工之粗糙結繭；視其手虎口，似乎有著折轉兵器之痕跡，更因特有之濕濡手掌，以致滑脫失手！」當下腦中隱約浮出一過往舊識之身影，「莫非……真是他嗎？他怎會出現在這兒？日前聞得余伯廉叛亂被縛，昨兒個更聞遭通緝之余翊先，恐因擅闖青龍洞窟而斃命。難道……皆與他有關？倘若真是這樣，瞧他這身模樣兒，應是欲佯裝運工，伺機登上運船回中州才是。不過，這亦證明了其已逃出了余氏父子所設棋局才是。」

突然！蔓晶仙於魯靖轉身剎那，雙手觸及剩餘的兩酒罈，隨即施展斥引神功，轉眼將兩酒罈移上板車，並說：「毀損的酒罈可以再製，若傷及了身子就不值了，兄台快上路吧，免得趕不及天黑前抵達裕登埠頭。」

魯靖回身喊道：「是啊！趕緊跟隨停於外頭，烙著『恆翠坊』字號的三運車出發吧！待隨著第一車之弋皫領頭登了船，即可向他領取酬資了。」話一說完，適值狼行山推著板車出恆翠坊，蔓晶仙倏而拿出一小麻袋兒，上前對著該板車運工道：「此麻袋兒內含驅濕散，倘若兄台手汗不受控時，可將其握於掌中，以免因滑手而誤了事兒。」

話畢剎那，二人四目相交，惟此一關切話語，霎時鎮住了狼行山，心裡直唸，「此乃當年於怡紅園邂逅晶仙時，受其所予的同樣東西，她……她果然認出我了！而我該……」

狼露出了欲言又止，隨後於接手麻袋兒剎那，觸握了蔓的指掌，輕聲道出：「蔓……屢受妳提醒、解圍，始能延展我後續之路，我……」待狼欲進一步表明之際，恰巧被魯靖提了袋兒東西給打斷。

魯靖話道：「嗨呀！差點兒忘了，今早齡軒藥坊的胡老闆親自送來了蔓姑娘所訂藥材，裡頭有著什麼**桑葉**、**菊花**、**薄荷**、**杏仁**、**桔梗**、**連翹**、**蘆根**、**甘草**。這些藥材應與蔓姑娘前去菩巖寶剎有關吧？」

「哦……是啊！是啊！」蔓驟然鬆手且拉回了與狼行山之四目相對，道：「對呀！甫提及寶剎尚有受**風熱**困擾之弟子。倘若這**桑葉**配伍**菊花**而為君藥，配上辛涼之**薄荷**為臣藥，二者能共疏**上焦風熱**滯留；再以**杏仁**與**桔梗**之藥對，以助肺提升宣發肅降之效，接以**連翹**清熱解毒，**蘆根**解熱生津，合四藥為佐藥，伍以**桔梗**配上調和之**甘草**為使藥，始達清利咽喉之效。如此君、臣、佐、使四藥所組之傳世名方……**桑菊飲**，即為疏解外感**風熱**之巧妙良方。」

然此時刻，蔓晶仙雖解說著方劑用藥義理，卻不時見著頻頻回眸之板車運工。待望其背影漸隨車隊離去而轉趨模糊後，蔓即帶著些許不捨與祝福，轉身攜上藥袋兒，一躍上馬，隨後告別了魯靖大哥，一聲「駕」響雖喊得即時，惟胸中仍不免懷著眷眷之心，終隨扯韁之舉，馭馬東向菩巖寶剎……徐行而去！

「喀啦……喀啦……」離了伊人而聽著板車輪軸聲響之狼行山，直至視線完全離開了恆翠坊後，眉頭深鎖，牙根緊咬，情緒急轉激動地覺到，「哼……已得美人芳心之蕭寅，卻不知足地在我的地盤兒上暗地籌劃秘密據點！不管蕭寅是啥三頭六臂人物？成立個什麼精忠會？就算翻遍整個濮陽城，我狼行山一定將之全盤揪出！寧可錯殺一百，絕不錯放一個！」「欸……這兒是？」

狼行山隨著酒坊運車隊，穿過了山林，來到了昔日罕井紘押解之囚伍，且同遭樊曳騫追殺之同一地點，不禁感嘆道：「過往截殺囚犯事件已逾十載，怎料離此不遠之普沱江岸，竟已興建了與中州交流之裕登埠頭！」「欸……不妙！遠處似乎見得衛林軍隊靠近！」

「喀噠……喀噠……」忽見一陣容頗大之東州軍機騎隊出現，隨即攔下了酒坊車隊。弋嵊領頭隨即上前表明，此行僅將空酒鐔運往中州，並交易些新酒回東州。待弋嵊呈上恆翠坊之稅務紙據後，二騎兵立馬巡視了車上空鐔，隨後向騎隊長示出了無誤手勢。接著該騎隊長要求弋嵊，暫將運送車隊歇於一旁，其因乃軍機處自歲星城押解重大要犯，欲經眼前沿岸徑道，直抵梧嵩城督審處，一旦罪證確立，隨即施以絞刑。此刻前導騎隊須淨空閒雜人等，以期囚車能迅速抵達梧嵩城。

半晌之後，見東州軍機處曹崴總管親自領隊，其後押解著兩單人囚車與一載著數十囚犯之大車。狼行山好奇地由弋嵊身旁探頭一瞧，驚訝認出，囚禁於首輛囚車內之人物，正是東州潁梁城主……余伯廉！後經弋嵊解說，始知居次之囚車裡，即是駐北將軍……乾德戊！而後一干人即是參與叛變之青畿城兵。

弋嵊接著道：「眼下坐立難安之東州官員，尚有東州稅務總管房令盅、運務總管唐文沖，只因此二人與余氏家族尚有諸多互利共生之生意來往啊！一旦罪證確鑿，恐遭終身監禁！」

狼行山親睹囚車隊伍通過，不禁感慨著十四年前，自個兒曾是同一路徑上，受押前往梧嵩城之死囚，而今不僅親手報復了誣陷仇人余翊先，眼前所見囚車內人物，更是余翊先之父……余伯廉！果真應驗了「多行不義必自斃」一話！

待押解囚犯之車伍遠離後，弋嵊領著自個兒車隊，立朝普沱江岸前進，不久即來到了貨物交易熱絡之新興地……裕登埠頭。這時，弋嵊洪聲吆喝，藉以招攬臨時運工，以期順利將數百空酒罈一一搬上運船。一旁狼行山則於來回搬運過程中，對佇立甲板上之船東，甚感好奇，此人不僅額上呈著一道深深刀疤，煞是眼熟，更見其左胳臂纏著紮帶，甚而透出了血漬，令人直覺應受創不久才是；待空檔時分，趁隙向弋嵊探問，始知該船東名曰……祖飈。此人過往曾於東州開設武館，惟因違反東州私製兵刃律法，遭判前往南疆勞役，而後僅聞其經營運船生意，且常駛於西州江河流域。

聞訊之後，自詡交友廣闊、閱人無數之狼行山，腦中始終浮不出此號人物，但為何此刻對此船東甚具眼熟之感？煞是不解！

翌日，運船抵達中州建寧城外之泳檀埠頭，狼行山從弋嵲手上領得血汗工資後，隨即佯稱介紹一著名古董商為由，力邀船東祖颺前往盛隆客棧。待祖颺隨客棧劉掌櫃來到客房後，始知此局遭該運工給耍了，不悅喊道：「喂，這位兄台，瞧爾一身落魄樣兒，卻提及熟識一古董商，霎令祖某千百個疑問湧上啊！甫抱著姑且相信之心，特地撥冗前來，環顧四周，此處除了你我之外，哪兒來的知名古董商嘞？這玩笑也開大了唄！」

祖颺睥睨之態未去，狼行山立轉身除去鬚髯、洗淨灰臉，並隨手理妥散髮後，隨即向祖颺客氣道：「本人雖不具商賈身分，亦不識在地古董商，卻有著提筆撼動全中州各大部門之能力！只是……為何對閣下有著似曾相識之感？」

祖颺聽聞後，半信半疑，待仔細觀察眼前理容後之搬運工，一陣思索後，驚訝喊道：……「你……你是那……對……就是那弸中彪外之……狼大俠！亦是現今中州軍師……狼行山啊！」訝異之餘又道：「呵呵，無怪乎狼大人記不得在下啦！草民祖颺，十多年前曾與狼大人同處一囚車隊伍，並由當時的罕井紘軍長押解前往東州梧嵩城，而祖颺即是當年隨著狼大人脫逃後，一同過江到中州的六名囚犯之一啊！當時祖颺幸得狼大人贈予的銀兩，遂能於舉目無親、人生地不熟之中州，闖出了點名堂來！」

狼這才恍然大悟，隨後憶得當年見六人拿走銀兩後，四散而逃，還曾對該六人一陣謾罵，怎料其中一額上帶疤之祖颺，至今成了遊走各州之運船東！不過，見著祖颺胳臂上之紮帶，甚而見得滲出鮮血，不禁引來狼的一陣追問。然此一問可了不得了！原來狼行山於私訪東州期間，西州竟發生了重大事故，其中甚而牽扯到中州要官出手干預！此刻，狼雖知事端已造成，卻仍要求祖颺將事件前後，清晰交代，以助其返回軍師崗位前，擬出因應之策。

祖颺於飲了口清酒後，娓娓描述出……

「前些時候，祖颺受富商之託運，前去了西州南部之白涘城。然自西兇王下放該區域協防權力予靡蘇里奧後，此城漸成了西州與西南境外異族之交流據點。白涘城主……駗煌，本是西兇王之人馬，但靡蘇里奧藉由速效與痲鎮藥丸兒之豐厚所得，輾轉成了賄賂駗煌城主與地方衛官之用。反觀一心急於撲滅反叛勢力之西兇王，除了擔心石濬勢力坐大外，更惶恐於一智囊命理師之趁隙出走，根本不察南西州之官商勾結，遂使靡蘇里奧於取得廉價鐵砂後，暗自煉製兵器，並令查坦尤埣秘密集結分散西州之克威斯基人，砥兵礪武，待時而舉，頗有陳師鞠旅之貌。」

狼眉頭一皺，道：「知悉石濬領了西州之反動勢力，倒是……祖兄弟所提之智囊命理師，可是前西主石延英之核心幕僚，人稱『掌紋神算』之權衡先生？」又說：「憶得中鼎王提過，權衡先生曾依掌中紋路，評斷了任職礦場之侯士封將成一方之霸，果真一語成讖！而後侯士封更尊權衡先生為『京圻先覺』！惟侯士封掌權後，權衡先生執意居於幕後，僅擔任侯士封請益之智囊。耳聞此一『京圻先覺』曾數度阻下了西兇王與靡蘇里奧之合作！」

「祖颺身分卑微，所見所聞皆源自於坊間。雖不識狼大人所指之『京圻先覺』，卻曾於白涘城見一懸賞張貼，好奇窺探之下，確實是位已屆遲暮之年的權姓長者！孰料而後一連串驚奇之事兒，竟於南西州接二連三發生！」待理了思緒後，祖颺正經述道……

「一日，查坦尤埣來到白涘城外之汐峻埠頭，出人意料地上了祖颺運船，嚴肅表明了欲包下運船並令祖颺獨自駛往克威斯基國，回程將搭載若干境外族人回往白涘城。話後，查坦將軍立將白花花的銀子擱上。想想，僅是搭載幾個人即可倍收雇資，何樂不為呢？孰料祖颺抵達克威斯基之約定地，竟發現該處已張羅著隆重宗教儀式，一如中土廟宇之神明出巡一般。待見一班奇裝異服者舞出陣式後，氣氛急轉陰沉！隨後見摩蘇教派六名持械護衛居前導引，其後約莫八名壯漢，齊抬一密封之座箱大轎，個個唸著奇怪咒語，齊步登上祖颺之運船。值大轎停妥於船艙後，立轉由六護衛接手，逐一呈出舞劍儀式，怎料船上溫度瞬間驟降，甚而蒙上了陰森詭異氣氛！待儀式結束後，隨即起錨出航。然於航行之間，祖颺不時行經船艙，刻意瞧著那頂密封大轎，卻不見其有任何動靜！當下直覺，或許真是境外異族欲移駕宗教神像，進而前往中土交流，否則何須將大轎四面封死嘞？」

祖颺又說：「待運船回到了汐峻埠頭，查坦將軍再次登上我船，當下續令運船再循著南西州之川江支流，即刻駛向雪鑫山下。憶得當時，祖颺因見船上諸多青面獠牙之輩，未敢違抗，而後再經一段航程後，終來到了目的地……尼瑁鎮。查坦將軍領著大轎隊伍下船後，回身再拿了袋兒銀子予祖颺，要求祖颺待在鎮上，直到原班人馬回到鎮上，再搭運船回往白涘城。」

狼行山來回踱步一陣後表示，的確似於宗教外巡，並移駕神像之行徑。惟一般神像移駕，皆採無密閉座箱之轎，此即所謂的「步輿」，甚而為神明架上遮棚而已，正所謂「天子至於下賤，通乘步輿，方四尺，上施隱膝，以及襻，舉之。」而查坦尤埣竟差上八漢提抬座箱大轎！

啟人疑竇的是，為何採取密封方式？如此一來，根本難以猜測置於轎內者，是人？是神？還是鬼魅？

「呵呵，祖颾亦是摸不著頭緒，惟見此轎無門無窗，並不認為轎內存有生命跡象！」祖颾又道：「當下，祖颾只想著拿人錢財，順利了事兒，不欲多問，以免惹上是非。孰料祖颾於捆上固定船隻之纜繩時，親睹鎮上一人交予查坦將軍兩大密封酒罈後，查坦隨即率隊伍離開。而後祖颾更發現鎮上孩童一聞查坦尤垶之名，甚為驚恐，後經探問，始知交予查坦將軍兩酒罈者，即是尼琩鎮鎮長……巢鄴！」

「呵呵，啥樣的宗教組織出巡，還不忘隨身攜上兩大罈美酒嘞？」狼識笑道。

祖颾搖搖頭表示，當夜祖颾主動拜訪了巢鄴鎮長，這才知曉，此鎮早已被查坦尤垶所掌控！惟因此小鎮，地處偏遠，謀生不易，更別談何等醫療水平。查坦知悉該鎮居民不時受呼吸喘咳等痼疾所擾，遂主動告知鎮上居民，可藉一種擴張呼吸道之丸劑，得以緩解咳喘之症，而交換之條件即是鎮民們身上的……血！

「血？」狼驚愕後，立道：「世上醫者替人治病開藥，大都以金錢為交易，從未聽聞以鮮血作為交換條件！這是個啥樣之吸血教派嘞？」

「對對對，一如狼大人所形容，鎮上孩童皆指查坦尤垶為吸血魔鬼！」

祖颾又說：「鎮上百姓為了替患疾之親人治病，無不主動捋袖滴血，以換取查坦尤垶提供之緩解丸藥兒；倘若鎮民不從，查坦立馬斷絕藥源，遂稱查坦尤垶已間接掌控了尼琩鎮。據巢鄴鎮長親口告知，當祖颾之運船靠岸後，其親手交予查坦尤垶的那兩大酒罈並非甘醇美酒，而是……是盛著鎮民們所提供之鮮血！」

「什麼？兩密封酒罈內裝的是……鮮血！這查坦尤垶葫蘆裡，到底賣著啥藥啊？」狼心生顫慄說道。

祖颺表示，過往曾載過一醫者前往克威斯基國，當時祖颺正罹患著喘咳之症，待該名醫者診察後，對祖颺表明了**脈滑、舌苔白厚、咳嗽痰白、噁心嘔吐、喘而胸痞，此乃痰濁壅肺之症**。辨證之後，立馬拿出了**紫蘇子、萊菔子、白芥子**三味藥，搗碎後以紗布包裹，煎水令祖颺服下，並聞其辨證解釋：脾胃虛弱，以致運化失常，遂使**水穀**不易化為**精微**而反凝為痰；當痰壅而致**氣滯**則生**胸痞**，痰阻肺氣**宣降**則生咳嗽喘急，故可藉由……

紫蘇子止咳平喘，降氣消痰；而藉**萊菔子消食除積，降氣化痰**。

然而，**痰居脇下皮裡膜外者，非白芥子不能除**。

故以此三子，合以降氣豁痰，消積定喘，並告知祖颺，此乃傳世名方……**三子養親湯**之應用！果然，煎服此一良方，喘咳得解，至此之後遂將此三味藥隨船攜帶。

祖颺又說：「回觀尼琩鎮之喘咳病患中，或有與祖颺同類病證者，祖颺隨即傾出船上所攜，以助鎮上病患解症。值得一提的是，祖颺於事後才知曉，昔日曾為吾治癒喘咳之醫者，即是名聞中土，人稱『本草神針』之……牟芥琛！」

狼行山驚訝之餘，心想，「原來，失聯甚久之牟三哥，真去了克威斯基！不過，耳聞岳母大人提及本草神針已回到中土。嗯……有機會的話，不妨向他討教一下磐龍文，或有助於暸解大師兄聚集各州晶鎮之真正目的。」

接著，狼露出疑竇，問道：「祖颺老弟真是哪壺不開提哪壺啊！甫聞爾之描述，無比精彩，怎會突然提及我那久未聯繫之牟三哥嘞？」

「祖颺是個名不見經傳的小人物，於西州境內更是個外人，能得巢鄴鎮長告知那鐔中所盛，已屬不易，倘若不得鎮民相信，何以再探查坦將軍之行徑？就因祖颺分享了牟神醫之診治經驗，並將船上之**紫蘇子、萊菔子、白芥子**，全數贈予需要之鎮民，遂得巢鄴於感激之餘，透露了查坦尤垶於個把月前即以尼琞鎮為據點，並要脅該鎮百姓開拓一條通往雪鑫山腰之捷徑，而查坦尤垶下船後所率領之隊伍，即是循著新拓之山徑而去。」

祖颺接續表示，聞得巢鄴疑惑指出，此一新闢之山路並未完全接上雪鑫山徑，卻聞查坦突令鎮民完結收工，難道……查坦欲將某物藏匿於雪鑫山中？巢鎮長萌生此一念頭，始於那頂封閉大轎之去向？然而對尼琞鎮民而言，雪鑫山猶如鎮守西州之山神，豈能讓境外異族恣意於此深埋不明之物！為此，祖颺決定隨巢鄴鎮長一同循著新闢小徑前去，順勢察探這群境外異族，究竟玩著啥把戲？

祖颺又說：「不久之後，祖颺隨巢鄴來到了先前草率完工之處，檢視周遭之後，發現該處附近二松柏樹幹表皮遭利刃破壞，隱約可見其上刻著符號兒，待諳麻略斯文之巢鄴識出，此二符號一表白色，一為雪花。」

「白色？雪花？」狼行山竭盡腦力地想著，隨後唸道：「西州坐擁終年雪白之雪鑫峰，何以獨留此二符號？」

祖颺微笑指出，發現當下，霎時摸不著頭緒，然此二符號卻難不倒深居當地數十載之巢鄴。

惟見巢鎮長舉起手臂，分別依著破皮樹幹之方向指出，順循此向即可前往白虎洞窟，故刻了個「白」字號為代表；同理可得，另一樹幹所指，即可抵達雪盟山莊，故留下了「雪花」為提示。不過，祖颼納悶後問道：「既然有了兩處目的地，為何不見查坦將軍所領隊伍，留下後續前往之足跡？難道該伍就此憑空消失？」

祖颼續指出，待巢鄴仔細詳查松林後發現，此路雖是山徑盡頭，惟查坦將軍就此兵分二路，兩組人馬改採輕功移位之勢，以飛踏松林枝幹方式前進，藉以掩人耳目，惟不變之目標即是……白虎洞窟與雪盟山莊！

狼行山接著表示，自從石濬率領之反抗勢力竄起於西州各地，西兑王即將大批軍兵移防首府所在之中部區域，而南西州之區域安危則交由雪盟山莊來負責，並聯合摩蘇外族以為協防。耳聞查坦尤垶數度以防禦反叛軍為由，捎信函予雪盟山莊喻莊主，直接表明以武藝切磋作為對戰演練，怎料頻頻吃了閉門羹！難道……查坦尤垶惱羞成怒，直上山莊挑釁？

祖颼回應道：「當下，祖颼與巢鎮長做了決定，一人追蹤一線。惟巢鄴表明熟悉白虎洞窟之周遭，遂依白字號方向查探；而過往出身武行之祖颼，自然朝著以雪纏劍陣聞名之雪盟山莊前進。孰料，祖颼就此一行，竟成了而後一樁重大事件之唯一目擊者！」

祖颼一口乾了杯中清酒後，道：「話說，祖颼循線抵達雪盟山莊，即見山莊眾弟子已齊聚於堂前草坪，且由喻莊主親率靳弘羿、靳芸褘、汪凱、尤轔四大弟子居於正位，立與佇於對位之查坦尤垶團隊，形成列隊比武之對峙狀態。當下，祖颼見喻莊主之舉止稍顯躊躇，恐與部分山莊弟子已調往白虎洞窟協防有關。然而甫於隱處窺探之祖颼猶可覺到，眼前亮著尖刃的不速之客，似乎非僅是登門切磋武藝而已！」

祖颺接續指出，一會兒之後，查坦尤垶令隨行六大高手中之阿呢穌、斴弗律二人，分偕另二人成組，瞬以二組聯手之勢，直言挑戰雪纏四劍陣。四大台柱為首之靳弘羿因耐不住對方挑釁之舉，率先持起昔日靳天章所持之冽霜劍，立領其餘三師弟妹列陣迎戰。霎時，阿呢穌、斴弗律令組員亮出了約莫五尺之桿狀怪異兵器！

「桿狀怪異兵器？何等型制，竟讓祖兄弟稱之怪異？」狼疑道。

祖颺立描繪出該長桿一端稍顯膨大，並有著諸多狼牙尖錐刺，且自棍身延伸出一槍鏑頭，此等兵器之威，除了揮使之破壞力極大外，適值雪纏四劍凌空使出十字交叉索網剎那，手持狼牙尖錐之四漢俄頃蹬躍，一一對準凌空而降之索網，快速纏旋，致使狼牙桿猶如捲棉織線一般。待四段黏索被纏緊後，驚見阿呢穌與斴弗律亮出長柄大刀於一霎，惟聞一陣鏗鏜聲響傳出，該十字索網即應聲斷裂成四段。

狼聞訊後，頻頻搖頭道：「可怕！這幫人果然來者不善！本打著防禦演練之名前來，殊不知，連破解對方十字索網之招式都備上了。由此可見，雪盟山莊勢將面臨一場難以預料之硬仗！」

祖颺接著提到，阿呢穌與斴弗律所率之狼牙絕刀陣，變幻莫測，不時以雙連陣式，抑或分列陣法出擊。見每一陣式之組員出招，無不夾雜著掃、抹、截、挑、搗、拐之攻勢。然雪纏四劍遐邇聞名之〈纏綿繾綣〉劍式，雖有著「霞光棉雲堅柔進，利刃迴旋緩急纏」之絕妙契合，惟遇狼牙錐刺，非柔能抵，非急能摧，雙方各據優勢，不見任一陣營占得上風。值對陣逾廿回合後，驚見汪凱之纏凱劍與尤轔之綣轔劍不敵錐刺之狠擊摧殘，不幸於二劍形變剎那，狠遭阿呢穌與洋弗律聯手揮出長刀絕技，惟見二銀刃閃出一橫一豎之寒光，汪凱與尤轔旋即腹背重創，惟因直中要害，出血不止，二人立馬倒臥血泊之中，嗚呼咄嗟！

「什……麼？汪凱、尤轔成了刀下亡魂！那雪纏四劍不成了雪殘四劍啦！」狼於驚愕後，又道：「查坦尤垾這般侵門踏戶之舉，絕對引來喻莊主雷霆大發，想必為了替汪凱與尤轔報仇，旋即動員雪盟山莊上下，全力圍剿賊寇才是！」

「沒錯！怒火中燒之靳弘羿，倏以洌霜劍火爆回擊；靳芸禕亦持綿芸劍，領著師弟妹圍剿賊寇之狼牙絕刀陣；喻莊主更是抽出名震江湖之繡陵劍，直接對上敵對主帥……查坦尤垾！惟此回查坦所持一短柄雙刃斧鉞，揮劈生風一霎，想當然爾，喻莊主難免一場硬仗。然於喻莊主劍擊斧鉞剎那，雙方就此展開大規模之廝殺，俄頃之間，雪盟山莊隨即陷入了一片錚錚鏦鏦、金鐵皆鳴之暴戾衝突中！」

祖颺續指出，靳弘羿不愧為雪纏四劍之首，其以擅長之橫掃纏劍式，力破狼牙錐刺陣，並藉洌霜劍之縱向速旋，即時使上著名之〈縱劈風車〉，瞬間劈斷了敵對一狼牙棍身，更於靳芸禕協助下，兄妹二人聯手斃了兩狼牙陣手，惟原本隨著靳芸禕聯手出擊之眾師弟妹，竟不敵阿呢穌與洋弗律之雙絕刀聯手！此二寇不僅破解了山莊弟子所組劍陣，甚而就地殘斃該莊弟子！一陣廝殺呼喊後，驚見堂前已呈血海屍山，遭重創之山莊弟子，顱破臟裂，無一倖存。

此刻，喻莊主雖能藉犀利之繡陵劍，分別襲中對手於額邊之**足陽明頭維穴**，與嘴角外側之**地倉穴**，惟對戰經驗老到之查坦將軍，壓根無視敵對這般破相之擊，僅仗著一柄雙刃斧鉞，瞬於斜砍、縱劈、直剁、切截，交叉出擊之際，逮住喻莊主一次閃身旋腰破綻，倏以斧鉞握柄末端之金屬護環，直接重擊對方背部**第廿一脊椎**旁開寸半處之**足太陽白環穴**，此穴位乃臀下神經幹與下身血脈管密佈之處，受襲著不僅後腰痠軟，重創者更有下身癱瘓之虞！果然，驚見遭襲後之喻莊主坐地不起，甚而發出一哀嚎之鳴！

霎時，本欲再聯擊另一對狼牙陣手之靳氏兄妹，驚聞喻莊主遭受重擊，俄而返身，欲飛身上前攙扶莊主，殊不知另兩長柄劈刀，眨眼來到了二人身後，待兄妹二人驚覺不對，雙雙轉身回防之際，惟聞「唰……唰……」兩聲響，兄妹倆不幸腹部中刀，立見血流如注，當下僅能就地按壓傷處以緩出血。

喻莊主驚見一對子女受創，倏以雙肘拖著癱瘓下身，咬牙前進，匍匐挪往靳氏兄妹臥倒處，怎料說時遲那時快，甫於對決中得勢之查坦尤垶，趁隙將手中斧鉞猛然拋出，在場瞬聞「咻……」之一聲響傳出，立見該短柄旋斧劈中標的，直接嵌入喻莊主身背，隨後即見喻湘芹對靳氏兄妹指向當年徐逵逃離山莊之古井，聞其喊出了聲，「快……逃……」之後，雙珠上吊，口溢鮮血，最終於面觸黃土剎那，一命嗚呼！

狼行山聞訊當下，嚥了口水後，道：「雪盟山莊之喻湘芹莊主，與狼某之岳母覃媮燕，曾受武林稱以『西湘芹』與『中媮燕』，並同列中上之疾劍女俠！而今喻莊主不僅死於非命，甚而目睹此生引以為傲之雪盟山莊，竟一夕毀於境外異族，煞是令人不勝欷噓！」

搖頭感嘆之後，狼又問：「雪盟山莊果真遭到查坦尤垶……趕盡殺絕！」

祖飀於回應前，再將酒杯斟滿清酒，並於酌飲潤喉之後，接續描述此事件之後續……

「適值查坦尤埣取回斧鉞之際，一仰首，一迴身，立馬對二狼牙陣手下達『格殺勿論』之令！二手下隨即走向身負重傷之靳氏兄妹，惟見此二寇平肩而立，同步以狼牙桿之尖鏑頭，對準了靳氏兄妹之心窩刺去，現場驚聞一聲『唰……』響發於咄嗟，一陣不明疾風即起，一冷不防之黑影，突自靳氏身後躍出，俄頃見得兩道銀光，左右梭行一回，在場即聞『咖啦……咖啦……』兩聲響，瞬見兩狼牙錐棍應聲落地，而該二持棍賊寇旋即撫著咽頸，不發一語。待二寇欲看清出招者而轉動頸項時，二咽頸立顯出一道細痕，隨後見該細痕漸趨轉赤，接著雙雙頸噴鮮血，直令二寇斃命當場！」

狼訝異道：「何等人物？竟敢隻身逆向這幫牛鬼蛇神？莫非是……活膩了？倒是……僅見出劍抽梭一回，眨眼即可絕斃二命，應非等閒之輩才是！」

「呵呵，祖颺何等榮幸！過往能幸會所謂的嵐映狼四俠，後又遇上本草神針之年三俠。然而此回祖颺親睹雪盟山莊遭境外異族血洗之際，竟能遇上中州神鬣門總督刁刃，千鈞一髮，出劍遏制查坦尤埣之滅門暴行！」

「什……麼？我刁二哥前去了西州！嗯……此舉應是為著某人之安危才是。」狼說道。

「沒錯，刁總督於斃了二寇後，立馬撐起傷重之靳芸褘，並將其摟於懷中，露出了極度悲傷之貌；隨後自腰際取出了丸藥兒，表明內含鎮痛止血之效，立讓靳氏兄妹服下。」

祖颺描述後，狼自豪想著，「呵呵，刁二哥果真用上了狼某所給予之痲鎮丹改良方，否則靳氏恐因失血過多，回天乏術！」

祖颺接著提到，倏收悲痛後之刁刃，橫眉怒目，不僅右持自個兒的三禪戮封劍，左手更拿起了靳芸禕之綿芸劍，緩步走向了查坦尤垶，隨後即是刁總督火拼查坦等三敵寇之戲碼登場。然此時刻，祖颺潛入雪盟山莊後院，覓得了喻莊主出巡之四輪輦車；待該輦車與馬廄之駿驥相結後，趁著堂前衝突持續，俄而將靳氏兄妹移挪上車。當下，祖颺受靳姑娘之託，再度回到堂前草坪，藉以尋回喻莊主所持之繡陵劍時，驚見刁總督以綿芸劍抵禦阿、羋二人之聯手，並以戮封劍對上查坦尤垶之斧鉞。

祖颺又說：「刁總督不愧『天下第一疾劍』之稱號，僅藉綿芸劍之柔滑出擊，即將阿、羋二人之辮髮削去，更於翻轉戮封劍柄剎那，使上獨步武林之〈飛魚躍海〉劍法，俄頃創擊了查坦將軍之左肩臂，甚而挑斷了其手肘內橫紋處之韌腱，瞬間廢了查坦尤垶之左臂！然此同時，強行迎上長柄絕刀之綿芸劍，因經不起二大刀聯擊而漸趨形變扭曲；待刁刃棄了綿芸劍，趁著查坦無力回擊之際，立以戮封劍全力火拼阿呢穌與羋弗律。果然，刁總督技高一籌，於敵對不諳疾緩交錯之攻勢下，立以速劍揮招，眨眼削斷了阿呢穌握刀之二指，並以緩劍出擊，使出〈尖喙刺魚〉劍式，倏而刺穿了羋弗律之掌骨。接著，刁刃假借施展〈橫掃羅盤〉之橫向出擊，蓄意撈起滯留地上之狼牙錐刺，待敵對以為戮封劍再次襲來，殊不知兩錐刺鏑頭已隨揮劍所生風嘯，眨眼來到了胸口！剎那間，阿、羋二人不及迴避，雙雙遭錐刺鏑頭直穿胸膛，立馬顯出眼不瞑目之貌而逐一步上了黃泉！」

查坦尤垶見兩愛將不敵刁刃而殞，強忍左臂創痛，持起斧鉞，做出了防禦之勢，並對刁刃喝道：「摩蘇一族已同西兑王於聯外大會取得共識，我族得協助西州州禦軍鎮壓南西州之反叛勢力。本以為雪盟山莊能效忠西兑王，齊力捍衛南西州之安定，孰料我摩蘇族人發現，喻莊主竟密會反叛勢力之領頭……石濬！為此，查坦尤垶有義務遏止喻莊主之連通叛軍。而今中州神鬣門插手介入，刁總督不僅逾越了權責，甚而殺害了我摩蘇族衛將，如此不智之舉，勢將禍及州域安危！」

刁刃艴然不悅地回道：「欲加之罪何患無辭！查坦將軍恣意妄為，趁雪盟山莊部分弟子調守白虎洞窟而侵門踏戶，甚而藉機血洗雪盟山莊，此舉豈是僅擔任協防之職者所為？再說，先前已得靳氏告知，喻莊主並無邀石濬密商，而是雙方各接獲降服密函而會晤，查坦將軍遂見縫插針，藉此事端而掀波瀾！至此不難推想，虛傳密函一招，極可能出自查坦將軍一手策劃，真正之目的，應是摩蘇族為了剷除南西州之異己組織，進而鎖定白虎岩洞，以作為最終目標才是！如此卑劣手法若無以遏制，放任爾等鯨吞蠶食之行徑，未來極可能再發生於西州京城。然五行中所謂**補土以生金**，屬金之西州遭外邪入侵，土象之中州若無以推助金象之西州禦外，中土五州之亂象即此而生，故由我中州神鬣門出手，應可緩去西兑王腹背受敵之險象才是！」

「呵呵，何時刁二哥也開始藉五行之論而對人說教啦？有了神鬣門刁總督出手，查坦尤垺之滅莊詭計應難以得逞才是。再說，重創靳氏兄妹之阿呢穌與渼弗律，雙雙斃命於戮封劍下，廢了左臂之查坦尤垺，何來籌碼與我刁二哥談判？」狼說道。

祖颺直接對狼指出，查坦當下自知，僅憑單手出擊，絕非刁總督對手，急中生智地對刁刃表明，西州之白虎洞窟勢成摩蘇族之囊中物，而刁總督亦具牽動中州軍防之實力，遂以共享白虎與中州麒麟洞窟之資源，作為雙方談判籌碼，並伺機拉攏刁總督與摩蘇族合作，共謀推翻雷嘯天，能如此，中州即可由神鬣門統領，刁總督若掌握了中州，自然坐擁天下第一，一舉數得。

「哼……還以為查坦尤垺乃一介莽夫，僅藉刀劍兵刃以論勝負之輩，殊不知，此人尚懂得何時威脅？何時利誘啊？」狼又說：「刁二哥堪稱天下第一之劍術，實乃得自江湖人士之認同，豈是區區幾句浮誇之語所能打動？再說，查坦尤垶何德何能？摩蘇族何時由他作決策？三言兩語即可將西州白虎禁區，作為利誘他人之籌碼？」

「狼大人果然瞭解刁總督！」祖颺接著表示，刁總督當下直指查坦將軍謀劃殲滅雪盟山莊，為的即是掠奪白虎岩洞之資源。眼下見得將軍親率諸勇將，狼對該山莊弟子趕盡殺絕之後，卻也落得將軍一人殘存之下場！如何達成掌控白虎岩洞？痴人說夢罷了！接著，刁刃再次持起戮封劍，面顯猙獰之貌喊道：「噬血賊寇，死不足惜！」

刁刃一話完，揮刃即出，查坦立馬單臂迎擊，惟斧鉞之質重，難以招架敵對之疾劍攻勢，遂採受創左臂作擋，右臂即時回擊為應對，雙方一陣戮殺後，終於刁刃一次刺削急轉上撩之連招下，惟聞對手呼出一長聲慘嚎，瞬見犀利之戮封劍已卸下了查坦尤垶整隻左臂！

刁刃乘勝跨步，值轉身回刺對手左胸剎那，一長條白布突然凌空而降，並於纏繞查坦將軍後，將其移離一旁，避去當下危機。待刁刃回穩身子，驚見一持劍身影疾撲而來，交手一陣後，立覺此突現劍客之怪異劍術，絕非中土五州所見；縱然刁總督神劍在握，亦無法藉其人劍合一之絕技，於交戰中占得上風。

「什麼！坐以待斃之查坦尤垶，竟於千鈞一髮逃過劫難！且見及時阻撓者，甚可持劍與我刁二哥抗衡，煞是罕見！」狼一話完，頓了下又道：「難道……會是……他？」這時，狼行山視線對上祖颺，二人異口同聲……摩．蘇．里．奧！

祖颺點頭指出，受了重創之查坦尤垶，撫著傷勢，立馬喊出：「恭迎法王駕臨！」祖颺這才知曉及時阻斷刁總督者之不凡身分。

狼緊接表示，耳聞法王因年老力衰，已於西州聯外大會後淡出了中土，甚於克威斯基之政壇，扶植了其子摩蘇宇列，以為摩蘇族之未來領袖，而後即傳出摩蘇里奧為修養內傷而閉關。

狼又說：「正因好一陣子沒了法王音訊，直令中鼎王以為法王已至『人耄耋，皆得以壽終，恩澤廣及草木昆蟲』之境域了！孰料這老賊竟能重現西州，並揮劍迎向劍術絕頂之刁刃，難道……手持戮封神劍之刁總督，怕了那老頭兒不成？」

祖颮瞪大了眼，嚴肅回道：「刁刃之疾劍揮使，無人能出其右。惟祖颮當下見刁大俠之出招，漸次趨緩，而後改以防禦取代疾攻，再經數招之後，竟見刁總督有了退縮步伐！然此一疑，直至一山野白兔誤闖戰區後，始得解答。」

「怎麼了？兩強揮刃對決，竟須透過一山野白兔以得解？」狼疑問道。

祖颮回應表示，刁刃於閃過對手一劈劍招式時，一突竄之白兔竟於此招式數尺外中招！令人驚愕的是……該白兔於受創後之毛色，漸趨轉灰，續轉為黑色後，終見其口鼻衄出黑血而亡！祖颮當下以此推知，刁刃應早已發覺敵對能使出怪異劍氣，遂採保守以對，怎料見得中招之白兔，竟是這般慘狀！待刁刃再退一步，且與法王呈對峙狀態下，突聞法王陰冷表出，此刻掌中所持之神器，實乃摩蘇家族所祖傳之……摩耶太阿劍！此劍之威，可令受創者之血液，不僅喪失原有功能，色澤更由赤轉黑，終而產生敗血現象，如此蓋世絕技，名曰……烏冥絕脈神功！

「摩耶太阿劍？」狼顯出極度詫異貌，又問：「難道……刁總督會遭此亦陰亦邪之烏血利器所震懾？甚而對法王俯首稱臣？這不太可能吧！」

「狼大人所言甚是，手握三禪戮封劍之刁刃，怎可能輕易言敗！」祖飀接續表出了當下對峙之二人，絲毫嗅不出罷手氛圍。刁刃甚而直指敵對之兵刃，實乃劍中之魔道，絕不能任其流竄中土，否則武林伏屍百萬、烏血千里，在所難免！再觀瞪眼撫鬚，面無血色之摩蘇里奧，僅嘴角露出冷冷一笑，惟見其傾耳注目地鎖定對手神器，霎如赤蛇盯上青蟾之眈眈逐逐。雙方一陣屏息後，突由瞳眸引出二人殺氣，蹬躍咄嗟，立見二人再度凌空對擊！

祖飀續道：「刁刃以薄刃之利，切割對手劍氣；藉厚刃之重，震擊敵對劍脊。一招一式似乎醞釀著某種攻擊氣勢？反觀不疾不徐之法王，接連使出削纏、擦擊、綏點之三輪劍式後，雙唇旋即唸唸有詞。然而放眼雙方凌空交戰，刁總督之攻勢甚為伶俐，見其不斷削切對手兵刃，終遇法王一次退守回步，翻飛著地剎那，立倚高處優勢，以戮封劍使出〈轟天下劈〉急轉〈翼飛上撩〉之連二劍式後，終見刁刃使出獨步江湖之〈疾風刌斷〉絕技！

「呵呵，刁總督此一上下聯擊連帶刌斷之攻勢，無非想要一次了結對手之摩耶太阿劍。憶得過往狼某持劍向刁二哥討教，值其使出〈翼飛上撩〉剎那，惟聞一聲噹響，瞬斷吾之利刃，煞是威猛！法王能撐至刁刃使出〈疾風刌斷〉，想必嚐到了苦頭才是。」

祖飀搖搖頭後，表明了刁總督之劍技，雖無人能出其右，但摩蘇里奧於刁刃使出〈疾風刌斷〉之前夕，眨眼將太阿劍收入劍鞘之中，待戮封劍出招剎那，可想而知，現場並非傳出金屬擊響，而是「喀……喀……」之乾柴鈍擊聲！

祖飀又說：「當下以為，如此喀喀聲響，應來自於觸擊劍鞘使然，孰料隨之一幕卻令人目瞪舌彊！原來，刁大俠於凌空對戰之中，早已遭法王施以邪術，此般邪術可結合摩耶太阿劍於兩刃擦擊瞬間，無聲釋出混黑凝膠，而此膠能藉由咒語，黏附於煉鑄金屬。當時雖見刁總督能招招犀利出擊，唯凝膠漸次敷布戮封劍身，待使上〈疾風刋斷〉剎那，該凝膠已來到劍之雙刃銳緣，遂於最終出招當下，戮封神劍已鋒利不再，無怪乎法王收劍以應並還以睥睨眼神！換言之，刁總督不僅無法取勝對手，甚而賠上了其引以為傲之三禪戮封劍，此般奇恥大辱，瞬令刁大俠仰天長吼，猛甩頸項，以致束髮之抹額遭拋，一頭烏髮霎時飛散亂舞，隨後更聽聞其頻頻喊著：不可能……不可能的……」

「難道太阿劍不受混黑凝膠所黏附？而後，我刁二哥可有能力再戰法王？」狼急問道。

「驚見刁總督之戮封神劍慘遭魔咒封印，即知其已非摩蘇魔頭之對手！祖颺遂俄頃登上甫就緒之四輪大輦，並於疾速奔馳中，一把將處於癡癲狀態之刁大俠拉上馬車，這才發現，摩蘇里奧正剖開查坦尤垮左臂膀之爛肉，並以查坦之鮮血，餵飼著太阿神劍！」

祖颺又說：「如狼大人所問，太阿邪劍應不同一般之鑄劍，故能結合法咒而不受混黑凝膠所附。不過，或許因太阿劍不耐久戰，且須藉由活人鮮血以充能，以致法王未於刁刃狂癲時乘勢弒了他。孰料，適值祖颺駕車離開雪盟山莊之際，不經意回頭探看山莊堂前之剎那，驚見摩蘇里奧正巧振臂張弓，立朝我車發出一箭！霎時，祖颺來不及急轉車身以避之，一既勁且速之飛箭，咻嘯而來，怎料輦車輪輞巧遇一路面坑洞，瞬令馬車突生傾斜彈跳，致使飛箭自刁總督胸前而過，卻紮實地刺入了祖颺左胳臂！然於中箭當下，祖颺以為恐不久人世，甚將敗血而亡，所幸法王並未於箭矢上施咒，遂使祖颺逃過一劫。揶……此即小弟左臂包紮著療布之由來。」

「原來如此啊！」狼頻頻點頭後，隨後搖頭又說：「唉……視劍如命之刁二哥，不幸於雪盟山莊受挫後，勢必影響了神鬣門之威望，甚可推知我狼行山肩負之重擔，將更趨沉重才是！」接著又問道：「祖兄弟離開雪盟山莊後，是否直接循江離開西州？」

祖颸搖了搖頭表示，適值祖颸駕車回往尼琩鎮之半路上，驚見一步履蹣跚者，突然仆倒於路旁，待祖颸強忍肩臂傷勢上前攙扶，始知此人即是尼琩鎮長……巢鄴！最終，祖颸將受創大夥兒全送往尼琩鎮，以就近療養傷勢。

這時，狼不禁岔話道：「傷重昏迷之靳氏兄妹，二者中的是刀傷，祖兄弟是箭傷，巢鎮長是虛勞，而我刁二哥則是情志受創，這尼琩鎮又缺乏醫療資源，諸患者何以得治？」

祖颸表明了當時滿車傷患，情急之下，也僅能求助於尼琩鎮！不過，不幸之中卻有大幸！正值輦車回到鎮上，巧遇一人領著數十好手來到了尼琩鎮。此團隊之領頭，名曰凌泉，其所率之隊伍，乃是以石濬為首的西州反抗勢力之一，之所以藉「大幸」形容，即因該伍之領頭凌泉，熟諳醫術，不僅為靳氏兄妹與祖颸療刀劍之傷，更提供了大量傳統藥草，以供鎮上所需。

祖颸續道：「凌泉見刁總督神智恍惚，沉默寡言，如寒無寒，如熱無熱，時而欲食，時而惡食，故斷其情志不遂，鬱而化火，津液耗傷，以致心肺陰虛內熱，遂以具安心、益智，能療癲邪啼泣之**百合**，配以能清熱涼血，養陰生津之**生地黃**，合二味以成滋陰清熱，養心安神之**百合地黃湯**以治症。數日之後，更於挺著傷勢之靳姑娘細心煎藥下，終緩和了刁總督之精神恍惚、行動異常、陰虛內熱之症！」

祖颸又說：「而後數日，凌泉領著團隊上下，時時關注著鎮上罹患呼吸喘咳之居民，並施以針藥診治後，始取得了鎮民與巢鄴鎮長之信任。一日，巢鎮長將查坦將軍之惡行，告知了凌泉一行人後，順勢道出了先前與祖颺分開追查之後續，霎令在場聞訊者鉗口撟舌，一座皆驚！」

「祖兄弟所指，可是那八壯漢所抬之密封大轎？」狼問道。

祖颺點頭後表示，巢鄴親睹大轎被抬至了白虎洞窟附近，該隊伍立遭留守洞窟之數十雪盟山莊弟子團團包圍。當下惟聞抬轎壯士之領頭波喀靼道出：「眼前率隊登峰之舉，實乃相似於中土之移棺儀式，並藉由雪鑫峰之靈氣以招魂。」雪盟帶頭弟子……束肆，聽聞之後，直指境外異族無知之舉，不容逾越西兑王所設禁域。孰料波喀靼無視束肆驅離之言，依然故我，而後更下令其餘七壯士列陣護轎。束肆見來者不善，甫一手勢示出，雪盟眾弟子俄頃亮劍架陣，雙方首波衝突即起。

這時，祖颺憶起當日於一旁復健之靳弘羿話道：「束肆師弟之武學造詣頗高，常率領雪盟弟兄遏制挑釁山莊之不速訪客，區區幾個抬轎莽夫欲闖關，實屬不易。」此話一出，立馬引來巢鎮長搖頭以對，隨即對眾指出，諸抬轎壯漢，個個身手不凡；束肆所領劍陣不僅無以遏制對方，甚讓這群紋面莽夫逐漸退開該劍陣之圍攻範圍。待雪盟弟子退離大轎一段距離後，突聞波喀靼唸出了，「叩啦嗚哇……沏嘛耶塔……，叩啦嗚哇……沏嘛耶塔……」之不明咒語。半晌之後，驚見先前交予查坦尤垶之兩酒罈，由波喀靼拆封後，立將罈內所盛鮮血，伴隨口中咒語，紛紛灑向大轎之封閉四面，不久後，令人咋舌一幕，震懾了在場所有！

「吡……」惟因突見該轎轎頂於波喀靼完成灑血儀式後，緩緩冒出了雪白煙霧，霎令束肆提醒弟兄們掩住口鼻！待煙霧逐漸向外輻散擴出，隨後即聞「轟……隆……轟……隆……」之巨響傳出，立見沾滿鮮血之密封大轎，應聲朝四面炸開，直至眾人拭目窺究下，始見煙霧中緩緩走出一耄耋長者。波喀鞓旋即率眾雙膝下跪，雙掌觸地，曲腰叩首，並洪聲對其呼喊出蠻夷之語！

事件續發當下，對異族之語稍有研究之束肆，聽出了出轎者乃金蟾法王，隨即對同門弟兄喊道：「眼前紋面毛賊佯稱移棺招魂，原來是為著領袖修練出關而大費周章！」又說：「金蟾法王這般移地出關，噱頭十足，惟此時此地，歸我雪盟山莊所管轄，絕不容他人在此撒野！」

凌泉一干人續聞巢鄴述道：「摩蘇里奧於深吸了口氣後，表明因低溫密封以達瀕死狀態，始能突破至陰神功第四重之修練。而後，法王持起一劍，其下追隨者立馬連聲呼喊『摩耶太阿……摩耶太阿……』之語音。呼聲之後，法王躍步一霎，俄頃亮劍出擊，惟此劍之威，超乎想像！當下，雪盟弟子雖能接擋太阿劍身之觸擊，卻禦不住太阿劍氣之摧殘！所有中招者，皆見創傷處由赤轉黑，不久後即口衄黑血而亡！」

巢鄴又道：「波喀鞓見法王神功展現，立馬率諸手下乘勝追擊，惟此次衝突，雪盟弟子死傷慘重。霎時，束肆大俠依著『擒賊先擒王』之念，轉身獨挑摩蘇里奧！怎料未及三招，束肆持劍之陽掌漸趨發黑，驚愕剎那，瞬遭法王出掌擊中胸口！令人震懾的是，束肆於中招臥地後，身形直轉僵直而後漸趨硬化，終而碎裂成一堆石礫。當下殘存之雪盟弟子見狀，無不驚呼鬼魅現身，隨即四散竄逃。法王於阻下了波喀鞓追殺之舉後，立即下令抽取在場殘存者之鮮血，其目的竟是為了供給摩耶太阿劍之所需！」巢鎮長此言一出，聞者無不鉗口撟舌！

巢鄴接續指出，雪盟弟子失守白虎岩洞後，摩蘇里奧隨即表明將深入洞窟內精鍊至陰內力，並令波喀鞓等人嚴守洞外，以免影響其修練。待法王走出洞外後，因不見查坦將軍率隊前來，遂令波喀鞑持續佔領白虎岩洞，且表明將獨自前往雪盟山莊，以期力助查坦將軍拿下該山莊！事成之後，再集結分散於南西州之摩蘇族戰力，以為後續揮軍攻佔寅轅城做準備。

巢又道：「目擊血洗一幕後，甚而得知外族之北侵預謀，茲事體大，為了免遭此班賊寇發現行蹤，巢鄴當下捨棄前來之馬匹，立採匍匐與疾奔方式，倏由叢林密徑一路趕回，終因體力不支而倒地，所幸遇得了祖兄弟及時搭救！」

祖飈瞭解事件原委後，接著將其前往雪盟山莊探索之經過，對眾詳實描述一番，其中即銜接上巢鄴提及摩蘇里奧前來山莊之後續橋段。

這時，一語不發之刁刃，沮喪地提著戮封劍，轉身退出聚會。靳芸禕因掛心情緒未穩之刁刃，隨即起身追了出去。

然此聚會中，見得凌泉頻頻顯出憂心之貌，隨即對大夥兒表示，雪盟山莊乃雪鑫山上之交通與據守要地，其北向之山徑，確實可直通寅轅城。摩蘇里奧鎖定此山莊，恐將作為軍事訓練之基地，而後再伺機攻克寅轅城之白鑫大殿！

凌接著道：「眼前當務之急，實乃驅離佔領雪盟山莊之摩蘇族，並圍剿竊佔白虎岩洞之賊寇。惟因靳氏兄妹熟悉山莊一切，不妨由靳大俠規劃進擊計畫，而凌泉所率之作戰弟兄將配合該計畫行事，務必攔阻外族佔據中土之肺金要域……西州！」

狼行山聽了這麼一段事蹟，心想，「知悉西兇王已爆內憂外患危機，一旦西州遭外族侵佔，中州不免有唇亡齒寒之憂！何況中州有多少文武臣將，能禁得起摩蘇里奧之威脅利誘？倘若西州勢將易主而改由石濬執掌西州，對我中州而言，應是優於與摩蘇里奧打交道才是。」

接著，狼行山再由祖颺所述得知，失魂潦倒之刁刃，日日盯著被黑膠封印之戮封劍，除了搖頭嘆息，即是憎恨自己因步上父親後塵而每況愈下，自此刻意排斥芸禕之關切，直令芸禕悲不自勝、泣不可仰！惟因靳氏兄妹仍有收復雪盟山莊之要務，靳芸禕遂忍痛斬斷兒女私情，終見冷酷之刁刃隨祖颺步向了埠頭，自個兒則涕泗橫流地偕同弘羿，齊隨凌泉所領弟兄，緩緩朝著雪盟山莊而去。

「唉……問世間情為何物？倘若蔓姑娘能如芸禕般對我，該有多好！」狼頓生感觸而聯想著。

祖颺更行指出，偕刁總督回航中州途中，頻聞刁刃對空疑道：「涉了男女情，真得賠上一世名？」自此，刁刃不時對著戮封劍酗酒，直至回到中州，踏出船艙甲板之際，其手虎口仍不忘扣著隨飲酒瓶兒。

聞此，狼行山立想著，「刁二哥身繫統領神鬣門之職，如此頹廢，我中州之安定與衛外，定有『銅山西崩，洛鐘東應』之影響！眼下已知雷世勛斃命於北州，東州又扶植了聶忞超之勢力，南離王已具揮軍北犯之傾向，而今又有摩蘇里奧於西州崛起之舉動。此刻中鼎王如有不測，再遇雷夫人蓄意掌權，中州隨時有臣將內亂而邊疆瓦解之虞啊！嗯……我狼行山應採取強硬手段，挾中鼎王並架空雷夫人，藉以主導中州上下，否則，一旦中州崩潰，縱然我狼行山願回歸平凡，各州新與霸主絕對予我凌遲以對！」

一想到這兒，狼行山不禁一股煩躁鬱悶湧上。待其備妥行囊，俄而跨步上馬，臨行前交予了祖颺一書函，建議祖颺前去濮陽城外之廣濱埠，可藉此函聯繫一船運大亨……胡滔！

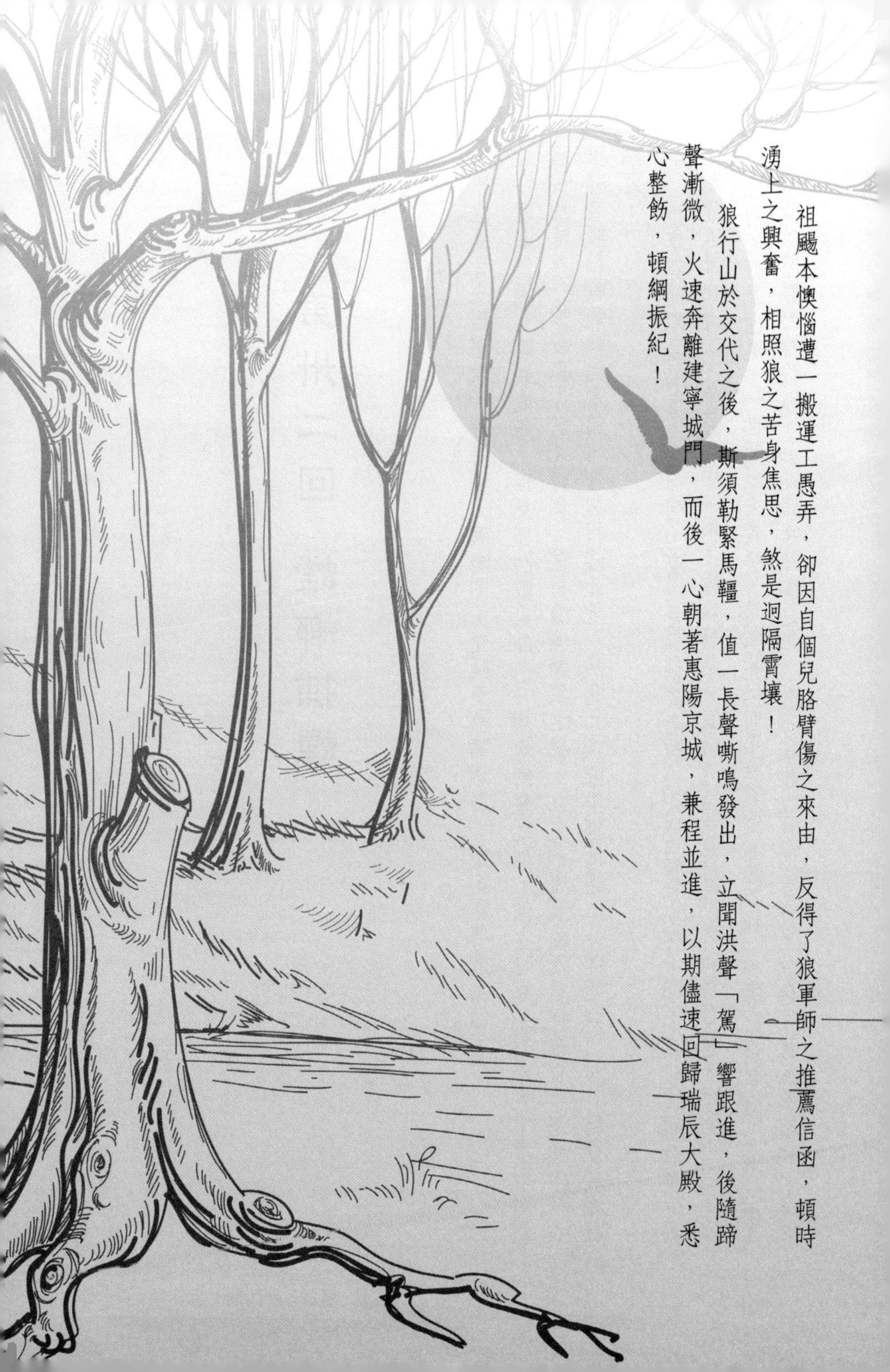

祖颺本懊惱遭一搬運工愚弄，卻因自個兒胳臂傷之來由，反得了狼軍師之推薦信函，頓時湧上之興奮，相照狼之苦身焦思，煞是迥隔霄壤！

狼行山於交代之後，斯須勒緊馬轡，值一長聲嘶鳴發出，立聞洪聲「駕」響跟進，後隨蹄聲漸微，火速奔離建寧城門，而後一心朝著惠陽京城，兼程並進，以期儘速回歸瑞辰大殿，悉心整飭，頓綱振紀！

第卅二回　螳螂捕蟬

立夏秤人輕重數，秤懸梁上笑喧闐；遠眺黃幟插城扉，都衛軍將齊駕回。

環顧惠陽，軍兵戒備，但見城門數里外，一頹垣斷塹之地，循左可見茅封草長；望右即呈滿目荊榛。一披髮孤影於此揮劍，聞得嘯嘯撕風之聲，立見荊遭震斷而草梗摧折。忽然！一人推著裝設軸輞轂輻之木箱，匆匆行經此地。然此二人雖不期而遇，一陣端詳之後，卻燃起幾分熟意！

推車者隨即發聲道：「呵呵，有道是『佛要金裝，人要衣裝』啊！閣下這般披頭散髮，雖不易讓人識出身份，惟見手中一柄三禪戮封劍，直教人喚出神鬣門之刁總督矣！」

刁刃輕蔑回道：「世間販夫走卒，為避關稅而遠離城道，殊不知，堂堂諳於斧鉞之安兢中，竟也淪落暗循野徑偷渡，如此躡手躡腳之舉，教刁某難以想像昔日兄台參與我獵風競武之英姿啊！」

「呵呵，英姿？享譽天下第一之神劍手，亦是中州神鬣門總督之刁大俠，竟如倉皇逃竄之輩一般！如此蓬頭垢面，茶然沮喪，莫非……刁大俠撐不住神鬣門總督之光環，已遭雷王府踢出神鬣門啦？哈哈哈……」安兢中譏笑道。

刁刃艴然不悅斥道：「哼！安兄弟走私，實已違了王法；再藐視神鬣門首領，罪已難赦！如此刁民，咎由自取，唯有就地正法，以儆效尤！」話後，刁刃內運丹田之氣，洪聲吼出，「喝啊……」

刁刃於兩跨步之後蹬躍而上，直朝對手衝去。安兢中立彎腰抽出預藏箱車中之兵器，俄頃之間，交擊聲響連出，甫見三招，未出鞘之戮封劍即已擊開對手斧鉞。值此對峙時刻，移近箱車之刁刃才發現，此木箱之外漆頗新，箱之側立板留有鑿孔，與其所搭之殘舊軸輞轂輻，甚為不搭，直覺此箱車乃臨時拼湊之物，不禁引來刁刃好奇，孰料此般好奇卻令敵對有了反擊之機！

然安兢中自參與獵風競武而遭刁刃削去一截斧桿後，即以短柄斧為隨身所攜。惟此短柄處鑿有暗孔，可瞬藉手指伸入，使出旋斧之攻勢，以此增加近身交擊之摧力。再合以「避衝當飛斜，逃直應急閃」之側閃步，如此攻中帶閃之組合，逼得對手不得不抽劍以對！

雙方一陣對擊後，安兢中數度於斧刃擦擊戮封劍剎那，始終未聞金屬交擊之鐺響而起疑？這才發覺，威震五州之三禪戮封劍，其劍身實已覆著一薄層黑膠，雖仍見得刁刃使劍之疾，卻無感於此蓋世神器之威，不禁發出了譏嘲之聲……

「呵呵，原來戮封劍之光芒已逝，刁總督自知待不下神鬣門，遂獨自流落這雞犬不聞之地。

嘿嘿，這麼說來，神鬣門又得舉行獵風競武啦！嗯……此回競武應會更激烈，惟因江湖人士可各憑本事兒，直接爭奪神鬣門總督之位啦！哈哈哈……」

刁刃為著戮封劍慘遭封印，早已抑鬱許久，一經安兟中如此睥睨揶揄，頓時怒從心頭起，惡向膽邊生，戟指怒目，洪聲斥道：「對付安兟中這般寸莛擊鐘之輩，刁某不藉神兵利刃，依能將之扳倒！」又斥：「哼！過往於我獵風競武上放肆撒野，此一未了之帳目，今兒個不妨一併清算！喝啊……」

怒火中燒之刁刃於狂喝一聲後，旋即手持未出鞘之戮封劍衝出，見其時而以鞘尖作攻，時而以鞘身作擋，並藉單手虎口轉劍之招式，對敵對之斧鉞，且纏且閃，霎令對手難辨攻防時機。適值連招銜接剎那，刁刃抓住對手一正面破綻，立以劍柄一端之劍鐔，正中對手位於**督脈**上之**人中穴**，此穴雖為危難急救之要穴，惟不慎遭外力重擊，仍有頓時暈眩失衡之虞！

刁刃抓準對手失衡剎那，翻躍而上，凌空轉腰，倏以劍鞘前尖之包頭，猛然直刺對手於腦後髮際上緣之**風府穴**，此穴位乃**督脈**、**足太陽**、**陽維脈**交會之處，常為行針者治以祛風、清頭目、利喉舌之要穴。惟刁刃瞬間之震力甚大，直創對手後腦下緣，倏令安兟中平衡感重創，顱內出血，甚而心搏與呼吸功能失司，隨後即見安兟中正面撲地，接連乾嘔，待其一陣抽搐後，臥地不起，隨後雙目上吊翻白，嗚呼於咄嗟之間！

待刁刃上前確認安兟中已斃命後，見其胸前衣襟交疊處，露出了摺紙一角，伸手將之抽出，立見該紙上除了一耄耋老人畫像外，即是一懸賞百兩白銀之告文，甚見不鮮明之西州侯王府官印痕跡，當下直令刁刃唸道：「安兟中平日性嗜酒，不務正業，為何身上會留著西州之懸賞告示？難道……安兢中已為侯士封所吸收？且為匿於我中州之臥底密探？」待刁刃再詳讀告文，並端詳已模糊之懸賞人名號，終而唸道：「權……衡……？」

正當刁刃嘴裡唸著，視線卻不經意地掃向停置一旁之箱車。待其再次焦點於箱板上之鑿孔時，一直覺隨即湧上，轉身持起安兢中所使斧鉞，立馬劈裂箱車封板，隨後即見箱內滿是乾枯稻草，煞是失望！心想，「不對！僅以乾稻草作為偷渡之物，並藉封箱架輪運送……不符常理！」接著，刁刃將乾稻草取出後，立見一木質層板，隨後以掌觸及該板，「嗯……有溫度！」當下，刁刃決定轉劈側立板，待立板破裂剎那，驚見箱內一人，嘴塞棉布，全身束縛於木層板之下！

刁刃解開受縛者後，即見一年逾八旬老人，驚惶未定地顫著慘白雙唇。待其深吸了口氣兒後，仍顫抖話道：「咳咳……幸得……神鬣門刁總督推理破箱，否則……咳咳……緊貼層板之老夫，勢必……命喪於……猛然重劈之斧鉞啊！咳咳……」

「敢問前輩，何以遭安兢中束縛於木箱之中？」刁刃問道。

待老人家清了下喉嚨後，嘴角微揚，道：「呵呵，若非聞得刁大俠唸出了那張懸賞告示內容，還真不知老夫這條老命，居然這麼值錢！咳咳……」接著又咬牙說道：「安兢中這小子，平時替人修繕以餬口，其辨識力倒也不差，惟老夫不曾出過西州，其一眼即識出老夫乃一異鄉人。後見老夫欲拾柴造屋以定居永業城，安即帶著一夥人，藉其斧鉞，殷勤地替老夫劈柴打樁，待老夫卸了防心，即於閒聊中透露了過往曾任西州官場之職。」

老叟接著道：「一日，安兢中於烈酒中蒙混迷藥，不僅迷昏了同儕，亦瞬轉猙獰地將老夫五花大綁，怎料一同伙突然醒來，立馬怒斥安兢中預謀獨吞賞金，這才讓老夫知曉於逃離西州後，西兑王已對老夫發出追緝令！接著，安兢中翻臉不認人，甚於肢體衝突中劈斃該逆斥者，隨後即將老夫封於木箱夾層內，當下聞其表示，欲將老夫送回西州領賞，倘若途中萌生枝節，立馬焚燬箱車，只因賞金僅屬安一人，他人休想取得分文。」

「哼！安兢中真是本性難移啊！」刁刃極不屑地表示，當年安兢中無以晉級獵風競武，亦是藉由發酒瘋，阻撓競武之進行，怎料宿命難違，安兢中終究受我刁刃制服！

話後，刁刃再仔細瞧了眼前之八旬長者後，述道……

「原來，前輩即是西兑王極力追緝之人……權衡！若沒記錯的話，刁某曾聞中鼎王提過，前輩曾為西州前朝參謀之列。不過……縱然前輩藉著刁某與安兢中之對話，識出了在下，惟聞前輩之語調，似乎對刁某不陌生，難道……未出過西州之權前輩，知我刁刃之行徑乎？」

「哈哈，以老夫歲數，依稀記得令尊刁鋒，手持一柄穿封劍，橫掃中土五州之事跡啊！而後再聞得刁總督以嵐映二俠身份，取得公冶長瑜所鑄三禪戮封劍之過往，終而以『人劍合一』之技，登上了神鬣門總督之位，天下第一疾劍之名，實至名歸！」

自恃甚高之刁刃，瞬間緊扣劍格護手，慎防已遭封印之戮封劍於老前輩前露了餡，立馬轉移了話題，問道：「憶得西兑王曾尊稱前輩為『京圻先覺』，何以此刻之侯西主卻要追緝前朝功臣？」

刁刃甫一話完，忽一不明飛物，瞬自權老身後飛來，甚可隱約聽得飛物伴隨吡嗚之聲響。

刁刃驚覺暗器襲來，俄而蹬腿翻躍，倏以劍鞘擊落飛物，這才發現，僅是隻如手掌大小之罕見螳螂，瞬自草叢中飛竄而出。

受驚於刁刃突來之舉，權老於定神後立馬回身，曲腰拾起了遭刁刃擊斃之螳螂，不禁微微搖頭，感慨道出：「天地人世之間，事事難料，或可因一草一木而治症；或可因一石一蟲而改變命運！」

權老此話一出，隨即引來刁刃一陣疑惑，立馬應道：「螳螂身擁一對威猛鉤臂，鷹撮霆擊，堪稱蟲界之霸，甚有某品種之雌體，為著育卵所需，竟於交合受精之際，吞食了雄體螳螂，確實可謂萬般生態中之一奇！惟刁某不解，何以前輩見一螳螂，竟發出如此感慨之語？」

權老微了一笑，不疾不徐地回道：「約莫十年前，老夫因受寒邪所侵，顯出了身熱不退之異狀，遂服用了西兑王建議之速效解熱靈丹。而後，身熱雖解，殊不知寒邪已循經入裡，甚而損及了水腎臟腑，以致日後身發下焦虛寒遺溺之證！有道是『隔行如隔山』，老夫雖能推算命理，卻對治症醫療不甚理解，以致此症經年累月，積成痼疾。」又說：「一日，得老天爺眷顧，巧遇了一位將往克威斯基國之醫者，此人亦與刁總督同出嵐映湖畔，並得江湖尊其『本草神針』之牟芥琛！」

「牟三弟！嗯……確實聞其數年前，隻身去了克威斯基國。然經前輩如此一提，想必那本草神針……治癒了前輩痼疾囉！」

權老頷首回道：「牟神針表示，人之水腎，司及固攝及納氣功能。腎氣不固則滑泄無度，當以固腎澀精；腎不納氣則短氣喘促，當以固腎納氣。然醫經有謂『腎藏精、精舍志』故牟神針採行針術，一取吾背部第十四椎脊突下之督脈命門穴，二取與之旁開寸半之腎俞穴，三取命門穴旁開三寸陷處之志室穴，藉以溫腎陽、固腎氣。而後，牟再於樹上採集了螳螂所產之灰褐卵鞘，後以水蒸之技，殺死蟲卵，以防蟲卵孵化而失了藥用效應，且聞牟解釋此藥，名曰桑螵蛸，為一收澀之要藥，常用於腎氣不固、膀胱腑失了約束之徵狀，故可藉其之力，補腎助陽，固精縮尿。」

權老又道：「而後，牟再配合另一小灌木所結果實之果肉，待其乾燥後入藥，名曰山茱萸。此藥內含味酸質潤，性溫而不燥，補而不峻之性，不僅味酸入肝，並具收澀之效，更含滋補腎氣與腎精之補虛作用。藉此與桑螵蛸合用，可達補益肝腎，收斂固澀之功效。果然，於牟神針離去前，老夫之痼疾，幾近痊癒。」

「前輩，知悉本草神針之醫術了得，惟前輩方才所提，『或可因一草一木而治症；或可因一石一蟲而改變命運！』難道，此說僅為提及我牟三弟為您解症，進而影響了前輩之運勢乎？」

「非也！非也！螳螂之於權衡事小，卻不若一蜜蜂之於侯士封啊！」權老搖搖頭後，接續道：「眾人皆知，西州前主石延英因不敵病魔而撒手人寰，老夫雖能為石前主測出劫數，卻無從易其天命。然而回觀該劫數，殊不知隱含一不為人知之罕見預謀！」

權老接續指出，醫經有所謂「肺者，相傅之官，治節出焉。肺主皮毛，並司宣發肅降之功。」然石前主本具肺虛喘咳之症，以致肺金功能不健。一日，石前主於前往礦區巡視途中，因隨從不慎驚擾蜂群，以致巡行隊伍慘遭蜂螫，想當然爾，石前主也難以避開波及，情急之下，僅能暫居礦區工寮療治。孰料當時一礦區領頭，不僅殷勤照護傷重兵士，更出人意料地以一瓶雄黃蜈蚣酒為患者擦拭，速速消退了因蟲毒所致之腫痛，此舉因而得石延英之青睞讚賞，而此一礦區領頭，實乃現今之西兑王……侯士封！

刁刃聞後，皺眉話道：「僅以一瓶**雄黃蜈蚣酒**，即可取代西州前主之霸位，這……痴人說夢吧！」

權老回應指出，惟因石前主之**肺金功能不佳，皮毛之衛外能力自然低弱**。當下雖能藉藥酒解去蜂毒腫痛，卻又因工寮疥蟲之侵，遂於回朝後猛發疥瘡之疾！然因御醫葶縡，解析告知，**雄黃**雖能治熱毒瘡癰，惟**雄黃**之研磨，須藉粗細粉末於水中懸浮性之差異，以取得極細粉末之**水飛製法**，並可藉由水而溶解有毒成分；倘若製程不甚嚴謹，恐有中毒之虞！孰料，再次提送**雄黃蜈蚣酒**前來之侯士封，見石前主之疥瘡嚴重，遂主動提及一味可療治疥瘡之礦石藥，此藥即是具備攻毒、殺蟲、收濕、止癢效用之……**硫磺**！

然而侯士封能依祖傳經驗，避開礦區工寮諸多毒蟲傷害，倚的即是**雄黃蜈蚣酒**，且提及此酒若再加上**硫磺**之助，惱人之疥蟲則無所遁形！然此一說，隨即獲得御醫葶縡附和道……

「**石硫磺**稟火氣以生，酸溫之性能補**命門**不足，大熱能除**下焦**濕氣，能主惡瘡疥癬者。若遇口服以治**腎陽虛損**所致之**冷秘**，**硫磺**須與豆腐同煮，藉以去其毒性成分。」又說：「惟因**硫磺石**多產於南州之火山區域，且聞南州採礦制度甚嚴，更因西、南二州向來不甚和睦，致使西州境內不易取得**硫磺石**。」

適值群臣無奈之際，侯士封順勢表明，耳聞先賢曾來往中土西南之異邦境域，見過**硫磺**分布該域各地，遂自願前往探採，以為石延英治症之用。

權老又道：「憶得當年，老夫有感於侯士封自薦之舉，遂代主公為其送行，怎料市儈之侯士封，突對老夫展現一見如故之貌？當下雖有幾分驚訝，卻是微笑以應，並順勢瞧了下侯之手相；待侯之右掌一現，霎令老夫目瞪舌彊！惟因此人之『智慧』與『生命』二線，重疊於起端處，可視為謹慎且思緒周詳之人；更見其掌虎口朝著生命線之向，呈有一明顯胎記，巧合的是，此胎記狀似我西州版圖，此幕霎令老夫一陣腦麻，瞬覺到……莫非，西州將有變天之虞？」

「前輩如此推說，難道不提醒石前主，提防提防？」刁刃問道。

權老表示，曾提示主公，其命中帶有不明劫數，惟該劫非關疾病！主公當下狂笑三聲，直喊：「鐵漢征戰沙場，若非疾病摧身，皆可累成經驗，何以為懼！」

權老又道：「推估命理乃老夫之專長，卻不諳戰略謀化，又不識病理醫治，故擇以順應天理，恪守推估運勢為己責，僅為主公所謀之事，占卜論相，供其抉擇與否；至於天地既定之事兒，老夫則不願逆天而行！然自老夫見過侯士封手相後，仍對西州是否將權歸名不見經傳之侯士封？不禁心生好奇！」

「嗯……經前輩如此一提，晚輩同生好奇！石前主既非如傳聞所言之命喪病疾，何以會栽在毫無背景與資源支助之侯士封？啟人疑竇啊！」

權老回應表示，曾私下探查得知，侯士封本於礦區以博奕手法斂財，並藉資金轉借，控制了多數礦區領頭，使之成了台面下之礦區頭目；而後更因侯發現了瑣碎金石，始得以籠絡朝廷官員。然……真正改變侯士封一生，即因其前往了克威斯基，並順利取回了**硫磺石！**

權老接續指出，侯士封自克威斯基歸來後，立提了罈添加**硫磺**之**硫雄蜈蚣**酒前來。果然，將此藥酒外用於主公之疥瘡後，狀況獲得極大改善。主公大悅，且為根治京城內外之疥蟲疫情，石延英特令侯留駐寅轅城內，並設立調製**硫雄蜈蚣酒**之處所，以應各地病患之所需。然此一令，即使侯士封向京城跨進了一大步。

「石前主僅令侯士封於指定處所調製藥酒，何來機會讓其擴張於京城之勢力？」刁刃問道。

權老隨即表明了一關鍵時刻，巧成了侯之轉捩點。惟因石延英母親之壽終辭世，侯士封遂藉此一時機，殷勤地參與了靈堂之張羅，因而結識了主公之表妹……喻湘芹！而後，侯士封藉與喻湘芹之曖昧關係，頻頻出入白鑫殿堂，因而結識了石延英之親信，亦是當時西州之軍機大臣……魏天灝！然因侯士封身擁吸斥鐵質之異能，甚得魏天灝欣賞，進而令其子魏廷釗，虛心向侯士封討教引斥力之應用與抗衡之理。

權衡話說至此，親睹喻湘芹死於非命之刁刃，霎時一震懾感湧上，順勢對權老表明了喻莊主已殞歿之消息。聞訊當下之權老，不禁閉目片刻，惋惜以對。半晌之後，權老嚴肅地將一段過往事蹟，對刁刃完整描述……

一日，主公突發瀉痢之症，甚覺喘息不順，身背亦有瘡癰欲發之勢。御醫葶繂立馬令侯士封送來**硫雄蜈蚣酒**備用，怎奈此回不見主公症狀好轉。數日之後，侯士封拿來一包鵝黃色粉末，表明此乃針對主公症狀之秘方。待石前主服後不久，果真緩和了症狀，侯遂再次得到主公之信任。惟此一鵝黃粉末，經御醫葶繂刻意追查下，發現侯竟用上了具斂肺止咳，止瀉鎮痛之**罌粟殼粉**，此藥雖為醫者引為**收後之藥**，倘若累進服用，仍具令人上癮之虞！

待葶繂將訊息傳來權宅，權漏夜趕往魏天灝之官邸，倏將侯士封之行徑與其手相所示，詳

實以告，惟因侯士封正值主公眼前紅人，此事兒霎令魏大人感到棘手。然魏大人為防侯士封得勢後誅殺異己，遂數度力諫主公，終取得主公首肯，讓魏天灝親領少主石濬，離開寅轅京城，藉以增添少主於野地謀生之經驗，進而備其儲君之能。不久之後，主公雖自覺病已漸瘥，唯咳喘之症未癒，遂令侯士封量製其秘方粉末。後依御醫葶綷所述，主公竟擱置其建議之**川貝**、**桔梗**等宣肺消痰、止咳定喘之良藥，反而變相趨於侯之秘方，推估當時之主公應已染上了藥癮！

一日，主公刻意招權衡進殿，此舉乃欲知其子石濬將隨魏天灝外訓之宜妥？當下即抽了一卜籤，籤文示出「彌朝野之失，弭內外之亂」。權衡見之，立馬為魏天灝之力諫稱道，惟因強化儲君之能，始可彌補並消弭內憂外患。不過，權衡仍提醒主公，勿忘固臣穩將，以免朝野動盪。而後，當權衡提及侯士封手相之際，主公竟岔言讚嘆侯士封具引斥異能之雙掌，並已預設將侯納為旗下之沙場要將。至此，權衡不禁感嘆，一螳螂能解權衡之症，一蜜蜂亦可成就侯士封之大業！

這時，刁刃反覆唸著，「彌朝野之失，弭內外之亂」，隨後點了點頭道：「石前主所抽卜籤，並非指其子將面對朝野之缺失，而是暗寓石氏即將失去朝野上下啊！只是……侯士封不費一兵一卒，何以能扳倒石延英？」

權老接續描述，主公於占卜之後，自覺身子一日不如一日，不時有食管燒灼之感，或頭昏頭疼，或煩躁不安，甚有寐中四肢痙攣，呼吸欲歇之狀，待服下侯之秘方後，諸不適始得緩解而入睡。葶綷見狀，即斷主公臟腑已漸近中毒！然侯士封帶進王府之藥材，除**罌粟殼粉**外，均為嚴檢無毒之物，何以主公有了藥癮後，身子會每況愈下，萌生諸多怪症？原來，侯士封以**罌粟殼**緩了主公之不適症狀，為的是讓體內之毒素能持續擴散，而諸藥施用之過程中，最終關鍵即在一味……**雄黃**！

「**雄黃**？可是那製成**雄黃蜈蚣酒**的**雄黃**？此藥酒乃外用擦拭，怎會中毒？」刁刃疑道。

權老轉述莩繂所指，藥用**雄黃**取其赤紅者為佳；然而**雄黃**外用，對瘡癰腫痛，確具消腫止痛之作用。不過，一旦**雄黃**經過熱火煅燒，即可轉化幾近毒性極強之**砒霜**！醫者本以**砒霜**作蝕瘡去腐、攻毒殺蟲之用，倘若將其濃度提升，即是一腐蝕之劑。孰料，侯士封待主公有了藥癮後，即以微量**砒霜**混入其中，最終甚而參雜了鐵質細末。

「鐵質細末？這是何等用意？」刁刃茫然道。

權老接續指出，一日，主公一如往常上朝，不久後突然顏面急顫，並見其強撫胸口，直喊著，「快……拿藥來……」，待侯士封趕到時，眾臣已見主公呈現昏厥！這時，侯立馬為主公揉撫身上痙攣之處，直至翌日寅時，石延英停了心脈，嗚呼哀哉！當下，侯士封早已動員礦區工人，佔據了寅轅城主要城道，而受買通之藥檢總管薛炳謙，立偕稅務總管紀哲丘等要臣，隨即表態支持侯士封，唯獨軍機大臣魏天灝失了行蹤。當時，侯因聞得雷嘯天欲延攬魏廷劍，遂急令魏廷劍接掌軍機處，而魏廷劍於未知父親去向下，暫以穩住西州軍兵為先。

權老又道：「御醫莩繂於侯士封忙於整頓寅轅城之際，私下剖析石前主之死因，這才發現，侯士封不僅藉毒蝕以摧損主公臟腑，更藉揉撫筋肉痙攣時，以其特異之引斥掌功，引動主公體內之鐵質細末，進而使其臟腑爆裂而亡，並藉此滅去其秘方腐蝕臟腑之證據。唉……如此後生可畏，不可不謂之高招……高招啊！」

「西州易主後，前輩亦俯首稱臣於侯士封？」刁刃提問道。

權衡表示，過往勝任前朝之命理推估文臣，既非參與謀化軍事，亦非掌控朝廷財政，遂當面向侯表出返我初服，掛冠求去之意。怎料侯士封依舊以禮相待，並於寅轅城東設置一精舍，藉以作為日後前來請益之處。

權老又道：「自身既是命理推估者，而『彌朝野之失，弭內外之亂』之籤文，歷歷在目，何不置身精舍，靜觀未來時局演進之吻合度？再則，昔日老夫曾於一先賢之前卜了一卜籤，其意示出權某不適異域，故順應侯士封之意，留於寅轅城，因而對外表示，一生未踏出西州。」

「呵呵，眼下前輩之所踏，不正是西州以外之異域！」

「呵呵，刁總督甫見老夫被困於箱車之中，命在旦夕，足以證驗該卜籤之所云！」權老輕鬆應道。

「刁某認為，能讓前輩冒險東行，可推測西兑王已亂了陣腳。莫非……侯士封要求所謂的『京圻先覺』，施以更易命理之法，前輩因難以逆於天命，故選擇了離鄉背井？」

「沒錯！此事兒確實被刁總督料個正著。」

「只是……刁某邂逅前輩於眼前這般荒僻之地，何以前輩會藉由蟲草之說，對刁某詳述了侯士封之過往？」刁刃再次問道。

權老愉悅地表示，被困箱車之後，直至聽聞安兢中遇上了神鬣門刁總督，即知遇上了適當角色。倘若能逃離眼前劫數，始得以藉由刁總督，還原一生之所聞所歷。

權老接著解說道：「老夫一生見得二主興衰，惟石延英為解症而亂投藥，遂令其一生成就，一夕生變！而侯士封則因接連施毒得逞，加以昔日西州發生過姬尹霜所製之『山蘭綠液』，與少不更事之牟芥琛配出毒性極強之『絕寰砒霜』，遂令其對傳統藥草之毒……心生畏懼！進而為未來之速效外藥進入中土，預留了伏筆！然而，除了蜜蜂與**硫磺石**，喻湘芹與魏天灝之外，另有三人，影響著侯士封一生運勢！」

權老接著道：「其一乃侯士封前往克威斯基，藉以探尋**硫磺石**之行所結識者，此人即是該國之護國法王……摩蘇里奧！惟因刁總督投效於中鼎王，故聞得摩蘇里奧於中土之事跡，應不亞於老夫所知才是。」

適值權老提及摩蘇里奧剎那，刁刃不禁一陣咬牙，左掌更是緊扣著戮封劍，霎時一股不共戴天之仇恨，直衝腦門！

權老未覺到刁刃之瞬間異樣兒，遂接連描述道……

「當時一反傳統草藥之侯士封，為了引進外族之速效丸藥，不惜與摩蘇里奧合作，並為增強兵力以抗中州大軍，甚而對境外異族敞開大門，而後又自封西兑王，藉以鞏固其中土五霸之地位。至於影響侯之第二號人物，即是西州著名鑄劍大師……凌秉山！」

權續道：「惟因侯士封曾為克威斯基處理一具磁性之天外巨石，因而懇請凌大師以此奇石，為其鑄造一絕世神器……厲砂鋩鞏劍！為此，老夫曾勸諫侯西主，其與凌大師應無合作之相。孰料，侯竟以霸王硬上弓之勢，將凌大師軟禁於王府鑄劍室中，強迫其煉鑄神劍。然此期間，因緣際會，巧讓權某與凌大師有了一面之雅，當下更依其手相告知，若能脫離眼前禁錮，未來能享更高成就！」「至於論及影響西兑王運勢之第三人，則非神鬣門之刁總督莫屬了！」

「我？呵呵……若論我刁刃與侯西主有何過節，或可牽涉遭侯迫害之另一鑄劍大師……公冶長瑜罷了。憶得公冶大師提過，因受其胞弟拖累，遂遭侯士封予以抄家之罪，公冶夫人更因此而喪命，公冶氏終為逃命而移居南州。」

刁再道：「然而公冶大師鑄出名震江湖之二柄神器，一為先父所使之穿封劍，二即刁某手中之三禪戮封劍，惟此二劍之命名，無疑針對侯士封而來。刁某雖有幸取得公冶大師之三禪傑作，卻未想介入其間恩怨，遂決定轉易目標於厲砂鋩𨫼劍，一來可替公冶大師挫擊侯之銳氣，二來可證公冶大師所鑄利器，天下第一！」

權老提勁兒述道：「十三年前，老夫因西兇王卜到了『折戟沉沙』之籤，遂不贊同侯與摩蘇里奧聯手東侵；然此建議，竟遭侯士封搖頭相向。而後，侯西主以無堅不摧之鐵殼船艦，揮軍東侵，勢如破竹，數日內已力奪中州西部兩大城池。待中鼎王被逼至桐峽鎮後，竟出現令人難料之橋段！」

權老又道：「刁大俠藉由一柄戮封劍，於眾人前展出了神乎其技，終藉縱向落體加速之勢，一舉擊碎了厲砂鋩𨫼劍！然因鋩𨫼劍乃針對侯之特異體質所創，為使侯士封能藉其引斥神功，透過鋩𨫼劍拖曳鐵砂出擊，凌大師特為該劍鑄出了罕見之金屬握柄。然自中鼎王所邀端陽五霸聚會後，侯士封為改良該劍柄能匿藏鐵砂，遂令工匠將該握柄加長三寸，為此，侯亦須變易過往之握劍方式，怎料因此三寸之距，竟完全擰轉了侯士封之運勢！」

「慣用兵刃之握柄突增三寸，遠不及劍身延長三寸之影響；況且決戰鋩𨫼當下，並未覺對手出招有異啊？」刁刃再道：「憶得事發當時，眾人目光無不聚焦於質重之鋩𨫼劍碎裂，何人能關注到劍柄長短之勝負差異？雖說神兵利器難尋，惟論一人之運勢，竟於三寸之間扭轉？刁某願聞其詳！」

權老回道：「關鍵即在於刁大俠於雙方對決中，瞬將一原插於鋩鋆劍柄之小刀挑出，而該處正是鋩鋆劍釋出鐵砂之按壓處！隨後眾人僅關切鋩鋆劍頻漏鐵砂，殊不知該小刀之破壞處，實已呈出金屬裂縫！而後侯士封欲應對勁敵之疾劍，自然得短握劍柄，遂將手握處前移約三寸，一陣對擊後才發現，不僅雙臂已受創滲血，甚連該劍柄裂縫亦將侯之掌虎口磨破，霎見傷處呈出皮肉掀而鮮血流！」

權老續道：「待西兌王趁隙回往西州調兵，隨即奔向老夫之精舍，欲知東侵之舉可有持續之可能？當下立得老夫搖頭以對，只因……侯士封原於掌虎口之胎記，已於創傷剎那異了模樣兒，故僅當面告知，欲穩住西州局勢，已是難事，切莫妄想擴張西州疆域！」

「原來，刁某若未挑出那小刀，侯士封尚不致破了手相。惟因掌中胎記後遭傷疤覆蓋而不成形，遂聞前輩有扭轉運勢之說啊！」

接著，刁刃回想片刻，恍然大悟地表示，中鼎王曾於眾英雄前令侯士封瘸了左足，然此報復思維，引動其東侵之野心。再觀桐峽鎮一戰，因刁之出劍，直令侯鎩羽而歸，遂使心有不甘之侯士封，日後藉由赴我狼四弟之婚宴，偕雪盟山莊喻湘芹女俠，欲以雙劍合璧之勢，扳回一城。此人如此記恨報復，終得遇上石濬「彌朝野之失，弭內外之亂」之復辟到來！

刁刃接續問：「難道……前輩真是受了西兌王脅迫？而如公冶大師一般，出走西州？再則，前輩已置身中州域內，未來可有打算？」

權老微笑表示，自西兇王拉攏境外異族後，侯不時前來精舍推測命勢，甚而要求授其五鬼搬運大法！權又說：「自身享壽有限，老夫豈能隨其舞蹈？甚而與鬼神交通？隨後遂決定暫離西州以觀西州。唉……怎奈……老夫真如卜籤所云，不適異域啊！」

接著，權衡再對刁刃描述其離開西州後之經歷……

「初踏上中州之域，不擇西部大城臨宣，不留中部大城惠陽，卻選了東部之要……濮陽！本以為此一商埠城池，能讓老夫見識港埠之熱絡景象，怎料甫居半月，半座城池幾近戒嚴狀態？探問之後，得知此乃中州軍師且兼濮陽城主之狼行山，刻意動用駐城衛兵，更調動了中央都衛軍前來，其目的僅為搜捕一名曰蕭寅之男子。」

權老又道：「耳聞蕭寅暗地組了反動組織……精忠會，正隨著中鼎王之沈腰潘鬢，甚已顯出蒲柳之姿而日漸壯大；更聞該組織之分會，亦已擴至淮帆與建寧二城！然因狼行山位居明處，精忠成員竄於暗處，致使狼不得不採鐵腕手段，藉以揪出為首之領頭兒。」又說：「一日，老夫於城內一街陌岔口，巧遇了與搜緝軍兵同行之狼行山！當下見其橫眉努目，對嫌疑者報厲恣睢，甚見其屬下為難我這耄耋老人。」

「蕭寅？還真沒聽過這號人物。」刁刃再道：「我狼四弟好不容易立於一人之下，萬人之上之地位，豈能容下一名不見經傳之販夫走卒，任其組織叛亂逆黨？再則，雷世勛若真如傳聞，殞命異鄉，我狼四弟又曾接任代理中鼎王之職，再對照前輩所提沈腰潘鬢之中鼎王，沒準兒我狼四弟真有登上中州大位之可能啊！」

「哈哈哈……」權老聽了刁刃這翻話，不由主地笑了出來，隨後道出：「邂逅當下，狼城主屬下確實對老夫不甚禮遇！待老夫表明專長之後，狼一時興起，雖不願出示掌紋以測，卻好奇地為其未來卜了一籤，惟見籤上示出『強韁能馭馬向，滾石能居久長』之字句。」

刁刃冷笑指出，狼駙馬威震武林之神技，不外那引釋水氣之雙掌；然為防範任何不測，狼絕不輕易讓人探測掌紋的。又說：「倒是……是否這籤文表出，阿山能掌控未來局勢，執未來之牛耳？」

「若依生辰推算，狼城主之生肖為馬。然此籤文，卜的是未來，故狼城主恐遭遇強勢而轉向！所謂窮則變，變則通，能變能通，始能化去稜角而能圓能融。惟端詳籤文中所提，馬首與滾石之差異，不外所處位置之高低罷了。然而狼城主是個聰明人，應明瞭這籤文之含意，惟聞其回應一句，『未來將由強者決斷！』，隨後見其嘴角一揚，伴隨一抹冷笑，睥睨地放了老夫一馬。」權老又說：「不過，就老夫所知城內狀況，當下令狼城主頭疼者，非僅蕭寅之精忠會興起而已！另一離奇事件萌生，不僅引來城主下令宵禁以對，更令諸多東州商賈怯於前來言商，而老夫亦是因此因而離開了濮陽。」

「離奇事件？濮陽乃中州東部要城，治安有一定水平，竟有令外人怯於入城之慮？莫非……生了瘟疫不成？」刁刃疑問道。

這時，權老嚴謹以對，正經指出，此事件雖無關**六淫外邪**橫行，卻因毒害而出了人命！耳聞此一毒害，首發於城外不遠之瓜田，一名曰詹舜之瓜農，不幸命喪瓜田之中，待官府人員抵達，除了瓜農屍首轉呈青色外，剖開田中所栽之西瓜，其瓜肉竟呈暗灰之色！待官員檢視後，見得瓜農腹部有些瘀痕，而田中土壤亦有遭人傾卸毒物之跡象。數日之後，城裡的嵩安客棧亦出現了毒害事件，惟見六七宿店男客之死狀，相仿於日前斃命於瓜田之瓜農！然為避免城中萌生恐慌，地方官員個個諱莫如深，一味隱瞞事件真相，直到毒害發生於一人身上，該事件已難避人耳目。此罹難者即是中州內政大臣井上群之子……井百彥！

「井百彥？」刁刃隨後應道：「嗯……記得阿山提過，井百彥平日遊手好閒，仗勢欺人，是個麻煩人物！施毒者會找上他，也算是為民除害。倒是那為富不仁之井上群，應會將此事件擴大，以令狼城主難堪才是！」

「沒錯！據聞井上群與雷嘯天契若金蘭，井百彥毒發身亡，茲事體大。為此，狼行山全城宵禁，並親自著手查案。果然，經狼城主蒐羅諸多線索，發現了一過往案件，該案記載了頗具生意手腕之瓜農詹舜，除了自栽瓜果外，並供應濮陽城內諸多果商所需，甚因數度進出城裡一茶館談生意，遂熟識了該茶館女掌櫃……花翠瑢。孰料，已有妻室之詹舜，卻與寡婦翠瑢有了不倫戀情，而後竟因詹舜再戀上怡紅園一名曰白芙之女子，遂遭花翠瑢以夾竹桃泌液報復，致使花翠瑢因謀害未遂而入獄；待其服刑期滿後不久，詹舜即斃命於瓜田之中，惟出獄後之花翠瑢，至今下落不明？」權老說道。

刁刃想了下，皺眉道出：「夾竹桃泌液，毒性極強，不慎誤食，甚有致命之虞！逃過一劫的詹舜，應較常人有警覺心才是，怎會再次誤食毒物？」

權老搖搖頭表示，刁總督所云，乃依常理推斷，惟城裡所有中毒身亡者，皆非因食飲而中毒！待狼行山下令剖屍後發現，不僅是詹舜，甚連斃命於嵩安客棧之六七宿客，皆是身中罕見蠱毒而亡！令人驚訝的是，這些蠱蟲入侵體內之徑，竟是腹部之肚臍眼兒！

權老又道：「老夫之所以瞭解該案情之內幕，實因狼城主為這此毒害事件，再次夜訪了老夫！狼城主並告知了一線索，自詹舜以至井百彥之案發現場，均見數根長髮遺留，甚可見著一如女子繫髮絲帶之蕾絲碎屑。為此，諸官府相關辦案者，不禁冠以此案嫌犯一聳動代稱……蠱毒靈嬌！

「看來，我狼四弟又為此懸案，卜了一籤囉！」

「沒錯！此回狼所抽之籤文甚為明瞭，其上呈出了『因果相繫時而生，諸心轉狠人難容之字句。』」

「我狼四弟之詩詞造詣頗高，這籤文應難不倒他才是。」

權老立頷首表示，狼大人果真才高八斗，甫放下了籤文，俄頃轉身，倏以雙掌凝聚水氣，再由指尖將水滴逐一射向屋內兩柱，隨後即躍步上馬，離開了權衡之陋室。

然此一說，不禁引來刁刃好奇一問：「我狼四弟於柱上留下了啥？」

權老微笑解釋，世間諸多成因成果，無不由時間而驗證，而「報復」仍佔一席之地。然……諸者，眾也！古文以九數為眾多之意，故「諸人」或可指向「九人」之意，而倚近「九」、「人」二字，即可合而為一「仇」字。再提及「心之轉狠」四字，或可順其敘述，將「狠」字之部首轉為「心」字，這「心」字加個「艮」字，即可合而為「恨 」字，依此可知，狼行山留於雙柱上之水痕，即是「仇恨」二字。

「仇恨？阿山欲釐清殞命者所積仇恨，浩若煙海！單就與井百彥結仇者，早已不可勝數。」刁刃說道。

權衡隨即指出，真正令外來商賈怯於前來濮陽，始自毒害波及城裡遠近馳名之……怡紅園！惟因該園一煙花女子，外陪爺們兒作樂後，翌日即蠱發身亡於怡紅園門前！待查證後始知，該名死於非命者，即是先前令瓜農詹舜移情別戀之女子……白芙！自此之後，城裡聞毒色變，人人自危。

權衡搖頭再道：「老夫自知生辰八字雖及四兩之重，卻直覺此地不宜久留，遂頃刻離開了濮陽，一路來到了永業城。本以為可就此遠離塵囂，獨善其身，怎料卻遇上了好心相助之安兢中，無疑將自個兒之老命……推向了虎口！」

話說至此，權老不禁感慨道：「唉……果真身繫『不適異域』之命格，甚連安兢中為老夫所製棺木，亦特別架上了軸輞轂輻，始能一路推回西州啊！」

「就因『不適異域』，前輩就這麼回往西州？難道不畏西兇王之追緝？」刁刃問道。

「哈哈，老夫身值百兩白銀，去了個安兢中，還會有另一安兢中出現的。」又說：「眼下西兇王之運勢已漸式微，端看那石濬能否『彌朝野之失，弭內外之亂』了！嗯……老夫一生循著推測命理之路，豈能錯過這齣復辟大戲？」

正當權衡離去之際，突然回身道：「刁總督解去老夫之劫數，也算結了緣分。此時雖無占卜用具在身，不知刁總督是否介意借出手相，交由老夫一測？」

舉止一向謹慎之刁刃，認為眼前長者之所述，頗為吻合中鼎王所提之「京圻先覺」，更因其道出了桐峽鎮一役之細節，令自個兒無意間成了扭轉西兇王之運勢者，霎時湧上一念頭，「難道……摩蘇里奧封印了戮封劍，亦令刁刃走上了頹勢嗎？」一想到這兒，刁刃不禁對權老伸出了手掌，好奇著所擁「天下第一」之名號，是否已光環不再？

權衡一見刁刃之掌紋後，露出了訝異面容，隨後更將目光投向了三禪戮封劍之劍柄處。此舉不禁令刁刃發聲道：「刁某掌紋，可有異相？」

「刁總督果真是個為劍而生，甚是『人劍合一』之劍客！」權老接著又道……

「手掌雖延出五指，刁總督卻一掌握擁六繭！然而居中之五繭，正巧對應於戮封劍之握柄起伏，唯第六繭處，位居掌中**勞宮穴**正下一寸處，此處正是閣下之生命紋路所經。惟因手繭乃頻磨運作所生，且該繭之厚積處，無疑為命勢增添了變數與起伏；又因『繭』字之音，同於跛足之『蹇』，或可推得閣下之運勢，命蹇時乖，恐須經歷一段渺若煙雲時日！」

「呵呵呵……」刁刃苦笑道：「權老所言甚是！堂堂中州神鬣門之總督，何以披頭散髮，獨於城外荒僻之地叫囂？煞是難堪！至於前輩所見之掌中繭，實乃刁某旋轉劍柄，擇以厚、薄二刃出擊所致。然此獨步武林之劍技，令刁刃得享『天下第一疾劍』之封號，怎料經由頻磨運作所生之掌繭，竟讓在下朝向渺如煙雲之窘境？」

權老立馬回道：「老夫以煙雲為形容，難道……雲霧不因環境改變而散去？」

「此言怎解？難道……」刁刃凝神道。

權老指出，拇指連掌之處，謂之**魚際**。然**魚際**表面，富含橫紋，橫紋則能間接影響命紋；刁總督之**魚際**橫紋，或可助命紋之分岔回歸。惟因**魚際**乃代表掌中之氣血、力道，換言之，閣下須藉強大能量推助，始能扭轉運勢，並令命紋併合而紮實，藉以突破逆境。不過，先決條件仍得挨得住烏雲罩頂才成！

刁刃立馬注視著手掌，不斷運動著魚際之肌，仔細瞧著權老所述之紋痕，心想……

「西兑王能禮遇前朝要臣權衡，並尊其為『京圻先覺』，應有其道理才是。然我狼四弟生性聰穎機伶，竟也為解燃眉之急，夜訪權老，亦有其可信度才是。不過，依權老所述，吾確實因摩蘇里奧之特異神功與噬血魔劍，陷入了沒顏落色之境！」

「倘若能增強個十載功力，不僅能助我走出雲霧，甚能破除封印魔咒，定能使戮封劍之神威再現！倒是……單憑吾現有條件，何以強大自我能量？」

適值刁刃懊惱之際，一過往場景斯須閃過腦海，嘴裡不禁唸道：「麒麟洞窟……薩孤齊！」隨後又搖頭道：「薩孤齊有佛珠串與唯芒禪師相助，始能獲取洞窟晶石之巨能。難道……吾必須去趟東州，覓得唯芒禪師幫忙？嗯……不對……憶得夜巡翁岑鴞曾向雷夫人回報，菩巖寶剎萌生重大變故，全寺受了不明風寒邪氣侵襲，眾僧癱臥不起，東震王甚而將寶剎周遭列為隔離境域！此刻欲利用唯芒禪師相助，直可謂望洋興嘆啊！」

刁刃踱步後又道：「眼下雷夫人亦因薩孤齊逆叛事件，已懷疑麒麟洞窟並非如傳聞之鬼魅摧人；日前更積極要求巴砱將軍重整麒麟洞窟。嗯……就此局勢而論，我刁刃應藉神鬣門總督之勢，積極探尋任何取能之管道，始得因應未來。一旦雷嘯天無力主政，吾與阿山須能掌握中州之政軍命脈才是！」

「咻……嘯……」忽聞一陣勁風襲來，立見周遭長草起了怪異擺向，甚而夾雜了些許異常擦擊聲響，令人頓感殺氣萌生，俄而引動刁刃銳利神經，立握劍柄，屏息以對。然此時刻，放眼僅見棄置一旁之殘破箱車，卻不見權衡之身影！不禁懷疑，「難道是這老頭兒使詐？不……

甫見權老回首觀吾手相前，其朝的是西向；而當前怪異之聲響，源於東之北，而且……逆襲者……不止一人！」

果然，一蒙面黑衣人突竄出草叢，不分青紅皂白地亮刀出招，倏令刁刃以劍不出鞘之勢，連擋敵對數刀，隨後反攻對手腕部筋骨處。然此敵手並非等閒之輩，竟於交手中仿著刁刃之瞬轉刃柄，迅速回擊！刁刃見狀，煞是詫異！面對敵對出奇不意之攻勢，除了閃躲以應，暫無他法，遂將雙腿一蹬，向後空翻，孰料另一蒙面人瞬自後方躍出，惟聞一咻響，一快劍應聲刺出！

霎時，刁刃自知躲不過這突來速劍，咄嗟抽出戮封劍，使上了〈回爪擒鱒〉之劍技，瞬間聞得「咖……咖……」兩聲響，及時擊開了逆襲之劍。待刁刃及地剎那，俄頃使上〈翼飛上撩〉劍式，由守轉攻，並於一次凌空側轉剎那，一劍揮中持劍蒙面人；然此一幕，立引來另一蒙面客揮刀支援，轉眼成了刁刃以一對二之局勢。

三人激戰，未及十招，刁刃旋即後翻數尺，落地剎那，倏而收劍以對，隨後笑道……

「哈哈哈，不錯不錯，眼前持刀兄弟雖能以手中刀械，仿效本總督之虎口轉劍，可惜徒具形式，卻不見出擊之威力！再則，閣下急攻之際，不慎使出了〈三影曳殘〉刀法，有道是『大將南征膽氣豪，腰橫秋水雁翎刀。風吹鼉鼓山河動，電閃旌旗日月高』，能以一口雁翎刀，揮出〈三影曳殘〉刀法而威震武林者，唯我神鬣門諸戰士中，人稱『屏西雁翎刀』之殷天雁莫屬！」

持刀者聽聞後，卸下了蒙面遮布，果真如刁刃所述，正是神鬣門之殷天雁。

刁刃轉向對上另一蒙面客，接續道：「至於另一賜教高手，刁某初次持械相向，單憑幾招之內，雖試不出閣下慣用劍路，卻能藉劍擊剎那，覺出那『速中帶柔』、『柔中使勁』之劍技；再依出劍、禦劍之身手，恕刁某斗膽猜測，閣下應是位女中豪傑才是！」

持劍蒙面客於刁刃道出後，取下面遮布，略顯睥睨道：「哼！猜得出性別又如何？神鬣門直屬中州雷王府，眼下中鼎王身體微恙，難道神鬣門就不從我覃媮燕指使嗎？」又說：「近來，中州各地出了不少案子，尤以惠陽、濮陽二城，宵小放肆，屢見不鮮，恰巧此二要城均歸刁刃與狼行山管轄。據濮陽守城都衛長張薺描述，狼城主因無以肅清諸案亂賊，雖不致打甕墩盆，卻成天使性謗氣。再聞惠陽只瀧城主告知，神鬣門已多日不見總督調度，多所掠殺事件，不見下文，如此荒唐持續，中州恐因爾倆師兄弟之怠惰而難避頹敗之勢！」

覃媮燕又道：「然而離譜至極之事兒，非刁總督擱下職務，私自前往雪盟山莊滋事莫屬！呵呵，本座透過展、岑二將，對各地重大事端瞭如指掌。本以為展鵬傳回之消息有誤，甫經本座親身試驗，證實展將軍所言不假。方才若非刁總督中途退戰，本座尚且疑慮刁大俠能否闖過殷天雁之〈三影曳殘〉刀法？」

這時，覃媮燕立對殷天雁道：「殷大俠見本座中了招，立馬飛身前來支援。然眼下所見，本座並未身著冑甲，何以身上不見刃傷？」接著，夫人回視了刁刃，又道：「初聞展鵬回報刁總督之戮封劍已廢，且廢於一雞皮鶴髮之老叟！當下萬分質疑以對，如今已親眼驗證，手持一柄包覆咒膜之廢劍，空施劍技而無以摧人之刁大俠，實有違『天下第一疾劍』之稱號、『神鬣門總督』之頭銜啊！」

「啊……呃啊……」刁刃因禁不住雷夫人之奚落，俄頃拔劍出擊，殷天雁立馬揮刀迎對。

惟因殷天雁知悉了戮封劍已無摧人戰力，頓時信心大增，毫不在乎對手出劍之速，猛然揮刃回擊，不出三招，已將刁刃擊回原處。

夫人再道：「刁總督陷於這般潦倒粗疏時段，據我方探子回報，摩蘇里奧已於西州白浂城集結了外族兵力，伺機揮軍北上。另以石濬為首之反動勢力，亦由北西州南下，此二逆亂勢力，現已如掐住侯士封喉頸之雙掌！雖然石濬身旁老將魏天灝已壽終正寢，惟關鍵人物魏廷劍，亦已差人將兵符歸予西兑王，現已投向了石濬陣營。為此，臉皮甚厚之侯士封，竟藉我稅務大人徐崇之，轉送密函予我雷王府，表明願以萬件盔甲為贈，請求中鼎王派兵支援剿匪。哼！中鼎王始終反對侯士封對外族敞開門戶，怎料一路倚仗傭兵以強充國防之侯士封，終遇上了空有盔甲而無可用軍兵之窘境啦！」

夫人正經再道：「回觀我中州之強大，除了戎兆犺總管強固國防陣容外，即以神鬣門頻掃江湖逆勢，最為震懾狂徒之心！如今見得為首之刁總督，頹廢神散，苶然沮喪，甚而傷不了近身刺客，明顯無力擔負重責大任！然為不使神鬣門群龍無首，此刻，本座代中鼎王之職，卸除刁刃於神鬣門之職務，而總督之位，即刻由殷天雁接掌！」

「呵呵，以刁某為首之神鬣疾風組，共有六大戰將，就算殷天雁能補上芮猁位置，倘若就此直升神鬣門總督一職，可否讓其他戰將心服口服？莫非……殷兄弟仿效樓御群之路子，藉由夫人之提攜，以為晉升捷徑啊！」刁刃譏道。

「刁總督常言一句：『唯有摧敵勝出，得免面縛輿櫬。』呵呵，方才殷某未盡全力，只為禮遇閣下，難道……真要讓您……面縛輿櫬？」殷天雁又道：「此一時，彼一時也。刁總督自恃甚高，值總督職位所為，並未如人所願；而今神鬣門交由殷某主持，定讓人深感緝察效率！只是……劍毀了，並非絕路，以閣下之劍技，隨意擇柄鐵劍，一般劍客絕非對手。來日若刁大俠回復了『人劍合一』之身手，隨時敬候閣下參與殷某主持之獵風競武！只是……屆時您得從低階競武打起囉！呵呵……」

備受上司與屬下揶揄之刁刃，立以鷹隼般眼神，直瞪著殷天雁，隨後自腰際抽出神鬣門令牌，待其閉目片刻後，出人意料地將該令牌向上甩拋，雙手握劍，適值令牌凌空墜下剎那，惟見戮封劍由上而下猛然一劈，在場僅聞「霹嚓……」一響，該令牌應聲劈成兩半，不偏不倚地紛朝雷夫人與殷天雁飛去。待雷、殷二人即時接下各半令牌，並藉旋身以緩去令牌衝力後，雙雙回眼望去，始知刁刃已於出劍剎那，趁隙消逝於如浪層疊之叢草起伏中……

雷夫人搖頭唸道：「刁刃以為有中鼎王可恃，即可無視本座之存在？殷總督應引以為鑑啊！」又說：「刁刃僅為持有『天下第一』之名號而執掌神鬣門，而今本座趁其式微而卸其職務，再好不過；更見其劈斷令牌之勢，不可一世之刁刃，應與神鬣門徹底劃清界限才是！殷總督當務之急，除了重整神鬣門外，為避免遺留中州未來禍患，眼下即可動用一切高手，誅滅刁刃！另再差遣神鬣門諸屬下，儘速追查雷少主下落！」

夫人頓了下，又道：「眼見中鼎王之狀況，本座已難捱至少主既定之長夏時節！再則，東震王已發信函告知我將樊曳騫已殞命東州之消息。針對此事兒，不免得找狼行山問個清楚才行。切記……所有突發之事端，暫別讓婕兒知道才好。」

殷天雁立單膝下跪表示，將以強勢手段強化神鬣門，定令所有逆於王府者，斂色屏氣，望風而靡！接著又咬牙道：「過去，末將曾讓刁刃不屑一顧；而今，殷天雁已藉獨門刀法讓刁刃瞧瞧，何謂骨寒毛豎？膽裂魂飛？」

頓生竊喜之覃媮燕，對著殷天雁點頭示意後，心想著，「很好，神鬣門已可任由本座差遣，眼下就剩那桀驁不馴的狼行山了！倘若不給狼行山一點兒教訓，恐難以平復井上群喪子之痛！嗯……值此動盪不明之際，還是先回王府靜待那本草神針，是否真如御醫李焜所述，應允前來為王爺診治沉痾痼疾？」

寅轅城西鄰里學堂，夫子輕拂羽扇教授，引領徒子吟詩朗讀。不覺城外戰鼓即起，惟聞詩句繚繞耳旁……

「山光忽西落，池月漸東上。」
「散發乘夕涼，開軒臥閑敞。」
「荷風送香氣，竹露滴清響。」
「欲取鳴琴彈，恨無知音賞。」
「感此懷故人，中宵勞夢想。」……

俯視西州京城之內，軍兵封鎖要道，瞬引百姓情緒浮動，惟見倉皇之州禦軍兵，時而列隊操演，時而調往城門固守，箇中原因，惟因北西州之砮菘要城，已遭石濬所率兵馬攻陷！西兇王為情勢所逼，偕同真除上任之軍機總管……屈蕲，率兵五千，據守京城北方五十里之筵丰鎮。

此刻，專司地象之谷翎軍師，立馬攤開地形圖，為西兌王分析著當前局勢……

「筵丰鎮本為寅輳與瞀菘二城間之物流中繼點，尤賴瞀菘城供應甘薯麵麥。石濬之所以鎖定瞀菘，不單為著該城所儲糧草，惟此城乃勝任北州輸往西州之傳統藥草集散地，更因魏廷釗生於瞀菘，遂熟悉此城池之攻守。倘若我軍無以儘速奪回，不出半月，恐見敵我軍力之消長。再則，若石濬調兵遣將，循蟄泯江而下，或可於上岸後，直攻寅輳東城門，抑或提前上岸，駐紮於北城門外。如此，不僅能切斷京城對筵丰鎮之援助，更可聯合瞀菘城之叛軍南下，前後夾擊筵丰鎮，我軍勢成甕中之鱉，為此，主公務必三思以應啊！」

「咳……咳……」西兌王撫著隱隱作痛之胸口，心有不甘地話道……

「近來雷雨不斷，周遭水濕甚重，以致痰飲作祟，咳喘逆氣頻發，否則，本王怎會輕易撤出瞀菘城！」又說：「知悉筵丰鎮乃供應北西州速效丸劑之藥倉，眼前軍情危急，絕不容軍兵槁形灰心！必要時，備妥所有速效藥丸，以應軍兵所需！」

甫話完，侯士封隨即吞了數粒鎮咳丹，接著又道：「聞得軍師所提，確實為我方之顧忌，惟留守京城之臧勳將軍已來報，其已調動水師軍，不時巡視蟄泯江岸，以防叛軍循江南下。倒是……叛軍若繞道西部山林而行，此乃我軍難以掌控之棘手地域啊！」

佇立一旁之屈蘄總管，立馬指著地形圖表示，或許調動白渼城之軍兵北上，藉以支援臧將軍之調度，亦可有多餘兵馬，前來固守叢林小徑。

谷翎軍師隨即回應，屈總管此一引遠水以救近火之策，緩不濟急。再則，協防南西州之摩蘇族已傳訊指出，石濬集結之南方叛軍已漸擴大。白渼城駿煌城主更傳急函告知，叛軍已封鎖了雪盟山莊之連外徑道，查坦將軍正集結外族前往支援。

「咳……咳……」西兌王無奈問道：「捎去向中鼎王求援之密函，可有下落？」

谷翎回應指出，根據中州稅務徐大人告知，該密函送達雷王府後，即由雷夫人代收，而後即無任何下文。

「哼！這個『趁人患病，取人性命』之覃婾燕，怎可能見溺伸援？巴不得見我侯某人滅頂為快！咳……咳……」侯士封搖了搖頭，又道：「摩蘇里奧所供之鎮咳丹，恐無法對上吾之症狀，怎奈御醫赦匡又留於白鑫殿內，不知這鎮上……可有諳於醫術之醫者？咳……咳……」

谷翎靦腆地向西兌王表示，日前谷翎接令，提前自晳菘城退回筵丰鎮時，不幸因風吹雨淋而受外邪入侵，所幸巧遇一自採藥材而入鎮躲雨之杵杖中年人，此人見谷翎呈現惡風、舌淡苔白、表虛自汗，再測得虛軟之浮脈後，隨即表明須藉甘溫之**黃耆**以固表止汗，健脾益氣之**白朮**以助**黃耆**益氣固表，佐以一味**防風**，直云「**黃耆得防風，固表而不留邪；防風得黃耆，祛風而不傷正**」，再藉一味**生薑**以溫肺解表，並謂此一組合之功，有如禦風屏障，故有**玉屏風散**之稱呼。然因谷翎曾於中州習得淺薄醫經藥理，直覺眼前這杵杖兄台，言之有物，遂嘗試將諸藥煎服，孰料僅服一劑則癒，煞是神奇，正如醫者所云道……**一劑知**！

「能否速速尋得此諳醫術之能人？倘若能及時為本王解症，咳……咳……亦能『一劑知』，本王不排除……直向石濬發出主將單挑之戰帖！」西兌王急問道。

谷翎回道：「此人約莫壯仕之年，名曰陽旭天，是個自採草藥，以供寅轅城諸藥鋪所需。然因西兌王進駐筵丰鎮後，隨即封鎖了鎮上之出入，或許尚能覓此醫者於筵丰鎮之中！」

「隨即下令筵丰鎮長公晰苓，即刻尋人！」西兑王又道：「屈總管先行領兵九百，漏夜分掘三方位壕溝，以防叛軍趁隙突襲。二來，派人潛入晳菘城，伺機燒毀城內糧倉。最終令臧動將軍增派水師軍兵，循蟄泯江北上，待我軍備妥軍力，即可藉水陸二軍，夾攻晳菘城。一旦叛軍沒了糧草，再攻他個出其不意，待重挫石濬於北西州之銳氣後，再結合摩蘇族之兵力，圍剿南西州之叛軍，定能徹底消滅石濬之復辟大夢！哈哈……咳……咳……」

谷翎聞得主公之戰略謀化後，並不表附和，只因尚未掌握石濬之實際佔城人馬，更因石濬有了熟悉地勢的魏廷釗加入，主公恐有錯估形勢之虞！心裡不禁唸著，「算了，先穩住主公身子要緊！至於回攻奪城之策略，擇日再議。」

三日後之申酉交替時刻，谷翎軍師偕同公晰鎮長，領著手拄枴杖之陽旭天來到。

公晰苓立上前向西兑王致歉道：「自筵丰鎮授命為速效藥劑之儲備鎮，多處藥舖因無力對抗速效藥劑之市場需求，紛紛更售速效丸藥，致使鎮上諸多專司傳統藥草醫者出走，而今偶遇陽姓醫者滯留本鎮，隨即領其前來，延誤數日，還望王爺見諒！」

「咳……咳……公晰鎮長能如本王所願，請來名醫為吾診治，何歉意之有？」西兑王撫胸說道。

陽旭天恭敬道：「王爺過獎，在下僅是個採拾藥材者，論不及名醫之稱謂。惟藉望診可見，王爺這般肺氣痿弱，咳嗽不已，甚而唾出涎沫，倘若此症歸於虛寒所致之**肺痿**，可治以**甘草**與**乾薑**合用之**甘草乾薑湯**。反之，若屬虛熱邪氣所致，即因咽喉乃呼吸之門，陰陽交會之處，當溫熱邪氣犯肺，呼吸之門首當其衝，以此**大逆上氣**，**咽喉不利**，**止逆下氣者**，即以**麥門冬**合以半夏、人參、甘草、大棗及粳米之麥門冬湯主之。」

待陽旭天進一步為西兌王行望、聞、問、切之四診合參後，患者咳震則胸痛，並見痰中混雜膿血，隨證表示……

口中辟辟燥，咳即胸中隱隱痛，脈反滑數，咳唾膿血，即為肺癰。

肺癰胸滿脹，喘不得臥，一身面目浮腫，鼻塞清涕出，不聞香臭酸辛，咳逆上氣，喘鳴迫塞，葶藶大棗瀉肺湯主之。

陽又指出，肺癰之輕重，可分表證、釀膿與潰膿三階段。

表證可藉辛涼解表合以清肺泄熱之法治之。若病已至肺癰釀膿時，可藉苦辛大寒之葶藶子以瀉肺平喘，合以大棗之益氣和緩，此乃瀉痰行水，鎮咳平喘之傳世名方……葶藶大棗瀉肺湯。

陽又述，眼下診得王爺之症狀，實已拖延至病甚潰膿，即可見……

咳而胸滿，振寒脈數，咽乾不渴，時出濁唾腥臭，久久吐膿如米粥者。急需組以桔梗、黃耆、生薑、貝母、當歸、栝蔞仁、薏苡仁、桑白皮、防己、杏仁、百合、甘草之桔梗湯主之，始能排濃祛痰以治症，惟病甚如此，患者須具耐心服藥以對。

西兌王知悉症狀已至肺癰潰膿後，雖難免沮喪失望，卻想著，「嗯……這叫陽旭天的，頗有兩把刷子。憶得《五行真經》提及：肺屬金，金生水，亦與大腸腑互為表裡。肺金行水不利，則阻礙脾土之水濕運化，或而淤積成痰，或而水聚大腸而瀉。然而鎮咳丹雖能暫止咳喘，惟其衍生之腹瀉副症，令人生畏！」

西兑王立問道：「何以近日咳喘痰積，亦雜有暈眩欲嘔之感？可有解決之法？」

陽旭天隨即解釋道：「**脾虛無以運化體內水濕則內積，水濕得火則生痰飲。然稠者為痰，稀者為飲，可隨氣脈而遊移升降，在肺則咳，在巔則眩，在心則悸，在脇則脹，在胃則嘔，變化繁複**。解決之法，可外施針術以導氣滌痰，合以內服草藥，針藥並進，以升治症效率。」

陽旭天一話完，隨即取出短、中、長三銀針，半寸短針刺入手腕之**手太陰太淵穴**；一寸中針則沿胸骨與氣管間刺入頸結喉下方之**任脈天突穴**；寸半長針則取小腿外側，外踝尖上八寸，**條口穴**外開一寸之滌痰要穴……**豐隆**！此乃**足陽明穀氣隆盛**，至此處豐溢出於大絡，故曰**豐隆**。又說：「施此三穴位，可推助**太陰肺經**之氣動行水，鎮咳平喘，以達化痰祛濕之效。」

果然！針藥並進數日後，侯士封痰飲中已不見膿血，且咳震胸痛亦得緩解。一日午後，侯起身離開屋室後，提步走向了檢閱台，一來親閱屈蘄總管操練軍兵，二來遠眺北方叛軍動靜。這時，陽旭天現身西兑王身後，隨即表明就此離去，怎料西兑王立馬強留，並期望陽旭天能勝任團隊醫務，直到州禦軍奪回晳菘城。

忽然！一巡守蟄泯江岸之州禦軍兵，架著一中年男子前來。當下見該男子步履蹣跚，不似敵對水兵；視其身著扮相，猶似走私偷渡。待其卸下偽裝塗抹，直令西兑王訝異連連，惟因此人即是南西州之尼琩鎮鎮長……巢鄴！

西兑王驚聞巢鎮長述出，白渼城之駼煌城主早已受查坦尤垶收買！駼煌不僅下令城兵封鎖一切消息，更要求巢鄴及尼琩鎮民，不許將雪盟山莊遇襲事件外傳，以免增添南西州之動盪不安。然為揭發駼煌一手遮天，巢鄴遂決定掩人耳目，藏匿於漁船艙內，趁隙循江北上。接著，巢鄴再將南西州之現況，全盤托出，西兑王這才知曉摩蘇里奧已違協防南西州之約，更因聽得法王血洗雪盟山莊，以致喻莊主死於非命，氣衝上腦，霎時一口鮮血難抑，直衄而出。屈總管隨即將西兑王扶往休室，陽旭天立馬以苦甘澀寒之白及，配上止血不留瘀之三七，倏而為西兑王止住胃腑衄血之症。

待西兑王止住口衄後，頻頻搖頭並激動道：「昔日……臨宣一役，摩蘇里奧已違約了一次，而今法王已鬚眉皓然，老邁龍鍾，竟再對我鯨吞蠶食，甚而滅了雪盟山莊！」話後猛然拍案，洪聲吼道：「是可忍也，孰不可忍也！」

谷翎軍師亦驚訝道：「若依巢鎮長所述，甚連半途殺出之中州神鬣門刁總督，亦敗於摩蘇里奧之手，如此耄耋老人，怎有能耐勝過天下第一疾劍之刁刃？莫非……摩蘇族人又研製出……激發動能之強藥？」

「快……快備妥一切激能丸！」西兑王接續令道：「屈總管聽令，倏將激能丸發予所有軍兵，此刻筵丰鎮雖有軍兵五千，我侯士封定要令它釋出上萬兵力！」

西兑王甫一話出，立馬引來陽旭天之勸諫：「草民斗膽提醒王爺，激能丸雖能爆發肌肉能量，惟藥性不利水腎，亦不持久，一旦戰事拖延，久服之軍兵恐發腎陰虛，甚而腎陽虛之連鎖症狀，屆時王爺縱有五千軍兵，恐有不及二千兵力之虞啊！」

忽然！公晰鎮長疾步前來，氣喘吁吁地表示，甫聞回鎮之柴夫描述，驚見晳菘城裡冒出陣陣濃煙！聞訊之後，谷翎立於塔台上觀望一陣後，俄而對主公表示，依晳菘城之方位座向，再循濃煙冒出之處，幾可斷出該煙冒於城西糧倉，但見煙霧濃烈竄天，頗有燎展之勢！

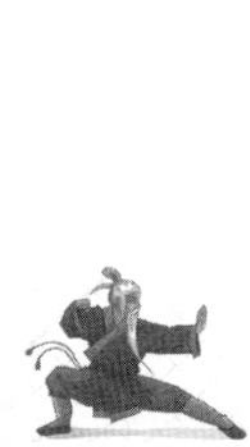

西兑王難掩一時興奮，隨即攤開右手掌心，笑道：「哈哈哈，本王敬為『京圻先覺』之權衡，曾因本王之虎口胎記遭磨滅，推估本王之前景堪慮？哈哈哈，只要破了昝菘城，一舉將石濬拿下，回頭再集結寅轅城之軍兵南伐，並將摩蘇族人擄為西州奴隸，我侯士封依舊能稱霸西州的。哈哈哈……」

西兑王深吸了口氣，洪聲再道：「此刻叛軍正為燎展之火而無暇他顧！屈蘄總管儘速備妥作戰所需，鎮上五千軍兵，以五百守鎮，其餘兵分三路，先以五百先鋒直衝昝菘南城門以引誘敵對注意。然此同時，屈總管領兵二千，繞道攻向西城門，另二千軍兵則隨本王沿江岸而行，進而攻其東城門。」「切記！攻城不免肉搏，所有軍兵於發兵前，務必服下激能丸，一旦攻破東、西城門，並解我先前受縛之州禦軍，即可於二日內奪回昝菘城！」

谷翎憂心道：「主公以五百先鋒衝城，僅為誘敵之用？倘若此般先鋒遇叛軍蜂擁而出，恐將兵革滿道，死傷相枕！然而折損先鋒軍後，我筵丰鎮僅剩五百守兵，如此單薄兵力，恐怕……」

「呵呵，谷翎軍師多慮了！日前本王退出昝菘城時，目測叛軍約莫等同我撤軍數量；然扣除傷損者，為數應有四千左右。眼下為顧及糧倉失火，石濬實難精準調度守城兵馬，故將全力固守面我之南城門才是！再則，西城門之外乃茂密山林，人煙稀少，而東城門外不遠之油舢埠頭，商貿熱絡，故居於城東之百姓居多，石濬短期內欲遷移城東百姓不易，一旦本王率兵殺進東城門，手無寸鐵之百姓，勢將成為我軍殺入之護身符，倘若屈蘄總管再破西城門，叛軍就僅剩北城門可逃啦！」

一旁巢鄴微微搖頭，想著，「王爺一心為著奪回城池，竟不顧五百先鋒之生死！甚以晳菘百姓為護身符？如此殺戮奪城之君，何以顧及西州之蒼生？」

巢鄴接著想到，「凌泉說的沒錯，各地反抗勢力之所以擁護石濬，實因石濬視百姓為國之基、軍之本，相形之下，更凸顯侯王爺之暴虐無道！所幸巢鄴於權宜當下，已令尼琩鎮民全力協助凌泉團隊，此舉或可為西州之民不聊生……帶來一線曙光！唉……不知凌泉此刻所率之反抗軍，能否抑遏南西州之外族勢力啊？」

一陣思量之後，不禁令冀望西兑王能領軍奪回白涘城之巢鄴，大失所望。致使當下之巢鄴猶生支持石濬入主寅轅城之想法！

翌日卯時，鎮上四千五百州禦軍於聞令之後，各隊領頭陸續領軍出鎮，待行軍十里後，兵分三路續行，而後再經廿里路程，屈蕲領兵來到一片松林，順勢令軍兵暫歇於樹蔭之下。一軍兵突好奇喊道：「嘿，大家瞧瞧，這腐爛的松樹根兒旁，竟有著一坨坨小東西，刀切後甚呈出白色哩！」

另一兵應道：「傻子啊！那玩意兒叫**茯苓**！小時候常鬧肚子，給大夫診了之後，都說些什麼水濕阻滯、濕熱下注等等，接著見得所開的藥方兒裡就有這玩意兒囉！且聽大人們提到，**茯苓**乃健脾補中，利水滲濕之要藥，還兼有寧心安神之效嘞！倒是……屈總管要咱們服下的激能丸，不時有著逆氣胃嘔等副症。甫發下的藥丸兒，我都沒吃耶！」

「我也沒吃……我也是……」諸軍兵接連道出

「喂喂喂……讓你們歇歇，吵個什麼呀？一會兒後，繼續上路。」屈蕲正經喊道。

「吵嚓……吵嚓……」松林內突傳來不明摩擦撞擊聲響，屈蕲立令一兵趨前一探究竟？半晌之後，隨著聲響越來越近，清楚聞得連續之唧唧吱吱，屈總管旋即吼出：「大夥兒小心，立馬抽刀備戰！」

一會兒後，見探兵嚇出了魂似地疾奔而回，使勁兒地喊道：「快……快……快逃啊！」隨後之喊聲立遭雜鳴聲蓋過。

原來，約莫百條肩高逾三尺之山豬，正朝著松林衝來。屈蕲見狀，隨同眾士兵，拔腿就跑，動作稍緩之軍兵，惟聞數聲慘叫哀嚎，即遭山豬群衝撞，輕者皮開肉綻，重者骨碎肢殘。慌亂之中，屈蕲回頭以六尺長戟，刺、削、砍、劈，俄頃斃了數條野豬，待野豬群轉向奔走後，現場一片狼藉。

屈總管立馬回身，使勁兒推開壓著傷兵之豬屍，赫然發現豬屍之後腿處，皆有著赭紅之「元」字烙印，瞬令屈蕲想到，「晉菘城著名之特產，即是元菘坊的蜜汁山豬。難道……有人將元菘坊飼養的山豬群，事先圈於樹林內，靜待我軍出現？」而後又唸道：「哼！區區幾隻畜生亂竄，唬得了誰啊！或許真如主公所言，叛軍已無足夠兵力，遂藉豬隻畜生以充數，呵呵，太可笑啦！」

待重新整裝後，屈蕲續領著軍兵，依原計劃前進，經半天路程後，該軍伍來到了一長段斜坡，立見路旁立著「金鴿坡」三刻字之石碑。屈蕲憶得此斜坡乃一捷徑，卻於甫上斜坡之際，深感周遭過於寂靜，遂止住了軍隊前進，並下令提升備戰狀態。

續行半里坡路後，忽見數粒雞子兒大小之卵石，緩緩滾下，屈蕲見得異狀萌生，瞬令軍兵持起盾牌以應。待持續前進一段坡路後，發覺又一批滾石隨坡而下，惟此回所遇，已非卵石，且見隨之而來之滾石越來越大，屈蘄立洪聲喊道：「有埋伏！撤……全軍儘速回撤！」然此喊話一畢，立見軍兵遭堅硬之石英岩塊砸中！

正當屈總管率軍撤退之際，魏廷釗俄而持起猛虎朴刀，領著三百人馬自金鴿坡上衝下，立馬展開驅離攻勢。屈蘄驚見敵對迫近，倏而持起兵械，迎面對上昔日上司，其餘州禦軍兵見叛軍有備而來，個個如獐麋瑪鹿，亂了陣腳。待面對群龍無首之千餘州禦軍四竄，三百追兵一邊兒藉松枝揚起坡道塵土，一邊兒朝逃竄之州禦軍洪聲喊出：「快……坡上大批後援已到啦！」果然，一陣連滾帶爬後，即見棄甲負弩之州禦軍直朝坡下衝去，火速逃離了金鴿坡。

回觀西兑王所領軍隊，一如先前計劃，沿著蟄泯江岸北上，終來到了晵菘東城門外。此時，早已安頓好港埠漁民與城東百姓之石濬，正佇立於東城門上。侯士封揉了揉眼，確認了石濬後，一抹冷笑，睥睨喊道……

「阿濬任了幾天的晵菘城主，還算上手吧！只是……過往本王見東城門乃漁獲進出之穿堂，怎麼？阿濬不僅關了城門，甚連本王身後之泗舢埠頭，僅見漁船緊倚埠岸，其上盡是慵懶鷺鷥停歇，卻不見任何熬油費火漁工，真是霄壤之別啊！且聽聞城西之糧倉已付之一炬，這麼下去，我軍不必攻城，爾等叛軍僅待饑火燒腸，城裡百姓勢必餓殍遍野！」「呵呵，我說阿濬啊！如何治國與邦，不妨多向你封叔叔請教請教吧！」

石濬回應道：「當年封叔得先父信任，甚而服下了封叔呈上之罌粟殼粉。雖說此一醫用收後之藥，本具斂肺止咳，止瀉鎮痛之效，最終卻因封叔於雄黃上動了手腳，以致父親骨化形銷，如此弒君竄位之輩，百姓何以託付？眼下，知悉封叔將不惜代價，回返奪城，石濬遂先閉城門，以免傷及無辜百姓，權宜之計，情非得已！」

「哼！原來是那口無遮攔之御醫葶縴漏了餡兒，若非本王心軟，否則……早斃了他！」

侯又道：「當年阿濬受魏天灝之誘拐，落得如喪家之犬一般。而今又集結了烏合之眾，行叛亂之實，理當處斬！惟因石前主曾提攜侯某，阿濬若能迷途知返，棄械投降，本王倒能予以網開一面，否則，待我州禦軍破了城門，一切為時已晚！」

「呵呵，封叔此言差矣！在下集結州內眾多綠林好漢與地方志士，只為一反唯利是圖，恣意妄為之君。咱們弟兄雖無完備胄甲，個個盡是驍勇善戰之能者。自西兊王對境外異族開放門戶後，不僅輸入外藥以圖利，更藉外族以填充軍兵數量，藉以達到攘外之目的。除此目的之外，王爺僅視州內遊動之外族如敝屣，直至石濬揭竿起義，西兊王才想到邀辦聯外大會，欲藉外族之力，以達協防鎮壓之效。難道……這些吃過王爺苦頭之境外異族，不知此乃西兊王以逸待勞，借刀殺人之計策？」

石濬再道：「西兊王一意孤行，蒼生莫可奈何！然自西州門戶外開，歷日曠久，外族或因聯姻而留根於此，抑或融合了西州文化而居留掙拼，可惜封叔未能妥善族群之融合，僅同摩蘇族狼狽為奸！過去，石濬曾顛沛流離於克威斯基，因而見識過摩蘇家族何等欺凌異族同胞。而今封叔藉由權勢，與金蟾法王蛇鼠一窩，無疑養虎為患！倘若我反抗弟兄傳來之消息無誤，負責協防南西州之摩蘇族，實已掌控了白涘城，並搗毀了雪盟山莊！眼下西兌王若執意於此操動干戈，不僅耗損雙方軍力，更令法王得以隔岸觀火，並享漁翁得利之機，晚輩尚請西兌王三思啊！」

「哈哈哈，阿濬何時學會這般鼓唇弄舌功夫？若非我守城軍兵疏忽，讓叛軍突襲得逞，我侯士封怎會暫退筵丰鎮？」「不過，依本王估計，眼下瞀菘城內可作戰之人力……約莫三千有餘，扣除留守其他城門人馬，眼前駐守東城門之兵力恐不及千，阿濬自知無力抵禦本王攻城，遂採遊說攻勢應對，可笑……實在可笑！倘若西州交予你這乳臭未乾小子，不出半年，必遭中州吞併！」

話後，西兌王舉起手勢，欲下達攻城之令剎那，抬頭驚見二熟悉面孔現身於石濬身後，其一乃狐基族長老，且於中土化名為喬承基之古亙，另一則是夏塔沙族之酋長……庫達司！

濬道：「西兌王果真經驗老到，眼下東城門內可戰之兵，確實不足。所謂『兵不在多而在於精』，在下雖不具一夫當關，萬夫莫敵之威，卻僥倖榮得各族群領袖之賞識。」「見得狐基族於聯外大會上取得了協防中西州之權，該族之古亙長老遂結合在地族人，深耕中西州，此回能奪取瞀菘城，並提出守城要領，古亙長老功不可沒。再說，封叔所採之燒糧計策，確實出乎咱們意料！不過，能讓眾志士穩住陣腳之功臣，非庫達司酋長莫屬！惟因取得協防北西州之夏塔沙族，連日運送與北州交易之糧草，再經瞀菘北城門而入，以致城西糧倉雖焚燬，全城尚不致匱乏不濟。」

西兌王立馬指向城門之上，怒斥道：「好個吃裡扒外之古亙與庫達司！本王善意提出『聯外制內』之策略，殊不知二老竟從中扯後腿！爾倆之叛逆行徑，勢將波及同族族人！待我侯士封肅清叛軍後，必對二族群回以報復行動！」

庫達司酋長回道：「聯外大會後，夏塔沙族隨即集結族人於北西州。惟因西兑王設下諸多限制，甚而藉由刀械管制，以致州禦軍藉故沒收我族人屠宰豬羊之刀具，我族不僅生計受限，更因外族不得逆於軍兵，以致軍兵恣意妄為，諸多歧視，令我族人不堪，甚有我族婦女慘遭軍兵姦淫而無處申冤，而真正維護我族安危者，正是石濬所領之反抗群伍。西兑王不仁不義在先，無怪乎各地反動勢力，逐一而起！」

侯士封予庫達司一睥睨眼神後，心想，「依時間推估，屈蕲所領兵馬，應已攻打西城門才是。再則，五百先鋒亦已出擊南城門，為何不見石濬呈出情勢緊張之貌？」接著，侯士封使勁兒下令，所有州禦軍即成攻城陣列，隨後即見軍兵開始組裝攻城高梯。

正當侯士封於城門前，抽出一長三尺二寸之雷火鞭以震懾在場時，突然……

「喀啦……喀啦……喀啦……」一陣門軸轉動聲響起，直令欲攻城之軍兵詫異以對，直呼道：「城……門……它開啦！」

石濬突如其來地敞開東城門，霎時鎮住了現場所有！一軍兵發聲道：「主公，是咱們衝進城？還是……叛軍要出城投降啦？」

西兑王嚴肅喊道：「小心！叛軍恐因走投無路而集結衝出，所有攻擊陣式不變！」

接著，見著三輛四輪大輂橫向並排，緩自城內向外推出，隨後堵於東城門口，仔細一瞧，三大輂同架著一碩大之拼裝傾斜石板，隨後即自斜板上傳來滾落聲響。

「嘩啦……喀啦……嘩啦……喀啦……」一塊塊如手掌般大小，外形粗糙且質地堅硬之咕咾石，正以極快之速度滾下，然因數量之大，不一會兒功夫，即見東城門外鋪滿了咕咾石。

西兑王見狀後，狂笑三聲，喊道：「此般咕咾石來自珊瑚礁石灰岩體，以其粗糙而堅硬之特質，若自城牆上砸向我攀牆軍兵，非死即傷，怎料叛軍竟異想天開地，將其碎成掌大之岩塊，再藉其滾落而擊散我攻城陣列。哈哈哈，欲採此等戰略，也得待我軍衝城門之際施用才是啊！眼下散落一地之咕咾石，亦堵塞了城門進出，足見叛軍可用之兵力，確實不足！」接著，侯士封揮起雷火鞭，高喊：「眾軍聽令，叛軍藉機拖延時間，想必為著調動其他人馬前來，大夥兒立馬持上兵器，朝城門進攻！」

「喀啦……喀啦……喀啦……喀啦……」約莫五百衝鋒兵於聞令後前衝，怎料軍兵踩踏石堆剎那，咕咾石隨即相互推擠滾動，以致眾多軍兵之腳踝陷入了石塊間縫之中，不僅阻礙了攻城速度，且因咕咾石粗糙而堅硬，瞬令所有足踝深陷之衝鋒軍急發哀嚎之聲，更令後方陸續前衝之軍兵此仆彼起，接連仆臥石堆之上，以致相互踐踏，肘裂膝傷！

西兑王見狀，立馬踩踏前仆傷兵之肩背，使其快速越過石堆，接著一躍而上，直往城樓上衝。石濬見敵帥強登城樓，抽劍咄嗟，雙方旋即踏於城牆垛口，相互對擊。

此刻，石濬仗恃前軍機大臣魏天灝之調教，武藝施展頗具水平之上，怎奈敵對所持之雷火鞭，既沉且堅，瞬間砸擊力道甚巨，更因雙方於城垛上交手，除了制敵之技藝外，考驗的即是雙方之平衡能力。然而左足略跛之西兑王，雖藉跳躍步伐補其缺損，惟眼前甫逾而立之年的石濬，確有著源源不絕之戰力。雙方交戰一陣之後，急欲速戰速決之西兑王，按下了握柄內設閥門，瞬見雷火鞭前端出現一開口，眨眼撒出灰黑鐵砂，隨後即藉引斥神力拖曳鐵砂，立展過往厲砂鋌挐劍之揮鞭威力，而後即聽得「碰……碰……碰……」之聲響，立見若干城牆垛口慘遭鐵鞭摧裂損毀，如此狂摧之攻勢，直令敵對難以招架！

孰料，雙方激戰持續，西兌王卻於施展引斥神功之際，突一陣逆氣併雜痰飲湧上，頓令其岔氣而咳！然為避免氣逆持續以致內功反噬，西兌王倏將鐵砂收回，並藉回填鐵砂之質重，朝對手猛然一擊，城門上惟聞「鏗」之一聲響，石濬手持鐵劍應聲而斷，胸前更遭對手一記飛踢，後仰仆跌。適值西兌王欲藉一蹬躍，乘勝揮鞭了結石濬剎那，怎巧踏上甫遭鐵砂鞭摧損之處，一踉蹌失衡，瞬自城牆上跌落，當下為讓損傷降至最低，西兌王瞬藉一空翻，隨即落踏於石堆上之仆臥軍兵，唯承此重壓剎那，該兵立馬口衄而嗚呼咄嗟！

庫達司酋長見狀，頻頻搖頭，不禁唸道：「城牆之上，相互迎擊，值雙方罷手後之所呈現，二人依然分置城牆上下，未來局勢，猶可看出端倪。」

待西兌王躍回馬背，欲抬頭回瞪對手剎那，驚見城門上又多了一身影，仔細一瞧，竟是過往麾下勇將……魏廷釗！

侯士封輕蔑喊道：「阿濬果真到了黔驢技窮之境，竟須暗地招攬原西州軍機總管！所謂『塞翁失馬，焉知非福。』見得不忠之魏廷釗投靠敵營後，始知真正忠心不二者，即為我王府護衛……屈蘄將軍！」

侯又冷笑道：「呵呵，本王先前猜測魏廷釗應受命鎮守迎面之南城門，是否因接獲了東城門告急之令，遂前來支援？哈哈哈，阿濬啊！調兵遣將之功夫，爾等晚輩尚是計絀方匱，諸多不足啊！環顧晢菘城之進出，唯西城門相對地瘠人稀，常為守城調度之漏洞，故自城西糧倉遭祝融之災後，西城門即為我州禦軍鎖定之進攻焦點，此刻好心告知，惟因爾等調度已晚，芒刺在背，在所難免！哈哈哈……」

魏廷釗立應道：「確實，芒刺在背，在所難免！」一話完，隨即自城樓上拋下一提袋兒，此袋兒正巧落於石堆上一軍兵身前，待該兵扯開布袋，立馬心驚膽懾地向西兌王呈出一顆斗大頭顱，頓受震懾之西兌王立顫唇喊道：「我……我的……屈……總管啊！」

魏廷釗再道：「知悉屈蘄勇猛且有大將之風，為掩護子弟兵逃命，即時回身操戟應對，獨自攔阻我方追擊，待經勸降無效後，立採單挑廷釗以符其同歸於盡之下策，適值一招之失，不敵猛虎朴刀橫掃之勢，終斃命於西城門外之金鵠坡！」

此一晴天霹靂之述，瞬令西兌王勃然大怒，不禁深吸一口氣，揮舞雷火鞭，喝令前列弓箭手速速上箭，其餘後衛則踏著仆臥石堆上之軍兵，火速攻城！

石濬見雙方衝突已無可避免，遂指示城上兄弟吹出號角。霎時，見數十白鷺鸞突自船板上飛起，其腳上更因相繫著細繩，伴隨「嘩……」之聲響下，壯觀地拉起數張預先連結之漁網，而後約莫六百手持兵械之勇夫，倏自停靠港埠邊之漁船內竄出，洪聲齊吼：「殺……殺……」

位居後列之州禦弓箭騎兵，驚見後方突襲，倏而轉身，立馬張弓發矢，怎料數百飛箭出弓後，一一遭高張之漁網擋下。此時，魏廷釗喚出城樓上數十持弓兄弟，張弓指向城下軍兵，更見大批持刀抗軍自港埠前衝，立以前後夾擊之勢，包圍西兌王之攻城軍隊。

侯士封於指顧之間，自馬背一躍而上，凌空使上雷火厲砂鞭，見其拉長鐵砂鞭而橫向一掃，八九鷺鸞立馬凌空解體；再見其縱向一劈，強力摧扯之下，高張之漁網瞬遭撕裂四散，敵我雙

方旋即展開激烈衝突。魏廷釗立令弟兄著上耐磨之護踝革套，倚仗城上之弓箭手掩護，逐一拋繩垂降，藉以聯合港埠抗軍齊力作戰。

然而西兑王本懷著「黃沙百戰穿金甲，不破晵菘終不還」之決心出兵，怎料不見五百先鋒轉移敵對注意，卻見愛將屈蕲折戟沉沙，隨後再遭敵對前後夾擊，諸多跌磕蹭蹬情狀，逐一而現。惟見情勢不利於己，不甘惡居下流，當機立斷，揮鞭高喊：「撤！立朝南向……撤退！」

東城門前之千餘州禦軍馬，或為冑甲龜裂，或為骨折刃傷。西兑王領著潰退之州禦軍，倏朝南向撤退，途中甚而遇上了自西城門退回，與直衝南城門潰敗之殘餘軍兵。當下即令全數兵馬直奔筵丰鎮，以期重商因應大計。

回觀州禦軍退去後之晵菘城，聞石濬倏令各路勇士清開城門前之咕咾石堆，並將所有衝突傷患送入城中療治。魏廷釗則對古亙長老之建議，於金鴶坡以滾堅之石退敵，深感佩服，並領教了漁民所採珊瑚礁岩，竟有阻敵、傷敵之奇效。

石濬隨即表示，同是來自克威斯基，西兑王僅關注摩蘇族之萃取合成技術，卻忽略了擅於石類應用之狐基族！又說：「據庫達司酋長告知，除了運抵晵菘城之糧草外，北州惲子熙軍師亦令雩嬣姑娘趕製護用皮件，不僅提供夏塔沙族人禦寒之用，更贈予抗軍護踝革套以為對戰所需。此役能收得北州之支持，戮力以赴之弟兄士氣，著實為之大振！」

數日之後，見東城外埠弟兄領著一操駕舢舨之神秘人物前來，待神秘人卸除頭巾裹布，始知此人乃南西州尼琩鎮鎮長……巢鄴！此人冒死前來，只因曾受凌泉託付一封密函。值石濬拆閱之後，詫異道：「不妙！果真是……螳螂捕蟬！」

待大夥兒齊聚議堂後，即由巢鎮長詳述南西州與筵丰鎮之現況。聞訊之古亙立發出詫異之聲，表明摩耶太阿劍再現，殺戮之氣，勢將難免！接著，古亙長老為大夥兒描述了太阿劍之由來，當下聞者無不鉗口結舌以對。為此，石濬倏令魏廷釗領來甫投靠抗軍之姜東瀚、虞沅奎二員勇將，並會同古亙與庫達司作出多項沙盤推演，藉以擬出因應未來西州之局勢變化。

自皙菘城鎩羽而歸，一路退回筵丰鎮之侯士封，復發了咳喘上氣之症，立馬詔來陽旭天辨證論治，卻得陽旭天嘆息表示，先前肺癰之疾已受針藥約束，怎奈西兑王清陽未能回升，濁陰未能順降，再因作戰出擊，強驅體內引斥能力，以致阻礙肺金之宣發肅降。

陽又道：「眼下王爺病況，咳而上氣，則其氣之有衝而不下，其咳之相連而不已，此皆屬肺之脹也。邪入於肺則氣壅，氣壅則欲不喘不可得，惟喘極，故目如脫，所以肺脹與喘之至也。依此符合醫經所謂：咳而上氣，此為肺脹，其人喘，目如脫狀，脈浮大者，越婢加半夏湯主之。」

陽再道：「見得目如脫狀，實乃飲熱迫肺使然，故此一治方乃由麻黃、石膏、半夏、生薑、大棗、甘草之所組，以麻黃之辛熱發之，以石膏之甘寒佐之，並藉石膏之治熱，乃或因風鼓蕩而生之熱，或因水飲蒸激而生之熱，或因寒所化之熱，以解飲之熱源；待諸藥合用，能使久合之邪，渙然冰釋，始達宣肺瀉熱，止咳平喘之效。」話後，陽旭天再以短針，刺於西兑王之頸背第七頸椎棘突下，旁開半寸之經外定喘穴，以緩其突發喘狀。

數日後，西兑王再於陽旭天針藥並進下，緩了其咳喘之症，立偕谷翎軍師研議是否再集結北西州之軍力，以奪回晢菘城？抑或領軍回防寅轅城？惟見谷翎顯出愁腸百結之貌，而後直言正色地表示，自石濬暗地聯手夏塔沙族人，北西州之軍兵已陸續遭俘虜。再因北西州之姜東瀚、虞沅奎二員大將轉投了敵營，眼前欲集結北西州之軍力，頗具難度！

谷翎又道：「回觀我筳丰鎮，此乃寅轅城北之要鎮，一旦失守，叛軍恐將得寸進尺，故應增調寅轅城兵馬前來支援為妥。怎奈至今不見臧動將軍調動護城騎隊，抑或巡防水師軍前來增援兵力，卻於今晨驚見寅轅城主庹覯，負傷前來，始知寅轅城已出了事兒！」

谷翎再道：「日前主公領兵前取晢菘城時，摩蘇里奥竟以拘捕了數百叛亂份子，且欲親手交予西兑王之由，要求臧將軍敞開寅轅南城門。臧將軍當下認為，法王雖追緝叛軍有功，惟任其押著數百賊寇貿然進城，不甚妥當，遂令守城軍衛長龔嵊接手，親率部下將受縛之叛亂份子直接帶往監禁大牢待審，隨後安排法王留宿於迎賓客棧，以待西兑王回城。孰料此批受縛賊寇，多數為白湙城主差人佯裝組成，且於抵達大牢前皆已自行鬆綁，隨後聯手法王之押解人馬，突襲我押解軍兵，龔嵊軍衛長一時回應不及，腹背受敵之下，罹難當場！」

「碰……」西兑王一聲拍案巨響後，隨即抽出厲砂雷火鞭，怒衝腦門地斥道……

「摩蘇里奥惡跡昭著，神怒鬼怨，就算爾已耄耋人瑞，我侯士封依樣將你碎屍萬段！咳……咳……」又道：「留守京城之臧動，尚有冷雲秋，兀官盉等大將可調用，城裡可用資源甚多，難道擺不平那雞皮鶴髮老翁？咳……咳……」

谷翎回應表示，依庹覯城主所述，臧將軍居於明處，法王則於城中飄移不定，其隨行黨羽更是四處燒殺擄掠。再據巡防南水域之鄔裕仁將軍捎來急報，查坦尤垶於白渼城集訓之外籍兵馬，現已準備北移前進寅輚城，消息一出，倏讓寅輚城籠罩於恐懼之中！自此之後，城中游擊事端層出不窮，臧將軍遂率軍兵固守白鑫大殿，並由冷雲秋、兀官盍二將軍持續執行巡城剿寇，而庹覡城主則主動調查龔嵊軍長遇害之始末。直至龔軍長一殘存部下還原事發經過，始知發動受縛賊寇戕殺我龔嵊軍長者，實乃缺了一胳膊之……查坦尤垶！

谷翎又說：「得知始作俑者後，想當然爾，庹覡城主即成了查坦鎖定之目標。庹城主本欲前往白鑫殿請求臧將軍派兵保護，卻驚覺已遭賊寇盯上，遂於中途易轍改弦，馭馬出城，直奔筵丰鎮，怎料不幸遭賊寇襲擊，背部身中三箭，經陽旭天診斷，其中二箭之深，傷及肺、腎二臟，惟因**肺氣肅降能助腎氣清升**，至關重要，故眼下之庹城主……命且旦夕之間！」

西兑王搖頭唸道：「螳螂捕蟬，黃雀在後。靡蘇里奧趁著石濬等叛軍崛起，早已謀出各種侵佔西州之計劃！而勝任水師總督之臧動，遲遲未能調動水師軍前來，或於得知靡蘇族之墨綠大軍準備北攻之際，已先調動水師軍兵南下平亂。」此一說法，隨即獲得谷翎軍師認同。

谷翎接續認為，白鑫大殿乃西州之權力中心，為了不讓法王得逞，主公必先作出割捨。換言之，主公立馬領軍回朝，聯合臧將軍之守城軍兵，務必剷除靡蘇里奧及其黨羽。惟因情勢所逼，西兑王無奈地認同了軍師之建議，怎料遇上公晰鎮長慌張前來，氣喘吁吁道：「不……不好啦！眺見……北……北方……大批瞀菘城之叛軍，緩緩朝著筵丰鎮來啦！依其行軍速度，不出十二時辰，即可抵達筵丰鎮！」

「咳……咳……」西兑王於聞訊後，胸口隱隱作痛，隨即下令谷翎與陽旭天，分別理妥鎮

上庫存之速效藥劑與傳統草藥，即刻退回寅轅城。隨後更囑咐公晰鎮長帶領鎮民設下路礙，藉以拖延叛軍南下時間。

公晰苓聽令之後，頓時無言以對！不禁想到，「敵對來襲，侯身為州域之主，竟不為鎮民設想，反令手無寸鐵之無辜百姓正面迎敵、阻攔作擋。聞令當下直令人搖頭以對，無怪乎北西州已漸趨倒向石濬陣營！」

兩時辰之後，西兑王隨即上馬指揮朽戈鈍甲之軍兵，並號令眾兵於服下激能丸後，立以四百軍兵為一伍，隨後親率九伍兵馬，倏朝寅轅城推進。

觀寅轅之北城門，巍然屹立，威武依舊，此刻卻見城門一開一闔、城樓守衛盡散，亦不見穿門庶民，如此空寂景象，令人生疑？待西兑王親臨城下，驚見癱軟無力之守城衛兵，或倚或臥於門內街陌，頓生不祥之感！惟聞門後一人發聲喊出：「主……公……主公……」這才發現，眼前之虛弱者……兀官盍將軍也！

兀官將軍指出，軍機處與城內各軍備分部之飲水，遭人下毒，中毒者瀉痢不止，眾軍兵一如瓦合之卒，不堪一擊。又說：「軍機處何等嚴密，怎容賊寇入內施毒？待末將追查，其因乃於臧將軍下令冷雲秋固守軍機處，而冷將軍早受法王收買，以致各軍營之毒害事件連鎖發酵，一發不可收拾。眼下法王已包圍白鑫大殿，末將欲前去筵丰鎮求援，所幸於此遇得主公領軍回城。」

西兌王未知城中之毒害程度，倘若貿然入城，恐不利於已，遂令陽旭天速速診斷中毒癱兵，並質疑賊寇之毒行，是否已達傳染層級？待陽旭天診察了周遭癱軟病患，正經話道：「見得**患者之脈弦數**，**舌紅苔黃**，**腹痛**，**裡急後重**，**下痢膿血**，此乃熱毒邪氣侵陷**血分**，進而下迫腸道之**熱毒性痢疾**！況且此類病症，恐有原蟲作祟之虞，甚可藉由患者便溺而散播病邪，故須慎防水源污染，所幸暫無隔空傳遞之虞！

西兌王悉聞後，急令三千屬下，倏往城中各守衛處巡視，並將止痢速效藥丸兒，發送至各軍機分部以為解症之用，此舉當下立得陽旭天再三警告，倘若病發源頭真出於原蟲作祟，僅知一味止痢，或將留邪於體內，實非上策！

陽憂心又道：「此毒害恐已波及民間！然為防微杜漸，陽旭天就此脫隊，以訪查民間百姓之病害程度；必要時則須倚賴傳統草藥中，能清解胃腸濕熱與**血分**熱毒之良藥……**白頭翁**，以行清熱解毒，涼血止痢之效；合以**秦皮**之苦寒收澀效用，再藉清解**中、下焦**熱毒之**黃連、黃柏**二味，以此四藥共組成之治痢名方……**白頭翁湯**，或可防堵病勢持續擴散。」接著，陽旭天拄著枴杖，緩步來到西兌王坐騎旁，輕聲地說了幾句……

西兌王有些煩躁地回道：「行了行了！縱能辨出真正病原，但……長期行銷速效藥劑之寅轅城，其所備存傳統草藥之數量，可不比朁菘城之所儲啊！唉……算了，城裡百姓情狀，不妨暫由陽老兄察視，能控防民間病情蔓延，實乃有利而無害之事兒。」又說：「不過，眼下軍情告急，唯有先治標，再談治本！本王以速效劑救急為先，而後儘速圍剿摩蘇里奧與其城內黨羽，實乃眼下當務之急！」

兀官盍立馬下跪，對著西兑王表明，當前情勢，已無所謂圍剿之實！惟因眾兵體力虛脫，無以招架，今晨寅卯交界時分，摩蘇里奧已率數十黨羽，巧與冷雲秋裡應外合，致使臧勳將軍守城不利，遂令賊寇強行攻入了白鑫大殿，值慌亂之中，末將決冒死出城，藉以尋求援兵之助。

「什麼？僅數十黨羽，即可攻佔我寅轅城？」如受晴天霹靂之俟士封，立令兀官將軍領路，且於指顧之間，振臂扯韁揮鞭，倏領五百先鋒騎隊，直往白鑫大殿衝去。

適值西兑王來到了白鑫殿前之寬幅石階，一映入眼簾之驚悚場景，瞬間震懾在場！原因出於一面目四肢俱黑之屍首，正臥於石階正中！待兀官將軍上前一探，立馬嚎啕大哭，回頭喊道：「嗚……是……是……臧勳將軍啊！嗚……」

俟士封見狀當下雖感震懾，心裡卻納悶著，「臧勳並非一般看門小將，竟遭如此毒手？何等邪術能令其面目發黑而獨斃命於石階之上？看來……伺機竊據我城池之摩蘇里奧……有備而來！」接著，西兑王連翻上階，先鋒軍兵立隨主公之後，一擁而上。

西兑王於翻躍後來到了殿前廣場，霎時深感驚心駭神，只因見得約莫千餘墨綠軍兵，正列於大殿之前，心裡不禁一陣嘀咕，「甫聞數十黨羽竊城，遂領五百先鋒前來，眼前何以見得這般數量？難道……」

接著，見得二紋身魁梧壯漢，自殿內抬出了西兑王平日所坐之精雕紫檀木座。

「咻嘯……」一陣怪風忽自殿內吹出，隨後見一身影順風而來，視其凌空跨步接一翻轉，立馬穩坐於檀座之上。待二魁梧大漢分立兩旁後，見其撩起鬚鬍，冷冷發聲說道……

「呵呵，知悉西兑王率領軍衛圍剿叛黨，苦征惡戰，惟聞引斥神功再現，威勇不減當年，著實令人心生佩服！」又說：「憶得老夫當年為西兌王東侵中州，不僅呈上鐵甲戰船之設計，更為西兌王打造了三尺二寸之雷火鞭，怎奈西兌王獨鍾於天外磁石所製之鉎崋劍，令老夫一片熱忱，轉眼成了驢肝肺！孰料鉎崋劍之下場，竟遭刁刃之戮封劍所毀！而今得知西兌王重登沙場，仍不忘揮使老夫當年之拙作，感動之餘，遂不計舟車勞頓，前來一探老友，怎知西兌王如此禮遇，竟空出白鑫大殿作為接待！可惜今晨驚聞大掌櫃臧勳，熱忱巡視老夫居處安危，卻不慎失足跌落殿前大階，嗚呼哀哉，如此忠誠勇將驟逝，令人不勝欷噓啊！」

「呸你個矢口猖言，棺材瓤子！」侯士封不悅再道：「咱倆相識近三十載，本王能冶鐵，法王能製藥，更因本王引了條路子予境外異族，實可相互取長補短，坐享中土五州資源。然於昔日東侵中州前夕，幸得幕後智囊之權衡先生提點，中鼎王乃身懷陰陽電擊之能者，倘若本王使上摩蘇先生之鐵製雷火鞭，中鼎王即可於數尺之距出擊，藉由雷火鞭傳電而擊斃敵對。法王以此兵器相贈，無疑令本王飛蛾撲火，如此揣奸把猾，預謀人命者，喪天害理之輩也！」

侯接著又道：「摩蘇先生對本王之行徑，瞭若指掌，不僅趁本王圍剿叛軍之際，行鳩佔鵲巢之實，更於我軍不備之下，下毒癱瘓我城守軍，襲擊我軍衛主將！眼下亦集結身著軍裝之黨羽，列於我都殿前庭，是可忍也，孰不可忍也！」

「哈哈哈，真是茅塞頓開啊！原來，老夫睥睨那仗著占卜看相，究人命理之權衡先生，竟是離間咱倆之始作俑者啊！嗯……既然西兌王匿隱了一身後智囊人物，難道我摩蘇里奧就不能安插內應，為吾通風報信兒？」「呵呵，西兌王雖藉聯外大會籠絡了外族，卻於疑三惑四下，對外族諸多限制，尤對寅轅城訂出外族之居留期限！」

法王又道：「打從王爺重啟厲砂雷火鞭之時，老夫已知西兇王將與叛軍迎面搏擊，遂藉由內應，放行摩蘇族人入城躲藏，藉以逃避居留期限。而今遇著西兇王外出狩獵，城內突發瀉痢事件，為此，老夫得集結這般常居暗處之子弟兵，儘速為王爺清淨一下環境，以盡綿薄義務才是。」

「安插內應？哼！本王難得相中一允文允武奇才……冷雲秋！此人亦得前軍機總管魏廷釗之賞識，本已列其為軍機處未來要官，遂將雷火鞭予其保管，怎料本王令冷將軍交付雷火鞭時，竟成了走漏消息之初始！自此之後，法王見縫插針，鯨吞蠶食，甚而滅了我鎮南之雪盟山莊！今兒個就算本王用盡一兵一卒，絕不讓境外族人竊佔我白鑫大殿！」

「哈哈哈，一兵一卒？敢問西兇王有多少兵馬可用啊？」

摩蘇里奧譏笑後又道：「眼下王爺之南方水師軍，應已遇上我摩蘇軍預設之浮板圈套。倘若一切皆於老夫意料之內，呵呵……套句中土之慘敗用語……『舟中之指可掬也！』或許若干時辰後，我摩蘇軍即可挺進寅轅南門與老夫會合。再說，列於眼前之身著綠服人馬，似乎也倍於王爺眼前可召喚之數量，更別提佇立老夫身旁，能以一擋十之蒙哥拉、契瓦格二將！」

法王得意再道：「侯士封啊侯士封！爾欲利用我摩蘇族之速效藥劑，掠奪北州之藥材市場，再藉外籍人力以充匱乏之兵力，進而侵佔中州豐沃土地，難道老夫看不出來嗎？然依事實可見，侯王爺不僅擴展不了西州，甚可能遭石濬之反動勢力所取代。我看……不如這麼吧！西州之半數礦產歸我摩蘇族，且西州各城池由摩蘇族與州禦軍共治，而老夫將行銷各州之白粉路子，半數予西州經營，西兇王若能妥協，咱倆即可聯合圍剿叛黨，或可省去咱倆無謂之衝突與廝殺呀！」

「呵呵，古有謂『老而不死是為賊』，何時我侯士封得於白鑫大殿前，與一竊位老賊談論條件？哼！先滾出我寅轅城，再奴顏婢膝地回來向本王進貢才是！」侯怒道。

「啪嚓……啪嚓……」忽聞查坦將軍倉皇翻來法王身旁，一陣交頭接耳後，二人表情極為嚴肅。谷翎軍師則快步登上殿前，喘吁叫道：「冷……冷……冷將軍一人……於城裡游擊作戰，不僅……戮殺了諸多摩蘇綠兵，甚集結了……城內四散之州禦軍，現正朝著大殿殺來啦！」

谷翎話才說完，侯士封立退移兩步後推出一重掌，狠將一人擊向摩蘇里奧跟前，洪聲吼道：「該死的兀官盉，竟一路釋出偽言，為的即是引誘本王領著有限軍兵前來白鑫殿，致使我軍以劣勢與法王談判，無疑是一請君入甕之計！所幸陽旭天於北城門為癱軟軍兵辨證時，私下告知了兀官將軍並無任何毒害現象，霎時引來本王提升戒心以應。」

「噗……」狂吐了口鮮血之兀官盉，撫著創處喊道：「哼！自冷雲秋從戎入營後，怎奈資深望重之兀官盉何等拼命，皆不及冷雲秋之晉升！直到法王提出若能放寬摩蘇族入城條件，將助兀官盉執掌軍機總管之位。而後依循法王所提之計，盜取主公交予冷雲秋保管之雷火鞭，如此失誤既成，勢令冷雲秋無以接任軍機大位。孰料主公竟捨兀官盉之資深，卻拔擢了水師總督臧勳所扶植之屈薪，令該二將掌控西州水路與陸路之軍防！」

兀官盉再道：「然於不得志當下，兀官再接受法王建議，刻意讓冷將軍失而復得雷火鞭，藉此燃起了主公揮鞭掃寇之念頭。不久後，王爺果真率兵剿匪，法王遂趁隙自南西州一路上行，怎料臧勳執意冷雲秋固防軍機處，而我兀官盉卻得把守城門？一心難平之下，故試圖藉由法王之力，力剷臧動與冷雲秋；未料法王竟以該二將之兵馬眾多為由，建議改施瀉毒之計。待釋毒之後，法王竟反向恐嚇，表明末將之舉必遭西兑王處以極刑，遂更行教唆末將引王爺前往大殿，屆時兀官盍若護駕有功，不僅能功抵前過，甚可晉升位階。不過，法王何時集結上千綠兵，末將……呃啊……」兀官盍話未說盡，一鋒利鉞斧倏隨一翻躍身影凌空劈下，兀官盍斗大腦袋立馬混著鮮血滾落地面！

查坦尤埣當眾採行私刑後，不屑道：「兀官盍這般冥頑不靈之草木愚夫，實在不配其身著之威武冑甲，更何況欺君賣友之舉，人人得而誅之啊！」「呵呵，我摩蘇族為西兑王剷除內奸，絕對功德一件，西兑王若與法王合作，必能共創西州之未來！」

侯士封見自個兒旗下將領，或遭奸邪利誘，或橫屍殿前台階，始作俑者皆出於眼前紫檀座上之棺材瓤子。俄頃之間，西兑王藉一股殺氣湧上，洪聲喊出：「殿前異族……格殺勿論！」隨後持起雷火鞭蹬躍一霎，五百軍兵聽令行動，立馬持械衝殺，而摩蘇綠軍旋即分散陣列，迎面對擊，白鑫殿前剎那響起了鏦錚擊聲，鎗鎗啾唧之響。此刻環顧殿前廝殺一幕，不禁令人浮出「冑損甲裂搏生死，揮刀刺槍皮骨摧」之殘酷一幕。

迎頭出擊之西兑王仗其堅剛火鞭，直朝摩蘇里奧躍進，惟法王身前尚有持鉞斧之查坦尤埣，眨眼單臂揮斧，隨即擋下了雷火鞭，接手一記轉斧回衝，火速劈向敵對，絲毫不讓對手近身法王。然而穩坐檀座上之摩蘇里奧，雖默默推算著北上攻城之摩蘇兵抵達時機，卻見西兑王之五百州禦軍，個個出奇神勇，一陣廝殺過後，驚見眾摩蘇兵已臥於血泊之中，不禁令法王猜測，州禦軍應已服下激能丸！權宜之下，法王急令蒙哥拉發出貝螺聲響，摩蘇兵於聞聲後立變陣式，集五人成一組，合以三守二攻之勢，藉以迎戰動力激暴之州禦軍！

半晌之後，綠軍逐漸分散戰場，不僅降低了傷損，更因組攻之策略奏效，已可見敵對相繼中招而臥，惟單臂出擊之查坦尤埣，不僅出招已不若過往犀利，其空缺之左臂更是影響了瞬間之肢體平衡。法王見狀，欲令契瓦格上前助陣，怎料突現一人高舉州禦軍旗，領著數百揚旗軍兵衝至殿前，立為顯出頹勢之州禦軍增添一股新生力。查坦立馬回頭對法王示道：「領頭者……冷雲秋！」

本欲下場支援查坦尤埣之契瓦格，臨時奉命迎上冷雲秋，只見契瓦格持出罕見四尺中棍，且兩棍端各延伸一尺長之圓椎尖頭，俄而兩翻飛，立對上冷雲秋之三叉雙刃戟！剎那見得雙方猛然對擊，火力全開，或見契瓦格旋甩牽魂雙椎刺，使出挑、刺、掃、擊；或見冷雲秋雙臂交轉三叉雙刃戟，立展崩、點、穿、劈、圈、挑、撥之式，但見雙方之攻守對決，一時難分軒輊！

孰料，法王突發一句：「擒賊先擒王！」，身旁蒙哥拉隨即亮出五尺中棍，兩端各彈出一新月外弧刀刃，俄而躍向了西兑王。查坦尤埣見援兵入陣，旋即轉守為攻，不僅見得斧鉞之劈、截二式輪出，更見弦月雙刃棍使出疾、掃、旋、攢之摧，如此雙管齊下，霎令跛足之西兑王左閃右擋，轉眼身陷苦戰！

然此緊要關頭，法王驚見三軍兵持刀衝來，俄頃抽出一劍，使上前弓後箭之橫掃招式，立聞數尺外之三軍兵發出慘叫，雖不見該兵顯出刃傷衄血，惟三兵中招後肢體漸趨僵硬，隨後皮肉發黑而亡！

侯士封見狀，始知臧勳恐因不敵法王之邪惡劍氣，遂成了劍下亡魂，不禁驚到，「此即巢鄴所述之摩耶太阿劍？果真是一雷厲風飛之蓋世神器！」「呃啊……」突聞侯士封一聲慘叫發出！

原來，片刻閃神之西兑王，瞬遭敵對斧鉞削中左背，立馬退移收招，接連後翻，藉以換得喘息之距。適值蒙哥拉持雙月刃追殺西兑王之際，忽聞大殿北向傳來另一波鏗鏜擊響，隨後傳出連連哀嚎，並見眾多綠衫兵馬相繼仆臥，大批反抗軍旗一如層層濤浪，接連推岸而來，惟見旗浪中之一人，手持六尺銀槍，勢如破竹地殺向大殿之前。

強忍背傷之侯士封於仔細一瞧後，不禁笑了出來，立道：「哈哈哈，本王霎時不覺啥是亂黨叛軍？呵呵，阿濬啊！咱們同出西州，攜手驅除境外韃虜，實乃天經地義之事兒啊！」又說：「摩蘇佬啊，沒想到吧，爾等初見我姪阿濬，即是這般干戈相向。怎麼？閣下的北攻摩蘇兵，是否失了向？迷了路啦？看來，閣下可動用之綠衫軍，似乎已成區區之眾啦！哈哈哈……」又說：「倒是……阿濬手腳還真是快，甫吞了我筵丰鎮後，隨即馬不停蹄地追到這兒來啦！」

待石濬踹開糾纏之綠兵後，雙眼直瞪摩蘇里奧，卻發聲回應著西兑王……

「封叔欲攻聱菘東門時，我方即知摩蘇兵已趁隙北犯之消息。惟封叔面臨螳螂捕蟬之際，卻未瞻前顧後而一意孤行！待封叔退兵回朝，石濬遂調動人馬前來寅輳城，為的即是力阻法王攻城得逞，所幸遇得寅輳北城門守兵癱軟無力，遂省去了破門步驟，隨後即遇上殿前之衝突場面。」

「我姪阿濬？封叔？何等親暱之稱呼啊！」法王續冷笑道：「呵呵，真想不到，眼前被稱為封叔之角色者，竟是個能藉**雄黃**救人，亦能以**雄黃**害人之摧手啊！」隨後又譏道：「呵呵，王爺見著州禦軍已顯頹勢，隨即搬上攀親拉故之戲碼，實在難堪……難堪啊！此舉煞是不符西兑王向來之傲霸作風啊！」

接著，法王瞧向攪局之反抗軍，又道：「哦……眼前耍著銀槍之小犢，即是抗軍領袖……石濬啊！呵呵，不錯不錯，端看面相與氣勢，足以取代侯西主啦！」

「什麼？看面相與氣勢？」侯譏諷法王道：「呵呵，甫聞法王睥睨那占卜看相、究人命理之權衡先生。怎麼？發現自個兒子弟兵被撂倒了，才反向藉著相貌與氣勢以恭維他人，實在是矛盾，矛盾啊！不過，這倒符合法王先行趨炎附勢，再插圈弄套、乘人之厄之一貫手法呀！」

「喂！姓侯的，莫對我法王無禮！」查坦尤垶接續挑釁道：「爾等遭遇已如窮鳥觸籠，眼下又呈負傷狀態，在下僅以獨臂單挑侯西主，綽綽有餘！」話一說完，查坦將軍立持斧鉞衝上，西兑王則無以顧及身上創傷，振臂一霎，立馬甩出火鞭內藏之細鐵砂，瞬展引斥神功以對。

然於蒙哥拉旋揮刃棍，對擊石濬之銀槍不久後，見得魏廷釗所領之另一隊伍，及時趕到了殿前；姜東瀚、虞沅奎二將立馬偕同州禦軍，火速包抄摩蘇兵。此刻，趁隙服下激能丸之侯士封，越戰越勇，不僅藉鐵砂鞭遏制敵對攻勢，更於鐵砂收回之際，詐攻對手左側，殊不知，侯士封真正相中的，實乃對手持斧之右臂！

果然，西兑王於一次詐甩鐵砂之誘招下，倏以雷火鞭頭刺擊對手右腋窩之**手少陰極泉穴**，順勢再重創該穴正下六寸之肋間**大包**，亦即**足太陰**……**脾之大絡**，此處受創，一身盡痛，實為習武者對招防禦之要點。侯見對手中招後，眨眼甩出鐵砂鞭，並藉磁引內力，吸附對手鉞斧後隨即拉回，一如八爪章魚以觸手吸纏後拖回一般，而後即聞連聲哀嚎伴隨侯之揮鞭動作傳出。

這時，一心關注著反抗軍動向，並伺機擊斃石濬之摩蘇里奧，驚聞查坦尤垶受創哀嚎，為時已晚，回頭即目擊西兑王拖曳鉞斧，疾甩而出，惟此斧之質重與鋒利，合以拋甩之加速，當下僅見一飛旋利斧疾速掠過，接著即見查坦尤垶於雙膝跪地後，身首異處，嗚呼咄嗟！

法王目睹所栽愛將，竟遭親手設計之雷火鞭戕害，甚而身首分離，剎那呈顯裂眦嚼齒，怒不可遏！本不屑對身障殘疾者出手之摩蘇里奧，俯仰之間，眼白轉赤，俄頃抽出摩耶太阿，眨眼蹬躍丈高後俯衝而下。惟因西兑王仍對臧動之死狀，歷歷在目，遂對法王手持神器出擊，格外小心，故率先甩出鐵砂鞭，並藉交叉揮使以護身，慎防法王突發之劍氣逆襲。

法王見鐵砂鞭成了西兑王防禦之主架，倘若輕率趨近，恐遭砂鞭摧擊，遂即時放緩攻勢，隨後自腰際處拋出一皮囊，順勢藉太阿劍揮出之劍氣，將皮囊推向對手之護身砂鞭，待該皮囊接觸砂鞭剎那，瞬見皮囊碎裂，囊中或黑或青之砂粒隨即四散，並混入西兑王砂鞭當中。半晌之後，西兑王驚覺身背一陣痲刺感湧上，且感原激能丸推發之動力逐漸退去。又一會兒後，驚見侯拖曳之護身鐵砂竟全數灑落一地，不再受侯控制！待侯注視到散落鐵砂中混雜著些許豆狀囊屑，不禁驚叫喊出：「這……這是……克威斯基的……滴豆！」「啊……我……我的引斥神功……消失了！」

法王見對手防禦護網退去，隨即躍步上前，擰檔轉腰，倏而揮劍使上〈烏冥絕脈〉神功！惟見太阿劍之烏煙殘影，瞬間劃過西兑王之肘彎與膝後橫紋，致使烏冥邪氣得以循**手太陰**與**足太陽經脈**，迫害血液所司之功能。本已瘸了的西兑王，更因雙腿敗血而無力支撐，待小腿一癱，雙膝即將觸地之前，立馬被一突來的強勁臂力拉起，並聞得一聲：「撐住！莫向法王下跪！」

原來，石濬於摩蘇里奧無端拋出皮囊之際，瞬生不祥預感，遂於魏廷釗接手對決蒙哥拉後，轉身欲助陣受創之侯士封，怎料為時已晚！隨後於攙扶西兌王時，對法王吼道：「對戰施毒，令人嗤之以鼻！」

「呵呵，小犢仔此言差矣！」法王反駁道：「老夫見對手身背創傷，溢血不止，遂憶起西兌王熟悉之『滴豆』，此豆內之青色水液，能迅速與傷口之血液相結而止血，而後漸感麻木以止痛，終而混血形成一阻體，使經脈漸生拴塞，以致無以運展內力。然因鐵砂鞭之摧殘力道強大，實在不易靠近，遂將滴豆膠合鐵砂粉，如此一來，即可藉侯西主之引力，將滴豆順勢攜上，待鐵砂相互摩擦，即可破豆而使內汁外溢，一旦豆液觸及傷口，即可見效。唉……老夫用心之至，竟遭人曲解，令人心寒啊！」又說：「不過，拜因滴豆之效，亦緩了〈烏冥絕脈〉神功之敗血速度，否則西兌王早已全身發黑，嗚呼哀哉才是！哈哈哈……」

霎時，殿前廝殺人馬因西兌王重創而紛紛退回各自陣營，惟聞摩蘇里奧直指著侯士封，洪聲嗆道：「吾能成就爾之霸位，亦能摧爾成為草芥！」

法王轉身對眾喊道：「〈烏冥絕脈〉神功，實已先後降服了大將臧勳與西州霸主，引斥神功就此成為絕響！所謂『勝為王，敗為寇』，眼下西州實已達易主時刻！然此州域境內，有土地，有物產，有百姓，甚有眾多外籍族群，倘若一日無主，恐遭他州吞併！為此，趁著侯西主一息尚存之際，殿前諸勇士若無人取勝摩蘇里奧，侯西主腰繫之羊脂白玉令，勢將歸摩蘇里奧所有。待叛軍能歸順，族群能齊心，摩蘇里奧終將帶領西州上下……稱霸中土大地！」

法王話一完，魏廷釗與冷雲秋雙雙躍出，立聞魏放聲斥道……

「聞爾一嘴屁話，令人作嘔！單憑閣下所率烏合之眾，豈敢於此大放厥詞？倘若冷將軍領著州禦軍，合以石少主親率之群伍，眼下法王處境，一如泥菩薩過江，自身難保啊！」

突然！南向揚起大片塵土，並傳來大批人馬奔馳聲響，此幕不禁讓法王一陣狂笑後，得意道：「哈哈哈……烏合之眾？老夫對西兑王之州禦軍實力，瞭如指掌。倒是……缺乏像樣兒冑甲之反動人馬，較適用樗櫟庸材來形容吧！」「呵呵，北攻之摩蘇大軍已到，惟老夫乃惜才之人，魏將軍與冷將軍若肯棄械歸順於本法王，即可弭去廝殺再起之場面，減少無謂犧牲啊！哈哈哈……」

孰料，隨著大隊人馬趨向大殿，一帶隊領頭率先抵達殿前。攙著西兑王之石濬，立對著該領頭喊道：「凌泉總召，南西州情狀如何？」

凌泉驚見肢貌漸趨泛黑之侯西主，再見法王正與魏、冷二將對峙，略可推敲眼前情況，遂刻意對著法王喊道：「我威勇之弟兄受到尼琩鎮長之助，不僅協力靳氏兄妹奪回雪盟山莊，更召集了反白渼城主之民間勢力，隨即與城中之摩蘇綠兵起了游擊之戰，而後再尾隨敗陣之摩蘇兵循江岸北行，竟見另一綠衫軍團於江上架設浮板水鏢陷阱，且擺出了圍攻州禦水軍之陣式！」

凌泉再道：「孰料頻於江上發水鏢之摩蘇兵，不巧惹上了西南鱷王臧運豊之鱷群，不出兩刻時間，江上陷阱慘遭鱷群搗毀，綠衫軍更折損大半以上，惟臧運豊亦遭水鏢襲擊而受創！事發當下，我義勇弟兄已及時為鱷王療傷安置。凌泉見機不可失，遂默契地與鄔裕仁所領之水師軍，南北夾擊分散水岸之摩蘇兵，或見其逃竄，或集體投降，待知悉綠衫軍北移之目的後，所有弟兄火速朝寅轅城前進，以免法王之詭計得逞！」

此刻，敗血甚重之侯士封，對著石濬輕聲唸道……

「吾乃一介莽夫，本對醫理草藥一竅不通，卻藉祖傳之**雄黃蜈蚣酒**而邂逅了石前主。惟因為了石前主治症所需而外取**硫磺**，進而結識了摩蘇里奧；更因受其煽動，順從其所設之毒計而取得了西州大位！今日，我侯某人罪有應得，趁著一息尚存，當……做……該做之事兒了！」

侯士封話一說完，對眾高舉羊脂白玉令後，親手將之置放於石濬掌中。

魏廷釗與冷雲秋見此一幕，立馬相互伸拳勾握，霎令在場之州禦軍兵與反抗群伍齊聲歡呼。惟見憤恨不平之摩蘇里奧，眼白再次泛紅，洪聲斥道：「所有不服我摩蘇里奧者……格殺勿論！」

蒙哥拉與契瓦格於聞令之後，立馬持械殺向石濬。魏廷釗與冷雲秋斯須操上刀戟，及時攔阻，雙雙激起了武將單挑之戲碼；石濬則順勢讓侯士封倚坐於殿前紫檀木座。然此一此舉，再度惹怒了摩蘇里奧，立見法王藉著足踝勾提，挑起棄置於地之厲砂雷火鞭，轉眼一記猛然橫踢，旋即將雷火鞭踢向座上之侯士封，待侯士封對石濬喊出「小心」二字剎那，其身內之烏冥邪氣即已攻心，終不勝摧殘而呼出了最後一口氣！一旁身手矯健之姜東瀚，立持長劍於千鈞一髮，值「鏗」響發出當下，瞬將雷火鞭擊向了廣場之外！

然此時刻，石濬銀槍一提，翻躍而起；虞沅奎亦揮出齊眉棍，立偕石濬與姜東瀚齊攻摩蘇里奧。凌泉則雙手同揮州禦軍與抗軍之旗幟，洪聲召喚弟兄聯合州禦軍之人馬，齊力淹沒摩蘇綠衫軍！剎那間，守軍衝殺之吼聲，混著刀劍交擊之響，直徹雲霄，瞬令白鑫殿前再度陷入了龍戰魚駭之鏖戰戲碼中……。

第卅三回　子午流注

操鐵戈兮披犀甲，車錯轂兮短兵接。旌蔽日兮敵若雲，矢交墜兮士爭先。

鳩佔鵲巢強易主，自立更生軀韃虜。驚見外強併邪術，凜然正氣禦欺侮。

白鑫殿前見得猛將禦敵，卻不察狂人已釋邪氣。惟因自覺少陰咽痛喉痺，始知奸人暗地揮劍散邪！若非俄頃剷剿施邪起源，任邪氣循經入裡，敵對即可不藉干戈，坐享其成！

俯瞰殿前龍戰魚駭，凌泉於交戰中疑到，「何以見綠衫軍兵且攻且守，而我聯軍卻個個咽乾而咳，一如火鬱在肺，喉中介介如梗狀？莫非……法王能藉劍引邪？果真如此，將不利我軍持久對戰！」而後，立對眾吼道：「小心！法王恐藉劍釋邪啊！」

石濬見法王每每出招，嘴裡唸唸有詞；又見舟車勞頓、羸瘦氣虛之聯軍，齊顯撫喉難嚥，認同了凌泉所言，霎令聯軍退守，防禦以對。隨後，摩蘇里奧收回了太阿劍，得意唸道：「哈哈哈，果真有機伶者能識出箇中蹊蹺！爾等軍民齊力，人才濟濟，不僅武將能單挑，民兵亦能群威群膽，老夫若不略施伎倆，安能以寡敵眾、占得上風？」

法王又道：「中土醫經有謂：**風、寒、暑、濕、燥、火之六淫外邪**。然而風為百病之長，遂引風邪入侵，使人害病！惟肺司呼吸，口咽為其門戶，倘若爾等深感咽喉不適，則可為老夫證明二事兒。其一，老夫嘗試藉冥劍喚邪，已見火侯；其二，摩蘇族所萃煉之進階禦風丸，確實於我子弟兵上收得成效。看來，我族之製藥層級，實已超越傳統藥草許多啊！哈哈哈……」

冷雲秋不甚服氣地反駁道：「部分州禦軍先前聽令侯前主，服下外來之激能丸藥後，或聞頭疼耳鳴，或見泌尿泄漏！如為提升一時肌能，卻須承擔副症之苦，實不若傳統草藥所重之**性、味、歸經**！」

石濬附和道：「研習邪門術式以摧殘對手……令人不屑！更以子弟兵為試驗對象……令人不齒！法王一意孤行，恣意妄為，更是令人髮指！」

突然！一低沉聲調，瞬自石濬身後發出……

「三重始凝光，四重摧成礫，五重喚風寒。沒想到，法王已突破摩蘇族人之極限，將〈至陰神功〉探及五重境域！然而藉由邪術施展，私自更易自然氣象，實有違天地之理啊！」

「哦……原來是狐基族之古亙長老！此刻身在中土，或許得稱您一聲喬承基先生才是啊！」法王又道：「先生抬舉了，老夫閉關修練，險於閻羅殿前巡了一遭。雖能突破至陰神功第四重，唯常人以溫陽之體存於世間，能觸及五重至陰之喚風術，實已達人之極限；若欲挑戰喚寒之術，恐因個體失溫而喪命！換言之，老夫之神功，僅擁五重至陰之半而已。話說回來，狐基族對堅石之研究，令人折服！不論是陸上之岩石，抑或海裡之珊瑚，甚連古亙長老費盡一生研究之天外隕石，以致知人所不知，曉人所未曉啊！」

「法王突述此言，何等用意？」古亙驚問道。

「呵呵，老夫於閉關修練期間，一名曰席哈暮之狐基石匠，輾轉來到白渼城，怎料與該城之驂煌城主一見如故，遂受聘雕塑衙府前一花崗岩雕。然於雕塑期中，雙方不乏論今評古，更於酒過三巡之後，吐露了過往辛酸。待老夫出關，重回西州後，藉由驂煌口中，知悉了若干狐基族之過往。不過，倘若真如席哈暮所述，老夫尚須承認昔日於中土五州……蹉跎不少歲月啊！」

聞訊之古亙，頓時目光飄移，跼蹐不安，稍後僅表示，屢聞席哈暮因酒誤事兒，胡言亂語，怎可認真以對！

「啪啪啪……很好！很好！」法王拍掌回應道：「哪兒壺不開提哪兒壺啊！老夫刻意對古亙長老提了這一壺，為的即是一探閣下之反應如何？不錯不錯，對此，老夫已知未來該怎麼做啦！」

「不對！咱們中了法王之拖延策略啦！」凌泉因越見咽喉不適者遽增而喊道。

石濬見歇戰之聯軍，或咽乾作嘔，或氣逆而咳，抑或聲啞失音，隨即令病發者退居二線，體強者列於陣前，並回頭對凌泉問道：「凌總召，可有即時應急之藥材？」

這時候，凌泉倏將布袋中之切片**甘草**，分發予聯軍作為口含後，表示：**甘草得中和之性，有調補之功，故毒藥得之能解其毒，剛藥得之能和其性，表藥得之能助其外，下藥得之能緩其**

速。可清熱解毒，緩咽喉腫痛，亦能隨氣藥入氣，隨血藥入血，無往不可，遂有『國老』之稱！

「呵呵，眼下聞得凌姓領頭，頗諳醫理藥草。惟由風所生之邪，可衍生之變證何其多，只怕老夫再對天施展幾套功夫，閣下可非單憑一味甘草所能救急啊！」法王說道。

手持齊眉棍之虞沅奎，沒好氣地吼著：「哼！你這邪道妖人，就算施展妖術，亦得耗費體力吧！我虞沅奎沒練啥蓋世神功，卻擁充沛體力。」回頭又道：「待虞某耗了這老頭兒體力，其餘則有勞魏將軍、冷將軍防堵綠衫軍亂竄啦！喝啊……」

渾身是勁兒之虞沅奎，倏以前弓後箭馬之勢，紮穩之後，立朝法王跨躍出擊，隨棍耍出中直、圈轉、打剪之棍法，隨後使上從裡上削之「梯棍」，併合由外下削之「滾打」，出棍之快，令法王僅以劍鞘作擋，霎時不見抽劍回擊。乍視之下，二人一如武將單挑之勢，惟石濬倏令魏、冷二將嚴防蒙哥拉、契瓦格暗出冷箭；而姜東瀚則負責防範綠衫軍之群起突襲！

石濬頓時想到，「虞沅奎雖能持久對戰，惟因齊眉棍不具鏑頭或金屬包覆，難禦法王劍氣逆襲！必要時勢將接續沅奎之攻勢，絕不讓法王再有藉劍喚風之機會！」

孰料，曾有多年揮使法杖經驗之摩蘇里奧，約莫交手十招，即已熟悉對手之棍法與慣用路術。而後，藉一次收招後翻，俄而亮出了摩耶太阿，並於落地剎那，點彈躍起，眨眼來到敵對面前，立藉〈蠍尾突刺〉，反手突擊。虞沅奎雖閃過對手攻勢，卻因法王隨劍拖曳之殘影，頓時目光失了焦聚，斯須收回了齊眉棍。法王早料及對手欲撤回之位置，遂於拖曳中使出了烏冥劍氣！只見一如炭燻之烏黑劍氣，猶似矢鏢拖出煙霧一般，不偏不倚地來到對手欲退移之位置，剎那間，虞沅奎藉右手轉掌，翻棍於後臂背，卻因挺出了左掌而直遭烏冥劍氣擊中！當下不僅聞得虞沅奎一聲唉叫，更可見其掌心呈現漸趨翻黑之象！

虞沅奎中招之後，魏廷釗不假思索地提起猛虎朴刀，火速衝向了虞沅奎，俄頃大刀一劈，惟聞「咔嚓」一響，立見朴刀劈斷沅奎手腕骨於一霎，令毒邪無以循經擴散，甚而敗血謀命！這時，凌泉上前攙回傷重之虞沅奎，石濬旋即提槍上陣，續戰摩蘇里奧。惟聞法王冷笑道：「方才老夫施展冥劍喚風之術，為的是削弱聯軍整體戰力，遂對閣下聯手姜、虞二將之齊攻，手下留情。此刻見得虞沅奎已折翼，石魁首不待另一姜兄弟接續墊背，直接將羊脂白玉令送上，老夫實在受寵若驚啊！不過，欲收下這具權力指向之物，老夫還是得讓在場所有……心服口服！」

摩蘇里奧一話完，立持太阿劍躍身而上，倏與石濬交手於凌空二丈。惟因石濬所持六尺銀槍，自槍尖鏑頭以至全棍身，純屬金屬所煉製，銀光爍爍，致使旋棍迎擊之際，尚能抵住劍氣逆襲侵身。然而法王乃摩蘇族之鬥術高人，隨即識出石濬揮槍使出崩、點、穿、劈、圈、挑、撥之七連槍法，一氣呵成，不禁唸道：「眼前這般犀利槍法，可是侯士封曾提當年魏天灝戰將威震中土之七展驚天槍法？」

「石濬本與習武無緣，只因曾隨魏大人於克威斯基隱居一段時日，驚見摩蘇族仗勢欺凌境內他族，殘虐不仁，遂決心向魏大人請教魏氏槍法，以此即可聯合魏氏另一〈虎蜂搠刺〉之朴刀絕技，進而偕魏廷釗與冷雲秋二將，齊展刀、槍、戟之聯擊威力，絕不讓摩蘇族暴厲恣睢之性，延伸我西州境域！」

「哈哈哈，刀槍戟之聯擊威力？待老夫收拾了爾之銀槍，相信這朴刀與三叉刃戟，勢將相繼瓦解，沒了這鎮州三利器，西州何以與老夫作對？」「唰……唰……唰……」

話後，摩蘇里奧再次揮劍而出，隨即使上至陰神功之〈凝晶炫光〉！這才發現，原來摩耶太阿之劍格護手兩側，各鑲上對半之透淨水晶，以致法王使上至陰絕技時，該水晶立隨劍式而釋光，霎令對手頓感詭異！

此刻，石濬突感周圍溫度驟降，更見與太阿劍對擊之槍鏑頭，突現了結霜現象，不禁想著，「一直慎防法王施展〈烏冥絕脈〉神功，卻忽略了古亙曾述三重至陰即可凝晶釋光！一旦遭白熾光氣所擊，體內經脈將漸趨凍僵而無以施力。啊……糟了！槍之銀桿亦結霜啦！」

石濬雖藉七展驚天槍法，數度擋下凝晶光氣之襲，卻因雙掌之溫熱，使得槍桿結霜處化濕而生滑，適值滑手剎那，立遭對手識出破綻！果然，法王接續一記俯身出招，瞬見〈凝晶炫光〉掃中對手膝下。半晌之後，石濬即感後腿肌肉僵硬，欲採行側閃步以應當下，怎料足腿不聽使喚，硬是朝後踉蹌了數步，直到就近之古亙長老挺身上前撐住其背，及時止住石濬之傾退。

法王見機不可失，立馬翻躍丈高，值摩耶太阿再次呈出烏煙殘影之際，旋即採行趕盡殺絕之勢，使出了〈烏冥絕脈〉神功，凌空劈劍而下，瞬見一股烏黑劍氣順循地面，急朝石、古二人衝來！然此時刻，各立一隅之魏廷釗與冷雲秋，因距離之故，無以護及石、古二人，更見烏冥劍氣直衝而去，二人不禁同聲驚呼道：「快……閃避啊！」

霎時，古亙因石濬雙腿麻木，無以即時將之拖離，僅能於有限時間內，以雙掌將石濬推向一旁，直令自個兒面對這般正衝劍氣，心裡不禁唸著，「這下糟了！啊……」

「咻……咻……咻……」一柄三尺二之桿狀鐵器，突自古亙頭頂上方疾飛而過，在場隨後聽得「碰嚓……」一聲響後，立見該鐵器筆直地豎插於古亙正前數尺處，不偏不倚地對上循地而來之烏冥劍氣！惟因劍氣能損傷人身，卻不透金屬冑甲，遂見得該鐵器於千鈞一髮阻消了摧命劍氣，瞬間瓦解了法王之奪命攻勢。然此一幕，不僅令在場驚訝連連，更令眾人與法王同顯瞠目咋舌的是，及時化解法王摧擊攻勢之鐵器，竟是先前被擊出場外之……厲砂雷火鞭！

接著，見得發出雷火鞭之方向，緩步來了一拄著枴杖之中年男子。谷翎先生隨即攙起石濬，並道：「他……他……他叫陽旭天！此人先前於筳丰鎮為侯西主治病，而後隨我軍一同撤回寅轅城。怎麼？這陽兄弟僅是位採藥者，怎有膽識上前蹚這渾水嘞？」

說著說著，竟見陽旭天直朝殿前廣場走去，著實引來法王注意！待法王將太阿劍交予蒙哥拉後，嚴肅發聲道：「閣下內力非凡，竟能將質重之雷火鞭自殿外拋回！不過，見火鞭著地之處，正巧對上老夫所發劍氣，莫非……閣下是衝著老夫而來？」

「呵呵，方才在下差點兒遭飛出場外之雷火鞭砸中，這才憶起，先前為侯西主治病時，似乎聽得此一雷火鞭乃出自法王之作。眼下除了侯西主之引斥神功能充分發揮此鞭之威力外，相信已無人能出其右了。然而，侯西主既已不再揮使這火鞭，在下只好物歸原主，將火鞭拋回，順道請法王帶離西州。」陽旭天說道。

「哈哈哈，眼前兄台似乎話中有話，意指老夫將就此離開寅轅城？甚至離開西州？哈哈哈，瞧您這般拄杖模樣兒，難道兄台一如權衡先生那般，僅藉占卜面相即可預知未來？哼！老夫信的是謀略與武藝，絕不吃卜測未來這一套！」

法王接著嗆道：「石濬已踉蹌敗陣，再調派閒雜人等上前，無非是藉故拖延，甚是無謂犧牲罷了。只是……拄杖兄台搶先於魏、冷二將之前亮相，是否該報上個名號嘞？」

一旁谷翎先生喊道：「陽兄弟啊！拄著您的柺杖退下吧！這老頭兒所持邪劍，絕非鬧著玩的呀！咱們陣營尚缺醫治能手哩！這般舞刀弄槍場面，不妨交予魏、冷二將聯手應對！別做無謂犧牲啊！」

「哦……陽兄弟是吧！既然不是舞刀弄槍，那老夫不妨藉拳腳功夫，活動一下筋骨囉！」法王話後，石濬突然對著古亙疑道：「為何法王將太阿劍交予蒙哥拉後，蒙哥拉立馬將劍置入一長竹筒中？」古亙長老這才憶道：「不妙！倘若真如傳說所言，法王恐藉機飼劍，好用於對付魏、冷二將！」

「何謂……飼劍？」石濬問道。

待古亙為石濬解說時，立見陽旭天將柺杖一端插入土中，直豎於地面，三步後蹬躍而上，更見其身手矯健，霎令在場無不瞪目結舌以對，亦矛盾著如此高世駭俗之人，竟須藉杖而行？

法王甫於交手剎那，即知對手非等閒之輩，不禁喊問：「陽……不……何等莽夫？竟喬裝上陣？」當下僅見對手續拳腳出擊，暫無回應。

法王莫敢掉以輕心，俄而使上肘鉤、指扣、展劈、側踢，四式交錯之〈鷹爪扣魚〉，惟其感覺出手到位，卻未能攻得要點！待對擊數招後才發現，對手雙臂不僅能釋九牛之力，見其擰襠、轉腰、提胯、旋脊之間，內力節節貫穿而出，更見其剛柔相濟，鬆活彈抖之勢，不禁頓生似曾相識之感！

隨後，法王變換出招路術，接連使出彈、抓、挑、擂、拉、劈、抄、截，以期於敵對剛柔之間切入，進而予以瓦解。怎料遇得對手相繼使出掤、捋、擠、按之「四正」；採、挒、肘、靠之「四隅」；進、退、顧、盼、定之「五行」，並於慢、圓、柔之調性中，引動氣勁兒，於順柔中引帶剛烈，不禁令法王一陣腦麻，嘴裡直唸：「這……這是……龍武尊曾使過之〈太極十三勢〉招式！」更令法王退怯之處，乃於眼前對手竟能隨招釋出熱能！果然，雙方拳腳對戰十來招後，法王驚見對手之毛髮鬢色與面部肌皮，竟因發熱持續而逐漸轉黑、外翻掀起；待見其撕去面部膜皮，立馬恍然大悟，倏而收回拳腳，指手喊道：「原來是你！哼……乳臭未乾的臭小子！」

在場訝異於法王所指後，緩緩挺直了腰桿之陽旭天，順勢褪開破舊外袍，道：「摩蘇先生年近八旬，記憶力並不亞於壯仕之人。沒錯！在下正是與閣下交過手之……凌允昇！」

陽旭天轉變於指顧，一座皆驚，且瞬間引來了石濬與魏、冷二將之關切目光。一旁忙於傷兵療治之凌泉，聽聞谷翎先生告知後，隨即衝向陣前一瞧，不禁道出：「妙了！原來這叫陽旭天之醫者，正是吾兒阿昇啊！」

這時，摩蘇里奧自知內力恐不及對手，遂緩步朝著蒙哥拉方向移位，隨後嗆道……

「哼！上回低估了你這臭小子，以致壞了老夫突襲常真人之計策。不過，年輕人血氣方剛，每輒衝動之舉，恐有錯估形勢之虞！反觀年長者仗的是經驗，即所謂：謀定而後動，知止而有得。」又說：「上回於林中交手後，知悉凌少俠拳腳功夫了得，而後老夫不遑寧息，閉關潛修，終讓老夫一償宿願，不僅突破了至陰神功層級，更有了神兵利器助陣。」接著又冷冷地道：「見識過少俠驚人之三陽脈衝，卻不知該脈衝遇上了烏冥劍氣，結果如何？今日，老夫不僅要讓西州霸位易主，更要令龍武尊之經脈武學，永遠降服我至陰神功之下！」話說至此，法王已來到蒙哥拉身旁，俄頃於眾人前抽出了長竹筒中之摩耶太阿神劍！

石濬立對魏、冷二將道：「古亙長老說的沒錯，抽出竹筒之太阿劍身，確實沾染著赤紅鮮血！依此可知，法王施展〈鳥冥絕脈〉神功數回後，勢將予以鮮血飼劍！」接著，石濬對著允昇喊道：「凌少俠小心啦！眼前邪劍已充填了能量，劍氣亦能傷損肉身，非拳腳功夫所能比擬，不容小覷啊！」

「什麼？銳陰之器能充填能量？這倒是第一次聽到啊！」允昇訝異後挪移步伐，立與法王於廣場上兜著圈子，並順勢啟動貫穿全身上下之**足太陽經脈**真氣，一股輻散熱能隨即透出身背，且徒手展出攻擊架勢。

摩蘇里奧深吸了口氣後，持劍跨步衝出，瞬朝對手翻飛而去。當下首見三重至陰之〈凝晶炫光〉，藉劍併著冷凝光氣殺出，為的即是削弱對手之至陽真氣。

突然！法王改以旋劍出擊，惟見法王藉手腕旋轉摩耶太阿，竟生成一如棉花糖之白熾光團！然此一幕，直令古亙搖頭以對，心想，「法王僅藉彈丸大小之透淨水晶，即可造就這麼一團冷凝光，倘若令其拾回雷世勛所竊之三犄法杖，其所匯聚光團之威力，實在難以想像！倒是……傳聞雷世勛已殞命北州，只因無憑無據，尚難以查證。然而，走過了半百歲數，還真未見過能將體內經脈真氣，運化成絕頂武學以出擊，真是開了眼界啊！」

果然，法王於一定火侯後，倏朝允昇甩出冷凝光團。對向之凌允昇立紮出前弓後箭馬步，瞬將身背之**足太陽經脈**，結合雙臂**手太陽**真氣以傳至手掌，再由併於胸前之雙掌，順勢朝敵向推出一橙熾光團，直接對衝法王之白熾光團，隨後立聞一轟隆巨響，震耳欲聾！惟因白熾帶寒，橙熾帶熱，寒熱相衝，凝化為水，但……殿前廣場卻只見零星水滴散落，此幕立馬震懾了金蟾法王！

法王訝異覺到，「怎……怎麼可能？倘若能量相當，怎會僅見零星水滴？難道……這小子所發能量……更甚以往？然而眼前所示，確已具備足夠能量，直接將水轉化成熱蒸汽而蒸散四周。嗯……若欲凌駕這般功力，除非……吾能突破極限，甚達至陰神功第六重才成！眼下已顧不得世人指責摩蘇族欺凌手無寸鐵之人了，能速戰速決，即是上策！一旦了結凌允昇，才能讓蒙哥拉與契瓦格接續鎮住魏廷釗與冷雲秋！」「哼！好一個『經脈武學』傳人啊！老夫倒想讓這般後輩嚐嚐，什麼叫做穿筋竄骨之……烏冥絕脈神功！」

適值在場仍震懾於方才之對衝巨響中，法王再次眼白轉赤，瞬將至陰神功推向四重，並持上太阿劍躍身出擊。允昇立以原本之**足太陽經脈**為基底，進而引動正面之**足陽明**，與側面之**足少陽經脈**陽氣以為備用，驚見敵對火眼衝殺而來，倏以「避衝當飛斜，逃直應急閃」之側閃步伐以應，怎奈此舉雖能閃避一般刀劍劈砍，唯眼前使劍者不凡，不僅能於拖曳劍影中增擴出擊幅度，更能藉戮殺劍氣摧人於數尺之外！

果然，法王於一次扭攢出劍，順帶一記撥掛正扣劍式後，俄而使出了〈誘蛇逐鼠〉之迴劍反削招式，霎令被迴劍誘中之允昇避閃不及，以致左下腹之腰際處遭太阿劍削中，當下不僅見得衣布因刃而裂，更因劍中隱帶銳氣，倏令中招者後飛數尺之遠，直到一身影自陣中躍出，抵住允昇之肩背方止。

「撐住啊，阿昇！先前已提醒，法王之摩耶太阿不是鬧著玩的！」凌泉緊張道。

「爹……允昇回了唔町鎮老家，一直不見您蹤影，遂試著喬裝成醫者，遊走於各城鎮打探反抗軍起義之消息，怎料卻於筵丰鎮遇上了侯西主，而後隨其撤軍，來到了寅轅城。」

這時，石濬拖著瘀麻腿足，蹣跚走來，拱手道：「多虧凌少俠及時出手，少俠之拳腳功夫了得，惟敵對乃老奸巨猾之徒，其所持劍刃，非比尋常！吾以為，凌總召還是先止住令公子之刃傷，其餘則交由聯軍來應對了。」

允昇於挺直身子後，拱手對石濬，道：「一時疏忽，竟見得忽長忽短之太阿劍，隨後即知中了法王冥幻邪術！」回頭又道：「爹，您放心，老天爺派了隻烏龜前來為孩兒助陣，趁著法王施了邪，耗了氣，允昇這就找法王理論一番！」

「烏……龜？」石濬與凌泉霎時一頭霧水。

法王見允昇撫著中招處，緩緩走來，立得意道：「哦……我說奇了？既能帶兵，又能以一味**甘草**緩症之凌姓兄台，原來即是凌少俠之父啊！有道是……虎父無犬子啊！可惜啊可惜！少俠中了烏冥劍氣，雖有經脈之氣作擋，尚能苟延殘喘一陣，但就《五行真經》所述：**氣為血之帥**，但又說……**血為氣之母**啊！呵呵，待少俠漸顯敗血現象，任你身擁再強大內力，終將回天乏術的！哈哈哈……經脈武學……不過爾爾啊！」

凌允昇撫著傷處回應道：「自法王攜來了速效藥劑，震撼了西州之傳統醫藥！諸多經營傳統草藥之藥舖，或見慘澹經營，或見棄舊從新，以致摒棄運銷傳統草藥。今日藉由陽旭天之名，隨行西兌王入城，驚見諸多熱毒血痢、裡急後重患者，遂走訪了城裡各區藥舖，藉以取得所需草藥。孰料遇一寶號『延輿』之傳統藥舖，因大敗虧輪而正值捲蓆閉門，全舖幾已淨空；惟因在下關切經營者之去向，遂得其贈予舖內僅剩之龜腹甲。」

允昇再道：「性平、味鹹之龜甲，主治漏下赤白，破癥瘕，亥瘧，五痔，陰蝕，濕痺，四肢重蒻，小兒囟不合，更有引通任脈之效。允昇得之，如獲至寶，遂將之置於腹腰平坦處。唯龜甲之堅，刀劍難摧，怎奈法王劍氣力道甚強，不僅將在下震退，亦可將吾之龜腹甲震出裂痕。」話後，允昇取出了中招處之龜腹甲，又道：「承蒙老天爺眷顧，致使凌允昇尚有機會，再向法王……討教討教！」

法王見著震裂之龜甲，臉色大變，再嗆道：「哼！臭小子，算你命大，眼下就算爾縮進了龜殼兒，老夫仍饒你不過！喝啊……」

正當摩蘇里奧再次推升四重至陰內力之際，巧遇一複齒鼯鼠滑翔而過，惟見法王持神劍朝天一劃，眨眼直中鼯鼠而使之翻落，隨後更見該鼠於墜地後漸轉成石礫。然此驚悚一幕，瞬令石濬驚愕唸出：「四重至陰，摧物成礫，直令人肉顫心驚！」

允昇見狀，立對法王搖頭嘆道：「唉呀呀……天地之間，本有眾多治症解藥！眼前之複齒鼯鼠，若將其排出之泄物曝乾，即可為醫者所用之五靈脂，此乃活血止痛，化瘀止血之要藥；倘若合以性平味甘，消瘀利尿之蒲黃，和醋水煎，即是一傳世名方……失笑散！此一名稱乃意味能使出血得止，疼痛得鎮，直令患者去了忍耐而破涕為笑之意。」接著，允昇搖頭再道：「可惜啊可惜！無端犧牲了隻鼯鼠而無以成臨證醫藥！法王如此戕害生靈、暴殄天物，天理難容！既然無以成就『失笑』之醫用，隨後之橋段，或將讓法王體會……哭笑不得！」「趴……趴……趴……」

凌允昇跨出三大步後躍高二丈，法王不甘示弱，俄頃上躍。允昇倏將交叉於前胸之雙拳，乘著**太陽經脈**真氣上衝，順勢朝著斜下外甩，洪聲狂發一「喝啊……」叫聲，剎那間，眾人驚見先前陽旭天豎立一旁之楞杖，竟釋出了橙熾光氣！待光氣溶解了楞杖之外覆樹皮，一柄三尺八長之神兵利器旋即朝天衝出，允昇立馬凌空架出大鵬展翅之式，立見該柄銳陰利器出鞘，而後該刃一如被繫了線似地任由允昇指揮，霎令在場眾人看傻了眼！惟見此飛刃外覆一道橙熾光氣，倏朝敵對衝去，卻見法王於驚呆中失了平衡，咄嗟之間，翻落而下，並於觸地剎那對空喊道：「這……這是……凌空馭劍！」

凌允昇續於高空旋腰轉臂，馭劍翻飛，待見法王退回地面後，直云：「法王藉摩耶太阿劍逞兇，允昇則有祖父與龍師公為恃，此刻太陰擒龍劍在握，絕不容法王撒潑放刁，為所欲為！」

「什……麼？太陰擒龍劍？」

摩蘇里奧驚聞後，搖頭覺到，「龍玄桓啊龍玄桓！今世，爾已敗在吾之指環精鋼刺錐，你我實已天人永隔，怎奈吾欲藉由祖先所鑄之神器稱霸中土，爾卻有徒孫能幫你追討公道！我摩蘇里奧險走了趟閻羅殿，突破了歷代家族之所能，現已能觸及五重至陰之領域，故擴展疆域以強大國力，進而豐厚我族族人，實乃吾之職責。然自滲入中土以來，實已耗去半生歲月，吾絕不能淺嘗輒止，亦不會善罷干休！」

這時候，谷翎先生對眾表示，憶得鑄劍大師公冶長瑜曾述，凌空馭劍乃出自龍武尊所創之「經脈武學」！惟因鮮少人見識過這般神技，直至南離王與龍武尊切磋武藝時，驚見武尊凌空馭劍，當下即令盧錟表出了甘拜下風，斯須收回其威震五州之赤焰霽烽刀。而後南離王於拜訪公冶大師時，當下以此神技之威，頻與大師交流，此技遂得於江湖上流傳。谷翎不禁讚嘆道：「今日能目睹少俠展出此一神技，真是後生可畏！」

心存不甘之摩蘇里奧為挫對手銳氣，俄頃挺劍再上，先以三路〈凝晶炫光〉為先鋒，接續再發烏冥劍氣為後衛，如此搏命出擊，霎令在場驚呼連連。凌允昇則於觸地剎那，隨即彈躍後翻，見其雙拳倚腰後水平一展，驚見太陰擒龍所泛光氣，一分為三，更藉藍天為襯之下，猶如三條橙熾脈衝細龍，交叉竄梭於浮雲之間。半晌之後，眾人立見法王之凝晶三光束，不勝三脈衝陽劍之強衝而瞬間崩散！

允昇接回擒龍劍後，隨即引動太陰巡脈之〈少商出井〉，〈魚際和滎〉，〈太淵入俞〉三劍式，倏朝對手回以真陽脈劍，此舉不僅沖散了烏冥劍氣，其餘力道更直衝敵對而去，直逼對手不得不提劍以對！交戰一陣後，只因擒龍劍氣力道強勁，縱使法王以前弓馬步應對，卻仍滑退了數尺方止，而後即見法王氣喘吁吁、唇裂而嘴角滲血！

摩蘇里奧見凌允昇之馭劍神技，合以經脈溫陽之光氣，既威且速，更可遠距出招，硬是將太阿劍之烏冥劍氣沖散於剎那，不禁頻顯驚愕之貌，甚而藉由呼吸之深淺與爪甲之色澤，頓感臟腑已呈虛損之象；更見摩耶太阿因揮耗過甚，竟於握把出現裂痕，直覺眼下暫非太陰擒龍之對手，遂於凌允昇收劍入鞘後，刻意醞釀自我運功時間，且對允昇問道：「老夫曾體會過少俠雙拳齊發之真陽脈衝，確實了得！然此呈現，或因少俠之特異體質而成。而今少俠有了銳陰神器推助，何以於馭劍當下，另自太陰擒龍旁出分身？如此罕見之劍法，究竟隸屬何門何派之功夫？」

允昇回應表示，自始至終所擁技能，無不依循常真人與龍武尊二位師公之思維與脈路。然而「經脈武學」乃以強化自體功能為本，進而將內能延伸體外，始有馭劍之可能。又說：「昔日龍師公曾以為南離王能藉火焰石釋出功力，或可達馭劍之領域。孰料，時至今日，真正能達馭劍，且能分脈而出招者，除龍師公外，允昇僅能稱為第三人，而我龍師公所創這套融合經脈武學之劍法，即是……〈脈龍．劍十三〉！

「〈脈龍．劍十三〉？頗為怪異之稱法！」石濬與魏廷釗同聲反應後，凌泉續疑道……

「傳統醫經所述，常以一貫、雙極、三陽、四氣、五味、六欲、七情、八卦、九尊之個數對應；抑或四季、奇經八脈、十二正經氣脈。龍武尊怎會出人意料地以十三之數為名？令人匪夷所思啊！」又喊道：「此一〈脈龍．劍十三〉，阿昇可已通悟學成？」

允昇立馬朝著父親，藉由搖頭以表回應。

「劍十三？哈哈哈，多麼虛幻不實之稱號啊！」

法王再譏笑道：「老夫融合了摩蘇家族之鬥術與幻術，縱然虛虛實實，惟其虛實不定，往往為制勝之關鍵，這就是奇招啊！呵呵，譁眾取寵之龍武尊，再由一個知其然而不知所以然的浮誇徒孫接續，一搭一唱，真是絕配啊！」又道：「凌允昇，老夫不管爾使的是脈龍？或是細蛇？縱然能自救，也救不了愚昧之蒼生。來日待老夫能量貫充，絕對讓你身中十三劍！喝啊……」

摩蘇里奧倏將體溫壓低，適值內能達五重至陰之際，旋即使上股肱之力，搏命反擊。眾人驚見法王眼白泛紅，嘴裡唸唸有詞，隨後蹬躍而起，迴旋上衝，剎那間突令白鑫殿前颳起了怪風，風中並混雜著灰塵石沙，頓時令人難以睜眼。待摩蘇里奧速旋至高點處，聞其一聲狂吼發出，隨後張臂揮劍，立見淡藍光氣輻散而出！然此時刻，蒙哥拉與契瓦格倏將棍狀兵器同置雙肩，並於棍間纏上韌布後齊躍而上，凌空承接法王，待法王收劍，盤坐於布轎上，三人即趁著飛灰塵沙未退，火速離開了白鑫大殿。

回觀滯留殿前廣場之摩蘇綠軍，巧於服下之鎮風丹藥效已過，隨後接連感到喉道不適，或見喉痛失音，或見乾咳嘔吐。石濬見法王再次施展喚風邪術，倏令體壯身健之軍民，協力所有傷兵與摩蘇軍儘速移往城西，並由凌泉父子指揮辨證論治之要務。

允昇立馬喊道：「萬萬不可啊！在下已將先前中毒之瀉痢患者，集中於城西，為防瀉痢原蟲有擴散途徑，或可將殿前疾患移往城北各寺廟宮堂為宜。然因寅轅城缺乏醫治草藥，恐難掌控疫情之發展！」

石濬隨即表示，先前於晵菘城接獲巢鄴鎮長送來凌總召之密函時，該函中已提及，若遇戰事爆發，抗軍於寅轅城之死傷，恐生凌少俠憂心草藥不足之窘狀。當下即託庫達司酋長速回北西州，立將各類傳統藥材直接運往寅轅城。接著，石濬推算了下時辰後，又道：「若依時間推算，各藥材應可於日落前陸續抵達；屆時有勞凌少俠費心，指揮並分配藥材之運送方向，以利疫情控制。而石濬將偕魏、冷二將軍處理西兑王後事，進而協助摩蘇族人撤離京城，並派船將查末尤垶之屍首運回克威斯基。」

寅轅危機解除後數日，凌泉父子同邀王府御醫敖匡，並偕各宮廟道長，依著患者病勢之輕重緩急，對證施行針藥以治。凌泉針對少陰咽痛喉痺，咳而胸滿振寒，咽乾不渴者，予以甘草、桔梗，二味共組之甘桔湯，藉以緩疼解毒、利膈清肺；更對失音患者添加一味訶子，以助其利咽開嗓。居中由允昇施以針術，由針下手太陰絡穴列缺，通順氣道與任脈之氣，並藉經脈挾咽，連舌本、散舌下之足太陰脈，與奇經八脈之陰蹻脈，交會於內踝尖正下一寸之照海穴，以利散咽喉之熱脹而解症。再依病患受風邪之程度，輔以發表散風之荊芥，祛風勝濕之防風，以防邪氣擴散而循經入裡。

一日夜裡，允昇更於石濬拄杖巡視疫情之際，主動為其療治遭法王所傷之膝下寒瘀。除了針下內踝尖上三寸之三陰交穴以通經脈外，更施以高川先生所教授之化瘀三重穴；而後再開出補血溫陽之當歸、桂枝，斂陰止痛之白芍，合以溫中調和之甘草、大棗，再配上祛風散寒止痛之細辛，與通淋暢脈之通草，合七味而成之傳世名方……當歸四逆湯！藉以養其血、散其寒、溫其經、通其脈，以治其因寒襲經絡，以致腰腿足股作痛、皮下瘀血等現象。

御醫敖匡則針對脈象虛數，咳逆欲嘔，咽乾口燥，虛火上炎之肺陰不足者，施以清解肺胃虛火之麥門冬為君藥，以益氣生津之人參為臣藥，以降逆止嘔、消痞散結之半夏為佐藥，合以益胃生津之甘草、大棗、粳米為使藥，如此君、臣、佐、使，四方合力所成之麥門冬湯，始可達益氣養胃生津之功，清肺降逆止嘔之效，更對咽喉腫痛之甚者，增以清熱解毒、利咽消腫之山豆根，與涼血利咽之板藍根，共平咽喉腫脹不利之症。

數日之後，見寅轅城疫情得以控制，石濬遂於白鑫大殿內宣布，谷翎與敖匡續任原有職位，魏廷釗則重掌西州軍機總管。惟因南西州之白涘城依然由驂煌城主竊據，更因驂煌身擁武藝，非等閒之輩，故令冷雲秋勝任鎮南大將軍，以期早日收復白渼城。姜東瀚則執掌西南邊關之州境邊防總長。

石濬又道：「西州東瀕蟄泯江，南居靈沁江上游，經谷翎軍師建議，我州禦軍隊將由軍機處增編水師軍團，原水師之鄔裕仁將軍依舊負責巡防蟄泯江岸，而諳水性之虞沅奎，雖痛失了左掌，卻不減其指揮船隻之經驗，遂令其接掌南域水師軍長一職，既可巡防靈沁江上游水域，更可就近配合冷將軍與姜總長之南疆防衛行動。」

石濬再道：「至於凌泉總召及其公子凌允昇，才能出眾，均為我西州境內，昂霄聳壑、上醫醫國之賢才！然藉良禽擇木之說，終得凌總召首肯，接替年邁之藥檢總管薛炳譞職位，重新推動西州百姓之用藥觀念。惟因西州推行速效藥劑，行之有年，退休之薛總管亦已表明，願從旁輔助新任總管進行外藥篩檢。」

「難道……行俠仗義、身擁蓋世神功之凌少俠，不隨凌總管之擇木而棲？」冷雲秋疑問道。

凌允昇回道：「允昇一身之醫藥常識與武藝技能，除父親啟蒙外，無不受惠於常師公與龍師公；惟此二位德高望重者，一生致力於維繫中土五州之和平，允昇自當追隨其後。然因諸多證據已示，龍師公確遭法王匿藏之暗器而喪命，而今法王仍藉妖術邪劍重返中土，其首要目標即是竊佔西州！孰料因石統帥集結眾前輩與有志將領，群策群力，致使法王之詭計無以得逞。不過，若依巢鄴鎮長所述，法王至今仍派駐旗下之牛鬼蛇神，竊據著西州之白虎洞窟，可知法王入侵中土之計劃……尚未罷手！諸如上述，允昇僥倖身擁遏制摩耶太阿之能力，為不使法王橫行於他州，抑或任其集結各州屈從之勢力，伺機再回返侵略西州，允昇有必要聯手分散各地之師弟妹，齊力防堵邪惡勢力擴張。倘若允昇勝任西州之一官半職，如此特殊身份，恐不利穿梭於五州之間，遂於長慮之後，婉拒了石西主提攜之美意。」

魏廷釗點頭認為，凌少俠確實是股遏制法王恣意妄為之力量。眼下軍機處仍須一段時日整飭州禦軍兵，且須重新招訓水師軍團，更得配合冷將軍奪回白涘城！短期之內，確實無以力對竊佔白虎洞窟之牛鬼蛇神，故須倚仗少俠之機動抑制。然此時刻，慘遭法王喚風邪術所襲之西軍，何以儘快回復精壯，實為當務之急！

凌泉則嚴正話道：「邪道已能引動風象，並於剎那間侵害百姓蒼生，著實令人生畏！連日來，凌某於診治病患之際，甚聞小犬提及另有凌駕法王神功之異能者，既能喚風，亦能馭寒，且已先後於北、東二州，藉由風寒外邪逞兇，直令眾圍捕軍兵因不敵突來外邪而不支倒臥，如此狂人實乃當年之嵐映首俠……寒肆楓！」

谷翎先生搖頭道：「一個逆天喚風之外來法王，已令我寅轅城承受重大損失，竟再出現一個法王曾欲納為乘龍快婿之寒肆楓！倘若未來二人聯手，恐有顛覆中土五州之虞啊！」

殿內眾人聞此震懾之說，無一不驚，唯參與過西兇王東侵之魏廷釗，提出了不同見解：當年搶攻臨宣城之主將臧勳曾表明，此役最終雖由摩蘇里奧竊佔了臨宣，但法王尚且疑慮先行殺入臨宣城之寒肆楓，恐斃了當時冒充雷嘯天之摩蘇維！而後，法王曾於城內下達緝捕段炳慷、潘茂等人，藉以追查來龍去脈，寒肆楓則從此杳無音訊。

魏總管又道：「法王喪子之後即與寒肆楓萌生嫌隙！雖佔得城池卻諸事每況愈下，最終竟由擔任該戰役人質角色之狼行山，代替雷王入城談判，且逼退了法王所率之摩蘇軍；再就凌少俠巧遇牟芥琛慘遭法王追殺，近來更聞法王封印了刁刃之戮封劍！魏某以為，法王對於昔日之嵐映五俠，至為反感，故再與寒肆楓聯手之機會，應如蘇鐵開花才是。」

數日之後，一人挾著密函來到了寅轅城。為此，石濬召集了包括古亙長老與庫達司酋長在內之各部菁英，齊聚於昔日石延英所居之宅院。如此慎重行事，只因身攜密訊之來者，正是人面廣闊之中州萬延標局總標頭……褚延軨！

石濬率先對大夥兒表明，褚標頭向來重視受託之物，不過問委託者之來歷，甚為江湖所稱道，故可藉著押鏢任務而巡遊五州。然而褚鏢頭尚有另一身份，亦即勝任石濬與另一人物傳遞訊息之密使！此一人物雖同石濬一般地集結民間反動勢力，惟石濬幸運，能得眾多文武菁英之助而拿下了西州。然此之前，諸如我西州反抗軍所需之米糧、建造軍車之技術等等，均是藉由褚標頭居中安排，而石濬則是提供此人作戰用之兵器，與縫製戰袍所需之針線棉花。

石又道：「適值介紹褚鏢頭之際，石濬就此向在座透露，此一匿行於中州東三城並密謀籌組反抗勢力者，名曰蕭寅，而其真正身份即是前中州濮陽城主……聶忞超！」

「嘩……」聞訊者無不發出驚訝之聲，谷翎先生則斜仰著頭，皺著眉，反覆唸著該名字後，道：「哦……聶忞超，此人乃昔日傅宏義旗下大將聶晟之子！」谷翎驚訝後，又道：「憶得西兌王提過，聶忞超推動了濮陽城之對外貿易，不僅打通了與東州生意往來之門戶，更將該城所得盈餘，協助鄰近淮帆、建寧二城之地方建設，而建寧城乃中州東部之粳米集散地，無怪乎西兌王派人焚燒昝菘城糧倉後所傳回消息，發現該糧倉多數米袋上皆印了『建寧』二字兒！」

魏廷釗則指出，自聶忞超失蹤後，中州駙馬狼行山接任了濮陽城主。以狼城主之運籌帷幄手段，甚連當年摩蘇里奧都拿不下臨宣城，回觀離開主場逾十年之聶忞超，豈有將狼推倒之機會？又說：「狼行山身兼中州軍師，亦有中鼎王為靠山，以其一人之下，萬人之上之地位，不難調動戎兆狁之數十萬大軍以固守中州東部三城，聶忞超欲板倒狼行山……難矣！」

此刻，古亙長老發話表示，先前曾受雷夫人之邀，與之會晤於中州臨宣城。當下聞其目的有二，一為探求聯繫雷世勛之各類管道；二欲瞭解西兑王於得不到中州援助後，面對外族與叛軍夾擊之情況。怎料於言談中得知，中鼎王現已受沉痾宿疾所累，雷夫人遂令中鼎王緊急發佈，值雷王療養期間之一切政務，全權交由雷夫人做決策！為此，雷王府內諸多廟垣之鼠，無不對雷夫人……諂媚奉承！

古亙又道：「在座或許尚未知曉，雷夫人已於古亙離開後，突然撤下了曾受段炳慷提攜之在任臨宣城主……虢裕，隨後即發佈接任臨宣城主者……迅天鷲展鵬！」

冷雲秋頻搖頭表示，展鵬與其手下已多次游竄於西州，為的即是探得西州情資，且已數度交手於雲秋，怎奈展鵬輕功了得，終讓其脫逃。而今展鵬接任臨宣城主，該城與西州眘菘城僅一水之隔，未來於農商軍政上，或將不利於西州。

正當石濬沉思於諸臣將之所言，古亙又道：「離開臨宣後，古亙即循蟄泯江岸南下至閔暹城，怎料聞得客棧內諸江湖人士，無不議論著中州之神鬣門！當下之古亙與現場在座一樣，並未知曉刁刃插手雪盟山莊之事兒，更別說刁刃之戮封劍遭人封印之內幕。惟聞眾人不斷猜測，何以神鬣門總督遭到撤換？且由屏西雁翎刀殷天雁取而代之。難道……殷天雁憑其雁翎刀，已能完全壓制刁刃之天下第一疾劍？否則，殷何以扛起令盜匪聞風喪膽之神鬣門招牌？而後再聽聞船家描述，驚見西州鄔裕仁將軍急率大批水軍沿江南下，當下古亙即生不祥之感，遂火速趕回昝菘城，而後果真遇上抗軍殺入了昝菘城！

一旁允昇突發聲質疑道：「在下曾交手刁刃於麒麟洞前，見刁刃出劍之疾，一如獵豹之速，揮擊之間亦能呈顯神鬣門總督之威。允昇以為，就算刁刃沒了戮封劍，殷天雁未必有勝出之把握。刁刃甘心讓出了總督之位，實在令人難以聯想？莫非……其中另有隱情？」

「凌少俠猜的沒錯！」褚標頭接著話道……

「近半載以來，中州各地方要官，更易頻頻，不僅由展鵬擔任西部之臨宣城主；夜巡翁岑鴞亦領命接下了北部頂豐城主之位。日前，中州內政大臣井上群，更於雷夫人指派下，兼任中州東部之淮帆城主，而中州南部三城則由軍機處與神鬣門巡行管控。然而戎兆犹本由雷王所栽培拔擢，忠誠度無庸置疑，唯不可一世之刁刃，與身任要職之狼行山，實非雷夫人所能掌控！換言之，藉著戮封劍遭魔咒封印之由，進而撤換神鬣門總督之手法，實乃雷夫人剷除異己之策略。實不相瞞，褚某於渡江來此前夕，雷夫人又因狼駙馬圍剿叛黨不利，現已撤下其中州軍師之職，以期狼行山能全力戡亂，固守濮陽城。綜觀近期中州之人事，唯二要職未變者，一是王府右衛……赫連雋，倚其勝任鎮守京城之角色，另一巴矽將軍則依舊固守麒麟洞窟。」

「如此重大之職務調動，縱使中鼎王臥榻療養，難道皆予認同雷夫人之決策？」凌泉提出質疑。

褚延軨搖頭表示，耳聞現今之中鼎王僅對夫人唸著三事兒！其一，可有仙丹妙藥以治其症？其二，可有本草神針之消息？其三，可否寄望摩蘇里奧之開腦除瘤刀術？而雷夫人對法王開腦之述，半信半疑，僅藉由雷婕兒已覓得牟神針，作為安撫回應。然而攬了實權之雷夫人，一心除了排除異己之外，尚且心繫著雷世勛是否已殞之傳聞？

凌允昇順著褚鏢頭所述，當眾表明已由二師弟之信函得知，匿名羅崑之雷世勛，實已斃命於北州禁地……玄武岩洞！事發之後，惲子熙先生頗憂心性情極端之雷夫人若知悉實情，恐藉中鼎王之病病殃殃，魯莽發動戰事！當下適值北坎王喪子、西兌王遇內憂外患、嚴東主之幼子叛變、南離王之蓄意增兵，中土五州恐生連鎖亂事！倘若呼風喚寒之狂人，趁此擴張勢力，生靈塗炭，在所難免！

允昇又道：「雷世勛曾表明，將於長夏時節歸隊中州。惲先生遂冀望東、西、北三州皆能於長夏之前，穩定州內情勢，強健境內軍力，進而形成聯盟，以防中州數十萬大軍失控。而今，西州已得新西主所掌，且已朝穩定西州而戮力，允昇遂於此刻將雷世勛已歿之實情相告。」

「嘩……」允昇如此一說，霎時又引來眾人驚愕之聲！

庫達司酋長隨即表示，來往於北西州與北川縣之夏塔沙族人，早於年初，或傳著莫氏兄弟相殘，或說鄒煬縣令叛亂遭緝，甚有靈幻大仙走火入魔而暴斃之說。眼下由凌少俠予以證實，足見諸多事件並非空穴來風！倒是惲先生思慮縝密，為大夥兒挪出了時間以厲兵秣馬，否則，鬥而鑄錐，為時已晚！

這時，褚標頭噘起嘴角，頓了下後，道：「中州政局紊亂，派系分歧，縱有數十萬大軍，並不見得能顧及四方州界。」又道：「前些日子，褚某於群瓏客棧遇上了惠陽只瀧城主，值二人杯酒之間，竟聞只瀧提及戎兆犺總管為著軍兵調度而夜不成眠！惟因南中州急需軍兵鎮守，狼駙馬亦要求東移大軍，以防叛黨作亂；而雷夫人欲採仗勢施壓之策，藉以令北坎王回應雷世勛之下落，遂要求戎兆犹隨時支援軍兵北移。戎總管苦惱於各區域之地形迥異，或為群山，或為沙岸，並非隨時可調動騎兵或攀兵以充當他處使用；況且軍隊翻山越領，常因氣候差異而水土不服，根本無法隨時投入戰場。再則，近來濮陽城蠱毒事件頻傳，狼行山尚查不出頭緒，貿然引兵入城，恐有連鎖損兵之虞！」

褚再道：「只瀧亦指出，當前中州除了情緒極端之雷夫人外，行徑變異較大者，當屬狼行山與殷天雁二人！褚某聽聞當下，咬牙附和，惟因殷天雁有了雷夫人撐腰，為虎作倀，不僅仗著神鬣門總督之威，囂張跋扈，更數度攔查我押鏢行伍，並強索鏢局佣金以息事寧人；而狼行山更為急剷亂黨，對嫌疑犯或施以烙刑，或屈打成招，手段甚為兇殘！」

允昇聞訊後即表明，過往曾於北川縣邂逅狼行山，此人心思極為細膩，甚為重視自身利益與自我形象；為了維護自我氣勢，不惜暗施強勢手段以鎮壓逆向，此即允昇身中其〈隱狼溯水掌〉之原因。只是……身擁權勢之狼行山，行事作風轉趨暴戾，果真導源於觸怒雷夫人？」

「呵呵，非也！非也！」褚延軫搖頭笑道：「一生風流倜儻之狼行山，身旁不乏女人投懷送抱，但真正撂倒狼行山者，實乃一曾於怡紅園演奏琴藝之女子……蔓晶仙。」又道：「前些日子，褚某押了趟鏢到東州，數日後回到濮陽。然而褚某闖蕩江湖多年，亦與狼城主有些交情，狼特地前來褚某下榻之嵩安客棧，藉以打探東震王處理余氏等臣將叛變之後續。然於言談中發現，狼城主對慘遭絞刑之余伯廉等人，反應不大，待褚某提及菩巖寶剎之疫情嚴重，幸得藥對王與擎中岳，偕同甄芳子與蔓晶仙姑娘，聯手診治寶剎上下，立見狼行山顯出浮動，甚而得其問及：『蔓晶仙是否支持著蕭寅？並助其推動謀叛之精忠會？而蕭寅是否即是過往之聶忞超？』當下，褚某訝異狼之所提，僅當面表明，知悉蕭寅名號，卻未知其真實身分？耳聞精忠會黨，卻不識參與其中之人士？」

褚接著描述，狼行山為緩和氣氛，值三杯清酒下肚後，對褚某聊起了邂逅蔓姑娘之過往，並拿出了蔓姑娘所給予之驅濕小麻袋兒；談著談著，窗外竟傳來軍兵追捕叛亂份子之聲響！狼行山俄而躍下了客棧露台，倏自雙袖中甩出了兩把扇子，這才發現，此二扇較以往之旋錚鐵扇為袖珍！隨後見得狼行山凌空拋出手中雙扇，此速旋二扇竟如兩受控飛盤似地，分別於「咻……咻……」二聲傳出之後，精準地削中兩竄逃者之腳筋，而兩旋扇即於狼落地剎那，回到了狼之掌中。

允昇心裡疑道，「旋扇如盤，且能削斷頗具韌性之腳筋，欲符此條件，尚得費上一番手勁兒才成，更何況是分中不同標的！嗯……此人相較麒麟洞前之身手，判若雲泥！狼行山何時身擁這般騰空雙擊之功力？令人匪夷所思！」

褚延軫接著表示，正當軍兵上前逮捕叛逃份子時，一蒙面人飛身而出，揮劍阻擋；狼城主立馬出扇迎上！當下，褚某自露台俯視，雖見蒙面人武藝不凡，接連擋下狼之攻勢，惟狼行山技高一籌，見其一陣飛蝴交叉招式下，隨之傳來鏗噹一響，瞬見狼之一扇，應聲擊斷了對手劍刃，另一扇則削中對方臂膀。此刻，頓失兵刃之蒙面人仍不忘回身托著筋傷者，立聞狼輕蔑地發了聲：「呵呵，泥菩薩過江啊！」話一完，狼行山雙掌釋出水氣，隨即蘊出了兩團水漾凝球，並於丹田喝聲推助下，瞬將水凝球發向了蒙面人！

「啪嚓……啪嚓……」一輕盈身影，突自蒙面人身後翻躍而出，俄頃伸臂並展開雙掌，旋即於一前弓後箭馬步前，打造了一透明屏幕，及時迎上了水漾凝球而使其爆散。而後，狼行山於水液順著透淨屏幕滑下之際，見著了屏幕另一頭，竟是一長髮飄逸，宛轉蛾眉之女子！此幕霎令詫異之狼行山跨前了一步，對著屏幕喊出了聲，「是妳？……蔓……蔓姑娘！」

當下佇於另一頭之蔓晶仙，見著了出手兇殘之狼行山，雖顯出愁眉淚眼，卻刻意地左顧右盼，不欲正視眼前之狼行山，隨後雙方即呈出了杜口裹足一幕。

魏廷釗立微笑表示，褚標頭若被神鬣門逼得沒路走，反倚此等繪聲繪影之技，應可藉著說書功力，遊歷四方才是！隨後又說：「倒是這位蔓姑娘所示功夫，頗符合摩蘇里奧曾對西兇王描述過，一種稱為〈靈禦神罩〉之絕頂防禦功夫！」

「對……對極了！」褚鏢頭續道：「此般防禦屏幕確實厲害！待蒙面人與蔓姑娘各帶一傷者遁入巷弄後，該屏幕則逐漸淡化散去。回了神之狼行山，立馬放聲怒吼，倏令軍兵火速追緝城中叛黨。待軍兵離散而去後，驚見一神秘客自大街另一頭走來，隨即與狼城主輕聲密談後，該神秘人物立朝蔓姑娘一夥人離去方向，翻躍追去。」

「看來，狼行山信不過軍兵追緝，另派殺手追殺叛黨！」石濬說道。

「沒錯！石西主與褚某想法一致！」「褚某自東州歸回後始知曉，此神秘殺手之功夫了得！惟因此神秘客多次委託我萬延鏢局，自南州滎璿城運送火焰石入東州，故其身形模樣兒，舉止步伐，褚某再熟悉不過。然而，眾人皆知南州嚴控輸出火焰石，惟此人身分特殊，遂得南離王通融放行。此人即是現今東州全力追緝，且屢藉『岩子』之名，幹下南中州不明衄血案之元凶……嚴翃廣！」

「什麼？是……嚴翃廣？」在場聞訊，一座皆驚！

凌泉則茫然不解地疑道：「嚴翃廣怎會搭上狼行山？或因如此，嚴翃廣始得竄行於中州，無怪乎東州追緝不到嚴翃廣！倒是……擺不平濮陽亂黨之狼行山，果真使出了大招，以明暗二路，雙管齊下，藉以剷除逆向勢力？」

褚鏢頭點頭認同凌泉之推測後，再度表示，狼行山自親睹蔓晶仙出手救走叛黨後，性情急轉直下，待其轉身走回嵩安客棧，見其兇煞眼神，霎令褚某一陣冷汗疾出。惟聞狼城主冒出一句，「順吾者生，逆吾者亡！」之後，立馬張口灌掉了整壺清酒。

待狼行山一飲而盡之後，褚鏢頭立轉話題，順勢提起濮陽城蠱毒事件。突聞狼喊道：「區區蠱蟲就想撂倒我狼行山，沒那麼容易！」又道：「雷夫人欲藉井上群來牽制我，沒想到，井上群假借一施毒前科女子之手，預謀毒害進出怡紅園之狼行山！怎料陰錯陽差，竟讓性嗜漁色之井百彥充當了替死鬼！井上群心有不甘，將計就計，欲藉戡亂不利與蠱毒事件，試圖將狼某於中央與地方之氣勢拉下，以此迎合雷夫人順利掌權。」

當下再聞狼咬牙發聲道：「褚鏢頭切莫畏懼城中之毒害個案，眼下已知悉了始作俑者，欲了結此事兒，如拾地芥，指掌可取啊！」

褚鏢頭描述至此，續對著在座表明了與狼言談後當夜，經人暗示指引，來到城北一座廢棄暗倉，這才知曉，此乃精忠會之一大據點！而白天遭狼行山削中臂膀者，即是自東州潛回濮陽之聶忞超！當下立轉告聶忞超，狼行山已聯合了逃離東州之嚴翃廣，意圖暗殺精忠會之各部領頭，怎料聞得聶之回應，竟出人意料之外！

褚又道：「聶忞超透過各分支得知，狼行山與井上群真正在意者，實乃濮陽、淮帆、建寧三城之政務官動向！惟因離開崗位逾十載之聶忞超，若無昔日之幕僚支持，並提供各方資助以為後盾，單藉弟兄之游擊攻勢，實難抵抗都衛大軍。換言之，狼行山只要切斷逆黨之支援線，即可達事半功倍之效！」

褚再轉述聶之所言，道：「自雷夫人指派井上群接掌淮帆城主後，深感芒刺在背之狼行山，日趨暴戾，殘虐不仁！而精忠各分會亦發現，近來淮帆城不明外來份子增多，打探之後，不乏井大人向神鬣門借調之人馬，故聶忞超認為，狼行山結合外來殺手，除了與井上群較勁兒外，現居於淮帆、建寧兩城內之畜牧大臣駱闃、農糧大臣公山釁、交運大臣帥元奭，均已成狼、井二人監視與要脅對象。孰料狼、井之行徑引來諸臣要官反感，遂間接資助精忠會，故狼行山派人跟蹤精忠會成員，為的即是溯尋資助者，反倒是井上群為握住狼行山戡亂不利之把柄，暫不致對反動勢力不利才是。」

褚鏢頭接續再述了聶忞超之大膽猜測，聶認為狼暫不致將零星反動份子放在眼裡。真正令狼行山不安，乃因雷夫人摘下了能為其護航之刁刃，更撤其軍師之職，以致無法調動戎兆犹之軍隊。然而，井上群與中鼎王私交甚篤，契若金蘭，於中央煞有喊水能凍之威，想當然爾，狼行山勢必藉由嚴翃廣等外力，掃蕩其仕途上之絆腳石。一旦沒了這倚老賣老之井上群，狼行山即可坐大於中央之勢力，而後再藉勢調用大軍，包抄反動勢力即可。

石濬隨褚鏢頭描述之後，道：「由褚鏢頭攜來之密函得知，當前聶忞超未見兩指標前，狼應會持續原本之跟蹤計策，而精忠會仍須積極集結民間戰力。然此二指標即是中鼎王抑或井上群之死訊！倘若期間出現突發意外，聶表明已做了因應，亦即刻意將精忠會據點設於濮陽城北，實因東州北部之鄐畿城主陸洺煊已表明，一旦精忠會遭軍兵圍剿，可就近撤往該城庇護。北州軍師惲子熙先生，亦已調派關薦將軍領兵駐守玄榕城，必要時亦可就近支援。」

「唉呀……我想起來了！」褚鏢頭突然憶道……

「嚴翃廣託褚某私運火焰石前往東州之際，曾聞其抱怨過往中、東二州合力打撈運金船一事兒。惟因薩孤齊曾向翃廣表示，井上群私吞了該計劃之大半資金，而眼下正值逃亡中之嚴翃廣，定會藉機找上井大人！然而嚴翃廣之武藝，今非昔比，井大人恐非嚴翃廣之對手，遂未雨綢繆地請來神鬣門相助，如此管道，只因神鬣門現已成雷夫人之可用棋子兒了！」

一旁聽著諸前輩們分析之凌允昇，霎時關注到狼行山所言……「已知悉了始作俑者，欲了結此事兒，如拾地芥，指掌可取！」隨即想到，「自恃甚高之狼行山，自其青雲得路，扶搖直上，一切榮華無不來自雷氏一家。井上群縱有影響力，卻未能私自決定狼行山之浮沉。如褚前輩所述，中州軍師之職遭撤，狼行山降回城主一職，其可忍乎？再說，誰能藉刁刃遭挫，隨即撤換神鬣門總督？且聽大夥兒分析著狼行山之未來，或是力擒聶忞超？或是暗鬥井上群？吾以為，真正能引發中州大震者，即是狼行山心裡認為之始作俑者……覃媮燕！」

這時，魏廷釗突然疑問道：「甫聞褚鏢頭形容，井上群恐非嚴翃廣之對手。莫非……擔任內政大臣之井大人……身擁武藝？」

「針對魏總管此問，不妨由晚輩代褚前輩回答好了。」凌允昇隨即對眾描述……

「井上群，中州頂豐人，而頂豐城正於汨埩湖南岸。昔日井上群曾於湖中之颯肓島上，經營一名曰『溫醇坊』之溫泉酒館兒。然因此島嶼歸屬北州，井上群藉此拓展人脈，故不少中、北二州之達官顯要，皆為該酒館兒之常客。一日，井上群極度暈眩，且驚悸抽搐而不支倒地，待其因脇肋抽痛醒來後，已由一位醫者診療之中。醫者據實告知，其已罹患**肝膽陽亢**之證，若延宕就醫，恐有暴斃之虞！然因患者身散酒氣，遂得醫者警示，『酒乃水之形，火之性，不利肝膽之疾』，當下即遭醫者下達忌酒之令。而後，醫者施行針術，一下**厥陰肝經之行間穴**以瀉肝火；二下**少陽膽經之俠谿穴**以清膽熱。然而肝火熾盛，諸經之火則相引而起，遂藉**龍膽草**、**青黛**，合以清瀉肝膽實火，並藉**蘆薈**之氣燥入肝，以引諸藥同入**厥陰**；再藉**黃芩**清肺火，**黃連**瀉心下之火，**黃柏**清腎火，**大黃**瀉腸胃之火，**山梔子**清瀉三焦之火，合諸藥大苦大寒之性，共驅諸經內壅之盛火；後以**當歸**、**木香**、**麝香**合助氣血，推動清瀉藥效，亦可和緩苦寒藥性之傷正。此十一味藥蜜製成丸，即為主治厥陰實證，肝火內壅之傳世藥方……**當歸龍薈丸**！」

允昇續表示，值該名醫者開方之際，詢問了患者之病史，孰料患者之回覆，霎令醫者鉗口結舌！惟因井上群身擁特異體質，能藉汗液釋出酒氣，故可千杯不醉；之所以萌生急證，實因練功所致！

井上群於病臥期間對醫者表示，颯盲島之溫泉，遠近馳名，遂前來島上經營酒館生意。孰料，霧氣不定之汨竫湖，每逢月十五之望日，湖面即起怪風，致使不少渡船於湖中擦擊而或損或沉，遂令船家不約而同地於每月十五之前後歇業，間接造成登島顧客驟減，故島上諸業隨即跟歇，因而有「望休日」之稱。

井又提及，憶得某一望休日巧遇了月蝕，島上氣溫驟降，大風四起，不僅拆了多家酒館兒招牌，竟連溫醇坊之屋頂兒也給掀了大半兒！情急之下，井上群冒險登頂修復，這才發現，體內竟有股奇勁兒，能將迎面之風力，下導至足底，並增生定步之效。待修復屋頂後回到地面，不經意發現用於修繕之多餘石塊，竟能相疊尺高而不傾墜？

自此之後，井上群發現二事兒：其一，只要有風，不僅可藉風而穩住自身，亦可反向將風由掌心推出，故名此奇功為〈鎮轉馭風掌〉！怎料練功數日後得知，運作此等雙向鎮轉功力，易引來肝火上炎！倘若不慎將吸納之外風滯留體內，即可生暈眩失衡之證，正符合醫經所謂「**諸風掉眩皆屬於肝**」；更因**風能勝濕**，致使腎水津液因風而燥，以致陰虛火旺，肝腎俱傷。其二，島上溫泉之熱，始自南州地底岩漿脈貫穿中州而來，致使島上之地層引力不定，尤以望休日之地層引力，明顯強於平日甚多，故能疊高石塊而不傾。

「哦……不時耳聞井大人內力深厚，卻無緣見識，原來其身擁〈鎮轉馭風〉神功，亦能藉汗釋酒，千杯不醉，無怪乎能官場亨通，直登中州內政大臣之職啊！」褚鏢頭茅塞頓開地說道。

凌泉對著允昇疑問：「井大人年屆耳順，阿昇尚不及而立，何以瞭解井大人之來歷？」

允昇從容表示，回往西州之前，曾因一位人稱「高川先生」之高人提點，遂決定親自走趟颯肓島。然因此島經歷中土地牛翻身，登島當下，放眼盡是斷垣殘壁！據聞當年災難活埋了成百成千之軍兵與居民，以致鬼魅之說……油然而生！為此，倚湖為生之船家，或見捕魚，或見載人遊湖，卻鮮少人再回該島居住謀生，僅見得北州水軍輪番巡航該水域，藉以護衛州域疆界而已。

允昇又道：「憶得允昇經頂豐城而抵汨竫湖時，正值滿月，湖中因大雨大霧而不見任何船隻，頓時不知所措。後經一停靠湖邊之船家相助，遂得以留宿於船艙之內，始得避開滂沱大雨。然而見此船家面部呈有多處傷疤，怎料竟成了允昇識出其身分之特徵！此一船家曾駕舟載著龍師公前來禦風岩，進而與我秉山祖父有了邂逅之機。」

凌泉恍然大悟道：「阿昇所指的是……當年隨你龍師公來訪的那船夫？除了面容之外，此人姓名亦讓人印象深刻，猶記得其所述解釋，乃因生於江水下游人家，而祖先冀望其能登科進士之……江偉士！」

「沒錯！正是那江偉士！」允昇接著再道：「江前輩認出允昇後，煞是興奮，惟其回憶離開禦風岩後，見得中土五州之演變……感慨萬千；甚而憶得秉山祖父提著龍師公之骨灰罈，跋山涉水，千沟萬壑，終納了江前輩之建議，前往了黃垚山。」接著，凌允昇將先祖父之鑄劍經過，對眾詳述了一番，以令在座瞭解了太陰擒龍劍之由來。

石濬不禁連聲讚嘆：「有了凌秉山大師之匠心獨運，再合以龍武尊之骨灰加持，無怪乎太陰擒龍能生蓋世之威，滅狂人至陰之邪啊！」

一旁的褚鏢頭好奇道：「恕褚某直言，凌少俠巧遇江姓船家，此與井大人之於颯盲島……何關連之有？」

「呵呵，晚輩說書功力遙不及褚前輩，讓聽者茫然若迷，真令在座見笑了！」

允昇接著微笑回應道：「前述診治井大人肝膽疾證之醫者，正是江偉士，江前輩！」

谷翎先生隨即發了聲：「什麼？那姓江船家……是個醫者？呵呵，不對吧！」谷翎搔了搔鬢鬚，又道：「在座之中，就屬谷某年紀能對上那井大人。若依井上群未投效中鼎王旗下之官職推算，老夫尚且記得……過往颯盲島上曾有一醫術高明之醫者，名曰……川尻治彥，怎會是……」

「谷翎先生記性真好。沒錯！當年之醫者，確實名為川尻治彥，此人來自於中土東北外洋一島嶼。」允昇繼續道：「由於川尻前輩於大地震後殘存於颯肓島，因面部慘遭毀容，流落不偶，日日糠豆不瞻，不僅無人證明其乃川尻本人，為避免逢人即須解釋來由，抑或遭人控訴其假藉川尻之名以騙取醫財，遂隨中土大地之重建，更名為江偉士，自此重生。然……川者，江流也；尻者，臀尾也！故川尻即為江之下游，故稱為江尾，取其同音，即為……江偉！又因……治者，統理也；彥者，賢士也！綜觀之下，能統理眾賢士者即為登科進士，遂以『士』字替代『治彥』，依此可得……川尻治彥，即為……江偉士！」

凌泉微低著頭，訝異道出：「真是有眼不識泰山啊！原來當年立於龍師父身後之謙卑船家，正是颯肓島上遐邇聞名之名醫！不過，憶得先父秉山曾贈予江兄弟一長柄利刃，並令凌某將其匿於木槳之中，莫非……龍師父早看出了江偉士之身手！」

允昇點頭後回道：「川尻先生於大地震中不幸遭傾倒之建物重壓，以致後脊督脈與太陽經脈受損。而後幸得龍師公以真陽脈氣，打通其深層瘀阻，且於當下發現了先生潛藏之內力！然川尻先生出於武術世家，雖練就一身功夫，卻不願隨父親為了幫派地盤而助推爭鬥廝殺之氣，終而離鄉前來中土，潛心習醫以救人。龍師公體諒川尻先生之思維，遂不對外宣揚其身擁奇能之密，以免引來為了爭天下第一之狂者挑釁，僅告知了陽昫觀常師公，上乘經脈武學已有人能繼傳，而人煙稀少之颯肓島即成了川尻先生練就神功之處。」

允昇續道：「川尻先生練功之餘，僅作二事兒。一是持續挖掘當年地震受埋者四散之骸骨，並將之整合葬於一處；二是持續探索井上群對地層引力不定之發現。待經多年探查後始知一極具關鍵之處，實乃位於該島正中央，一處被地牛推擠出之高丘，並自該丘裂縫冒出一岩石平台；

惟其來自地底，形如案几，故由北州巡行水軍將之名為……閻王案！然依川尻先生多年測試，閻王石案周圍於望休日前後，皆發生了地層引力加重之現象，尤以遇上月之蝕日，情況更甚！」

「閻王案？呵呵，能將一自地冒出之岩塊，取其形貌、取其隱意，嗯……多麼耐人尋味之呼名啊！」魏廷釗點頭說道。

石濬則頓了一下後，疑道：「甫聞少俠所提及之『上乘經脈武學』，莫非即是……」

允昇頷首回道：「沒錯！正是〈脈龍．劍十三〉！」又道：「龍師公此一神功須藉體脈運行通暢，且於真氣充盈之際，倏將脈道真氣延伸體外，即可形成脈衝光氣，待脈衝能量之控制能隨心所欲時，始可觸及『馭劍』之領域！怎奈該領域之高深莫測，尚難捉摸，眼下允昇尚止於對戰摩蘇里奧時所展之……劍出三脈龍！聞川尻先生於功力極盛時，亦僅能達到劍出六脈，而今川尻先生已年逾耳順，氣脈不若以往，現僅同於允昇所釋出之馭劍三脈龍！然依秘笈上所載，龍師公雖描繪了十二回之脈衝馭劍，卻僅於第十三回頁面，留下了『陰陽合璧』四字兒即止？為此，允昇與川尻先生於該島上共商數日，依然無以悟得其中，故〈脈龍．劍十三〉之真諦，允昇尚於琢磨之中！」

冷將軍隨口話道：「手持數十斤兵器與人對擊之際，滿腦子盡探著敵對之破綻，倘若出招稍遲，恐遭對手砍削折骨伺候，哪兒來時間等著脈道真氣釋出啊！無怪乎龍武尊費近半生，只為尋得上乘經脈武學之傳人；面對這般功夫，冷某甘拜下風！」

「冷將軍暫別氣餒，萬般功夫或出於獨門自創，或承於已成者之啟發交流。川尻先生未遇上我龍師公之前，亦僅是持刃禦敵而已，更別說如冷將軍之沙場退敵。若有機會，冷將軍不妨暫時歇下兵刃，允昇願分享如何藉自身經脈真氣，驅降入侵體內之無形病邪；一段時日後，或許冷將軍即能自行領略『經脈武學』之理了。」允昇說道。

「嘿嘿，凌少俠何時教授？可得算我石濬一份啊！」石又道：「若依少俠方才所述，真正能達馭劍且分脈出招者，除龍武尊外，少俠僅能列為第三人。換言之，這第二人即是江偉士，也就是川尻先生囉！」

允昇點頭回應後指出，當年川尻先生雖受龍師公之託付，藉以繼傳馭劍秘技，唯先生當下卻感萬分惶恐，既擔心無以領略上乘神功之循向，甚而失控遁入了旁門左道，亦憂心無緣於有生之年遇得繼傳之人，以致成了絕斷此一蓋世武學之罪人！惟聞龍師公僅笑著對川尻先生提到，「**怒盛傷肝**、**疾喜傷心**、**思慮傷脾**、**憂悲傷肺**、**驚恐傷腎**；倘若因憂慮而傷了臟腑經氣，何以結緣『經脈武學』？又何以告知傳人其中之奧妙乎？」怎料歷經十餘載後，允昇極其有幸，藉由一場湖邊大雨而遇上了川尻先生。

允昇又道：「當夜川尻先生見過太陰擒龍劍之窮工極巧後，讚嘆不絕！翌日見得風雨漸歇，先生立偕允昇登島，並於巡訪島上各處後，選上了冒出閻王案之高丘，隨即將經脈武學之馭劍心法與龍師公親手所撰之《脈龍・劍十三》秘笈，傳予了允昇。自此之後，川尻先生如釋重負，不時輾然而笑，直至一日練功間歇之際，允昇不經意發現了閻王案之立面，留有著若干掌印？遂向先生提了問……」

川尻先生隨即表明了閻王案几之正下，實乃源自南州之熔岩漿脈，而高丘位居島之高處，除了風勢較大外，入夜後亦為島上溫度較低之域；一旦再遇北州凜寒之氣南下，即成島上唯一可見霜雪之處；值凜寒籠罩之際，置身高丘者更能明顯覺到閻王案之溫熱。然自地牛翻身以來，凡登島而探及高丘者，諸如龍武尊、北坎王，甚是前些時候登島之惲子熙先生，均曾伸掌觸及此一堅實平台，因而留下了若干掌印。

允昇皺眉又道：「倒是……過往搭上川尻先生之渡船而登島之眾遊客中，曾遇一全身散發寒氣之奇人！先生刻意告知島上之高丘岩台能溫身禦寒，卻不見此人觸摸閻王案，此幕直令先生印象深刻。待先生向龍師公形容後，始知此一奇人即是龍師公曾管束之弟子……寒肆楓！」

允昇接續轉述川尻之描述，進一步指出，不久前惲子熙先生於登島時，不僅藉姓名之音意，猜出了江偉士即是當年之川尻治彥，更將寒肆楓於北、東二州之逞兇，述予了川尻先生。為此，川尻先生引領惲先生前往了島上之芫淨庵舊址，當下惲先生藉由羅盤以推演颯肓島之天磁地氣，怎料該羅盤竟出乎意料地止於圖毯上之暗灰區塊？而後惲先生因內力不勝負荷，突發極度暈眩，且見眼鼻泣出冷液，隨後即昏臥於圖毯之上。

允身再道：「待川尻先生察覺惲之左尺脈，沉緩而弱，又見其顱腦冰冷，遂辨其腎氣無以上輸濟腦，致使濕阻經脈、腦寒泣液、頭目暈眩。隨後即以芫淨庵所存留之**艾卷**，為惲先生灸其頭額正中，髮際後五分處之**督脈神庭穴**，合以該穴後五分之**上星穴**，藉以安神、利竅、散腦寒。值惲先生清醒後，百思不解，圖毯上之磐龍文字眾多，何以羅盤中孔會停留於暗灰之處而止？莫非……颯肓島將繼地震之後……再生災變？最後，川尻先生以惲之氣血俱虛為由，力阻了惲先生欲行二次推演天磁地氣。」

允昇接續為在座表出，熟悉醫理之江偉士，偕上了通達天文星象之釋星子，一陣相互剖析交流下，巧合地詮釋了位於中、北二州交界處之湖泊與島嶼。惲先生表示，湖泊為水，正中貫穿之岩漿熱脈為火，此景合於醫經所指**水腎**與**小腸火**間之**命門**，惟因五行之說指出了水火相剋，二者不平和則相爭，而汩zheng湖之「汩」字乃於三點之水，合於陽日之火而成；其後將「zheng」字對拆，即可推得……若水火不容則有「立即相爭」之虞！再依川尻先生所提之經驗，島上每逢望休日則引力不定、怪風即起，符合了「颯」字對拆之「立即生風」；更於月之蝕日，現象更甚！然而，月之遇蝕而隱消於夜空，即為「亡月」！上「亡」合以下「月」即成「肓」字，遂名為颯肓島……不無道理。

允昇總結道：「自惲先生離島後，川尻先生為著探索釋星子之羅盤何以止於暗灰區？頻頻巡視著島上之一草一木。至今除了零星溫泉與梯田分佈之外，島上根本不具任何價值足以引得世間狂人之覬覦與掠奪？然而，諸多未知依舊，唯忐忑不安之感……與日俱增！」

谷翎話道：「素聞釋星子之圖毯羅盤推演，堪稱世間一絕。惟因此技隱含『洩天機』之質，遂有折壽之虞；川尻先生力阻其二次推演，實為其身體狀態而考量。不過……釋星子刻意前往颯肓島推演天磁地氣，卻首次遇上一片暗灰之呈現，不難想像其內心之惶惶不安。倒是，老夫曾見過白虎洞窟之白晶岩石，惟經中州薩孤齊逆叛事件，侯士封曾因此懷疑該晶石能量或許能藉法術移轉。唯老夫不解，縱然寒肆楓功力獨到，已能吸取北州玄武與東州青龍之晶石能量，為何寒肆楓仍將所謂的六稜晶鎮竊走，目的何在？」

庫達司酋長隨即苦笑道：「呵呵，好人寧願折壽推演而不得其解，狂人則直接竊物，卻不知所為何事兒？不禁令人畏懼！然五色晶岩不過石頭一類，素聞狐基族人精研石料，一旁悶了許久之古亙長老……可有異於在座之看法？」

「是啊！摩蘇里奧曾藉著一狐基石雕師之說，表明已知未來該怎麼做！難道……法王已知如何利用其所竊據之白虎洞窟，藉以引發另一未知事端？」石濬問道。

「這……這個……」古亙長老本呈顯吱唔閃躲，待冥想片刻後，稍顯憂鬱地對眾表明，先前摩蘇里奧對古亙提出「席哈暮」之名時，實已刺中古亙心坎。接著，古亙嚥了口水，理了下情緒後，對著在座話道……

「家父古莨，一生研究已故之曲蚺長老所留笈冊與手札，其中不乏天文、地理與醫療、岩礦之記載。然因曲蚺長老留有些許特殊設計理念，家父尤對其中一書櫃之內隱夾層設計，印象甚深，或可藉之收藏珍貴之笈冊手札，卻又顧忌木製書櫃恐遭祝融之虞，竟突發奇想地欲藉石材以製櫃，遂想到族裡一喜石成癡之石雕奇人……席哈暮！然而，席哈暮雖如常人之日出而作，卻非日落而息之人！此人好酒貪杯，不時見其呼朋引伴，喝個爛醉如泥，乘酒假氣，酒言酒語，族人對其醉怒醒喜之性格，司空見慣，習以為常。」

古亙又道：「一日，席哈暮於父親書房丈量尺寸時，不巧被內人熹爰發現其躡手躡腳地翻挑書架上之紀冊，待熹爰予以勸誡後，怎料此人依然故我。後經熹爰持續觀察，發現席哈暮不喜天文、醫學之類，卻獨鍾於曲蚺長老之石類手札。古亙與父親聽得媳婦描述後，隨即試探席哈暮之行徑，並於溝通後知其乃性嗜玩石，卻不曾觸過天外隕石而心生好奇！待明瞭席哈暮之所為，並非受摩蘇族所指使後，父親即於席哈暮製櫃期間，簡要地對其分享了曲蚺處理天外隕石，以至運往中土之經歷。怎料經幾杯燒酒催化之下，父親竟將於中土五州埋設之六稜晶鎮，對應陽曆之春分、夏至、長夏、秋分以至冬至之節氣，並合以五行木、火、土、金、水之相生相剋關係，全盤托出！」

古亙拭了額汗後再道：「針對集結晶鎮恐將蔽天震地之秘密，除席哈暮之外，父親亦曾謹慎地告知了捨身醫治我狐基族人之訪客……牟芥琛！而古亙曾因錯認雷世勛能集結中土之狐基族人，亦曾對其透露此一秘密。而今，寒肆楓已於北、東二州得逞，古亙自知紙包不住火，遂決定藉此告知在座賢士，以期能防賭狂人聚集巨能，進而阻其危害中土五州！」

庫達司岔話道：「依此說來，席哈暮真如摩蘇里奧所述，已由克威斯基來到了白涘城。只是……我夏塔沙族人曾傳言指出，席哈暮乃遭狐基族流放而失蹤多年，原來此人尚能倚其石雕技藝，輾轉前來西州謀求生路啊！」

突然！古亙長老眼眶泛紅，一會兒之後，哽咽表明了過往一滂沱大雨之夜，古亙隨父親外出檢視疏洪渠道，怎料席哈暮欲贈一精緻之掌上石雕予古父，卻於途中遇上酒肉友人以羊羔美酒誘惑，待爛醉之後，依然送來石雕，當下獨留屋中之熹爰，頓感驚惶，立以夜半更深而婉拒開門。孰料席哈暮竟因此惱羞成怒，瞬於一股蠻勁兒下踹門而入，隨即怒斥古氏失禮不見客，一陣胡鬧之後，竟藉酒……突發淫慾，後於大雨傾盆聲中，玷……玷……污……了古家媳婦兒！然於席哈暮逞兇之際，遇著熹爰抵死反抗，席遂以掌中石雕擊昏熹爰，而後倉皇離開。

古亙經在座安撫後，續道：「守舊內斂之熹爰……雖於顱創後醒來，卻因難抵日日夢魘，遂於事發五日後，投江……自盡……！」「惟因狐基族之律法並未制定極刑，席哈暮乃於族人輪番譴責下，遭族人強制驅離，永不得回歸狐基之域！」

「唉……原來隱有著如此不堪過往，古亙長老真是煎熬了！」石濬上前安慰後，冷雲秋立馬吼道：「待末將帶兵南下白涘城，絕不讓這敗類持續逍遙！」

「唉……算了！冷將軍有心，古亙當面感激了！或許此人已喬裝更名，酗酒放肆一隅，就待老天收他吧！切莫因這般敗類，耽擱了將軍收復白渼城啊！」

凌泉靜思片刻後，直言表示，席哈暮應已對駿煌城主道出了若干晶石相關，以致練功出關後之摩蘇里奧能藉古亙長老之反應，間接證實了席哈暮所言不假。依此可推，藉由速效藥劑進軍中土，實乃法王之謀財手段，但伺機取得蘊藏五州晶石之能，實為法王始終不變之目的才是！

適值在座頻頻點頭認同之際，凌允昇卻好奇地疑道……

「五州晶岩因地牛翻身而出土，實已達了曲蚺長老當初之想像！然而晚輩實在不解，通達天文、地理、醫療、岩礦之曲蚺長老，發現了未爆之天外隕石隱含了巨能，何不就地研究？卻要大費周章地將隕石切割，分埋中土五州？難道……受盡摩蘇族欺侮之狐基族不想藉此巨能，反撲他族之霸凌？」

古亙嘆了口氣，正經地表示，率先對曲蚺長老提出少俠所疑者，即是當年幾經顛沛流離，而後重回克威斯基，並於昏厥中由狐基族人救醒，亦是昔日協助運走隕石之探勘隊領頭……杰忡先生！古亙又道：「雖然杰忡最終潛蹤隱跡，惟狐基族人皆知，當年已鬚眉皓然之曲蚺長老，不時與杰忡先生品茶論世。孰料杰忡先生不僅將二人論述內容記下，甚而藉由紀冊，表明了曲蚺長老願將一生所著，交予家父古莨繼承。」

「為何不親自交予古莨長老？」谷翎先生疑道。

古亙接續指出，按杰忡先生所記，曲老於遲暮之年，良心譴責，遂向杰忡坦承其半生奔波中土，僅為了掩蓋其一己之私！曲老回溯當年隕石群墜地之前，實因勘查境內一火山推擠地層，竟無意間發現了地底金礦岩脈！曲老萬分欣喜，只因狐基族人或將因此而富裕。怎料數日後又見隕石群於境內墜落，且相繼爆破四散，唯見一碩大巨石正巧落於礦脈之上，後因此石經年未爆，且見鄰近村民一一罹患怪症，甚令諳於醫術之曲老束手無策，遂令其展開採鑿巨石之舉。

曲老發現，隕石內一如柚果之內層，分別將五色石區開。而先前相繼爆裂之隕石，乃因撞擊當下，內層破碎，以致色石雜混而爆裂，故推得內隔層若未遭破壞，天外巨石應暫無爆裂之虞。但何以掘取其下之金礦呢？此石若不除去，居民與作物恐遭其傷害與污染！為此，曲老為覓得巨石之掩埋處，獨自前往了中土，終發現五州合於「五行」，惟五州人口眾多，尤以中州為最，倘若貿然行事，恐波及五州百姓！而後回頭想著，「是否聯合族人之力，將巨石依循內層切割，隨後逐一棄置於火山口內，即可藉此交由大地處置而了事兒？倘若切割失利，是否另生境內危機？」

不過，曲老坦承，其內心確曾幻想取得巨石內蘊之能量，更覬覦著其下之金礦！待曲老歸來，得知一來自中土之探勘隊伍，正與當時科穆斯之黎基爾斯國王交涉合作探勘金礦礦脈。曲老擔心境內金礦被人發現，遂令族人以挖掘地道方式，自行掘出巨石下之金礦，這才發現，地層下之黃金因長期吸收了火山地熱能量，竟能逆抗巨石所釋之異能！可惜的是，曲老以境內生命力極強之靈草與地節甲蟲作為試驗，發現巨石下之金礦實已受逆能污染，為不使族人受害，遂撤銷了該掘礦計劃。

古亙又道：「數月之後，杰忡所率之探勘隊伍來到了狐基族之犛湡城。曲老見該探勘隊具備切割堅石之能力，急中生智，遂以五船黃金作為運走巨石之條件，霎令杰忡一行人財迷心竅，隨即捨棄了與黎基爾斯之合作，著手切割巨石，並分運至中土五州。為此，曲老不惜以千年覡魘杉造船，為的即是順利完成運送計劃。然而，諳於醫理之曲老，為避免遭中土百姓指責，順勢為其掩埋計劃，穿鑿附會了五行之說，並指出，五色晶石合於中土五州之木、火、土、金、水，故將之深埋，即如五臟之君火、相火，絕不容輕易移除，以期藉此一說而不讓晶石有再組合之機會。

孰料，富於幻想之杰忡，更將其渲染成中土流傳之『磐龍仙翁』傳說！而最終回到犛湧城之曲老，雖得意於為族人移走了天外巨石，且順勢剷掉了受巨石污染之部分金礦，惟此自私自利行徑，終不得老天眷顧！惟因一次狐基境內之火山釋能，順勢引來地動現象，能量之大，竟推移了深層之地底板塊以致地層下陷，而原有之礦脈亦遭熔岩漿沖刷，故不復見原有之黃金岩礦！」

曲老甚感失望而意志消沉，直至杰忡最終回到犛湧城，無奈地對著杰忡表示，天外之物，本不屬於人間。倘若當年不移動巨石，大地或可藉由地陷、熔岩滾漿，甚而自然風化，終令巨石消逝。然而天地蒼生，利慾薰心，恣意妄為，恐為此一巨石而付出極大代價；且觀參與掩石計劃之杰忡，亦因五船受污黃金之誘，終而引來滅門之禍！

然而曲、杰二人雖憶談過往，卻早已受著不明奇疾所累，經曲老辨證之後，二人雷同於先前趨近巨石之族人所患之怪症。杰忡得知命不久矣，感嘆之餘，記下了二人一致共識：「非屬天地之物，應予以毀之！」之字句。而後，杰忡描述，親睹曲老重回當年欲掘金礦之地道，怎料曲老不慎失足，墜落無底地縫而不復見！惟因族群領袖突然失蹤，不免令人多所揣測，甚有懷疑杰忡行徑之聲音四起。古莨擔心族人動亂，恐讓摩蘇族趁虛而入，遂對外宣稱曲蚺長老因病驟逝。杰忡則不禁輿論指點，一夜之間，藏蹤躡跡，消逝於犛湧城中，惟見其留下手記，以供追本溯源之用。

庫達司酉長接話道：「曲蚺長老難抵黃金礦脈之誘惑而起了私心，相信其所著之紀冊與手札，應會有所保留吧！難道……杰忡先生之手記……會指出曲老未提之事兒？沒準兒曲老私藏了不少黃金嘞！」

古亙立即回應道：「杰忡之手記中，確實標註了一事兒，而該段敘述並未於曲老手札中出現。」「惟因曲老於初探得金礦時，並未知巨石下之黃金已受污，遂私自採掘一鵝卵大之黃金，並將之藏於覡魇杉所製之小木盒兒中，直至其發覺黃金受污，令族人放棄掘挖地道後，卻於家中發現，未見木盒兒旁之靈草盆栽枯萎；日後再將地節甲蟲置入盒中飼養，亦未見甲蟲暴斃，遂發現覡魘杉能藉由時間，吸化受污黃金，惟杰忡團隊切割巨石在即，故決定以覡魘杉造船，以期降低運途中之危險性。曲老更認為，倘若掩石計劃順利，其後將可藉由此法，淨化狐基境內受污之金礦，惟一事兒之發生，讓曲老驚訝不已！」

「怎麼了？難道覡巫者口中，具備吸能、釋能之覡魘杉……化了黃金不成？」谷翎先生問道。

「非也！非也！」古亙搖頭後表示，曲老為確認覡魘杉真有功效，刻意將裝金之木盒兒攜上，並隨著運船來到中土，而後一路掩埋晶岩，直到當年之冬至前夕，一行人來到了烏淼山腰紮營，不巧遭逢凜冽寒流襲擊，團隊成員或見凍瘡，或見皮肉裂損，曲老甚而突發了逆冷昏厥現象！當下幸得杰忡發現曲老身繫一緊鎖木盒兒，情急之下，及時把木盒兒丟入將熄之火堆中，以期持續燃火，怎料半晌之後，驚見該火堆竟衝起了丈高之烈火，方圓數尺之內，溫度瞬間驟升，眾人得了溫暖，遂逃離了當前劫難。令人驚愕的是，那丈高之烈火，竟足足燃了三天方熄！然此一事，即成了杰忡心中疑問，而曲老亦因此一經歷，瞭解到覡魘杉不僅吸收受污黃金所釋異能，更能將外來施予之能量，放大數百倍之多！換言之，本吸了異能之覡魘杉，不僅將火堆之能量放大，亦將黃金受熱所釋之熱能放大，致使眾人能躲過凜寒風雪之肆！自此經驗後，曲老為減輕心中罪孽，遂決定於中州黃垚山建構防禦工事，但最終陪著曲老完成掩石計劃者，卻僅剩杰忡先生一人。

待曲、杰二人來到黃垚山，杰忡突對曲老提及烏淼峰熊火狂燒一事兒，並出示熊火熄滅後所拾獲之黃金。當下，曲老將覡魘杉巧合黃金之效，全盤托出，霎令杰忡興奮不已，隨即反向提議，或可藉船骸所餘木料，還原受污之黃金，怎奈此說立遭曲老一笑置之。曲老解釋，一鵝卵大小之黃金，其受污之異能，尚須於木盒兒內一二年之久，方可化去污能，若為五船量黃金之總能，恐得耗去三生三世才成。曲老當下即說：「人之於天地間不過數十寒暑，杰忡兄弟所提議，僅屬奢望而已。眼下不如為中土盡些心力，以挽救未來可能發生之災難！」

曲老見杰忡一臉茫然，接續指出，掩石團隊曾行經東、西二州之北部，發現不少因氣溫驟降而凍斃之完整動物屍首，其中不乏長毛猛獁與劍齒猛虎。然據天文地勢與氣候之分析，中土確曾發生毀滅性之極地氣旋南下，白茫冰雪順勢擴及諸多陸地，致使陸面急速冰凍而成所謂冰川時期。再依部分化石推估，過往之冰川時期，距今已超過了八百年，以現今中土人口分布，倘若再生極地氣旋南下，百姓死傷恐有逾越數萬之可能！接著，曲老藉著團隊躲過烏淼峰凜寒襲擊之例，說服了杰忡，並嚴謹道出：「何不將剩餘物資，預先為五州蒼生建造防禦工事？不僅防患未然，或可累積陰德！」

古亙於潤了口清茶後，微搖著頭又道：「至於曲老與杰忡合作了啥防禦工事？雙方皆無留下記錄，僅見杰忡於手記一頁，留下了……『避轉顛覆，唯恃黃垚』八字兒。家父與古亙見得後，直覺此一字句與那防禦工事，不無相關，直至中土之本草神針來訪時，特別將此事提出商討。牟神針認為，一切逆於天地之規律者，皆可歸屬『顛覆』二字。昔日中土遭受大規模瘟疫肆虐，又歷經地牛翻身之災，當下黃垚五藏殿拯救無數蒼生，並輔人達於自立謀生，實已符合了『避轉顛覆，唯恃黃垚』之意思。除非……此一顛覆，另有所指！」

這時候，凌允昇腦海中突然浮現一幕，並想著，「眼前在座，唯有允昇曾隨牟師叔訪過黃垚五藏大殿。回返中土之牟師叔，刻意走訪黃垚山，想必已悟出曲蚺長老之防禦工事，所指為何！眼前聞得古亙長老之所述，吾似乎可聯想所謂之『防禦工事』，極可能是五行祈場上那五大巨柱！不過，未經證實之前，暫先保密為妥，畢竟牟師叔已循線推測到薩孤齊所覬覦之五船黃金，並非沉於江底，而是在黃垚山上，此事兒若就此喧嚷，黃垚山恐將難以安寧！」

凌泉依古亙之所述，立對眾表示，曲蚺長老與杰忡前輩亦曾共識到「非屬天地之物，應予以毀之！」孰料，非但未予毀之，甚將之滯留於中土五州！曲老萬萬沒料到，百年後的一次中土地牛大翻身，竟令費其半生之掩石計劃，瓦解冰泮！或許，杰忡前輩留下之憂心字句，實已暗喻了聚化成晶鎮之五色晶岩，恐將重新出土！

凌泉接著向古亙問道：「除了牟神針知悉杰忡前輩之手記所提外，尚有何人知曉？」

古亙搖頭以對，回道：「古氏僅對雷世勛與席哈暮提及曲老所言，並未論及杰忡先生所述。倘若雷世勛知情，極可能為著增強己能，不惜代價地掠奪六稜晶鎮；畢竟其所持之三犄法杖乃千年覡魘杉所製，一如先前所述，該法杖若再將能量放大，雷世勛極可能稱霸中土！所幸雷之羅難已獲證實，此刻卻又聞得寒肆楓與摩蘇里奧之恣意妄行，古亙不得不將此秘密述出，以期與眾賢士齊商對策。」

允昇連忙話道：「確如古亙長老所述，雷世勛為擴充己能，刻意藉由狐輿壇，拉近與莫乃行之關係，進而接近北州玄武岩洞。此人欲藉此強大內能，進而脅迫所有反對勢力，以期達成稱霸中土之目的。然而雷世勛雖已殞命，惟與其想法雷同之摩蘇里奧，急欲強大其摩耶太阿劍之摧力，以利其鯨吞蠶食之計劃。允昇以為，摩蘇里奧對我中土之不利，更甚於雷世勛！再觀寒肆楓之所以令人不寒而慄，乃於此人不為金錢、不爭奪權位，更不以侵佔領土為目的！」

允昇又道：「回憶與寒肆楓之交手經驗，再對照其橫掃北州堅防軍，甚而癱瘓菩巖寶剎之手法，允昇以為，滿腦子充斥仇恨之寒肆楓，其目的只有一個，就是……虛弱眾生，以成就其個人之強大；而摩蘇里奧之目的則欲令強者屈服，任其擺佈，此乃二者之最大差異。」

石濬頷首表示認同，並感嘆道：「嗯……總地來說，此二狂人，一是虛弱強者以強大自我；一是欲居於高位以奴役強者。唉……難道……天下蒼生僅存『人為刀俎，我為魚肉』之命運嗎？」

凌泉立表示，中土五州歷經瘟疫之摧殘後，直令各州霸主重視了傳統醫療對抗外邪之重要！不僅紛紛延攬醫藥人才入閣，甚而增設各地醫藥學堂與醫藥檢驗處所，藉以建立全民正統護理觀念。然此一基礎紮根工作正值擴展之際，怎料一金蟾法王帶來了「痛以止痛」、「熱以退燒」、「痢以止瀉」等等之「速效」概念，霎時吸引了民間注意！如此便利行事，雖有應急之效，卻讓人退去了傳統辨證論治之研習與興趣！再因西兑王見此風潮，富含龐大商機，隨即宣稱帶領西州走向前衛，遂大開境外之醫藥與移民門戶，率先讓西州顛覆了傳統，而後再由狼行山接手，瞬讓此一「速效」旋風，席捲中州。

凌泉又道：「凌某並非全盤否定速效劑應急之用，惟諸多藥劑所引發之副症，實非眾醫者所能掌控。倘若患者因臟腑病變而見外顯病徵，一一被速效劑所止鎖，凌某擔心如此用藥觀念若成慣性，一旦病況延誤，後悔莫及！更何況，法王甚引入濃度極高之曚幻白粉以圖利，更是泯滅人性至極點。未來若遇狂人逆於天理，施以喚風、喚寒之邪術襲人，外邪即因個體虛弱而循經入裡，實非醫者短期所能治癒；而我西州之療治負擔，或將成為五州之最，屆時淪為魚肉之命運，在所難免！」

石濬立馬起身上前，鄭重道出：「西州各部重整，刻不容緩！凌泉總管即起整合西州自產藥草，並自北州引進備用藥材以防患未然，但暫不否定速效藥劑之存在性，畢竟民間之用藥習慣與觀念，行之有年，尚須藉由時間與醫療認知提升，百姓始可自我抉擇。然此時刻之關鍵角色，乃於前西州藥檢總管薛炳讙，冀望藉其過往之檢測經驗，並提列諸藥引發副症之記錄，以助凌總管儘速整飭境內醫藥；另軍機處亦須火速整頓軍兵，以應西州攻防之所需。未來若能順勢奪回白虎洞窟，應順從曲蚺長老所言……非屬天地之物，應予以毀之！至於地方消息之蒐羅，仍須藉古亙長老與庫達司酋長相助；魏總管並將負責狐基族與夏塔沙族人於西州之居住安全。」

石濬命令一出，魏廷釗與冷雲秋隨即領命回往崗位。古亙與庫達司即於軍機處派兵護送下，各自前往族人位於西州之集散壇所。適值凌泉父子將離開宅院之際，突見御醫敖匡氣喘吁吁地攙扶著一滿臉土灰、衣衫襤褸，歲似花甲之長者前來！待見該長者緩了氣息，稟上了名號後，始知此人乃中州王府御醫，李焜是也！

石濬見中州醫臣突訪，隨即留下谷翎軍師與諳於醫藥之凌泉父子。梳洗淨衣後之李焜，立對在座發聲道：「是……本草神針牟芥琛，託老夫藉採藥出城，而後直奔西州晉菘城，尋找一名曰陽旭天之中年醫者。怎奈老夫失了方向，幸而遇上敖匡老弟，遂直接前來寅轅城。」

「什麼？牟師叔已到了雷王府！」允昇話後，拱手向著李焜話道：「前輩一路艱辛了！不瞞前輩您，晚輩即是您要找的陽旭天！」

「不……不會吧？牟神針託老夫覓的，是位拄著枴杖之中年醫者，怎麼會是……」李焜疑道。

「哦……晚輩凌允昇，曾於中州知會牟師叔將前往西州，以期尋找加入抗軍之家父凌泉。然為掩人耳目，或將暫居晉菘城，並喬裝成拄杖之中年醫者，藉以探查周遭一切。牟師叔知悉後，機警地為允昇取了『陽旭天』之別名，藉以因應未來聯繫之用。」

李焜明瞭後，隨即表示，牟神針到訪雷王府後，即已嗅出王府氣息變異。

李焜道：「現今雷王爺一切思維，無不為延續生命而打算，故將實權交予了雷夫人！待夫人削了刁刃之位，貶了狼行山之職，牟神針即預料李某一路為雷王醫治，倘若王爺不測，御醫恐成代罪羔羊，遂藉故急需一特殊草藥，並託老夫出城採取，其目的只為不讓老夫受到波及，並可藉機將王府現況傳告凌少俠。」

石濬關切道：「素聞本草神針醫術高明，妙手回春，難道……中鼎王之沉痾痼疾，已抵病

入膏肓之域？」

李焜回應表示，中鼎王本因不明暈眩嘔吐，且視野漸趨狹窄，被摩蘇里奧斷為腦中瘀瘤，須藉刀術將之割除。王爺隨即譏嘲法王，切開顱腦如尋死路，遂不採信其說。孰料，王爺於麒麟洞窟前，對薩孤齊施展陰陽電擊掌後，即因腦壓過大，以致日後發生了顱內溢血，影響了手足運動，自此，王爺身子……每況愈下！

「李御醫可有為中鼎王施行醫藥療治？」凌泉問道。

李焜點頭後指出，見王爺病呈**身無痛者，四肢不收，智亂不甚，其言微知**，實為醫經所謂「**風痱**」之病！更見其病於**分肉營衛**之間，遂以**黃耆**益衛補氣，藉**桂枝**以通絡，並調和營衛合此相使之二藥，可達益氣和營、祛風除痹之效；再藉**白芍**之酸斂陰柔，以偕**桂枝**之祛風而不燥；後用辛甘之**生薑**、**大棗**以醒脾和中。五藥合用，即為益氣和營，溫經除痹之傳世名方……**黃耆桂枝五物湯**！

李焜接續表示，雷王緩和數日後，仍呈出手足無以自主之狀，遂施以有「風藥中之潤劑」稱號的**秦艽**，以祛風通絡，偕以**防風**、**羌活**，合力驅散**太陽**之風；**白芷**散陽明風邪；**獨活**、**細辛**同散**少陰**之風。再則，**川芎**既搜少陽之風，亦可偕活血養血之**當歸**，斂陰和血之**白芍**，滋陰補血之**熟地黃**，合四味共成**四物**，並取**四君子**中之**白朮**、**茯苓**、**甘草**，以益氣健脾，運化除濕，濕除則能舒筋肌動，且**內風皆因外風所發**，**內風亦能生熱**，遂合以**石膏**、**黃芩**、**生地黃**三味以疏散上逆之火。然諸藥之中，不乏兼含發表之效，惟**風藥多燥**，**表藥多散**，故**疏風必先養血**，**解表亦須固裡**，遂以此十六味共組之**大秦艽湯**，以期為中鼎王祛風理血、通脈榮筋。

一旁敖匡不禁讚嘆：「李兄能藉傳世名方之**大秦艽湯**，緩解腦中風之後遺症，對症施藥，理當緩解，惟中鼎王之復健進展，是否因此藥方而推助？」

李焜謙虛回應了敖匡之過獎，接續表示，自中鼎王將政務交予雷夫人打理後，依循時辰作息，按時服藥，果見情況好轉，雖偶發寒熱交替，卻見手足之伸張，日趨穩定，唯每近午時與酉時，王爺仍有顱腦脹暈之象，不禁喊著，「世上可有解症之仙丹？」惟見服侍奴婢，個個寂寂悄悄，斂容屏氣。一日，見得牟芥琛偕同另一名醫前來為中鼎王診治，待王爺知悉隨同牟神針前來之醫者，乃享譽盛名，甚有「北淼怪醫」之稱的仇正攸後，俄頃喜形於色。

「哦……原來是『病不難者，不醫；病不怪者，不醫』之仇前輩啊！」允昇道。

見聞允昇訝異而呼，凌泉即問來龍去脈，始知過往允昇身中狼行山之〈隱狼溯水掌〉，一陣昏厥下即由仇正攸及時出手相救，而後隨之前往了北江縣。

李焜接續表出，牟神針為中鼎王診脈後，觸得王爺左手寸、尺二脈，忽有強弱之逆轉現象，卻未見王爺當下有何不適！而後，王爺與致即起，立向牟、仇二神醫請教當年所閱《五行真經》之陰陽變化法則，相應於當前身體寒熱之病理。

牟、仇二神醫一見雷王對醫理認真，即知求生欲望乃其當前之精神支撐，二人遂開始對中鼎王論起醫經之道……

牟曰：**陽勝則身熱，腠理閉，喘麤為之俛仰。汗不出而熱，齒乾以煩寃，腹滿，死。能冬不能夏。**

仇曰：**陰勝則身寒，汗出，身常清，數慄而寒，寒則厥，厥則腹滿，死。能夏不能冬。此**

陰陽更勝之變，病之形能也。

允昇則道：「醫者對於往來寒熱，無不朝少陽之證推演，惟中鼎王身擁陰陽電擊體質，異於常人，牟師叔遂避談少陽經脈辨證，順應王爺陰陽法則之所提，藉陰陽更勝之變、毛孔開闔汗出與否、冬夏身寒熱之差異，回應了寒熱疾病之外顯形態，或許，牟師叔已覺雷王異常，遂以醫經之說，以迎合雷王所關注。」

「凌少俠所言甚是！」李焜又道：「牟神針為王爺診斷後提及，王爺之少陰心脈與腎脈，恐於施展電擊時受損。然而，心主神明，腎主腦，此般心火腎水失調，恐令居中之肝陽上亢！又因其顱腦瘀瘤阻塞，稍有驚動，恐再發血腦中風，遂以迎合疾患方式，穩其情志為先；唯談論中甚聞牟再三強調，中土諸多變數未解，中鼎王仍是穩住中土五州之重要角色。而後，針對王爺於午時與酉時所發之顱腦脹暈，牟神針即藉『子午流注』之針法，為王爺疏通氣脈，以緩其症。」

「子午流注針法？嗯……石某才疏學淺，尚未聽聞此等行針之術，不知醫者依何理由，得以藉針解症？」石濬提問道。

凌泉接替李焜，為石濬表出，手足三陽三陰共成人體之十二經脈，而子午流注即是依循十二經脈氣血流注時辰之盛衰，藉由針下該經之子、母穴，以進行治療之手法。惟行針時所倚之……「虛則補其母，實則瀉其子」法則，須依循醫經所謂「刺實者，刺其來也；刺虛者，刺其去也」始得其效。然此來、去二字之所示，即指脈氣時辰之來時為盛，去時為衰；惟因十二經脈對應十二地支，故此法可稱為納支法，又因十二地支起於子時，亦稱為納子法。

允昇接續表示，倘若雷王之火炎脹痛，歸屬**少陰**心脈之實症，依心脈之配屬地支為午時，而針對實症者，須**刺其來時**，並**瀉其子穴**，故行針者可於午時到來，瀉其**手少陰心脈**之子穴**神門**，即可緩其實症作痛。然因久病以致腎氣虛弱，無以上承顱腦而暈眩，實屬腎脈之虛症，依腎脈之配屬地支為酉時，而針對虛症者須**刺其去時**，並**補其母穴**，故行針者於酉時離去之戌時，補其**足少陰腎脈**之母穴**復溜**，即可助清陽上升，醒腦止眩。

「妙！妙！根據時辰之來去，對應氣脈之盛衰以施行補瀉針法，即可療治沉痾痼疾。**子午流注**……嗯……老祖宗所留下之治症法則，實在是妙不可言啊！」石濬點頭讚嘆道。

李焜接著表明了牟神針每日依著時辰，循序施以**子午流注**之針術後，雖見雷王之心火實症漸緩，惟腎水之虛症尚延，甚見患者腰膝酸軟，神疲乏力，舌淡苔白。牟遂施以**肉蓯蓉**、**巴戟天**、**楮實**、**杜重**、**牛膝**以強壯筋骨，助腎補陽；藉**熟地黃**、**山藥**以滋陰益腎；**遠志**、**石菖蒲**、**五味子**以寧心定志，輔助心腎；**枸杞子**、**山萸肉**以固攝腎精；再以**小茴香**、**茯苓**、**大棗**溫中健脾，十五味藥草合組，始達補益氣血，滋陰益腎之效。

「這……這十五味合用，可是針對腎陽虛者，予以補養心腎脾胃，始能養心安神之**還少丹**？」敖匡道。

「沒錯！正是**還少丹**之應用。脾胃尚健之中鼎王，確實可藉『**補中**』為基，隨後齊助腎陽還發。」李焜又道：「雷王受了牟之針藥並進後，情狀日趨穩定，牟遂刻意對王爺聊起，何以摩蘇里奧能周遊五州而不受羈？甫受惠於針藥並治之中鼎王，不禁坦承，頭痛醫頭，腳痛治腳之速效觀念，幾乎席捲了中土五州！民間見得『痛能立鎮』、『熱能立退』、『炎能立消』、

『失眠助睡』之速效成藥，何須尋訪大夫？更別說要醫者辨證論治了。如此龐大商機，縱然西兑王以外之各州霸主表明堅守原則，惟地方吏官難抵誘惑，暗渡陳倉，同一載物運車，傳統草藥置於其上，速效丸劑匿於其下之現象，屢見不鮮。北川鄒煬、北渠葉啟丞、東州益東派諸官、南州火連教派，均是各州暗銷外藥之代表，倘若得罪了摩蘇里奧，何以得利？」

當下聞雷王又道：「眼下中州尚能抵住法王為所欲為之關鍵，乃因狼行山洞悉合成丸藥之技術，有道是『肥水不落外人田』；本王遂將狼行山納為婿，故能不受法王要脅。如今基於人道立場，各州為政者無法施行活體解剖，遂難以即時舉證外藥之不是！不過，諸多積非成是之中，雷某仍強烈譴責法王煉製精緻白粉，故遏制戕害身心之物，雷某尚對得起中州百姓。」

雷再道：「唉……各擁千軍萬馬之五州霸主，無不欲藉強大武力，一統五州，而法王卻藉人性而行銷藥劑，不費一兵一卒即可將魔爪伸入五州，令人生畏！如今百姓之用藥觀念已大幅改變，養身強身之說更是斷章取義，以訛傳訛，世道已是如此，此時還能有幾多人肯坐著聆聽黃垚五仙講述《五行真經》之道呢？」

李焜接著表示，中鼎王於感慨之際，即興對牟神針提了一問：「本王不過跨越耳順之年，何以能如黃垚五仙，個個皆達百歲人瑞之境？」

適值牟芥琛欲回答王爺提問剎那，本前往西州核對稅務之徐崇之大人，突然折回雷王府，驚愕表出西兑王已遭反抗群伍逼回寅轅城，困獸之鬥中，已不幸命喪於亂刀揮掃之下。

聞訊之中鼎王，隨即起身，緩步移向朝西窗櫺，沉默片刻後，見其手掌漸趨緊握，隨後傳出了隱隱笑聲，「呵……呵……呵呵呵……欲聯手法王侵我中州，藉傭兵伐我州域，呵……

呵……呵……侯士封啊侯士封！爾身擁引斥神功又如何？本王不僅能瘸爾一腿，更能藉神醫長命百歲，爾拿什麼與我雷嘯天爭鬥嘞？哈……哈……哈……哈……呃……」

「怎……麼了？出了啥事兒了？」谷翎先生問道。

李焜接續指出，中鼎王於連聲大笑之後，瞬間僵住，手撫左胸，失衡後仰。李焜倏與牟上前攙扶，令其平臥，牟咄嗟抽出稜針為王爺十手指指尖，施以**十宣**放血。仇怪醫再於雷王右足內踝前，舟骨粗隆下凹陷之**然谷穴**，與足次趾爪甲旁之**足陽明井穴厲兌**，續以二次放血，藉以緩和腦壓並瀉其心下支結。後經牟神針解釋道……

「常人熟知**怒盛則傷肝**，卻忽略**大喜則傷心**！然**心主神**，若遇腎水無以抑肝，以致肝陽隨心上炎，即可導致顱腦血脈不勝而引動顱腦中風！雖施以即時放血舒壓，卻仍待雷王藉**麝香**助醒後之反應，始可施藥以應症。」

孰料，中鼎王雖未見口眼喎斜，卻聞仇怪醫診斷道：「**虛邪偏客於身半，其入深者，內居營衛，衛衰則真氣去，邪氣獨留，發為偏枯**。更見王爺因腎氣內奪而無以上承，即顯舌強無言而四肢不收，實已歸屬**瘖痱**。」為此，仇正攸變更原**還少丹**之組成，續以**巴戟天、肉蓯蓉、生地黃**以滋腎陰、補腎陽，更藉**肉桂、附子**以燃真元之火，**遠志、石菖蒲**以通竅入心，合以**麥門冬、五味子**以保肺強心，**石斛**安脾，**茯苓**利濕，**山茱萸**溫肝固精，偕以薄荷之清利升提，**生薑、大棗**之調和溫中。

允昇隨即接話道：「仇前輩此方雖用藥十五味，惟此方針對中風痿證，並見語音不出者，不僅能滋補其腎之陰陽，亦可使其清竅回聰，豁痰醒腦，如此組合，即為針對舌瘖不能言，足廢不能行，頗具復健奇效之傳世名方……地黃飲子！」

「呵呵，凌少俠年不及而立，風華正茂，不僅能諳五行經脈，亦能通曉醫經藥理，實在難能可貴，無怪乎能得本草神針形容，能架海擎天，足挑未來中土大樑之能者！呵呵，沒錯！仇怪醫此一治症藥方，正是**地黃飲子**！」李焜回應道。

李焜又說：「甫摘下神鬣門總督之雷夫人，驚聞雷王病情告急，立奔回了王府，一進門即指責李焜之失職，尷尬當下，幸得牟、仇二醫之解釋，李焜才免去罪責。待夫人知悉王爺恐已舌瘖不能言，足廢不能行，實需較長之復健時日，遂嚴令李焜與牟、仇二人，只許與王爺談論長生之理，萬不可論及五州之當前時局，以避免王爺再受刺激。換言之，因夫人刻意介入神鬣門而使之大幅變調兒，王爺尚矇在鼓裡，更別說夫人已向戎兆犺調軍北移一事兒了！」

李焜續指出，待中鼎王知其半身不遂，舌瘖不能言，情志急轉直下，甚而影響了進食欲望，以致**地黃飲子**根本無以發揮效用，更別談王爺復健之路，止於何時？牟神針即以仙丹難敵病患喪志之說，勸退了費神調藥之仇正攸，怎料仇拿出了本手記，交予了牟神針，並對其表明先前行經濮陽城時，遇上遭不明毒物所害之病患，輕者或見陰部潰爛，或見身面泛黑，重者個個死狀悽慘。仇又說：「若稱之為怪病，還真難倒了北淼怪醫之名號！當下無計可施，遂一一記錄救治經過。倘若牟老弟能藉此手記擺平濮陽毒害，尚可算是為仇某扳回一城。」

接過手記之牟芥琛，微笑應道：「憶得芥琛年少懵懂無知，曾因研製摧命毒藥而遭緝；怎料來日或有機會，反醫診面臨奇毒之患者！嗯……也好，眼下狂人騷動不定，能延緩中鼎王之病勢惡化，尚能穩住當前局勢。眼前收得仇兄之醫案手記，或可令芥琛於王府內隔空領教施毒者之思維。」

數日之後，雷王稍顯穩定，卻見覃嬐燕日益囂張跋扈。惟因心繫愛子之雷夫人，實已朝一手遮天之路邁進，其若真調軍北上，中、北二州之土、水衝突，恐難避免！牟遂託仇正攸前往宮辰山陽昫觀，告知常真人雷王府之現況，而後牟亦擔心李焜之安危，遂要求李焜暫時離開王府，並將訊息帶往已易主之西州。待仇正攸與李焜離去後，牟神針仍對著吱唔出聲之中鼎王，娓娓道出其先前提及聖人之所以長壽之秘訣。

聽聞李焜之詳實描述，石濬冥想片刻後表示，西州之長期動盪，本為中土之潛在隱憂！而今石濬僥倖能重整西州上下，卻遇摩蘇里奧重啟至陰邪術！然州域內之變數未除，卻又面臨中州軍事一觸即發！眼下見得戎兆犹嚴防磨刀霍霍之南離王，更見狼行山既面對井上群之扯台，又急須調兵圍剿精忠會。倘若雷夫人再藉雷世勛之故而出兵，中州幾成了狂人趁隙作亂之漏洞！人稠地廣之中州一旦出事兒，其餘四州難免唇亡齒寒之苦！

石又道：「綜而觀之，眼下西州之要務有三，其一乃以穩定軍民為先；其二乃持續供應精忠會之所需，一旦雷氏王朝垮台，聶忞超尚具穩住在朝政官之能力；其三則是防堵摩蘇里奧結合驂煌之勢力作亂！」

凌泉於認同石濬之說後指出，眼下中州氣盛亂竄，猶如**中焦**脾胃之實症；屬木之東州，甫由平亂後重建，尚無**木盛剋土**之虞。然而屬金之西州若能資助精忠會，不僅能緩中土遭狂人切入之隱憂，亦能緩解狂人藉中州之頹勢，伺機進攻西州。石西主之明智決策，既符合五行之**培土生金**，且**金為土之子**，近來又清瀉了挑釁中州之西兑王，亦符合**子午流注**針法之……**實則瀉**

其子！惟當前之要務，實為時辰之拿捏，務必準確，始可達解症之效。

谷翎先生隨即唸道：「依凌總管所言，時辰之拿捏，至關重要！然而，綜觀眼前局勢，有何時辰可作為應變之依據乎？難道……真如牟芥琛所擔心之……**長夏**時節？」

一片鴉雀無聲後，凌允昇眉頭緊鎖，上前一步指出，牟神針自願留守雷王府，雖說其目的乃延緩雷王之病症惡化，實際上仍冀望於**長夏**來臨前治癒中鼎王，畢竟中鼎王瞭解發動戰爭恐將引發之連鎖效應，此乃雷夫人遠遠不及之處。

允昇又道：「此刻仍盡力挽救雷王之牟師叔，無不冀望眾賢士能於事端啟動之前，及時剷除可能之變數；而眼下之最大變數即出於摩蘇里奧與寒肆楓！甫聞石西主所述之三大決策，實屬明智，但允昇並不認為摩蘇里奧將回頭聯合駼煌城主作亂，故冷將軍或可於整軍之後，偕虞沅奎所領之南水軍，一舉攻下白涘城！」

霎時，石濬斟酌著允昇所言，谷翎先生則問道：「少俠慧眼獨具，如此推測，可有依據？」

允昇正經指出，所謂「**木能生火，木能剋土**」。眼下東州正於復健途中，尚不致於對外侵略，亦不足以抑制南州氣焰。惟醫經有謂「**土欲實，木當平之**」，而今東木無力平中州之土，土愈盛，則有礙五行之循行。又如醫經針對……**東方實而西方虛**之證，採行「**瀉南補北**」之法以治，實乃依循「**子能令母實，母能令子虛**」之論述。南離王若依**火為土之母**，藉以作為抑遏中州、虛弱中州之依據，則不難揣測近來南州頻於增軍練兵之目的！故真正令允昇擔心者，即為熱火不斷上升之……南州！

允昇再道：「甫聞古亙長老描述諸洞窟之晶鎮情狀，實對應中土五州之節氣！法王亦由席哈暮之述而恍然大悟，深覺於中土五州蹉跎了不少歲月，此乃因過往之法王並未依循中土之節令行事兒。然於**長夏**時節之前，尚有夏至，而夏至節氣正對應於中土之南州。依此，允昇斗膽猜測，竊城失利之摩蘇里奧，必為儘速壯大自己而考量。相較之下，白涘城應非法王首要落腳之處，倒是南州之霖璐城，極可能是法王眼前鎖定之目的地！」

「夏至？眼下節氣已越芒種，十來日後即是夏至！」谷翎說道。

「霖璐城？南州第一大城乃滎璿城，為何少俠提及霖璐城？」石濬問道。

允昇回道：「南離王正於滎璿城壯大軍兵，非僅有兩隨身護法之摩蘇里奧所能撼動。再依我三師弟揚銳提及，叢云霸拜摩蘇里奧之助，始成今日之火連教教主。火連教乃南州最大教派，論教徒之眾多、資源之豐沛，皆令南離王忽視不得！然而，霖璐城乃火連教之總壇所在，想當然爾，身處異地之法王，難道不想利用叢云霸這現成傀儡？若法王欲於南州操出一盤好棋，落腳霖璐城將是最佳選擇！」

「依這般說法，阿昇將不會前往惠陽城，力助你牟師叔囉？」凌泉問道。

允昇頓了下後表示，除非中鼎王已回天乏術，否則牟師叔眼前所醫治之病患，即是一最強之護身符！而允昇將即刻前往南州，倘若能及時力阻狂人得逞，並削弱南離王盤馬彎弓之欲望，或能降除中土之大半危機！一旦如此，而後則有賴石西主登高一呼，推動州際聯盟，制衡中州，共弭兵戎相爭！

石濬俯仰唯唯，以示認同，指顧之間，立命凌泉、敖匡，偕同李焜之力，儘速整飭西州境內之醫藥防護網。然為協助凌允昇前往霖璐城，倏令軍機處全力配合凌允昇之行前所需。

三日後，石濬偕凌泉總管齊領州禦軍兵，來到了蟄泯江岸之屐平港埠；此處即是當年侯士封親率鐵甲戰船，越江東侵中州之出發點！時隔十四載之後，轉而見得西州新主親自於此港埠，為即將前往霂璐城之凌允昇送行。待凌允昇備妥了行囊，登上了虞沅奎所準備之輕帆木船，回首揮別了港埠眾人後，雖獨佇於船板，卻不時引頸翹望遠處，更於左持太陰擒龍，右握船舵操桿，心懷履霜之戒下，循著蟄泯江之滔滔江水，百里風趠，全速航向佈滿未知變數之……南州！

第卅四回 神劍消長

夏至前夕，炎陽炙人，火傘高張，燋金爍石。南方諸火山冒發之蒸煙，竄升天邊；赤焱群山之熱岩熔漿，伏於地底。放眼中土大地，唯南州之酷暑炎景，堪稱五州之最！民間教派膜拜火神而立教；火連、火雲二教更以夏至為祈神之日。眼下甫逾芒種節令，霖璐、戍丏二城之各派出入場所，無不高掛火鎚、火刃、火弩、火印，以此討火神之喜好，冀望免除無妄之災。孰料狂人競相為其所思所欲而前來南方州域，此舉無疑令本有之教派緊張，徒增若干變數！

一日午前，一對夫義婦順之中年夫婦，依循慣例，來到了霖璐城西一處名曰齊箴之道教宮廟，而該廟寺之楀誠道長早已候於廟前多時，只因諸多病患正等著睿洋先生前來義診。待睿洋與楀誠道長寒暄之後，立馬捋起衣袖，倏為民眾辨證論治，兩時辰內即斷出了數起因暑熱所病之疾患。

待義診暫告一段落，睿洋之內人雨芩，突見寺外一對衣衫襤褸姊妹，坐立不安，待雨芩上前一察，發現其中一女表情痛苦，探問之後始知其因下陰不適，故不利於行。雨芩立攙起該女子，瞬覺其有惡寒發熱之狀！睿洋一見此女患羞於就診，遂於把脈之後，起身由雨芩接續望、聞、問之三診，隨後竟發覺該女前陰出現尿血，立將情狀知會睿洋。隨行患者之另一女子則顫抖著，問道：「睿……洋……先生，姊姊這般出血，是否中了毒？還是另有原因？」

睿洋嚴肅表出，患者應是受了外邪侵襲，然因體內正邪相爭，故生惡寒發熱。邪盛則藉由**足太陽經**脈化熱入裡，而膀胱腑乃**足太陽經脈**之府，故邪熱循經脈下行，遂與膀胱之血氣相搏，始成**熱結膀胱！**若邪熱傷於氣分，阻礙了膀胱之蒸騰氣化，則尿不利；若再傷於血脈，則血隨尿出，即成濕熱下注之炎證！

辨證之後，睿洋遂以淡滲利濕之**豬苓**，健脾利水之**茯苓**，清瀉腎火之**澤瀉**，滋陰止血之**阿膠**，清熱通淋之**滑石**，共組成利水滲濕之傳世名方……**豬苓湯**。再配上利水通淋之**車前子**，引熱下行之**牛膝**，防阻熱血妄行之**白茅根**，合以收斂止血之**仙鶴草**，終以苦寒消炎，清解**下焦**之**黃柏**作收。

雨芩見得藥方，隨即生火煎藥。睿洋則持上銀針，首下小腿膝內側，輔骨下一指之**足太陰**水穴**陰凌泉**，以化滯運濕；二下內踝尖上三寸，此乃**足太陰**、**厥陰**、**少陰**三脈交會之**三陰交穴**，藉以助脾之運化，並疏**下焦**氣滯；又因**足厥陰肝經循行陰部**，且**滎穴主身熱**，故針下**足厥陰**之**滎穴行間**，此穴亦為肝經子穴，故依「**實則瀉其子**」之法則，即可瀉**下焦**之濕熱實證。然於行針之際，睿洋驚覺眼前女子之衣袖內，似乎暗藏玄機！

這時候，樢誠道長走了出來，一眼即識出此就診女子，並對其話道……

「稽姑娘一心執著於任務，不時鋌而走險，倘若此疾突發於任務之中，恐因敵對反擊而喪命啊！」接著又為姑娘介紹道：「眼前睿洋先生，秉持正義處事兒，惟其不躁進行事，遂能於助人之中，築其夢想。」

「睿洋先生，小女子稽妘芊，身旁妹子乃自幼伴隨妘芊之紫倩。聽得先生欲築夢想？妘芊以為，醫者乃於切脈、行針之間救治病患，何夢想之有？」

「呵呵，睿洋雖藉針藥為人解症為一樂事兒，但見南州百姓長年受熱氣之苦，甚得深入地層，掘取地底火焰石以外輸，遂想著可有利用地熱蒸汽之可能？倘若夢想得以實現，不僅能引熱為用，亦能減少地層之破壞啊！」

「睿洋先生不僅為病患解症，還想著為民解憂，甚而為大地著想，令稽妘芊不得不佩服再三！惟因人各有志，小女子自幼遭火連教之不肖爪牙迫害，失了雙親，自此之後，日日勤練飛刃以復弒親之仇！另觀紫苑之命運雷同，惟其家變當下，尚僅髫齡女孩兒，惻隱之下，遂領其一路隨行妘芊。」

「火連教何其之大？子午鉞殺陣更是無堅不摧！稽姑娘僅以飛刃出擊，似乎有些……羽蹈烈火，蚍蜉撼樹呀！」雨芩端來湯藥，發聲說道。

紫倩於妘芊服藥時回道：「芊姐雙親本從事藤編工藝，見其加工之藤皮，既光滑且隔熱，頗受中州達官顯要青睞，卻於運貨途中，屢遭火連教徒勒索，怎料值一回反抗下，慘遭殺害！而芊姐則因稽父將其藏於木箱，該箱巧於衝突中滾落江中，遂逃過一劫；而後為避免受欺侮，遂投靠於戍丙城之遠親。」

紫倩又道：「芊姐之飛刃絕技，實乃無聲出擊之技，甚得火雲教主翟堃青睞，遂刻意吸收芊姐為火雲行刺殺手之列。然而芊姐乃持復仇之意加入，並未參與入教儀式，故非火雲教徒，而紫倩則順勢成了芊姐之磨刃助手，甚而為其飼……」

稽妘芊立馬岔接紫倩之話語，「伺……伺機查明每輒任務之進退可能路線。」又道：「只是……咱倆姊妹萬萬沒想到，當年殘害咱倆雙親者，竟成了現今火連教之教主啊！」

「什麼？稽姑娘指的是……叢云霸！」楀誠道長驚訝後，又道：「嗨呀！屢見稽姑娘身受刃傷，原來姑娘之任務即是……行刺那叢云霸呀！唉……稽姑娘，保重啊！」

稽妘芊接著表示，自叢云霸發覺已成敵對殺手鎖定之目標，每輒出入總壇，無不領著若干子午鉞手隨行。不過，妘芊近幾次行動中，待抵達紫倩預先規劃之接應點時，頻頻受阻於突來之民間百姓，或為集體祭祀，或為搬運堆積，遂數度遭子午鉞手包抄夾擊！本以為咱倆姊妹刺殺不利，勢將淪為火連刑台之亡魂，孰料千鈞一髮，均遇得一身手矯健者，及時出手擊退火連鉞陣，妘芊與紫倩始能順利逃脫現場。

「稽姑娘可視清了搭救者之相貌？」睿洋問道。

稽姑娘搖頭後，隨即表明此人每輒現身，皆由咱倆姊妹身後躍出，惟聞其一聲，「快走！」妘芊立偕倩妹俄頃離開，並未視清其面貌。然而此回與紫倩喬裝成乞丐，欲於霖璐城行刺叢云霸時，不巧遇上了竺逯、栗璁兩巡城軍長，這才知曉，此二將不僅向叢云霸提供火雲教於戍丐城內之種種，更見其向翟堃教主告知火連教之動向，藉以取得二位教主之賞金，雙面得利！適值兩軍長離去，妘芊伺機出手行刺，怎料身體突發不適，遂作罷了行刺計劃而暫避於此。

「哼！此二軍長之敗類行徑，無疑是引動兩大教派衝突之搧風者嘛！」雨芩氣憤地表示。

「不……或許……這正是南離王想要的！」睿洋又道：「南離王若真要鎮壓火連、火雲二教，直可令公冶總管偕秦勵、廉煒二猛將各領軍一萬，分別進駐於霖璐、戍丏二城即可，何須指派竺逯與栗璁這兩跳樑小丑擔綱巡城任務？莫非……南離王正希望各教派相互廝殺，藉以坐收漁翁之利？倒是，那位屢次出手搭救姊妹倆之高手，究竟是何方神聖？」「欸……小心，有馬車朝這兒駛來！」

半晌之後，果真見一四輪大輦來到，且見一拄杖長者下了車，隨即喊道……

「嘿嘿，睿洋先生，可找到您啦！老朽派人四處打聽，才知道，您今兒個在這兒義診。快啊！已便血兩天啦！快幫老朽瞧瞧，是否得了逆脈衄血病啊？」

「哦……原來是和裕堂的奚圳員外啊！來來來，容睿洋幫您診個脈吧！」

這時，奚圳眼角兒一閃，見著暫於一旁修養的一對兒姊妹，不禁想到，「欸……此二衣衫襤褸女子，似乎在哪兒見過？」接著，奚圳回答了關於辨證之諸問後，睿洋笑著回道……

「呵呵，員外多心了，依您所述症狀，實屬**先血後便**之證。惟因血聚大腸而近於肛門，故曰**近血**，此乃邪熱侵於肺，後循**表裡經脈**，挾帶水濕而客於腸腑，如此濕熱風燥循經下注，以致迫血妄行，此乃**臟毒**併**腸風下血**之證，須藉排膿解毒、清熱滲濕之**赤小豆**，伍以活血祛瘀之**當歸**，合二藥所成之**赤小豆當歸散**，始達清熱解毒之功。再以既清大腸濕熱，亦可涼血止血之**槐花**，輔以同工之**側柏葉**，祛風止血之**荊芥穗**，合以破氣除痞，消積導滯之**枳殼**，四味共組之傳世名方……**槐花散**，始可達排毒下氣，清腸止血之效。」

睿洋又道：「奚圳員外乃從事藥材之生意人，除非遇上江湖鬥毆，且身中不明創傷而衄血，否則，眼下之**腸風下血**，應無關於外傳之逆脈衄血證才是。」

「呼……經先生這麼一說，老朽可就放心多了。」奚圳接著道：「唉……還是這般香煙裊繞之寺廟，才是南州真正清靜之地啊！一旁二女子應也有同感才是！」

「呵呵……奚圳員外識得這對姊妹花兒？」楀諴道長問道。

奚圳隨即表示，前些日子前往了城南卅里之澤林號，專程為舒澤老闆祝壽，想當然爾，舒老闆之拜把兄弟叢云霸定前來祝賀。然於酒過三巡後，正當大夥兒聊得起勁兒，怎料突衝出三蒙面人欲行刺火連教主！而後，其一刺客慘遭鉞手擊斃，另一刺客雖藉著飛刃，報了同夥兒之仇，卻不慎遭叢云霸之飛鉞削中側額！待第三刺客拋出一青色之物後，竟見叢云霸驚退了數步，而兩刺客則趁隙脫逃，失了蹤影。

奚圳又道：「不過，老朽雖已歲數一把，但依著身形體態與側額上之刃傷，尚能識出眼前二位姑娘，即是當夜之行刺者吧！」

「奚圳員外真是好眼力！不過，閣下唐突指認之舉，難道不畏本姑娘飛刃伺候？」妘芊道。

「哈哈哈，瞧姑娘您一臉蒼白，外顯蒲柳之姿，嘴角尚餘留煎藥湯渣，不難猜出是睿洋先生之病患。再則，老朽乃單純藥商，更是前來求診之病患，相信姑娘應不致對老朽出手才是。只是……由另一遭斃之殺手身上，發現有著火雲教之圖騰，想必二位姑娘亦來自火雲教才是。」

待睿洋為奚圳員外解釋二位姑娘之來歷後，奚圳仍不免好奇，啥樣兒東西，能讓窮凶惡極之叢云霸……畏懼三分？

奚圳提問之後，稽妘芊緩自衣袖中抽出一條狀藤編盒，並對著大夥兒述道……

「此乃妘芊以特殊冰藤編製之藤盒兒，此盒兒不僅來自家傳之透氣交織編法，更因冰藤能阻熱氣，故能於其中……嗯……飼養小物！」

「飼養小物？稽姑娘指的是，這軟藤盒兒裡有……」奚圳驚訝問道。

妘芊點了點頭後，續由紫倩解釋道：「此藤盒兒內，有著紫倩飼養之……捲赤尾青竹絲！此一品種獨特之處，不僅全身色青，唯其體溫之冰涼，甚於其他蛇種；令人讚嘆的乃其特殊之軟骨捲尾，此尾能於甩出剎那，瞬助其彈射之能力！」

接著，紫倩亦由自個兒袖中，取出一相同藤盒，隨後述出其與妘芊之默契，表現於對方甩出飛蛇後，另一人能精準將之收回。又說：「員外當日所見青色之物，即是這捲赤尾青竹絲！倘若當時叢云霸被這青竹絲咬上一口，恐難保其火連教領頭之位才是。」

「哇……原來這玩意兒這麼厲害呀！」雨芩瞬間驚退兩三步而道。

妘芊接續表示，憶得當年父親提過，叢云霸曾於勒索商賈時，不幸遭該商所運之毒蛇咬傷，所幸即時解了毒，挽回一命，自此對毒蛇產生了畏懼。然因火雲教認為，天上有龍，能予百姓甘霖耕作；地上有蛇，能予百姓祛毒補身。惟因南州火山地熱，不適蛇居，故需商人自外地運蛇入城買賣。為此，一朝被蛇咬之叢云霸，未敢隨意踏進火雲教所在之戌丐城。

睿洋問道：「此般捲赤尾青竹絲之蛇毒，可有對應解毒之方？」

紫倩隨即表明，此毒之強，無藥能解！一直以來，無人敢飼養，怎料火雲教內一屢遭霸凌之年輕人，不幸遭此蛇咬傷後昏厥不起，待其醒來，竟不見毒發現象！而後此人欲研究解藥，遂開始飼養這般青竹絲，自此無人敢欺侮他。憶得紫倩曾於一次外出，不慎遭此蛇突襲，當下即是被這名叫沙凱之年輕人所救，自此紫倩即與青竹絲結下了不解之緣，亦巧合將之成了護身之物。

「原來如此！」奚圳頻頻點頭後，接著表示，自叢云霸強併火燎教後，食髓知味，欲如法炮製，吃下火冥教。孰料火冥教主氈千岬，提出與火雲教結盟，且由二教輪派殺手埋伏於霖璐城。為此，叢云霸艴然不悅地於舒老闆壽宴上透露，將不惜一切，剷除火雲教，絕佳時機，或可發生於……夏末秋初！

「什麼？夏末？眼下不到一週時日，即是夏至啦！」楀誠道長驚訝後，又道：「過往南州有數十教派與十來黨派，分立分治，而今依族群文化與生活習性，各教相互合併後，現今確以火連、火雲、火燎、火冥之四大教，與火武、火陽、火鼎、火盛、火炫之五大門，分治所屬教徒與所擁地盤，始達宗教黨派之平衡點。惟因五大門僅各擁數百門徒，不成氣候，故影響力有限。然火連前教主邢彪，本欲藉拉攏中鼎王之手段，剷除南離王之勢力；孰料叢云霸接任教主後，卻是以燒殺擄掠之暴行，試圖併吞其他三大教，進而作為對抗南離王之籌碼。難道……季末之來臨也，即是叢云霸詭計得逞之時？」

稽姑娘眉頭緊鎖，無奈指出，火雲教主翟堃，並非一令人稱道之角色，其因來自不少教徒乃遭脅迫而入教。翟堃更為充填赤磚窯工與硃砂之掘工，頻頻攔截與火連合作之人口販子，遂與火連教衝突不斷，甚而仗勢欺侮火鼎等五門派，故引來不少民怨。

稽再道：「叢云霸所提夏末秋初之計劃，長期臥底霖璐城之火雲教徒，實已將此訊息傳回。而翟堃教主已於日前，同氈千岬教主達成共識，將採「先發制人」之策，趁著夏至節令之祈神日，進攻火連教總壇，並令所有殺手提前埋伏於霖璐城各處，屆時火雲將出動匕琅、樓櫟、禾觔、琵宄四大護法，偕火冥教的嗤帘、皿紞之火冥二聖，合力圍攻子午鉞殺陣！而先前歸順火連之火燎教主梲影則作為內應，三教主將伺機合攻叢云霸與該教火延壇主寇嶽，以期一舉剷除叢云霸之勢力！

「唉……烽火再起，蒼生苦矣！」楀諴道長嘆道。

「嗯……倘若火連、火雲二教能易主，或許是穩定我南州之一帖良藥啊！」奚圳接著又疑道：「憶得叢云霸向舒澤詢問，關於一名曰叱盧喆之縈璿城漆商，並說此人內力深厚，掌風摧人，恐影響火連之拓展大業。然而老朽於南州從商近半百，從未聞過有個叱盧姓氏之商賈啊？」

「哦……叱盧先生啊！此人乃睿洋回到南州，於文昌宮遇上之患者。」接著，睿洋將當日突發情況，對大夥兒描繪了一番，並將最終救走叱盧喆之面具怪客，直指向中州所查出之……岩孑！又說：「之所以如此推測，惟因此人於文昌宮前擊斃子午鉞手之絕技，正是……〈逆脈衄血掌〉！」

「什麼？又是逆脈衄血掌！唉呀呀，此邪門功夫還真是陰魂不散啊！日前老朽前往東州採購丹參、玄參、沙參與吳茱萸時，借宿於齡軒藥坊老闆胡祖佑之宅院，因見該藥坊將大批藥材運往菩巖寶剎，探問之下，始知東州出了大事兒！」奚圳隨後將所聞所見描述之後，順勢告知了大夥兒，自寶剎逃逸之岩孑，正是東震王之子……嚴翃廣！

「哇……原來施展〈逆脈衄血掌〉的人，真是嚴翃廣！」

稽姑娘接續表示，曾聞翟堃教主與其他長老談及菩巖寶剎發生嚴重事端。惟內容多涉及沁茗方丈之恣意妄行；更聞得方丈於重創後，親手寫出行兇者乃余伯廉之子……余翊先！稽又道：「耐人尋味的是，事發數日後，余翊先竟橫屍於東州青龍洞窟中？然此事件發生已有段時日了，為何奚圳先生以『陰魂不散』四字兒為形容呢？」

「呵呵，時至今晨，老朽又聽聞『逆脈衄血』事件，而後更見便血，心裡一慌，顧不及桌上佳餚，遂直衝齊箴宮而來。若非睿洋先生診得了什麼**腸風下血**之證，老朽還真以為患了逆脈衄血證嘞！」

「今晨又聞逆脈衄血事件？這是怎回事兒？莫非那岩子……來了咱們這兒？」睿洋問道。

「非也！非也！」奚圳搖搖頭後，正經表明了一經常託運和裕堂藥材之船東，名曰祖颺；此人甫自中州淮帆城而來，一見老朽直喊……「中州出事兒啦！」待入我堂內，飲了清茶，緩了其情緒後，接續聞得祖颺描述，淮帆城自井上群接掌後，實施了全城宵禁，所有往來濮陽城者，皆於城門前遭城兵嚴格盤查，此舉除了追緝害死井百彥之施毒者外，另一目的即是查探與狼行山接應之相關人士。為此，井上群甚而請來了神鬣門之烈絕槍耿彥、京鋒短戟史堅，先後駐城協助。

祖颺續道：「井上群栽贓狼行山之座駕馭手張冀，直指其以王府座駕不受稽查，遂藉此管道私運白粉！井大人不僅將之屈打成招，更要脅張冀指認狼行山因迷戀一蔓姓姑娘，刻意縱容精忠會於濮陽城坐大。怎奈張冀承受不住這般偽證之罪，竟於身上刺了『清白』二字後，上吊於淮帆城街道旁之大樹上。事發之後，城內民眾議論紛紛，井大人立馬下達封口令，並強說張冀乃私運白粉而畏罪自殺。孰料，翌日傍晚，神鬣門之耿彥與史堅，竟雙雙慘死於井大人之官邸不遠處！」

稽姑娘驚道：「唉呀呀……這般報復手法，警告意味甚為濃厚啊！而且，施暴者真是跟老天爺借了膽兒，竟直接對神鬣門下手！依此看來，這回井大人惹上了狠角色啦！呵呵，能於一日內斃了兩神鬣門勇將，想當然爾，應是出自於狼行山之傑作才是。」

「非也！非也！」奚圳又搖頭表示，原本井大人欲於第一時間指控狼行山行兇，怎知狼行山一連三日偕同濮陽官員，特地接待自東州前來關切中州戡亂進展之鄌畿城主陸洺煊！奚圳又道：「待井大人親自驗屍後，隨即下令封鎖城門，全力緝凶，只因耿彥與史堅二將之嗚呼咄嗟，始自七竅衄血不止之……〈逆脈衄血掌〉！」

奚圳續指出，正因城門遭封鎖，遂使祖颾續留於淮帆城。怎料數日之後，一具幾不成形之屍首，突由西城門外運回。待經淮帆城名醫……植甦，仔細驗屍之後，直指殞者之死因，極似曾於北州所見，一種令人骨骸碎裂之奇門武藝所致，而江湖人士則稱之為……〈碎骨溶髓掌〉！

「什麼？除了〈隱狼溯水掌〉、〈逆脈衄血掌〉，還有個……〈碎骨溶髓掌〉？何時中土竄出了這麼多怪異功夫嘞？」稽姑娘詫異疑道。

「〈碎骨溶髓掌〉？嗯……為何員外於此提出這麼個城外事端？令人摸不著頭緒啊！」紫倩一臉茫然地問道。

奚圳侃然正色地道出：「之所以提及這椿城外戮殺事件，實因此一身中碎骨邪功而不成人形之骸體，正是……井上群，井大人！」

「嘩……」大夥兒聞訊後雜聲四起。一旁雨芩面帶驚愕地問：「全城既已封鎖，怎麼井大人會出現於西城門外？」

奚圳回應道：「根據當日固守西城門之軍衛表示，自封城以來，僅身著戎裝之井大人，以前往惠陽稟析神鬣門勇將遇襲為由，隻身出了西城門。約莫半日後，忽見一樵夫奔來告知，城外樹林出現爭鬥！待城兵隨樵夫而去，離城不及廿里即發現了井大人之坐騎，一陣搜索之後，終循著打鬥痕跡，發現一身著戎裝之屍首！當下現場雖凌亂，卻可明顯辨出兩不同鞋印。翌日，狼行山與建寧城主勞郃，紛紛前來關切，惟因淮帆城乃中州東部要城，雷夫人立指派交運大臣帥元奭，儘速接掌淮帆城主，並令其續查命案，全力穩住該城軍民可能之浮動。」

聞訊後之楀誠道長驚訝提到，憶得陽昫觀常真人曾談及中州井大人之〈鎮轉馭風掌〉，藉風出招，煞是一絕！惟每輒施展，肝腎具損，內傷自成。然而醫者皆知，**風能勝濕，風盛生燥**。或許狼行山自知以其溯水神功，力拼井上群之馭風神掌，恐傷其水濕內運之絕技，遂藉旁路殺手出擊以得逞。此一借刀取命，果然高明！

睿洋正容亢色地道：「甫聞了個〈逆脈衄血掌〉，現又出了個〈碎骨溶髓掌〉，難道身擁此等神功者，均已歸於狼行山之麾下？果真如此，狼行山不僅無懼於雷夫人伸手神鬣門，反可藉由暗處之神功能手，剷掉了雷夫人之親信井上群！倘若狼行山未有精忠會攪局，相信欲回往惠陽與雷夫人談判者，將會是狼行山，而非井上群！嗯……無怪乎船東祖颺喊著……中州出事兒啦！」

「出事兒？夏至在即，先出事兒者，應屬南州吧！」稽妘芊又道：「難得各教教主動用眾多人手圍弒叢云霸，我稽妘芊豈能錯過！」

楀誠道長語重心長地表示，知悉叢云霸豺狼成性，翟堃教主好勝好戰，難道二大教派之中，均不見悲天憫人之賢者，能為一觸即發之戰事，力挽狂瀾？

「若真要符合悲天憫人之賢者，火連之中，首推掌管全教醫務之孟鈁長老；而火雲之內，唯研究火山生態之柴默屾長老莫屬！可惜此二長老雖得人緣，卻不得權勢，遂僅為維繫教務之角色而已。」紫倩回應道長的話。

「啪……啪……啪……」

突聞一陣聲響，凌空而下，楀誠道長立馬高舉一木支架，隨後即見一全身雪白之小鸚鵡由寺外飛入，直接停歇於木架上。紫倩不禁叫出：「哇……多討喜之鸚鵡啊！」這時，見楀誠道長抓出了一把松子，一邊兒餵著鸚鵡，一邊兒敲著支架。半晌之後，竟聞該鸚鵡斷斷續續地鳴叫「小心……小心……連連……藏閉……連連……內閉……」

楀誠道長解釋道：「此禽乃本道所飼之小葵花鳳頭鸚鵡，即興取其中二字之『葵鵡』為其名。葵鵡每日朝外飛出，傍晚前即飛回。葵鵡能記住所聞之吱唔聲音，但隔日即忘，本道遂藉此猜測葵鵡在外見到了什麼？學了啥回來？直至近幾個月前發現，似乎有人藉著葵鵡，傳遞著不明訊息？」

「藉由禽鳥傳遞訊息？竟有這等事兒？」奚圳疑道。

道長又述：「一如前些日子，葵鵡每天回來都叫著『聊聊……月沙……聊聊……月沙……』，然此語音讓本道絞盡了腦汁，依舊不得其解，怎料對照日後所發事端，推得葵鵡所謂『聊聊』，應指的是火燎教，而『月沙』之音，即是子午鉞殺陣之『鉞殺』，而傳遞者以此發音，或有考慮到葵鵡若遭人擄獲之衍生後果。」

「這麼說來，有人早知火連欲血洗位於彌岡鎮之火燎總壇囉？」稽妘芋推道。

「那麼，甫聞葵鵡所發之鳴音，楀誠道長如何解讀呢？」紫倩好奇問道。

楀誠道長表示，根據以往記錄，「小心」之意，眾所皆知；而「連連」所指，應該就是火連教。至於「藏閉」與其後之「內閉」，可能指著教內藏匿著什麼，以致內部閉鎖。又說：「本道所譯，僅供參考。倒是葵鵡連喊了兩聲小心，或許叢云霸正謀劃著什麼甕中捉鱉之詭計，稽姑娘可別掉以輕心啊！」

「究竟是何方神聖？難道……此一暗地傳訊者，即是再三出手相救之人？」稽姑娘疑後，又道：「倘若是同一人，視其行徑，應不致對咱們不利才是。」話後，稽姑娘因衣袖不斷顫動，隨即又道：「自葵鵡出現後不久，妘芋即感冰藤盒兒內之青竹絲漸趨翻動，焦躁不安，沒準兒二物之間，存有某種生態關連性吧！」「阿倩，咱們尚有要事兒得辦，不宜在此叨擾過久。」

稽妘芋感得身體情狀轉好，立偕紫倩，躬身謝過睿洋夫婦與楀誠道長後，立轉身離開了齊箴宮。而後，睿洋憂心表出，霖璐城若爆發衝突，城裡百姓必遭波及！一陣權宜之後，夫婦倆決定隨著奚圳員外前往和裕堂，藉以整理可能用上之傳統草藥，以備來日不時之需。

「喀噠……喀噠……」一精壯快馬，疾速狂奔，聞其鳴出一長嘶聲後，來到了滎璿城之咸禎大殿。惟見一戎裝將領跨躍下馬，快步入殿，於大廳遇上南離王與單鍏軍師，正於沙盤上相互研議。南離王隨即發聲道：「公冶總管巡行霖璐城後，對我軍兵之部署，可有建議之處？」

公冶成隨即表示，各部軍兵之操練，仍於掌握之中，惟聽取竺逯、栗璁報備後，直覺火連教近來之活動，明顯驟減，不若往年夏至節令之盛大祭祀，此狀恐與城內隱藏諸多行刺叢云霸之殺手有關。再則，聽聞中州神鬣門二勇將，慘遭逆襲斃命；要臣井上群亦遭人暗算身亡，此等消息聽得叢云霸耳裡，應有所戒心才是。

公冶又道：「見得叢云霸有所收斂，末將遂前往了戍丏城，藉以巡察火雲教動靜。孰料遇上了甫結盟之翟堃與氈千岬二位教主，共商著火雲、火冥之未來走向。惟令末將起疑之處，乃出於火雲總壇內，竟不見翟堃身後之四大護法，亦不見與氈千岬形影不離之火冥二聖，莫非……火雲、火冥二教結盟，省略了雙方原有之陣仗與教規？」

公冶再道：「不見火雲、火冥隱匿不法後，末將離開了戍丏城，隨後脫離了巡查隊伍，獨自回往了冶劍山莊。孰料，末將見一行蹤鬼祟之頹廢者，幽求猶疑未敢前。末將毫不猶豫，雙持棱錐鋼鞭即出，雙方於山莊門前俄頃過招！惟因對方始終劍不出鞘，僅藉其矯健身手，頻頻擋下鋼鞭出擊，這才發現，此人所持之兵器，實乃先父公冶長瑜所鑄之……三禪戮封劍！隨後即識出眼前這長髮過肩，一臉頹喪之鬼祟者，正是前中州神鬣門總督……刁刃！」

「刁刃？遭雷夫人撤掉總督頭銜之刁刃？他來南州做啥？」南離王驚訝之餘，又道：「呵呵，不可一世之刁刃，向來倚仗著神鬣門之威，緝賊剿匪，想必結了不少仇家，而今扛不住『天下第一疾劍』之招牌，索性躲到咱們南州來啦！」

南離王接著笑道：「哈哈哈，刁刃啊刁刃！堂堂南州霸主，怎會不瞭神鬣門總督插手西州雪盟山莊之事端呢？據聞刁刃遇上了重返西州之摩蘇里奧，刁刃不僅救不了雪盟山莊，甚而敗於法王手下！為此，顏面無光之雷夫人，為免中、西二州干戈相向，倏與刁刃做出切割，並藉展鵬與岑鴞二將，不斷散播刁刃損辱神鬣門之事蹟，逼得刁刃如喪家之犬般地離開中州。本王若沒猜錯的話，刁刃現身冶劍山莊，應是奢望公冶大師能再為他重鑄神劍才是。」

「嗯……主公所聞，實乃雷夫人為避責而對外所傳。」

公冶成接續表示，無須追究刁刃之個人榮辱，惟刁刃不願抽劍迎敵，只因不願讓愛劍再受創擊！據刁刃吐實，雪盟山莊一戰，單憑戮封劍之威，尚且能破敵對之攻勢。怎料法王竟藉一柄名曰『摩耶太阿』之邪劍，頻施奇門異術，更於交戰之中，趁隙封印了三禪戮封劍！」

「摩耶太阿劍？法王沒了三犄法杖後，竟也學人耍起了劍刃？不過，素聞公冶大師之三禪戮封劍，銳不可當！究竟此一蓋世神器遭何等邪術襲擊？竟可令人謂之『封印』？」南離王不解道。

公冶續述出：「刁刃本欲藉回訪冶劍山莊，探求鑄劍高人能否為劍解咒？怎奈先父公冶長瑜已早一步雲遊仙境！刁刃聞訊當下，失神許久，後隨末將引其入莊，並於先父之靈位前，雙手合十，捻香致意。而後，刁刃不忍於大師靈位前，亮出大師遭封印之生前傑作，遂移步至瑜亭前，將戮封劍執予公冶成檢視一番。」

公冶再道：「抽出戮封劍剎那，末將僅能目瞪舌彊以對！惟見戮封劍之劍身，完全遭一韌黑膠漿包覆，而後順手揮使，使之觸及亭前堅石，卻如木棍敲擊之手感；待以棱錐鋼鞭對擊，竟不聞任何金鐵鏦錚之聲響！揮使者縱能持該劍斬草斷枝，卻無以割破皮肉布衣！單就兵器而論，當下之戮封劍，僅能供入伍新血，紮馬操練之用而已！」

「什麼？擁『天下第一疾劍』名號者所持之兵刃，僅能用於操練之用？難道……武藝精湛之刁刃，願隨該劍之殘廢，任人議論？」單鍏軍師質疑道。

這時，南離王一時興起，岔話道：「公冶總管當下可否想過，將刁刃納入我軍之用？」

「回主公，公冶成確實提及主公所想，一如單鍏軍師所云，刁刃武藝精湛，甚能以一平凡劍刃，力戰中州左右雙衛而不敗，如此奇才，定為各陣營極力拉攏之對象才是。惟聞刁刃回應，戮封劍乃先父依其理念，再經三入禪室之悟而成；此劍不僅能達『人劍合一』之功，更令其坐享『天下第一』而無愧。而今此一神器雖無以摧人，惟劍之本體未有任何缺損。自此，刁刃將為著戮封劍，遍走天涯，待其尋得破除封印之法後，尚有其該做之事兒要做。刁刃話一說完，瞬令戮封劍入於劍鞘，一個轉身，緩步消逝於烈日黃沙之中……」

「該做之事兒要做？嗯……以刁刃『說到做到』之個性，即為江湖宵小畏懼神鬣門之主因。」南離王又道：「刁刃若遍尋不著解咒之法，放眼中土五州，欲教訓昔日神鬣門總督者，何止百千？只怕不知變通之刁刃，如此執著行事，恐令其見著每日曙光，皆成奢望啊！」「呵呵，算了，咱們還是持續關注中州內訌之發展。不知秦勵、廉煒二將，訓練軍兵搶灘作戰，進展如何？」

「回主公，末將以為，攘外必先安內。倘若我聯域軍只顧越江北攻，一旦火連教背放冷箭，截斷我後勤補給線，我軍恐有進退兩難之虞！」公冶成憂心道。

「哈哈哈，上天賦予公冶大人一身銅筋鐵骨，卻授予了優柔寡斷、首鼠兩端之性啊！」南離王又道：「北州軍機符戩總管，不僅分派重兵於北川、北渠二縣，近日更加強了汨琤湖之水軍巡邏。甫接掌西州之石西主，亦令軍機魏廷釗總管增列南水師軍團。而今，中州每況愈下，正是我南軍北擴之良機！公冶總管須擁前瞻之眼光才是。」「本王已接受單鍏軍師之獻計，只要我水軍能迅速搶灘成功，即握有靈沁江之優勢，屆時我補給船隊由滎璿城外埠出航，位於霖璐城之火連教若貿然出船攔截，勢將遭我江上水軍殲滅！」

單鍏軍師附和表示，火連、火雲之水兵，不過是延伸路上之燒殺擄掠行徑而已；如此江上盜匪之輩，實難成為氣候，不足為懼。再則，多年前遭火雲教併吞之火靈教，當時該教之護法……曜寧，因受公冶大人說服，遂投效了聯域軍。惟聞曜寧來自昔日教中親信告知，火雲偕同火冥，恐於近日對火連教採取先發制人之策。倘若此訊屬實，公冶總管或可靜待諸教衝突之後，率軍兵入城平亂。一旦耗掉教派戰力，並鎮住教派總壇，南軍北攻之計劃，勢將無後顧之憂。

「呵呵……妙……妙極了！軍師之思維，正合本王之意啊！」南離王拍掌應道。

公冶心想，「哼……狗頭軍師！一味慫恿主公誅殺異己，並遊說臣將認同侵略擴張計劃，根本不知中州戎兆犹總管之軍兵移防策略！看來，得於戰事發生之前，藉由曜寧這條路線，多瞭解一下火連、火雲之活動才是。」

霎時！公冶成突想到一事兒，立對南離王提道：「末將於回往冶劍山莊之前，索性前往了朱雀岩洞巡視。依駐守洞窟之㑊韃將軍描述，自邢彪私掘地道入洞而崩塌後，該地道早已封閉。惟因洞窟內溫度頗高，令身著冑甲之軍兵難以承受而接連病倒，待得末將同意，遂取消了夏季入洞巡察之任務。惟聞㑊將軍建議，何不將朱雀岩洞完全封閉，以減少無謂之駐防人力？」

南離王理了下思緒後表示，關於各州之晶石岩洞，始終存有怪力亂神之說法！或是建築，或是挖掘，無一不生崩塌事件，甚有掘工萌生怪病之說，遂使各州霸主敬鬼神而遠之。

盧餤又道：「本王亦曾因火連創教祖師爺斛衍煜之赤白晶石爆裂記載，覬覦過西州白虎洞窟之晶石而貿然出兵，為的即是探索赤白融合之爆破能量，是否真能製成特殊之制敵武器？孰料我軍不僅鎩羽而歸，本王還險些賠了性命。再觀所有覬覦岩洞晶石者之後果，一如邢彪之腦殘不語、薩孤齊之發狂斃命、中鼎王之腦疾中風、莫乃言之無端殞命、東州之曹崴重創、佘翊先慘死，更傳聞中鼎王之子雷世勛，因窺探北州玄武岩洞而暴斃身亡；甚見日前摩蘇里奧攻下了白虎洞窟，亦不敵石濬之崛起，落荒而逃，諸多例子令本王引以為鑑！與其冒險探掘晶石，還不如藉著餘生，打下一場好仗，沒準兒本王尚有機會於中州擺壽宴哩！」

盧接續指出，只因朱雀岩洞近於火雲教之勢力範圍，倘若火雲教就近研究，恐令我軍芒刺在背，故本王仍維持長年駐守軍兵之策。放眼五州，哪一霸主不是這般安排？新上任之石西主於整頓軍兵之後，勢必全力奪回白虎岩洞，以防摩蘇里奧藉此作亂。又說：「嗯……依本王之見，公冶總管不妨多添些軍餉予㑊韃所領之駐防軍兵，並補充些清熱藥草，安撫安撫即可。眼下軍機處之佈兵，即依單鍏軍師之計策行事，本王仍得進一步調養氣血，以備來日北征之所需。」

待公冶成回到了軍機處，正為著南軍渡江之事兒而煩心時，突見曜寧前來，直言正色道：

「知悉主公刻意挑撥諸教門派，欲藉其衝突廝殺，以削弱教派實力。曜寧不願見同胞殘殺，遂前來與公冶總管研議，可有弭平諸教派衝突之計策？」

曜寧接續指出，以往火連教於夏至前三日，定採不蒙帷子之亮轎，抬著祝融神像巡行城內東南西北各分壇，終值夏至當日回到總壇。眼下依舊見得火連教準備著神像繞境祈福，怎料於數日前，由來往霖璐城之商賈傳出，火連教臨時向民間多訂了兩頂具備盒形坐箱，且有蒙帷上蓋之四抬暗轎，並要求於轎之四面，紛紛掛上隔熱垂簾，更詭異的是，教內竟傳出了要求礫奴抽血，以為備用。

「抽血？尚且聽聞邪門歪道藉由雞血以施行法術，何時火連教也開始玩起這等把戲？倒是……抽活人血液……令人匪夷所思！」公冶又道：「自叢云霸吞了火燎教，並於文昌宮親睹〈逆脈衄血掌〉摧人後，一改過往步調，更藉由閉關之名，閉鎖於地窖密室。諸多疑點萌生，恐得再走訪一趟霖璐城了。」

曜寧立馬回應：「既然公冶總管欲前往霖璐城，不如先隨曜寧前往該城城北，見一飼養鸚鵡之蓑笠翁，或可藉其探出若干坊間動靜。」

然因時間緊迫，公冶成立於批閱各軍部之奏函後，隨即持上雙鞭，跨步上馬，俄而隨於曜寧之後，直朝霖璐城北，疾奔而去。

夏至三日前，甫屆午時三刻，果見火連總壇抬出亮轎，眾教徒率先朝城南分壇，緩步移轎。機警之稽妘芊姊妹立偕火雲諸殺手，火速匯集城南以埋伏，惟見亮轎行伍之中，並未發現叢云霸身影！妘芊立藉同伙以傳遞消息，務必緊盯其他分壇舉動，尤以城東之火延分壇最為關鍵！

然此時刻，打著義診名義而留於火連總壇附近之睿洋夫婦，正為著替民眾診疾而擺設桌案。突然！見一身形魁梧者，斯須捋袖，立對坐於睿洋，話出當下又時而東張西望。待睿洋於四診之後，正經唸道：「閣下雖具壯碩體魄，卻不禁連日操勞而呈出身熱多汗、煩渴欲飲、舌紅唇燥，更見脈象虛數，恐已氣、津兩傷。如此暑熱之證不解，恐有嘔逆衰竭之證，隨之而來！」

「呵呵，放眼霖璐城，處處見得教派丹藥與速效丸劑。在下運氣頗佳，竟能遇上施行望、聞、問、切之四診合參醫者！嗯……烈日當下，東奔西竄，確實身覺口乾喉燥、鬱悶乏力，不知患上這般暑熱證，先生可有療方可施？」

睿洋回道：「**傷寒解後，虛羸少氣，氣逆欲吐者，竹葉石膏湯主之**。閣下發汗，雖能解去在表邪氣，惟高盛之熱已退，但餘熱未盡，氣、津兩傷，故以**竹葉**、**石膏**，共達清熱除煩之效；再合以**人參**、**麥門冬**、**甘草**、**粳米**之四味，始能益氣生津；更伍以辛溫之**半夏**，降逆止嘔，合此七味而成之傳世名方……**竹葉石膏湯**，即是為閣下解症之最效療方。」

「多謝先生之辨證論治，在下楚振天，本藉先生攤子，掩人耳目，怎料竟讓先生給辨出了證來！倘若真如先生所斷，而後因衍生嘔逆衰竭而誤了事兒，楚某可擔當不起啊！」

「睿洋見得楚兄弟機警異常，既非身著教派服飾，亦無圖騰刺青，又為掩人耳目而即興就診，莫非……楚兄弟於此從事監視之務？」睿洋疑問道。

「睿洋？原來您就是睿洋先生！那楚某就暫且擱下心了。」此言立引睿洋關注。

楚振天接續道：「過去，振天少不更事，隨人出船，竟遭人擄往火雲教，所幸途中遇上了軍機處之公冶總管相救，而後即順勢走上了戎馬之途。」又道：「日前隨公冶大人前往咸禎大殿，探視痼疾復發之南離王，立聞南離王提及曾於文昌宮受睿洋先生開出**血府逐瘀湯**，合以**酸棗仁、柏子仁、五味子**以寧心助眠，滋陰安神，遂得以緩其症狀。」

「哦……原來……原來那位叱盧先生，即是……南離王盧燄！呵呵，睿洋還真是有眼不識泰山啊！」話後，睿洋心想，「無怪乎當時深覺那叱盧先生之**手厥陰經脈**，脈道真氣甚強！耳聞南離王身擁〈赤焰旋石〉神功，故能牽制火連之前教主……邢彪！」

楚振天又道：「近來霖璐城之煙硝味頗重，公冶大人不認為竺逯、栗璁能勝任其職，遂令楚某暗地進駐霖璐城。方才楚某一路自城東，跟蹤火連之布亟司長老回到城中，此人專司火連教之交運任務，擅於聲東擊西，昨日已見其往來城北與淺塘埠頭數回。楚某以為，城東與城北，絕不單純，睿先生或可避開此區域，以免遭受無妄之災！」

「多謝楚兄弟相告！」睿洋話一完，立見楚振天飲著雨芩所煎之**竹葉石膏湯**。

突然……「喂喂喂……別礙著咱們辦事兒啊！」

一群臉部刺青，身著火連教袍之攜械教徒，正於大街上嚷著後，隨即朝著睿洋之義診攤位圍來。待打量一陣後，立指著楚振天喊道：「喂！眼前端著湯碗的兄弟，我火連總壇急欠搬運人手，識相的話，立隨我行伍入壇！當然，事後有你好處的！」

「嗯……喝了先生所開湯藥一陣後，漸覺少了燥熱之感！」楚振天回頭又道：「有好處是吧！好，搬運打雜，賺點兒外快……我跟！卻別妄想要我入教哦！」

話才說完，楚振天伺機對睿洋使了個眼色，意指某物塞於桌邊孔縫，隨後見其拉直了衣袖，轉身跟了火連行伍離開。睿洋立馬抽出孔縫之物，即見一手掌大小之圓餅狀赤玉，其上刻著……

南州軍機處第一護衛令！

待睿洋又診了十來暑熱患者後，斯須收了診攤，隨後對雨芩道……

「楚振天刻意滲入火連總壇，為免其身份曝光，俄頃留下了赤玉令，此令可於情急時要求聯域軍協助。不過，連日來，咱們確實不見子午鉞手巡行於城中。狡猾之叢云霸或許已暗地包裝了子午鉞殺陣，倘若稽姑娘稍不留神，其所持之無聲飛刃，勢將難抵雙弦子午鉞之摧殘！」

「欸……若依楚振天所提，何以布亟司長老要前往淺塘埠頭？」雨芩疑道。

睿洋冥想片刻後，道：「難道……叢云霸刻意以亮轎繞境巡行，藉以引起眾人與官兵目光？莫非其所擬之計劃……即是利用埠頭，以達接收或運送之目的？」

雨芩推測道：「該不會是……叢云霸已知他教眾菁英齊聚霖璐城，遂反向領著子午鉞殺陣，藉由水路以循河川上游，再伺機攻佔戍丏城？」

「若真是如此，戍丏城就危險了！」睿洋一話完，瞬將手中之赤玉令交予雨芩，並令其前往城南知會稽妘芊。隨後又道：「倘若明日於城東不見叢云霸，立馬建議稽姑娘偕諸教主由東城門回往戍丏城。必要時，或可藉由赤玉令，請求聯域軍協助護城。」

適值雨芩離開後不久，睿洋見得一數十人伍由火連總壇走出，並朝城東方向緩步前進，行伍之中，更見得一頂四抬暗轎！睿洋頓感訝異，回頭立見街道旁若干身手矯健者現身，並逐一跟上抬轎人伍，以此即知諸教之殺手已盯上該頂大轎。

躊躇當下之睿洋，想著，「是該隨殺手前往城東？還是前往城北，以防堵港埠漏洞呢？」

一會兒後又想，「對了，楚振天說過，布亟司長老擅於聲東擊西。叢云霸明知他教謀劃了暗殺行動，何須明目張膽地乘著大轎出壇？嗯……此一棋招，耐人尋味！」

數時辰之後，日落風生，薄暮冥冥，抬轎行伍來到了城東之火延分壇，該壇教徒俄而列出了迎接陣式。待見一人身著火連教主外袍，步出大轎剎那，火延壇教徒隨即再燃數十火炬，齊聲喊出：「南州火連……火神後裔……火連教主……稱霸中土！南州火連……」

霎時！驚聞一身著黑布衫者，瞬由行伍後方，洪聲喊道：「惡霸現身！弟兄們，殺啊……」火連教徒見狀，俄頃列隊圍上大轎，這才知曉，發難喊話者，實乃甫歸順火連之火燎教主……梲影！

當下，火冥之嗤帘、皿統二聖，眨眼亮出長刀，躍步上前，揮刃砍殺，城東霎時炬光通明，殺聲震天，惟火連教徒各個驍勇，不畏突襲，隨即引來火雲之匕琅、耬橅、禾觔、琵冘四大護法，分持茅、刀、戟、叉，倏朝轎之四面，輪番發動攻勢！雙方一陣戮殺後，火連教徒突然分朝左右移位，隨後立見四位抬轎者架出陣式，一一亮出了子午鴛鴦鉞，指顧之間，紛朝轎之四向，蹬躍出擊！

「啪嚓……」忽聞衣衫下襬之翻響，及時趕上城東火拼之稽妘芊，欲偕諸殺手連番上陣，卻遭紫倩出手攔下，並聞：「芊姐且慢！眼前身著火連教主外袍者，似乎戴著半遮面具，且身形高度似乎不若叢云霸？」話後，適值妘芊躊躇之際，翟堃立馬操起傢伙，偕上氈千岬，直攻向叢云霸！梲影見狀，順勢加入圍剿行列，隨後即見火連教主於火延壇前力戰三強之局面！

「咻……唰……」氈千岬於交戰中使出了拿手之〈火鳳迴翻〉劍式，見其轉劍迴刺出擊，惟聞「呲」之一聲，眨眼刺穿了對手外袍衣袖。翟堃接續揮出〈魟尾上刺〉絕技，瞬於「唰嚓……」之撕裂聲中，劃破敵對之外袍下擺。這時，稽妘芊俄頃竄出，雙拋手中飛刃，倏以〈雙燕交會〉之式，立將敵對面具擊落，這才聞得對手一陣笑聲：「哈……哈……哈……三位教主，久違啦！沒想到咱們火連教依節令之巡行，還能勞動三位教主前來共襄盛舉，真令我霖璐城……蓬篳生輝啊！」

「原來你是……火延壇壇主……寇嶽！」翟堃驚訝道。

「不……不可能！老朽親睹叢云霸上轎，且由總壇出發，一路跟於行伍之後，中途並未見寇嶽上轎啊？難道是老朽眼花啦！」梲影詫異道。

「哼！叢教主早就懷疑梲教主歸順我教之誠心！」寇嶽睥睨後，又道：「既然梲教主虛偽，我叢教主又怎能呈出真實一面嘞？或許真是眼花了，或許真是半路更替了，但……亦有可能是……藉幻術易位之手法而已。不過，本料得梲教主非寇嶽之對手，怎知諸教主竟採聯手方式，甚將我教主之外袍割毀，這事兒可就鬧大啦！」

寇嶽環顧周遭後，冷笑再道：「呵呵，既然三位教主領了火冥二聖與四大護法前來，我火連教亦不能不知禮數啊！」話後，寇嶽一伸手勢，火延壇裡隨即躍出了烈火鞅琿、烈焰杓銚、烈熾羯灴之鎮壇三烈，聯袂上前助陣，而寇嶽則順勢褪下教主外袍，並將雙手伸往腰後，倏而抽出了雙弦子午鉞，隨後雙鉞朝外一攤，其餘四鉞手隨即駕出應對陣式。寇嶽不禁再嗆：「哼！過往南州四大教派所累積之恩恩怨怨，今日一併在此了結啦！眾教徒聽令，眼前逆襲刺客……格殺勿論！殺……」

機警之紫倩立唸著：「糟了！經寇嶽這麼一說，似乎是有備而來！縱然三大教高手齊聚，但這兒可是人家的地盤兒啊！若是火連總壇再增派教徒殺來，猛虎也難敵猴群啊！這可怎麼辦……啊！芊姐危險啦！」

霎時，三教聯合行刺之氣勢，頓挫於寇嶽的震懾之言。惟見頗具默契之翟堃與氈千岬，藉著刀劍交叉出擊，尚能抵住敵對之子午鉞陣，卻因步調稍慢之棿影，臨時持起非熟悉之兵器，遂不敵鞅琿之烈火刀、杓銚之烈焰槍，與羯炡之烈熾戟，輪番出擊！甫一閃身不及，腰背隨即中招，倒地不起。紫倩起身移步，倏將受創之棿影拉回，立見稽妘芊之飛刃出於一霎，及時擊開了襲向紫倩之飛鉞，隨後配合諸殺手突破鉞殺陣，立馬將離陣之子午鉞手擊斃！

寇嶽見狀，隨即下令子午鉞殺陣，頃刻聯手鎮壇三烈，全力殲滅火雲四護法與火冥二聖；更令在場火連教徒，六人為一組，輪番圍攻翟堃與氈千岬。而後，寇嶽獨自躍上了屋簷，藉由輕功跨步，急抛子午飛鉞，霎令竄梭屋脊、走跳房簷之諸殺手，頻頻發出哀嚎，甚而慘遭飛鉞擊中頸項，絕命一霎！

然欲逆轉頹勢，稽妘芊眨眼亮出袖中之尺二短刀，躍上屋脊，立與寇嶽正面相搏。

寇嶽隨後話道：「依姑娘之身手，不難猜出，爾乃近來頻頻騷擾叢教主之刺客；印象中，姑娘尚有另一搭檔才是啊？」寇嶽甫一話完，突然……

「咻……啪……」一蛇鞭疾速竄出，應聲抽中寇嶽左手腕之**手陽明陽谿、手少陽陽池、手太陽陽谷**三穴，一陣麻脹裂痛感，立隨三陽經脈上衝耳鬢側腦！寇嶽緊握手中鉞，忍痛斥道：「果然還有一搭檔合著唱雙簧。哼！爾倆既有膽識於我地盤兒撒野，我寇嶽亦無須對女流之輩手下留情！喝啊……」

怒火中燒之寇嶽，立於屋脊上力展子午雙鉞，不僅左擊稽妘芊之刃，更右削紫倩之鞭。適值三人於屋頂火力全開，孰料竟聽得一叫聲傳來，「啊……啊……小心……連連……」

「是……是葵鶉……葵鶉啊！」紫倩見一振翅飛來之雪白鸚鵡，仰頭叫著。

「唰……」寇嶽趁著紫倩分神之際，瞬以一記〈夜蝠鉞扣〉之式，眨眼扣斷紫倩之蛇鞭，怎料遭截斷之蛇鞭，瞬間無向甩飛，巧合地甩中了飛翔中的葵鶉！惟聞葵鶉一聲慘鳴發出，隨即自空墜落，紫倩欲飛身撲救剎那，不幸遭飛鉞削中臂膀，立見鮮血飛濺，卻仍於空中接住葵鶉後墜下。稽妘芊欲躍步拉住紫倩，卻遭寇嶽雙鉞攔下，並聞其冷笑道：「呵呵，大敵當前，竟為了隻飛禽而不顧性命？唉……婦人之仁，何以成就大事嘞？想救人？先救救自個兒再說吧！喝啊……」

「喀噠……喀噠……」忽現一快馬疾奔前來，驚見該馭馬者於切要關頭，驚險捧住了墜落之紫倩！原來，於城南遍尋不著稽妘芊姊妹之雨芩，猜測兩姊妹恐已提前朝城東埋伏，遂直往城東而來。待雨芩接住了受創之紫倩後，回頭朝屋頂喊道：「稽姑娘，紫倩交給我啦！駕……」

雨芩馬韁一扯，欲避開火延壇前之廝殺場面，不料寇嶽卻自屋頂怒道：「哼！想逃走？那得問問我的飛鉞……答不答應囉？撒呀……」

剎那間，寇嶽雙鉞齊出，亟欲摧殺馬背上之二女！妘芊瞬自屋頂翻飛而下，倏發兩飛刃以攔截飛鉞，怎奈飛刃之直行路徑，不若飛鉞之彎曲弧旋，欲於空中同時攔截二飛鉞，頗具難度。惟見一飛刃擊中目標後，化去了半邊威脅，卻見另一飛鉞疾朝著馬背而去，此幕不禁令甫著地之妘芊，扯喉狂呼：「小……心……！」

「唰……鏗……搓……」適值眾人聚焦於疾旋之飛鉞，竟應聲遭一燃火堅石砸中，瞬令飛鉞變了向，轉眼插入一旁屋柱上！寇嶽一躍而下，倏朝火石發出方向望去，立見遠處一身影，緩步走了過來，隨後取下了柱上鉞刃。此刻，稽妘芊瞪大了眼，驚見一面部、肌膚呈顯赤紅之人，停佇於身前，微笑道：「稽姑娘，有勞您看好這鉞刃，剩下的就交給我了！」

寇嶽揉了揉雙眼後，詫異指道：「你……你是……你是我火連教總壇那挖掘火石之礫奴，就是……那不怕火熱的……項烿！」「哼！怎麼？擅自逃離我火連教，今兒個走投無路，紅著臉兒回來認錯啦？」

「呵呵，沒想到寇壇主還記得在下！過去，項烿還真是待在地道太久，如同蝦蟹遭火熱烤紅了似地。而今差異之處在於，蝦蟹烤紅了就玩完了，而我項烿烤紅了，卻是會發火的！」

「轟……轟……」項烿一攤開雙掌，掌中隨即燃起兩火焰，又道：「火連教本是眾信徒之精神倚賴，樂善好施，從善如流。自邢彪接掌之後，採行了以暴制暴之路，甚與其他教派對立。而叢云霸則是一肚子壞水，趁勢篡奪教主之位後，更強勢併吞各教派，始能一手遮天！然寇壇主助紂為虐，於邢教主遭重創後，刻意將**巴豆粉**混於孟鈁長老為教主調理之藥方中，使其中毒身亡，藉以討好叢云霸，以期拔擢寇壇主為副教主。爾倆蛇鼠一窩，令人嗤之以鼻！」

「呵呵，本座早懷疑孟鈁這老賊，藉著外採草藥而洩漏消息；待本座回了總壇，非定他個死罪不可！再則，一個小小礫奴，不過學了點兒引火把戲，竟斗膽以下犯上！」「項烿啊項烿！你知道的事兒太多，又得罪了我寇嶽，恐怕是見不著火神繞境之亮轎……回歸總壇啦！」「哼！

就算扣了本座之子午鉞，單憑拳腳功夫，我寇某人依能扒你的皮、拆你的骨！喝啊……」

寇嶽於喝聲後跨步躍起，接連翻飛以至敵對身前，見得對手甫站穩馬步，俄而使上了〈熊爪擷魚〉之攻勢！惟見寇嶽接連五指齊扣、橫掃展劈、轉背側踢，三式交錯出擊，逼得對手僅能以肘膝作擋、移步作防。然於攻防之間，見寇嶽汗如雨下，額汗甚而矇了視線，究其原委乃於對決之中，對手體表頻發強大熱能所致！待雙方對戰十招之後，更見項烿肩背處冒出了火焰！

然此一幕，霎令稽姑娘想著，「眼前這名曰項烿的大哥，怎知吾之姓氏？每輒任務遇困，皆遇某人出手搭救，此刻回想起來，確於近身之際，明顯感受搭救者引來一股熱氣。難道……一直暗中助我者，即是這位項烿大哥？再則，此人於葵鵡飛來後出現，莫非……楀誠道長懷疑另有人餵飼著葵鵡，並藉葵鵡發出訊息的人……是他？」

「啊……項大哥，小心對方之指掌間啊！」稽姑娘見著不明亮點而提醒道。

原來，欲藉拳腳較勁之寇嶽，頻頻出招卻不得上風，遂暗中將一鑲著錐刺之金屬掌環套上，並趁對方一次橫掃揮空下，直接擊中敵對左腹！孰料項烿中招剎那，立馬緊握寇嶽之拳頭，瞬間釋出高溫掌焰，只因金屬傳熱極快，俯仰之間，寇嶽即因掌環熱燙而灼出水泡，不禁哀嚎連連。接著，項烿於放手瞬間，順勢雙掌齊出，紮實地擊中對手乳下雙肋，立使其後飛數十尺而臥地不起。

稽妘芊隨即上前攙扶，「項大哥，您的傷勢……」

「哦……一點兒皮肉擦傷，不礙事兒的。」項烿又道：「方才因協助火雲等三教主，暫時擊退了火延之鎮壇三烈，遂遲了些前來助陣，所幸投擲石塊之功夫堪用，及時化解了燃眉之急。」

不過，時間不多了，叢云霸真正的詭計，恐是藉由淺塘埠頭出船，隨後溯行川江直往戍丙城而去，現在趕往埠頭，或許還來得及攔阻！」

「什麼？叢云霸往城北？」妘芊訝異後又道：「看來紫倩得暫交予雨芩照顧了。項大哥，妘芊陪您一塊兒去。不過，倘若寇嶽回往總壇，那孟紡長老可就……」

項烿回頭瞧了下臥地掙扎之寇嶽，立唸了句「**肺朝百脈，肺主一身之氣**」。寇嶽若持續運行內力以抗肺之灼熱，其能否見著火神繞境之亮轎回歸總壇？就得看他的造化啦！又道：「倘若火連教沒了寇嶽之教唆，其餘教徒之暴行，勢將有所收斂。而翟堃與氈千岬若不見叢云霸出現，衝突火拼之場面或將提前收場。嗯……事不宜遲，咱們應倏往城北而去才好！」

南州諸教派於城東之衝突尚未平息，入夜之後，火連總壇突然步出一批持刀教徒，以期速速前往城東助陣。孰料，見得該人伍陣列之中，隱隱藏有一抬著暗轎之行伍！然此行伍隨眾教徒步出總壇後不久，旋即轉向，直朝城北方向前進。然而，何以火連教徒能無視一頂暗轎擅自脫隊離去？其因乃於策馬上前引領該大轎行伍者，實乃火連教教主……叢云霸是也！

此刻，領頭之叢云霸雖凜若冰霜，心中卻是竊笑不已，心裡不禁想著，「呵呵，果然薑是老的辣呀！法王僅憑一頂火神亮轎，立將閒雜信眾引向了城南，而後以入箱轉位之幻術，令寇嶽得以假借火連教主，順勢引諸教殺手匯集城東；而本教主再伺機領隊由淺塘埠頭前往朱雀岩洞，藉此奪取六稜晶鎮。待晶鎮能量轉移完成後，隨即率隊殺向戍丙城！一旦火雲歸順我火連，

並順勢收了分散的五火門，我叢云霸即可擁南州十餘萬之教徒，屆時再藉晶鎮之巨能，一舉擊敗南離王。哈哈哈，邢彪妄想之事兒，我叢某人將指日可待啊！姑且不論城東衝突之死傷多寡，此一運送行伍勢必排除萬難，定得如期將法王送抵朱雀岩洞。倒是……見著那裝著血液之酒罈，再想想法王那柄能噬血之摩耶太阿劍，直令人不寒而慄啊！嘿嘿，管他的，就快到埠頭啦！」

「欸……前方怎會佇著兩身影哩？」叢云霸轠繩一收，立止了行伍前進。

「嘿嘿，我說叢教主啊！怎麼？貴教白天以神轎繞境城裡還不夠，這麼晚了，還領著大轎，抬著酒罈，直朝著埠頭而去啊！莫非……叢教主今年要施放水燈不成？」巡城軍衛長竺逯問道。

「呵呵，巡城大人夜以繼日，保衛霖璐城之治安，叢某感佩二位辛勞。正如大人所述，本教主正親率隊伍前往靈沁江邊，藉以佈置祈神燈台。」

栗璁軍長則道：「呵呵，不瞞教主您說，因軍衛處收到舉發密函，直指淺塘埠頭恐成違法走私之處。方才咱兄弟倆已查過停靠埠頭之多艘運船與漁船，甚連港埠附近之民宅，亦無任何發現，怎料竟於回程遇上了叢教主！然而，平時咱兄弟倆確實受到了叢教主之……照顧，不過……基於公事公辦，咱倆還是得查看一下這頂暗轎。」話後，兩軍長之眼神，似乎盯上了行伍中貼有臨宣酒號之酒罈。

叢云霸隨即掏了兩小袋白銀並藉握手之勢，分別交予了竺逯與栗璁，隨後表明暗轎內安置著火神像與貢品，未達江上，實不容冒犯褻瀆。

竺、栗二人於收下袋銀後，立轉口吻道：「叢教主乃注重禮數且行為拘謹者。所謂軍民同心，倘若叢教主遇上了宵小走私，還望教主協助官兵追緝才是。」待叢云霸打發了二巡衛後，已耽擱了不少時間，遂於行伍整裝之後，四人抬起大轎，另四人扛起酒罈，欲朝埠頭邁出步伐之際，怎知竺逯與栗璁又帶著輕蔑嘻笑，走了回來。

「嘿嘿嘿……嘻嘻嘻……叢教主啊！實在不好意思呀！今兒個怎這麼巧，平時沒出現的，竟然接連被咱倆給遇上了！」竺逯續道：「方才咱倆離開後，不巧碰上了先前所提之舉發密函者，竟然……是……是咱倆之直屬長官啊！」

一旁栗璁接續道：「呵呵，瞧叢教主之行伍中，不乏幾罈來自臨宣所釀之醇酒。不如這麼吧，叢教主就讓咱倆帶一罈回去交差，大夥兒也好辦事兒，省省麻煩囉！嘿嘿嘿……」話一說完，竺、栗二人立朝酒罈方向走去。

這時候，送轎行伍輕放了暗轎，突見兩抬轎者分由大轎抬桿之中，抽刀一霎，蹬躍而上，眨眼於翻飛之後，惟聞兩「唰嚓……」聲響先後傳出，立見覬覦美酒之竺、栗二人腦袋，應聲脫離了身子，隨即滾落離轎數十尺外。叢云霸見狀，彈指間搜回了兩軍衛身上之袋銀，並回頭讚嘆蒙哥拉與契瓦格二將出手，乾淨俐落，剖決如流，令人折服！隨後立對行伍成員喊道：「大夥兒加快些腳步，以免耽擱了時辰啊！」

叢云霸再次領著抬轎行伍，倏朝淺塘埠頭前進，怎料不久後又見兩身影攔路於前！

叢云霸極不耐煩地吼道：「擋我者，死！」此話一出，叢云霸立馬朝攔路者拋出子午雙鉞，惟聞「鏗……噹……」兩聲響傳出，立見子午飛鉞遭擊回，隨後即見攔路者緩緩走來，放聲喊道……

「叢教主乃堂堂火連教之領袖，不僅放任惡霸行兇，甚而斃命朝廷軍官！除非叢教主能

給予合理解釋，否則，公冶成將視教主為幫凶，並將相關之人、事、物，一併押回我軍機處處置！」

「哦……還以為是何方神聖？竟敢攔阻本教主之去路！原來是公冶總管與當年背棄火靈教之曜寧啊！」叢又道：「眼下，本教主既不偷，亦不搶，卻不巧遇上不肖官兵要脅騷擾，怎料慌亂之中，竟見酒酣之竺逯與栗璁持刀互砍，如此下場，乃歸咎於軍機處之軍紀鬆散，公冶大人尚須自律檢討啊！」叢再道：「惟因我教預定於江上之祭祀時辰，實已遭竺、栗二衛耽擱，本教主已無時間與公冶大人磨蹭；或許來臨秋季，我叢云霸將前往咸禎大殿，親與南離王切磋討教。邢前教主未能之事兒，我叢云霸未必不能！倘若未來南州由我火連教主導，此刻，公冶總管可預先享有良禽擇木之機會啊！」

「什麼？秋季？叢云霸若真前來挑戰南離王，恰巧值南離王謀劃北征之際，我軍恐有腹背受敵之虞啊！」公冶成續想著，「倘若真如赤面蓑笠翁所述，叢云霸此回發船出埠，實乃伺機攻下戍丏城。一旦火連教得逞，別說我聯域軍欲北征，或許連鎮壓失控教徒都成問題呢！不行，為了推動南州之族群融合，我公冶成勢將阻下叢云霸之去路了！」

一陣思慮之後，公冶成雙手持上了棱錐鋼鞭，洪聲喝道：「放肆！堂堂軍機總管，怎容你叢云霸三言兩語而指使！」接著，公冶成大義凜然地喊出：「曜寧衛將聽令，眼前戮殺軍官之嫌犯，全數帶回軍機處！」

「看來……公冶大人是敬酒不吃，反討罰酒了！」話一畢，叢教主俄而平舉子午雙鉞，立見行伍中之四人，持鉞躍出，旋即形成子午鉞殺陣式！叢教主仗勢譏笑道：「素聞公冶總管之鋼鞭犀利，惟眼下僅聯手曜寧之長劍，如何應付我五對子午鴛鴦鉞？哈哈哈，真是蚍蜉撼樹，螳臂當車啊！」

忽然！一助抬酒罈之挑夫，眨眼抽出一預藏於挑桿中之長槍，迅速躍向了公冶成。

曜寧吃驚叫道：「太……太好啦！原來公冶大人早安排了楚護衛進駐霖璐城。有了楚護衛加入，著實增添了不少戰力啊！」

楚振天立馬提示道：「咱們可別只顧及那子午鉞殺陣。方才砍下竺、栗二衛之腦袋者，即是眼前面部有著圖騰刺青之抬轎高手，絕對不容小覷！」

「楚護衛可知那暗轎之中，有何蹊蹺之處？」公冶成疑問道。

楚振天搖頭表示，滲入火連教後僅被領頭告知，先將禦敵刀槍藏匿於行伍之中，以備不時之需；再將盛裝血液之酒罈封好，待運達淺塘埠頭後直接上船。又說：「至於大人所提那頂暗轎，末將所悉不多，惟依叢云霸過往之行徑，相信該轎內之所運，應非見得了光才是！」

「殺……殺……」子午鉞手於列陣之後，俄頃四散出擊。楚振天與曜寧立依平時破陣之訓練，各自盯上兩鉞手，試圖不讓敵對形成聯攻陣列；公冶成則持上鋼鞭，獨挑叢云霸，霎時鏦鏦錚錚，金鐵皆鳴，鎗鎗啾唧，震耳欲聾！

叢云霸頻藉子午雙鉞之弧刃，偕上雙月牙之利角，交疊出招，不但使出了邢彪拿手之〈青龍返首〉與〈獅子張口〉，更自行揣摩出左旋合以右掃之〈沙蟹鉗螯〉式，以期能速戰速決。然此犀利攻勢，或可震懾持劍刃之對手，惟眼前對手之兵器乃具三尺鞭身，間格六寸為一節之棱錐形制，合以厚二寸，方正四棱鞭身之質重鋼鞭，每輒與之對擊，受者深感掌心承受強大麻震，對戰十招之後，已可見子午鉞呈出些許裂角與若干刮痕！待雙方對決間歇，叢云霸一眼角餘光，驚見鉞殺陣式已遭敵對拉開，斯須蹬躍而上，凌空疾拋一飛鉞，立聞公冶成洪聲喊出：「曜寧，快閃！」

霎時，專注破陣之曜寧不及閃避，瞬遭突襲飛鉞削中左背肩胛下方，立見創處溢血而染紅了衣布。公冶成抓住叢云霸接回飛鉞剎那，躍步咄嗟，使出了凌空制壓之〈泰山壓頂〉絕技，惟見一對質重廿斤之鋼鞭，由上而下，霎令對手不得不以子午鉞交叉抵擋。果然，聞一聲鏗鐺巨響發出，公冶成倏而平持雙鋼鞭，俄頃使出〈前突刺擊〉，直中對手胸膛，然此力道之大，瞬令叢云霸朝後退飛，直至蒙哥拉、契瓦格上前撐住方止。隨後即見叢云霸手撫胸口，立以內力穩住臟腑震擊，頓時一語不發。

公冶成對叢述道：「約莫十五年前，在下曾於惠陽五霸群會上討教過貴教邢前教主。惟當時歷練不足，遂當眾遭邢彪以飛鉞襲中右肩臂，甚險些命喪其〈虎鉞雙扣〉招式之下！然於對決當下，邢彪倚其經驗之老到，故能於公冶成使出〈泰山壓頂〉之技時，移步後退以應，否則將如叢教主眼前這般下場。」

公冶成甫一話完，見蒙哥拉持起弦月雙刃棍，契瓦格抽出了牽魂雙錐刺，雙雙提步上前，而子午鉞手亦於歸隊後，立馬重組了陣式。此刻，楚振天攙著曜寧，搖頭唸道：「好不容易見公冶大人擊退了叢云霸，現又加了兩難纏的！看來曜寧兄得暫退一旁，以免出血過甚。」接著，楚振天對著公冶成話道：「見大人對付子午鉞，頗具心得，不如那兩青面獠牙交予末將，大人能毀一鉞是一鉞，毀一雙是一雙，就看楚某能否撐到大人掃完剩餘之子午鉞手啦！」

公治成頷首回應後，值再次緊握鋼鞭剎那，突見一挑著包袱之中年男子靠了過來，隨後聞其發聲道：「呵呵，直覺城北飄來一陣殺戮之氣，忐忑下前來一窺，果真見著兩身首異處之巡城軍衛，而後再循著鏗鏜對擊聲響，竟又遇上受創之軍官啊！所幸在下攜了能治金創出血且能消腫止痛、止血生肌之**血竭**，伍以活血行氣之**乳香**、**沒藥**，袪瘀止痛之**紅花**，再藉**麝香**、**冰片**、**硃砂**以開竅清熱，再配上收濕斂瘡之**兒茶**，合此八味研成粉末之傳世名方……**七厘散**，內服外敷並行，針對將官之刃傷出血，應能倏見奇效才是。」

「嗨呀……睿洋先生！在下早提醒了您，暫時避開城北與城東，以免遭無妄之災啊！」話後楚振天立對公治總管道出，此人即是先前於文昌宮診治過南離王之睿洋先生！

「什麼？文昌宮？哼……原來那假借叱盧喆之名的冒牌漆商，即是南離王盧錟！這麼說來，南離王與身擁〈逆脈衄血掌〉之……岩子，是……同一條路子的！」叢云霸撫著胸，吃力唸道。

「睿洋先生，曜寧衛將就暫且勞您照料啦！」公治成道出托付之語後，回頭對著楚振天又道：「今夜，咱們一定得留下那頂暗轎，撐著點兒，本總管就先行領教那子午鉞殺陣啦！喝啊……」

公治成衝出剎那，蒙哥拉與契瓦格欲上前迎擊，旋即遭楚振天之長槍攔下，一如原先所述，其以一己之力，獨戰兩青面獠牙。一旁曜寧則趁著療傷間隙，搜出了暗藏於敵對行伍中之若干刀槍劍戟，並順勢提了把大刀，交予了睿洋先生，道：「感激先生及時之療治！先生雖能治人，唯眼前所有舞刀弄槍者，無一能治先生您啊！這口斬馬刀或許能應應急，您得多保重啊！」

一陣敵我對擊後，蒙哥拉識出了楚振天之拖阻戰術，俄而轉身殺向公冶成，獨由契瓦格力戰楚振天；而子午鉞殺陣亦順勢做出四鉞對拆，霎時形成公冶成與楚振天，同處於以一對三之局面。

然此時刻，暫於一旁運功撫創之叢云霸，突發暗中襲擊之策，隨即強行服下了數粒激能丸，待激起了些內力後，悄悄地握起了子午雙鉞，趁著蒙哥拉纏住公冶成之際，剎那雙腿一蹬，凌空疾對公冶成拋出了子午雙鉞！

曜寧見狀，火速執出手中長劍，此舉縱能僥倖擊落一鉞，卻無以攔住另一飛鉞之橫行，遂見得該鉞疾朝公冶成之後腦勺兒飛去……

「咻……咻……咻……」「鏗……」「啪……啪……啪……」空中突傳出金屬擊響，隨後更聞得拳腳互擊之聲！

曜寧抬頭忽見兩身影翻躍飛出，其中一女子凌空連發飛刃，驚險攔阻飛鉞之原路徑，而另一身影則於空中交手叢云霸，雙方於一次正面對掌震擊下，雙雙後仰翻飛，待叢云霸著地後，直盯著自個兒灼熱之雙掌，驚訝喊出：「這……這是……這是傷我諸多子午鉞手之……〈赤灼炙煉掌〉！」隨後再仔細盯了敵對之後，立馬指著對方，驚呼道：「你……你是……你是項烿，你沒死？」

公冶成於擊開蒙哥拉之牽魂雙錐刺，火速躍向項烿，道：「閣下分析明確，果真於城北外埠，萌生了枝節！吾已令秦勵將軍領兵移向戌丏城，眼前只要能鎮住這幫虞犯份子，剩餘的即是城東火延壇了。」公冶成探了頭，又道：「欸……不對啊！怎見那兩青面獠牙，雙雙退向了那頂大轎？難道真如叢云霸所說，火神像即將顯靈啦？」

「大夥兒小心啊！瞧……大轎冒出了白煙！叢云霸恐藉奇門邪術反擊啦！」項烿疾呼道。

「嗶……嗶……嗶……咧……咧……咧……」在場眾人聽聞大轎接連傳出裂解聲響後，突然……

「轟隆……」一聲巨響伴隨著白熾炫光，一頂四抬暗轎竟於咄嗟之間四散裂解，且見一身影瞬間突破轎頂上方之蒙帷上蓋，衝發躍出，凌空旋身數轉後緩降而下。然此一幕，旋即令公冶成與項烿同聲發出……摩蘇里奧！

「哼！原來叢教主找來了金蟾法王撐腰，無怪乎直挑南州王法、誅殺聯域將官！」

公冶成又道：「甫聞法王攪亂了西州政局，更藉西州反抗軍起義之際，竊據了白鑫大殿！怎奈法王此一棋招陰錯陽差，力道過猛，竟加速了石濬帶兵殺入寅轅城！到頭來，法王僅是先入了白鑫殿堂，預先替新任西州霸主擦拭王位而已！」

法王暫閉雙目，僅低聲表明了十多年前於惠陽之端陽大會上，公冶總管尚稱稚嫩，若非榮本方丈及時出手，恐已成了火連邢前教主之鉞下亡魂！然而經驗使人成熟，公冶大人依舊一雙棱錐鋼鞭，竟成了南離王鎮壓南州諸教黨派之主力台柱，令人佩服！

法王緩緩睜開雙目，又道：「十年河東，十年河西。有人年少得志，有人大器晚成。算了算，中土五州也該走到了易主時刻。叢教主心存一統南州諸教派系之雄心，此舉更是牽制南離王越矩北征之實力；相較於邢前教主欲拉攏中州以制南離王，明顯睿智許多，遂得我摩蘇里奧助推一把。至於老夫插旗西州之舉，不過人生之歷練罷了！」

法王再道：「嘗試未做過之事兒，謂之『成長』；經手不願做之事兒，謂之『磨練』；累積了成長與磨練，自能挑戰別人做不來之事兒，此乃所謂的『突破』！此回，老夫領著家族之摩耶太阿劍重返中土，為的即是……突破！孰料此一突破之路，竟令老夫驚愕連連！所謂『順吾者生，逆吾者亡』；順吾者，叢云霸是也！而逆吾之項烿，竟有九死一生之能耐，要令老夫不得不提前出轎，一探究竟！」

項烿回應指出，因身擁特異體質而引來狂人賞識，遂有幸走訪赤焱峰下之地底熔層。怎料法王居心叵測，為獨吞利益而謀害合夥人邢彪，且遺棄臨危之兩屬下，並藉勢脅迫叢云霸為抬轎傀儡，諸多行徑，令人嗤之以鼻！法王更為滅口，不惜以坍塌手段活埋異己，所幸項烿有過人之耐熱力，遂能於岩縫之中，得老天爺一條生路。

項烿又道：「重生之項烿，幸得地熱而引發內力突變；更於高人指點之下，凝聚了**手、足太陽經脈**之內熱，始能雙肩釋出火焰。孰料，今兒個藉叢云霸之鬼祟行蹤，竟讓項烿之『炙熱』，巧遇了法王之『至陰』！順此天意，咱們過往所累恩怨，不妨藉此機會，一併算清！」

「釋出火焰？哈哈哈……老夫藉火研習幻術時，項兄弟還是個三歲娃兒吧！哈哈哈……」

法王又道：「至於恩怨嘛！不禁令老夫憶得上回項兄弟身旁，尚有一名曰揚銳之小伙子，此人藉由真陽脈衝，毀了老夫施法之透淨水晶，致使老夫轉換巨能之計劃受阻。不過，中土有句話說『塞翁失馬，焉知非福』，就因沒了水晶，才使老夫重啟了太阿神劍！」又道：「我說項兄弟啊！除非近身搏擊，否則……爾欲藉〈赤灼炙煉〉神功以耗損老夫之內力，呵呵……實在有限啊！眼下就算那身擁經脈武學之揚銳，及時助爾一臂之力，老夫依然可藉摩耶太阿神劍，一併算清過往舊帳！」

「摩耶太阿劍？這麼厲害嗎？」稽姑娘質疑後，隨即提醒道：「項大哥，敵對實力未現，要小心啊！」

接著，法王對著叢云霸喊道：「眼前諸忤逆小輩，著實耽擱不少時間。叢教主立率子午鉞殺陣，齊偕我蒙、契二將，倏隨本法王……速戰速決！喝啊……」

廝殺即起，稽妘芊率先以尺二利刃對上子午鉞手。一旁曜寧自覺傷勢漸趨穩定，隨即再服了一口**七厘散**後，就地取劍躍上，立隨公冶大人與稽姑娘齊戰子午鉞殺陣。項烿則隨地勾起了把長腰刀，偕楚振天聯手合攻法王與蒙、契二將。這時，睿洋先生一邊兒收拾著包袱，一邊兒撕開著包袱之扛桿覆皮，惟其眸中所關注……摩耶太阿之劍路也！

然因子午鉞殺陣之每一鉞手，各擔一次主力攻擊，其餘鉞手則以「一應二輔」之勢，接續出招，如此陣式於三輪之後，即遭公冶成識出，遂藉磨盾之暇而提示了稽妘芊，隨後由稽姑娘直攻一鉞手為誘餌，藉以引出該輪主攻手出招。

果然，公冶成抓住關鍵時機，瞬藉一招〈蒼鼠跳竄〉，竄於該主攻手正前，俄頃一記〈泰山壓頂〉，惟聞一聲震擊巨響發出，該主攻手之子午雙鉞眨眼彎曲形變，甚因力震過大，致使顱腦受壓而眼耳出血，隨即倒臥而昏厥。稽妘芊則於一鉞手襲擊公冶成剎那，反身轉腰，倏擲飛刃，惟見一道銀光劃過夜空，立見刃尖刺入該鉞手之喉頸，嗚呼哀哉！

值稽妘芊撂下一鉞手後，轉身衝向叢云霸。項烿見狀，立與公冶成更易戰位，倏偕稽姑娘齊攻叢云霸！霎時，公冶成欲聯手楚振天之力以對外，卻迎面對上摩蘇里奧之摩耶太阿攻勢，一陣鏗鏜擊響隨即而生。然因棱錐鋼鞭之質重，瞬令法王每輒出擊，頻生抖手顫震之感。法王不忍手中神劍屢遭磨震，隨即於出招中唸唸有詞！「鳴啼叩嘛……啦巴沏咔……」

半晌之後，公冶成驚見鋼鞭前段出現了結霜現象，而後更見對手於太阿劍格上之水晶，發出了熾白亮光。原來，摩蘇里奧藉著凝晶炫光出擊，始可藉鋼鞭之金屬鞭身而傳溫，終而凍僵對方握鞭之雙手。果真數招之後，公冶成因雙手經脈不暢而頻顯破綻。法王見機成熟，旋即擰襠轉腰，倏朝對手揮劍一掃，當下惟聞「咔」之聲響傳出，驚見太阿劍遭楚振天之六尺長槍攔阻，可惜該長槍因不敵瞬間摧力而應聲斷成兩截！

此刻，楚振天雖及時護主得效，卻顧不及身後蹬腿上躍之牛鬼蛇神，實已凌空劈下雙刃棍與雙錐刺。法王見楚振天難逃蒙、契二將之重擊，立朝公冶成揮出烏冥劍氣，藉此三方出擊，以期同時擊碎眼前兩絆腳石。項彨見狀，不禁放聲疾呼道：「快閃開啊！」

值此危亡關頭，烏冥劍氣直衝公冶成而去，驚見一柄斬馬刀疾飛而來，惟聞「唰嚓……」一長聲發出，該斬馬刀猶如雁鴨俯降水面一般，著地後插滑入土，及時橫阻於公冶成面前數尺，而該刀之寬幅側面，立即對上直衝而來之烏煙劍氣！然此同時，眾人抬頭更見兩新月狀之橙熾迴旋光氣，凌空雙擊蒙、契二將，時至二人墜地，尚不清招致何等能量襲擊？

霎時，一套長衫馬掛緩自高空飄下，一矯健身影隨即空降公冶成身後，剎那間，楚振天瞪大了眼，驚呼道：「你……你是……你是睿洋先生？怎麼會……」

睿洋伸出左手，緩緩撕開易容凝膠，藉以拖延時間；另一手則撫上公冶成身背腰際處之**命門**穴，隨即灌入一真陽脈氣，而該脈氣瞬由**命門**通抵**三焦**，更循**手少陽三焦經脈**，直灌公冶成雙臂，霎令公冶成身感一股熱流，自**天井**越過肘部，經**四瀆**而下，於**三陽絡**旁轉**會宗**，再歸回

支溝後，依循手臂陽側而進，直經**外關**入腕部**陽池穴**，隨即直衝**中渚**、**液門**，以至無名指之**關衝穴**；指顧之間，已祛解公冶成僵麻之雙臂。

「呵呵，得楚兄弟告知城北恐生蹊蹺，揚銳遂能前來會會老朋友！」話後，揚銳立瞧了下摩蘇里奧，搖搖頭道：「法王可別誤會了，老實說，在下指的不是您耶！倒是，隱姓埋名了許久，終能遇上項大哥啦！憶得大哥曾道出，或許咱倆再見時，您身上恐能釋出火焰哩！」

突聞叢云霸咬牙斥道：「項烿、揚銳，爾倆本為叛離火連教之礫奴，尤其項烿尚有父債子償之責，更與火連教脫離不了關係。早知如此吃裡扒外，就該讓爾倆葬身火焰礦道才是！」

「真是……揚兄弟呀！太好啦！」項烿續話道：「叢教主啊！法王也曾想埋了咱倆，只是咱兄弟倆福大命大，還能有命回來同老朋友一聚啊！呵呵，摩蘇先生啊，曾遭您倒過債之債主，陸續到齊囉！咱們要算清帳目，不趁現在，更待何時嘞？」

「哼！小小礫奴，口氣不小！老夫姑且不論爾是睿洋？還是揚銳？待了結了逆吾小輩，中土五霸之局面，勢將改寫！」法王話一畢，提劍朝天一畫，立見一烏煙劍氣驟然上衝，旋即劈中一埠頭飛來之唐白鷺，隨後驚見該鷺鳥之白羽於冒煙後漸脫，全身由白轉黑，終於疾顫之後斃命！接著，法王眼白漸轉為赤後，洪聲喊出：「逆吾者，將如鷺鳥之下場矣！喝啊……」

揚銳轉身拔起插陷土中之斬馬刀，立擲予手無兵刃之楚振天。楚振天立與公冶成聯手劈了兩鉞手後，火速迎向了蒙哥拉與契瓦格。項烿則依舊聯手稽妘芊，分持長短二刃伺候叢云霸。然此時刻，揚銳轉臂於身後，緩緩抽出了根四尺棍物，隨後雙手握於棍之三分處，並將之平持於鼻尖之前。摩蘇里奧一見揚銳手中棍器之紋路，幾與凌允昇之太陰擒龍劍鞘相仿，頓感疑惑，

「何等兵器，竟以四尺長度呈現？」

法王不待對手出招，立於咒語相伴下，振臂揮動太阿神劍，待見劍身拖曳殘影剎那，斯須上躍！揚銳則伺機引動雙手之少陽經脈真氣，值少陽脈衝激發出掌，相融手中利器剎那，倏將雙臂向外伸展，一對鋒利之抑猘雙鋒立與揚銳合體，見其兩大跨步後，直衝摩耶太阿於一霎！

法王至陰內力瞬間湧上，瞬藉體溫下降而驅動四重至陰神功，怎料對手雙鋒之快，幾可超乎刁刃之疾劍！一陣對擊之下，法王雖已退了數十尺，卻於退中取進，值內力續朝四重挺進之際，俄頃使出單足傾蹲上撩，雙膝擰轉疾刺，合以肘鉤、指扣、展劈、側踢，四式交錯之〈鷹爪扣魚〉式，疾朝對手回擊；待見對手呈顯縮步抵禦剎那，旋即揮使太阿神劍，接連發出〈烏冥絕脈〉神功！

聽力過人之揚銳，甫於法王以烏冥劍氣襲向公冶成，抑或戮殺唐白鷺之前夕，皆聞得太阿劍發出嗡嘶振頻，而後劍氣即隨該振頻而襲向目標。直至揚銳與法王近身對決之際，才發現，此一嗡嘶音頻，實與太阿劍之劍柄裂痕有關！然而，已屆遲暮之年的摩蘇里奧，或因專於制敵或因年老耳背，卻未發覺任何振頻嘶鳴。揚銳抓住此一警示聲響之有無，全力揮展抑猘雙鋒，先後使上〈仙鶴柔頸〉、〈蛟龍旋膀〉，以應對手〈鷹爪扣魚〉之攻勢，待聞得嗡嘶音頻發出，立採縮步抵禦應對，並備上〈厲武少陽〉之真陽脈衝，隨時因應。

果然，法王連續揮出數道烏冥劍氣，揚銳或於空中，或於陸上，抑或正面迎擊剎那，上以少陽脈衝回應，下以少陰脈衝回擊，更以雙臂交叉之鋒刀光氣，瓦解對手迎面攻勢！適值閃避剎那，瞬藉後仰下腰之身手，驚險避開一道橫向劍氣之摧擊，怎料該劍氣直撲一不察之火連鉞手；待其中招之後，立見中招處緩緩滲出烏血，直至全身發黑，氣絕而亡！

「哇！好厲害的摩耶太阿劍啊！」叢云霸驚愕之後，立馬想到，「摩蘇里奧有了這般〈烏冥絕脈〉神功，倘若再經六稜晶鎮加持，根本無須將南離王之赤焰神功放在眼裡！倒是身擁奇功之項烿與揚銳，恐是吾稱霸南州之絆腳石！倘若法王能解決揚銳，而項烿又能栽吾手上，屆時公治成直得向我叢云霸低頭啦！」「嗯……對了，眼前這暗發飛刃女子，即是多次行刺本座之火雲殺手。怎料見得項烿出招之間，似乎皆護著這姑娘？好，不妨先拿下這姑娘，應可直接牽制項烿之攻勢。」

霎時，摩蘇里奧見太阿劍格上之水晶，釋出了白熾冷光，俄頃揮出直刺、橫削、縱砍、斜戳為主，後以上撩、旋纏、轉拋、下托為輔，連番襲向揚銳。當下揚銳並不聞嗡嘶之音頻發出，遂放手一搏，不料法王反常地雙握劍柄，猛然劈出一道威力十足之劍風！惟見該疾風掃過之生物，一如土中竄出之蚯蚓、**土鱉蟲**，無不漸轉僵硬，隨後即石化碎裂！

揚銳不禁搖頭喊道：「依此一幕可推知，法王已超越了牟神針所述之『四重摧成礫』而觸及『五重喚風寒』之域了！不過，法王寧願損身以成就神功，這可沒人管得著；但藉神功之威，摧殘大地生靈，我揚銳煞是不認同啊！尤其土中蚯蚓，實為醫用藥材中之**地龍**，此物具清熱、息風、定驚、通絡之功，一如傳世名方……**小活絡丹**，即可藉其達到通經活絡之效。再論慘遭無妄之災的**土鱉蟲**，實乃藥方中之**蟅蟲**，此物能治跌扑損傷，續筋接骨，主心腹血積，久瘕積結之證。然而傳世名方……**大黃蟅蟲丸**，即是取其破堅下血之功，並合諸藥共達活血祛瘀、通經消痞之效。」

對決數招之後，法王趁著磨盾之暇，刻意佇於酒罈之前，並將太阿劍伸入罈中以飼血，隨後貌似鎮定地瞧著揚銳，語帶不屑地表示，日前甫聞一乳臭未乾之凌允昇，胡謅一複齒鼯鼠之泄物曝乾，名曰**五靈脂**，竟具化瘀止血之功？現又聞得揚銳道出了**蚯蚓**與**蟅蟲**能治病？直令人睥睨中土之落伍醫療！

法王又道：「耳聞『食古不化』乃形容一味守舊而不能變通。惟見爾等守舊後輩，竟遵從那些蟲屍鼠屎以治病之說，這才真是冥頑不靈啊！呵呵，揚銳啊揚銳！老夫一向惜才，爾之年紀尚不及而立，若能就此徹悟，歸於老夫之麾下，假以時日，成就必定高於你那師兄凌允昇啊！」

「呵呵，法王非但不了解中土醫理所含**陰陽**、**表裡**、**虛實**、**寒熱**之**八綱辨證**，甚連自個兒已悖循人之溫煦本體而不顧，實與揚銳所走的真陽脈衝之路，背道而馳啊！倘若法王能就此徹悟，放棄至陰大法，或許揚銳偕大師兄之力，尚能助您瞭解正統養生之理喔！」

「咻……碰……滂……」突聞一陣粹裂聲響發出！此聲乃於項烿擊開叢云霸所拋飛鉞，霎令飛鉞墜向了酒罈，瞬間見得罈破液灑，惟法王於飛鉞近身之前，早一步抽劍躍離。

揚銳見狀，訝異道出：「甫見法王趁隙將太阿劍伸入酒罈，引人疑竇？曾耳聞奇人能藉酒之催化而揮出絕妙劍招，卻不知世間尚有嗜血之兵刃啊！唉……不知法王又將施展何等邪術？」「啊……公冶大人，小心！」

「唰……鏗……唰……鏜……」蒙哥拉與契瓦格趁著公冶成之片刻閃失、楚振天之兵刃形變剎那，雙雙擊中對手！摩蘇里奧亦於太阿劍回復六成戰力下，二話不說，疾朝揚銳使出凝晶炫光劍式。揚銳不耐對手持續展技，不僅藉手中雙鋒釋出厲武脈衝，亦凌空消解至陰光氣，更隨招運上手、足少陽、少陰之真氣，灌注於雙臂經脈，心想著，「不妨藉此機會，試試牟師叔代傳龍師公之……四脈齊發神功！」

果然，法王凝聚了四重至陰，順勢結合了〈烏冥絕脈〉神功，值一次騰空後翻，轉體迴圈落地剎那，藉太阿劍向前突刺，立見劍尖發出一道冷凝光氣，且於冷光中旋纏著烏冥黑煙，疾朝揚銳衝去！當下，揚銳架出前弓後箭馬步，雙臂於胸前疾速來回交叉，並順勢將凝聚之經脈真陽推出，霎時見得四條橙熾脈龍呈出了螺旋麻花之式，立朝法王衝出，瞬見冷凝烏旋光氣，正面對衝橙熾螺旋四龍！

「轟……隆……」一震耳欲聾之巨響，瞬伴一強大光團，衝發而出！然此輻散之強大震波，頓令對決以外之眾人，或傾身踉蹌，或仆臥跌倒，怎料巧呈低姿態之叢云霸，藉機逮住了失衡之稽妘芊！

然於兩強對衝之後，摩蘇里奧即因奮力運功以致裡寒至盛，霎時出現唇舌翻白乾裂之貌；更令其驚愕之事兒，實乃所發神功不僅未見對手倒下，反見太阿劍格上之兩側水晶，因不敵對手之橙龍逆襲，竟呈出龜裂之貌！不禁對揚銳喊道：「何等功夫，竟具如此震力？」

穩步後之揚銳立回道：「嘿嘿，此乃由我龍師公之『經脈武學』所啟發之……陽樞四脈龍！」話後，揚隨即移向受創之公冶成與楚振天。

蒙、契二將見法王嘴角滲血，立馬躍向法王，以待法王發令。另一頭卻見叢云霸左臂勒住稽妘芊，右手持著鉞刃，對大夥兒喊道：「哈哈哈，項狒啊！本座見你出招入招，無不護著這姑娘。此刻有了這姑娘當人質，爾等魯莽小輩，退是不退啊？」接著又吼：「所有人棄下手中兵刃，否則，甭怪鉞刃不長眼兒啊！」

「哼！堂堂火連教教主，竟採挾持威脅之賤招，且逞兇於公冶大人身前，無疑藐視王法！」項烿斥道。

「咻……嘯……」忽聞強勁北風吹來，法王趁著叢云霸突發之舉，眼白立轉赤紅，隨手持上摩耶太阿，旋身上躍數丈，嘴裡直唸：「呼呢啪嘎……轟啐塔呀……，呼呢啪嘎……轟啐塔呀……」

「大夥兒小心，法王恐藉風喚邪啊！」揚銳疾呼道。

話後果見一陣強烈暑風襲來，甫受創之公冶成與楚振天，瞬間覺到一股熱風，竄鼻而入，不久即感頭痛、項強、壯熱、發汗不止等狀！孰料，巧遇二次北風跟進，立將法王之藉風喚邪，順勢吹向了霖璐城！適值曜寧亦感不適當下，突聞叢云霸叫道……

「啊……這……這是啥東西啊？法王啊！您這是哪門子之風邪竄身，怎令叢某有冰涼之感內竄嘞？」

攙著公冶大人之揚銳即道：「依病發徵狀，法王應是藉夏季暑氣，藉風以形成暑溫之病。此刻叢教主反覺身涼內竄，除非出於體質差異，否則……恐屬另類外襲！」

然於摩蘇里奧藉風施邪之後，隨即轉身，立偕各持一酒罈之蒙、契二將，欲朝淺塘埠頭奔去之際，又聞叢云霸狂叫：「蛇啊！是……是蛇啊！啊……」

叢云霸這才知曉，稽妘芊遭挾持當下，伺機放出了冰藤盒中之青竹絲，並由叢之袖縫鑽入，循臂遊行上下，待自領襟口鑽出剎那，立朝頸部之人迎脈嗑下一口。「啊……」向來懼蛇之叢云霸於驚慌下，俄頃抽抓頸項上之青蛇，隨手朝外一拋，立見青竹絲於空中翻飛，竟朝著蒙哥拉方向直去，且觀手捧酒罈之蒙哥拉於聞得叢云霸驚呼後，回頭一瞧究竟，怎料一尾青蛇之毒牙已迎面而來……

「唰……嚓……嚓……」一長劍揮削一霎，瞬見竄飛之青竹絲狠遭劍刃開腸破肚！接著見得使劍者一旋腕轉劍，倏將嗚呼哀哉之青蛇纏繞於劍上，順勢面向叢教主，只見叢云霸手撫著頸上傷口，苦苦哀求：「金蟾法王、摩蘇天神啊！救救我吧！您要云霸做啥？在所不辭啊！若法王要當火連教主……也行，云……霸……跪求您啦！」

摩蘇里奧持起太阿劍，猛然一甩，一條殘破不堪之青蛇，旋即棄置於叢云霸面前，並道出：「此類青竹絲之毒素雖有強弱，唯赤尾者所具之敗血毒性甚強，雖不及我〈烏冥逆脈〉神功之速，卻也須及時斷肢以求生。惟因叢教主之創處在於頸部，換言之，唯有斷頸以求生！」

「斷……頸？那不就是砍頭？不……不行……法王不能……棄云霸於不顧啊！」

叢云霸於哀求聲中，毒性漸發，而摩蘇里奧則藉敵對受邪不適下，轉身領著蒙、契二將，倏朝港埠而去。半晌之後，叢云霸毒液攻心，當下仍氣若游絲地呼著：「救……我……」待見其唇頰發黑，仆臥於地，終而一命歸西！

稽妘芊隨即表示，縱然紫倩攜有解藥，只因叢云霸反求助法王而延誤了解毒時間。

這時候，揚銳上前，親睹遭太阿劍吸乾之青竹絲殘體後，發聲指出：「人迎脈遭敗血之毒入侵，毒發之速，且令神仙束手，更別說及時有解劑治之！」「在下以為，稽姑娘已故之父，知悉叢云霸極度懼蛇，冥冥中即以袖中藤盒之小蛇保護著稽姑娘，怎料稽姑娘百十飛刃無以復仇，卻於仇人再度逼迫之際，終由一條赤尾青竹絲了結了過往恩怨！」

項𤆵點頭認同揚銳之說，卻無奈表示，叢云霸雖告一段落，惟此時刻，暑溫風邪已襲向霖璐城，而公治大人等武將亦受創患邪；一干為著防微杜漸而前來之官將志士，卻僅能眼睜睜見狂人竄逃，續展其詭計，令人扼腕！

「此刻，冀望已進駐戍丏城之秦勵將軍，能嚇阻狂人進城作亂吧！」公治成應道

稽姑娘則道：「倘若摩蘇里奧之出船計劃，別有目的，茲事體大，難以逆料啊！」

揚銳突跨前一步，左看了霖璐城，右看了淺塘埠，思考片刻後指出，甫見叢云霸之坐騎於衝突發生後，立退於一旁草叢，或許揚銳能藉由該駿驥追上法王。又說：「在下已託了和裕堂之奚圳員外，備妥了應急草藥；項大哥與稽姑娘不妨領著大夥兒先回穩霖璐城。若依公治總管等人之症狀呈顯，見得右脈洪大，左脈反小，實為體內邪熱已盛；面赤口渴，即為裡熱至盛以致陰虛內熱，此乃**手太陰暑溫**！可藉辛溫散寒，化濕和中之**香薷**，配上辛涼清暑，散熱解毒之**金銀花**、**連翹**，伍以苦溫除濕、行氣消積之**厚朴**，甘溫健脾化濕之**白扁豆**，五藥合用，即為傳世名方中之**新加香薷飲**應用。切記！**患者煎服後，微得汗，即停飲，以免傷及表陽之氣**。」

「原來是**手太陰暑溫**啊！憶得孟鈁長老曾教授過項𤆵相關之辨證論治！」項𤆵隨後指出，待回到霖璐城，若遇上此類**手太陰暑溫，或已發汗，或未發汗，而汗不止，煩渴而喘，脈洪大有力者，白虎湯主之**。

脈洪大而芤者，白虎加參湯主之。

身重者，濕也，白虎加蒼朮湯主之。

汗多脈散大，喘喝欲脫者，生脈散主之。

揚銳點頭後，接續引用醫經所謂，「先夏至者為病溫，後夏至者為病暑。然暑兼濕熱，偏於暑之熱者為暑溫，多手太陰證而宜清。偏於暑之濕者為濕溫，多足太陰證而宜溫。濕熱平等者兩解之，各宜分曉，不可混也。」而項大哥受惠孟鈁長老之言屬實，暑月熱傷元氣，氣短倦怠，口渴多汗，肺虛而咳者，宜人參、麥冬、五味子以應，此乃傳世名方中之生脈散應用。

甫一話畢，揚銳俄頃跨步上馬，隨即表明，若能及時擺平法王於淺塘埠頭之偷渡詭計，將倏回火連總壇會合。

當下公冶成亦表示，即刻救助城裡受邪熱所傷之百姓，楚振天則領兵平定城東暴亂，而軍機處將隨時關注戌丙城之情勢！

「喀噠……喀噠……」揚銳快馬加鞭，立朝埠頭方向衝去！待揚銳抵達淺塘港埠，立見一運船已離開了港埠堤岸，且循著江川而逐漸遠去。不甘瞧著運船遠離之揚銳，心裡猜著，「摩蘇里奧已見識了〈陽樞四脈龍〉之威力，此刻其心之所欲，應渴望著激增自體內能，以應來日再戰所需，所以……。嗯……對了！是六稜晶鎮！夏至之節氣，正是對應於中土南州，此乃法王前來南州之真正目的！唉呀……縱能藉此快馬日夜奔馳，單倚前往赤焱山之顛險石路，恐也攔不上循江而上之法王！這……該如何是好？」

適值揚銳佇立於堤岸而躊躇不前，忽覺視野裡呈出了蹊蹺，自唸道：「欸……不會吧？是我眼花了嗎？怎覺那循江運船並未調頭……卻如……如遭磁力吸回般地退駛回埠頭？這……怎麼辦到的？」揚銳再壓低了頭望去，又道：「怎麼……朝後退行之運船前方，似乎見得一小船耶？小船頂著大船，直退回港？……見鬼啦！」「啊……船真來啦！」

「鏗鏗鏗……鏜鏜鏜……」突聞運船上方傳來一陣鏦鏦錚錚之金屬擊響！待隨聲響趨近，忽見兩身影自船甲板躍起，不禁令揚銳抬頭一望，立見兩持劍身影凌空對擊，火花四溢，仔細一瞧，不禁興奮道出……

「是……是……大師兄！真是大師兄把摩蘇里奧打回來啦！」

霎時，回返之運船上突躍下兩魁漢，立馬圍上揚銳，惟聞蒙哥拉嗆道：「不管你這小子使了啥神力？既然能將咱們吸回了埠頭，這就讓你嚐嚐咱倆聯手之……月魂雙錐刃！喝啊……」

揚銳躍身後翻，譏諷道：「爾倆不諳駕船，甚而怪罪在下搗鬼，想必是暈了船而不自知吧！」話後，揚銳立即揮展雙鋒，契瓦格即以牽魂雙錐刺直衝而來，一陣交擊後，揚銳即以迅雷之勢，瞬藉脈能轟出〈陽樞四脈龍〉，迎面衝擊之下，不僅見得雙錐刺之握桿遭脈龍之熱衝而脹裂，更因契瓦格正面創擊四脈龍以致諸肋骨斷裂，甚而朝後彈飛數丈之遠！

然值揚銳擊飛契瓦格剎那，殊不知另一弦月雙刃，倏由身後襲來！揚銳本欲回身抵擋，卻驚聞一聲鏘響發於指顧，應聲擊退了弦月雙刃達數十尺，隨後即聞一人發聲道：「呵呵，一陣子沒見，你這小子竟已悟出了四脈龍之神功啊！」

「哇……是……真是豫叔叔！莫非……那運船……是豫叔叔推回來的！」揚銳驚道。

「什麼玉蜀黍，不玉蜀黍的？是……豫大哥！」又道：「豫大哥我，助推著阿昇的小船前來，隨後順手連同法王之運船，一塊兒推回了埠頭囉！嘿嘿，真沒想到，這幫青面獠牙長得比我還醜，又見其背後出招，絕非正直之輩！阿銳不妨一旁理氣，先讓豫大哥我疏疏筋骨，免得讓爾倆師兄弟專美於前啦！喝啊……」

豫麟飛雙臂運起三陽真氣，「噌……噌……」兩聲響後，瞬間推出雙手腕之三叉銀獵爪，眨眼衝向了蒙哥拉，雙方刃叉交擊，鏗鏜不絕於耳。待豫麟飛逮住對方一擊向，倏以左爪抵住對手之利刃端，右爪立馬一招〈熊爪劈槐〉，惟聞「唰嚓……」之聲發出，立見對手所持長棍，狠遭銀獵爪截斷，直令蒙哥拉頓生失衡，且不慎滑手了兵刃！豫麟飛刹那收回銀爪，續以雙拳出擊，怎料敵對亮出袖中暗藏之利刃突襲，霎令豫麟飛以鱗片回擊，準確射中對方持刃手臂上之**手太陽養老穴**，一陣酸痲難免；隨後再以單臂猛推一橙熾光團，直中對手正中胸膈，唯此衝擊力道甚大，不禁令蒙哥拉棄刃撫胸，踉蹌後退，臥地不起！

回觀港埠高空，凌允昇持續纏鬥摩蘇里奧，惟法王氣勢不若以往，雖見法王口中唸唸有詞，卻不見太阿劍發出凝光，亦不見法王揮出烏冥劍氣。忽然！允昇凌空拋劍，藉其〈強武太陽〉脈衝，馭劍出招；揚銳仰頭一瞧，竟見夜空中之太陰擒龍，隨劍分出六道橙熾脈龍！待擒龍劍回到允昇手中，立馬使上〈群龍奪珠〉之式，霎見六飛龍紛紛衝向對手，並於一聲轟響之下，倏令法王自高空翻墜而巧落於契瓦格身上，然此墜力之大，致使肋骨本已碎裂之契瓦格，再因強力重壓，以致臟腑破裂而七竅溢血，當場命喪於咄嗟之間！

「血？對了！定是南方暑氣，以致酒罈之血液生變！嗯……摩耶太阿……應飼以活血，始能儘速激發神力！」頓時悟到對策之摩蘇里奧，突然望向因受創而雙掌撫胸之蒙哥拉！蒙哥拉自知內傷甚重，更聞法王以麻略斯語對其道出了「殞身不恤」之意後，闔上了雙眼，緩緩將雙臂朝外伸開，隨後立見法王移步上前，眨眼將太阿劍直刺入蒙哥拉之心臟，直喊：「血！這是活血，待我太阿劍吸飽活血，爾等鼠輩安能與本法王作對？哈哈哈……」

「喝啊……」豫麟飛容不下法王殘虐之舉，倏朝法王發出三陽脈衝，法王雖藉三重至陰內力，平舉雙掌迎對，惟力道不及對方，不僅朝後滑退了好一段，居中甚感雙臂筋骨遭受震擊！待法王止步之後，即感雙臂無以運上至陰之力，以致難以出招而頓生惶恐！

豫立道：「耳聞摩蘇里奧乃狐媚猿攀、狗苟蠅營之輩。今見法王為劍充能，竟不惜犧牲屬下性命！如此囊血射天之舉，直令普羅眾生鄙夷不屑！」

「哦……眼前巨漢即是那身覆麟甲，體能過人之豫麟飛啊！真是久仰啊！」法王又道：「親睹雙拳衝發三陽脈衝真氣而不礙呼吸律動，真令老夫佩服再三啊！」

話後，法王自知已無護衛可使，更見凌允昇與揚銳逐步靠近，勢不利己！剎那間，法王就地勾起一短刀，眨眼將之踢向豫麟飛，值對方瞬展雙爪禦襲之際，蹬躍丈高，藉旋身之力拋出激光煙霧彈，現場惟聞一聲轟響，一陣強光輻耀，伴隨白煙四散，隨後即見法王藉機移位，瞬間竊駕揚銳所騎而自煙霧中衝出；更見其持轠傾身，順勢拔出蒙哥拉心窩之太阿神劍，快馬加鞭，火速奔離了淺塘埠頭。

待煙霧消散，允昇雖扼腕於法王遁逃，卻也對揚銳所悟之〈陽樞四脈龍〉一陣稱道。接著又向豫、揚二人描述了法王竊佔白鑫殿之經過，隨後表明了搭船前來之目的。然於木船順江之際，允昇試圖一展龍師公之〈脈龍．劍十三〉，怎知引來了豫……大哥！隨後藉豫大哥之力，循江而下，卻聞霖璐城北傳出巨響，遂火速前來淺塘埠頭，正巧遇上了搭船出埠之摩蘇里奧。

揚銳接續表述了霖璐城北事件之始末，不禁令豫麟飛恍然大悟道：「無怪乎於攔阻出埠運船時，聞得船上老叟怒道：『為何不食鐔中血？莫非此血之質地已生變？』原來其中所提乃指那柄名為『摩耶太阿』之邪劍啊！」

「確實！方才與法王對擊，深覺太阿劍所釋威力，相較於寅轅城之出擊，遜色許多，或許先前太阿劍不堪承受阿銳之〈陽樞四脈龍〉，因而呈顯了疲乏之態。」允昇說道。

「啊……我懂了！」揚銳茅塞頓開地道：「憶得太阿劍初次對擊〈陽樞四脈龍〉後，法王確實再藉劍使出了喚風邪術，以圖引邪入城，足見該劍仍具摧擊威力。然而關鍵就在於……法王不惜刺穿屬下心窩，為的即是所謂的……活血！惟因太阿劍實屬銳陰利器，飼以活人抽出之溫陽氣血，採陽補陰，尚屬合理推導。但陰錯陽差的是，法王以太阿劍撕裂了稽妘芊之青竹絲，且見該劍倏將蛇血吸乾；然而蛇類乃冷血之屬，相較太阿劍於食入蛇血之前後，確實已見其漸失效力，每況愈下。換言之，摩耶太阿劍恐已遭……封印！」

允昇頻頻點頭後表示，倘若真如揚銳解析，往後法王對中土之威脅，應已驟減。又道：「除了法王之外，尚有寒肆楓覬覦著朱雀岩洞！惟因赤焱峰溫高且陡峭難行，果真寒肆楓不畏高溫而前來一試？回觀摩蘇里奧欲藉由陸路攻山，恐來不及於夏至抵達朱雀洞。眼下或許偕同豫大哥循水路前往該處，值得一試！」允昇想了想又道：「阿銳不妨暫回霖璐城，先行穩住群龍無首之火連教，待吾毀了朱雀洞後，立回霖璐城與眾賢會合。」

「有理！有了允昇之馭劍神功，合以飛哥我之〈抑寒炙陽拳〉，就算遇上那喊水能凍之寒肆楓，亦須畏懼咱倆三分才是。走吧！時間不多啦！」豫麟飛話後，立偕允昇奔向木船，直朝赤焱山駛去。

夏至離日，西風即起，火神亮轎續由城南出巡。然為降低暑溫邪氣隨風危害居民，孟鈁長老臨時變更繞境路線，並託項烿領著祈福百姓，另朝城西而行。反觀城東歷經一夜之諸教衝突，處處見得死傷相藉，罹難者除了各教派諸殺手與火連教徒外，更見火雲教主翟堃與嗤帘、皿統之火冥二聖，因不敵火延壇之鎮壇三烈而殞命！然此衝突，終於公冶成偕上楚振天、揚銳之三人聯手，擺平了火延壇之鎮壇三烈與諸暴戾教徒而告平息。至於霖璐城內突發之暑溫邪災，亦於項烿與孟鈁長老之連日奔波，合以和裕堂奚圳員外之草藥供應下，約莫一週時日，全城疫情始得控制。

此刻，雨芩喜溢眉梢地奔回霖璐城，一見揚銳，興奮道：「我有好消息告訴你耶！」

揚銳見得雨芩樣貌，立笑道：「睿洋與雨芩之身分已告一段落，咱倆已可卸下鳶姐教予的易容凝膠啦！大夥兒皆已知曉，睿洋即是揚銳，而雨芩即是研馨了。倒是，幾天不見，有啥好消息嘞？」

研馨開心地撕下偽裝後道出：「日前騎著快馬，帶著受創之紫倩前去戍丙城。當下紫倩提醒了一名曰沙凱的男子，有著諸多金創藥可療傷。待咱倆找到沙凱時，竟然……那叫沙凱的男子，即是當年誤上了人口販子之賊船而來到了南州，中途又遭火雲教之范埏巡司劫人，輾轉前往了火雲教之戌丙城，而易名沙凱之男子，正是研馨千里迢迢欲找尋的胞弟……研懋啊！」

「真……是他！太好啦！沒想到跟了我揚銳走了一大圈兒，終於圓了馨妹內心所盼！」揚銳接著問道：「可知研懋賢弟之未來……如何打算？」

研馨表示，得老天爺眷顧，冥冥中讓研懋、紫倩與蛇結下了不解之緣。更因火雲教認為，「天上有龍，能予百姓甘霖耕作；地上有蛇，能予百姓祛毒補身。」遂使小兩口決定於南州胼手胝足，齊心從事研蛇祛毒、食療補身之生意，以期能紮根於南州。

「呵呵，這麼一來，也讓妳這做姊姊的，擱下了顆心啦！不過，令人興奮的，尚不止妳這事兒哦！」揚銳隨後表示，連日來，火連教雖已逐漸步上軌道，卻不能一日無主！待教內一陣殫精竭慮後，終得眾長老嚴謹建議下，讓身居火連教數十載之項烿……正式入教！並於全教長老與各分壇壇主一致同意下，推舉項烿為火連教之新任教主！

揚銳續道：「項大哥於接任火連教主後，立令孟鈁長老接掌火延壇，並讓火延壇擔綱火連教最高之醫藥研究！惟因項大哥呼籲教徒儉樸行事，故不採以往之接任大典排場，一切以整頓教務與凝聚教徒向心力為先。」又說：「另聞得齊箴宮之楀誠道長也已知曉，暗中飼養著葵鵲，並藉葵鵲傳達消息者，項烿大哥是也！」

揚銳再道：「至於南州各教派之後續，火雲教已推舉柴默圳長老接下新任教主之位；而項烿大哥更將協助彌岡鎮重建，以期梲影能重新築起火燎教派。未來，南州勢將重回火連、火雲、火燎、火冥四大教派分立分治之局面，並結合其餘五大門派之力，共同監督執掌南州之南離王盧錟！」

「那……稽姑娘未來如何嘞？」研馨問道。

「想當然爾，稽姑娘這輩子應當是……隨項大哥一同戮力於火連教之教務囉！瞧……一說稽姑娘，稽姑娘就到啦！」揚銳說道。

「揚少俠、研姑娘，霖璐城之大，所幸能在這兒找到了你們！項大哥急邀二位前往火連總壇，恐有要事兒急需研議！」稽妘芊說道。

待揚銳來到火連總壇之密室，立見已歸回之允昇師兄與公冶總管等人就座，而其中一未曾謀面者，乃駐守朱雀岩洞之懈韃將軍也！惟因深感在座之侃然正色，不禁令揚銳發聲疑道：「慶幸見得火連教步上復甦之路，何事兒另得諸位憂心啦？莫非……大師兄朱雀岩洞之行……」

允昇嚴肅表示，日前離開淺塘埠頭後，循江而下，孰料欲逆溯靈沁江支流，以朝朱雀洞挺進時，竟遇上江面出現了眾多……浮冰！

「此處位居南州，又當仲夏季節，江上怎會有浮冰？」公冶成驚道。

允昇不平表示，見狀當下，即生不祥預感！推究此一怪異現象，無非是阻擋船隻前進之最佳方法。縱然允昇能藉真陽熱氣融冰，仍屬費時費力之活兒，直至抵達朱雀岩洞附近，已是夏至當日之辰時。待來到朱雀駐防營區不遠處，竟發現懈將軍等駐防軍兵，個個癱臥不動，這才發現，其四肢經脈氣道已遭阻滯，甚見肢體末梢已漸趨泛黑，隨後立偕豫大俠合力為眾患溫煦四肢，疏通氣脈後，始聞懈將軍開口告知，朱雀岩洞已遭人闖入！

聞訊訝異之公冶成，立朝懈鞬望去，懈將軍隨即起身，對大人述道……

「夏至前夕，朱雀駐區突然出現末將一兒時玩伴，名曰獠宇圻。在座知悉，獠宇圻因追隨中州駙馬狼行山而扶搖直上，如今得知其回訪南州，特來一會故友，遂與之閒話家常。」

懈又道：「只因獠宇圻身擁不懼熱燙之雙臂，故表明冀望藉由此回訪行，得以考察朱雀岩洞之火熱岩層。正因獠宇圻身無寸鐵，末將遂披甲持刀，引獠入洞，怎奈洞內時有落石現象，獠竟藉其一雙金臂，挪移了較大崩落岩塊！然此勞作耗時耗力，軍兵難於酷熱時節執行，遂將清運岩塊列為冬季之例行任務，怎料當下末將竟起了好逸惡勞之心，遂委由獠宇圻為我軍勞動一二時日。」

懈將軍又道：「時屆**夏至離日**之夜，末將發覺營區氣溫驟降，頗為異常，遂令屬下夜巡駐區，這才發現獠宇圻並不在營帳內！待末將前往朱雀岩洞察看，竟發現獠宇圻正與外人鬼祟交談！末將當下本欲上前攔阻，怎料於晦暗之中，僅見一衣著白衫，身披黑斗蓬之身影衝來，雙方交手未及兩招，末將隨即四肢僵硬，意識漸趨模糊，甚而不省人事兒，直至凌少俠與豫大俠出現，末將始知一己疏失，非同小可！」

聞訊後之揚銳，隨即瞧向凌允昇，直覺地道出「寒肆楓」三字兒後，疑道：「知悉寒肆楓體溫低於常人甚多，遂能達於摩蘇里奧所不及之神功境界。然而朱雀洞內溫度甚高，寒肆楓豈有可能深入其中？」

公冶成接話應道：「經由懈將軍所描述，不難推敲狂人遠赴南州火焱山，應是藉那身擁耐熱金臂之獠宇圻，始能入洞行事才是！」

「公冶大人僅答對了一半兒！」

允昇再道：「懈將軍清醒後，在下立隨將軍入洞勘查。甫入洞不遠，即見一挑高寬闊空間，而後即見一狹窄坑道通往深處，而寒肆楓則留步於寬敞處，僅一人進入了狹窄坑道。」

項烿聞後心生疑問，道：「曾與揚銳置身於朱雀深處，惟該處曾坍塌，後因豫大俠相救，始得脫困。獠宇圻何以能輕易深入洞窟？」

懈韄回應道：「嚴重坍塌之處，乃為邢彪令教徒與礫奴重鑿之舊坑道，而朱雀洞口入內方向，經我駐軍陸續清運，僅剩平時零星落岩。然而獠宇圻先前一二日入洞，應是藉由考察洞內岩塊且願為我軍清運落石，伺機熟悉了坑道向位才是。」

「這麼說來，獠宇圻是專為寒肆楓開路而來，且趁隙制服了駐守軍兵，想必入洞之二人，應已得逞！」公冶成說道。

允昇搖了搖頭，正經表示，待仔細探查後，入洞非僅二人，而是……三人！

「三人？難道……法王亦趕到了朱雀洞窟？這……不太可能吧？」揚銳質疑道。

允昇指出，曾偕懈將軍比對軍兵之履底印紋後得知，入洞者除了獠宇圻與寒肆楓外，尚有一人，且根據此人留於洞內之履印動線，幾可斷出二人過招之跡象！待允昇深入洞窟，驚見一岩塊上刻著若干麻略斯文，端詳之後，極為相似牟神針臨摹曲蚺長老於六稜晶鎮下之刻痕。

「依凌少俠之所述，朱雀岩洞之六稜赤晶鎮……已遭盜掘！」項教主憂心又道：「倘若摩蘇里奧截彎取直，挑戰顛險之徑，或有可能及時趕赴朱雀岩洞。若真如此，寒肆楓可有與法王合作之可能？若是，中土未來，難以想像！」

公治成正容亢色道：「南州向來最大隱憂，實為諸教黨派之紛爭不斷！而今已由項教主領導火連，相信諸教黨派應能相互結盟求進。殊不知，南離王於得知公治成干涉諸教衝突，打亂了單鍏軍師之謀略後，極為不悅，甚而辭色俱厲地指責道：『南州赤旗軍已箭在弦上，倘若南州諸教復甦，恐令北征軍有芒刺在背之感！』更因公治成圍剿賊寇時受了傷，遂令公治先固守榮璿城與靈沁江南岸，以防諸教派趁隙攻入咸禎大殿，亦可避免在野教派於北征軍後方……暗放冷箭！待南離王攻下南中州任一城池，公治則續領兵渡江會合，以期擴大軍力，續攻其他城池！」

允昇皺眉話道：「江湖狂人恣意妄為，允昇將偕師弟妹齊力遏止、防微杜漸。然而州域間之干戈衝突，動輒千軍萬馬，不僅耗傷國力，更令蒼生陷於烽火危難之中！公治大人與項教主已為中央與地方之核心人物，可有制止戰事發生之策略？」

揚銳搔了搔後腦勺兒，即與表示，或有一計，可為扶急持傾之用。又道：「南離王與單鍏軍師口徑一致，且因南州水師軍之進展神速，更為南離王之北犯，挹注了強心之劑。回憶過往中土五州所發戰事，無不出於領頭者之一意孤行。然五州之所以能再回歸分立分治之局面，無不在於出兵者瀕臨頹勢，及時撤兵以固本。眼下南離王賦予了公治大人之任務，或許正是南軍北犯受挫時，一最即時之支援管道！」

揚銳續道：「越江征戰，搏擊搶灘，駐紮軍營，實已耗去大半軍力。然靈沁江上有二島嶼，不僅能做進軍後援之用，亦能擔綱撤退接濟之職。其一乃沏偟島，其二乃於淺塘埠東北之孤雁島；惟此二島因不具經濟效益，早已成無人島嶼。倘若公冶大人能以沏徨島作為後備接應之用，而項教主則令教徒進駐孤雁島，並備上聯域軍之赤軍旗，一旦遇上南軍撤退，即可隨時插旗接應軍兵撤回。」

「嗯……民為邦本，本固邦寧。冀望南離王能三思而行！然而揚兄弟多次與項彨共患難，項彨信得過揚銳之說法。」接著，項彨想了下後，點頭道：「好，倘若南州聯域軍真遇上揚兄弟所述，我火連教願意登島協助軍兵回撤。」

聞得火連教主大義凜然之承諾，公冶成立向項教主拱手致謝，惟心裡尚難以致信，過往最令南軍頭疼之火連教，竟成了魚游釜中之北犯南軍，戮力一心之伙伴！而揚銳於建議獲得正面回應後，再向允昇提問豫麟飛之去向？惟聞允昇指出，因雷夫人突朝臨宣城移動兵馬，豫大俠遂決定前往蟄泯江上游，就近探查中、北之州界，畢竟臨宣城不僅能藉汨竫湖通往北州四縣，更是中州跨江直抵西州之最大要城！

然此時刻，聽力敏銳之揚銳，忽聞快馬趨近之蹄聲。半晌之後，受創痊癒之葵鵡先行飛抵火連總壇，而城西齊箴宮之槝諴道長亦隨後來到。項教主與稽妘芊見葵鵡恢復，驚喜交加，惟見槝諴道長面露急張拘諸之貌，霎時引來眾人目光！

槝諴道長開口即表出，中州昉雲寺辛垣森道長，差人快馬送來親筆信函！公冶成接過信函，立馬對眾述出信中內容……

「仲夏六月初五巳時，得自惠陽道友告知，獠宇圻突回瑞辰大殿，送交一物予雷夫人，隨後見夫人情志發狂難抑，突發心悸且四肢抽搐，當下由本草神針及時療治，原委乃出於一平安符！辛垣森筆」

公冶成隨即憶道：「曾於十餘年前赤焱山下一慈聖宮，受本草神針施以〈活血化瘀〉神功，倏為公冶成化去肩臂內之瘀血痞塊。怎料此刻牟神針正於瑞辰大殿為雷氏治症？」

「慈聖宮？」項烿立驚訝表明，自身能引火上肩，雙掌發出〈赤灼炙煉〉神功，即是於慈聖宮受一知秋先生提點經脈之理而來，不知公冶大人可悉聞此人？

「憶得當年公冶成造訪慈聖宮時，巧遇了本草神針！待請教了於宮中義診之知秋先生，是否藉由刺血以解公冶肩症之可能？怎料知秋先生薦請牟神針發功解症，致使公冶成有幸於同日內，邂逅了二位治症大師；待熟悉之後，始知知秋先生乃一武界高人，因而符合了項教主神功由來之所述。眼下值牟神針置身雷王府，不知其處境安危？」公冶成說道。

凌允昇隨即應道：「牟師叔一心穩住中鼎王病況，以防州域霸主，甚或江湖狂人，趁隙顛覆中州！而今又有雷夫人受其診治，除非萌生意外，否則，眼下之雷氏二患，暫可視為牟師叔之平安符。」

「平安符？為何僅一平安符，竟令雷夫人突發驚癲之疾？」稽姑娘不解道。

正當大夥兒處於疑竇之中，公冶成理了下思緒後，對大夥兒解釋道……

「憶得南離王曾描述五州霸主之征戰經歷。其中，雷嘯天仗恃其疾刹劓犀斧，戰無不勝，攻無不克，值雷王慶功之時，皆不忘歸功夫人每於戰前所予之平安符，以為其帶來運勢。如今中鼎王已臥病許久，還有誰能隻身在外，攜上雷夫人所予之平安符呢？想當然爾，正是欲於北州練就神功之雷世勛也！換言之，甚囂塵上許久之雷世勛命喪北州一事兒，現已獲得證實！」

「看來，雷夫人冥冥之中已有個底兒，以致突然調兵前往臨宣城。」項炶說道。

「怪了！獠宇圻始終跟隨狼行山，日前又引領寒肆楓竄入了朱雀岩洞，現又由獠宇圻將平安符送抵瑞辰大殿，獠宇圻何德何能？難不成獠宇圻在場於雷世勛斃命當下？故能取得其身上之平安符？」僻將軍發出疑問道。

「不，獠宇圻應只是個棋子兒！」允昇此話一出，立引在座目光。

允昇接著表示，曾與寒肆楓交手於北江何思鎮。此人擅於故弄玄虛，明知雷世勛將於長夏時節返回惠陽，遂順著眾人步調，刻意於此時託獠宇圻送回該平安符。以此推知，寒應已掌握了雷夫人之「異己」與「報復」心態，藉此才能拉攏狼行山，否則狼行山將因中鼎王之提攜，進而受雷氏之命，對立於寒肆楓，如此將不利於寒肆楓未來佈局。

允昇又道：「牟師叔曾分析到，摩蘇族精研於覡巫、喚靈、萃煉、鬥術之四大領域，而寒肆楓所擁邪術，正是由摩蘇里奧啟發而來，一旦寒肆楓成就了喚靈大法，即可召喚未受超渡之亡靈！然此世道，何等狀況能尋得最多亡靈，就是……戰爭！綜而觀之，寒肆楓不僅能藉六重至陰功力，攝得虛人陰魂以壯己，更欲藉由喚靈，以為己用。甫聞揚銳所述：『五州能再回歸分立分治之局面，無不在於出兵者瀕臨頹勢，及時撤兵以固本。』允昇則以為，若由寒肆楓得勢，中土將不復見五州分立分治之局面！」

「喀噠……喀噠……」驚見楚振天快馬直奔火連總壇，隨即向公冶總管傳令，南離王已速批單鍏軍師之奏章，急令公冶大人即刻領軍八千，護送南離王親率之北征赤旗軍前往靈沁江岸，以期與秦勵、廉煒二將所率軍兵會合。

「不妙！莫非……中鼎王……已經……」公冶成驚道。

楚振天立馬回應表示，眼下僅知西州鎮南將軍冷雲秋，已偕虞沅奎所率水師軍兵，聯手殺入白渼城。慘遭擊潰之駗煌城主，現已領軍撤往了白虎岩洞，並與金蟾法王之八大護衛，聯手抵抗西軍。冷將軍擔心雪盟山莊之安危，遂已帶兵進駐了該山莊。至於中鼎王之現狀，尚不明確，唯昨夜驚聞一人密訪盧王府，待探得王爺隨身護衛勑轍而知，此一神秘人物乃東震王之子……嚴翃廣！

聞訊之允昇立指出，嚴翃廣不僅已遭東州追緝，視其於中州之摧人行徑，實已歸屬狂人之列，倘若此人介入中、南二州之干戈，龍血玄黃，在所難免！又道：「眼下公冶大人戮力撲滅江南煙硝，揚銳不妨先前往惠陽，若遇情急，立接應牟師叔前往陽昫觀，而允昇將巡行靈沁江北，力阻狂人濫施邪術，趁隙引爆衝突！」

憂心動盪即起之官將賢士，經由密晤而得共識之後，公冶成與楚振天俄而上馬，齊於洪聲「駕……」響下，倏朝滎璿城奔去。而後，凌允昇偕揚銳、研馨，拱手道別了項教主與稽妘芊，旋即奔向淺塘埠頭，登上了渡船。然而，隨著船隻出埠，橫越寬闊江面，雖眺得江之北岸，秀水青山，浮嵐暖翠，惟此三人心中，無不為當前世局，泛起了「金風未動蟬先覺，暗送無常死不知」之不祥預感！

第卅五回　禍結釁深

中土五州合於五行，中州如脾胃居中，色黃屬土。然心肺肝腎應對四季，唯脾土節氣以應**長夏**。醫經謂曰：「**長夏者，六月也。土生於火，長在夏中，既長而旺，故云長夏也。**」時屆**長夏**，見生長趨緩以迎秋收；惟因**脾土乃氣血生化之源**，故施以健脾補土，實為養生至要之點。怎奈此刻中州之主，沉疴痼疾纏身，雖因腦疾而言語吱唔，惟呼吸平穩、食飲平順，醫者遂藉針藥並進，力保其脾胃之氣，以固其後天之本。

牟芥琛迎合中鼎王喜聞延年益壽之道，遂於王府廳堂為王爺誦讀「陰陽調節」攸關「歲壽形衰」之理……

天地者，萬物之上下也；陰陽者，血氣之男女也；左右者，陰陽之道路也；

水火者，陰陽之徵兆也；陰陽者，萬物之能始也。

故曰：陰在內，陽之守也；陽在外，陰之使也。
能知七損八益，則二者可調；不知用此，則早衰之節也。
年四十而陰氣自半也，起居衰矣；年五十，體重，耳目不聰明矣；
年六十，陰痿，氣大衰，九竅不利，下虛上實，涕泣俱出矣。
故曰：知之則強，不知則老，故同出而名異耳。

所謂七損者，一為閉，二為泄，三為竭，四為勿，五為煩，六為絕，七為費。
至於八益者則為治氣、致沫、知時、蓄氣、和沫、竊氣、持羸、定傾。

然此時刻，駐足廳堂外許久之獠宇圻，聽著牟神針之誦聲，面露愧天怍人之貌，躊躇之後，緩步入了廳室，向著牟述道……

「親睹牟神針為著他人生命而盡心竭力，獠宇圻為之感篆五中。然而獠某出身南州，家徒四壁，因年少輕狂誤事而逃往中州，後經元宗真人常元逸之啟蒙開導，始知自體異常而身擁一雙耐熱金臂！待往東州一展已能，因緣際會，結識了摩蘇里奧；更於身陷囹圄之際，遇上了狼行山，遂改變了獠某一生。怎奈……日後獠某竟搭上了陰風邪人寒肆楓，甚而隨之起舞而趁虛傷人！唉……端看獠某之惡行，相較牟神針之懸壺濟世，深感已名列草菅人命之惡人矣！」

「叩咚……」忽見倚坐藤椅之雷嘯天，突發一大幅顫動，而後見其額邊濕濡，冷汗不止，甚而遺尿。牟芥琛見狀，即知獠道出了「寒肆楓」三字，霎令王爺情志不安，診脈之後，決採一植物果實為藥以因應當下，惟此藥皮肉酸甘，核帶苦辛，整體亦具鹹味。

獠宇圻上前一瞧，識出了該藥材，道：「此乃以酸甘收澀為主，且五味兼備之**五味子**！牟神針何不使上人參以為補呢？」

牟立微笑指出，人參乃醫者邀功避罪之聖藥。醫者之所以遇疾即用，而病家服之死而無悔，主要出於愚人之心，以為價高為良藥，價廉為劣藥。又道：「**天下之害人者，殺其身，未必殺其家；破其家，未必殺其身。先破人之家，而後殺其身者，唯有人參**！眾人誤信庸醫用參，甚為人參而傾家蕩產；殊不知，人參助熱之性，恐成致命之推手！」

牟又說：「**五味子**能補金水之氣；斂心之汗液而寧心安神；助腎之生津納氣而固攝滑精遺尿。天地賜此一味，包含了補氣、收澀、生津、安神之效，蒼生怎能不珍惜為用？」

待穩了王爺病情，使其臥睡內室後，牟芥琛好奇提問獠宇圻，何以此時此刻心生感慨？這才知曉，值獠宇圻送平安符回惠陽途中，巧於閩東城一茶館，遇了啟蒙恩師常元逸。待常真人知悉獠遇上人生起伏之困惑，遂於指顧之間，提點了「天道酬勤、地道酬善、人道酬誠、商道酬信、業道酬精」之義，以為解惑；甚因獠藉仕途扶搖而貪富貴、鄙同儕、排異己，遂曉以「輕財足以聚人、律己足以服人、量寬足以得人、身先足以率人」之道理。再則，獠宇圻追隨上司、諂笑脅肩、仗勢欺人，常真人遂以「一杯清水能因一滴污水而濁；一杯濁水不因一滴清水而清」為喻，冀望獠能反濁從清，濟弱扶傾。

然因獠宇圻已協助狂人得逞，惟此舉恐將波及蒼生，遂夜夜心生內疚。待常真人明瞭獠之所述，直覺世道恐因宵小助紂為虐而顛覆，遂開釋誤入歧途之獠宇圻，語重心長道：「從古至今，談笑之間。從生至死，呼吸之間。從迷到悟，一念之間。」居中更見常真人藉杯中茶水，語出：「風吹而見茶涼，此乃自然。人聚而覺茶淡，此乃緣淺。遇惑而感茶甘，此乃超凡。」

自此之後，內疚之獠宇圻替人轉交了一平安符，此舉瞬令思兒心切之雷夫人肝腸寸斷，直令獠頓感寒肆楓之居心叵測！獠又道：「此刻見得牟神針未捨大漸彌留之患，仍藉望、聞、問、切之四診合參以救人，無不得世人之尊敬，腦海不禁浮上『桃李不言，下自成蹊』之字句！一陣思量之後，遂決定藉此坦誠以告，寒肆楓即將前來索討中鼎王之命，力勸牟芥琛盡早離開雷王府以自保。」

牟芥琛微笑應道：「眼下之中鼎王，雖無揮刃制敵之能，確有穩住政局之影響力！至少，地方勢力尚知雷夫人能代理王爺行事。只要能掌握王爺呼吸之間，中州尚有狼駙馬坐陣、戎兆犰之強軍與神鬣門之眾高手，均能鎮住各方所起波瀾，故芥琛不能擅離王府。倘若寒肆楓真來放肆，亦須有人與之談判才成！」

獠則回應表示，自雷夫人意識清醒後，聞得北、東、南三州之晶鎮相繼遭竊，不禁令其憶起薩孤齊之逆叛！然夫人本欲於雷少主歸回前清理麒麟洞窟，進而藉少主轉取晶鎮能量以退敵，孰料卻因少主罹難傳聞得證，雲飛煙滅！夫人自知轉能無望，亦不讓狂人於中州得逞，遂下令巴砱將軍毀埋麒麟岩洞，期間更令殷天雁親率神鬣門高手，把關於奇恆山之出入徑道。

獠又道：「日前，夫人甫調動三萬軍兵前進臨宣，倘若北坎王不予雷少主殞命一合理交代，北川縣恐將遭殃！而戎兆犰見得南州擐甲執兵、勤練水師船艦，根本無暇他顧。眼下中州僅剩狼駙馬能撐得起場子，怎料於此關鍵時刻，我狼兄弟竟遭雷夫人貶抑，僅執圍剿反動份子之任務，直可謂大材小用，牛鼎烹雞啊！」

此刻，牟趁勢探問獠宇圻，「狼行山可認同寒肆楓之行徑？」惟此問竟得出人意料之回應……「狼行山欲藉寒肆楓之力，拔除凌允昇等三陽傳人！」

獠又表出，狼悉聞雷少主已歿後，自詡為中鼎王之繼任人選；甚言寒肆楓欲虛弱世人，藉以成就其神功大法，狼即可不費吹灰之力，拿下中州。惟聞狼仍感到惴惴不安，一旦寒肆楓之至陰神功失控，遁入了魔域，狼不僅無以掌控，甚可能成為狂魔之傀儡！然於躊躇之際，狼行山只得暫以壯大個人勢力為要務。

牟芥琛趁著二人話語投機，進而相互分享了經歷與心得。待獠宇圻離開後不久，即見雷夫人步入了王府，夫人見王爺於睡臥之中，偶有臉頰不定抽搐，甚見額前盜汗，心知王爺病入膏肓、沉痾難起，除了冀望牟神醫妙手回春，僅能泣數行下以對。接著，夫人於感激牟對雷氏之付出後，正經表出，本將啟程前往臨宣，孰料北坎王捎來急函提及，「由於平安符之現身，北州或可斷出先前於玄武岩洞之不成形罹難者身份，且將於近日內，偕軍師惲子熙、軍機總管符戩，前來瑞辰大殿。除了送回該罹難者之骸骨外，更將詳述該事件之查緝始末，以示負責。」話後，惟聞夫人苦笑道：「呵呵，中州都衛軍之強大，量北坎王也得畏懼三分！」

牟芥琛心想，「惲先生藉平安符現身，主動前來惠陽解釋與慰問，果真是倏化干戈之妙招，否則，中軍一旦與北軍開戰，南離王定會趁中軍軍力分散，興兵北侵！再則，有了北坎王與符戩總管前來，尚具有嚇阻寒肆楓恣意妄為之力。嗯……冀望巴矽將軍能盡早毀了麒麟岩洞，好讓狂人無以覬覦晶能。倒是……眼前見得雷王呈出了肝不主筋之間歇抽搐，情況似乎不甚樂觀！」

隨後，聽聞覃媮燕於轉身離開王府之際，冷酷唸道：「冤有頭，債有主，所有負我雷氏者，都將付出應有代價！」

「唰……唰……驁……」覃媮燕於放聲之後，藉兩跨步躍身上馬，倏朝軍機處疾奔而去。乍見著雷夫人漸遠之背影後，轉身移步到廳堂，欲取架上仇正攸所留之解毒手記而抬頭剎那，不經意發現，原來雷夫人此回不單是回府關注王爺病況，其另一目的即是，取走掛於王爺戰袍旁之……疾剎剸犀斧！

觀奇恆之群山山脈，一如往常之朝飛暮卷；瞧山下之滬芫小鎮，時時可聞食堂之么喝連連。赤冠樓大廳，高朋滿座，但見一蒼顏銀髮長者，獨處一隅，斯文品嚐著鎮店之寶……冰鎮醉雞！待此老叟飽食之後，留下銀兩於桌面，俄而頂起隨身斗笠，持上裹布棍桿，提步跨出大廳門檻，隨後於街旁向一中年男子請教登山之路徑，惟聞該男子回道……

「在下乃滬芫鎮長袁邈！實不相瞞，昨兒個已得中州神鬣門發函告知，除中州官府人員外，即起嚴禁閒雜人等上山！袁某於此煞人興致，還望兄台見諒！」

斗笠老叟聞訊之後，微了一笑，隨即告辭離去。袁邈尚且機警，旋即登上赤冠樓露台，直盯著斗笠翁之移向，視其步出鎮後，驚見老翁轉朝登山路徑而去。袁邈二話不說，立馬急報駐鎮之神鬣門巡將，鎖鏈刀……燕貂！

斗笠翁以拾來之木枝為手杖，續循山徑前進一段後，山林間突現一持鋼刀之身影，老翁立藉木枝擋下突擊，三招之後，發聲說道……

「呵呵，真是後生可畏啊！閣下獨自於洳徨島練就神功，煞是驚人，單憑赤手空拳，老夫恐非〈逆脈衄血〉神功之對手，但若雙方倚仗手上傢伙較量，恐將兩敗俱傷。」又道：「閣下乃東州之未來繼主，倘若傷及面貌，缺了手腳，不甚體面啊！嚴少主不妨念在咱們曾共事過的份兒上，順讓老夫一步，來日老夫或許還能領著屬下，前往東震大殿慶賀少主登基啊！」

嚴翊廣取下面具後，笑道：「呵呵，法王眼線之廣佈，連洳徨島都不放過，晚輩實在佩服！過往咱倆確實遭薩孤齊那老賊騙了，孰料……江中雖無金船，卻隱藏著令嚴某翻身之絕世神功啊！」

摩蘇里奧稍顯睥睨地指出，嚴少主獨吞打撈所獲，舉止不甚厚道，姑且不談神功之來歷，甫見少主揮使西蒙秋延刀之威力，煞是驚人，莫非少主已嚐了晶鎮之甜頭？惟何方神聖能為少主執行巨能之轉換傳輸，令人疑惑？

「哈哈哈，不過交手三招，法王即知嚴某內力之一二，令人折服！」嚴又道：「此刻，翊廣斗膽攔阻法王之去路，無不恃著神功與內能為後盾！如法王所疑，確有奇人為翊廣傳能，唯此奇人，高深莫測，甚連中州之狼駙馬，尚得順其令而行哩！但說穿了，之所以能獲得晶鎮之極大巨能，其關鍵乃於轉能時之節氣！」

嚴再道：「甫聞法王錯失了夏至應火之節氣，不得不趕在長夏時節，急登麒麟洞以竊能。翊廣本想藉機再訪麒麟洞，孰料途中盡是高手把關，遂決定不蹚這渾水，畢竟南離王尚待翊廣發出北侵之訊息嘞！挪……咱們才吱唔了幾句，立見神鬣門將朝這兒靠近囉！」

「除了中鼎王，何等奇人能令狼行山唯唯連聲？」法王訝異問道。

眨眼已躍上樹林之嚴翃廣，俄頃回頭予法王一冷酷眼神，隨後嘴角微揚地回以一聲……寒肆楓！

「寒肆楓？他……果真沒死？」適值法王震懾之際，眨眼已見鎖鏈刀燕駋，連翻躍飛至法王身前。

霎時，法王已不耐無足輕重之鼠輩拖延時間，深吸了口氣，不待對方盤問，即以追風逐電之速，抽劍出招！惟見太阿神劍迎對敵手之鎖鏈刀，一陣連聲擊響後，太阿劍即已刺入燕駋左胸大肌，約莫於**足陽明經脈**之**屋翳**、**膺窗**二穴之間，惟此處極近心臟脈管，依此見得，法王仍試圖藉心之血，以飼太阿！當下，法王雖即時念咒飼劍，唯額邊漸漸滲出冷液，一陣煩悶瞬間上湧，不禁唸道：「太阿啊太阿！何以不從吾心！難道……須藉晶鎮巨能，始得重啟摩耶太阿？」

此刻，摩蘇里奧為避免節外生枝，遂捨棄原路徑，另循山林陡坡挺進，怎奈此徑崎嶇難行，一段路程之後，欲倚松木而歇，卻於不遠前方驚見一蛇矛，筆直豎立林木之間，此幕不禁令法王搖頭嘆息，「唉……又是一名不見經傳之輩！」一陣無奈之後，法王閉上雙眼，虎口覆上太阿劍柄，仔細聆聽松葉搖曳之擦擊聲響。

忽然！一敏捷身影於樹幹上點跳躍飛後衝下，彈指間疾朝法王揮出拳腳。法王鬥術精湛，藉雙臂之交叉，立馬擋下對方之手刀與肘擊，隨後反手一霎，一招〈制霸雙陵拳〉俄頃擊中對方位於臍旁外開四寸之**足太陰大橫穴**，令其後飛數十尺方墜。法王這才識出，眼前急於回持蛇矛之殺手，實乃神鬣門之獨眼蛇矛……冉垣甲！

正當法王持劍摧殺剎那，殷天雁突自林中竄出，來到了冉垣甲身後，冉垣甲撫著腹傷，立道：「夫人令神鬣門守住麒麟洞，直到巴矽將軍完成任務，怎料竟來了個難纏的老頭兒！眼下不妨由我蛇矛攻其右，雁翎刀襲其左，速戰速決！」殷天雁點了點頭後，彈指抽刀，架勢出擊。

「呃啊……」突聞一洪聲哀鳴，驚動林間！惟見雁翎刀於出鞘削風剎那，轉眼即刺入冉垣甲之腰間，並由其**帶脈穴**經**五樞穴**一路畫向**維道穴**，霎令冉垣甲咬牙狠瞪，痛苦斥出：「殷……天……雁，你……你這……敗類……」

殷天雁冷笑道出：「我殷某人已是神鬣門之總督，怎容你這獨眼龍……指揮總督如何應敵嘞？哼……所有不服我殷天雁者，都該是這般下場！」

「唰……」殷天雁眨眼抽刀而出，轉眼即讓冉垣甲步上了黃泉！

「呵呵，殷總督入刀出刀之威，頗具做大事兒之氣勢啊！閣下義父井上群，確實沒看錯人啊！」法王又道：「井上群與令尊殷鑑乃拜把兄弟，井大人更將老夫輸往中州之白粉，透過閣下而匿藏於殷家堡，藉以獲取龐大商機，如此一兜，老夫亦與殷家有些牽涉才是。不過，老謀深算之井大人，竟藉雷夫人這路徑，助殷大俠登上神鬣門總督之位，這倒出乎老夫意料之外啊！」

殷天雁略帶不悅地回道：「殷某持刀出招，打得刁刃無以招架，這神鬣門總督之位，非我殷天雁莫屬，何需刻意安排？」

法王不屑想著，「若非戮封劍遭我摩耶太阿封印，單憑你一口雁翎刀，呵呵，絕非刁刃對手！」

殷又道：「父親未及時躲過地震崩塌而殞，幸得義父相助，使殷家堡得以重建，恩同再造，殷某沒齒難忘。然於殷某與雷夫人聯手整頓神鬣門之際，義父卻不幸中了狼行山之陰招，殞命於淮帆城外，遂令本總督與狼行山結下了不共戴天之仇！只是……法王答應將六稜黃晶鎮之能量，轉輪予在下，一旦順利轉成，殷某定要狼行山生不如死！只要剷去狼行山，我殷天雁即可掌控中州眾多資源；待戎兆狁困於南方戰事，本總督即可趁隙殺入瑞辰大殿，取代雷嘯天！」

「呵呵，看得出殷總督已沒把雷夫人放在眼裡啦！嗯……好……殷大俠果然有一州霸主之氣勢！走吧，咱們即刻上山，倏將正事兒了結了要緊。」而後，法王於半路上伺機又問：「甫聞冉垣甲所提，駐守麒麟洞之巴砱將軍尚有任務，須藉神鬣門把守登山路徑，這是怎回事兒？」

步伐稍快之殷天雁，回頭應道：「雷夫人已下令神鬣門全力協助巴將軍，即刻毀埋麒麟洞。呵呵，本總督怎能讓巴將軍壞了咱們計劃嘞？故已用上法王提供之沉眠散，先讓山上之駐防軍兵好好睡個長覺，待咱們完成任務，那岩洞就任隨巴將軍處置囉！」甫一話完，突見殷天雁緩了步伐！

「欸……不對！本總督早已調離神鬣門諸將前往後山林道，為何仍覺山林間存有不定遊影？」殷天雁訝異發聲後不久，立見一身影佇於不遠林間！

「啪嚓……」法王藉一翻躍，立馬盤腿坐一岩塊上方，道：「看來，尚有宵小欲入洞分杯羹啊！呵呵，眼前雜務尚且交由殷總督處置，老夫得先凝精會神，以備晶能轉換之所需！」

「神鬣門總督在此，何等鼠輩藐視王法，竟持長柄兵器擅闖奇恆山禁區？」

殷天雁喊話後立見該身影轉身，隨後即見一背著牛皮革兒之紗帽客走近，手裡高舉著一長蛇矛，低沉話道：「此兵器乃屬神鬣門一勇將所有，不該隨意棄置於荒郊野外，幸得在下拾獲，怎料又巧遇了神鬣門總督，遂藉此當面交予神鬣門。」

「眼前兄台頗具膽識，若是對神鬣門有意思，不妨來年春季走訪瑞辰大殿，本總督將藉獵風競武擂臺，重新整頓神鬣門之疾風組！此刻本總督要務在身，兄台不妨將那蛇矛暫插樹幹上，隨即離開禁域，而後神鬣門自會處理！」殷總督沒好氣地回道。

「呵呵，在下耳邊頻聞冉垣甲將軍託囑，此蛇矛僅姓殷的能處理！」紗帽客應道。

「這位兄台恐是吃撐了吧？本總督殺一儆百，還輪不到誰說個『不』字兒！」

殷天雁不耐閒人攔路糾纏，一洪聲喝響下，立馬持刀旋身飛轉，藉此一麻花般之螺旋攻勢殺出，霎令對手所持長矛難以正刺出擊；隨後再以手腕為軸，值左右雙砍雙削時翻轉刀柄，藉以使出殷家堡之雙面風車絕招……〈雙轅翻刀〉！

孰料，紗帽客立握長桿末段，俄頃旋膀，轉動蛇矛，直逮雁翎刀末段彎曲處之交轉剎那，惟見蛇矛之曲刃，旋中帶掃，不僅掃中對手內腕於**手少陰經脈**上之**靈道、通里、陰郄、神門**四穴，甚將雁翎刀身，斯須彈開了數尺。

殷天雁驚見手腕處之衣衫遭毀，皮損血滲，不禁怒火中燒，回頭立使上殷家堡獨步武林之〈三影曳殘〉刀法，惟見雁翎刀掃出咻嘯響聲後，瞬見拖曳殘影呈出。

然此刀法既出，剎那引來摩蘇里奧之注意，不禁想著，「殷家堡之〈三影曳殘〉刀法，其拖曳刀影之式，煞與太阿劍揮使烏冥劍氣時之殘影相似，二者差異乃於太阿劍能發出劍氣摧人，而雁翎刀則僅藉由拖曳殘影，擾亂對手應對視線罷了！倒是……眼前揮使蛇矛之紗帽客，似乎早知了對手刀路？唯其不諳蛇矛之操使，雙方遂處於僵持拉鋸。」「歐不……不對！這紗帽客乃刻意引誘對手採高姿態出招，其真正目的是……」

「啊……呃啊……」果然！紗帽客利用藉頸回桿之式，適值接回蛇矛，矛尖瞬已對向了對方腰際，後於猛然一刺，直中對手腰間之帶脈穴，接著藉蛇矛之利刃，橫向朝神闕穴畫去，惟見矛刃依序畫過足太陰之大橫、足陽明之天樞、足少陰之肓俞，並一路伴隨殷天雁之哀嚎呼喊下，摩蘇里奧蹬躍咄嗟，兩跨步後，抽劍一砍，立將蛇矛長桿一截為二，紗帽客則於放手剎那，帶勁兒地將矛尖棍段一踹，立見矛尖自對手身背之腎俞穴刺出，甚因力道過猛，致使受創之殷天雁向後踉蹌，直至矛尖插入樹幹方止。

紗帽客刻意走向殷天雁，睥睨道：「在下藉由冉垣甲〈蛇竄迅截〉之式，並依殷總督所述，將蛇矛插於樹幹上，神鬣門自會處理，對吧！」

法王驚見高手出招，未敢收劍入鞘，立道：「見閣下出手，猶有替冉垣甲復仇之意。或許，殷總督於江湖上得罪甚多，不可勝舉，唯眼前慘遭閣下斃命者，可是當今之神鬣門總督，此罪恐招致誅殺九族！老夫不願介入私人恩怨，閣下若已如願復仇，不妨就此下山，老夫倒可對閣下之所作所為，睜一眼，閉一眼。」

「呵呵呵，好一個不願介入私人恩怨啊！法王於江湖上得罪甚多，單就於西州境內所生事端，直可用『擢發難數』來形容。冉垣甲之仇，在下已代勞，惟真正須了結之恩怨，法王豈能睜一眼，閉一眼？」甫一話完，神秘人緩緩摘下頭頂紗帽，順勢呈出冷冷一笑，隨後話道：「呵呵，金蟾法王七竅玲瓏，絕對明瞭在下之來意才是！」

「是你……刁……刃！」法王詫異唸道。

刁刃低沉又道：「本以為咱倆能在南州遇上，怎奈法王趕不上時辰，錯失了朱雀岩洞之轉能時機，遂轉向了另一取能之地……中州麒麟洞！為此，刁某不妨順道上山碰碰運氣，看看法王能否如願以償？不巧卻遇見了殷天雁敗壞神鬣門風，甚而密謀外人弒主！此刻，刁某已不再眷戀神鬣門之種種，唯令刁某嗛而未發者，終歸法王手中之摩耶太阿也！」

「哈哈哈，刁刃啊刁刃！老夫重返西州，不僅攜來摩耶太阿助陣，更藉白虎岩洞之六稜晶鎮，助推了摩耶太阿之神力。雪盟山莊一戰，相信閣下與慘遭封印之戮封劍，皆已臣服於摩耶太阿之威才是！孰料，閣下於西州蹚了渾水後，回頭竟連雁翎刀也敵不過！想當然爾，殷天雁遂趁勢登上了總督之位囉！」

法王接著笑道：「哈哈哈，三禪戮封劍已成過往雲煙。刁大俠若能追隨老夫，協助老夫取得麒麟洞內之晶能，而後藉由摩耶太阿溶去外覆戮封劍之烏膠，閣下勢將得以重享『天下第一疾劍』之名！如此誘人條件，值得刁大俠三思啊！」

「哼！且看多少受法王利誘者，終得悽慘不堪之下場！」刁刃不屑回應後，隨即朝肩後伸手，緩緩抽出了匿藏牛皮革套之長物，霎見一柄陵勁淬礪之利刃，隨即呈現眼前。

「不……不可能的！」法王極度驚訝後，道：「縱然閣下去了趟南州，公冶大師絕不可能解咒的！莫非……大師又重新鑄出另一新劍？不……不可能的！曾聞叢云霸告知，公冶長瑜已逝世之消息，不……戮封劍已遭封印，絕不可能還原的！」

「呵呵，明知不可能，方才還不忘藉機利誘。哼！法王一生頻藉虛實混淆以行事，這回您得睜大眼兒瞧瞧，何者為虛？何者為實了？喝啊……」

刁刃手持戮封出擊，咻嘯作響，雙方蹬躍數丈，或見劍刃於松葉間穿梭，或見二人於枝幹上竄躍。然因刁刃慎防對手突發烏冥劍氣，遂採穩紮出招，居中並藉戮封之厚薄轉刃，引探太阿劍之奧玄；惟復仇之機在前，出劍力道，更甚以往。一陣交擊後，忽見法王於平衡間顯出破綻，遂於劍出〈回爪擒鱒〉之攻式剎那，倏以側旋掃腿，踹中法王腰際而令其凌空墜下，幸得松枝之阻，得免重摔墜地之命運。

法王於喘呼之間，拄劍起身，咬牙疑道：「呼呼……何……等妖術，竟能解咒並令戮封迴世？」

刁刃及地後，正經表示，自摩耶太阿封了三禪戮封，刁刃屢遭鄙夷不屑，遂決定提劍行走天涯，藉以覓得解咒之法。乍聞公冶大師辭世，更令刁刃萬念俱灰！孰料摩蘇家族之至陰神功中，竟內含解咒之法！所謂「至陰三重始凝光，四重摧成礫，五重喚風寒」。然因法王僅知逐項追探神功大法，殊不知，戮封劍於五重極度風寒一時辰後，反向受以南州熔岩之熱，終藉四重至陰之力，頓將戮封劍上之烏膠覆膜摧擊成礫，待見細礫脫落，即得脫胎換骨之……戮 封劍！

「藉由至陰神功解咒？」法王靜思片刻後，腦中一閃，隨即唸出……寒 肆 楓！

刁刃又道：「楓哥於朱雀岩洞中，不僅為刁某解了憂，亦為戮封劍解了咒！當然，夏至時令之赤晶鎮能量，亦令刁某功力大增！」「嗯……看來殷天雁已為法王清空了通往麒麟洞之路，眼下法王能否順利抵達，端看刁某手中之利刃……是否放行了？喝阿……」

「唰……唰……唰……」刁刃疾劍復出。甫使出〈尖喙刺魚〉之式，頃刻接以〈橫掃羅盤〉劍式，環向連攻對手。當下見得刁刃出招入招，堅柔速緩，游刃有餘，惟交擊剎那，驚見太阿劍柄之裂痕與其劍格上之龜裂水晶，不禁懷疑太阿神劍是否已受損？更見敵對之使招，全憑劍技撐場，霎令刁刃信心為之一振，不禁想到，「何等人物能摧損摩耶太阿？倒是，法王出招虛實難料，倘若摩耶太阿不釋出邪術，幾可以一般利刃待之。嗯……得加倍小心才是！」

忽然！見摩蘇里奧嘴唇微動，唸唸有詞，「嗚啼叩嘛……啦巴沏咔……」隨後驚見摩耶太阿劍拖出了殘影！待法王運上至陰內力，眼白轉赤，振臂一揮，瞬見松林枝幹搖曳幅度大增，猶有狂風襲境之勢。半晌之後，疾風摧斷枝葉，甚令樹上之松果、針葉接連襲向對手，直逼刁刃揮出疾劍，斯須削去迎面雜物。孰料，本是易碎之松果、針葉，待經一陣劈、削、砍、撩應對後，多數果葉竟漸趨轉成堅硬碎石，霎令刁刃急採躍竄，閃躲以應。

「哈哈哈，刁刃啊刁刃！爾以為老夫僅有烏冥劍氣可使嗎？有勞刁大俠提醒，至陰神功並非逐項追探之大法，老夫先遂藉〈五重喚風〉以取物，再回施四重功力以易物，使之成為飛石碎礫，即可成一摧人奇招啊！哈哈哈……」

「啪嚓……啪嚓……」刁刃伺機攀躍樹之頂端，瞬自對手頂上衝下。法王揮劍作擋，俄頃出劍回擊。此刻，刁刃雖閃過太阿劍之一二殘影，卻不及迴避第三攻勢，惟聞「唰嚓……」聲響傳出，刁刃之臂袖立遭太阿劍撕裂，鮮血倏自撕裂衫布暈開。

霎時，刁刃以為身中〈烏冥絕脈〉劍氣，欲揮劍自斷臂膀剎那，卻見傷處並未顯出烏黑敗

血徵狀，俄頃想到，「不對！法王雖藉至陰神功出擊，卻始終未見使出烏冥邪術！甫見之殘影招式，不過是仿自殷天雁所使之〈三影曳殘〉刀法而已。果真摩耶太阿已受損？遂急需藉由晶鎮之能以修補？哼！法王啊法王，眼前又是一次虛實混淆之術，倘若刁刃真採斷臂以求生，直可斷定缺了臂之刁刃，唯有坐以待斃了！」

「唰……撕……」刁刃倏切一段衣袖，斯須纏上左臂出血處，隨後緊握戮封劍柄，直衝向法王！法王見殘影劍法遭敵對識破，左手立套上指環，旋即持劍迎擊。然此時刻，刁刃已排除太阿劍氣之威脅，放膽出擊，惟見其揮出刺、削、砍、戳之四式連串，接以攢、纏、挑、托之四式輔攻，居中更數度以厚刃頓擊摩耶太阿，出手之疾，直令對手頻頻退移，難以招架。

危急當下，法王再次揮劍念咒，眼白漸趨轉赤。刁刃不待對手施展邪術，立馬使出〈鷗翼上撩〉劍法，倏將太阿劍撩於上位後，精準鎖定太阿劍身之六四分點處，猛然劈出必殺絕技……〈疾風刋斷〉！孰料法王於咄嗟之間，竟朝刁刃之身左側直刺，隨後順勢脫手了摩耶太阿劍，惟見戮封劍追著騰空之太阿而去，霎聞一聲清脆鏜響發出，匿隱邪氣之摩耶太阿劍隨即應聲遭截，一分為二！

適值刁刃急為戮封劍雪恥之際，摩蘇里奧則於脫手太阿劍剎那，倏朝對手之身右側移位，待太阿劍遭斷同時，法王實已來到對手身後，並以預鑲於左指環之凝冰錐針，使勁兒擊入刁刃身背，而該處恰巧為**足少陽經脈**上之**京門穴**位，亦為**腎之募穴**。然受此等冰針侵入，入體即化，霎令刁刃深覺一股冰寒之氣，依循**足少陽經脈**而直入於腎臟。孰料，法王因出拳力道過大，致使指環之基座，鉤陷於對手衣衫交織之間，當下猶如手指遭纏一般，以致法王無以及時躍開。

自知不慎中招之刁刃，瞬生同歸於盡之想法，眨眼回轉劍柄，令劍尖自腋下猛力回刺，惟聞一「呃……」聲傳出，立感手中之銳利兵刃，著實刺中來不及脫出指環之摩蘇里奧！待刁刃撫著冰針創處退開，回頭即見戮封劍已刺入法王任脈上之膻中穴，甚而見得該劍之劍尖，直穿其身背而出！

摩蘇里奧身受重創後，雙掌撫著穿身之戮封劍，緩緩屈了膝，而後跪了地，隨即以內力鎮住體內出血，並於調理呼吸之際，直覺自我之金身，絕不容一柄民間陋劍殘留，遂藉口唸咒語合以僅存之臂力，緩緩將戮封劍朝外推出，隨後驚見大風即起於松林之間，甚感周遭溫度隨風驟降；一會兒之後，竟見六月天空出現紛紛揚揚之白雪！待雪花飄落法王臉龐，法王隨即瞠目，破涕為笑，仰天喊道……

「我……摩蘇里奧……終……達成了……至陰神功第五重之……召喚風寒……哇魯……」一口鮮血突自法王口中湧出，惟見其抬頭望著麒麟洞方向，面露不甘地微微搖頭，不瞑目地於白雪飄降中，顫著蒼白雙唇，終而嚥下最後一口氣，以此畫下了人生句點，終結了其竄梭中土與遊移外族間之傳奇一生！

刁刃見法王斃命後，上前拾回了戮封劍。直至霜雪完全覆蓋了摩蘇里奧大體，立見一披著斗蓬之身影，緩步走了過來，隨後佇於刁刃身旁，道：「練及至陰神功之五重者，能喚風卻不能引寒，勢將成為終天之恨！」

刁刃訝異道：「這般……六月飄雪，原來是楓哥替摩蘇里奧圓了最終之夢！」

寒肆楓冷酷回道：「甫抵這兒時，正瞧見二弟回刺法王！當下本欲於法王跪地剎那取其魂魄，惟因法王既是引動寒某真正本能之關鍵者，亦授予寒某得以舒展本能之武藝冊笈，遂決定一圓其召喚風寒之夢想，並以雪花所成之銀蝶飛舞，目送其最後一程！」話後，寒肆楓趁著刁刃轉身，迅速伸出手掌，以一尺之距，感測刁刃所受背創，隨即覺到，「不妙！冰針已融入刁刃體內！若以醫經之**一晝夜氣脈**，**巡行五十周身**而論，約莫半年時日，二弟恐因腦寒併發臟裂而亡！依此看來，勢必得於刁刃症發之前，儘速達成至陰大成之使命了！」

接著，寒肆楓藉由三犄法杖，釋出了冰凍大法，眨眼冰封了法王大體。刁刃不解此舉而問，遂得寒解釋道：「**長夏**之後即將入秋，**秋分**節氣之前，吾將前往白虎岩洞，屆時可將法王大體交予竊佔岩洞之法王屬下，此舉若能達震懾之效，群龍無首之摩蘇爪牙或將知難而退，即可免去一場無謂殺戮。畢竟，總得有法王之擁護者，齊力護送法王回克威斯基老家吧！此刻，咱倆尚得趁著巴矽將軍未醒前，立馬走趟麒麟岩洞才是！」

「楓哥若取齊了六稜晶鎮，有何打算？」刁刃問道。

寒肆楓理了頭緒後，回道：「蒐齊了各州晶鎮，將擇於颯肓島完成至陰神功大法；屆時天下再無冥頑者能逆向以對，放眼這中土大地，即屬咱倆與狼四弟所有。不過，融合神功大法之時，絕不容宵小鼠輩登島擾亂，故須倚仗刁二弟與狼四弟，傾力把關西北臨宣與東北濮陽二城，畢竟此二城之外埠船隻甚數，滋事者易藉此二徑……登島作亂！」

「倘若冥頑者循汩埒湖南岸之頂豐城，直向颯肓島而去嘞？」刁刃再問。

「頂豐城外埠，不時有無向怪風亂竄，甚少船家願意停靠。寒某或許將由頂豐城登島，畢竟……風由我喚，寒隨吾引！」寒又道：「走吧，此刻深入麒麟洞窟，或可藉晶鎮之能，消去二弟所受冰針循經入裡之內傷。」

「楓哥不僅助戮封劍重生，以致刁刃能劈斷摩耶太阿以復仇，亦進一步關注吾之冰針入侵，直令刁刃銘肌鏤骨！」刁刃又道：「日前已遇得了原神鬣疾風組之蒙崗、呼延剬，此二猛將因不滿殷天雁作風，先後退出了神鬣門，且已表明可任刁刃差遣。換言之，臨宣由刁刃率其入駐，楓哥將無後顧之憂！」

寒、刁二人得共識之後，暫先安妥了金蟾法王之冰封大體，隨後立由山林小徑，倏朝麒麟洞窟而去……

癸未年六月廿八，北坎王莫烈偕同軍師惲子熙、軍機總管符鐵，齊率隆重大輦行伍，抵臨中州瑞辰大殿。惲軍師莊重地將置放雷世勛骸骨之玉罈，交予雷夫人，夫人當下五內俱崩，泣不成聲，待北坎王上前安撫後，即由符鐵總管親述雷世勛自下榻崎哩鎮，以至殞命玄武岩洞之來龍去脈。然此時刻，同處惠陽城之雷王府，靜謐之中，忽聞風嘯聲起，猶有山雨欲來之象！

近日以來，牟芥琛屢見中鼎王情緒低落，甚見脾腎虛寒而瀉，遂施以補腎陽、固腎氣之**補骨脂**，藉以溫補脾腎；再合以溫裡祛寒，澀腸止瀉之**肉豆蔻**，即為**二神丸**之用；甚而使上溫裡散寒，燥濕止痛之**吳茱萸**，合以先前所使之**五味子**，得以助收斂止瀉之效，四味合用，即所謂**四神丸**之應用。居中更藉奇經八脈、易經八卦、九宮之數與日時干支之關連性，施以行針之術，以為王爺開穴療治。

牟芥琛依循十二正經與奇經八脈之交會穴，對應易經八卦，再依施針療治之日與時，與其所對應之天干地支數，逐一演算，藉以取得開穴之療法，此即傳統針術中之所謂……靈龜八法！

牟芥琛為引起王爺注意，口述表出：

奇經之八脈：任脈、督脈、衝脈、帶脈、陰蹻、陽蹻、陰維、陽維

交會之八穴：列缺、後谿、公孫、臨泣、照海、申脈、內關、外關

易經之八卦：離卦、兌卦、乾卦、巽卦、坤卦、坎卦、艮卦、震卦

九宮之位數：九、七、六、四、二五、一、八、三

並依「戴九履一，左三右七，二四為肩，六八為足，以五居中」入位九宮……

合以八脈、八卦即是「坎一聯申脈，照海坤二五，震三屬外關，巽四臨泣數，乾六是公孫，兌七後谿府，艮八係內關，離九列缺主」

巽 4 臨泣	離 9 列缺	坤 2 照海
震 3 外關	中 5 照海	兌 7 後谿
艮 8 內關	坎 1 申脈	乾 6 公孫

靈龜八法對應輔助

日之天干地支數：

甲己辰戌丑未為十，乙庚申酉為九，丁壬寅卯為八，戊癸巳午為七，丙辛子亥為七。

時之天干地支數：

甲己子午為九，乙庚丑未為八，丙辛寅申為七，丁壬卯酉為六，戊癸辰戌為五，巳亥為四。

陽日以九均分，陰日以六均分，所得餘數，對應開針穴位。

一如餘數二或五，均取穴照海，唯等分而無餘數者，九屬列缺，六歸公孫。

六月廿八，壬寅陽日。芥琛施針於丁辰之時，循以八、八、六、五之和數，該陽日以九均分和數而無餘，遂先為王爺開穴列缺，而後對應照海，此乃依循「八法交會八穴」之對應，如：

公孫衝脈胃心胸，內關陰維下總同；
臨泣膽經連帶脈，陽維銳眥外關逢；
後谿督脈內眥頸，申脈陽蹻絡亦通；
列缺任脈行肺系，陰蹻照海膈喉嚨。

突然！一陣寒氣隨窗外之風嘯，竄門而入。甫聞廳外侍衛昏厥臥倒，隨後即見一斗蓬身影，跨越門檻而入。霎時，中鼎王氣脈高張，冷汗而顫，四肢漸生逆冷。牟芥琛見狀，倏以拇指、中指，按壓王爺手陽明之合谷，與掌中手厥陰之勞宮穴，俄頃運上內力，藉指推出溫陽迴逆神功，以防王爺陽脫衰竭。

不速之客褪下了外披斗蓬，低聲言道：「雷……不，該稱一聲中鼎王才是！呵呵，甫聞瑞辰大殿廳堂正驗著雷少主之骸骨，此刻王爺卻置身事外，癱臥於此，甚而自私地耗著我牟三弟之內能以續命，真是得天獨厚啊！」

霎聞犬子之骸骨，倚於藤床上之雷嘯天突然痙攣抽搐，甚有角弓反張之象，惟見牟芥琛極力穩住王爺臟腑氣脈，專注不語。寒肆楓緩緩上前一瞧，卻感牟芥琛發功之釋熱而後退數步，冷笑話道……

「龍武尊因究不出寒某身上之寒證，亦曾對寒某施以**靈龜八法**之針術，或是**公孫**對應**內關**，抑或**臨泣**對應**外關**。惟龍老不願屈從寒某之特異體質，遂藉溫陽內力，頻頻抑制寒某之內寒外擴。孰料，上天差來一境外奇人，且以至陰大法解放了寒某抑鬱多年之寒源，如此超脫自在之感，筆墨難以形容！」

寒又道：「然此奇人，名曰摩蘇里奧！或是為權，或是為利，縱橫五州，無所不用其極。終其一生，除了改變中土千年之醫藥觀念外，終不帶走世間任一雲彩！」

「什麼！摩蘇里奧已經……」牟驚愕發聲後，雷王竟也因此緩了其抽搐之象。

牟立道：「上天有好生之德，楓師兄本已命歸冥界，卻又絕處逢生，何不心存感念，對天地蒼生……知恩、感恩、甚而報恩；知福、惜福、甚而造福！」

「哈哈哈，多可笑之論述啊！」寒語帶不屑後，再道：「寒某偕阿莉回歸平凡，牟三弟可為見證。但這世間所謂之醫者，竟藉急患家屬之茫然，要脅打劫，甚而以藥殺人！」寒肆楓頓了下，又道：「思了思，想了想，雷嘯天斬我生父以儆百，無良醫者亦弒我生母與妻兒，經此一遭之後，重生之寒肆楓，難得再擁六重至陰神力，故須為陽脫虛人與沉痾難起者，求得善終之路。相較於牟三弟之盲目，捨命挽救殺人如麻，毀人天倫於瞬間之雷嘯天，不禁自覺高尚許多！」

接著，寒肆楓盯著雷嘯天，冷笑道：「呵呵，雷嘯天啊雷嘯天！爾與神醫拉鋸多時，或許引領王爺前往西方極樂，才是一帖良方啊！」霎時，牟見寒肆楓目帶殺氣，立馬表明雷王若能延續現況，仍為穩定中土爭鬥之要角，急籲寒肆楓三思！

寒睥睨回道：「穩定爭鬥？哼……無知之蒼生，僅知關注弱肉強食之屠殺戲碼，殊不知寒某之風寒奇技、狼四弟之水濕神功，無須藉由刀劍砍殺，即可令人乏力虛脫，世間規則若由我界定，何爭鬥之有？」又道：「重生之後，除了復仇之外，寒某亦有興趣與世間醫者……棋奕相對！畢竟虛人之魂魄，能助我增添內能。」

寒再道：「自此，由寒某出招，醫者解症，若醫者棋藝高超，即可回陽救逆；反之，若寒某技高一籌，則魂魄歸吾所用。呵呵，不學無術之庸醫，勢將遭人唾棄！至於人稱神醫之牟三弟，不妨與楓哥我較量一下，所謂病入膏肓者，或將求助於本草神針？抑或冀望寒肆楓輔以善終之路呢？」話一說完，王府廳室內之溫度隨即驟降，四壁與案几開始結霜，待寒肆楓眼白泛赤後，俄頃躍向了雷王！

牟芥琛自知非寒之對手，卻也隨勢迎上，霎時二人拳腳相向，惟聞寒肆楓於交手中表示，念於牟曾協助摩蘇莉之後事，遂不予計較；唯雷嘯天之陰魂，早已有了歸屬，不容他人插手！話後，寒仍感對手不斷釋出溫陽掌氣，以期阻礙寒靠近雷王，然此蚍蜉撼樹之舉，不禁引寒推出一掌風，立將牟芥琛震開，隨後雙臂朝外一展，遽然使上冰霜之氣，瞬令足下石地凝結成冰！此刻，雙足頓遭冰封之牟芥琛，為免冰寒之氣竄入足內經脈，立馬雙掌合十，肘貼雙肋，即時運上溫陽內力以自保，怎料見得寒肆楓而後行徑，直令牟驚愕失色！

寒肆楓見雷嘯天已顯出神昏譫語現象，更見其腠理鬆脫，如珠如油之絕汗大泄，遂走向其腦後，順勢將四指置於前額，並將大拇指靠上雷王之頭頂百會穴，隨後見寒肆楓拇指一壓，四指一扣，立聞雷王瞠目發出一「呃」聲後，身顫了兩下，眼珠隨即上吊、翻白，而後呈出了僵直之態。霎時，一代梟雄即隨其堂內高掛之堅質盔甲慘遭冰霜覆蓋後，嗚呼哀哉，就此終止其制霸中州並制衡中土州域數十載之搴旗斬將角色！

寒肆楓攝得雷魂之後，突自腰間取出先前崁入摩蘇莉碑石中之山猔尖牙，並藉其拇指內力，執意將該尖牙自雷嘯天之眉心處推入，直至該牙完全沒入顱腦方止。當下雖不見寒肆楓出言表示，惟目睹此幕之牟芥琛，腦中直覺寒之舉動，頗有「以牙還牙」之意味！巧合的是，適值猔牙被插入剎那，惠陽城上空突然閃電交加，霎起一陣疾風迅雷，如此晴天霹靂，猶似上蒼為雷氏一家之所遇，寫實地響起了悲鳴之聲！

「喀嗟……喀嗟……」馭馬巡城之周康將軍，突遇王府僕人倉皇來報，更見府前諸侍衛仆臥一地，火速領兵衝入，而巧於行經王府之獠宇圻，頓覺蹊蹺萌生，遂隨都衛軍兵入府察視，這才知曉，王府廳室已遭狂人四面冰封而無以入內。待眾人鑿冰破入剎那，無不驚愕主公遭弒而鉗口撟舌！然而兇嫌雖早已遁離了王府，卻仍有發功禦寒之殘存者，知悉整起奪魂事件之來龍去脈！

「轟……隆……」瑞辰殿外雷聲大作，殿內氣氛相形凝重！甫聽符鐵解釋碎裂骸骨來由之雷夫人，驚聞突如其來之轟雷掣電，不禁心生哆嗦；惟聞世勛斃命於〈碎骨溶髓掌〉下，遂追問了此一絕世神功之由來。當下，惲子熙順勢將該武藝之始末，詳實述予了雷夫人。

霎時，夫人驚訝憶起雷王府曾訂製北川順行號之皮靴，而該行老闆名曰鄒敦，亦恭敬地將成品運抵王府。然而隨同鄒老闆前來之頑劣小子，竟因誤闖王府羊圈，遂遭圈內羊隻衝撞。事發當晚，侍僕訝異發現一離奇暴斃羊隻，後經屠夫宰殺後，竟見該羊隻之左肋骨嚴重碎裂，惟當時王爺並不願多加聯想，莫非當日滋事者所使即是〈碎骨溶髓掌〉？夫人詫異又道：「經惲先生如此一提，畏罪潛逃之前北川縣令鄒煬，果真是當年宰了我羊隻，而今又摧了我兒命之兇手？」

北坎王隨即表示，玄武岩洞事發以來，北州機察處持續追緝鄒煬與莫乃行之下落。然經北州軍機處於嚴查各城池關卡，見兔放鷹之追蹤下，嫌犯恐已由同夥安排，暗地自臨宣或濮陽，悄然潛入了中州境域！

惲子熙正經話道：「含著金匙出生之鄒煬，過慣了豪奢生活，而今北州已斷了其金錢管道，再因鄒煬過往曾藉順行號之出入運載，與東州余伯廉、中州井上群、南州叢云霸，同擔摩蘇里奧運輸曚幻白粉之接應手，眼下仍逍遙法外之鄒煬，勢將隨著同黨相繼殞落而漸沒了靠山。倘若中州能對已故井大人所開出之銀票，限制其兑換地點，待時而動，應能迫使鄒煬現身。」

「什麼？井大人真是法王輪毒之接應手？」雷夫人頓顯錯愕，遲疑了下，又道：「惲先生之提議，中州巧合地付諸了行動。此事兒乃因狼行山於不久前，曾對本座提了井大人有異，本座以為狼行山欲離間我王府親信，遂不予採信。而後，本座即令赫連將軍暗中蒐證。」

赫連雋應夫人之令上前，嚴肅表示，狼駙馬藉故施壓各城庫所，不得兑換井大人之銀票，藉以阻礙井大人之資金通道。一如惲先生所言，此舉間接逼急了局外人鄒煬！惟因赫連當時並未知曉鄒煬之身分來歷，遂於跟蹤之下，發現此人不時向井大人索討錢財，甚見二人頻頻口角，不歡而散，居中更聞此人以揭發井大人藏毒作為要脅，怎奈井大人卻視對方已如喪家之犬，不足為懼！時至井大人發現，夫人為大人安排之神鬣門兩護衛，雙雙斃命於官邸附近，不禁心生恐懼，遂決定奔回惠陽，當面向夫人告狀狼行山之密謀殺害，並藉此共謀因應之策！孰料井大人出城不久，即於林間慘遭殺害，待經淮帆城名醫植甦驗屍後，嚴謹表明井大人恐斃命於〈碎骨溶髓掌〉之下！

「哦……原來是植甦先生！此人乃我北州御醫孔烇祺之學生，孔御醫曾參與玄武岩洞之驗屍任務，故知曉〈碎骨溶髓掌〉之相關。」北坎王附和赫連儁之說。

赫連儁又指出，待續查井大人命案，除了不見井大人隨身之嵇晅劍外，並無狼行山教唆行兇之證據，卻不經意發現，狼城主查出了叛亂份子常出沒之區域後，竟藉其水濕神功，推助了該區域之濕氣，藉此削弱反動份子之活動能力。孰料，此舉果真得效，見都衛軍圍捕叛黨時，皆因對方濕阻經脈、肌腱拘急，緩了亂黨之反擊能力。時至赫連離開濮陽城，濮陽都衛軍已逮捕了數百反動份子。

雷夫人不甚愉悦地道：「自見中鼎王病勢尪羸，狼行山即採『弱本強末』之手段，不斷強大其地方勢力。本以為勛兒歸來，即可鎮其囂張氣焰，無奈盼呀盼，竟盼回了一鐔碎骨啊！嗚……」話說至此，夫人不禁悲從中來，泣不可抑。然此時刻，噩訊比肩連袂，驚見周康自王府飛奔而至，一入殿堂大廳，立馬雙膝跪地，哽咽擕來王府噩耗！消息一出，一座皆驚，雷夫人更是愴地呼天，哀痛欲絕。待北坎王與惲子熙上前攙扶之際，忽聞一快馬蹄聲，由遠而近，隨後即見中州軍機處傳令官王欲，倉皇來到！

王欲立對夫人稟報，南州赤旗水軍已明顯越過中線，諸水軍艦船已朝東南之闋東城靠近，鎮守該城之狄鬣將軍，現已提升最高戰備層級，嚴陣以待；戎總管則已趕抵罕井紘將軍鎮守之淇郁城，隨時監控江上情況。

這時，雷夫人強吞哀淚，倚案起身，怒目表出，中州之強大，何時淪落「人為刀俎，我為魚肉」之局面？又道：「立馬將東部建寧城軍兵調移闋東城；待本座處理王府後事，旋即領惠陽軍隊南下支援，絕不讓赤旗軍攻下我任一城池！」

雷夫人甫一完話，一陣暈眩即來，待隨身婢女攙其倚座之後，夫人即於憤慨情緒支撐下，憶起了過往種種，立對惲子熙提道：「當年西兌王聯合摩蘇里奧東侵中州，得惲先生提示了『瀉南補北』四字兒，而後弭平了歷二寒暑之戰事。眼下南離王趁雷王府情急而出兵挑釁，先生可有獨特見解？」

惲子熙見著禍結釁深之雷夫人，除了籲其節哀之外，立向赫連將軍要了份五州地域圖，並於圖上指出，北方屬水，南方屬火，水能剋火，建議中州不妨將原先進駐臨宣城之都衛軍調回惠陽，此乃「移北之軍以制南」；而驍勇善戰之戎兆犺，短時之內，應可禦住敵軍攻勢。

惲又道：「依地勢分析，南中州沿江岸之三城，由西而東乃粵浦、淇郁、闋東，而置身南州滎璿城之南離王，竟捨近距之粵浦而首攻闋東，恐有聲東擊西之虞？倘若南離王仍有後繼軍兵北侵，其真正目標，應為粵浦才是！夫人或可待北方之軍兵回歸惠陽，休憩補充之後，再令軍兵直驅粵浦城待命即可。倘若調度得宜，南方星星之火，應不足以燎原才是。」

夫人回應道：「北坎王於玄武事件中，亦遭遇喪子之痛，而今親赴惠陽追溯當時事發經過，實已顯出了誠意，中州已無須增兵臨宣，以壯聲勢。此刻突遇南軍北侵，反得惲先生之提點，受益良多，本座即刻下令北軍南移，以備後用。」「眼下見得北坎王親率一千人馬，連日跋涉，舟車勞頓；倘若惲先生不介意，此行訪者不妨暫時入宿昔日惲先生於城東之居所……東靖苑！」

北坎王與惲子熙同意了夫人安排後，即以雷氏須應對突發意外，遂提前步出了瑞辰大殿；當下夫人更令赫連儁親率護衛，引領賓客前往東靖苑。而後，一行人移往城東途中，行經了昔日前中主傳宏義校閱軍兵之武馴草場。適值惲子熙藉著馬車格窗而觸目如故，感嘆著時局蒼黃反復之瞬息，突然……

「唰……唰……唰……」驚見草場周邊樹林，突竄出十來蒙面殺手，或見操刀，或是持劍，立馬圍攻北坎王之車隊行伍！然此一幕，立馬引來諸護衛揮槍攔阻，赫連儁抽劍於咄嗟，符總管提刀於俄頃，武馴草場旋即傳出鏗鏜擊響。當下，見赫連儁之三巡伏暢劍，速緩相間，咻嘯作響；符戩之九環大刀，堅實力勁，環聲震人，眨眼即斃五、六殺手！然值衝突剎那，忽見一黑衣人持劍竄出，水平旋身，橫向突襲馬車，北坎王於指顧間上推蓬頂，順勢攜上惲子熙與水霰盒，蹬躍出車。

霎時，北坎王直覺該刺客鎖定了惲子熙，瞬藉掌力，旋轉水霰盒，及時擋下了刺客出劍；隨後見其目標轉向北坎王，犀利出擊，招招襲人致命要害！北坎王倏以琵琶撥弦之勢，接連發出水霰冰稜劍，值敵對擋下三五冰刃後，北坎王收回了水霰盒，發聲道……

「閣下身手不凡，實為難得之武才，唯出手狠毒，招招盡攻敵對要害，莫非……莫烈與閣下有著深仇大恨？」莫烈又道：「見閣下之身形體態，直令莫某聯想一人，此人不僅少年得志，出入錦衣玉帶，且得繼承家業，遂能富埒王侯；更因民間擁護，登得州域縣令之位，怎奈一念之差，誤入歧途，落得金釵換酒，流落江湖。」再道：「莫烈親頒精雕銀質頸鍊予我北州傑出人物，閣下縱然一身蒙面黑衣，卻可見領間露出該銀鍊之片段。再見得閣下手持罕見之二尺九長，寸八劍寬，基厚尖薄之嵇晅劍，惟此劍乃中州井上群大人所有，種種跡象，足令閣下無須蒙面以對矣！」

「哈哈哈，果然薑是老的辣啊！」話後，黑衣人卸下蒙巾，正是北坎王所料之……鄒煬！

鄒煬應道：「自幼掌握了家傳之神功，實乃未來成就大事之基礎。再則，原本北州四縣令中之北川沇三榮、北江宋世恭、北渠葉啟丞，皆已支持鄒煬取代莫氏，怎奈此三縣令之場子，逐一遭北坎王給抄了，以致北川孤立無援！莫氏不僅刻意阻隔了鄒煬盟友，更聽信那妖言惑眾之惲子熙，斷絕了鄒煬所有金脈，如此卑劣手段，令我鄒煬甚感不服！」

惲子熙隨即表示，先前經由機察處莫乃行總管所查，鄒煬藉金蟾法王之矇幻白粉為引誘手段，待其他三縣令冒天下之大不韙後，遂要脅諸縣令屈從。然北川、北渠之證據確鑿，更因北渠葉啟丞聯手東州余伯廉刺殺東震王失利，遂遭北州審案總管賀亟軒大人判以極刑，唯始作俑者居心叵測，湮滅諸多證據，至今仍逍遙法外！

「什麼？機察處之莫乃行？哈哈哈，實在可笑！」鄒煬接著譏諷道：「莫乃行弒兄逃逸，若非北坎王袒護包庇，為何至今仍逮不著莫二少？卻唯獨圍剿我鄒煬？哼……莫氏一手遮天，

令人嗤之以鼻！眼下只要將北坎王與惲子熙扳倒，北州所有的法與不法，皆由我鄒煬說了算！來吧，活膩者，儘管衝上來吧！殺……」

剎那間，鄒煬如惡虎撲狼般地大開殺戒，見其一手揮使秭晅劍，一手掌擊迎來之護衛。果然！遭其掌擊者，立見創處冒發白煙，而後漸呈骨碎塌陷之狀。接著，三四黑衣人立朝惲子熙方向移去，赫連雋隨即出劍攔阻，其餘殺手則圍攻北坎王與符戩。北坎王再次運上內力，蹬躍一霎，凌空使出〈候雁南飛〉之技，瞬見大小菱狀錐鏢，倏隨莫烈之雙手舞動而出，頃刻即見諸殺手中鏢仆臥！適值混亂當下，鄒煬挾一受傷同僚作擋，北坎王瞬間不察，遂令鄒煬得於身前竄出，惟見鄒煬一電掣速劍掃出，北坎王左手掌立遭秭晅劍襲中，一道鮮血立由**手太陰魚際**處溢出，傷口橫向經過掌中之**手厥陰勞宮**，直裂至幼指根處之**手太陽前谷**穴位！

北坎王中招，掌功瞬間失了衡，不僅水霰盒重墜於地，自個兒亦需即時運功護體。霎時，符戩揮刀護主，飛身砍向鄒煬，鄒煬揮劍雖見速利，卻不禁九環大刀之連翻重擊！待鄒煬露出手顫破綻，符戩即藉刀背之圈環，精準纏套對方之秭晅劍身，使之動彈不得。鄒煬將計就計，抓準劍身上提剎那，不僅提腿而出，更於踹中符戩腹臍之際，轉身一躍，立將〈碎骨溶髓〉之掌氣，運集掌心，這才知道，鄒煬早知北坎王掌氣外洩，暫無抽出水霰冰稜劍之機會，遂伺機集中了掌力，只為予以莫烈致命一擊！

在場驚見鄒煬架出雙掌，猛然擊向北坎王，髮引千鈞之際，不禁令惲子熙與符戩大喊：「快……閃……啊！」

驚見鄒煬突發出擊，自知逃不過重掌摧擊之莫烈，腦中僅閃出一念，「不妨使出全勁兒，與鄒煬同歸於盡，以絕後患！來吧……喝啊……」

「呃啊……呃啊……」鄒煬於推出雙掌剎那，現場傳出了哀嚎之聲！

此刻突見符鐵情緒急轉，不禁高聲呼道：「是……是二少爺！主公，二少爺回來啦！」

莫烈揉了揉眼，確見莫乃行正聯手赫連雋擊向殺手，而鄒煬則因出掌剎那，雙掌掌心頓遭莫乃行所發凝關冰劍刺入，隨後一陣冰寒之氣，依循手臂陰側之**手厥陰心包經脈**，逆竄至手腕**大陵穴**後，直衝**內關**、**間使**、**郄門**，待至肘橫紋正中肌腱尺側凹陷之**曲澤**後上行**天泉**，終抵乳頭外側一寸處，亦即**手、足厥陰**與**少陽經脈**交會之**天池穴**。然此冰寒倏令鄒煬突發心悸，而後岔氣墜地，且因肘臂關節慘遭寒凝而痛，令其呻吟不斷。此刻，城東上空再次烏雲集結，並見電光交閃，隨後即下起了陣陣雷雨。

「是……是我兒乃行沒錯！」北坎王見狀，喜極而泣，瞬間難辨臉上濕濡，是雨滴？還是淚水？

鄒煬負傷起身後，強忍著冰寒攻心，立馬辱罵莫乃行：「你……你竟敢背叛！早知你這兔崽子只想一人獨霸北州，根本不可能與我合作，你……莫乃行！你手刃兄長乃唯一死罪，賀大人不會放過你的，如此走上絞刑台，爾怎甘心？」

乃行回道：「玄武岩洞衝突中，吾兄乃言首先中招雷世勛之〈膈膛三血滲〉，後因乃行與鄒縣令交手，怎料所發冰劍突遭對方擊開，遂誤中已重創之乃言**鳩尾穴**！自乃行誤事後，頻受良心譴責，倘若持續逃避，該事件絕無澄清時日！」又道：「本欲私下勸動鄒兄，齊協莫、鄒二力擒住寒肆楓，不料鄒兄竟相信並順從那攝人魂魄之陰風狂人！」

這時候，草場雨勢雖緩為細雨，但見風向不定，雨水霎時左傾，一會兒右斜，頓時模糊了若干人焦點，唯藉水濕而練就一身神功之北坎王與莫乃行，嗅出了武馴草場之異象！待乃行扶起父親後，立聞北坎王唸道：「真沒想到，行兒的〈凝關冰劍〉威力，更勝以往許多。眼下有了雨水相助，接下來不妨由咱父子倆聯手，為大夥兒補上一『雨中驅魔』橋段吧！」

莫烈話一畢，左手握拳以抑傷口外裂，右手順勢引上水霰盒，立馬架出單手操使水霰冰稜劍之勢。莫乃行則因玄武烏晶鎮之能量加持，倏集內力於食、中二指，並對父親提道：「〈水霰冰稜〉神功乃藉水轉成冰，其速不若〈凝關冰劍〉直由水氣凝冰出擊，故此戰由孩兒擔綱主攻角色為妥，畢竟此魔頭已攝取不少魂魄，遠非咱們於何思樓前所遇。小心，他來了！」

「趴……趴……趴……」莫乃行於跨出三步後，蹬躍而起。

霎時，惲子熙等一干人，莫名地見莫乃行衝出，赫連雋連忙拭了眼角雨水後，瞠目叫道：「大夥兒小心，有白熾閃光靠近！」

「咻……咻……咻……鏗……鏗……鏗……」一身披斗蓬之持杖身影，忽引一陣寒涼之氣而來；待其伸出法杖，立與莫乃行展開一陣廝殺較勁！一旁慢了步調之符鐵、赫連雋，俄頃提上兵刃欲上前助陣，惟聞符鐵提醒道：「赫連將軍小心，眼前持杖身影即是身擁至陰神功之寒肆楓，此人已非將軍於臨宣一役所見一般，更因其已竊得晶鎮能量，咱們輕忽不得！」

待赫連與符鐵加入戰局，四人火力全開，連番圍攻，寒肆楓則一語不發，僅雙手交使著三犄法杖，力抗四方之逆向攻擊。適值法杖之透淨水晶釋出白光剎那，寒藉一記凝光出擊，隨後即見符鐵與赫連雋出招漸緩，手上之利刃亦遭覆上一層雪白寒霜，直至二人發覺手臂因經脈塞阻而生僵痲之感時，眨眼已見手中兵刃慘遭擊飛，更因退避不及，不幸遭法杖掃中足膝，致使肌腱瞬遭凝凍，無以挪移！危急剎那，莫氏父子紛朝寒肆楓發出冰劍，以攔阻其後續攻勢，及時助符戩、赫連雋避開了敵對〈四重摧礫掌〉之伺候！

寒肆楓冷酷瞪著莫乃行，輕蔑言道：「莫總管不念寒某賜予晶鎮之能，反而回頭與這班齊世庸人為伍，甚對寒某揮刃相向，既不仁且不義啊！諸位可知，莫二少之愚行，恐將拖累隨之起舞者。眼下這草場，應足以容下所有斃命者殮葬才是！」

莫乃行不屑道：「玄武岩洞之衝突，確有因創傷而仆臥者，但真正施行邪術，攝魂吾兄乃言與雷家大少，甚而釋寒以傷我堅防衛軍，無不出於你寒肆楓恣意所為！如此泯滅人性，根本不配論及世間之仁義道德！惟乃行十分後悔，後悔當初於何思鎮，沒能即時調動堅兵強馬，將你這魔頭繩之以法！」

北坎王續對寒肆楓道：「寒賢姪曾偕摩蘇莉訪我辰星大殿，並對莫某噓寒問暖，令人窩心。惟因賢姪之命運多舛，以致向隅而泣，遂自津漣山斷崖作一了結。而今遇得天神予以重生之機，千載一時，賢姪何以倒行逆施，甚而趨於攝魄鉤魂之魔域？」

「哈哈哈，天神？愚昧蒼生僅知向神求助，凸顯眾生之卑微無能！我寒某人無須天神之助，即可自行退冰以重生，此乃寒某不信神能之由！」寒又道：「至於攝魂充能之舉，此乃針對沉痾難起，虛羸陽脫之人，可謂助其達於『善終』之目的。然而醫者令病人拉鋸於閻王殿前之愚行，『凌遲』二字絕不足以形容！倒是……莫二少之忘恩負義，寒某無須予以善終對待；待其身首異處，魂魄無以召喚，自成冥間之亡靈。未來，亡靈將任我驅使，莫二少勢將受寒某

奴役，永世不得超生！眼下這般雨水，就當天神為爾等面臨悲慘而哭泣吧！」

「唰……唰……唰……」忽見寒肆楓凝出二指冰劍，以連三跨五之勢，立朝湧上之護衛施以絕斷經脈之私刑，待其陰絕陽脫剎那，立馬當眾攝其魂魄。

霎時，北坎王抓住時機，倏藉水霰盒前方之菱格出孔，套住寒之二指冰劍，二人立馬旋臂以對，當下即見水霰盒隨臂翻轉數圈，寒則趁勢搗毀內隱盒中之冰稜劍，並於得逞後收回二指冰劍，雙雙後翻咄嗟。莫烈於落地剎那，懸空平置水霰盒，並以單手撥弦之勢，自盒之左端向右橫掃，立見大小菱狀冰錐，魚貫而出！

寒肆楓單以左臂，速旋法杖，值水霰冰錐近身剎那，立於胸前將之融合成一圓盤冰壁，隨後一聲轟響，驚見寒以右掌擊破冰壁，冰壁轉眼爆裂成塊，霎如尖銳飛石般地逆向回衝。剎那間，北坎王雖旋轉水霰盒作擋，卻因抵禦範圍有限，致使其肩臂足踝各處，狠遭堅冰擊中，並於踉蹌後退數步之後，傾身倒臥於地。

莫乃行立藉指尖射出凝關冰劍，及時阻斷寒對莫烈之攻勢。然此冰劍雖不若水霰盒所發數量，惟其所具之威力，卻遠勝冰錐數倍之強。寒肆楓明瞭，〈凝關冰劍〉已受晶鎮加持，不容小覷；倘若直以法杖相迎，透淨水晶恐有受損之虞，遂立馬亮出袖中之盈尺疾刃，蹬躍翻轉，逐將凝關冰劍斷切為二，接連藉一鉤腿，使上倒掛金鉤之式，眨眼將一斷冰踢回，甚令該冰尖直衝乃行心窩而來……

「轟唰……轟唰……轟唰……」若干火團突現乃行周身，甚見一火團直將衝心之冰尖擊開，瞬令在場詫異連連！惲子熙立道：「主公與乃行皆以冰刃之術，應對冰寒本性之敵手，難以占得上風，所幸乃行以習自雷世勛之燃火巫術，即時引熱出擊，始能構成對手之威脅！」

果然！七、八火團瞬生震懾之效，直逼對手退移以應。莫乃行續備上另一波冰劍攻勢，伺機反刺對手心窩，怎奈眼前乃呼喚風寒之高手，且因當下細雨不斷，遂見對手就地速旋，隨後高舉法杖，一股旋風隨即升起，諸火團立遭旋風吸引而隨之上升，惟因旋風中亦引來雨水助陣，不斷澆淋火團，待上升火旋成了眾人焦點剎那，寒肆楓已來到了莫乃行身前，冷笑表示，莫二少僅習得雷世勛一點兒火焰群幻之巫術，竟想藉此矇騙過關，實在可笑！又道：「閣下能凝結水氣成冰，勉強歸於陰功之類，可惜此舉易傷體內溫陽！不過……既然閣下喜弄冰寒，不如就此感受一下，何謂真正之……至陰神功！喝啊……」

眾人見火團隨旋風消失後，立見寒肆楓單挑莫乃行。此回寒之出招，既狠且速，惟見三犄法杖之尖端，觸中對手肘內橫紋處之**手太陰尺澤**，與肘尖後一寸之**手少陽天井**後，值對方雙臂酸麻之際，立朝對方心下胸膈處轟出〈凜冽寒霜掌〉，瞬令對手朝後滑退數十尺，直至一人撐住莫乃行後背方止。這時，北坎王忍著創痛，匍匐靠向乃行身旁，這才發現，及時以雙掌頂住乃行後背者，正是本草神針……牟芥琛！

牟芥琛俄頃使上〈溫陽化瘀〉神功，藉以化阻乃行體內之寒霜邪氣循經入裡，怎料此舉觸怒了寒肆楓，立遭其怒目以對。惟聞牟緩頰道：「楓哥說過，欲與世間醫者棋奕以對，倘若醫者棋招卓越，即可回陽救逆！此刻正是寒大俠出招，而遇芥琛解症之時啊！」

寒肆楓狠話道出：「順吾者生，逆吾者亡！莫二少乃寒某要的人，倘若三弟執意介入，莫怪寒某不顧過往情誼！」

寒肆楓甫完話，高旋法杖兩圈後，立見透淨水晶由白光漸轉淡藍。牟一見光氣易色，瞬對北坎王唸道：「不妙！這魔頭之至陰內能，恐已達六重巔頂，倘若內能再升，勢將進入七重魔域！屆時之寒肆楓，恐已分不出是人？是魔？只是……此刻若止住對乃行施行驅寒，一旦寒霜之氣循經入裡，即可能凍結其心臟脈動！這……」牟之話語未盡，驚見寒已藉法杖凝結周遭水氣；待水晶達於釋能之際，立朝乃行連發三道透著淡藍色澤之冰錐！

「咻……咻……咻……」眾人瞠目見得三冰錐直衝乃行胸膛而去，莫烈立馬挪至乃行身前，即時運聚膻中之氣，倏以單臂振出掌風，現場惟聞一聲轟響，瞬見首發冰錐爆裂於草場之上，怎奈接二連三迎上之冰錐，不待莫烈之持續運功發掌，筆直衝來……

「唰……唰……咢……咢……烘……烘……」忽現一陣蒸霧，隨聲即起，霎時模糊了大夥兒視線！

原來，受阻於武訓草場之一干人，聽聞莫烈出掌所生轟響後，忽見兩道迴旋光氣，瞬自北坎王肩後飛出，接連擊中後續之淡藍冰錐，當下不僅錐裂崩散，更見碎冰如遇熱般地瞬化為蒸汽！半晌之後，一矯健身影突自蒸霧中衝出，霎令不喜溫熱之寒肆楓機警後翻，惟其心中頓感好奇，究竟何方神聖，及時亂入攪局？

「嘿嘿，幸得允昇哥要我走趟惠陽城，這才讓我揚銳能會一會身擁六重至陰之魔頭，何等長相？」揚銳又道：「牟師叔、各位前輩，接下來的戲碼，不妨交由晚輩充場一下囉！」牟喊道。

「賢姪小心啊！眼前這持杖的白髮……叔叔，絕非等閒之輩，希望允昇有提點過你啊！」

寒肆楓仔細打量了揚銳後，道：「一個凌允昇，一個擎中岳，稱得上勁道十足之角色。甫見閣下以兩弦月脈衝，及時化解了莫氏父子危機，不禁引來寒某一探揚兄弟所參悟之『經脈武學』，究竟能有幾分能耐？」

見寒肆楓舞動法杖，揚銳順勢亮出了少陰抑獍鋒，倏令在場一陣驚動！待牟芥琛為北坎王解說該神器後，瞬見揚銳雙刃出擊，咻嘯作響，直倚少陽經脈之氣為恃，並由雙臂泛出橙熾光氣，隨掌而出，直衝雙鋒刃尖而去。值雙方交擊之際，陰功絕頂之寒肆楓，頻頻引寒摧人，以寒抑溫，絲毫不讓揚銳有可趁之機！

惲子熙立對牟表示，驚見寒肆楓竊得晶鎮之能而有恃無恐，此人僅藉召喚風寒，即可引外邪以襲人，進而達到循經入裡以傷人，此等危害蒼生之絕世異能，絕非符戩與赫連將軍之刀劍能解。所幸龍武尊之經脈武學能傳予凌、擎、揚三後輩，倘若此三陽傳人能遏止寒肆楓斂入魔域，或許不致令中土五州陷入命門火熄之危機。

牟憂心指出，一旦寒肆楓斂入七重魔域，進而召喚冥界之亡靈相輔，恐將助其探得至陰八重之「馭地資」，甚而九重之「遮天垠」！果真如此，屆時世間不見天日，萬物生化停滯，蒼生欲自主吸取大地之精華，皆為難事！

聞得牟芥琛提及「遮天垠」之字眼，惲子熙霎時一陣腦麻，不禁令其想到，「甫於颯肓島之天磁地氣推演，見得暗灰一片，莫非即是……狂人得逞？」

「啪嚓……咻……」寒肆楓蹬躍而上，朝天揮動法杖，半晌之後，竟見一雲朵降下了冰雹，怎料寒續使出喚風大法，令冰雹藉風而襲向對手。揚銳驚覺，若就此移位閃躲，冰雹恐將傷及北坎王等一干傷者！權宜之下，斯須燃起手、足少陽經脈真氣，此舉不僅能使抑猰雙鋒藉升溫以融冰，更可隨招釋出〈厲武少陽〉脈衝以削冰。果然！一陣雙鋒疾揮，脈衝速發之下，冰雹不僅碎裂，甚因雙鋒之金鐵熱盛而瞬間蒸散。

然此一幕，直令寒肆楓疑慮到，「此人揮使雙鋒之速，猶勝於刁刃之疾劍；甚因雙臂所發之橙熾脈衝，更令熱融冰雹之蒸霧，升高了周遭溫度，令吾頓感不適。此刻已知失去了鄒煬與莫乃行之護航，倘若能藉此封印揚銳，未來即無三陽合併之可能。待五色晶鎮皆到手，即可倍增至陰神功之摧力，凌允昇與摯中岳能奈我何？倒是……以惲子熙之推演神技，應可斷出颯肓島將有異象。無奈鄒煬刺殺惲子熙失利，實乃出吾意料之外！然此結果，勢將對未來於颯肓島進行晶鎮合體，增添諸多變數！」

此刻，寒肆楓藉由蒸霧瀰漫，疾採不定向移位，並伺機凝聚〈冥褰陰寒〉能量；適值法杖水晶再釋水藍光氣之際，立跨出了前弓後箭馬，倏朝揚銳推出法杖。眾人於朦朧中驚見一道水藍光束射出，殊不知，聽力極為敏銳之揚銳，早已於蒸霧中辨識出對手之移行向位，且於敵對跨出馬步剎那，對準方位，強力發出了〈陽樞四脈龍〉之絕技！

「轟唰……轟唰……」草場上驚見四條橙熾光氣，一如麻花般地交織成柱，正向對衝〈冥褰陰寒〉之水藍光束！剎那間，不僅轟然巨響傳出，對決之揚銳更因對衝震波過大而後彈；現場則因熱盛沖寒，再度出現了蒸霧瀰漫現象！半晌之後，驚見寒肆楓躍高數丈，雙臂朝外一伸，草場周圍立生陣陣狂風，順勢夾雜雨水濕氣而向外擴散。這時，見識過摩蘇里奧於霖璐城施展風邪大法之揚銳，立馬洪聲急籲大夥兒遮摀屏息，莫讓腦後之風府、風池當風，以免外邪有竄入襲身之機！

待雨水沖散蒸霧之後，環顧武馴草場四周，早已不見寒肆楓之蹤跡，隨之而來即是烏雲密佈，雷電交加之景。孰料，草場上一波甫平，一波即起！正當大夥兒因受創而斂氣以應，卻見甫遭彈飛之揚銳，早已起身對峙著另一人物！原來，揚銳與寒肆楓對決之際，一旁鄒煬已趁隙拾回了嵇亘劍；雖見其雙臂仍疼痛難屈，惟其力道有餘，尚足以持劍挾持北州軍師……惲子熙！

莫烈驚見劍刃置於惲先生頸上，焦急喊道：「鄒煬啊鄒煬！務必三思而行啊！此刻，爾已失了〈碎骨溶隨〉之功力，切莫再行無謂反抗，拒諫飾非，遂迷不寤啊！」又道：「惲先生無辜受累，倘若……以莫某一命……可抵惲先生……」

「哼！我鄒煬本可藉莫乃言而扶搖直上；身擁蓋世神功而取代莫氏，進而執掌北州州域。怎料一夕之間，竟全栽在莫乃行手上！好，就以兩條件來交換惲先生。」

鄒煬咬牙又道：「先行綑綁莫乃行以作為人質交換，有了乃行這顆棋子，北坎王應不敢動我鄒煬才是。然條件之二，北坎王即刻下令符戩總管交出身上兵符，並由乃行咬著兵符遞交過來，惲先生即可獲釋！」

聽聞條件後之莫乃行，立止下了牟芥琛為其療傷。甫一起身，雙掌朝上且雙臂平舉，蹣跚地走向鄒煬，道：「在下身繫多起謀命重案，早已置死生於度外！倘若以乃行一命，即可了結鄒兄之積怨……值得！唯交出兵權一事兒，事關重大，恕難允諾！」

「哼！既然不符交易條件，一切後果，該由你莫乃行一人承擔啦！惲先生，得罪啦！」鄒煬話一說完，立退一步，倏朝迫近之乃行，擲出了袖中利刃，隨後持上嵇亘劍，直朝惲子熙心窩正後方刺去！在場於目睹鄒煬出劍剎那，無一能及時攔阻，隨後即聞「唰……嚓……」伴隨

「鏗……噹……」之聲響傳出。

莫乃行驚見惲先生前傾，立馬上前攙扶，惟見鄒煬維持原刺劍姿勢，瞠目直立，動也不動。原來，值鄒煬朝乃行擲出袖中飛刃剎那，揚銳倏甩出手刀脈衝，且於鏗噹聲響中擊落了飛刃，卻仍不解鄒煬為何僵於原處？好奇之下，眾人紛紛側頸，立朝鄒煬身後一瞧，驚見一柄眾所皆知，威震五州之疾剎劑犀斧，不偏不倚地嵌入了鄒煬身背龍骨！

「鏘……霹……」鬆手秷晅劍之鄒煬，於劍落聲響傳出，欲轉頸回瞧擲斧者剎那，突見一道熾亮閃光凌空劈下，直接劈中能引來電擊之劑犀斧！待聞得隨後之巨雷聲響時，鄒煬實已呈出全身焦黑而直仆於地，俄頃橫屍武馴草場上！

在場立循拋斧方向瞧去，忽見雷夫人自遠處走來，而後眉頭深鎖，僅對著鄒煬焦黑大體，搖頭唸道……

「冤有頭，債有主。所有負我雷氏者，都將付出應有代價！」接著，夫人仰天啜泣，再道：「勛兒呀！娘已藉由你爹之劑犀斧……斃了鄒煬，終替你報了仇啦！嗚……」話後，草場上空電閃雷鳴加劇，心力交瘁之雷夫人，默然不語地轉身，隨後即由隨扈陪同下，落寞地回往了雷王府；而坐臥草場之諸傷者則於牟、揚二人協助下，或攙或扶地直往東靖苑之向而去。反觀一向傲睨自若、不可一世之鄒氏大少，終須為其乘間作禍之作風，於天雷轟擊之下，同得雷世勛殞命異鄉之下場！

惠陽京城經陰風狂人放肆後，持續籠罩於風寒疫情之中。常真人與中州御醫李焜等，陸續進城協助，居中更見東州菩巖寶剎新任住持，親率弟子前來相助。待常真人偕同寶剎住持前往東靖苑一聚，霎令惲子熙與牟芥琛等人，頓露驚訝之貌！惟因眼前所見之寶剎方丈，實乃剃除了烏髮鬚鬍，重新皈依菩巖寶剎，亦是眾所熟識，人稱「藥對王」之……荊双兑！

當下，聞得常真人為眾解釋，法號沁葳之荊双兑，值寶剎突遇外邪奇襲之際，不僅捨身力助寶剎穩定疫情，及時扶正危傾之寶剎，甚而戮力凝聚昔日同門之向心力，遂受寶剎之四大班首、八大執事一致推崇，由沁葳法師接任寶剎方丈之職。然此結果，立深獲置身東靖苑之眾賢士連聲稱道！

惟此刻惠陽面臨危難，大夥兒聚東靖苑之內，少了閒談而多了研議。沁葳方丈見惠陽之疫情，甚於寶剎先前所遇；不僅見得傷寒六、七日不瘥，進而發生**諸經合病**現象，更見此回風寒外邪，直接損及臟腑運作，不禁憂心寒肆楓之召喚風寒，實已上達另一境界！然因城內眾多百姓慣以速效藥劑應急，或見副症伴隨，根本難以讓醫者仔細辨證，以致無以對證論治！

常真人認同方丈之說後，接續表示，此回疫情繁雜，甫於城西見得多起外邪侵犯脾胃之證，患者不僅脾胃虛弱，氣滯**中焦**，且有胸脘痞悶不舒，甚見小兒消化不良，嘔吐泄瀉之證。所幸發證區域貧困，鮮少見得速效丸劑流通，遂以**人參**、**茯苓**、**白朮**、**甘草**之**四君子湯**為基，增以一味能行氣通絡之**陳皮**，即為益氣健脾、暢滯行氣之**五味異功散**；更可續增一味降逆止嘔、消痞散結之**半夏**，即可成為**六君子湯**；此方除了益氣健脾外，亦可解胸脘痞悶，達化痰止嘔之效。

常老又道：「若遇脾胃運化受困而生津虛內熱、吐瀉煩渴之證者，則續以**四君子湯**為基，

合以行氣止痛之**木香**；升陽益胃、生津止瀉之**葛根**；芳香化濁、袪濕止嘔之**藿香**，即成所謂益氣健脾、和胃生津之**七味白朮散**。」「然而，少數因脾胃虛弱、濕阻氣滯，進而發生食後腹脹，噯氣泛酸者，則以**六君子湯**為基，合以**木香**之行氣化滯，**砂仁**之化濕醒脾，即可成為健脾補中，化濕行氣之**香砂六君子湯**！」

「阿彌陀佛……常真人僅以十味藥草之組合，即可成**四君子**、**五味異功**、**六君子**、**七味白朮**等傳世名方，始能得多方之應用。相較沁葳『針下二穴，方出藥對』之治法，明顯高明許多！阿彌陀佛……」

「方丈實在過獎，惟因老夫所處之城西，務農者眾，較能接受傳統藥草治症。反觀方丈辨證論治之功力，精簡得效，足為老夫參酌請益！」常真人接著問道：「耳聞濮陽城徒增水濕病患，不知方丈可有消息？」

沁葳方丈回應表示，自領著寶剎弟子前來惠陽，行經中州東部三城時，確實深感濮陽城內之水濕甚重，更見百姓受濕邪入侵之苦，或有濕阻經脈、肌肉疼痛，或見痰飲瘡瘍、風濕痺證！然而溯其源頭，竟出於城主狼行山施展水濕神功，藉以迫使叛亂份子無力抗拒軍兵緝拿！方丈又道：「待沁葳走訪三城後，巧於建寧城遇上了精忠會之領袖，此人即是昔日被沁葳與蔓晶仙姑娘救出之聶忞超！透過聶忞超之描述，精忠會已暗地獲得淮帆、建寧二城，以及東南閱東城之地方官員支持。倘若狼行山失了濮陽城，聶忞超幾可掌下半個中州！」

常真人點頭表示，知悉聶忞超乃中州傳前主得力武將聶晟之子，此人曾於勝任濮陽城主時，不僅令濮陽成為東部第一大城，甚而竭力與北、東二州建立良善關係；行有餘力，更為淮帆、建寧二城鋪路造橋，而今能得各城支持，因果使然。倒是身為地方父母官之狼行山，恣意妄為，罔顧民生，令人憂心！

忽然！見赫連將軍攜訊前來。惟因南州之赤旗艦艇已列於闕東城外，雷夫人則依命理風水師之見，暫置中鼎王大體於冰窖而延後殮葬，並準備親率軍兵南下，藉此聯合戎總管圍剿赤旗侵軍。赫連又道：「聞駐守麒麟洞之巴砱將軍慌張來報，麒麟洞已如夫人之令，完全封埋，卻見前來支援之神鬣門突生內訌！除鎖鏈刀燕騮慘遭劍刺斃命外；獨眼蛇矛冉垣甲，與現任神鬣門總督殷天雁，不明所以地雙雙命喪於對方獨門兵器與特定招式下。近日來，不服雷夫人與殷天雁作風之神鬣門諸將，相繼神武掛冠，致使群龍無首之神鬣門，現已形同虛設！」

牟芥琛憂心述道：「雷夫人性格剛烈，不甚禮遇神鬣門諸將，且一心僅以討伐侵軍為首要考量。殊不知，惠陽疫情尚未穩定，已是一隱憂；甫自臨宣回調之軍兵，恐因舟車勞頓而疲憊虛損，多少影響自體衛外之能力。芥琛甚而當面力諫，倘若軍兵因回移惠陽而受外邪入侵，甚而波及軍營，戰力折損，在所難免。怎奈夫人早備妥了足量之應症速效藥劑，以作為應變之方策，令人難以苟同！不過，夫人若真於寒肆楓入侵前毀了麒麟洞窟，仍算得上替中土五州之禦敵，盡了份力啊！」

突然！惲子熙即與地自書房隱壁櫃內，覓得了昔日留於東靖苑之天文星象資料，隨即指出，當年匆忙離開東靖苑時，無暇顧及所有紀冊，而今重現，如獲至寶。孰料此番話即時引來赫連雋之回憶，而後見其稍顯靦腆，向著惲子熙請教道……

「惲先生當年遭中鼎王軟禁於東靖苑，後因西兌王東侵中州之際，惲先生得二位高手之助，聯手擊退了在下與尉遲將軍。然而時隔多年，赫連仍因未能守住任務而內疚至今，遂藉此請教先生，能否告知此二高手之身分名號？」

一旁揚銳訝異道：「有著中州左右雙衛頭銜之赫連、尉遲二將，僅挾著三巡伏暢劍與西蒙秋延刀之威，即可令人畏懼三分。或許是因惲先生之計策，精算得宜，以致接應者能僥倖得逞才是！」

北坎王亦好奇問道：「對呀！憶得惲先生曾表示，當年雖離了東靖苑，中州各城仍嚴加把關，幸得二人之助，始能由臨宣出境，終而隱留北州。不知何方神聖能有這般能耐，挑戰左右雙衛之把關？難道……其中一人乃武尊……龍玄桓！」

「非也非也！當年惲先生離開東靖苑時，我龍師父實已遭靡蘇里奧暗算，非能現身惠陽才是！」牟推論道。

惲子熙見大夥兒好奇著赫連將軍所提，暫擱下了手中紀冊，微笑表示，此二人本受挫於江湖恩怨，故萌生了引退之意。後因龍武尊啟蒙其經脈內能，進而引動其探索經脈武學之美。然此二人之一，隱居北州，其父乃傳前主旗下之文教總管……原蔭鵬！另一人則於南州赤焱山慈聖宮，不時為人刺血義診之知秋先生。倘若真要提及名號，此二俠即是江湖人稱「劍紳」與「刀臣」之原羽辰與凜秋痕！

赫連雋知悉了當年之關鍵人物，驚訝後隨轉微笑道：「呵呵，原來同是專於刀劍，名震武林之前輩！能敗於劍紳與刀臣之聯手，足令赫連雋就此擱下多年心結。畢竟能領略到二位高人之默契，直令赫連雋與尉遲罡敗得心服口服！」

常真人接著指出，惲先生所謂之江湖恩怨，即是針對昔日劍紳、刀臣每隔三年於屹岡島之武藝切磋，終遇上了為父雪恥之刁刃，手持三禪戮封劍登島挑釁，並一舉擊敗了刀臣之肅煞蠲疾刀，甚而斷了原羽辰之絕鋒蟬翼劍！孰料，此二俠於屹岡島挫敗後，巧遇了龍武尊，更由凌秉山大師重新為二人鑄造專屬利刃。自此之後，得龍武尊告知，其不僅重啟了劍紳與刀臣之鬥志，更發現了一身擁經脈內能之高手，此高人即是昔日颯肓島上之名醫……川尻治彥！惟因龍武尊尊重川尻之退隱，遂未多述其後續，怎料日後經惲先生之證實，此人即是隱於汨竫湖之一渡船船夫……江偉士！

「什麼？曾載送主公與符戠前往颯肓島之船家，即是川尻治彥！那……那……那曾於島上為符某治病之甄芳子，其所要找的人……遠在天邊，近在咫尺啊！」符戠驚訝道。

揚銳聽聞常老與惲先生描述後，隨之恍然大悟，順勢將近來南州火連教易主事件，為在座敘述了一番。這才知曉，原來啟發項⿰火彡教主得以釋放火焰，並助其悟出〈赤灼炙煉〉神功者，正是慈聖宮之知秋先生，亦即人稱刀臣之……凜秋痕！

適值過往諸事化暗為明之際，牟芥琛則拋出另一令人訝異之疑團！此疑乃因寒肆楓於雷王府欲攝取雷嘯天魂魄時，述及了摩蘇里奧已魂歸九泉一事兒。

惲子熙於詫異之餘，表明了曾致函西州石西主，務必守住白虎岩洞。當時雖得石西主正面承諾，而後卻聞其指出：白涘城主駿煌於潰退白虎岩洞營區時，一路挾持百姓作為人質，且要脅西軍須持續供應該營區糧草，否則將逐一殺害人質，直至摩蘇里奧回返白虎岩洞後，駿煌始同意與石西主展開談判。

惲又搖搖頭道：「如此燙手山芋，竟發生於中州內憂外患之際！然此時刻，再添摩蘇里奧殞命之疑，要令子熙於擬定因應策略時，不禁躊躇再三！」

赫連將軍於惲先生話後，立馬提及雷夫人之囑咐：「常真人、沁葳方丈，與留宿於東靖苑之賓客等，皆無敵對中州之意。赫連將軍自此留守東靖苑，以護賓客之安危。」惲子熙聞訊後，隨即決定暫以東靖苑為運籌中心，一來可就近瞭解南軍北犯之近況，二來可依苑內之紀冊，深入剖析寒肆楓未來之動向。隨後，惲子熙當面請託揚銳，以期揚銳能護送受創之北坎王、莫乃行與符鐵總管至臨宣城；屆時將由莫王府護衛關薦接手，繼續護送隊伍回往北州。

此刻，牟芥琛跨前了一步，拍了拍莫乃行肩膀，叮囑其每日申末入酉時辰，必服一劑以**甘草**、**乾薑**、**附子**所組之**四逆湯**，藉以抑制體內寒毒發作，且須連服三月而不可間斷。唯**附子**之生用，具含毒性，故須謹終如始。常真人亦順手為頻顯汗出之北坎王診了脈象，見其脈細而緩，舌淡苔白，推斷北坎王恐與寒肆楓對決時，傷了心、脾氣血，以致**心虛不能生血而驚悸盜汗**，**脾虛不能統血而滲血妄行**，遂以**四君子湯**為基，輔以健脾益氣之**黃耆**，藉**當歸**、**棗仁**、**遠志**、**桂圓肉**以補血安神，合以理氣醒脾之**木香**，健脾和胃之**生薑**、**大棗**，合十二味藥共組之傳世名方……**歸脾湯**，即可補養北坎王心脾虛損之證。

辨證論治之後，常真人再憂心道：「眼下已見寒肆楓出手，倏令惠陽城籠罩於風寒外邪之威脅。倘若寒肆楓真斂入了魔域，非同小可！惲先生可有預先防範之策略？」

惲子熙理了下思緒後，道：「寒肆楓若真取得了五色晶鎮，尚須設法令晶鎮合體；一旦過程有誤，恐重蹈昔日火連斛衍焜教主之覆轍，隨之發生難以設想之劇烈震爆！再則，依常真人之命門論述、牟賢姪之歷史分析、江偉士之就地見解，甚與子熙見羅盤圖毯之詭異顯示，颯肓島極可能是寒肆楓之主要目標。惟因汨埩湖之怪異氣候，直令北州堅防水軍難以掌控，遂無以日夜進行嚴密巡防！」

惲又道：「憶得常真人曾形容，中州東北之濮陽城，一如胃腑之**賁門**；西北之臨宣城猶如胃腑之**幽門**，而汨埩湖南岸之頂豐城則似於心下之**中脘**！然此三城均為渡船前往颯肓島之門戶，權宜之下，暫由揚銳進駐臨宣、擎中岳前進濮陽。惟因凌允昇尚處於南中州，針對頂豐城之缺口，唯有託付江偉士協助把關了！」

符總管隨即認為，單憑堅防水軍巡防，確實易受天候限制；但加強汨埩湖北岸城池之軍防，亦可成為水軍之後盾，得以防範於未然。符鐵此言一出，立得北坎王與惲子熙一致認同。

這時，本臥於一旁之莫乃行，緩緩起身，提氣發聲道……

「寒肆楓降納鄒煬與乃行於其陣容之內，以期能助其整合五色晶鎮時，即時擋下所有干擾者。然惲軍師所言甚是，如乃行等同黨，確實等待寒肆楓發出號令，屆時將依其指示，分別前往鎮守之城池。至於何時行動？寒則隻字未提！不過，日前鄒煬突發魯莽行徑，且遇乃行砥鋒挺鍔之舉，應已攪亂了寒肆楓原有之佈局才是！」

適值在場關注著莫乃行表述之際，揚銳即聞一陣凌亂腳步聲，自遠而來。半晌之後，即見獠宇圻倉皇現身東靖苑！

獠宇圻立對牟芥琛喊道：「方……方才……傳兵捎來消息，濮陽城之巡城衛將鞠趯，現已逮到了頻於城內施毒，人稱『蠱毒靈嬌』之翠瑢啦！待都衛軍持續搜索其藏匿處，果真搜出了數甕蠱蟲，種種跡象顯示，似乎尚有同夥人一同籌劃，而狼城主亦表明，將全力清剿翠瑢同黨！不過……聞該傳兵之形容，狼行山似乎對中鼎王之死訊，毫無明顯反應，僅表明將隨雷夫人安排而行事。唉！真沒想到，自從獠某隨寒肆楓前往南州後，狼行山似乎變了個樣兒！」此言立引來常真人與牟芥琛搖頭以對。

這時，揚銳突向獠宇圻問道：「駐守南州朱雀洞之懈鞬將軍曾表示，不止二人於夏至時令進入了朱雀岩洞，不知此說是否屬實？」

獠宇圻原本三緘其口，卻又見著一旁恩師之關注眼神，遂將當日於朱雀洞之來龍去脈，全盤拖出。

揚銳聞訊後立聯想道：「若依獠前輩之述，寒肆楓於朱雀洞內為戮封劍除了兕，應已攏絡了刁刃之心。然依過往刁刃為父雪恥之個性，勢必遍尋仇人以雪己恥，故寒肆楓表明了摩蘇里奧已死，或許法王正是命喪於刁刃之劍下，只因不見法王之屍骨，遂令眾人多所猜測！」此一剖析，立得眾人頻頻點頭，以示認同。

然於牟芥琛幾經思慮後認為，眼下刁刃行蹤不明，恐添未來變數！而狼行山之諸多行徑，頗具疑慮。惟因狼行山一向敬重寒肆楓，或許……狼行山早已成寒肆楓派駐濮陽之棋子，且已知曉寒何時潛入雷王府行動，遂事先遠離了王府，以致事發之後，無動於衷。牟想了下，又道：「看來芥琛須親自走趟濮陽城，或許能就近探得匿隱其中之蹊蹺。」

「那好！已許久沒見著山哥了，不妨由在下陪同牟神針，一同前往濮陽城。」獠宇圻說道。

三日後，揚銳偕同研馨，賫車秣馬，隨即陪同北坎王一行人，直朝臨宣城出發。隨後見得牟芥琛於附耳常真人幾句話後，俄頃跨上王府駿馬，一聲「駕……」響傳出，立隨獠宇圻齊往濮陽城而去。翌日，雷夫人於持香祈求雷氏祖先保佑後，裹糧坐甲，並持上已故王府鑄劍師……柳明玨，親為夫人量身打造之麑苮劍，欽率二萬都衛大軍，威武南下，誓言直令侵犯中州之赤旗軍，棄甲負弩，兵敗將亡！

癸未年七月，罕見星羅棋布之赤旗艦船，紛紛列於闋東城埠外。擐甲披袍之闋東衛將狄蘁，佈以三千黃旗軍於城外沙岸，個個屏氣斂息，毫不怠慢。一夜，正當城內居民為一處宅院失火而奔波，三艘敵艦趁隙由水師悍將楊趐領軍，強行搶灘，霎令守軍之金鐘戰鼓齊響，瞬間劃破了江岸寧靜！然而，赤旗軍兵這般侵門踏戶之舉，無疑向世人宣告，南離王企圖吞併中州之野心，即此展開風檣陣馬行動！

一夜之沙灘泥濘對戰，敵軍分批輪攻，或見身陷泥溝，或見中箭臥倒。待楊趐暫採閃避以應之際，突聞城墉上傳來鏗鎧擊響，甚見若干口鼻衄血之都衛，先後自城樓上墜下！本欲領兵出城之狄蘁見狀，返身疾登城樓之上，這才發現，一身手矯健者藉其罕見神功，並挾秋延狂刀之威，逐一撂下倚於城垛上之弓箭射手。狄蘁大刀一抽，立馬斥道：「閣下藉岩孑之名，四處行兇。現已知岩孑乃東震王之子，身份極為特殊，此時干涉中、南二州之戰事，恐將連鎖引來中、東二州之干戈，嚴少主可擔得起此一歷史罪過？」

「歷史罪過？這麼說來，改朝換代之開國君主皆是罪人囉！呵呵，武將就是武將，腦筋就是遲了些！」嚴翃廣接著又道：「南離王之水軍已於江上徘徊多日，為何於此刻登陸搶灘？嘿嘿……當然是見民宅失火，火光沖天，更聞得打水弟兄之敲鑼打鼓，自然成了出兵訊號囉！哈哈哈……」

「原來民宅遭祝融之災，即為引燃戰火之用！此刻若不將逆賊拿下，我中州勢將腹背受敵！」

「對對對，狄將軍終於開竅啦！讓中州亂於戰事，東州即可坐收漁翁之利啊！呵呵，狄將軍，接招啦！」

「鏗……鏗……鏗……」狄黿揮刀戰敵十來招後，驚見手上大刀已擊痕累累，俄而將手臂一伸，三列弓箭手立駕出陣式，隨後發矢摧敵。嚴翃廣擊開首波飛箭後，立馬藉城上一預留繩索，直下了城樓，斯須蹬躍上馬，立朝城中奔去。

霎時，狄黿見一眺兵上前表示，原本見得江上約莫卅餘艦艇徘徊，為何僅見三敵船登陸搶灘？值黃旗軍攔阻侵軍搶灘之際，江上多數艦艇竟失了蹤影！接著，另一先鋒兵奔登城樓，倏對將軍訝異表明，搶灘之敵軍，既不見其攜上攻城梯索，亦不見其列隊挺進城門？換言之，敵軍似乎毫無攻城之意！

狄黿聞訊後，立馬領軍出城。楊趐驚見黃旗軍蜂擁而出，立馬朝著西向樹林撤軍。狄黿直覺遭赤旗軍弄虛作假，怒火直衝腦門，旋即下令各部都衛守軍，輪番搜索西向林區，一旦見得逃竄敵軍，格殺勿論！

孰料，自狄黿領軍出城後，狡猾之岩孑，出人意料地來到了関東城主之官邸，惟見岩孑大刀數閃，官邸外諸守衛立倒臥血泊之中。岩孑心想，「世間無不遵循弱肉強食之規則而演進，何不就此仿效寒肆楓之恐嚇手段，強逼中州各城主順從吾之所令？若能藉此手段，間接掌握東州益東派大老，屆時我嚴翃廣不僅能回攻東州，亦能退守中州諸城。呵呵，余伯廉父子之運勢是差了點兒，而真正能擔綱州域霸主之角色者，唯我嚴翃廣是也！」

然於一陣戮殺之後，関東城主騰懿，驚聞門外悽慘聲傳出，循聲出了廳室，隨即正面對上持刀歹徒，立發聲道：「狄將軍失守了嗎？怎這麼快就攻到我這兒來啦！」

「呵呵，這麼晚了，騰城主似乎尚未入寢啊？」嚴說道。

「倘若敵軍攻至歲星城外，相信嚴東主應也一夜難眠才是！只是……嚴少主夜裡來訪，又不甚友善地斃了官邸侍衛，看來……騰某似乎已失了談判籌碼，此刻除了順從之外，恐剩黃泉之路可選了！」

「哈哈……騰城主果然是個聰明人，無須嚴某開口，即能明瞭自身處境，真是上道啊！」翃廣接著又道：「眼下，中鼎王之輝煌已過，南離王早已對富裕之中州虎視眈眈，而中州內臣亦已分裂動搖。倘若騰城主能與翃廣合作，待翃廣再拿下濮陽、淮帆、建寧這三城，吾與南離王二分中州之計劃即可達成，不知騰城主意下如何？」

「哼！一個遭東州通緝的喪家之犬，不僅仗恃衄血邪術，濫殺我無數軍兵，甚連前國師薩孤齊都摸不出嚴少主之思緒，我騰某人若就此與之聯手，無疑是與虎謀皮啊！再則，南離王老謀深算，或許嚴少主早已遭其利用而不自知啊！」

「哼！敬酒不吃吃罰酒！今夜，騰城主得因道出了『喪家之犬』四字兒，付出應有代價啦！

喝啊……」翃廣一話完，抽刀前衝，騰懿身退數步，倏抽腰際配劍抵禦，怎奈配劍不敵秋延刀之威，甫經三四對擊，惟聞「鏗」之一響發出，該配劍即遭秋延刀截斷！接著，嚴翃廣蹬躍一霎，自高處劈刀向下，騰懿僅覺一道銀光轟頂而來，即知老命已處於旦夕之間，不料另一鏗鏜擊響發於咄嗟，隨後即聞一話聲發出：「騰兄受驚了，眼前狂妄之徒就交予聶某了！」

剎那間，官邸宅院內又傳出了鎗鎗啾唧之響聲。翃廣不禁於對擊中喊道……

「呵呵，原來狼行山欲擒之叛黨頭目，近在咫尺啊！只是……嚴某好奇，閣下所持何等兵器，竟能力抗我西蒙秋延刀之威？」

「呵呵，聶忞超結識各路同道，驚聞關東城恐遭逆襲，遂攜上昔日傅前主贈予先父之翔龍大砍刀前來；幸得秋延刀之驗證，此一砍刀果真……寶刀未老！」話後，見得一群持械之綠林好漢，陸續趕到了官邸。

嚴翃廣驚見聶忞超領來可觀人馬，斯須躍上屋頂，回頭嗆道：「哼！姓聶的，今晚咱倆結下的樑子，來日嚴某勢將夥同狼行山……加倍奉還！」「唰……」嚴翃廣倏循官邸旁之茂林，火速逃離了現場。

見得劫難驚險化去，騰懿於感激聶之及時相助外，順勢批評道：「狄將軍僅知追殺眼前敵軍，卻容不下騰某提醒慎防敵對『聲東擊西』戰術！倘若嚴翃廣真率了十來殺手，今夜騰某恐將偕諸殞命守兵，同登地府馬車，齊往冥界報到才是！」又道：「狼城主一路追緝聶兄與精忠會，騰某以為，聶兄應暫勿回往濮陽城為宜啊！」

聶忞超搖了搖頭，嚴肅表示，甫出獄之翠瑢，實為精忠會一女中豪傑。而今翠瑢遭狼行山所緝，忞超必須倏回濮陽搭救，否則……狼行山恐採屈打成招，甚或殺一儆百之手段，在在都將殃及有志之士與無辜百姓！再則，得建寧城主勞郤，託人告知忞超，已接獲石西主所提供之刀槍冑甲。眼下忞超先留下三百弟兄以協助騰兄顧全關東城，其餘則隨忞超北上，待向勞城主取得了兵器，即可再結合淮帆城弟兄，續朝濮陽城挺進……

回觀先前於關東城外失了蹤影之赤旗艦艇，值楊翅率兵搶灘之際，悄悄西向離去，而後似乎依循著既有策略，集結於淇郁城南方之淇隆港埠外。孰料，楊翅突自關東城前撤兵，一路藉樹林掩護而朝往了淇郁城，卻不巧遭該城巡岸兵發現而回城稟報，待聞淇郁東城門敲響警鐘剎那，數十赤旗艦艇立衝向埠頭，上岸後即由秦勵、廉煒二將，領著攻城赤軍衝鋒；更見侵軍拉上原本拖於艦艇後之巨型木樁，以備衝城之用。

遠眺港埠水軍失守，橫戈躍馬之鎮南將軍罕井紘，急命駐守東城之陶琖、華羲二將，俄頃領兵圍剿趨近東城門之赤旗軍，回頭再令弓箭手向登岸侵軍輪番發矢後，二列守軍隨即拉起攔截鐵網，藉以阻礙敵軍前進。衝突當下，身擁單騎拋槍神技之秦勵，眨眼抽出馬袋中之五尺拋槍，惟聞「咻……嘯……」二響傳出，兩拋槍應聲刺穿若干架起攔網之都衛兵。赤旗軍見攔阻已解，紛以盾牌作為前擋，倏向南城門挺進。

「殺……」，突聞隱匿壕溝中之都衛守軍，喝聲衝出，揮刃砍殺，敵我雙方立於南城門前近身搏鬥，霎時呈出了「盾劍交擊聲驚天，刺削劈砍血飛濺」之慘烈一幕。

然此時刻，領兵衝出東門之陶戔、華義二將，兵分左右二路，先後來到城外之枯草坡，試圖雙面包抄自關東逃竄之南軍。惟因楊翅原本假藉進攻關東以欺敵，實際上則是循陸路以聯合秦勵、廉煒二將之搶灘攻勢，以期達雙面進攻淇郁城之目的。怎料楊翅所率赤衫軍，歷經長途跋涉而無休，根本無力迎戰陶戔之騎隊，遂改採藏匿草叢之對策以應。孰料，陶戔一個大意，竟令屬下入草叢擒敵，而後不若兩刻時間，十來搜索都衛已於哀嚎聲中，接連命喪敵軍之暗處埋伏！

陶戔見狀，急令軍兵退出草叢，卻見楊翅突自長草中躍出，眨眼拋出了細長索鍊，狠狠纏住陶將軍頸項，使其呼吸受阻，以致掌管**吸氣之肝、腎**，**呼氣之心、肺**，四臟氣機嚴重阻滯，直令陶戔窒息當場，一命嗚呼！

「咻……咻……咻……」楊翅驚見枯草坡上空，突現陣陣燃火飛箭劃過，隨後即見草叢竄出火苗，濃煙四起。半晌之後，或見匿藏之軍兵慘遭煙嗆，或見慌張赤衫兵奔離草叢，紛朝陡坡高處逃竄；待脫離煙霧區後，立見另一軍隊已現身前方！當下僅聞華義將軍一聲令下，諸弓箭手之飛箭即出，一陣咻咻嘯響之後，驚見大半赤旗軍已橫屍當場！

危急當下，楊翅立馬率兵循坡而撤，立退出矢箭射程，並抽出腰間配劍，狂砍自坡下上攻之陶戔手下，隨即為剩餘赤衫軍殺出一條血路，而後親自作擋，令屬下倏朝江岸撤去。接著，楊翅回了身子，持著手中利刃，緩步朝著華義方向走去；惟見華義對著敵將領搖了搖頭後，不待對方喊出武將單挑，隨即下令弓箭手張弓發箭，剎那間，楊翅雖藉手上利刃擊斷若干迎面飛矢，但終究不勝諸箭穿心入臟之重創，眨眼即命喪於枯草坡上！

癸未年八月，赤旗軍雖成功攻佔淇郁城外之淇隆埠頭，卻始終近不了城門，形成僵持對峙局面。一日，突見單鍏軍師運來南離王所研製之攻城組件，秦勵即令軍兵歇戰，並藉港埠艙房連夜趕工。然此敵將退居陣後之舉，不禁令罕井紘起了疑！

這時，戎兆犹快馬來到了淇郁城，知悉當下情勢後，嚴肅表示，雷夫人甫進駐了粵浦城，然經粵浦城主隋掔所掌握，南離王已留於滎璿城外之沛瑪港埠數日；惟因沛瑪港距粵浦城甚近，忽視不得，故仍由庾晏將軍隨夫人固守該城。然而南軍之所以緊咬淇郁城，無非看上此城之陸路交通便利，一旦拿下淇郁，即可橫向併吞闋東或粵浦。

戎兆犹踱步後又道：「或有一將計就計之策，但須調用罕井將軍所轄之水師軍始可！」待罕井明瞭戎總管之戰略後，隨即提調三千水師兵，火速整裝後，立隨戎兆犹依循陸路，連夜趕往了闋東城。

數日後，佔領淇隆港埠之赤旗軍，突發挑釁之舉！見手持銀桿鏈球之廉煒，單騎前來城門外，直向守軍示出武將單挑。聞訊之罕井紘立持上刃長三尺五，柄長一尺八之斬馬刀出擊。見二將於城門前對峙片刻後，雙雙於喝聲吼出下，驅馬前衝！剎那間，孔武有力之廉煒持盾於左，右臂揮旋練球，迎面力戰已練就斬馬刀逾十載之罕井紘。對決中雖見廉煒藉盾防禦，惟斬馬刀之犀利，招招揮擊，無不鎖定敵對之……鏈索！待經交擊上百回合後，雙方即因拉鋸依舊而罷手。

翌日，赤旗軍出人意料地發出攻城號角！城樓眺兵突見敵對自港埠艙房，推出了架上輪座之巨型木樁，疾朝城門攻來。裴鶺城主見狀，詫異表示，侵軍為攻城巨樁增添了轉輪，且由木椿兩旁之軍兵齊力推送，不僅省了撐抬之力，更因速度遽增，瞬間提高衝撞城門之破壞力，守城軍恐難招架這般接連衝撞！

霎時，罕井紘急令城上弓手放箭出擊，怎料齊推巨椿之衝鋒赤軍，竟一一將鐵架插入巨椿兩側備孔，隨後再將手中盾牌置上鐵架，藉以擋下飛箭攻擊。待巨椿輪車衝抵城下，驚見衝鋒軍速將預藏輪架下之攻城高梯，逐一倚上城牆。罕井紘立令城上守軍拋下墜石，藉以阻擋敵軍攀城，隨後親率精兵五千，倏由西城門衝出，試圖以側擊之策略，截斷敵軍攻城陣式。

「殺……殺……」驚見大將秦勵、廉煒領上搏殺隊伍，立隨衝鋒陣式之後殺出，怎料而後即遇上自西向殺來之罕井兵馬！秦勵為協助赤軍續衝，旋即扯韁轉向，藉以攔阻罕井紘之攻勢。衝突當下，遠眺之裴鶼城主發現，除停泊淇隆埠內之敵艦外，本滯留於江上之敵方船艦，似乎少了大半？不禁疑到，「莫非……該船艦已回載增援軍隊前來？」疑著疑著，果真見著了另一批船隻，正朝著淇隆港埠駛來！

「碰……碰……轟……轟……」南城門不耐巨椿連續衝撞而瞬遭震開，華義將軍立令弓箭手蹲姿發矢，藉以低掃盾牌下之敵軍，隨後再增調兵力至城門，逆向推回巨椿，並試圖藉由該巨椿，反向回衝攻城敵軍；待雙方一陣肉搏後，侵軍即因後繼乏力而逐漸潰退。華將軍乘勝追擊，立率軍衝向廉煒，孰料對方僅一手勢，瞬見赤軍仿效先前守軍所設之攔截鐵網，藉此攔阻並搏殺衝出城門之黃旗軍兵！

適值威脅趨近剎那，見得領軍之華義，疾採俯身揮刀，以低角度砍殺架網赤軍，藉以掃除守軍之迎面障礙，不料卻因此頓失關注焦點！正當華義挺直身子之際，驚見一黑影掠過，眨眼即遭廉煒之鏈球擊中頭盔，惟見該頭盔呈現嚴重凹陷，華將軍頓轉僵直，隨即自馬背上翻墜而下，臥地顫動數下後，瞳眸上吊，斃命當場！

「咚……咚……咚……」突聞裴鵜擊出震天戰鼓，隨後即聞「殺……殺……」之聲響傳自遠處。廉煒回頭循著殺聲望去，一群武裝黃旗精兵，正由港埠方向殺來，甚而驚見該軍伍之領頭衝鋒者，正是中州軍機總管……戎兆犹！

霎時，戎兆犹手持玨冥雙劍衝殺侵軍，勢如破竹，瞬令黃旗守軍軍心大振，隨即由北、西、南三向，群起圍攻敵軍，如此突襲，直逼廉煒急改戰術，回馬直衝敵對主帥！然此迎面搏殺時刻，置身戰場之赤、黃兵數相當，放眼即見血流漂杵之殘酷一幕，不禁令城樓上擊鼓助陣之裴鵜，直以「武將領軍振聲威，兵馬搏擊誓不退」之詞句，形容視野所見之激戰場景！

「唰……唰……唰……」敵將秦勵仗其飛槍拋射，不僅可單槍貫穿三五軍兵，亦可分持單雙槍出擊，銳不可當！甚因其所領之精悍部隊，個個聽令指揮而佈陣作戰，直令罕井紘所領兵馬措手不及，死傷相藉；更因華羲將軍之大意，以致出城應戰之守軍，漸趨呈顯出畏縮之態！此刻，惟見驍勇善戰之戎兆犹，一路自埠頭砍殺而來，直至正面對上了廉煒！

剎那間，金剛努目之廉煒，俄而旋甩鏈球，威猛出擊，但見戎總管之雙劍攻勢，既能一劍出擊、一劍作擋，亦能雙劍使出刺、削、撩、砍之攻勢；更因廉煒先前單挑罕井紘時，其鏈索已遭斬馬刀連續摧擊，眼前再遇玨冥雙劍之連攻，致使該鏈索連接鐵錘球處已顯出疲態，而後即於一次拋甩出招中，慘遭玨冥劍砍斷，瞬見其上錘球飛出，眨眼砸中並嵌入停滯城門前之巨椿中！

沒了鐵錘球之廉煒，幾乎失了其摧殺敵對之威力，只因強敵當前，遂立馬抽出腰間之開山刀以應。一陣交擊後，戎兆犹見對手不諳操使利刃，值對方一破綻外露下，倏以左玨冥挑中對方手腕內側，直接劃破其手太陰經脈上之太淵、經渠、列缺三穴位，惟此三穴正下方乃脈管搏振之處，故見一道血柱瞬自創處噴出！戎兆犹扯韁調頭一霎，趁著快馬前衝之際，再以一記右玨冥橫向砍出，待聞一「唰嚓……」聲響傳出，隨後即見廉煒斗大腦袋脫離身甲，且應疾劍所生風力，順勢朝頸後向滾落了馬下！

此刻，城門前廝殺之都衛守軍，見得敵對主將殞落，士氣大振；相形之下，部分侵軍已顯出兵荒馬亂，或見朝著埠頭退去，或見倚向秦勵所領之部隊。戎總管本欲乘勝追擊，驅前圍攻秦勵，不料突來一聲慘叫，立引來戎之關注目光！原來，該慘叫聲後即見一身影，瞬自城樓上飛墜而下，直墜於城門前不遠處。待戎總管引頸一瞧，此一口衄鮮血且已氣絕身亡者，竟是淇郁城城主……裴鶼！

戎總管抬頭一望，驚見一持刀俠客於城樓上擊斃若干守兵後，跨步飛躍而下。戎見來者不善，火速自馬背上躍，立與逆襲者凌空對擊，惟見對手亮出了西蒙秋延刀以應，無疑道出了裴城主實乃命喪於嚴翊廣之〈逆脈衄血掌〉下！

「呵呵，戎總管藉由一雙玨冥利刃，即能扭轉守軍之頹勢，著實令嚴某佩服再三啊！只是……知悉中鼎王已日漸式微，倘若戎總管能與我嚴某人合作，齊力抑制狼行山之氣勢，中州勢將歸咱倆所掌控啊！」翊廣於對決中喊道。

「哼！毫無一兵一卒之東州叛徒，僅藉一掌功、一狂刀，欲與我戎兆犹談條件？呵呵，嚴翃廣啊嚴翃廣！閣下本是東州王位之繼任人選，卻因一念之差，偕南離王狼狽為奸，煞是可惜！」戎又道：「近來我南中州暴鷩之黃旗都衛，多已證實命喪於逆脈神掌之下。既然神鬣門於江湖上逮不了行兇之岩孓，我戎兆犰只好在戰場上，撂下逍遙放肆之嚴翃廣了！喝啊……」

戎兆犰雙劍即使〈鷲鷹齧蛇〉，合以〈春燕飛剪〉二式，一陣猛攻後，直令對手退了數步；更見戎之雙臂交使迅速，翃廣僅能防禦以對。數招之後，翃廣決暫回對峙狀態，畢竟玨冥雙劍並非一般速薄兵刃，惟見其橫劍一掃，即可令廉煒身首異處，實在不容小覷！此刻，敵對大將秦勵，突挪向了翃廣，道：「多虧嚴少主前來支援，倒是……這仗少了廉煒，還真不易挺進淇郁城！」

嚴回應道：「包括裴城主在內，翃廣已擺平城樓上多位武將，咱們只要解決眼前這兩難纏的，淇郁城即可成為囊中之物！眼下……不妨由秦將軍應對手持雙劍之戎兆犰，而翃廣倒想評量一下，曾效命我東軍之罕井紘，究竟食了中軍伙食後，增添了幾分功力？」

「鏗……鏗……鏗……」嚴翃廣狂刀速劈，一連使出〈熊刨巨木〉、〈狐狼殲鼠〉，與〈犀角撩衝〉三式，霎令接招之罕井紘訝異道：「真沒想到，昔日嚴東主授予嚴翃寬之招式，竟見專司文書之嚴二少使得爐火純青！憶得於打撈黃金運船時期，在下曾與嚴二少切磋過幾招，當下並未見二少主身擁這般威猛內力，莫非……二少主早已取得摩蘇里奧之激能丸？」

「哈哈哈……激能丸？那是針對使不上勁兒之小兵所用！呵呵，翃廣僅能告知，能量從天而降，恰巧天賦異秉之翃廣，得天獨厚，遂能將之化為己用，因而省去不少練功時間！」嚴又道：「昔日東州嚴氏曾栽培罕井將軍，如今將軍卻提著斬馬大刀逆對嚴某，如此行徑……煞是不義！無妨，或可藉此機會，好好教訓教訓忘恩負義之叛徒！喝啊……」

嚴翃廣瞬間內力爆發，一柄秋延刀在手，立馬揮出陣陣刀風，更見其猛力一砍，一旁都衛即遭刀風襲身，而後逐一呻吟臥下！然而罕井紘雖能藉著揮展大刀，抵住對手銳陰利刃之攻勢，卻於每輒對擊剎那，煞風立隨刀後而來，接著即感一股莫名邪氣竄入體內，對擊數招之後，愈覺臟腑不暢之感升提，而後即見一口鮮血由胃脘處湧上，自嘴角邊滲出，不禁自疑到，「怎回事兒？對擊中並未遭對手之〈逆脈衄血掌〉擊中，何以萌生如此不適之感？」

翃廣見狀，得意道出：「呵呵，數日前，巧與聶忞超交手過招後，漸覺體內一股內能湧上雙掌，怎料藉此揮出之刀風，竟能摧殘貓犬之類！這才知曉，在下已成就了當初衄血神功所提及之……〈七衝衄血風〉！此一刀風雖不致即時索命，卻可令對手之七衝門衄血，終致血虛而不支！然醫經有謂『**唇為飛門，齒為戶門，會厭為吸門，胃為賁門，太倉下口為幽門，大腸小腸會為闌門，下極為魄門，故曰七衝門也。**』眼前所見罕井將軍之口衄，應可斷出賁門已受刀風所損。依此推見，在下因增添了神功之助，罕井將軍欲保住淇郁要城……難上加難！」

「啪嚓……啪嚓……」戎兆犾翻飛前來攙住受創之罕井紘，立聞嚴翃廣再次得意道：「倘若戎總管不肯歸順，而後下場……可見一斑！」

「下場？閣下不妨回頭瞧瞧，我都衛守軍正逐步逼退赤旗侵兵！」戎又道：「當年身擁至陰神功之靡蘇里奧，亦是領著綠衫軍，進而攻克了臨宣城。倘若閣下沒了赤旗軍撐腰，單憑一己之力想拿下淇郁城，簡直癡人說夢！」

「哼！一個鎮南將軍已中了招，待我嚴翃廣再撂倒中州軍機總管，還怕佔不了城池嗎？」

此話一畢，嚴翃廣立馬蹬躍而上，洪聲喊出：「戎總管，認命吧！殺……」

「鏜……」驚聞一聲金屬擊響，清亮發於咄嗟！然此及時擊開劈向戎總管之秋延刀者，實乃一突然躍出之六旬身影，隨後即聞一斥責之聲發出……

「哼！不肖逆子，不僅觸我東州峻法，甚於州域之外草菅人命，更伺機引動他州侵侮戰事。今兒個老子不親自收了你，實難面對我嚴氏之列祖列宗啊！」話後即見嚴震洲持上蒼宇陷空劍，跨步衝向了嚴翃廣！

「爹……我……」「鏗……鏗……鏗……」「孩兒正為著擴大東州勢力而勞心勞力！只要削弱了中州，咱們即可瓜分中州一半兒土地啊！我……」翃廣於對擊中解釋道。

「東州境內之正東、益東二派，內鬥多年，我嚴氏尚未擺平，隨即萌生余氏父子謀殺竄位事件！東州內亂未平，何來對外擴張勢力之能力？」東震王話畢後，鐵了心地使上了〈熊刨巨木〉、〈狐狼殲鼠〉與〈犀角撩衝〉三連式，立馬擊退嚴二少數十尺之遠，且因陷空劍之劍身具狹長截孔，故於交擊之間，時而刁住秋延刀身，遂使對手無以揮生刀風。而後，嚴老隨勢揮出嚴氏之〈冥鴞掠魚〉絕技，並以神龍擺尾之勢，直接踹中翃廣胸口！適值翃廣後飛剎那，正於不遠處砍殺都衛守軍之秦勵，立馬集結城門前近百赤衫軍，火速衝向嚴老與罕井紘，並順勢抽起五尺飛槍，架出了拋槍之勢！

霎時，一陣狂奔馬蹄混雜著軍兵衝殺吶喊聲響，「喀噠……喀噠……」「轟隆……轟隆……」「殺……殺……」瞬令南城門前揚起了滾滾黃沙……

沙塵朦朧之中，秦勵憶得嚴老身後佇著受創之罕井紘，遂趁著奔馳之速，拋槍一霎，倘若力道足矣，或可收得一箭雙鵰之效。在場眾人惟聞利槍速行，發出了咻嘯之響，隨後即聞槍尖刺入標的之「唰嚓……」剉聲！

「嚓……碰……呃啊……呃啊……」

甫聞飛槍中的之聲後，接連傳來衝鋒赤軍猶如撞上堅物般地發出哀嚎之聲。待秦勵及時止住了衝鋒攻勢，這才發現其所拋出之飛槍，約莫半支槍身已沒入了攻城木樁之中，而部分衝鋒赤兵亦因來不及止步，直接衝撞該木樁，力道之大，臟損骨裂難免！

原來，趁著赤衫軍揚起黃土沙塵與殺聲震響，一人悄於千鈞一髮，推動了先前遭守軍推出城門外之攻城巨樁。惟因該巨樁藉著轉輪行進，遂能及時朝嚴老方向推去，待木樁攔截了飛槍後，衝鋒赤軍隨即撞上該巨樁，只因巨樁上仍插著架盾牌之鐵架，遂令若干赤軍直接衝撞該鐵架，無怪乎現場唉聲連連。

嚴震洲驚見黃沙中一魁梧身影，及時以巨樁化解了飛槍襲身之危機，不禁對戎總管讚道：

「沒想到中州都衛之中，竟有臥虎藏龍之輩啊！啊……小心！」

戎兆犺尚未來得及回應嚴老，悄然蹬躍之嚴翃廣突自戎總管身後，凌空劈下了秋延刀！然此突襲，縱使戎能及時持劍抵擋，恐也抵不住〈七衝衄血〉刀風，直接衝灌顱頂之**百會、通天**諸穴了！

「唰……嚓……鏗……啊……」驚見嚴翃廣再次後翻落地！只因一柄發著橙熾光氣之飛劍，直接對衝秋延刀之刀鐔處，而後該飛劍隨即飛回一少俠掌中，並聞其發聲道……

「東震王、戎總管、罕井將軍，晚輩凌允昇！嚴少主之刀風犀利，可摧人於數尺之內，所幸允昇尚可藉由經脈武藝，遏制這般攻勢。」又道：「允昇來此之前，已聽聞南離王之艦隊駛離了沛瑪港埠；而先前徘徊於淇隆埠外之多數艦艇，亦已朝粵浦城駛去。眼前戰事持續，仍須倚仗戎總管調度拿捏，惟南軍之動向，動見觀瞻，倘若錯估形勢，中州恐有遭人瓜分之虞！」

「經脈武藝？凌允昇？……少俠與擎中岳、龐鳶之關係？」嚴老驚訝問道。

「不瞞嚴東主您說，中岳與龐鳶乃允昇之師弟妹！」話後，允昇隨即將標注著**白及**、**三七**之兩藥包，擲予了罕井將軍，隨後補上一句：「**白及**收斂止血、**三七**止血不留瘀，二味合用以治內腑衄血！」接著，見嚴翃廣怒衝而來，允昇俄頃提劍迎上。

戎兆犹知悉情勢之後，急令城上軍兵舞出旗語，隨後即聞戰鼓再度響起。聞訊之黃旗都衛，化零為整，立以持槍提盾兵居前，刀劍肉搏兵接後，城樓弓箭手個個張弓以待。此刻，秦勵為鼓舞赤衫軍士氣，獨自抽槍上陣，率先提出武將單挑！戎兆犹雙劍一提，上馬出陣迎戰，雙槍對決雙劍之戲碼，斯須登場。惟見秦勵左槍出招，右槍待拋，絲毫不讓對手有喘息之機。不料戎總管值一擰腰側閃稍緩，右腿**足少陽經脈**上之**風市**連**中瀆**二穴處，立遭對方利槍所傷，一陣創痛直衝側顱。秦勵乘勢再拋一槍，戎雖藉劍作擋，卻因飛槍力道甚大，遂於鏗鏜聲響發出剎那，驚見掌中左玨冥狠遭擊飛！

忽然！戎兆犹藉秦勵反手抽取槍袋飛槍剎那，瞬自馬背上躍起，倏以右玨冥擋下對手之左槍，轉手使上了〈尖喙啄頸〉劍式！秦勵雖識出了對方出手之目標，卻錯估了玨冥劍之漸次寬幅劍身，遂於轉頭閃躲瞬間，不幸遭利刃劃過頸部之**人迎**、**撫突**、**天窗**三穴，惟此三穴之下，正是頸脈管行經之處！

待戎翻躍而下，立見秦勵棄了飛槍，手壓側頸創處以抑鮮血外噴，不久即見其上身微晃，隨後雙手一垂，前仆於馬頸鬃毛之上；當下見其瞠目氣絕之貌，凸顯了幾分不甘之意！在場赤旗軍驚見主將殞落，置身對峙前列之赤衫軍隨即撤亂旗靡，甚見列於行伍稍後之軍兵，亦已趁隙朝淇隆港埠竄逃，以期搶先登上撤軍艦船。

然於秦勵發出武將單挑同時，嚴翊廣亦持上秋延大刀，力戰凌允昇之馭龍神劍！允昇直出速劍以應對手大刀，且招招間隔不出三尺，絲毫不讓對手有大幅畫出刀風之可能。待允昇欲使上〈太陰巡脈三式〉之際，竟出人意料地引來嚴老揮劍入陣！惟因嚴老之蒼宇陷空劍亦屬質重兵器，遂令翊廣於三方交戰中尋得了順手窗口。霎時，嚴二少突聞沙場鼓譟，旋即目睹了秦勵將軍命喪於玨冥劍下，不禁一陣驚慌湧上！而後，驚慌之翊廣於一次父子刀劍對擊剎那，揮出了犀利刀風！惟見該刀風穿過陷空劍身之狹長截孔，直侵嚴老之左肋下，立見中招之嚴老後傾而朝後踉蹌，直至允昇出手撐扶方止。

此刻見著赤衫軍紛紛退向港埠，心有不甘之翊廣，趁著允昇攙扶嚴老之際，躍上了罕井紘之快馬，扯韁調頭，飛也似地奔離了城門前之戰場。而後，撫著創處之戎兆犰與罕井紘靠向了嚴老，惟聞允昇剖析道……

「陷空神劍阻下了大半刀風，以致透過狹長截孔之刀風有限，故嚴東主之傷勢……或傷於**氣分**，或傷於**血分**，唯**脇肋之處乃少陽經脈所轄**，為免引發東震王之肝膽痼疾，眼下暫留於淇郁城療治為宜。」允昇又道：「雖見嚴二少已能砍出刀風，惟允昇自嚴翊廣離開了閿東城主官邸後，一路觀察其內功演化，直覺其所馭之〈七衝岨血風〉，尚未達爐火純青；縱然其刀風一如六淫外邪以襲人經絡血脈，卻尚未能摧人七衝之門。不過，一旦悟及了該神功之深層，致使衄血掌功能隨心所欲地融入刀風，屆時嚴二少要令人七衝門衄血，並非不可能之事兒！」

允昇再道：「眼下黃旗都衛已令赤旗侵軍潰退，暫解了淇郁城危機。在下建議以穩住嚴東主與罕井將軍之傷勢為先；戎總管亦須包紮腿傷並養護已耗損之氣力，以備來日護守粵浦城之所需。」

「感激凌少俠出手相助！」戎總管接著表示，理解嚴東主此回隻身前來，除了追緝其亡命犬子之外，終以不介入中、南二州戰役為原則，故留於淇郁城療治，應歸屬權宜後之個案。戎又道：「粵浦城雖不若淇郁城之大，卻近於南州縈瑢城。此回南軍北犯，赤旗軍不僅搶灘閿東，甚由秦勵、廉煒二猛將領軍攻打淇郁城，南離王豈會放過粵浦城？再則，雷夫人雖親率二萬都衛軍進駐粵浦，惟南離王神功蓋世，身旁亦不乏勇將隨行，忽視不得！夫人本欲下令神鬣門南下支援，卻因殷天雁引發門內衝突，以致門下諸將一一出走。如今，粵浦城若僅倚庚晏將軍護守，一旦嚴翊廣再加入戰局，恐怕……」

罕井紘回想片刻後，回應表示，憶得嚴翊廣未曝露其真實身分前，頻以「岩孑」之名，行兇於粵浦城。倘若就此推測岩孑之行徑，恐是先行為南離王打探粵浦軍情之所為。一會兒之後，罕井又恍然大悟道：「知悉粵浦之北城門可通往奇恆山。憶得粵浦城主隋掔曾相告一事兒，聞其明確指出，薩孤齊曾領著菩巖寶剎一法號唯芒之法師前來；數日之後，該法師又由另一年輕少俠帶回城來，而後即乘船循靈沁江離去。換言之，薩孤齊雖於麒麟洞叛變身亡，然值衝突當下，救走唯芒禪師之岩孑，即是當時將禪師帶回粵浦城之年輕少俠，依此可見，嚴翊廣應極為熟悉粵浦城才是！再則，翊廣藉水路送唯芒禪師回東州，無怪乎威震中州陸路之神鬣門，始終無以擒拿岩孑歸案！」

罕井紘話說到這兒，戎兆犰已呈出坐立不安之貌，隨即喊道：「既然淇郁城之局勢已趨穩定，戎某應即刻趕往粵浦城，以防堵逆襲之可能發生！一旦嚴翃廣提供南離王有關黃旗都衛之佈局，並進一步指引其攻城據點，或可預測駐守城中之雷夫人與守城都衛，恐將面臨措手不及之窘境！」

日落風生時分，戎兆犰忍著腿傷登上城樓，遠眺倉皇赤旗軍爭先登船逃離後，立對城中都衛下達了繕甲厲兵之令！待聞各部軍長回報就緒，戎兆犰旋即備上玨冥雙刃，策馬領上三千精兵齊出西城大門，火速朝粵浦城邁進。惟見此一行伍之雄壯軍容依舊，卻獨失戎兆犰一貫之矜功負勝氣勢！究其原因乃於身負創傷下，不僅焦心著玨冥雙劍恐將一戰南離王之赤焰霽烽刀，甚而直感身擁七衝衄血狂刀之嚴翃廣，恐將藉粵浦一役，鞭墓戮屍，以血洗血！

第卅六回　多事之秋

癸未年秋分，大地籠罩秋風肅殺，感得周遭氣溫趨寒，見得花木草葉凋零。然此時節之因應，百姓習以為常，惟時局之混沌，卻令蒼生無所適從！或有東州嗣子與妖作亂，導引中州萌生南疆戰事；或見西州地方勢力，結合狂魔之威而竊佔晶石禁域；更見中州駙馬欲掌實權而排除異己、掃蕩逆黨。惟因預謀者各施手段，以期實踐心之所欲，怎奈諸事端發生時機，不約而同，要令弭亂志士難以通功易事，遂使五州上下同臨多事之秋！

然而，諸事端難免刀光劍影，唯濮陽城主以濕氣作為鋪陳，一來可緩慢城中運行步調，以利都衛軍兵臨檢盤查；二來可藉濕氣所生諸症，削弱叛亂逆黨出擊能力。倒是，陰濕之氣能助蠱毒屍蟲，故清剿施毒刁寇，亦成狼行山當務之急。驚聞巡城衛將鞠趯，緝得了人稱「蠱毒靈嬌」之翠瑢，狼城主始展連日鎖眉，並於怡紅園內，持螯把酒，賞舞聆琴。柳大娘立趁狼爺神懌氣愉，眉開眼笑地招呼道……

啦？」

「嗨呀！難得狼爺如此開懷，莫非……逮著了翠瑢，即可宣告咱們濮陽城已擺脫毒害

「呵呵，柳大娘之怡紅園可教不少男人模糊了家室；園內如花似玉姑娘，更是令人迷醉而流連忘返！值得一提的是，此一蠱毒靈嬌乃專挑負心漢下手，能將之緝捕歸案，亦讓柳大娘省了不少麻煩才是！」狼又道：「不過，聞此施毒之翠瑢，竟是精忠會之一員，這倒出乎狼某意料之外！而今濮陽雖暫且擺脫了毒害陰霾，惟追查翠瑢背後支助者一事兒，刻不容緩！」

「對對對……狼爺說得對極啦！自從那瓜農詹舜出事兒後，咱們這兒的白芙、虹繼、玉晴等姑娘，相繼傳出了噩耗，害得常陪狼爺飲酒之筱霓，甚而一度怯於見客哩！而今逮著了罪魁禍首，咱們這兒的好姊妹，即可放心地陪著爺們兒盡興啦！」柳紅蕊迎合說道。

「筱霓？怎麼今兒個沒見著那小美人兒嘞？」狼問道。

「欸……不瞞狼爺您說，瞧瞧咱們廳堂樑上之炬光處，個把月來屢見飛蟻竄梭，此乃濕氣過盛之象。然此濕氣已讓人深感不適，咱們筱霓即是因濕而病，現還臥於病榻上哩！真不知老天爺何時能施捨些陽光，予咱們濮陽老百姓多些溫暖啊？唉……沒了毒害，是喜；或許再沒了精忠逆黨作亂，更是皆大歡喜啊！」柳大娘說道。

此刻，狼行山心知肚明，城裡瀰漫之濕氣，乃出於自個兒引動城外之渤埏湖水所致。正因此法收得削弱逆黨行動之效，除非藉此逮著帶頭作亂之聶忞超，否則，狼行山壓根兒不願捨棄「藉濕控城」之手段。想著想著，怎料若干斷了翅之飛蟻，瞬自樑上墜落狼之肩上，狼順手將之握於掌中，隨後將該掌輕置於案上，另一手則遞了袋賞銀予柳大娘後，道了句：「哼！精忠

逆黨之下場，終將如掌中之飛蟻一般！」此言一畢，狼即起身離開了怡紅園。柳大娘這才發現，留於案上之若干飛蟻，尚且蠕動，隨後驚見諸蟻之腹身，皆因水濕腫脹而一一爆裂，身首異處！

甫離開怡紅園之狼行山，見著了隨扈弸掾，正驅趕著大街旁之殘窮乞丐，頓時憶起了幼年遭人唾棄之不堪過往，隨即上前阻了弸掾之舉；更見這班衣食無以溫飽者，個個身受水濕而惡風骨痛，一股惻隱之心瞬間湧上，隨手自袍袖間取出了些藥丸兒與些許銀兩，一一擱於諸殘窮之破碗中。

「喀噠……喀噠……」一身著軍甲之武將，突朝狼奔來，並於狼之耳邊一陣嘰嘎後，瞬見狼行山嘴角揚起，隨後興奮唸道：「黔楫將軍機警處事，不僅掌握了建寧城勞郃城主密謀亂黨之證據，更將之連夜押回了濮陽，可謂大功一件啊！嘿嘿……聶忞超沒了勞城主之援助，一如斷了翅膀之飛蟻，已可見得勢窮力竭啦！哈哈哈……」接著，狼行山立由黔楫將軍領路，直奔城南牢房而去。

待狼行山一干人馬離去後，路樹旁立見兩身影現身，聞一人說道：「阿山哥為了緩阻逆黨行動，不顧身弱之百姓，狂釋水濕，此一手段雖不符人道，卻見其彎腰施捨殘疾，尚懷惻隱之心，不知牟神針何以看待？」

「獠兄弟所言甚是，古有謂：『惻隱之心，仁也；羞惡之心，義也；恭敬之心，禮也；是非之心，智也。』狼駙馬雖尚存一絲仁心，惟其為達目的而殘傷眾生，終將承受所招致之後果！」牟芥琛又道：「國有國法，家有家規。勞郃乃堂堂建寧城城主，縱有違法之舉，亦須經惠陽督審處之宮畊邈總管審訊後，始得發監執行。但見阿山以其駙馬頭銜，直接扣押勞城主入監，實已構成逾越職權之舉！」

獠宇圻道：「呵呵，銜雷夫人之命，接掌淮帆城主之中州前內政大臣……井上群，山哥尚且不放在眼裡，區區一個勞部，不過是狼之掌中蟻罷了！再說，宮畊邈總管向來受制於雷王府與神鬣門，故狼駙馬與過往之刁總督，早已掌控了督審處，如何依常規斷案？幾乎成了傀儡角色！瞧，井上群命喪淮帆城外，除了獠某知曉該案乃鄒煬之〈碎骨溶髓掌〉所為外，時至今日，宮總管僅等著狼駙馬交予一代罪羔羊罷了！」

「唉！多行不義必自斃！瞧那文奸濟惡之鄒煬，終讓老天爺給收了。倒是，諸多與精忠會有關之志士，相繼入獄，以狼行山之穎悟絕倫，定會以此逼出聶忞超。惟此時刻，濮陽百姓正為濕病所苦，不如為病患緩症為先，而後再見機行事！」牟說道。

獠宇圻想了下，搔著後腦勺兒表示，近來不僅憶起常真人之教誨，更因見得牟神醫捨命救人而有所感悟！眼下之狼行山，或為逼供囚犯，無暇他顧；而獠某一向順從狼之所為，此刻若貿然逆向於狼，恐生煮豆燃萁之虞！此刻不如先隨牟神針之即時診患，一來協助解析狼所施丸藥兒之藥性，亦可藉此向牟神醫請教傳統醫術；二來亦能就地隨機應變，以伺機消弭濮陽之潛在亂事。

聞得獠宇圻願提供製藥經驗，霎令牟芥琛為城中病患解症之信心大振，待二人了解街旁之諸殘疾者狀況後，牟立道出：「果真出自氣不化水而泛溢，以致**四水**為患！」

「咱倆診了十來患者，無不呈出惡風、骨節疼痛之象，怎聞牟兄道出了『**四水**』之說？」獠不解而提問後，立得牟之回應表示……

因水氣所生之病，病有風水、有皮水、有正水、有石水之分，故稱四水之證。

風水，其脈自浮，外證骨節疼痛，惡風。

皮水，其脈亦浮，外證胕腫，按之沒指，不惡風，其腹如鼓，不渴。

正水，其脈沉遲，外證自喘。

石水，其脈自沉，外證腹滿不喘。

風水、皮水屬於陽水；二者病性，風水為表中之表，皮水為表中之裡。

正水、石水歸於陰水；二者病性，正水為裡中之表，石水為裡中之裡。

諸有水者，腰以下腫，當利小便；腰以上腫，當發汗乃愈。

霎時，獠宇圻面露訝異，隨即表出狼行山之外藥合成丸劑，雖名曰「禦風丸」，卻僅具肌表發熱之效，甚而藉微量麻痺神經之劑，得以鎮痛而已！殊不知，傳統醫術竟能將人所受之水氣病證，經各類外顯表徵而予以辨證！如此驚嘆不禁引獠進一步討教四水醫藥論治之興致。

牟芥琛隨即辨診兩叫化子，接連為獠解釋道……

「視人之目窠上微擁，如蠶新臥起狀，其頸脈動，時時咳，按其手足上，陷而不起者，風水。此症出於內積水氣且外感風邪，遂生惡風，風邪阻肺，肺失宣降而病；而風與水相搏結則生骨節疼痛且感身重。若循醫經可得：風水惡風，一身悉腫，脈浮不渴，續自汗出，無大熱，越婢湯主之。此方合以麻黃、石膏、生薑、大棗、甘草為用，惟方中重用石膏之量，故適於身有鬱熱者，藉以發越水氣、清解鬱熱。」

「此外，若欲治風水在表之表虛證，醫經有謂：風水，脈浮身種，汗出惡風者，防已黃者

湯主之。惟因汗出惡風，遂以祛風行水之**防己**、益氣固表之**黃耆**，二藥合用，始能**利水而不傷正**；再藉祛濕健脾之**白朮**，調和營衛之**生薑**、**大棗**；調補和中之**甘草**，諸藥合用，即可治表虛不固，水濕滯於肌表之證。」

「再觀另一患者，此人內有水氣，外感濕邪，以致脾失運化、肺失通調，水氣瀦留於皮中。醫經有謂：**皮水為病，四肢腫，水氣在皮膚中，四肢聶聶動者，防己茯苓湯主之**。此方乃**防己黃耆湯**捨去**白朮**與**薑**、**棗**，而加上行陽化氣之**桂枝**、利水健脾之**茯苓**，以此五味以針對陽氣鬱遏、水氣無以通行皮間而成腫狀之證。」

牟接續指出，若遇皮水患者內擁肺胃鬱熱而汗出，則施以**越婢加朮湯**，得以清裡之鬱熱，祛肌表之濕邪。但遇身無鬱熱且無汗出者，則僅藉**甘草**與**麻黃**二味所成之**甘草麻黃湯**，始可發汗宣肺、利水和中。

此刻，獠宇圻正讚嘆著牟神醫之辨證論治，一受診叫化子則於感激之餘，指出了城北諸處，亦見得諸多嚴重水氣腫患。待牟芥琛將數帖對證湯藥，交予眼前殘疾者後，立馬由熟識方位之獠宇圻帶路，直往城北而去。

果然，愈往城北，水濕之氣愈重。牟芥琛憶得荊双兌曾提及，可於濮陽求助一從事蔗糖買賣，名曰塗譽明之商賈。而後，果真得塗老闆提供一名為「蔞運」之儲貨倉房，藉以作為牟神針醫診病患之處。獠宇圻則趁此機會，打探城內傳統草藥之運商，以期因應牟診療病患之所需。

待牟亦為稍顯喘象之塗老闆診斷後，直言道……

「**水之為病，其脈沉小，屬少陰，兼喘證，為正水。**」

獠聽聞後，立馬上前請教如何治「正水」之證？

牟回道：「正水，腎臟之水自盛也；水氣瀦留足少陰腎脈可致上射於肺，肺失肅降之功，氣逆而喘。此一病水乃出於腎之關門不利，以致聚水而腫。如此腎陽虛證，須於發汗中兼顧腎陽，故藉麻黃發汗，並以附子、甘草溫經和中，使之補陽而不傷陰，發汗而不損陽，合此二藥，即為傳世名方……麻黃附子湯之應用！」

「四水之證已可辨治後，若遇水濕已滯留五臟，如何辨之？」獠順勢再問。

牟芥琛微了一笑後，娓娓地指出……

心水者，其身重而少氣，不得臥，煩而躁，其人陰腫。

肝水者，其腹大，不能自轉側，脅下腹痛，時時津液微生，小便續通。

肺水者，其身腫，小便難，時時鴨溏。

脾水者，其腹大，四肢苦重，津液不生，但苦少氣，小便難。

腎水者，其腹大，臍腫，腰痛，不得溺，陰下濕如牛鼻上汗，其足逆冷，面反瘦。

聽得諸多釋述後，獠宇圻煞是折服牟芥琛對醫經藥理之通悟，隨即起身為患者煎煮草藥，藉此體驗傳統藥草之古法煎製。

數日之後，塗譽明親自運回若干治證藥草，並領著已病癒之屬下前來叩謝。牟芥琛倏將一干人扶起後，得塗老闆表明始末，即知眼前諸位，無不為精忠成員，只因畏懼獠宇圻乃職狼行山之左右手，遂遲遲未敢聲張。待見獠為著病患而忙碌，即知其有別於狼城主之暴戾恣睢。孰料，一陣自遠而近之鐵蹄聲響傳來，斯須包圍了倉房外圍，隨後即見若干冑甲軍兵衝入，強將房內眾人制服。半晌之後，立見一身影緩緩走入了蔥運倉房……

「哦……原來塗老闆之蔥運倉房……即是匪聚精忠逆黨之據點啊！想想，我狼某人可待您不薄啊！怎料塗老闆如此掩護叛黨，真是令人失望啊！」接著，狼行山欲從中找出叛黨領袖，卻驚訝地見著了熟面孔，立道：「唉呀呀！眼前所見……不正是我那牟三哥嗎？咦……怎麼我的獠兄弟也在這兒嘞？弸掾！速將他倆鬆綁啦！」

「狼四……歐……不！此刻該稱您一聲狼城主？抑或是狼駙馬嘞？」牟問道。

「嗨呀！牟三哥是自個兒人啦！更何況您費了不少心神診救雷王，算得上是雷王府禮遇之重要賓客，三哥不妨捨了客套，亦可少了些拘束之感。只是……三哥怎會跟這幫目無法紀之徒混上？您這麼做，直教阿山難為啊！」狼回道。

「呵呵，幸聞四弟尚知芥琛耗力救治雷王爺。惟醫者眼中，只有病邪，並不分世間你我。怎知一進濮陽，竟是滿城水氣瀰漫、飛蟻竄梭，四處見得受水氣病所困之癱臥百姓，頓時難以置信，身為城主之狼四弟，竟如此粗糙行事！然芥琛身為醫者，為病患解症乃為己任，幸得塗老闆慷慨提供倉房作為醫診之處，更得獠兄弟欲替四弟積陰德而捋袖運送草藥，壓根兒不分誰敵誰我？總而言之，是狼城主也好，是逆黨也罷，惟因身體異狀而倒臥芥琛之前，芥琛絕不袖手旁觀！」

「行了行了！我狼行山還不清楚三哥個性嗎？不過，若逢戰事衝突，刀劍無眼之下，任憑本草神針再強，何以及時解救沙場上之猿鶴沙蟲？反觀劫後重生之楓師兄，今非昔比，其不費吹灰之力即可呼喚風寒，放眼中土五州，無一能望其項背啊！且就楓師兄所示，其適於北州之

寒，刁二哥嚮往東州，獠宇圻則歸鄉執掌南州，而狼某則順繼岳父之後，以鎮中州；倘若合以牟三哥之力，西州即可由三哥入主，而後，天下盡歸昔日嵐映諸俠所享啊！」

獠宇圻聞得此說後，不禁訝異地瞧著牟芥琛……

「哈哈哈……真沒料到，向來七竅玲瓏之狼四弟，竟已分不清人言鬼語啦！」牟接著道：「楓師兄欲藉六稜晶鎮之力以充其至陰神功，倘若就此罷手，單憑其身擁六重至陰之神力，無人與之匹敵，無疑稱霸中土。孰料，驚聞楓師兄頻於各地施展至陰風寒，且見得殘傷威力持續擴增，究其目的即是削弱世人之禦外本能，以期增添自身內力；一旦令其觸及至陰神功之絕頂，寒肆楓將是人？是魔？眾人難以預料！屆時其口出之言，是人話？抑或是魔語？呵呵，孰能掌握？」

此刻，狼想著，「三哥啊！你以為我不瞭狀況嗎？世間何等物種，能承受那九重至陰？那不過是魔蘇里奧用來嚇唬世人之說法罷了。眼下狼某絕非楓師兄之對手，而雷氏王朝已漸式微，此刻我狼某人窩於濮陽城，除了滅了聶忞超這眼中釘外，無不等待著良機出現！一旦楓師兄因挑戰絕頂至陰而斃命，放眼中土五州，誰能敵我狼行山？」

突然！塗老闆喊道：「狼城主欲排除異己，強擄勞郤城主等忠良，更不分青紅皂白地囚吾義女……翠瑢。濮陽徒增眾多毒物，實乃雷夫人差人運送所為。夫人本欲藉毒以清滅精忠聚黨，惟翠瑢熟悉毒物鑒別，遂為我精忠成員研製解劑，怎奈遭人羅織罪名而獄！而今再聞狼城主覬覦中州大位，勾結狂魔行事，諸多不義之舉，終將遭得天譴！」

不甘遭受詛咒之狼行山，隨即下令隨扈弸掾，立率守城軍兵，押回塗譽明等叛亂份子，惟腦中想著，「牟三哥僅知懸壺濟世，單憑其一針一草以救治殘疾，尚礙不著吾之大業；倒是能統理丸藥之獠宇圻，仍是不可多得之助手。」一陣思慮之後，當下放行了牟芥琛與倉房內待診之老弱婦孺，隨後獨邀獠宇圻上馬，倏而回往逸和苑敘舊一番。

秋分離日，濮陽牢房驚傳勞郃不禁黔楫將軍之逼供刑求，氣絕身亡！然此事件不同於異地暗殺井上群一般，惟因勞城主乃中州地方要官，聞其命喪濮陽獄中，恐有引動中州諸城主反逆之虞，茲事體大，不禁令狼行山快馬急奔府城官衙。孰料，半途竟遇官衙軍衛長……向頡，倉皇奔來，這才知曉，精忠叛黨早已喬裝成市集小販與運卒，且於一時辰前接連放肆，城中各處現已衝突不斷！狼欲就近調動人馬平亂，倏朝城南牢房而去，怎料抵於目的地前不遠，即已傳來了廝殺聲響，隨後即見黔楫將軍手持七尺長槍，力戰游擊叛黨……

狼行山自馬背蹬躍一霎，凌空跨步後出手，旋即擊飛三五逆襲份子後，立即釋出水濕竄骨掌功，中招者無不手骨痛發，紛紛敗退。惟因此刻刀光頻閃，瞬時引來飛蟻亂竄而礙人視野；待狼行山揮出旋錚鐵扇，立見眾飛蟻之翅膀紛紛飄落，隨後即見游擊份子四散而去。適值黔楫將軍引領狼城主回抵獄所，這才發現，牢房不僅遭人鑿出一地道，更見塗譽明與翠瑢等要犯，早已趁隙逃離，惟聞狼行山鎮定唸道：「嗯……好個聲東擊西之策啊！早已料到會上演『劫囚』這一招。倒是……以此南向而去即是軍機處訓兵草場，這幫逆賊難以躲藏，定會朝東向大道而去。」話後，黔楫、向頡二將依循狼之指示，兵分二路，倏朝城東包抄逃犯。

果然，半個時辰後，一干越獄者躡著手腳來到城東，正待同黨接應之際，突然遭到軍兵雙向夾擊！當下，翠瑢於阻下義父與大夥兒步伐後，持起奪自獄卒之配刀，直接迎上北向而來之向頡，怎料另一頭之黔楫，立馬持槍殺來，惟見其手上之長槍鏑頭，直衝塗老闆眉心剎那，忽見一柄大刀凌空劈下，眨眼將黔楫之長槍截成了兩段！

「咻……唰……」突見一旋物飛來，硬是令大刀客後翻以應。待飛物旋回拋使者手中，立聞其發聲道：「呵呵……閣下躲藏了這麼久，原來是為了翻找令尊之翔龍大砍刀啊！呵呵，真沒想到，我狼行山遍尋不著聶兄蹤跡，卻因黔楫將軍失手斃了勞城主，反倒引出了精忠領頭現身濮陽啊！」

狼行山甫話完，立見街旁屋脊上躍下數十壯漢，或見攙扶越獄志士，或見齊力襲擊都衛軍兵。黔、向二將見亂賊逆襲，俄而領兵鎮壓；狼則立展旋錚雙扇，力戰聶忞超之翔龍大刀，霎時直令城東響徹鏦鏦錚錚之金鐵擊聲。此刻，聶忞超雖有翔龍砍刀之助，數度藉刀身側面，擋下了對手釋出之水濕神功，卻難禦及小巧雙扇之犀利出擊，雙方不過交手十來招，聶之臂膀肘彎處，實已遭對方扇緣鋸齒削中數次，而身旁同夥兒亦因狼之釋出水濕，漸趨身感肌骨疼痛難捱！

突然！狼行山蹬躍拋出雙扇，當下驚見一扇向著塗譽明而去，另一扇則朝著翠瑢殺來！剎那間，聶忞超以腳背撈起先前黔楫之鏑頭截段，俄頃踢出並及時擊開襲向塗老闆之旋扇，反觀正與向頡軍長纏鬥之翠瑢，不察後向之旋扇已至，驚聞一聲慘叫後，立見翠瑢中招倒地！待雙扇飛回掌中，狼立藉晶鎮加持過之內力，持雙扇揮出〈隱狼溯水〉神功，一陣強大水氣，如同滴水漣漪般地向外散開，然此滲透力道之大，直令眾人肌骨難捱！

狼見水濕奏效而緩下逆黨暴動後，欲採〈夜狼巡行步〉以回攻聶忞超剎那，在場忽感水濕滲透漸趨轉弱，甚而另感一陣溫烘之氣，正逐步袪散著周遭濕氣。此刻，狼驚覺遠處一股暖流，正迎面蒸散其水氣，不禁關注起該阻逆之來源。半晌之後，朦朧水霧之中，一高舉單臂之身影趨近，且見其手持一泛出橙熾光氣之長物，不停地以其身為軸而揮旋，輻散之溫熱即由此而出，惟此溫熱力道漸次增強，遂令周遭水氣加速退散。

狼行山不待對手瓦解其水濕佈局，兩跨步後翻躍前衝，雙扇立使出〈鳳蝶花舞〉之式，霎令對手止住揮旋而與之迎面對擊！然此同時，聶忞超持起砍刀，直朝向頡衡去，其餘精忠壯漢則刀棍齊出，力搏黔楫與軍兵，現場再次傳出刀劍交擊之響！

然自狼行山得晶鎮之能而轉以雙扇出擊以來，對手下場幾如掌中殘蟻。孰料眼前對手之出招，渾厚勁實，招招猶如江浪拍岸，層見疊出。一陣交戰後，不禁令狼喊道：「猶記得擎少俠於麒麟洞前對決靈幻大仙，而今見得少俠之威猛，更勝以往；如此神功展現，可是那經脈武學之進皆展現？」

「沒錯！拜厥陰伏虎棍之助，中岳始能展出源於精武陽明之〈乾坤神龍尾〉。眼前見得閣下雙扇出擊之犀利，亦高出麒麟洞前甚多！在下就此領教了！」

擎中岳持上三節棍，轉腰旋臂一霎，立使出連番上甩跨轉之〈扭頸擒虎〉，力擊對手之〈雙旋飛燕〉，雙方一陣交手之後，狼竟假藉斷尾求生之勢而收扇後拋，瞬於對手訝異之際，突朝對手正胸擊出了……〈隱狼溯水掌〉！

「呃……這……這是怎麼回事兒？我的衝經溯水神功，竟然……竟然推不進對方經脈？」

狼出掌後，倏生震驚。

然值中掌當下，擎中岳藉由正胸之陽明脈氣，瞬間上調足陽明經脈之不容、承滿、梁門、關門、太乙之脈道真氣，使之匯聚於乳根與乳中二穴處，及時阻禦對手之循經水侵。霎時，狼憂心溯水神功或將逆灌回身而致氣逆胸滿，旋即後退以應。孰料擎中岳藉著陽明氣盛，雙手分持外桿，猛然使出〈衝貫雙龍震〉，惟見兩棍端衝出橙熾雙龍，正面衝擊對方胸膈處，直令對手後飛數十尺而墜！

狼行山中招後，強忍臟腑氣亂，火速拾回鐵扇後，驚見黔楫將軍慘遭精忠壯漢打趴，不禁撫著胸創，心裡直哆嗦著，「生擒賊頭……本於所料之中，怎……怎會是這般結果？」隨後回頭，亦見向頡軍長有些招架不住，隨即將視線聚回了聶忞超！剎那間，狼之目光釋出了狂殺之氣，眨眼蹬腿上躍，倏朝聶忞超殺去。然此時刻，擎中岳因距聶甚遠，不及上前支援，值聶忞超察覺身後一雙扇緣利齒已近，猝不及防！當下惟聞「唰嚓……唰嚓……」兩聲響，隨即伴隨數聲弦線斷裂之脆聲傳出，而後即見一琵琶琴應聲一分為二！

原來，命懸一線之際，一人忽自屋簷上急拋琵琶琴而下，及時迎上旋錚鐵扇之鋸齒攻勢！待拋琴者翻飛一霎，狼行山刻意迎上，並作勢凌空對擊。適值狼收回雙扇後，急向著對手激動道：「為什麼？……為什麼蔓姑娘總在聶忞超危急時出手？倘若我狼行山遇險，妳會不會……」

「當年於怡紅園門外，晶仙於濮陽城主前，及時出手將山哥帶離是非；而今同是濮陽城，晶仙同樣於是非衝突之際救人，只是……山哥僅知求利而懷怨謀事，終不明瞭晶仙真正要救的人，正是今日的濮陽城主呀！」

蔓含淚又道：「恆翠坊識出山哥剎那，多希望立偕山哥遨遊於是非之外！但見中州軍師竟於東州喬裝成運工，不難聯想與那寶剎劫難有關，直覺山哥立隨弋嵊領頭前去裕登埠頭，乃即刻回往中州之不二選擇。畢竟單憑晶仙一己之力，實在難保山哥於東州之片刻安危！待抵了中州境域，可知山哥將受隨扈與軍衛所護，怎料後聞雷夫人竟架空了駙馬都尉，使之成為既無軍機處可倚，亦無神鬣門可恃之角色！」

蔓哽咽再道：「然而時局演化難測，眼下各地精忠志士已陸續發難，濮陽各官府衙門亦已失守，由衷力勸山哥趁隙離開，再遲些就來不及啦！」話完，蔓值二人十指緊扣一剎，急轉狼身軀之引力，待狼瞬彈至屋脊上，蔓則翻轉落地，俄頃來到翠瑢身旁，立為其止血療傷。然此時刻，蔓晶仙眼見地上遭裂解之愛琴，直覺昔日因撫奏琴聲而結識之知音，而今卻由該知音終結了琴弦，心中忐忑之餘，不禁憂心而暗自抽泣道：「狼……保重了！」

幾經翻躍閃躲，狼行山為避開精忠會於各處發難，猶似過街老鼠般地竄行於城中巷弄之間，甚而見得擎中岳登於城樓之上，以其〈乾坤神龍尾〉之式，緩緩地輻散出溫烘熱氣，而城中百姓亦相繼架起營火，藉以蒸散城中水濕。而後，狼行山悄悄回到了逸和苑，心想，「縱然沒了濮陽，仍可藉駙馬之尊，重回惠陽，另結新勢力；待與楓師兄及刁二哥相結合，定要再次奪回濮陽！」

此刻，狼翻箱倒櫃，試圖攜上值錢之物後離開，怎料一翻即見昔日姚逢琳所繪之〈遠眺桃花〉，再見則是親筆書下先前向權衡先生所卜之「強韁能馭馬向，滾石能居久長」與「因果相繫時而生，諸心轉狼人難容」二卦籤。如今再次唸誦，耐人尋味。

突然！「咚……咚……碰……碰……」

驚聞逸和苑大門傳來眾人衝撞叫囂之聲，當下即知精忠份子找上了門。狼於彈指間大步流星地朝著苑內預設之地道移去，惟因東向地道曾發坍塌，狼遂循行北向地道而去，以期於城北與隨扈翀掾會合。孰料，爬行一段地道後，狼受創之胸膈疼痛突發，頓感體內水濕氾濫而無以宣洩；再因通道年久未用，蛛網纏結，匍匐一段後，身上突覺蟲蟻爬癢，順手一抓，立以灌爆飛蟻般地摧殺近身蟲蟻。然此一舉，非同尋常，一陣灼熱刺痛感隨即而來！狼一驚慌，加速奔爬，不久直抵城北一偏僻樹林。待出地道後才發現，甫遭灌爆之蟲蟻，實乃身具毒性，一種俗稱「青螞蟻」之隱翅蟲，且見得身上多處已成潰蝕之象，不禁驚愕再起！

然於霧氣迷濛之林中，頻感驚惶之狼行山，隱隱見得一全身黑衣披風之背對身影，正佇立於前方不遠處，惟聞狼於慌亂中叫著：「翀掾，別老杵在那兒，快持些水來，速速清洗吾身上之蟲液啊！唉……疼死我了！」話後，狼未聞任何回應。

霎時，狼已嗅出氣氛有異，待見該身影緩緩轉身，猶可見其蒙面布巾所露之眉間、山根處，呈出了明顯疤痕。突然！蒙面客自袖中亮出一對快刀，倏於三兩跨步後揮刀而出，招招直攻狼之要害！孰料，狼欲持雙扇以應，卻因左臂之毒蝕難捱，揮展失衡，眨眼即見左扇狼遭對手擊飛！

然於衝突當下，隨著隱翅蟲毒擴大潰蝕，驚見狼之招不成招，掌不成掌，更因對手出刀迅速，一個不慎，衣衫之胸腹處已遭對手削裂！待見一次回擊剎那，旋錚鐵扇擊飛了對手左刀，赫然發現該刀之刀柄處留有洞孔，若干蠱蟲立自該孔蠕出，這才驚覺對手欲施蠱術以摧人命！

驚愕當下，狼續忍痛揮扇出擊，卻又擔心遭到蠱害而未敢靠近對方，情急之下，機警展出了〈夜狼巡行步〉之絕技，以期火速逃離現場。孰料，使招當下，蒙面客竟識出了該巡行步之移位技巧，並於追隨狼八、九步伐後，先行卡位狼之去向！適值狼再顯詫異之際，對手已眨眼來到了身前，隨後即聞狼行山發出了哀嚎之聲「啊……呃啊……」

「啊……這是？呃啊……」狼痛苦地叫著。

原來，蒙面人於右刀柄內暗藏一不明水液，即時將之噴灑於狼行山身上，待見狼於地上打滾時，蒙面人自腰際取出一彩繪著山菅蘭之小瓷瓶兒，隨後即聽聞一粗沙聲音，唸道……

「世間毒物不少，唯沾於閣下身上之綠色汁液，堪稱毒中之毒，閣下應可感受其由皮膚毛孔侵入體內之痛，而後即感四肢漸趨麻痺，待其循經入裡，腐蝕人體神經脈管而上衝頭面，面部將逐冒綠色膿泡而亡！」又道：「歐……對了，那惱人的翠瑢，三番兩次破壞本座養蠱處所，她還真以為能解本座之蠱術呢！呵呵，幸得狼城主將其擒住，省去了本座不少麻煩。」

「山……蘭……綠……液！你……究竟是何人？姬尹霜與你何關？」狼激動問道。

「哦哦！太激動了可是會加速毒發的呦！倒是……因濮陽毒害頻傳，竟能讓狼城主追查到昔日姬尹霜前輩之山蘭綠液！嗯……有心……真是有心！既然如此，狼城主應知這山蘭綠液乃姬前輩專為報復負心漢所製才是！」此話一出後，蒙面人緩緩地卸下面部遮布……

「妳……妳是……婕……婕……兒！妳……妳的臉？妳的……聲音？無……怪乎，妳知曉〈夜狼巡行步〉之步伐循向！呃啊……婕……兒，救……我！」

「閣下已許久未喚過婕兒之名了，明知無心於婕兒，為何要搭上我雷氏？難道……只為追求個人名利？甚而忍心讓婕兒單守活寡？待婕兒發覺，風流倜儻之狼行山，其心中之空間，極度狹小，小到僅能容下一身居青樓，僅由操琴以取悅爺們兒之女子？真是令人作嘔！哼……所幸婕兒得老天爺疼惜，值內心極度寒寂之際，得一人噓寒問暖，縱然此人因公而波波碌碌，亦不忘為婕兒送來真誠關切！」

「呸！居臨狼某一息尚存之際，竟提那勾引人妻之兔崽子……樊曳騫！」狼忍氣咬牙道。

「哼！爾能縱容自我濫情，卻不瞭因果發生先後而怨恨他人！事實上，婕兒未遇你這薄情『狼』之前，樊早已對婕兒付出呵護之舉，怎料老天捉弄，時至娘親認同了樊之貼心，令婕兒重回情路之際，竟聞得樊之噩耗傳來，更因樊之不幸乃出自薄情狼之所為，不禁令婕兒再生痛心疾首！」「嗚……」

婕兒啜泣後，咬牙又道：「閣下之冷血，不僅與手刃妻舅之鄒煬為伍，甚值父王大漸彌留，終至撒手而逝，卻獨不見夫婿回府奔喪關注，如此負恩昧良之徒，婕兒已等不及其遭天譴，遂叩求姬前輩授予蠱毒之術。然於養蠱研術當下，因仇恨之深，難以聚心，遂不幸遭毒蟲汁液侵襲，以致毀容損音！而今，刻意藉山蘭綠液以行報復，實乃為樊氏復仇，一吐怨氣！」

「……呃……山蘭綠液……與樊氏？」狼於痛苦中語帶質疑。

「沒錯！當年遭負心漢遺棄之姬尹霜，獨力撫育而成之子，即是緣繫婕兒之樊曳騫！自此，我雷婕兒將藉『蠱毒靈嬌』之名，誓言毒盡天下所有負心漢！」婕兒霎顯兇惡之貌喊道。

狼行山聞得婕兒之說，瞬顯驚詫而瞠目片刻後，眼睛開始模糊、紅腫、流淚，且臉部已顯出浮腫，而後見其肢體不支，終而傾臥於地。霎時，一身影倏自婕兒身後躍出，見其欲救狼行山而立遭雷婕兒利刃相待。一陣交手後，婕兒喊道：「感激牟神醫為父王之盡心付出，惟狼行山之惡劣行徑，實在不值神醫出手挽救！況且連姬尹霜都無以解去山蘭綠液之毒，本草神針何須多此一舉？」

牟芥琛暫不理會周遭，先藉魚鉤褪去狼之衣衫以免誤觸綠液。待檢視過遭潰蝕之傷口後，倏而掏出一小袋**綠豆**研粉，立馬敷灑於狼身上，而後抽出寸半銀針，瞬由身背之肩胛骨與肱骨接合陷窩處入針，藉以緩解體內毒害續侵。然此一舉，霎令婕兒訝異，不禁直道：「僅藉一微不足道之**綠豆**以解山蘭綠液？痴人說夢吧！倒是……城北偏僻之地，牟神醫怎會於此現身？」

「婕兒公主有所不知！芥琛藉由**綠豆**之味甘性寒，入心、胃二經，主丹毒煩熱，熱氣奔豚，亦消腫下氣，袪熱解毒，更能解**附子**、**巴豆**、**砒石**等諸藥毒；倘若再合以一味清熱解毒、益氣和中之**甘草**，即成解毒之名方……**甘草綠豆湯**！然因情急而以**綠豆**一試，並無把握能療山蘭綠液之毒。」

牟又道：「芥琛本於城北醫診，不料循行山林採藥之際，驚見不遠處一人發狂，而後竟見其頭撞岩塊而亡，這才發覺，死者乃狼城主之隨扈……弸掾！待診察後得知，弸掾發狂乃源於蠱毒之術，惟見其**神闕**（肚臍）滲血而尚未閉合，推知施蠱者甫下手不久，遂逆循弸掾之足印而前來此地。然以若干曾遭蠱毒之大體推斷，弸掾與過往城中多起蠱害，應皆出於婕兒公主所為才是！」

「哈哈哈，本草神針身擁辨證之神技，竟也擴及了辨案尋凶啦！」雷又道：「逸和苑乃狼所規劃建造，若非丫鬟卓妡告知，還真不知自個兒之枕邊人，早已暗拓了兩道逃密道呢！」「甫聞一群暗掘地道以救翠瑢之精忠逆賊，不慎漏出了將群起圍攻逸和苑之消息，不禁引來婕兒持重待機，埋伏於此，卻不巧遇上了接應狼之琱掾！惟此一報復佳機，千載難逢，權宜之下，只得先行移除琱掾這絆腳石！倒是……牟神醫知曉之秘密太多了，為免『蠱毒靈嬌』之身分外露，婕兒唯有一不做二不休了！」

「唰……唰……」雷婕兒以迅雷之勢，揮刃咄嗟，牟立馬拾起狼手中之鐵扇以禦，雙方於樹林中交擊數十回合，惟因戒心對手能釋綠液之利刃，牟遂漸採守阻之勢以應。

然於雷、牟對決剎那，忽見雷婕兒猶如狂魔上身般地揚起了披風，面帶凶煞地轉身殺向狼行山！如此突來之舉，只因雷之眼角餘光，驚見另一身影移步靠近，且作勢扶起癱臥之狼行山。當下立聞牟芥琛放聲吼道：「別碰啊姑娘！小心有毒！」

「哼！蔓晶仙，妳這個賤人，連我逸和苑之地道出口，一清二楚，莫非……此乃阿山為著爾倆偷腥所設之遁道？哼！莫再詭辯妳跟阿山是清白的！此刻，我也要妳嚐嚐我的痛苦。喝啊……」雷婕兒如發了瘋似地喝斥後，旋即揮刀砍出。

蔓姑娘見狀突然，立馬抽出袖中短劍以禦，並於對擊中表明：聶忞超早已盯上了狼之親信，蔓遂私下跟蹤琱掾，以期告知山哥儘早離開濮陽，卻數度於城北跟丟！不料今日前來城北探查究竟，驚見琱掾慘遭蠱害而橫屍林中，隨後即依循刀劍擊響而移身至此。又喊道：「不行，咱們這般打下去，山哥恐有喪命之虞啊！」

「我呸！既有了聶忞超，還勾搭著有婦之夫，令人嗤之以鼻！正因爾之水性楊花、狼行山之風流博浪，遂令我這王府千金……情愛盡碎、容貌盡摧，以至生不如死！今日，我要你們這對狗男女，為我雷婕兒這一生所失，付出代價！喝啊……」「咻咻……嘯嘯……」

正當雷婕兒揮出疾刃咻響剎那，另傳出了「唰……嚓……」之聲。

在場驚聞雷婕兒於喝聲之後，突然瞠目不動！半晌之後，見其眉間顫動、面頰抽搐，隨後更見其眼白泛黑，且嘴角溢出了濃稠黑血；待其雙足撐不住身軀後，立見其僵直軀體前傾，正面直接仆擊於地，這才見著雷婕兒之身背，於督脈上之**神道**、**靈台**、**至陽**以至**筋縮**處，插陷著一旋錚鐵扇，而順下腰間之**懸樞**、**命門**處則深插著雷婕兒匿藏蠱蟲之左刀！

原來，急尋狼行山之獠宇圻，循著地道來到城北樹林，驚見狼已呈中毒癱臥之象，更見一黑衣人持刀放肆，且已威脅到牟與山哥！情急之下，獠拾起狼先前遭擊飛之左扇，亦持婕兒被擊開之左刀尖，先後猛朝黑衣人拋去，以期增加攔阻機會，怎料二刃皆擊中受者要害，且刀柄中之蠱蟲亦順勢侵入體內，致使婕兒脊椎頓遭重創、臟裂出血，甚於仆臥剎那……嗚呼哀哉！

此刻，獠宇圻表明逸和苑現遭精忠志士包圍，已難成退路！牟當機立斷，決定送狼行山前往蔓運倉房救治，惟時間緊迫，待牟清除了狼身上之山蘭綠液，即由蔓晶仙調轉引力，抱著狼行山移向倉房而去。

然於移行中仍閉闔雙眼，窩於蔓懷中之狼行山，雖呈出了昏厥狀態，卻有一股熟悉之髮香味循其鼻道而入，該香氣分子似乎藉此途徑，搭上了狼之記憶深處。果然！見狼於遲緩反應中，挪移著腫麻之右手，探觸其腰際間一小麻袋兒，此舉瞬令仙兒思到，「他……還攜著那驅濕麻袋兒！狼……撐住，嗚……別……捨下我呀！嗚……」蔓晶仙再次縮臂緊抱，涕淚交流地盼著奇蹟出現。

待大夥兒回到蔓運倉房，曾受惠於牟神醫之塗譽明，接受了牟之請託，暫時保密狼之行蹤。接著，見牟將苦寒藥性之商陸搗爛，隨即敷上了狼之腫脹處，藉以消其水腫脹滿。當下呈顯焦急之蔓晶仙與獠宇圻，先後急問道……

「耳聞山蘭綠液乃毒中之毒，不知山哥情況……」

「是啊！是啊！阿山哥之毒……是否得解？」

牟眉頭緊鎖，頓了下後表示，山蘭綠液能由肌膚毛孔滲入體內，惟因阿山身上有著諸多遭另類毒液潰蝕之處，致使綠液於侵入皮層時起了變化！究竟是毒上加毒？抑或相互損消？不得而知！

「山哥應是於爬行地道時，抓破了身上之隱翅蟲，致使皮膚遭到了潰蝕。」獠又道：「先前於地道中亦遇上了該蟲群襲身，憶得過往經驗，直覺此類蟲蟻之體液有毒，遂於驚慌之下，加速地衝出地道，故未抓捏該蟲，僥倖免去了毒禍上身。」

牟瞭解了情況後，道：「知悉山蘭綠液觸及純銀器皿，將顯出水藍色澤。唯芥琛分別以備留之銀製魚鉤、取穴用之銀針，一一探觸，均不見水藍反應？再則，常人身中此毒，毒素依循經脈，先行爆破脾臟，待頭面冒出了綠水泡，至水泡爆裂後即斃命。回觀眼前阿山，雖見其面部水腫扭曲，卻不見冒出綠水泡？不禁令芥琛懷疑此一綠液……或因本質生變？抑或因隱翅蟲毒而產生了變異？」

「這麼說來，我山哥有救囉！」獠與奮道，而蔓亦豎起耳朵關注著。

牟搖了搖頭，憂慮指出，甫藉〈追經循絡〉掌功，搜探狼體內之氣滯血瘀處時發現，狼身擁強大水氣運傳特質，亦即控制水濕運化之脾功能強大，值外毒入侵後，自體功能倏生逆抗反應，致使濕阻經脈，藉以攔阻毒素運行。然而經脈阻滯，臟腑則不易取得水穀精微以養，再加上毒素被困體內，無所出路，勢將傷及臟腑功能。

牟又道：「眼下阿山雖能藉自體功能抗毒，卻探得其左手寸關尺脈顯出了三憂！其一乃肝木之疏泄不暢，已漸生鬱熱之象，甚已見得足腿轉筋，未來恐有傷其精眼之虞！其二見得心火漸弱，然因心主神明，倘若心遭毒液侵害，其神智恐將受損而痴呆！其三乃見腎脈續沉且微弱，腎之不能潤髓恐生癱，腎水氣化失司，無以排泄則尿毒自生，待腎氣不助肺氣之宣降而生心肺衰竭……神仙難為！」

「什麼！山哥自體功能禦阻了毒液擴散，以致毒素內滯？難道……咱們無計可施？再這麼耗下去，山哥也是死路一條啊！可有下下策可倚？」獠焦急道。

「眼前可用之下下策即是……廢了阿山之武功！」牟頓了下後，神情凝重道……

「施此下策仍須拿捏時機！亦即廢除當下，脾失健運，須搶於毒素侵脾之前，儘快將之排出狼體外，並以〈活血化瘀掌〉為其活血通絡，藉以維持五臟之運作。然而此舉困難之處，乃於如何於雙擊阿山腋下六寸之肋間凹陷處，即所謂『脾之大絡』的大包穴後，立馬針下足底救急大穴……湧泉，並於膝後委中放血，再齊由身背足太陽經脈之肺俞與膈俞，推入〈活血化瘀掌〉，藉以引動氣血循環，釋出毒血，當下亦須顧及正胸宗氣不致下陷。此刻，芥琛並無把握能否勝過那山蘭綠液之擴張速度？稍失其中環節，狼行山恐斃命於咄嗟之間！」

「近來獠某頻向牟神醫求教，應可勝任針下湧泉與委中放血。惟藉大包廢了山哥武功，我……下不了手啊！嗚……」獠話後不禁泣聲而出。

三人躊躇片刻後，蔓晶仙深吸了口氣，握上了狼之手，使之懸空漂浮後，哽咽呼道：「牟神醫、宇圻兄……後續……有勞二位了！」蔓再次緊貼狼之掌心，心泣道：「狼……縱然僅有一絲希望……泣……原諒我吧！……我的……狼！」

蔓晶仙於心述之後，上移狼之身軀高於頭頂，俄頃推開狼之雙臂，立即雙擊狼之雙肋大包；接著見獠宇圻及時施針、放血後，蔓旋即正立狼之軀體，使其背向於牟。霎時，牟之雙掌上下齊出，蔓則以掌心運氣，撐於狼正胸之膻中穴處。半晌之後，先見牟芥琛呈出滿額大汗，後見狼行山不僅身冒墨綠汗水，且於委中處接連溢出烏黑血液，一會兒後雖見四肢腫脹漸退，卻因部分內毒上攻，以致面部水腫潰裂，恐有毀容之虞！

「噗……」狼行山湧出一大口烏血後，牟即刻收掌，蔓立將狼平臥，獠則於取針後，問道：「山哥得救了嗎？」

「蔓姑娘之作法，令咱們搶得了時機，惟狼之脾臟腫大，且尚未與其他臟腑協調，故情狀尚待觀察，一旦臟腑相互排斥，阿山依舊難逃死劫！」牟又道：「多數毒素雖排出，水濕雖得運化，惟狼已無神功護助，恐不禁風寒外邪所侵。然於秋分之後，寒露、霜降將至，此地風寒甚重，不宜久留。倘若阿山持續昏迷，芥琛打算將阿山送往黃垚山五藏殿，望能合以黃垚五仙之力，以盼奇蹟降臨。」

牟甫話完，蔓立表願隨牟神醫同行，卻聞獠宇圻話道：「牟神醫診治山哥，路上確實需有人照應。眼下為避免東三城失控，蔓姑娘仍須勝任協助聶忞超穩定精忠會之角色，故由獠某擔綱護送之職較為妥當！」

數日後，狼依舊處於昏迷狀。塗譽明隨即駕上倉房運車以掩護牟等三人，並假藉運送草藥前往他城，以期免去精忠志士起疑而悄然出城。值出城後不久，忽見蔓晶仙倉皇追來，及時交予牟芥琛一先前取自阿山身上之小麻袋兒，且為阿山送來其最喜歡的茉莉香包，並將之擱於狼之衣襟中，隨後即淚眼目送運車離去。直至運車完全消逝於黃沙塵土後，蔓仍於祈求上蒼保佑山哥下，隨同塗老闆回往了濮陽城。

時屆**秋分**前夕，中州眾黃旗都衛移師南三城之粵浦，惟因城外焚燒稻草，致使天空滿佈灰霾，更因城中火災頻傳，令人頻感氣噎喉堵。然此一幕，不禁令雷夫人疑道：「難不成，精忠逆黨已亂到者兒來啦！呵呵，還真是高估了狼駙馬呀！其可造謀布阱於井上群，卻遏制不了一個過氣城主……聶忞超！」

粵浦城主隋擘回應道：「聞狼駙馬不僅清剿了亂黨毒窟，更掌握了建寧城主之叛逆證據，或許隨後即可聞得狼駙馬弭平亂黨之消息。倒是……據巡行城兵回報，近來頻遭祝融之處，多為城中藥鋪與傳統草藥之儲倉，不免引人疑竇啊？」

突然！夫人一陣暈眩，隨後又生咳喘，立馬服以鎮咳丹以治，隨後又道……

「狼駙馬能製出速效丸劑，或可記上一功，其餘則乏善可陳。眼下正值南離王北犯之際，我軍已備上足夠之速效丸劑以應；縱然藥鋪祝融事件為敵軍臥底所為，卻對我黃旗守軍毫無影響。倒是……連日灰蒙一片，確實令人呼吸不適，甚而食慾不振啊！咳……」

夫人頓了下又道：「惲子熙所言極是，南離王遠攻關東是個幌子，淇郁城實為其所覬覦，而粵浦乃其進可攻退可守之地。依南離王過往揮軍西州失利之教訓，或許此回之盧錟亟欲拿下粵浦，恐是為著進一步竊佔牧里與閔暹二城而準備；一旦得逞，或可向東蠶食中州，亦可越江西侵甫建軍之石西主。」

突然，一傳兵來到，立馬稟呈了南軍於淇郁城潰敗，甚而述及敵將廉煒、秦勵，雙雙殞命沙場之始末。眾人聞訊後大快人心，雷夫人精神亦為之一振，頓時暈眩不適之感全無，並與庾晏將軍即興謀劃，可有埋伏埠頭以突擊敵軍之可能。

秋分正日，難得煙霾漸散，一早即見飛馬疾奔而至，惟見該兵倉皇之貌，雷夫人直覺事態不妙，隨後得知停泊城南白魭埠頭之漁船，一一遭燃火飛箭攻擊，怎料多艘漁船內滿載稻草，瞬間濃煙竄升，更乘南風之勢，以致煙霧漸向粵浦襲來。正當夫人持上魔茄劍，欲跨步登上南城樓之際，西城門前突然出現數千赤衫軍兵，且於內應鋪陳之下，直接衝入城門。待敵我一陣廝殺後，西城守軍節節敗退，直至夫人偕庾晏將軍領兵前來，雙方人馬立於街道巷弄間搏鬥，惟因侵軍攻克城西諸據點，而後即佔得了西城樓至百虹橋間諸地。

「節哀順變啊雷夫人！怎說雷嘯天也稱得上是一代梟雄，我南離王因苦等不到雷王府發出訃聞，遂主動率隊前來，盼能瞻仰中鼎王之遺容，怎料庾晏將軍竟沿街攔阻去路，如此待客，煞是失禮啊！」盧錟於橋之一端，對著另一頭發聲道。

「哼！少來貓哭耗子戲碼！就算南離王持訃聞前來弔唁，也該是手捧鮮花素果，躬身行禮於惠陽瑞辰大殿才是，怎是領著一幫提刀帶槍者，直闖我粵浦西門嘞？瞧瞧盧王爺旗下那兩闖錯城之秦勵與廉煒，恐因迷了歸途而回不了家囉！咳……」雷夫人反諷道。

「呵呵，走錯了門，確實要命！倒是……咱們甫臨粵浦，即遇西門敞開，卻不見迎賓隊伍前來，藉此問問庾晏將軍，這是怎麼回事兒嘞？」南離王不甘失去愛將而反譏道。

這時，庾晏回頭，仔細視察守門都衛，立見陣中一眼神閃爍、著裝未符標準之衛兵，孰料該兵見事態不利於己，斯須蹬腿上躍，連續翻飛至橋另一端後，回身說道……

「哈哈哈……知悉粵浦地方民防倚重傳統藥草，遂藉農家焚燒稻草之際，順勢截斷城中草藥來源。然依前人之說，『粵浦逢秋分，必遇南風起』，所以事先將部分稻草置於港埠漁船，已備南離王之用。果然！南離王提前於埠頭西側上岸，待南風一起，即以火燒埠頭漁船之策，吸引守軍注意；更因風之推助，即可藉由濃煙，模糊守軍視線。而在下僅是驅離幾個固守西城門之小卒，更上其胄甲，隨後為南離王省去衝撞城門之橋段罷了。」

一旁隋擘指向臥底軍兵，道：「爾不僅熟悉我民防習性，亦瞭解我城之地勢風向，煞是有心；惟藉縱火以斷我醫療後援，千人所指！甫見西城門一隅，癱臥若干口鼻衄血衛兵，能有此般本事者，實為我城通緝已久之岩孑，亦即東州嚴氏少主，嚴翃廣才是！」

「什麼？於麒麟洞前擄走唯茫禪師之面具怪客……真的是你？」夫人訝異道。

「沒錯！真是讓夫人見笑啦！」臥底兵應話後，立馬褪去胄甲，順勢亮出了匿藏橋旁之秋延大刀，並對南離王表示，若想速戰速決，拿下粵浦城，此乃絕佳時機；待戎兆犺回抵粵浦，恐增奪城之難度。

南離王冷笑道：「戎兆犺毀了本王兩愛將，這帳我得跟他算才是。只是……戎總管也得過得了單鍏軍師於東城門前之埋伏才是啊！」話才說完，庾晏洪聲怒斥：「爾等卑鄙無恥之徒，竟預謀暗算我戎總管，庾晏這下領教了！」

庾晏率先揮出七尺長之三尖叉，而盧錟之隨身護衛……勅鞁，立持手中雙槍，迎面以對。一陣對擊後，勅鞁以雙滑步橫掃之勢，猛然擊開對方尖叉，一腳踹中對手腹脘，瞬令庾晏朝後踉蹌，直至一及時飛抵之盾牌，筆直插立，遂令庾晏得倚而止步。霎時，引頸翹望之南離王，頓生詫異之貌，只因及時擲出盾牌撐住庾晏者，正是甫躍下馬背，提步上前之中州軍機總管……戎兆犺！而後，見戎總管持起一布袋兒，拋向了南離王，值該布袋落地剎那，隨即見得單鍏之斗大頭顱，混血滾出！

「我……我的單軍師呀！你……煙霾飛沙之中，爾軍……何以能躲過燃火飛箭之突襲？」南離王驚道。

戎兆犺未予回應，僅見其雙眉一皺，洪聲喊道：「殺……！」

百虹橋上立見赤、黃兩軍對衝，戎兆犺偕庾晏於衝砍數十赤兵後，直逼敵軍退回橋之端頭，而後戎迎面對上勅鞁與嚴翊廣，而雷夫人與庾晏則齊攻南離王。

此時，南離王手持赤焰霽烽刀，強勢而出，旋身飛轉中凝聚渾身熱能，值庾晏之輕忽，欲以尖叉直刺出擊，當下立聞一鏗嚓巨響，瞬見庾晏手中三尖叉，應聲遭對手截成兩段，後於正胸再遭南離王一記〈赤焰旋石掌〉擊飛，此回雖不見該神掌有火焰石環繞加持，但見庾晏中掌後，不僅滿臉脹紅，甚而飛滾橋下，直至撞擊橋墩而斃命當場，此幕不禁令雷夫人直感南離王之威勇，不減當年！

回觀以一敵二之戎總管，倘若僅以玨冥雙劍，單挑勅鞭之雙槍，綽綽有餘，惟眼前多了口能釋刀風之秋延大刀，實在輕忽不得！然而，本已身負腿傷之戎兆犺，為擋下秋延刀之重劈，倏以雙劍交叉之勢以禦，怎料另一對堅槍已朝身背刺來，一旁都衛欲上前阻下這攻勢，立馬遭勅鞭之右槍擊開，惟見另一左槍，瞬朝戎兆犺肩胛內側凹陷之**膏肓穴**直刺而來，頂著秋延刀之戎兆犺，見勢不妙，欲疾轉左玨冥至身背作擋，為時已晚……

「咻嘯……」一股揮桿勁風，瞬自戎之頸後冒出，隨後一聲擊響，倏發於戎之身後，不僅及時擋下了勅鞭之堅槍鏑頭，更見一敏捷身影於隨後數招攻勢下，直將勅鞭擊退數十尺遠。戎回頭一驚，訝異道出：「你……你是……你是……鷰驛！」

「憶得當年戎總管拔擢鷰驛於粵浦城，而今鷰驛回鄉效力，理所當然！眼前這犀利雙槍，不妨交由在下之疾勁三節棍以應，倒是那秋延刀風……非同小可啊！」

霎時，戎見即時助力出現，火力全開，一招〈春燕飛剪〉，左右開弓，直令嚴之單刀難以應對，不禁朝後退移了數步，以待另一回擊之機。

然自雷嘯天取得中州後，雷夫人養尊處優，縱有名師所鑄之麑苮劍為助，卻少有與人練劍切磋之機會。此刻雷夫人臨陣出擊，相較昔日之覃女俠揮劍出招，判若兩人，何況甫遇喪夫之痛，實在難以論及制敵招式！眼見禦不住南離王之蘊熱出擊，無奈暈眩亦復發俄頃，直可謂……坐以待斃！

突然！一陣濃煙乘著風勢而來，卻見背對風向之盧餤，早已運上了內力，欲以一掌直接擊潰雷氏。適值南離王躍身出掌剎那，驚見橋下水流突然急旋，而後竟竄升上天而呈出一水龍捲，直由橋邊衝上，瞬見濃煙被引入水龍捲之中！南離王驚見異狀，頃刻收掌，待水龍捲漸行退去，立令眾赤軍衝向雷夫人，怎料現場突現一展翅火鳥，凌空而下，旋即掃蕩衝鋒赤軍！

正當南離王詫異之際，立聞戎兆犺喊道：「單鍏欲藉煙霾風沙突襲我軍，幸得眼前手持衝任焰凰弓之龐鳶女俠相助，始能及時驅離煙霧風沙。然其飛箭神弓得經脈武學之賜，可於箭身合體弧弓剎那，釋出橙熾之衝任脈衝，始可呈出火凰出擊，並藉此掃蕩伏軍，遂使戎某得以力斬逆賊首級。」

「龐鳶？可是那創我展鵬、岑鴞二將，且於薩孤齊斃命麒麟洞前，隨本座服下柔緩丹那丫頭？當時我雷氏曾失信於她，此刻其反為我軍出手驅敵……是敵？是友？」雷夫人驚詫之後，即聞南離王發聲……

「哼！本王倒想瞧瞧，究竟是龍武尊之經脈武藝犀利？還是吾之赤焰神功威猛？強出頭之小輩……接招啦！唰……」話出之後，雷夫人見龐鳶再發火凰飛箭，助陣抗敵，精神一振，倏展昔日之〈蒼穹突圍〉劍法，立偕龐鳶齊迎逆勢，霎令百虹橋呈出領頭對決、軍兵肉搏一幕！當下，南離王雖不畏夫人之蒼穹劍招，卻不得不防龐鳶之橙熾弧弓與腕間之羽鏢出擊，遂遲遲未能占得上風！突然……

「啪嚓……啪嚓……」驚見盧錟與嚴翃廣同躍而起，二人凌空喊道：「該是讓大夥兒瞧瞧，淬礪許久之霽烽、秋延雙狂刀，聯手摧擊啦！」聲出之後，立見盧、嚴二人默契出招，不僅見得盧錟揮出炙烈熱氣，更見翃廣砍出勁猛刀風！值二狂聯攻之際，驍勇退敵之戎兆犺，不察遭到對手雙雙鎖定，遂於敵對引誘玨冥劍掃破秋延刀風之際，已不防霽烽刀來到身旁，當下惟聞「喇嚓……」一聲傳出，戎兆犰來不及閃避之右臂膀，於白駒過隙之間，狠遭南離王狂刀砍斷，致使持劍右臂頓離了身，鮮血四濺，待見右玨冥劍觸地，戎即因不勝創痛而哀嚎即出！

此刻，勅鞁見機不可失，欲轉身疾朝戎總管補上一槍，孰料驀驛持三節棍出招一剎，即時雙擊勅鞁胃脘、肋間而令其後飛，待勅鞁墜地後持續翻滾，不巧遇上黃旗都衛迎面衝殺而慘遭踐踏，終因骨碎臟裂，傷重而亡！而後，驀驛攙著戎兆犰，直喊：「撐住啊！挑中州之防禦大樑，非戎總管不可啊！」

龐鳶見狀，不禁再發〈昫熾火翔凰〉之火鳥攻勢，迅速擊退逼近戎總管之赤軍。待眾人聚焦戎之受創一幕，輪番出擊之嚴翃廣，立藉南離王掩護，轉眼即朝雷夫人而來。適值翃廣放肆揮刀，雷夫人雖以蒼穹劍法抵住了對手之〈狐狼殲鼠〉，卻不敵秋延刀〈犀角撩衝〉之猛烈；更因對方直切、推切、拉切、鋸切、側切之五連轉切刀法重擊下，夫人所持魔茈劍瞬遭擊飛，隨後立見其失衡後傾！

危急當下，突見一人凌空接住魔茈劍，及時飛身扶住後傾之雷夫人，隨後聽得一低沉之聲，道：「燕！〈蒼穹突圍〉劍法乃源自我倆，此役不妨算上嚴某一份，藉此齊力退敵吧！」

「鏗……鏗……鏗……」嚴翃廣驚見父王追抵粵浦，且聯手覃嬒燕雙劍回擊，頓生震懾而略顯退縮！一旁南離王則強勢吼道：「東震王插手中、南二州之戰役，恐引發連鎖效應，茲事體大！再說，東震王身體已不若以往，還望嚴東主三思而行！」

「哼！三思而行？堂堂南州霸主，竟百般教唆、利誘東州嚴氏後嗣，屢行不義，藉以促成南離王分裂中州之計劃！既然南離王已拖吾兒下水，自得由嚴氏當家，親自牽回這一迷途羔羊。眼下中州雖有『內憂』，但我東州絕不涉及其『外患』角色。至於身體狀態，甫見本王信賴之醫俠龐鳶於此現身，令吾信心為之大振！唉……此役盧燄老弟勝算不高，還是儘早收兵撤回，讓五州共享太平吧！」

南離王回以睥睨眼神後，立向翃廣喊道：「我說嚴少主啊！人要做大事，始能成大業。東州於嚴刑峻法下，昔日嚴翃寬之放肆，尚難逃離絞刑伺候，除非今後東州由你說了算，否則，順著你那食古不化的老爹回東州，何等下場？爾心知肚明！」

翃廣一陣糾結後，激動吼道：「兄長存乎，翃廣無以決策；兄長歿乎，翃廣依舊駐外打撈金船。反觀薩孤齊離開東州，後成中州國師而得各方禮遇；罕井紘出走東州，後成中州鎮南大將而聲名遠播。而今，嚴翃廣已身擁絕世神功，怎可任人擺佈？」話出之後，翃廣立想到，「戎兆犰曾譏諷過，『沒軍隊，怎有談判籌碼？』換言之，眼前須藉南離王軍隊以助我成事，能如此，未來一切，操之在我！」

一旁驀驊，趁隙以蒲黃炭為戎兆犰包紮止血後，直覺嚴二少恐將大開殺戒，遂守著傷重之戎總管，嚴陣以待。果然！情緒已遭挑起之嚴翃廣，雙眉一皺，再次揮出西蒙秋延刀，而南離王見翃廣決心一搏，遂火速持刀出擊！

此刻，雷夫人重拾了昔日與嚴震洲聯手之感，瞬間活起了魔茄劍之威力；一招刺、削、撩、挑之〈碟魟尾刺〉，直令翃廣頻頻固守上身。嚴震洲則以陷空劍使出纏、拖、撥、攢之〈曲鰻纏足〉，亦令對手下盤難穩。眼見嚴、覃二人之默契出招，對手根本無暇運功以揮出刀風，待覃媮燕一劍削下翃廣耳垂之際，南離王倏而擊開驀驛，俄頃躍身推出赤焰神掌，惟因事出突然，令覃防備不及，直創覃之左肋下緣而使其失衡側傾！當下，龐鳶發箭擊退赤衫軍，抽身移位，及時抱住了中招的雷夫人。

「鏗……鏗……喀……喀……」此刻百虹橋旁可見驀驛揮棍出擊，偕守軍力抗湧向戎兆犹之侵軍；龐鳶則即時護衛雷夫人而分身乏術；甚見得嚴震洲一人力戰二狂刀聯手。突然！翃廣縱身一躍，旋身上衝，待其登及高點，一聲狂吼即出，猛然朝東向掃出秋延大刀，瞬間一股強勁刀風，隨刀而出，而後即見在場之創兵，輕者立生鼻衄，重者竅孔衄血不止！然此一幕，立馬引來南離王喊道……

「哈哈哈，沒想到覃女俠創了翃廣一劍，竟激發其貫衝了〈七衝衄血〉神功！看來，南軍奪城計劃即將達成，眼下眾黃旗守軍若選擇棄械投降，或可免於一死！」

果然！若干黃旗都衛見身旁戰友衄血不止，心生畏懼，陸續鬆了手中刀械。龐鳶立馬對守軍喊道：「雖見狂人釋出邪風摧人，在場仍見身強體健者能挺住，足見施邪者已耗去不少體力，以致摧力尚未登頂，守軍尚可齊心圍攻，以護家園；一旦任其坐大，未來恐奴隸不如！」

驀驛亦喊道：「粵浦都衛合以民防守兵不下數萬，豈能僅見體弱弟兄不支而心生畏懼！狂人刀風雖能襲人，卻摧不毀護身之利刃胄甲，倘若此刻棄械，形同放棄絕佳之護身符啊！」此話一出，接連見得守軍重拾盾牌等防衛利器。

「呵呵，此刻使上激勵言語以挽頹勢，無疑是強弩之末啊！」盧錟又道：「眼下已見戎總管斷臂，雷夫人重創，更甭提那斃命於橋墩旁之庾晏將軍了。套句嚴少主方才所提示……速戰

速決！畢竟局勢終將歸於強者所執啊！」

這時，嚴翃廣受此話之推助，再度運發內力，猶有眼白轉赤之象。東震王不願見兒一錯再錯，立馬挺身衝向翃廣，孰料南離王揮刀即出，頃刻攔下東震王去向，而後雙方各憑身擁絕技，跨步上躍，揮戈對決於城西百虹橋。然此時刻，見翃廣為著放出大招而持續醞釀，龐鳶與蔦驛隨即佇立於雷、戎二人身前，試圖擋下狂人威勁刀風，以免傷者二度受創。

果然！嚴翃廣於展出內運架勢之後，倏向前奔，蹬躍起身，於空中自旋一周後，順勢將大刀橫向掃出。剎那間，一股直令塵土翻揚之強勁刀風發出，龐鳶本欲再展〈鳳旋龍捲〉以迎面對衝，卻擔心雷、戎恐受疾旋風沙摧及，遂同與蔦驛速旋手中兵器，藉以減緩刀風之摧力。

然而〈七衝衄血〉刀風既出，立聞百虹橋旁傳出轟聲長響，該股摧力旋即外擴，值此衄血狂風衝擊橋之對端，突見五、六橙熾細龍逆溯一霎，不僅及時竄衝摧人邪風，甚而正面對衝秋延大刀！惟因翃廣未料此般逆襲，倏以大刀作擋，後翻而下，且於觸地剎那，硬是朝後退了十來步方止。待塵灰隨回衝刀風而緩緩散去，一高挑身影立由龐鳶身後走出，不禁令龐鳶叫道：

「哇……是……是允昇哥！真是來得及時，瞬解了咱們燃眉之急啊！」

「嘿嘿，眼前所見可是凌允昇，凌少俠！蔦驛常聞擎中岳提起，如今親睹『劍出脈龍』之神技，煞是令人折服！倒是這般六龍並聯而逆衝刀風一幕，出招者恐因瞬間回流之刀風而自食其果！」

「蔦前輩過獎了，允昇本欲於對方揮刃前出手，怎奈刀風已出，遂更以脈龍並聯以禦；殊不知脈龍衝力竟得回流刀風之效，真是出乎意料之外啊！惟因脈龍劍氣乃炙熱真陽，值觸及七衝刀風剎那，應已相對抵銷了衝殺之氣，縱能回衝，反擊能量有限！」

「呵呵，眼見嚴少主頻撫胃脘處，或許微量之逆迴刀風，恐已損其賁、幽二門才是。」

「啊……小心！他又提刀了！」龐鳶喊道。

眼白滿佈血絲之嚴翃廣，持刀指著允昇喊道：「據傳兵告知，已見凌兄弟於淇隆港埠登上了前往西州之運船，為何仍於此處現身？」

允昇跨前一步表示，於淇郁城道別了東震王後，登船欲往西州白虎洞窟，以期協助西軍平亂。然於啟航時不見江上軍船，遂以為南軍已撤回北侵行動，怎料途中聞船家告知，南軍艦艇佔據了白魭港埠西向之江面與沏徨島周圍，運船恐將泊於江上數日，據此即知南離王仍未放棄北犯計劃。而後，允昇於眺望白魭埠頭時，見著陣陣濃煙飛升，當下決定自行離船，待游向埠頭就近察看，始知埠內諸多船隻持續悶燒。允昇上了岸，協助粵浦民防齊滅火勢後，驚見城西突冒衝天龍捲，依此即知龐鳶正值出招制敵；隨後幸得民防領頭寓尌之助，直入了粵浦城，遂能前來城西一探究竟。

「允昇哥，見雷夫人脇下不暢，欬吐引痛，不甚樂觀，不妨由龐鳶先行帶離！」龐鳶突喊道。

「哼！一個都不許走！喝啊……」

嚴翃廣狂刀一提，再次躍飛出擊，允昇倏令太陰擒龍出鞘，隨即迎戰秋延狂刀，一旁驀驛則再度加入擊退侵軍之行列。然見七衝刀風威猛，刀刀襲人要害，惟揮刀者胃腑末段之太倉下口衄血，遂見得七衝刀風每況愈下。霎時，允昇試圖藉此領略〈脈龍．劍十三〉之精妙，立拋

劍於彈指間，一陣咻嘯聲傳出，空中或見〈雙龍齊出〉、〈三龍奪珠〉，甚見得允昇凌空展出〈六龍雲舞〉，進而支配六龍交叉去向，直令在場瞠目以對！

此刻，面對六脈龍飛竄之翃廣，攻勢難張，甚而亂了方寸；反觀於另一頭對決之南離王，實已醞釀〈赤焰旋石掌〉結合霽烽刀出招。適值盧燄朝嚴震洲掃出狂刀剎那，一陣熾熱光團猶如慧星拖曳般衝出，嚴震洲一閃身後，立以陷空劍身之鏤孔，深套敵對之霽烽刀身，隨即牽制了霽烽刀之出招，卻未料及該熾熱光團直衝嚴二少，不禁令東震王扯嗓吼道：「翃廣……快閃！」

嚴翃廣不畏當下所遇，僅藉〈鯨豚躍翻〉之式，輕鬆移位，閃身以對，怎料因過於自信，忽略了該光團之拖曳部分，以致雙眼瞬遭光熱觸吻，當下立聞其疾呼：「呃啊！……我的眼……怎麼……我的眼前一片漆黑……我……我的眼睛好熱啊……呃啊……」

瞬遭光熱灼瞎之嚴翃廣，頓時呼天喊地，持刀亂舞，瘋狂喊著：「來呀！我嚴翃廣神功蓋世，誰敢與我爭鋒？逆我一個，我殺一個，來呀！殺……殺……殺……」

忽然！「咻……」的一聲傳出，步伐蹣跚之嚴二少因驚慌中揮刀過猛，不慎將秋延刀滑手甩出，怎料該刃尖直向雷夫人而去！凌允昇見著龐鳶正診治著雷夫人，扯喉直喊：「小心襲刀！……快閃！」

霎時，嚴震洲鬆放了劍柄，隨即跨步飛身撲救雷夫人，結果……

「呃……啊……」一聲慘叫驚動了在場所有！眾人無不見那秋延大刀，直接穿透胸膛，且見染紅之刃尖，瞬由身背竄出；然此驚悚一幕，直引在場目光，聚焦於南離王身上。

此刻分置百虹橋兩頭之敵我雙方，驚見身遭重創之南離王，手捧著三兵刃而佇立不動，惟見其嘴唇頻顫，提氣唸道：「怎會？……我……不甘……我不甘……不甘……」此一氣音漸趨無聲後，立見盧錟雙膝觸地，直朝著橋之東向，看著本欲攻下粵浦城之一樓一府、一宮　寺，終不瞑目地嚥下了最後一口氣！一代梟雄盧錟，終於雄霸南州近廿載後，即此步上了黃泉之路！

原來，嚴震洲雖飛身撲救雷夫人，卻不及秋延刀飛快之速，怎料千鈞一髮，身距雷夫人不遠處之戎兆犹，藉由左玨冥劍撐起身子，咄嗟躍彈雙腿，立以倒掛金鉤之勢，瞬間將秋延刀踢開，不料此刀就此另向噴飛，不偏不倚地竄過陷空劍之鏤孔，並直穿南離王胸膛而止！惟因先前嚴震洲即以鏤孔深套霹烽刀身，待秋延刀再強行嵌入，正好填滿了陷空劍之鏤孔空間，故見得南離王重創後，雙手依然捧著威震中土五州之三大絕刃！

「怎……怎麼了？發生何事兒？為何聽得南離王哀嚎之聲？我……我的秋延刀去了哪兒了？哼！就算沒了狂刀，我還有〈逆脈衄血掌〉啊！誰敢動我！不怕死的，來呀！」翃廣於舞動雙掌下，再喊道：「南離王？快……快發刀光……將他們……噗……啊……」

正當翃廣無向揮展雙掌，且於探詢南離王回音中，不禁一口衄血湧出而踉蹌前傾，隨後一個失足踩空，瞬間墜滾數丈深之百虹橋下。待眾人倚上橋邊，驚見嚴翃廣動也不動地仆臥橋墩旁！凌允昇俄頃躍飛橋下搭救，卻見翃廣已不幸遭先前隨庾晏墜落橋下之三尖叉，直接刺進了心窩，遂已嗚呼於咄嗟之間！當下，嚴震洲目睹親兒慘死，回頭再見昔日戀人氣息奄奄，霎時肝心若裂，泣不成聲，隨後即癱軟昏厥，不省人事。

此刻仍竊佔西城樓周圍之赤衫軍，驚見南離王與護航之嚴少主相繼殞命，不禁軍心潰散，節節敗退。當下，隋擘城主立接手指揮守軍驅圍退敵，並火速喚來民防領頭寓尌，將創傷者就近運抵民防會堂；允昇則偕龐鳶、驀驛，斯須展開救治傷患作業。待眾傷兵止血與包紮後，允昇發現粵浦城因連日煙霾籠罩，以致多數居民因肺失通調、脾失健運而咳喘不止；雖見得單純呼吸不暢之患，惟多數症狀皆由痰飲而生。再觀東震王與雷夫人因左肋遭震創，以致脾之水濕運化失司，濕阻經脈嚴重，或見頭面眩暈，或見脈不攝血，抑或咳逆倚息、氣短不得臥，甚感一身盡痛難捱！

曾因結識擎中岳而研習醫術之驀驛，雖知痰飲能生諸症，卻不暸其真正來由與病證程度，聞龐鳶解釋表示……

人之水液代謝乃因飲入於胃，分布於脾，通調於肺，流行於三焦，濾於腎，出於皮毛，歸於膀胱。水者，節制於肺，輸引於脾，敷布於腎，通調於三焦、膀胱。惟脾運失司，上不能輸精以養肺，下不能助腎以化水，終將導致飲邪停聚而使脾氣虛弱、肺失通調、腎精滯傳，進而引發咳喘之證。然因痰生於胃寒，飲存於脾濕；痰飲由水停而生也，得寒則聚，得溫則行，故藉溫藥以補胃陽、燥脾土，而治飲之標在於肺、本在於腎、制在於脾；惟辨證之中須明暸因飲邪所生之病證，其可分「痰飲、懸飲、溢飲、支飲」，故合稱為「四飲」。

允昇則接續指出……

其人素盛，今瘦，水走腸間，瀝瀝有聲，謂之「痰飲」；

飲後水流於脇下，欬吐引痛，謂之「懸飲」；

飲水流行，歸於四肢，當汗出而不汗出，身體疼重，謂之「溢飲」；

欬逆倚息，氣短不得臥，畸形如腫，謂之「**支飲**」。而治證當以溫藥和之，始以溫補助陽、行水蠲飲。

允昇又道：「眼前可見雷夫人呈出**飲停心下**、微飲短氣、胸脇支滿、頭目眩暈等**脾陽虛**證狀，可施以**茯苓**、**桂枝**、**白朮**、**甘草**所成之化飲名方……**苓桂朮甘湯**，始可達溫陽健脾、利水滲濕之效。更見其腰膝痠軟、拘急不舒、畏寒厥冷之**腎陽虛**病徵，遂予以**熟地黃**、**山茱萸**、**山藥**、**牡丹皮**、**茯苓**、**澤瀉**，合以**桂枝**、**附子**而成之**腎氣丸**以治，藉以達溫補腎陽之效。惟因大人情志低落，正所謂『**思慮傷脾，憂悲傷肺**』，縱然藥能對證，其臟腑終不敵情志低靡而衰敗。」

然而不堪連日勞心耗神而一臉頹相之隋堅，手撫著胸上鎖骨陷處，疲憊地前來會堂探視傷患。龐鳶順勢為手撫**缺盆**穴位之隋城主診斷後，直言道：「**脈沉而弦**，**飲內聚而氣擊之則痛**，**噎而痛**、**痛引缺盆**，**此乃病懸飲者之象**。」

「如何療治**懸飲**之證？」蕎驛提問道。

龐鳶俄頃提筆書下……

峻下三藥之**甘遂**、**大戟**、**芫花**，以濕麵裹起，循火烤之煨法以去其毒性，而後搗篩，研為粉末。另以**大棗**十枚水煮後，沖服上三味之藥末。惟上三藥峻猛瀉下，易傷正氣，故以**大棗**十枚佐之，瀉後得以糜粥自養。此乃攻逐水濕痰飲之猛劑……**十棗湯**是也！

接著，允昇針對民防領頭……寓尌，與部分民兵之**飲停臍下**，引醫經指出……

假令瘦人臍下有悸，**吐涎沫而癲眩**，**此水也**，**五苓散主之**。故對**下焦**之水逆，可循**桂枝**、**茯苓**、**白朮**、**豬苓**、**澤瀉**所成之**五苓散**以治標，藉**腎氣丸**以治本。而遇及**卒嘔吐**，**心下痞**，**膈**

間有水，眩悸者，小半夏加茯苓湯主之。此乃藉半夏、生薑、茯苓之合用，以達消痞散結、祛痰行水之效。

「那麼……嚴東主之證狀，是否也是痰飲作祟？其治症之法可與雷夫人相符？」鶱驛又問。

允昇搖頭回應道：「非也！非也！東震王於身處淇郁城時已受痰飲所困，且有表寒之象；而當時見其飲邪壅盛，甚而外溢周身肌表，此乃歸於溢飲之證，遂循醫經所言：『病溢飲者，當發其汗，大青龍湯主之；小青龍湯亦主之。』惟嚴東主當下之病因，源於表寒併偕痰飲而呈出惡寒、發熱、胸痞、乾嘔、欬喘之證，故施以桂枝湯去大棗，合以麻黃、半夏、細辛、五味子之小青龍湯以治。然因嚴少主之忤逆妄行，以致嚴東主怒盛傷肝，故須輔以天麻、鉤藤等，藉以平抑肝陽，息風止痙。」

允昇又道：「時至粵浦城西一役，嚴東主於對戰南離王之際，因不時感受對方所釋之赤焰熱能，遂呈出了脈浮而緊、發熱、惡寒、身疼痛、不汗出而喘，甚而煩躁等之病徵，此乃飲邪在表，兼有裡熱之表現，故可施以桂枝湯去芍藥，合以麻杏甘石湯而成之大青龍湯以治！此方重用麻黃至六兩，藉以辛溫發汗，開腠理，通調水道，以散表實之邪；更用如雞子大小之辛寒石膏，使之清解裡熱而不傷陰，二藥合用實具發越水氣兼清裡熱之作用。然因飲為陰邪，須以溫藥和之，遂以辛溫之桂枝以溫陽；惟此方之發汗乃方中之最，一如龍升雨降之象，遂得以大青龍為之方名。」

「欸……憶得擎中岳於辨治太陽病證時，施用過大、小青龍湯，怎這回治痰飲之證，亦用得上它？嗯……這兩方還真是挑方中之大樑啊！」蓊驛佩服道。

龐鳶簡明扼要地表示……

辨**太陽病證**時，遇上寒邪閉表，陽鬱化熱，鬱熱擾心，熱散體內，不汗出而陽盛煩躁，以及濕鬱肌表，可施以**大青龍湯**。

外有表寒，內有水飲，乾嘔，發熱而渴或因水寒射肺而喘，則使**小青龍湯**以治。

龐鳶又道：「允昇哥為**溢飲**之治證解析，實乃指**具熱者以辛涼發其汗並兼清鬱熱**，遂使以**大青龍湯；而具寒者以辛溫發其汗兼以溫化裡飲**，故施**小青龍湯**以應。」

龐鳶再依醫經所提，針對療治**四飲**中之**支飲**，述道……

欬逆倚息，不得臥，小青龍湯主之。

支飲不得息，葶藶大棗瀉肺湯主之。

支飲胸滿者，厚朴大黃湯主之。

心下有支飲，其人苦冒眩，澤瀉湯主之。

針對**支飲**之重證者，呈出了**膈間支飲**，**其人喘滿**，**心下痞堅**，**面色黧黑**，**其脈沉緊**，**得之數十日**，**醫吐下之不愈**，木防已湯主之。

這時，倚著床邊之戎兆犺，面顯無奈地話道：「有道是『巧婦難為無米之炊！』眼下縱有允昇與龐鳶相助，惟城中諸多藥草皆已告罄，而城裡可供藥之藥鋪倉庫，大多已付之一炬，恐怕……」

適值醫藥短缺之問題發生，在場一片靜思之中，惟聞蕎驛發聲道……

「出北城門後，直朝著奇恆山方向去，將可抵臨莆汕村。近年來，蕎驛與村民採炙了不少醫用草藥，以備不時之需。大夥兒尚且不用擔心，運送藥草這事兒，不妨交予蕎驛來處理。」

數日後，東震王情志仍低落，但於病況稍癒下，同意了隋擘之建議，將緊嵌著赤焰霽烽刀與西蒙秋延刀之蒼宇陷空劍，高掛於粵浦西城樓上，藉此蓋世三絕刃以警惕粵浦一役之發生。待東震王取得犬子骨灰後，立由戎兆犹指派罕井紘將軍，全程護送嚴東主回往東州。臨別時刻，嚴震洲雖為雷夫人慶幸中州之外患已解，卻不忘囑咐夫人保重身子，始得面對中州尚存之種種內憂！

翌日，身子仍虛弱之雷夫人，偕隋城主乘馬車回往粵浦官衙，忽自車窗見得蕎驛與諸赤腳村夫，齊力推著藥草運車進城，經隋城主解釋之後，夫人腦海隨即浮現昔日失信摯中岳之承諾，霎時一股內疚，油然而生，隨後一陣劇烈頭疼即起。待夫人抵於官衙，欲了解時下局勢之際，驚聞傳兵捎來狼駙馬遭人施毒而昏厥不醒，後經本草神針施救仍無起色。夫人聞訊後，訝異片刻即止，似乎一切發生皆其掌握之中，接著即獨飲著茶甌參湯。

甫飲一口參湯，夫人突見傳兵顫著唇，吱唔指出，濮陽、淮帆、建寧與闋東四城，現已由聶忞超掌控之中！此訊一出，夫人頓顯艴然不悅；待聽得婕兒公主亦不幸命喪濮陽城北時，夫人不僅湯灑甌碎於一霎，甚而冷顫直發而後昏厥不省！經龐鳶即時診治後，直斷夫人因情志抑鬱，致使臟腑糾結失司而不能得養；而後數日，更見夫人晝時自汗，夜裡盜汗、飧瀉不止，終而顯出銷毀骨立之瘦弱病貌！

然而醫經所謂「**汗為心之液**」，雷夫人此般「**津液脫，腠理開，汗大泄**」，實已具氣陰欲脫之「**亡陰**」現象；其後更見得**六陽氣絕**，**則陰與陽相離，離則腠理發泄，如珠如油之絕汗乃出**！此乃**陽氣欲越**之「**亡陽**」現象！如此每況愈下，眾人甚而見得雷夫人五臟陰氣俱絕，神志喪於內，精氣不注於目，**絕汗既出**，直至珠眸上吊、**命門火熄**，終而氣絕於粵浦城中！

雷夫人病逝後，痛失右臂之戎兆犹，對著由衷助人之允昇與龐鳶，感慨表示，自雷中主撒手之後，軍機處數度於國防佈局上與夫人扞格不入；惟因戎兆犹一生受雷氏拔擢提攜，諸軍防之策終以順從夫人作收。戎接著道：「自夫人與狼駙馬漸行漸遠後，竟轉而縱容諂媚之神鬣門殷總督！不僅忽視軍機處之諫言，甚令眾臣失望地破格拔擢貪慕榮華之展鵬、岑鴞，使其分掌臨宣、頂豐二城之要職，此舉不禁令戎某對中州之未來，滿腹疑團，甚而眼穿心死！」

戎搖頭又道：「適值南離王北犯在即，夫人強勢調兵，並令戎某進駐南疆。惟軍機處早已聞得展鵬、岑鴞企圖瓜分中州之詭計，而今令此二禽勝任地方要官，無疑為其提供了地方之資源，甚為叛亂之後盾！孰料，日前戎某帶兵至閿東城，不僅聽聞建寧城主勞郃投向了精忠會，更接獲傳兵告知，重出江湖之昔日神鬣門刁總督，突偕其過往屬下，聯手直搗臨宣城主官邸！據聞展鵬因不敵逆襲，現已領著零星潰兵，撤往了頂豐城。」

戎再嘆道：「眼下之中州南域，幸得驀驛與凌、龐等志士之助，實已驅離了南州赤旗侵軍。而同於此刻，卻不幸遇上雷氏王朝殞沒、狼駙馬之生死未卜，直令已斷了臂之戎某……不知如何再戰？更不知該為誰而戰？只因中州乃為中土大地之中流砥柱，萬不能因群雄割據而四分五裂，故戎某須即刻回駐惠陽京城，竭力穩住浮動之軍兵，並為雷氏家族完成喪葬後事。未來，

若能見得統攝中州諸城之能者出現，戎兆猶願避讓賢路，交出兵符，以免增添無謂之殺戮亡靈；屆時之戎兆猶將掛冠歸去，隱逸山林。」

數萬都衛軍於整裝數日後，隋擥城主領著允昇與龐鳶，親送戎兆猶所率大軍循北城門而出。時至軍隊全數離去後不久，見著蓊驛又推了一車藥草前來粵浦城，惟見該推車有著若干擦撞痕跡，不免引來允昇等人好奇一問，怎料竟得蓊驛描述回城途中，突與一面顯焦躁之疾乘者擦撞，甚而波及在場另一陽昫觀之茂生道長！解釋之後，始知此一倉皇疾奔者，正是西州鎮南勇將……冷雲秋！

蓊驛接續道：「冷將軍表明，因身繫要事兒，遂快蹄直奔陽昫觀。擦撞發生當下，正值外出採藥之茂生道長隨即表明，常真人於收到本草神針之急函後，已偕同惲子熙先生趕往了黃垚五藏殿。聞訊之冷將軍立顯躊躇之貌，是否該於陽昫觀靜候常真人歸回？待冷將軍接受蓊驛提出直上黃垚之建議後，俄頃上馬疾駕，倏朝黃垚山奔去。」

「糟了！倘若白虎岩洞之危機已除，此刻冷將軍應勞於重建南西州才是，怎會如此匆忙地急會常師公呢？」允昇不安道。

龐鳶亦疑道：「驚聞狼行山遭毒害後，牟師叔已接手救治，難道……」

在場諸人一陣商酌後，因擎中岳現處於東之濮陽，揚銳已前往西之臨宣，故龐鳶立表前往濱湖三城中之頂豐，藉以抑遏展鵬、岑鴞之竊佔勢力。凌允昇則決定趕赴黃垚五藏殿，以期明瞭冷將軍之所遇，甚能藉此得眾先賢、前輩之看法與建議，始能因應眼前詭譎瞬變之混沌局勢。論得共識之後，隋城主立為允昇與龐鳶備上快馬與路途所需。凌、龐二人則於相互叮囑後之兩

「駕……」聲下，分朝既定之目的地，疾騁而去。

時逾霜降之後，凌允昇於連日奔馳下，終抵於黃垚五藏殿。待由本源道長領上殿前大階時，見得不少三清弟子彎腰屈膝，修補著破損石階與護欄，不禁感嘆著頗具歷史之五藏殿堂，仍不禁大地風化而磨損剝落。然值允昇上登百會殿之前堂時，立見常真人、惲子熙、牟芥琛與冷雲秋，無不浸於一股低靡氣息之中。原來，黃垚五仙正於禪房內，竭力嘗試能否於閻王殿前，及時將狼行山拉回？

常真人上前拍了拍允昇肩膀，並偕其入座後表示，聞允昇偕東震王驅退淇郁城之侵軍後，再行阻止了南離王吞滅粵浦城之野心。然自雷氏王朝式微，眼下之中州，不僅有著群雄割據之虞，五州亦漸遭前所未有之狂魔邪氣籠罩！然而有形之軍兵可退，卻愁於無形之勢力，實已悄悄蔓延擴張。狼行山雖能勝任正邪間之溝通，卻於緊要關頭，因世間之情感仇恨而毒傷垂危！

「深受毒害之狼城主，果真無藥挽回？難道……傳聞之『山蘭綠液』，果真是無解奇毒？」允昇問道。

牟芥琛回應道：「毒侵剎那，狼因自體啟動水濕護體，試圖緩下毒素侵害之速度；惟其脈道阻滯過久，臟腑無以受得氣血精微以運化，故肢體呈出衰敗不支之象！此刻黃垚五仙正全力疏通狼之周身脈道，以期五臟能維生運轉。然以芥琛之經驗，縱然患者能醒能生，恐將以半殘之軀……以應餘生！」

牟一話畢，隨即疑道：「允昇怎知山蘭綠液之名？」

允昇先自父親曾提西州炓垟鎮發生駭人毒殺事件說起，而後倒敘高川先生描述姬尹霜製出山蘭綠液之由來，這才讓眾人瞭解，僅存的一瓶綠液，乃源自於金貔靈姑。

這時，常真人突然憶道：「先前芥琛隨獠宇圻前往濮陽，值臨行之際，牟賢姪附耳提醒：『留意雷婕兒之行蹤』，原來牟賢姪早懷疑了雷婕兒可能行兇！」

牟回應指出，客居雷王府為中鼎王診治期間，曾因雷夫人對公主休憩區域，下達了「閒人勿近」之令而心生疑竇；問及府內侍婢，個個避而不答。牟又道：「一日，芥琛欲於後山尋摘草藥時，竟發現若干遭棄之羔羊屍體，其死狀之悽慘，幾近傳說之山蘭綠液所為！待詢問侍僕後發現，此班慘遭毒摧之羊隻，實乃王府後院所飼之寵物。當下不禁懷疑，或許雷婕兒一直待在王府內？果然，甫聞允昇提及樊曳騫之連帶關係，沒準兒當時婕兒正於王府禁區內，獨自研習金貔靈姑之蠱術？」

牟又推測道：「雷婕兒或許擔心年久之山蘭綠液恐已失效，故先行以牲畜一試。而後又因瓶內之液量不足，遂自行藉其所知蠱術，充填了山蘭綠液之液量，此舉或使該成分已非原創，以致狼行山能死裡逃生！此乃芥琛不見阿山中毒後，呈出如羊隻之綠泡反應，遂回溯過往所見而加以推測，雷婕兒恐已令山蘭綠液之摧命力生變！」

牟再道：「芥琛尚無把握能解綠液之毒，遂參酌了北淼怪醫仇正攸之醫案手札，自製銀鉤、銀針，以作為探視毒種之用；畢竟仇老手札亦提及，山蘭綠液觸及純銀，將使之轉呈水藍色澤。惟聞濮陽官府無不聚焦於翠瑢之施毒，芥琛遂考慮先行前往濮陽，以伺機提點狼行山留意周遭。」接著，牟芥琛為大夥兒描述了於濮陽所發生之一切，其中不免提到一關鍵人物……蔓晶仙！

然而話說至此，常真人微微搖頭，直覺能為獠宇圻曉以大義，應有喚回狼行山之可能，結果並不盡然！隨後常老亦可惜了溫柔婉約之蔓晶仙，只因蔓與狼始終有緣無份，無以比翼雙飛！一旁惲子熙聽得擎中岳能為濮陽驅濕救疾，煞是欣慰，卻也憐憫南西州慘遭血洗之際遇，遂即時書下急函，力諫北坎王援助南西州所受災創。眼下僅知災難發生，常真人即請冷將軍描述所遇，藉以協助大夥兒研議因應對策。

冷雲秋於感激惲先生雪中送炭之舉後，正經表示，事發於**秋分離日**傍晚，正當營火燃起時，驚見一斗蓬怪客，乘著驢之拉車，運了口精雕石棺，前來了白虎營區。當下雲秋以為駱煌所提之談判關鍵人物來到，遂未下令圍擾斗蓬怪客。孰料，當斗蓬客欲直入白虎岩洞時，法工先前留守岩洞之八大護衛立上前攔阻該斗蓬客。這時，駕馭驢車之車伕，急忙下車勸阻駱煌與八護衛之舉，這才知曉，原來喬裝成車伕者，即是先前古亙長老所提，亦是駱煌所熟識之……席哈暮！

冷接著道：「席哈暮對眾表示，本於南州為人雕石碑以謀生，不料遇上若干南州稅務查軍刁難；當下突見斗蓬客上前解圍，雙方衝突隨即而起。席哈暮本欲趁隙逃脫，卻見三、四察軍於衝突之中，因身中斗蓬客之掌功而漸化為石礫，頓時打消了逃離之念頭。事後斗蓬客要求席哈暮雕一石棺，待得知入殮者身份剎那，席哈暮幾乎魂飛魄散！眼見岩洞前恐再萌生事端，席遂即時呼籲大夥兒，別做無謂犧牲！話後，席哈暮受斗蓬客之命，推開了棺蓋，洞前眾人赫然發現，棺中有一冰封大體，而靜臥冰中之往生者，正是駸煌等人所期待之……摩蘇里奧！」此話一出，一座皆驚！

冷將軍接續表示，席哈暮於表述完後，立馬跪向斗蓬客，顫唇喊著：「寒……寒大俠啊！小的該做的都做了，放了席哈暮一馬吧！」雲秋這才明瞭，眼前之斗蓬怪客，即是凌少俠曾提及之寒肆楓！然因先前駸煌所押之人質中，已見多人呈出陰虛陽脫現象，寒肆楓竟於眾目睽睽下，逐將虛弱者之魂魄一一攝走，此舉不禁令駸煌雙膝下跪，立馬表示順從。霎時，留守之八大護衛，驚見金蟾法王已逝，並見駸煌於陣前倒閣，立馬架出了對戰陣式！待寒肆楓褪去了斗蓬，揮舞了法杖後，竟讓先前戰死之駸煌部下……魂魄出竅！

聞訊當下，牟芥琛與常真人、惲子熙相互對瞧後，齊聲唸道：「喚靈大法？」隨後，牟再急問道：「冷將軍是否見得魂魄出竅？」

冷隨即表示，見寒肆楓藉法杖舞出奇特之勢，專於祭祀之八大護衛，蹬躍咄嗟，凌空交錯飛躍，迅速自腰間拋灑特製香灰，待香灰飄下，在場即見殞兵之魂魄出竅！而後，寒肆楓率魂兵對戰八大護衛，或因寒之喚靈能量未達充盛，以致諸魂兵於交擊護衛之法器後，立見魂飛魄散一幕。接著，寒肆楓引動冰寒內力，藉由〈寒霜掌〉之威，值交手阿爾歧、阿爾莯兩護衛之際，瞬將二衛凝結成白霜僵人，並對著其餘護衛道……

「藉由精雕石棺以護法王大體，實乃出於對法王之敬意。然經跋山涉水以運石棺至此，實乃冀望八護衛護送法王回往克威斯基。眼前已見兩護衛將受冰霜凍僵三四時辰，倘若諸護衛接連倒下，這金蟾法王恐回不了老家才是！」

冷將軍理了下思緒後，接連再為大夥兒娓娓道出……

「適值諸護衛續與寒肆楓對擊之際，欲趁隙逃跑之席哈暮，悄悄地鬆開了驢子與拉車，倏而跨上驢背，驚慌地對著驢子連續抽鞭，怎料惹得驢火瞬發，立見該驢一個拱背斗震，接以後腿猛然一踹後，旋即狂奔而去。此驢不僅將席哈暮踹飛，更見席之頭顱直接衝撞石棺後，鼻歪齒碎，七竅出血，一命歸西於咄嗟之間！」

「回觀洞前衝突將屆子時，已呈頹勢之諸護衛皆認為，『法王確已無法完成回控中州之任務』。波喀靼領頭於認同此說後，立與寒肆楓達成退讓條件，而後由犴棘笳、菭榙琊兩護衛拉前，其餘護衛後推，齊力將石棺與兩霜白護衛，連夜帶離了白虎營區，而寒肆楓則於叮囑駗煌嚴守岩洞後，隨即走入了白虎岩洞。」

「八大護衛推棺離去後，雲秋旋即下令軍兵圍剿駗煌逆黨。然而此役之敵對陣容雖少了八大護衛，惟交戰之中，亦須搶救被困之數百人質，一心二用之下，遂見西軍頻遭暗算。霎時，雲秋為提振軍心，直衝敵對核心，立與駗煌正面對決，雙方人馬激戰再起，營火耀光之下，血光四濺，鏖戰一陣之後，駗煌因受創於雲秋之三叉雙刃戟而落馬。正當雲秋欲上前擒下敵對領頭時，突見一盈尺冰劍飛來，及時擊開了雲秋刃戟，這才見得寒肆楓緩緩走出了白虎洞窟！」

「奄奄一息之駗煌，使勁兒地喊著：『救我……救我……』惟聞寒肆楓應道：『甫見一支冰劍，已救駗煌於及時，現在……就解除爾之痛苦吧！』話後，立見寒伸出手勢，眨眼將駗煌魂魄攝走，此舉直令駗煌屬下驚慌失措，紛紛降靠了雲秋陣營。然而雲秋不願縱容狂人妄為，倏令軍兵群起圍攻寒肆楓，怎料見著寒將雙臂一展，一股輻散風寒隨即而出，而後即見前列軍兵一一仆臥，其因或發於寒氣縮收心脈而阻塞，或起於寒氣上衝顱內以致腦寒昏厥。接著，雲秋再次提刃前衝，仗恃氣血充盈之身軀，或可於交戰中抵住風寒襲擊，怎料因雲秋之指端皸裂，掌腕之凍瘡即生，漸不能操控手中兵刃，遂於交戰之中節節敗退！」

冷雲秋續對在座表示，待寒肆楓藉法杖釋出二度攻勢，一如海浪襲岸之風暴，強勢擴散而出。本立於風暴正前之雲秋，幸得雪盟山莊之靳芸禕，疾拋索鏈相救而保住一命；待回頭一望，驚見大半州禦軍與歸降之叛軍，甚連甫得救之人質，死傷逾千，一片哀嚎，所幸石西主偕同凌泉總管，即時領著上萬大軍，自山下直衝岩洞而來。剎那間，見寒肆楓回頭對著雲秋，隔空傳了句：「乾坤將轉……束手待斃……」之後，冷了一笑，收了法杖，緩步消失於雪花飄飛之中。待援軍抵達後，確見六稜白晶鎮已不翼而飛！然於南西州之災地救援展開後，正值中州處於內憂外患之際。石西主擔心狂人趁亂坐大，遂令雲秋於南西州之親身經歷，儘速報備常真人，或可擬出因應對策。

「乾坤將轉……束手待斃……」惲子熙反覆唸著，憂心道：「不妙！雖聞得雷夫人屬下已封了麒麟岩洞，恐是於寒肆楓取得黃晶鎮後之所為，藉以交差了事兒罷了！換言之，得此六稜白晶鎮後，寒肆楓應已掌握了分布五州之五色晶鎮了！」

牟芥琛立疑道：「據徐逵之拓紋所示，『逆者危殞，順者呈周，呼風喚雨，力拔山河。』若狂人欲取得撼動山河之巨能，不僅須將晶鎮順向排列，甚須考慮能否相倚晶鎮，使之緊密結合？」

「何以說……順向排列？」冷雲秋問道。

常真人隨即展出五行生剋圖表示……

論及五行，不論是陰經脈五俞穴之木、火、土、金、水，抑或是陽經脈五俞穴之金、水、木、火、土，無不依循著五行生剋之順序。待始末相接之後，即可「順者呈周」，一旦相剋者相接，極可能發生「逆者危殞」。至於如何令晶鎮緊密接合而不生斥力？有待揣測！

半晌之後，允昇將木隔板裁出五片六稜狀木片，分別標上五行字樣後擱於桌上，隨後逐一指出，若五色晶石代表五臟，那六稜恐代表著六腑，果真有臟腑之表裡對應關係？

經由若干排列後，允昇又道：「眼前將六稜木片相倚排列，即如蜂巢之窩穴一般。但依五行順序排列，根本不可能成周！倘若強行倚列，勢必有一組相剋晶鎮觸及！」此般問題一出，瞬令在場一時語塞，目瞠口哆！

「是啊！允昇所提疑問，難道寒肆楓沒想過？」雲秋又問道。

一陣組合後，允昇再依各種角度排列，得一結論而道……

「若真要循五行之順向，且不觸及相剋，勢必有一組相鄰之晶鎮須以稜角相倚。以六稜之金為例，其可藉六稜一邊面，貼上水之六稜一面，而後順勢利用邊面，逐一靠上木、火、土三晶鎮，但最終欲將土、金相接而成周，必須以土之左稜角，倚上金之右稜角，方能成周，故牟師叔所翻譯之拓紋，即以『呈周』二字來表現。」

「嗯……欲呈出環周之狀，允昇之所言……極具可信度！」惲先生點頭回應後，來回踱步，頻理著腦中思緒。一會兒後，突聞惲子熙恍然大悟道：「原來如此！此刻已可拼湊出若干關鍵線索了！」在場聞此一呼，無不凝神關注。

惲指出，根據惲氏歷代記載，並對照牟芥琛所追溯之歷史，曲蚺長老耗費大半人生之掩埋計劃，不料因地牛翻身而露了餡兒，殊不知，颯肓島即是可重組晶鎮之絕佳地點！接著，惲描述了於颯肓島上與江偉士之分析，進而提到了島上高丘……閻王案！允昇則接續述出了與川尻先生於該島高丘練功之經過。聞訊之後，常真人因江偉士能完成了龍武尊之所託，頓感欣慰；牟芥琛則因川尻轉交《脈龍・劍十三》秘笈予允昇，不禁對龍師父之上乘武學，讚嘆連連。而後，冷將軍更是順勢描述了凌允昇於白鑫大殿前，以脈龍馭劍神術，力挫摩蘇里奧之詳實始末。

這時，允昇呼應了惲子熙之說，並表明閻王案之溫熱，不利於寒肆楓，故寒始終未觸及閻王案。常真人則疑惑問道：「既然寒不喜閻王案之溫熱，子熙何以斷定颯肓島即是重組六稜晶鎮之絕佳地點？」

惲回應表示，江偉士為了探索井上群對地層引力不定之發現，測得了閻王案周圍於該島望休日前後，均發生地層引力加重之現象，尤以月蝕之日為甚！再經允昇對六稜晶鎮排列之分析，寒肆楓極可能藉由閻王案之加重引力，好讓各晶鎮於案上穩固後，不僅相鄰之稜面得以緊密接合，甚是允昇提及之稜角邊接觸，亦不成問題。如此絕佳之條件，若寒肆楓能忍受些許溫熱，進而取得扭轉乾坤之巨能……值得一搏！

正當大夥兒頻頻點頭以示認同之際，惲子熙再由包袱中取出一紀冊，值翻頁時話道……

「此一紀冊乃子熙日前重返東靖苑時，巧於書房一隅尋獲，而該紀冊尚留著先父對行星運轉之歷年紀錄，後因子熙離開了東靖苑而中斷了續載。待子熙重新整理，並持續推算至今，發現了癸未年之立冬節氣，將可遇得百年來最長之月全蝕。然而寒肆楓已依循節氣，接連竊走了五色晶鎮，應不會放過這晶鎮合體之絕佳時機才是！」

常真人立反應道：「眼下所處之歲次，正是……癸未之年啊！」

惲接續指出，常真人針對中土之地理分布，曾形容颯肓島猶如人體內之**命門**。而曲蚺長老於晶鎮基座所留之「水火相衝，亡月風疾」，指的正是颯肓島於月蝕之日，即見風雲變色！江偉士亦曾表示，汨竫湖每逢十五之望日，湖面即起怪風，船隻難以航行。眼前將至之癸未立冬，正好是十月十五，由此可推，寒肆楓應會擇於立冬前夕，悄然登抵颯肓島才是。

「這麼說來，寒肆楓離開南西州後，應已循蟄泯江北上，咱們還來得及攔截嗎？」冷雲秋問道。

此刻，見得牟芥琛表情嚴肅，自袖中取出一小麻袋後表示，急送狼行山出濮陽之際，突遇蔓晶仙倉促追來，表明阿山將寒肆楓傳來之飛鴿信條，暗藏一驅濕小麻袋中。

常真人於抽出該信條後，對著大夥兒唸道：「持續暴亂環湖諸城，**立冬絕日嚴守命門**。」

「以此看來，子熙今日之剖析，幾乎符合信條所提之**立冬**與**命門**。只是……暴亂環湖諸城，何以助寒行事？」常真人疑道。

惲即表示，寒肆楓欲令環湖諸城暴動慌亂，應是為了模糊焦點，進而使人疏於汨竫湖之動靜。然因鄒煬與嚴翃廣已逝，莫乃行與獠宇圻亦脫離了作惡行列，而今狼行山又受了重創，眼下能助寒肆楓於立冬前守住**命門**者，唯恃刁刃能挑大樑了！

「呵呵，咱們可別忘了，甫聞冷將軍提及了寒肆楓之喚靈大法啊！」牟又道：「回顧寒肆楓於各地之所為，無不趁眾人慌亂，驟然釋出陰寒大法，只要人一虛弱，自然為其所獵。一旦寒肆楓於颯肓島得逞，環湖諸城於暴亂中之死傷，絕對超乎冷將軍於南西州所遇，屆時狂人欲攝魂、喚靈？隨心所欲！」又道：「蔓姑娘著實感到寒肆楓之威脅，已當面對芥琛表明，將於濮陽情勢穩定後，親登颯肓島，以探其究竟。」

允昇正經表示，眼下時間已不足以猜測寒之路徑而予以攔截。惟弭平各城之亂、制止狂人於立冬時節放肆，實為眼前要務！又道：「此刻，中岳已置身濮陽穩定疫情，龐鳶亦已前往頂豐城，藉以防範展鵬、岑鴞作亂；至於竊佔臨宣之刁刃，直得交由揚銳應對了！倘若此三城得以穩固，加以北州能護及環湖區域，剩餘的即是防堵狂人登島了！此刻，眾人已見五州各晶洞接連失守，為避免狂人一再得逞，允昇勢必直登颯肓，以防任何可能憾事發生！」

聞允昇之策後，牟芥琛再次對允昇提醒，依〈至陰神功〉述及之「五重喚風寒、六重攝陰魂、七重斂魔域、八重馭地資、九重遮天垠」，若寒肆楓已能喚靈，則已觸及〈至陰七重〉之半人半魔狀態！待其再合體晶鎮而衝上至陰巔頂，恐將成為實質妖魔，屆時陽間之強人將無招以對！切記，須於寒肆楓尚未轉入魔界前，將其制服，否則……

眼尖之常真人，見允昇猶豫片刻，不禁上前關切，這才了解，允昇正因尚未通悟〈脈龍．劍十三〉之真諦而愁眉。當下，常老與牟一陣考量後，當面力邀冷將軍齊力，以期協助允昇能儘快領悟脈龍劍術。然而經由數日之交叉特訓，允昇不僅得常真人傳予內力，牟亦導引允昇自行推動疏經化瘀之內能，而冷雲秋更於對招擒龍劍數百回合下，運用了諸多攻守戰戟法，藉以強化允昇之對戰經驗。而後，驚聞惲子熙帶來了南州重大消息……

火連教之項烿教主，為穩定動盪多年之南州，除持續協助弱勢教派之外，已與火雲教之柴默圸教主達成共識，支持公治成勝任南州之主，以期帶領並整飭南州聯域軍。公治成亦拔擢了楚振天擔任南州軍機總管，且延攬火連之孟鈁長老執掌南州醫藥處。話後，稍顯憂慮之惲子熙又道……

「據北坎王來函告知，竊佔臨宣城之刁刃，現正領著歸順之城兵，力戰該城不降之都衛守兵。再聞北河與北江二縣之囚牢，突然遭到破壞，數百重大囚犯逃脫；符戩總管已聯手機察處，全力緝捕逃逸要犯。然經已緝回罪犯之口供，幾可斷定，此一事件實乃寒肆楓所為！」

「什麼？寒肆楓現身北州？此狂人果真要混亂環湖四周，以避人聚焦颯肓島！欸……允昇怎麼了！」冷雲秋驚道。

適值常老等人靠向了允昇，驚見其身背之足太陽經脈，釋出了強盛之橙熾脈衝。常真人立即擰襠轉腰，揮使拂塵，跨步喊出：「允昇，放膽使出你的勁道吧！」

霎時，驚見允昇彈出兵刃，劍出脈龍，六道衍生自主劍之橙熾劍氣，突然再擴增出四細龍！冷雲秋立馬持戟蹬躍，惟見常老速旋拂塵以承接六衝光劍，雲秋則凌空迎抵四熾脈龍，剎那間數聲轟響即出，隨後即見二人不禁脈龍光氣衝擊，俄頃朝後向退滑，所幸牟芥琛頂住了常老後背，雲秋則飛撞一甫到來之殿內道長！

「唉……呦！今兒個可真不順啊！方才仆跌於殿前破損石階，怎於這兒又遭飛人凌空而降啊！」本源道長無奈道。

惲子熙見狀，立上前攙起了本源道長；允昇則於扶起冷雲秋後，大夥兒立馬上前關切本源

道長。待本源表明僅皮肉擦傷後，立聞惲先生好奇問道：「自叨擾五藏殿以來，頻見三清弟子修護殿前石階與護欄，莫非有人蓄意破壞？」

本源道長隨即表示，近來一身覆穿山鱗片，足勁兒猛於犛牛之四蹄野獸，頻闖殿前四周。此獸每輒出現，或見其身軀衝裂護欄，或是足蹄毀損階梯，令人苦惱！

正當大夥兒議論著道長所述，允昇則想著，「已見龐驁練得〈昫熾火翔凰〉而離開了幽甸谷。若依時間推算，沒準兒本源道長所述之四蹄野獸，即是……」

突然！允昇感到一股奇能自遠處趨近，甚而瞬間引動了自身之〈強武太陽〉內力！

「常師公、諸位前輩，憶得圻信天師所提，曾遇一騎乘神駒之高人來訪五藏殿，甚聞此高人稱其神駒為……穿山驤！允昇何其有幸，竟因邂逅了高川先生而結緣於穿山驤之孫輩，並得高川先生予以『追風』之名。依此看來，此刻允昇欲趕赴颯肓島，唯有藉此『追風』以追『楓』了！」

甫一話完，凌允昇走向了殿前草坪，佇立片刻後，突聞「咻……」聲傳出剎那，驚見太陰擒龍倏忽出鞘，立翔於數丈高空，隨後即聞允昇喊出：「牠……來啦！」

「嘶……」忽聞馬鳴傳出後，驚見一背覆麟甲之黝黑駿馬，震階飛躍而來。允昇於跨出三大步後，蹬躍翻飛，極具默契地凌空跨上了馬背，且於馬蹄落地剎那，伸手接回了擒龍神劍，旋即馳騁於殿旁丘地。待見追風駿驥之鬃毛、長尾，先後釋出了橙熾光氣，竟巧妙地結合允昇所釋之**手、足太陽**脈衝，如此雙重能量齊發，相輔相成，瞬間強大了允昇原有內能，直令旁觀者眼界大開！

霎時，對戰信心大增之凌允昇，為爭取有利時間，立於接住牟芥琛所拋之馭馬韁繩後，再次駕馭神駒環繞草場，順勢向諸前輩點頭示意，而後聞其洪聲「駕」響傳出，轉眼即朝黃垚北向山徑疾奔而去。此刻，見著允昇急赴颯肓之背影，常真人不禁起了企佇之心，正經表出：眼下欲守住中土之命門大關，惟恃經脈武學之諸傳人不可了！還望龍武尊在天庇佑這班能為中土五州挺身而出之精悍鬥士了！

「鏗……鏗……鏜……鏜……」自刁刃親領昔日屬下殺入臨宣城後，隨時可見城中街道巷陌呈顯燒殺械鬥一幕！時至刁刃驅走展鵬後，立馬揮刃斬了原護城大將……浮丘憲，致使刁刃得以順勢降服該將所領城兵。惟此結果，不難想像地方城兵與中央都衛之間，不時上演「同室操戈」之戲碼！

然自中州與北西州擴大商運以來，臨宣城即於戎兆犺力促擴大西岸水師規模下，擇以城外之莒艬港埠旁，成立了「西江都衛水巡部」，且由管澤將軍統領該部上下，藉以抗衡西州水軍。此刻，管澤不服刁刃竊佔臨宣，遂暗地分組游擊兵力以試圖反擊；孰料消息走漏，致使刁刃下令昔日神鬣門大力士……蒙崗、北冀偃月刀……呼延剬，各領兵馬出城，聯手圍剿駐防莒艬港埠之水巡衛軍。

回觀過往勇將雲集之神鬣門，雖以掃蕩宵小賊寇而知名當世，但論及領兵征戰沙場，隨即顯出經驗不足之處！管澤將軍藉由調動艦艇之經驗，以十人為組，分頭衝散出城之敵對兵馬，伺機以群組攻勢，包抄四散叛軍，並誘使叛軍誤踩預先鑿空之樹幹，不僅使其足踝受創，更令敵對難以移行，進而採取圍剿攻勢以對。

然此時刻，驚見蒙崗手持一對八棱重錘，一陣左右低掃下，立馬將陷足之樹幹逐一擊毀，部分突襲水軍回防不及，當場慘遭雙錘重創，或見盔破顱裂而殞，抑或臟爆骨碎而亡！

「鏗……鏜……」突聞大將管澤領兵殺來，見其藉由八尺月牙鎲之尖刃，快速前刺，後藉雙叉之利，疾掃而出，霎令敵對措手不及！如此破竹之攻勢，卻突然中止於一柄偃月大刀之前，惟因該持刀者非等閒之輩，直令管澤將軍莫敢輕忽。

「真是難以想像呀！眼前智勇超群之水師大將，可謂過往神鬣門之遺珠啊！倒是，管兄弟無緣擠入神鬣門，轉而投向了戎兆狁之軍機處，竟也成了鎮守邊關之軍防大將，呵呵，真是不簡單啊！」呼延嗣諷道。

「昔日管澤涉世未深，以為神鬣門乃正義之公職，孰料門內盡是沽名釣譽之徒！而今該門諸將不僅淪為喪家之犬，更成了竊佔城池之暴戾大盜，令人不勝欷噓！」管澤冷言回道。

呼延立嗆道：「哼！雷氏王朝已崩，中州現已呈現群雄割據局面，待拿下眼前之不識時務者，刁刃即成一方之霸，亦是入主瑞辰大殿之不二人選，管兄弟終須為己之不智……付出代價啦！喝啊……」

呼延嗣狠話一出後，偃月刀立馬對決月牙鎲，雙方狠招即出，鏗鏜連連！然而呼延嗣曾名列神鬣疾風組，武藝實屬上乘，見其連續橫掃之偃月刀，藉著離心力使出〈削挂連刀〉攻勢，不僅直逼對手後退，更趁勢左劈右掃，順勢擊潰了原本攻勢伶俐之水軍！

管澤一次轉招疏忽，立見呼延剬追上一記〈橫摧椿柱〉，此招不僅瞬間擊飛了月牙鏟，亦令管澤頓失平衡而無依，隨後一個不慎，竟遭臥地傷兵絆倒而翻滾於地。一旁蒙崗見機不可失，旋即跟隨呼延剬跨步上前，二人欲藉八棱重錘以襲敵顱，合以偃月大刀以截敵肢，剎那間，管澤僅能以雙臂作擋，雙目閉闔而幕黑一片，惟腦海中急閃出一詞……完了！

「咦……怎麼？眼前一對百斤重錘……猶如時間停滯般地定住了？欸……欲刖吾雙足之偃月刀，怎也消失了？」「鏗……鏗……」納悶兒當下，耳邊驚聞鏗鏜聲響之管澤，拼了命地欲拾回月牙鏟，又驚道：「欸……怎麼……月牙鏟怎會在吾腳邊哩？」

原來，七尺力士蒙崗，值高舉雙錘剎那，背後突現巨型身影，及時握住了蒙之雙腕，雙方即因力道較勁而僵持一陣，怎料巨漢握力之大，幾乎要碎了蒙崗腕骨。此刻，不堪持續高舉重錘之蒙崗，鬆了掌中兵器後，立馬使上一過肩摔，硬是將巨漢摔向身前，隨即喊道：「八尺身軀、半遮面具、身覆鱗甲、穿山遁地，世上能與我蒙崗一較力道者，唯有……豫麟飛！」

「呵呵，鮮少現身陸地之阿飛，竟也列於神鬣門關注對象，真是受寵若驚啊！倒是……閣下以百斤雙錘，直令刀劍兵卒臟裂骨碎，頗不人道啊！」豫麟飛道。

「勝者為王，敗者為寇！兵刃既出，何論人道之有？既然閣下已迎面以對，蒙崗唯有藉此證明，孰乃真正力士？喝啊……」嗆聲之後，蒙崗洪聲大吼，隨即抓起臥地殘兵，接連飛拋而出，此舉霎令阿飛不知如何回擊，遂於接捧墜兵瞬間，轉身將其緩置身後泥凝軟地，怎料一次回身之際，蒙崗已雙手握持一重錘，使出了正面直衝之〈勁衝龍門〉式！當下惟聞「碰……」之一聲，碩壯阿飛即遭創擊後飛，轉眼墜臥於泥濘之中。然此擊招本是蒙崗衝撞軍車之絕招，

此刻施用於對手身上，無非直置豫麟飛於死地不可！

半晌之後，阿飛自泥中爬起，輕拍了拍胸脘，隨口唸道：「嗯……秉山師叔所製之胸甲，還真是管用哩！呵呵，好久沒遇著如此力道之對手了！」接著，豫麟飛自泥中緩緩走向蒙崗，此幕頓令蒙崗不可思議道：「這……傢伙……真站得起來？」

「窣……窣……」豫麟飛雙臂運上三陽真氣，腕環之三叉銀獵爪應聲而出，然此銀爪雖不能摧毀八棱重錘，卻能佔得速度優勢。蒙崗為提升摧擊力道，決以雙錘力戰雙爪，立藉挂、砸、架、雲、蓋之連攻錘擊，而後再施出〈涮拽回沖〉之攻勢。突然！見阿飛雙爪交胸剎那，蒙崗全力使上〈夾錘擂擊〉絕技，倘若對手雙爪作擋，腕損難免；若是身軀遭雙錘夾擊，非死即傷！

豫麟飛見雙錘已近，瞬收雙爪，展臂而出，以雙掌外推頂住對手之夾擊雙錘，雙方再次較勁兒臂力之際，阿飛趁隙集結雙臂三陽脈氣，一股熱能循著食指、無名指、幼指之指尖釋出，而該熱能隨即導入對手之精鋼錘體，縱然八棱雙錘乃木質手柄，惟此般輻散而來之熱能，直令對手煩躁竄升。

這時，蒙崗直瞪敵對，倏收雙錘後振臂推出，試圖再展〈勁衝龍門〉之摧擊。孰料，雙拳已備妥三陽真氣之阿飛，趁著對手雙錘未合併剎那，俄頃朝前推出了〈抑寒炙陽拳〉，立見橙熾拳氣，正衝對手胸口，威力之大，甚令持錘之蒙崗倏向後飛，待其腰椎撞擊堅石剎那，不僅鬆了手中重錘，更見其下肢癱軟，坐地不起。一旁受創水軍見狀，立馬相互攙扶，一湧而上，單憑赤手空拳，一陣連打踹擊，隨後聯手拾起八棱重錘，接連砸擊，直令威震五州之佛岭山大力士蒙崗，頓感「龍游淺水遭蝦戲」，終不禁自個兒雙錘重擊下，魂歸九泉於臨宣城門之外！

回觀管澤拾起腳邊兵器之際，立見兩守埠水軍上前攙扶，並聞該兵表示，甫見莒蘬埠外，先後躍出了兩身影，此二人動作之疾，直令水巡兵窮追於後，待追至城前戰場，適值管將軍失衡臥地剎那，驚見先前兩身影中之高大壯漢，及時掌住了蒙崗之持錘雙腕，而另一矯健身手則拾起了將軍之月牙鏟，攔阻偃月刀於摧擊一霎；當下見此人僅握八尺月牙鏟之末端，竟能抵住縱向劈刀之力道，煞是不可思議！

管澤了解事發原委後，轉身見得兩高手助陣，且分戰敵對領頭，信心為之大振，立馬持起月牙鏟，接續指揮水軍作戰。

「鏗……鏗……」單挑數十回合之呼延剬，見對手雙刃出招之速，非於刁刃之下，不禁喊道：「刁刃自薩孤齊殞命後，不時對神鬣門諸將使出某一速劍式，藉此作為對決模擬。而今見得閣下出招，幾可猜得眼前俠士，正是刁刃於麒麟洞前所遇之……揚銳！」

「呵呵，身擁『天下第一疾劍』稱號之刁總督，竟視在下為對手，真是愧不敢當啊！不過，閣下藉偃月刀接連使出劈、砍、磨、撩刀法，刀出風勁，令人生畏，惟刀刀直攻對手要害，頗為殘忍！甫見呼延大俠欲刖人雙足，幸得月牙鏟足長八尺，否則，在下恐不及擋下那摧人俄頃之偃月刀啊！」揚銳話道。

「果真刖下管將軍雙足，我刁總督應覺理所當然；但若取下揚銳之首級，我呼延剬應可與刁大俠平起平坐才是。哼！看刀……」話一出，呼延剬大刀攻勢再展，揚銳見對手手持八尺兵刃，而抑獍雙鋒僅各四尺，每輒出招，煞有鞭長莫及之憾，遂值蹬躍一霎，凌空反轉雙鋒，使之雙鋒朝外，兩握柄末端相接，始成八尺雙刃利器！而後，揚銳出招瞬轉為單手交替旋掃、迴刺、切削、轉挑，遇對手移位換步之際，立馬掃中對方小腿外側，自足少陽經脈上之懸鐘、陽輔、光明以致外丘處。當下，忍著腿傷之呼延崱，藉刀撐地，旋身翻躍，倏將自個兒衝鋒騎兵踹下，待其跨上了馬背，立藉馬兒代步出擊，順勢再展長兵器之威！

果然！藉由馬之奔馳，不僅減緩了足踏傷痛，更因速度之助，增添了偃月刀之摧力。殊不知，揚銳已於對手上馬之際，瞬間引動〈厲武少陽〉內力，而後更於對手馭馬出擊間隙，倏將抑鏡鋒分離，且於抓住馬匹急彎剎那，一招〈蛟龍旋膀〉接上雙腿一蹬，於騰空兩跨步中，先後揮甩左右雙鋒，霎見兩迴旋光氣飛出，其一直中對方持刀之右腕，立見對手鬆開了偃月刀；另一則則因對方及時閃避，以致迴旋光刀不巧切斷了馭馬韁繩！

然此時刻，馬匹正值急彎狀態，呼延崱即因頓失攀著力而慘遭拋飛，惟見其墜地之前，肢體平衡尚未得控，立遭一逆向刃器襲身，而後驚見一刃尖直入其腹脘，兩尖叉深刺其雙腰，瞬令呼延呈出了僵直不動之狀！待呼延崱氣絕剎那，仍心有不甘地怒瞪眼前趁隙出刃者……管澤將軍！

了結敵對兩大領頭並順勢擊潰判兵後，管澤立謝過及時出手之豫、揚二俠，而後急速整合軍兵，惟因連同此役歸降之叛兵，尚不及三千，依舊難以撼動刁刃所掌握之兵力。這時，忽見一人單騎到來，管將軍一眼即識出，此人即是先前遭雷夫人罷黜之前臨宣城主……虢裕！

藉由虢裕之描述得知，臨宣之地方文武官，甚而民防衛隊等等，本已不滿雷夫人之草率行事，而今更反感於刁刃之專制跋扈，遂一一投向了精忠會。時至蒙崗與呼延崱帶兵出城，精忠志士立抓準此時機於城中起義！雖見得聶忞超率眾攻下一二地方官衙，卻於挺進城東官邸時，竟遇一巡城武將……灶箎，此人本擁不凡武藝，更因其擅於埋伏突擊，遂令聶忞超即時中止行動，以免增添無謂傷亡！

虢裕又道：「灶箎不僅崇拜刁刃，甚而嗜研刁刃之劍術！適值刁刃殺入臨宣時，灶箎竟主動率領巡軍投向刁刃，甚而提劍單挑空降之展鵬城主，可謂刁刃順利奪城之關鍵人物！眼下於城主官邸周遭，灶箎依然部署著層層重兵，致使抗軍尚未能接近城東區域。」

管澤靜思一陣後，道：「管澤出身濮陽，且曾於聶城主之下，任職運糧差事兒，遂知聶頻以公糧救濟貧民，卻遭薩孤齊扣以竊糧帽子！而今世局動盪，確實需要這般賢者出頭。此刻，管澤不妨領兵入城，進而結合精忠之力，先遏制惡勢力之擴張，待奸惡得除，一切即於步上重建後再談。」話後，管將軍回頭力邀豫、揚二俠相助，以期再朝城中挺進。

「歐……不妥不妥！」豫麟飛隨即搖頭表明，以其怪模怪樣兒，游擊於城中，不僅難以匿藏，甚易打草驚蛇，更有令百姓不安之虞！又道：「耳聞汨獰湖之南岸，尚有岑鴞等亂賊竊據著頂豐城！豫某尚須前往一探為宜。反觀揚銳乃配合惲子熙先生之建議而來，不妨就此隨管將軍入城，藉以探查城中究竟？」

揚銳直覺刁刃於佔城之後，不時留於官邸，且利用灶箎傀儡行事，難免啟人疑竇？當下立同意豫麟飛與管將軍所提議，以期聯手力抗刁刃勢力。待與眾人擬出因應之策後，揚銳立隨管澤、虢裕之引領，跨步上馬，而後即循管將軍之化整為零方式，分散入城，待明瞭城中部署後，伺機圍剿刁刃！

碩大之臨宣，歷經數日游擊交戰，雖見聶忞超陸續奪下城中零星據點，卻頻因錯誤消息，以致若干精忠志士命喪街坊巷戰！惟見諸罹難者皆斃命於〈人迎疾切〉之劍招，以致頸部人迎脈大量失血而不治！然此殺技乃刁刃之一絕，故令多數入城水軍惶惶不安而人人自危。眼下刁刃雖呈出諸多渺若煙雲之舉，究其心之所欲，實乃立冬絕日之前，伺機戮殺……聶忞超！

一日，管澤聞得水軍回報，一甫修整完成之單槳木船，不尋常地連夜運往了汩竫湖畔！據修船木匠表示，每輒趨近望休日，汩竫湖之多數木筏、漁船，為了免遭風浪摧殘，無不繫緊船隻，抑或拖船上岸，甚而藉此檢修船體，不知為何有人反其道而行？消息一出，直令聶、管人馬匪夷所思！

翌日，敵對一行刺聶忞超行動來得突然，經揚銳與管澤聯手出擊後，化去了即時危機。待大夥兒齊偕聶忞超共商計策時，已參與數次游擊行動之揚銳，當眾挑明指出，以刁刃所擁兵力，幾可不費吹灰之力地收回失守據點。然將數次大小衝突予以分析，敵對刻意釋出或虛或實之消息，似乎亦在打探著聶之行蹤？一旦確認目標，立見行刺高手輪番出擊，屢見不鮮。反觀抗軍一味固守佔領據點，不僅分散了人力，甚而掌握不了刁刃之行蹤！

「嗯……確實有必要過濾敵對行動之虛實！」管澤又道：「先前曾探得敵兵與船匠交涉，原以為刁刃欲奪回我城外之莒蘶港埠，故先瞭解我水巡部之艦船結構。怎料後來得知，敵對僅運了艘單槳木船前往汩竫湖畔而已。此般誘我兵力分散之手段，層出不窮，無怪乎咱們沒法擬出有效潰敵策略！」

「運送船隻至汩竫湖？」揚銳冥想了一會兒後，驚愕喊道：「糟了……又是一聲東擊西手法！」話後，揚銳來不及對眾人解釋，倏而持上抑猊鋒，三兩跨步上馬，見其轠繩一扯，旋即策馬朝著汨竫湖畔，疾奔而去。然此同時，虢裕倉皇來到，隨即傳來精忠志士正於城東官邸三街外，與敵對起了嚴重衝突！

聶忞超聞訊之後，俄頃提刀上馬，親領著數百弟兄，直朝城東而去。

回觀心犯嘀咕而飛奔出城之揚銳，一路直抵了湖岸之渡船頭後，見眾船家陸續將船隻推上了岸，且聞船家表示，望休日在即，湖面恐因狂風而冒生大浪，欲渡船往北州，或許於月十七之後較為妥當。聞得提醒之後，揚銳循著湖畔岩岸，懊惱地移著步伐，不禁心想，「奪取莒藯港埠才符戰略部署，難道……運船抵湖之舉……又是刁刃乘偽行詐之手段？」

揚銳一邊兒走著，一邊兒面著一望無際之汨竫湖，遠眺迷濛之颯肓島，又是一陣嘀咕，「遠處荒島即是高川先生所謂中土命門所在？嗯……此汨字之水火相容，真是奧妙啊！」而後，隨著揚銳之視線回觀近處湖面……突然……

「趴……趴……趴……」見揚銳逐漸加速了步伐，隨後甚見操起了手刀之勢，疾速狂奔於湖之沿岸。然此突發之舉，只因見著湖之一隅，甫划出了一單槳木船，其上除了船後一撐槳船夫外，船前更佇著一外覆披風、迎風立劍於身前、雙掌疊擱於劍墩之俠客身影。當下雖未能清晰此俠客面容，惟視其身前之立劍，實乃威震武林之……三禪戮封劍！

然此一幕，霎令狂奔中之揚銳自呼道：「呵呵，終於現身啦！不過……究竟是爾之船行較快？還是我揚銳之游水功夫了得嘞？」果然！全力衝刺之揚銳，瞬將十指合併，拿捏妥了躍入湖中之剎那，忽然……

驚見揚銳放緩了腳步，甚而回到了先前步於湖畔之速度，此因乃於揚銳之擁湖視野中，突現一人，見其手持二尺七八之拋光刃劍，正佇立於揚銳前方不遠處！待雙方距離拉近，即可清楚辨識出眼前不速之客，正是行刺聶忞超之敵對要角……灶篪！

已嗅得殺氣之揚銳，隨著行進步伐，水平亮出了抑猊雙鋒，後於雙方四眸直對之際，雙雙跨步互衝，揮刃對擊，瞬令湖畔傳出鏦錚之響！然此清亮擊響不僅劃破了湖畔寧靜，甚而引來敏感之刁刃……循聲關注！一陣訝異之下，不禁令刁刃心中直道：「若非趕赴楓師兄之約定，怎容得你揚銳、聶忞超持續放肆？待楓師兄再授予晶鎮合體之能，並解去法王所施之〈凝冰錐針〉寒毒，我刁刃勢將手刃三陽傳人！倒是……可惜了那灶篪！雖授其一招〈人迎疾切〉，卻令其陷入了『劍出求速』之念，遂執著於薄刃出擊。殊不知，此刻其所面臨之對手，雙鋒之速，世間鮮見，更因那抑猊鋒之刃身缺口，正是薄形利刃之刑台啊！呃啊……」一陣冰寒，突發上腦，霎令刁刃頭疼欲裂！

待症狀緩解後，刁刃忽見一白鶺鴒，飛降於船舷之上，且發著唧唧啾鳴，心中不禁再浮上了句，「立冬在即，眼前所見候鳥，可是誤失了群禽南飛時機，而獨自於此空悲哀鳴？」隨後即見白鶺鴒展了雙翅，旋飛而上。適值波濤前之寧靜，白鶺鴒本見得船中一二身影，後因越飛越高，立鳥瞰成了緩朝東移之一葉扁舟；而隨其視野漸趨廣闊，更納入了南北方位之兩拖曳水痕！待飛鴒俯衝而下，瞬見迎面拉近之兩水痕前，實乃兩垂釣之叟翁，惟見一人輕撫著唇鬚，另一人指套著柄環，分別盤坐丈長木筏之上。然此敏感時刻，遇得此般不尋常之釣者，立馬引來船家一陣納悶兒？甚見得刁刃原擱於劍墩處之手掌，緩緩滑至了劍柄。原來，隨著三船筏之相對距離趨近，已可見得一叟翁之指環耀光，直拖出了塵封刁刃腦海許久之昔日形影……肅煞蠲疾刀！

第卅七回 決戰命門

癸未年十月立冬，北方凜寒漸趨南下，大地適逢月之十五，又居天體移轉之蝦蟆食月，甚而遇上了百年蝕甚之最！惟見颯肓島亡月立風之奇象，遂得有心人為之注目。然而狂人覬覦水火相容之大地命門，非如遊人感受北雪水與南脈流交疊之溫泉，而是欲藉晶鎮之能，以達全面主宰蒼生之目的！一旦風寒邪氣既此擴出，虛弱了大地生靈，僅見眾生悲苦而抗禦不再，狂魔即能就此坐大。反觀欲弭亂之一方，不願見得中土五州氣血雙虛、陰陽俱衰，以致命門火熄而回天乏術，遂積極升陽舉陷、回陽救逆，勢必於立冬前夕，拯危濟困，力挽狂瀾！

立冬絕日，刁刃暫避臨宣游擊之戰，轉藉渡船，以期登島赴會。然因汨琤湖之望休日在即，遂不見船家逗留湖面，唯二垂釣叟翁無視威脅將至，僅藉木筏而縱情湖面，不禁令人生疑？更因一柄不及盈尺之利刃耀光，霎令刁刃緊握神劍以應。當下萌生之煙硝味，似隨船槳搖動而越趨濃厚，令人頓感湖之一隅……勢如彍弩！此刻，木船仍依原航向而駛經兩木筏，船夫放緩了前進速度，隨後即向兩叟翁嚷著……

「喂喂喂……俺是受了灶篼將軍之命，不得不跑這麼趟船。兩位老鄉啊！都啥時候了，還留在這兒垂釣？難不成，爾倆不知災害將至？欸……喂喂喂……兄台怎拿著小刀兒，毀損著自個兒捆繩嘞？木筏是會散解地！」

「呵呵，船老大啊！咱倆僅知中土有三害！一個以風寒邪氣，凌虐摧人；一個以水濕殘民，圖謀中州大位；第三則為享『天下第一』之名，助紂為虐啊！眼前尚未見著風浪之災，而船老大卻已近臨其中一害而不自知！然世人集木成筏，一旦浪濤襲來，筏易翻覆散解，相對單木則可隨浪漂流；欲擇一與浪濤相搏，在下只好藉由利刃，解筏在先囉！」聞得叟翁之述，瞬令船夫冷顫連連。

「嗯……眨眼已過十餘寒暑，猶記得刀臣所擁短刃，直可削腐蠲疾，而今卻以此刀拆解木筏，令人不勝欷噓！」刁刃又道：「知悉劍紳之蟬羽二劍，早已斷於劍鞘之中；莫非……二位已無戲台子可唱，遂逗留於此，待觀蝦蟆食月？呵呵，當年刁某赴屹岡刀劍會討教，江湖自此不再見聞劍紳與刀臣之相關事跡，而今二老年歲相疊，實已逾百，眼下就算刀劍聯手，力戰三禪戮封，仍是蚍蜉撼樹而已！只是……刁某可沒這閒情雅致與二老磨蹭，倘若二老想討個養老官位做做，不妨先回臨宣等候，靜待刁某回航即可。」接著，刁刃下令船夫接續航程。

劍紳對著刀臣唸道：「憶得當年刀劍會遭終結後，咱倆乘著木筏，狠遭江浪衝擊而翻覆，危難之中，幸得一手臂將咱倆拉起。這回，咱們雖有了浪濤經驗，卻別指望有人會拉咱們一把！再則，惲先生提及，狂人將藉立冬行事兒，咱兄弟倆若能攔下三害之一，亦可算是仗義行仁、

扶危濟困啊！」

「是啊！不過，風浪將至，眼下尚須藉一臂以抱浮木，咱們就別硬耍雙刃了，不妨藉此考驗一下咱弟兄倆之默契，就算僅有一刀一劍，務必止下狂人前進颯盲島！」凜秋痕應完話後，奉命划槳之船夫，見苗頭不對，立馬躍入湖中，逃之夭夭。

「嘎嚓……嘎嚓……啪嚓……」凜秋痕將八木木筏一拆而散，蹬躍咄嗟，並順手取得木筏下一柄二尺八鋼刀。然因刀臣刻意交隔切斷繫筏繩索，故仍能將八段木幹前後相繫，且於湖面上形成數十尺長之連段浮木。刁刃則於對手躍起剎那，左手平持劍鞘，右手橫握劍柄，劍出後跨步翻躍，待踏上了湖面連木，立見對手循著浮木，點步而來！

浮木之上，見刁刃以腰為軸，扭身出劍，惟聞三尺戮封，嘯聲連連，以薄刃作速，以厚刃為堅，倏而使出俯掃躍削之〈飛魚躍海〉劍式，霎見戮封劍於出招所濺水花，觸膚即痛，瞬令對手僅能禦擋以應。當下，凜秋痕變更肅煞大刀之攻勢，立仿蠲疾小刀之〈八字疾旋〉反擊，待此應對見效後，更以擰襠轉腰，立令八連浮木產生曲移，並抓準敵對後傾時機，眨眼揮出推刀剞、直刀剞、花刀剞之〈剞劂三連刀〉絕技，一陣連擊之後，即見對手踉蹌後移，終見刁刃藉戮封劍鞘插入浮木作為拄杖，藉以穩住傾斜之身。

「見閣下使出推刀，瞬接直刀，而後轉花刀，如此排序出擊並不符出刀規矩？再觀眼下所遇兵器，實非昔日遭刁某摧損之肅煞狂刀，不知閣下何來此等堅韌利器？」刁刃於穩步後問道。

「呵呵，古有云：『握剞劂而不用兮，操規矩而無所施。』僅知既有之器而不能通悟應用，卻頻倚既定之形制法則而行，終難以見招拆招、隨機應變！」凜秋痕又道：「劍紳之蟬翼劍、刀臣之肅煞刀，雖遭刁大俠毀損於屹岡島，卻是塞翁失馬焉知非福！咱倆患難兄弟竟因此而巧遇凌秉山大師，甚得大師贈予蓋世兵刃，始見此一肅煞鋼刀誕生。冥冥之中，公冶大師之傑作，注定遇上凌大師之精品！若無意外，閣下更將見得另一神器，恰與『肅煞』合稱……天劍絕刀！喝啊……」

凜秋痕藉話出之際，緩緩將八段浮木扭結成圈，並於蹬躍後揮出大刀。刁刃為迎戰剛猛之肅煞，瞬轉劍之厚刃以應，雙方立於圈圍浮木中，交叉對躍互擊。剎那間，刁刃驚覺平時足底踏實出招，游刃有餘，惟此刻置身浮動之處，頻於平衡重心，不僅難以出招到位，更別談施以一削、一纏、一震之扚斷劍式！不禁想著，「或許引誘敵對上船對決，是一上策！」果然，刁刃藉施一次〈翼飛上撩〉劍法，撩中了刀臣之肘後，隨即藉浮木之回彈力道上躍，欲以凌空跨步上船，怎料突聞一聲摧裂巨響發出，瞬間亂了刁刃之如意算盤！

原來，原羽辰瞬自另一木筏上躍起，順勢將木筏一端上翻，並於取得隱匿筏內之劍刃後，眨眼切斷木筏繩索，隨後藉掌足內力，自水面將二木幹推上，使之橫跨於木船兩側船舷上。適值刁刃翻降而下，雙足各踏於木幹一端，而劍紳亦跨步咄嗟，雙踏木幹之另一端，霎時見得二人分踩二滾木，不僅得克服晃動船身，更須較勁雙方腿力於兩滾木開闔之間。此刻，見得劍紳以〈劍魚出水〉之式，劈腿使出疾刺上撩；刁刃亦跨開步伐，施展拿手之〈尖喙刺魚〉，接連使上刺、削疾轉攢、挑二式，雙方三尺利刃互於滾木上對擊，頓時難分軒輊。

「咻嘯……」忽感湖面風勢趨強，以致木船晃動加劇。刁刃欲取得利己之勢，遂隨招移向木幹中央，怎奈移步中突遇翻浪而滑步，一足踝瞬遭對手雙木夾闔，一如獵物受捕獸夾纏困一

般。刀臣見勁敵受困，瞬自浮木上躍，試圖擒下刁刃，怎料遇上對手怒火上衝，猛然砍斷二木幹後，俄頃使出〈旋掃羅盤〉以回擊！惟見刁刃旋身上躍，揮劍擊木，四段木幹逐一向兩旁飛出，劍紳與刀臣即時揮刃，劈開了迎面木幹，卻未料及隨後而至之另一木段，值「鐙……鐙……」兩聲響發出下，刀、劍二老分別於臍下之**中極**與**關元**二穴處，慘遭飛木擊中，雙雙墜入湖中。然而**中極**乃**足太陽**膀胱腑之募穴，而**關元**不僅為**手太陽**小腸腑之募穴，更與心之募穴……**巨闕**、胃之募穴……**中脘**，同為合治心絞痛之三要穴！刀、劍二老受此一擊，瞬令經脈氣滯難暢，轉眼沉落湖面之下，許久不見浮出。

回觀刁刃反擊而旋身上躍之際，為了將木幹射向敵對，猛然揮劍而出，怎料刁刃旋於至高點處，驚見戮封劍尖，凌空削中那落單之白鶺鴒，待刁刃回降船板上，慘遭刖去一爪之白鶺鴒，瞬間失衡墜落，終由刁刃伸手，將之接回左掌心中。

然於擊沉敵對之後，刁刃遠眺著隱約可見之颯肓島，右手持起了戮封神劍，感慨道出：「此一神劍，開啟了吾之生涯，卻讓無數人走上了歸途，甚連一隻落單候鳥，也差點兒……唉！此傷雖不及致命，卻不見得逃過風暴來襲，不妨將此鳥兒帶上颯肓島療創，畢竟此禽乃我刁刃再次擊潰劍紳、刀臣之唯一見證！」

此刻，刁刃於感慨中自言自語，且已適應了船體隨浪上下之浮動，未料一次船身下降之際，凜秋痕突由船尾躍上，揮刀一霎！刁刃頓生訝異，俄頃轉劍回擊，值對手足踏船板剎那，立藉足下穩重定步之助，精準使上一刺削、一纏托、一掛震之〈疾風刌斷〉劍法，孰料一陣鏗鏜連響傳出下，驚見肅煞刀身突釋出橙熾光氣，直令刁刃詫異喊出：「經脈武學？」

甫出水面之刀臣，因脈氣運傳過猛，突發岔氣之象而退倚船尾。反觀刁刃為揮出〈疾風扎斷〉絕技，接連踏出重步以求穩定出招，終讓船底板不勝負荷而出現裂縫，而後即見湖水自裂縫處緩緩滲入！

「嘩……唰……」突見原羽辰自船首躍出湖面，立見一柄泛著橙光之薄翼利刃，咻嘯出擊，並於對擊中向著刁刃唸道：「閣下萬萬沒料到，當年屹岡刀劍會遭終結後，咱兄弟倆亦不幸遇上了木筏翻覆，所幸危難中，及時將咱倆拉出江面者，正是嵐映湖之龍武尊！然於當年刀劍會上，閣下先摧殘了羽翼劍，致使原某不得力展蟬羽雙劍，而今再遇戮封神劍，千載一時，原某只好厚顏討教了！」

「唰……唰……」劍紳雙腿一蹬，右揮三尺蟬翼以使挑、撩二式，左操二尺羽翼以展刺、削雙擊，雙劍騰空齊出，鏦鏦錚錚，不絕於耳。一陣對擊後，刁刃於對手出招中識出了異狀，「原來，蟬翼劍能藉對手之擊力反為彈力，故能於對擊後再行上撩；而羽翼劍則於蟬翼劍出擊剎那，趁隙執行刺、削任務。倒是……對決之間，卻見對手頻頻削中戮封之六寸劍柄，究竟是劍紳功力已退？還是浪濤晃船所致？莫非……劍紳欲施展斷敵手指之招式？」

忽然！刁刃逮住羽翼行刺剎那，瞬轉厚刃重擊該劍之中脊，一聲鏜響發於斯須，羽翼劍應聲遭斷，適值刀刃欲予對手重創之際，忽見船尾木槳竄飛而出，直中刁刃右臂肘後，位於肱骨鷹嘴窩凹陷之**手少陽天井穴**，一陣酸麻，立竄雙耳，甚而引動了**足少陽經脈**真氣上衝，霎令刁刃痼疾復發，一陣冰寒刺感，瞬襲刁刃顱腦之中！

劍紳見刁刃持劍右臂頓生僵麻，倏以蟬翼劍由下上撩，怎巧對手轉身閃躲，遂撩中戮封劍之劍格護手！然因先前羽翼劍頻頻削中戮封劍柄，以致該劍柄多處蒙皮纏線已遭裂解而鬆滑，故於劍格護手遭對手撩擊剎那，驚見戮封劍滑脫刁刃掌心，直飛數丈高空！視劍如命之刁刃，俄而高舉右臂，並作出蹬躍之姿以期追回神劍，怎料凜秋痕再藉船槳施以前推突刺，不僅刺中刁刃之肋間**大包**，更二刺其右腋下之**極泉穴**，瞬間陣痛感再次衝擊刁刃顱腦，直令其鬆開了掌中飛鳥後，立馬手撫側顱痛處！

此刻，刁刃抬頭欲追回戮封，不巧視得白鶺鴒越飛越高，竟遇戮封劍自高處墜下，不僅瞬間削斷鶺鳥翅膀，甚見該疾速墜劍於咻聲伴隨下，令刁刃頓感一陣清風拂面後，立見戮封神劍筆直刺入刁刃正胸**鳩尾**處，此等墜力之大，更見該劍尖自其背脊**命門**處穿出！惟因事出突然，當下受創者尚不及發聲哀嚎，戮封劍身即已摧斷其**任、督二脈**，臟腑亦隨之俱裂內崩；待見體內衄血湧自唇口而出，挺身不傾之刁刃即以雙掌併夾戮封劍之姿，昂首凝望風雲將變之天空，頓時分不清眼前一幕，是夢？是實？值嚥下最終一口氣剎那，刁刃彷彿見著白鶺鴒鳥前來指引，隨後即於一抹微笑下，順勢朝向西方極樂而去！此刻，享譽「天下第一疾劍」逾十載，令宵小賊寇聞風喪膽之中州前神鬣門總督刁刃，暨此觸及人生終點，而後即隨船身持續進水而緩緩沉降，一代刃界奇葩終偕其雷厲風飛之戮封神劍，沉沒於汨踭湖之駿波虎浪中！

然而，再次遇上狂浪摧筏之劍紳與刀臣，為免去質重之物拖累與誤傷，雙雙放棄了手中之天劍絕刀，僅藉凜秋痕之蠲疾小刀，刺入浮木，以為手把，載浮載沉於風浪之中。聞劍紳發聲道：「刁刃出招破敵之速，無與倫比！此回若非浪濤之助，咱倆仍非刁刃之對手！倒是這般風浪，根本難以划水前進啊！」

刀臣應道：「天劍絕刀尚得藉一即時木槳才能成事兒，單憑利刃相搏，刁刃確實技高一籌！倒是……成也浪濤，敗也浪濤；咱倆雖得龍武尊親授經脈武學，卻於至要時刻經脈受損，甚得面臨這般風寒浪濤輪襲，就算是鐵打之身……定也捱不了入夜凜寒之摧擊！唉……眼前霧氣將起，咱們就當是騰雲駕霧吧！」

刀、劍二老於湖面漂浮一陣，忽見一鐵船駛近，隨後一矯健身影於接連翻躍中，先後將二老拉上了船。原來，此航程乃管澤將軍調派水軍艦艇，藉以協助揚銳追上刁刃木船。待揚銳自二老口中得知刁刃已鑿沉湖中，且明瞭惲先生之阻狂推論後，即以颯盲島乃屬北州轄區，不便中州軍艇登島為由，請託管澤將軍先行護送劍紳、刀臣回往臨宣療創。而後，揚銳旋即躍入湖中，倏以避開風浪逆阻之潛游方式前進，以期能於蝦蟆食月之前，登島遏止寒肆楓之逆天妄行！

烏瞰颯盲島北隅，一頭頂黑紗遮帽，全身烏裝之中年婦人，依循步徑來到了芫淨庵前，眼見斑痕累累之供桌，龜裂剝落之柱漆，霎時悲不自勝，潸然淚下！隨後走向庵之後院，驚見若干彌猴白骨，四散於坍塌之涼亭礫堆中，可推知當年地震之急促，超乎生靈之應對！接著，婦人吃力地推開了後院旁一變形木門後，破涕為笑地唸道……

「**柴胡**、**桂枝**、**黃連**、**大黃**、**金銀花**、**連翹**、**骨碎補**、**半夏**、**附子**……晦安師太所設之乾燥儲室，竟能將眾多藥材保存得如此完善！」而後又於一角落，發現了一疊塵封草紙，其中不乏之註著「甄芳子」之字樣兒，「原來，晦安師太留下了芳子昔日之開方藥單啊！」甄芳子訝異後，又見得數張註著「川尻治彥」四字兒，不禁令芳子又憶起了過往種種。

離開儲室後，甄芳子來到一露台，引頸翹望著烏淼高峰，隨即感受到北方寒氣漸盛，接著呵了口氣，搓摸雙掌生溫。忽然！甄芳子眺見遠處一佇立浮冰上之斗蓬怪客，正緩緩地靠向島之北岸，直覺之下，「是他！仙兒沒說錯，寒肆楓將於立冬前抵達颯肓島！吾之所以提前登島，即為阻止狂人肆虐此一淨地！」甄芳子於驚訝後，隨即操著捷徑，直朝北岸而去。

數度追丟斗蓬身影之甄芳子，輾轉來到了昔日的酒館兒小街。正當芳子抬頭瞧著一刻有「溫醇坊」三字兒之裂損匾牌時，一低沉聲音突由身後傳來……

「源自摩蘇莉之故，寒肆楓尚對甄姨留著幾分尊重。惟因趨勢已成，於此，奉勸甄姨莫蹚渾水，速速離島，立朝南向遠去為宜！」披著斗蓬之寒肆楓，側著身子話道。

「哼！大地生靈自有其出路，怎任由你寒肆楓決定生死？再則，至陰神功恐有誇大懾人之虞，難道……爾不曾質疑該神功之巔頂……實非生靈所能及？回觀眾多依循或攜手摩蘇里奧者，終不得如意下場，望爾能三思而後行！」芳子回道。

寒肆楓冷了一笑表示，喚靈大法僅是令孤魂野鬼成奴隸而已，真正有利寒肆楓壯大者……虛弱尪羸者也！世人勞於掙錢、爭權奪利，身子虛損而不顧，時至彌留之際，仍苦思著如何支配所斂財富，真是可悲！雷嘯天是如此，侯士封亦是如此！然蒼生不時自輕自賤、自殘自傷而不自知，終究不敵風寒襲身而傾臥，屆時頻頻倚仗金錢，尋醫覓藥，以期攔阻病邪循經入裡。惟世人藉臟腑經脈之強化，或可不畏風寒，試問……幾多人能秉持常真人之「天人合一」？依循龍武尊之「經脈武學」？又道：「個人因體質與常人相悖，龍武尊欲藉溫陽驅吾裡寒而未果，反倒摩蘇里奧能順吾特異而引往至陰之路。而今幾可證實，我寒肆楓將可探及至陰九重，卻可惜摩蘇前輩已來不及見此一幕！」

「什麼！來不及？莫非那魔頭已經……」甄芳子驚愕道。

寒肆楓簡要地描述了摩蘇里奧持摩耶太阿劍重回西州，終氣絕於奇恆山腰之經過。甄芳子則於詫異連連中恍神了片刻，而後即失去了寒之蹤影！

此刻，寒肆楓緩步環行於島上各地，並逐一感受著昔日命喪颯盲島之遊魂分布。待其行經一處已荒蕪之層層梯田，隨其漸次升高之視野，驚見甄芳子已持了把古錠鋒刀，攔阻了寒之去路！待寒褪下了斗蓬，始知寒之髮膚已轉化為灰色，眼白亦呈出了水藍色澤。

「咻……咻……」甫見瞬間兩移步，寒已來到甄芳子身前。芳子隨即抽刀揮出劈、砍、撩、截之攻勢，無奈對手之二指冰劍，立馬趁芳子劈、撩間隙，劃開了紗帽繫帶，眨眼飛了芳子之遮帽！情急剎那，芳子即時使上巫術以應，「咪塔夫咔……唧哩咕嘀；咪塔夫咔……唧哩咕嘀……」

「啪……啪……啪……」一群基斑毒蛾，突自芳子身後飛來，並依芳子之指揮而分群出擊。然此毒蛾之特殊體背，隱有中空瘤刺，誤觸者即發紅腫癢痛。芳子立藉此蛾群施行飛竄攻勢，果真見著寒肆楓左閃右避，頓顯退縮之象！

半晌之後，忽見寒拋出了發光之透淨水晶，立見諸飛蛾紛紛聚向光源，待晶球飄近芳子而引其關注下，寒俄頃發出冰劍，先擊飛對手利刀，後將雙手朝外一展，一陣透骨陰風隨即發出，此風不僅僵硬了對手筋骨，使之無以接續指揮飛蛾，更因瞬間之勁風接連摧裂蛾群，以致諸瘤刺順著風勢襲向了甄芳子，隨後驚聞芳子空出雙掌，嚎道：「呀！我……的手，我……的臉，

我……痛……好冷！」

寒肆楓收回了水晶，欲彎腰拾起芳子之古錠鋒刀，一陣突來之勁道，隨即將古錠刀推向了芳子！寒立轉身朝向勁道源處，疾發數十冰針，而後即傳來了冰晶碎裂聲響。原來，手持長笛之蔓晶仙，瞬以〈靈禦神罩〉擋於身前，以致冰針撞擊碎裂，發聲連連。

「娘，別急著睜眼，先敷上這紫花地丁粉解毒！」蔓扶著甄芳子道。

「曾聞摩蘇先生提及一如同透鏡之禦敵神功，名曰〈靈禦神罩〉，並得知此一神功乃源自甄姨之科伊家族。憶得蔓姑娘曾於臨宣一役，較勁了寒某之〈迴旋陰風〉而安然無恙，著實令寒某為之佩服！只是……寒某好奇，眼前出塵脫俗，如花似玉之蔓姑娘，竟對甄姨以娘親相稱？那摩蘇莉是……？」

「摩蘇莉與晶仙乃同母異父之姊妹！」蔓搖頭又道：「閣下似乎是摩蘇家族之剋星，舉凡摩蘇里奧、摩蘇維、摩蘇莉，皆不得善終！唯此危若朝露時刻，幸得晶仙及時出現，縱然此回得抵上己命，絕不任由你這魔頭傷害我娘！」

寒肆楓突露陰沉笑容，道：「哦……我想起來了，原來姑娘即是頻令我狼四弟恍神之蔓晶仙，蔓姑娘啊！呵呵，狼行山並不清楚寒某行徑，加上民間對寒某之詆毀傳言甚多，以致蔓姑娘對寒某多所誤解，甚而扣以『摩蘇剋星』之稱呼！唉……摩蘇氏推助了寒某許多，不僅啟蒙了吾之神力，亦給予了吾之感情，怎料卻遭中土人士妒嫉，不僅毀了摩蘇一家人，甚連一未出世之胎兒都不放過！而今，吾已獲得重生，不妨讓我寒肆楓成為蒼生之剋星吧！喝啊……」

寒肆楓隨手製出三尺冰凝劍，旋即對上蔓之長笛銀刃。當下，寒以實體冰劍，合以無形之

〈凌竄寒氣〉出招，惟交叉互使之間，總生不協調之感！原來，蔓於出招之間，瞬發〈環身斥引〉神功，可隨轉近身有形物之磁場，故能使對方冰劍招式不甚到位，但無形之摧人寒氣，卻成蔓之一大考驗！待雙方交手一陣後，周遭溫度驟降，且見蔓之出招漸緩，相對寒之攻勢則愈見犀利！

突然！蔓驚覺對手之凜寒能量不斷上升，為避免甄芳子再次受寒侵襲，蔓刻意移至芳子身前，瞬將雙手畫出大圓，一球形神罩隨即罩住芳子母女。

寒肆楓收回了冰凝劍，道：「有意思！向來所遇對手，不外是使著刀劍、巫術之輩。此回能遇這般抵禦神罩再現，寒某倒想試試，如此神罩是否較昔日臨宣一役所展……更為精進？」話後，寒肆楓心氣下沉，重心落穩，移出與肩同寬之步伐後，以腰為軸，轉背、旋膀，一股螺旋藍光循手臂匯集掌心，而後隨掌釋出了如流星般之拖曳光團，直衝向靈禦神罩！

「轟隆……」蔓晶仙高舉雙臂支撐神罩，捱過了對方首波攻勢。這時，忍著骨痛之甄芳子喊道：「仙兒小心！眼前所遇乃摩蘇氏〈集光陰氣〉進階演化之〈冥褰陰寒〉前奏而已！」話才說完，寒再以雙掌推發一道水藍激光，迎面衝擊蔓之神罩；待雙方一陣內力對峙後，蔓赫然發現神罩不堪多次摧擊而出現了裂痕，甚而頓感對手之陰寒邪氣，似乎正由龜裂處不斷滲入！

「糟了！此回之逆襲力道，相較當年於臨宣城外所遇，超乎想像甚多！我若收回神罩以保元氣，此股強大寒流勢將逆衝三陽經脈而直中少陰，咱母女倆恐將受創而失去內力！但若持續耗氣地硬撐下去，待神罩瓦解之際，恐難逃脈氣盡散、瞬間暴斃之下場！這……該如何是好？啊……裂痕擴大，我快撐不住啦！」蔓晶仙進退兩難剎那，「啊！那是……」

「唰……」放眼見得初雪飄覆之梯田，突現一道溫熱之氣，筆直地由下層梯田貼地上衝，直朝寒肆楓而去！惟見該溫熱觸及霜雪而頓冒蒸汽，蔓即於該蒸汽阻斷對手續發〈冥褰陰寒〉剎那，立馬收回神罩，並迅速環抱芳子雙肩，以免其受寒失溫。半晌之後，蒸霧之中，隱隱見得一拖著船槳之蓑笠翁，緩緩循著田埂而上，而後聞其發聲唸道……

「種得菩提樹，引得鳳凰來；花若盛開，蝴蝶自來；人若有命，天自安排。」隨後再道：「心中有陽光，處處覺溫暖；意中有慈悲，時時感恩情。」

「呵呵，還以為何方神聖駕臨？原來是滿口人生道理之船家……江偉士啊！」寒微搖了頭，又道：「唉……在下勞形苦心，還真忘了您所提的養生之道，故蒼老了許多，恐致江老認不出寒某啦！不過，數度搭乘前輩之渡船，還真沒料及江老所握之彎柄船槳，除了能撥水推船，尚能上岸溫化寒霜啊？」

「髮蒼視茫僅蒼老之象，捨棄自我乃蒼老之始。」江又道：「寒大俠昔日有愛，而今滿仇！愛恨之距，無常之間；善惡之距，覺醒之間。謙卑和善能遊走四方，為事太絕則難以進退！」又道：「在下之槳柄雖彎，卻無礙航線之曲直，亦能藉此船槳，成全他人之遊歷、運輸與漁獵。而今遇人暴戾恣睢，逞性妄為，遂冀望此槳能助其翻然改悟，並協其尋得回鄉之路啊！」

「回鄉？此處乃大地之命門，亦為寒某翻轉乾坤之源處，而今難得天時地利，豈能輕易錯過？嗯……江老深藏不露，身擁經脈武學之基底，故能無畏陰寒而逆向放招。不過……前輩如此強出頭，恐將禍及一旁環抱之母女啊！甫見識過了〈靈禦神罩〉之神奇，不知江老藉一柄粗重船槳，能使出何等絕活兒？」發話當下，寒已再次凝出了三尺冰劍。

江老肩扛船槳之握杆，身後拖著槳扳，緩緩摘下了斗笠，立見一其貌不揚之長者，側了身子，轉了頭向，關情脈脈地朝一旁相擁之母女望去。適值甄芳子撐著眼皮，與船夫視線對上剎那，耳中似乎能聽得對方傳來一聲……「終於等到妳了！」

霎時，芳子睜大了眼，立呼道：「是他……真的是他……！仙兒，他……他是……那江姓長者……是……是你爹爹呀！」

蔓晶仙倏而回頭，見江偉士回予淺淺一笑後，聞其傳來一聲，「繫上披風，別受涼了！」話後即見江老將數粒火焰石拋向了母女身前，並於該石未觸地前推出一掌氣，瞬眼引燃該火焰石，使之釋出熱能。

接著，江老於目光對上寒肆楓剎那，翻起槳扳，使之縱向轉飛而出。驚見木槳直翻而來，寒躍步翻飛咄嗟，藉冰劍抵住木槳，凌空使出〈迴旋劈木〉式，旋臂反轉該槳數圈之後，振臂一擊，立見船槳一分為二；接續一招〈倒掛金鉤〉，立將彎弧握杆踢回！江老上前兩邁步，順勢接回握杆，隨即持杆領教了對手之冰凝長劍。

「娘，原來爹於天災中受了傷，甚而毀了容，以致難以辨識身份。再因颯肓島災後逐漸沒落，娘也沒再回到島上，仙兒亦沒了爹之訊息。殊不知，爹未曾遠離過汨竫湖，其以渡船方式，巡行於颯肓島，為的即是等到娘的出現啊！甫聞對仙兒關切的那一句，正是過往爹爹常叮囑仙兒之字句與語氣。只是……眼下凜寒氣候正附和著寒肆楓，不知爹能否捱得住對方之陰寒攻勢？」蔓說道。

「經脈武學得以溫陽護體，應較咱母女倆強些才是。只是……從未見你爹練過這般功夫，莫非……其於失聯期間，果真遇上了龍武尊？」甄芳子疑道。

突然！寒肆楓訝異江老之木桿，隱隱泛出了橙光，不禁改採另類方式出擊，以期先發制人。

「唆……唆……唆……」驚聞怪異聲響，傳自寒之身後！

「什麼？這……？這是妖魔現身嗎？」江偉士忽見若干冰晶尖刃，添枝接葉地自寒身背竄出！

「小心啊！那是至陰神功之〈汗凝冰晶〉，顧名思義，其乃凝結身背所釋之汗液而成！」甄芳子即時提示道。

「呵呵，醫經有謂：『**汗為心之液。汗出溱溱，是謂津**。』不知閣下這怪招……該算是**自汗**？**大汗**？**盜汗**？還是寒慄之**戰汗**呢？嗯……綜歸是種固攝失司、津液外洩之證！只是……能凝汗於外，進而自結冰晶？依吾之見，閣下這證……神仙難治啊！」江老話道。

「既然無法可治，那就任其擴散吧！」話後，寒肆楓雙手向前一伸，旋即於「咻……咻……咻……」之聲響伴隨下，立見諸冰晶尖刃飛射而出，甚能隨寒之意識控制，追蹤欲襲目標！當下，江老倏藉旋棍之式，擊碎了部分晶刃，怎料其餘冰晶竟飛向了甄芳子，霎令蔓晶仙再次使出了〈靈禦神罩〉以應。

霎時，突見江偉士跨步躍起，值轉臂手勢之後，驚見木桿開榫解體，片晌亮出一長柄弧身厲刀，隨後見得該長刀凌空飛躍，並隨江老手勢，逐一攔擊寒肆楓所釋之飛竄晶刃。

「凌空馭劍？」寒肆楓驚愕之中，不禁叫道：「自習武以來，僅目睹龍武尊施展過此等馭劍神術！江老僅一介船夫，怎可能身擁這般上乘武藝？然而弧形握桿乃一掩人耳目手法，其中竟匿鑲一精鑄利刃！江偉士，爾究竟何許人也？」

江老接回了飛刃，回道：「江偉二字乃諧音『江尾』，而江之末尾乃川之尻也！然而治者，統理也！彥者，賢士也！統理眾賢士者乃為登科進士，故江偉士即是昔日值颯肓島鼎盛時，與甄芳子齊擔島上醫護任務之……川尻治彥！」此言一出，立見芳子母女熱淚盈框，隨後相擁而泣。接著，江老又將遇上龍武尊，並於屹岡刀劍會後，搭救劍紳、刀臣之經過，簡述了一番；甚因拜會了凌秉山大師，遂得此一斬邪神器……抑魂陣太刃！」

「呵呵，驚聞江老追憶之述，見得一旁母女涕零如雨，可推知爾等三人因登島而不期團聚，真是羨煞我寒肆楓啊！至於隨口提及之劍紳、刀臣？呵呵，只因寒某記憶中僅留有強者印象，故曾遭我刁二弟斷刃之過氣劍客，實在不足一提！」

「過氣？呵呵，我江某人尚虛長了劍紳、刀臣幾歲，確實也該引年求退才是！不過，適值閣下沉睡期間，聯手力退中州左右雙衛，並自東靖苑救走惲子熙先生者，正是刀劍二聖……劍紳、刀臣！」江老反駁道。

「已遭人斷刃之劍客，竟能撂下赫連、尉遲二勇將，嗯……勉強算是個角色！只是……此二人仗恃何等兵器，膽敢於伏暢劍與秋延刀前放肆？」寒疑道。

「呵呵，值江某得凌大師贈予寶刀之際，大師更為刀劍二聖重新打造專屬利器！然此期間，咱們三人更受龍武尊之提點，遂得浸潤於『經脈武學』之領域，此乃老夫尚能於凜寒中出招之後盾啊！」江老又道：「歐，對了！眼下將遇蝦蟆食月，千載難逢，遂即與登島一賞奇景。孰料，前來颯肓島途中，驚喜遇得刀劍二聖巧於湖中垂釣，惟見二聖釣得後隨即放生，好奇一問，始知二聖欲釣『赤鯛』未遂，故雙雙苦候於自個兒木筏之上！」

「哈哈哈……江老所述，不禁令人捧腹！赤鯛乃適於鹹水之外海，而汨琤湖乃匯集北州諸冰川融雪之內陸湖，欲於此湖釣得赤鯛，猶如緣木求魚、竹藍打水，唯有愚蠢之輩可為之啊！哈哈哈……哈哈……欲釣赤鯛？哈哈……哈……釣……赤鯛……刁……刺刁！」

寒肆楓頓了一下後，面轉猙獰，艴然不悅地喊道：「繞了一圈兒，那兩垂釣叟翁……等的是……刁刃！」

「見閣下如此訝異，想必正等著刁刃前來護航吧！眼下狼行山已中毒昏癱，倘若刁刃再有閃失，爾等三兄弟欲於閻王案上煮酒圍爐……機會渺茫啊！閣下若迷途知返，願將各晶鎮回歸原處，江某立親自駕船，倏協寒大俠完成使命！」

遲遲未見刁刃前來之寒肆楓，聽聞江老描述後，不禁想著，「早已不指望莫乃行、鄒煬、嚴翃廣助吾成事，而今再少了刁刃與阿山護航……不行！不能再這麼磨耗下去！時辰已近，吾必須儲備更多內能，始可強行合體五大晶鎮；待探及至陰神功之巔，誰能奈我何？」

寒輕蔑應道：「哼！真是泥菩薩過江啊！眼下已見船槳毀損，爾等能否離開這兒，已是個問題，還妄想陪寒某歸回晶鎮？呵呵，不妨先考慮自個兒禦寒能力再說吧！喝啊……」寒再次使出〈汗凝冰晶〉絕技，且雙手藉著風勢，強力推出了〈冥褰陰寒〉！江老控馭陣太刃於一霎，雖能及時攔截飛竄冰晶，卻也因對手接連攻勢，終遭逼退至甄芳子同層梯田。而後，見寒旋身上躍，隨掌釋出冰磚築牆神技，惟見霜雪如浪闊出，立馬將江老與另二母女，分隔於兩冰窖之中，而來不及飛回江老手中之陣太刃，瞬於一聲「唰嚓……」聲響下，直接插立於冰磚縫隙之間！

此刻，耗費一番氣力遏制三敵手後，急於晶鎮合體前布局之寒肆楓，甚而不見其拾回田埂上之斗蓬，值周身雪花漸趨形成飛旋龍捲之際，俄而轉身，隨後即消失於層層梯田之間……

北方凜寒漸趨南侵，且因汩琤湖之風勢轉強而領寒疾下，致使南岸之頂豐城首當其衝！不僅見得陣陣寒風橫掃街上枯葉，更見護城將軍趙麟，親率都衛軍於殷家堡前，接連攙扶倒臥街旁之傷兵。甫入城之凌允昇見狀，立馬加入救助行列，並依著趙將軍之指示，將傷兵集中送往城北一船塢救治；而後始知，此處乃先前遭雷夫人罷黜之易衢城主，為了建造與修護渡江船隻所建。待明瞭凌允昇乃龐鳶之師兄後，趙將軍即偕易衢於客室內，詳實描述了城中所發事故。

原來，自岑鴞銜雷夫人之命，接掌頂豐城主之位後，瀆貨無厭、貪墨成風，甚連都衛軍餉也不放過，以致城兵浮動，軍心渙散，甚見眾軍兵呈出虛弱羸瘦之貌！孰料，刁刃奪下展鵬所掌之臨宣城後，潰退之展鵬即領三千兵馬，撤往了頂豐城。自此，展、岑二人狼狽為奸，夜夜笙歌，甚於秦樓楚館中，曝出了岑鴞早染上了毒癮！

一日，二人於酒酣之中，因展鵬譏諷岑鴞所領城兵，痿痿羸羸；逆耳之岑鴞即趁機奚落展鵬之潰軍猶如喪家之犬，而後雙方竟因此揮拳相向，萌生衝突！自此之後，因岑鴞不悅展鵬前來瓜分頂豐城之資源，二人日生嫌隙，漸行漸遠，怎料此效應日漸擴大，以致城中軍兵亦隨之排斥展鵬所領之退駐部隊。

易衢接著表示，過往勝任城主時，曾聞中州內政大臣井上群，私藏白粉於頂豐一隅，卻苦無線索可證，遂動他不得！怎料神鬣門之續任總督殷天雁，欲藉展鵬入主臨宣，進而將白粉滲入該城，遂於雙方密晤中，讓展鵬知曉了違禁之白粉即藏於頂豐城之殷家堡！值展、岑二人失和後，展鵬欲藉白粉以牽制岑鴞，竟頻頻要脅殷家堡屈從，而後雙方不慎擦槍走火，引發了嚴重衝突！待岑鴞得知消息後，倏令趙將軍領兵包圍殷家堡，孰料支持展鵬之軍隊亦火速前來，以致形成對峙局面；後因展、岑二人皆欲據佔白粉而干戈相擊，雙方人馬遂於該堡內持械廝殺。趙將軍不願軍兵同室操戈，故將雙方軍兵驅至殷家堡外。殊不知，情急之下，難分勝負之展、岑二人，竟分別擄下前堡主殷鑑之妻、妾，藉以作為談判籌碼！

趙麟續指出，正當危急之際，忽見天外兩羽鏢飛出，精準射中了展、岑之肩臂，隨後現身一飛快身影，眨眼將兩人質拉上了正堂屋頂，怎料殷夫人不慎自袖中遺落了串倉門鎖匙，就近之展鵬見狀，直覺此乃白粉儲藏處之關鍵，倏而彎腰拾起，此舉立引岑鴞擲出飛刀，直中展鵬右腕上三寸之**支溝穴**處，並順勢將之踹飛一旁。

趙又道：「適值岑鴞搶得鎖匙剎那，展鵬立拋擲數枚銀鏢，甚於慌亂中射瞎了對方左眼，致使積怨甚深之展、岑二人，火力全開，隨即於堂前狂發飛刃互擊！及時救得人質之龐鳶，為避免該衝突傷及無辜，除以羽鏢攔截飛刃外，另藉一弓送出二箭，分別射中展、岑膝後之**委中**與**陰谷**二穴，直令二人跪地不起。此舉雖暫止了展、岑二人放肆，卻見二人匍匐一陣後，再拾軍兵所遺配刀，互捅互砍，終因雙方多處要害受創，出血不止，最終雙雙殞命於殷家堡中庭！然為避免軍兵衝突再起，故將展鵬旗下傷兵集中於城北，並由諳於醫術之易衢先生接手療創。

「師妹龐鳶是否仍於城中一隅？」允昇問道

「龐姑娘雖協助救治了諸傷患，卻憂心表明了颯肓島恐生事端，立勸咱們閉妥門戶以應。惟因望休日勢將刮起大風，龐姑娘遂提前藉由船塢之木船，獨自前往了颯肓島。」易衢回道。

「此刻船塢之內，是否仍有可用之船隻？」允昇急問道。

「此時汨竫湖之風浪已起，少俠該不會想……」易衢回道。

果然，允昇出了船塢，頂著咻嘯寒風，領著追風來到了湖邊一斜坡岩台高處，一邊兒俯視著風浪拍岸，一邊兒撫著追風鬃鬣，無奈地唸道：「只要有速度，這點兒風浪，難不倒咱倆的，對吧！還是……我游過去好了！」

「嘶……」，追風於嘶鳴之後，緊咬允昇衣袖，立表不認同這般嘗試。此刻，允昇愁容滿面，無奈地任時間逝去而來回踱步。忽然！允昇腦海中浮出了江偉士之身影，且準備領著追風，立朝江老休憩之岸邊奔去剎那，驚見遠處湖面突現異樣兒，唯此一幕瞬令允昇露出了一絲笑容。

此時，倚於船塢窗口之易先生，對著趙麟道：「唉！年輕人就是有那麼點兒輕狂！眼前凌少俠之舉，果真想挑戰翻浪之中渡湖？就算任務再急切，亦不該拿生命開玩笑啊！」隨後又道：「欸欸欸……怎有個高大身影，突自湖中冒出嘞？喂喂喂……甫上岸之巨漢，正與凌允昇比手劃腳，似乎在研究著啥事兒哩！」

半晌之後，見巨漢走向了斜坡岩台下方，不斷打量著岩台四周；待與允昇再一陣比手劃腳，隨後即見二人互以右拳對敲後，該巨漢立轉身躍入湖中。接著，見凌允昇跨上了坐騎，扯韁調頭回奔，適值經過船塢時，易衢又道：「我就說了唄！眼下這等風浪，連船槳都不易掌控，怎可能駕船出航嘞？所幸有人及時說服了凌少俠，使其知難而退啊！」

見允昇馭馬直奔一陣後，聞易先生又驚道：「喂喂喂……趙將軍啊！他……他怎又扯韁回頭嘞？嗯……瞧……他似乎在對馬兒說話呀！」

「切記！速度是咱倆優勢！此刻不妨驗收一下咱倆一路上所練就之絕技吧！記住……廿尺，就廿尺！能拿捏好廿尺，就能見到希望了！」允昇於靜思片刻後，喊道：「走！咱們一塊兒同展……滅景追風吧！」

允昇對馬兒叮囑後，深吸了口氣，緊扯韁繩，立見追風擎起前蹄，發出「嘶……」聲長鳴，而後開始朝湖邊逐漸加速，此舉立馬讓易衢與趙麟，急忙奔出船塢一探！當下，驚見凌允昇背部發出**足太陽經脈**之橙熾真陽脈衝，瞬間引動追風釋出了頸鬃與長尾之橙熾光氣，隨後更見允昇抽出了太陰擒龍，霎於**手太陽經脈**能量充盈下，朝前一拋，立見擒龍劍疾飛於追風廿尺之前，一會兒後更見劍主體之兩側，陸續擴出四道橙熾脈龍！這時，立於塢外之趙、易二人，瞪眼咋舌地見著九道橙熾脈龍，並列於奔馬之前，一如火鳳展翅般地向著湖邊岩台疾速衝去，待見岩台盡頭已至，惟聞允昇吼出了一長聲「喝啊……」，一幕人馬飛躍橋段即於喝聲揭幕下，倏自汨竫湖南岸驚險上演！

驚聞允昇之震天長吼，趙麟與易衢頓時無視凜冽風寒，飛也似地奔向湖邊，立見九道橙熾脈龍並列於前，一如掃帚掠過落葉一般，瞬將湖面風浪推平，待躍天之追風神駒觸及湖面剎那，驚見方才躍入湖中之巨漢，藉由雙臂齊展之蝶泳出水式，值挺背出水一霎，瞬間形成追風之踏躍平台，雙方不僅以廿尺作為一躍一潛之間距，甚藉九脈龍與允昇之溫熱脈衝，同讓水面下之豫麟飛不致挨寒受凍，始能全力迎合追風之接連點躍。此時，由岸上見得釋出橙光之允昇與追風，數度於湖面躍飛而漸行漸遠，一班身擁特異體質之形影，立隨著湖面霧氣遽增而漸趨朦朧，終至完全消失於汨琤湖迷樣水霧之中……。

然於九脈龍前導之下，允昇與豫麟飛倚著彼此默契，終而登抵了颯肓島，惟見阿飛直撫著追風，誇道：「哇！這般威壯神駒，真是世間罕見啊！瞧牠與我履足差肩，或許同如阿飛之身覆鱗片，遂能互感親切。相形之下，颯肓島不僅陰森異常，甚可見得多處已遭冰磚阻隔，有拒人千里的感覺！看來寒肆楓為阻擋逆向者，恐已藉冰寒絕技，封鎖了島上相連路徑了！」

「這麼說來，寒肆楓應已於前往高丘路徑上，設下了重重阻礙才是！」允昇甫完話，立與豫麟飛研擬前進高丘之策，並由追風單獨環島巡行，藉此搜尋已遭冰封之受困者。豫麟飛認同允昇之見後，立以三叉銀獵爪挖掘地層前進，此舉不僅無畏地面之冰牆阻礙，更可探索該島之地質結構。允昇則藉擒龍劍釋出強盛熱能，轉眼熔開了眼前冰牆，倏由島之南岸森林，深入了瀰漫詭譎氣息之颯肓島！

然而，早已為著晶鎮合體而布局之寒肆楓，依循原先所擬，來到了芫淨庵門匾之前，仰首唸道：「多少人命喪於昔日地牛翻身，眼前門匾竟能完好如初？可惜，此匾雖躲得過當時，卻避不開我這一關啊！」話後，寒藉雙掌推出極凍寒霜氣，令門匾覆上一層霜白，值〈汗凝冰晶〉之冰錐發出，該門匾立遭摧解，一橫置於門匾後方之三犄法杖，直落入了寒之掌心，並順手結合了袖中之透淨水晶。當下，寒驚覺周遭有異，轉身即見一手持長物之六尺身影，悄然來到了芫淨庵前，立聞寒發聲道出……

「呵呵，本懷疑迷戀蔓晶仙之狼行山，恐洩漏了寒某登島計劃，但見閣下於此現身，不難推知，立冬變天之計劃……已非秘密！其因乃出於令尊正是身擁推演天磁地氣絕技，並得『釋星子』稱號之惲子熙，惲大人啊！」寒又道：「本欲藉鄒煬之手，了結頻洩天機之釋星子，怎料北坎王及時拉了惲子熙一把，躲過了劫難！然而，寒某本有機會於惠陽手刃惲子熙，卻半途殺出了個揚銳！而後，寒某刻意繞道北州，為的即是終結天磁地氣之推演，怎知惲子熙竟不坐鎮北州而前往了黃垚山！」又道：「呵呵，既然令尊猶如九命怪貓，寒某也無須急於一時。只是……擎少俠突然現身於此，或許令尊從未推演過……白髮人送黑髮人之橋段吧！」

「黑也好，白也罷！才多久沒見，閣下之毛髮肌膚竟已呈出黑白不分之暗灰？不僅面無血色，甚見眼白趨於水藍，單就醫者之色診辨證，幾可直書『氣竭形枯』、『大漸彌留』之結語！閣下若不知懸崖勒馬，或有暴斃指顧而不自知之虞！」擎中岳回道。

「醫者？呵呵，世上遭醫者誤醫而步上黃泉者，不計其數，這其中甚包含我寒某人之生母與妻小！而今，寒某已與醫者背道而馳，縱然本草神針在旁，依然無以阻止寒某收下雷嘯天！嗯……既然少俠如此執著，不妨就依著醫者之思維，會會我這風寒外邪吧！」話一完，寒肆楓倏持三犄法杖直衝擎中岳，雙方交擊之速，幾如疾奔馬蹄！對決當下，寒頻感對方溫熱能量源源不絕，遂不時使上〈凝滯營衛〉之術，藉以影響對方持續匯聚經脈真氣，隨後更發〈冰凝疾刺〉，霎令對手僅能攔擊，毫無進攻之機。

忽然！寒肆楓憶起芫淨庵之後院，四散著眾多白骨，靈機一動，隨即舞起釋光法杖，嘴裡唸唸有詞，「枯嚀嘀哩……牡咧嘰嗟……；枯嚀嘀哩……牡咧嘰嗟……」。待擎中岳擊碎所有冰針之後，驚見對手突然後空翻躍，上了庵之房簷，隨後即聞後院傳來了嘰喳嗚響，且伴隨黃沙塵土飛揚。半晌之後，一群外覆黃土之肢殘彌猴，紛紛擁擁地自庵中衝出，一一撲向了既定目標！

擎中岳眼見猴群僅有骨架而外覆黃土，直覺此乃牟神針提過之喚靈大法，但見棍棒驅擊當下，竟僅將之擊飛而無以摧毀！驚愕之際，聞寒肆楓得意喊出：「眼前一幕，真可謂猛虎難敵猴群啊！待閣下耗盡了氣力，寒某即可回頭攝取爾之魂魄！」接著，寒再喚來另一批烏鴉殘靈後，轉身即朝島之高丘而去。

「阿……阿……阿……」正當三四殘猴抱住中岳雙腳，其餘猴群接連圍撲之際，驚聞空中數百烏鴉接連飛鳴，隨後俯衝而下，疾朝中岳撲來！甫見中岳以旋棍橫掃近身猴群後，剎那聞得「唰……唰……唰……嚓……嚓……嚓……」之聲響傳自空中，甚而伴隨一陣溫陽熱氣傳來，不禁令中岳抬頭望之……

「轟……」忽見一釋著橙熾光氣之展翅火凰，倏自中岳頭頂掠過，而後直接衝散迎面之烏鴉殘靈！然此一幕，霎令中岳想到，「原來喚靈大法源自〈至陰神功〉，故陰靈不堪真陽之氣衝，遂能將之擊散！」接著，擎中岳瞬間引動〈精武陽明〉之脈道真氣，且貫衝於厥陰伏虎棍之中，立向圍纏之陰猴，使上了劈、蹦、點、撥，外帶上撩、下掃之交連棍擊，隨即將環身彌猴一一擊散。半晌之後，忽聞若干人齊偕馬蹄走近之聲……

「是……追風！」擎中岳驚見追風背上癱著一人，立馬上前協助，卻訝異隨行於追風身旁者，不禁道：「是……仙姐？你們不是還待在濮陽嗎？快……快進庵中避寒！」

一會兒後，疾發數飛箭以掃除陰禽逆襲之龐鳶，快步進了芫淨庵。

「哇！多虧鳶妹練成了〈昫熾火翔凰〉，凌空擊退了那般飛銜殘鴉，亦及時提醒了以陽制陰之應對法！倒是……大夥兒遇上了何事兒？怎見得芳子前輩與仙姐，皆呈出了氣血雙虛之象？」中岳疑問道。

「幸得甄姨即時提示，脈衝真陽可摧散喚靈之陰，遂可藉衝任焰凰弓之展翅，凌空驅除陰邪！」龐鳶又道：「甫於梯田斜坡遇上了追風，原來追風發現了冰層中之受困者，而後根據一柄插立於冰縫之利刃，覓得了川尻前輩等人，所幸追風之頸鬃能釋溫熱，故能載上寒骨創痛之甄姨前來此處。」話後，龐鳶將甄姨與仙姐對決寒肆楓之始末，且意外地與川尻先生團聚一事兒，對中岳描述了一番。

待摯、龐二人又交流了濮陽與粵浦之役，隨後即見自後院前來之川尻治彥。川尻再次感激中岳與龐鳶之助，並表示於後院之醫藥儲室，尋得了可作麻醉、鎮驚、平喘之用的**曼陀羅花**，以及能溫經散結，祛諸風痺痛之**細辛**，配上能行**血中氣滯**、**氣中血滯**，緩周身諸痛之**延胡索**，以及能明目退翳之**穀精草**、**青箱子**、**密蒙花**，暫時解了芳子燃眉之急；惟**曼陀羅花**與**細辛**含有毒性，故須斟酌用量才行。川尻又道：「仙兒不僅於凜寒中疾發〈靈禦神罩〉，亦耗氣為芳子禦寒，不慎身發肝經寒凝氣滯，以致下腹頻感冷痛，可惜此處僅見**木香**、**茴香**、**良薑**、**青皮**與**檳榔**，治症之效有限！」

龐鳶嘴角一揚，立自追風之掛袋上，取出了幾味藥，並道：「允昇哥有隨身補充救急藥材之習慣。若依川尻前輩之所需，應得加上針對下腹膀胱冷痛之**烏藥**，再藉苦寒之**川楝子**，偕**木香**、**青皮**以疏肝消積，**良薑**、**茴香**以祛寒除濕，**檳榔**行氣化滯以潰堅，更得辛熱之**巴豆**斬關奪門，以破血瘕寒積。合諸藥之功，使成行氣祛濕散寒之傳世名方……**天台烏藥散**！」

「沒錯沒錯！龐姑娘所言極是，無怪乎前來此庵途中，聞仙兒對龐姑娘讚譽有加！有了這幾味藥加持，再加上老夫隨身之**黃耆**、**白朮**與**人參**，仙兒很快就能袪解已症並恢復元氣了。」川尻一說完，龐鳶立往後院為仙姐煎藥去。

「川尻先生真是奇人啊！見先生困於冰層之下許久，眼前尚不覺先生氣血虛損，不知先生何以因應困局？」中岳問道。

川尻微了一笑表示，曾收存幾粒龍武尊贈予之南州火焰石；適值身處冰窖之中，老夫藉一石之釋熱，即可禦寒。當然，平日常隔著**薑片**，以**艾絨**熱炙火性之**關元**、水性之**復溜**二穴，得以穩**命門**之火；觸揉內蘊百穴之雙耳，亦是強身之道。終而藉由經脈武學之疏經暢絡，使臟腑得養，何以畏懼風寒外邪？倒是擔心著狂人藉由外力，擴大風寒邪氣，縱然體強者能擋六淫外邪，惟蒼生百姓何其無辜，得承受一人之喪心病狂！

待與川尻一陣交流後，擎中岳立馬備上了厥陰伏虎棍，道：「寒肆楓現已箭在弦上，且距立冬變天時辰已不遠矣！中岳何其有幸，能身擁迎戰狂魔之異能，且見允昇師兄之追風神駒已現身，想必大師兄應已登島阻擊狂魔中，晚輩這就前去會合。」

「喂喂喂！且慢！且慢！咱們於前來途中，見得若干通往高丘之徑，均已遭冰封，眼前能走之捷徑，僅剩樹林了！我看這麼吧，老夫於此島也算得上識途老馬，況且手上之抑魂陣太刃還堪用，此一逆阻狂人行動，不妨算上老夫一份兒！」川尻表明道。

「喂喂喂！且慢！且慢！小女子獨自划船前來，可不是為著追賞蝦蟆食月啊！」龐鳶又道：「方才中岳哥還因飛天殘鴉慘遭潰散而誇過我哩！瞧，此乃龍師公加持之銜任焰凰弓，舉

凡制空、狙擊、掃蕩，皆可算我一份呦！」

摯中岳搖了搖頭回道：「總得有人留此照護傷者才是！」

這時，佇立門後之蔓晶仙，緩步上前，表明了其下焦冷痛之症已緩，元氣亦於上昇之中，故得以勝任照護之責任；惟受寒之娘親，尚須倚著追風所釋之溫熱以驅寒。

待大夥兒各自表明能勝任己責，立見川尻先生深深擁抱了蔓晶仙，且聞父女二人述出放心托膽之言後，摯、龐二人隨即參考了川尻先生之提示，逐一評估前往高丘之可能隱徑。直至三人備妥各自所需後，立紛循三方向，逐一離開了芫淨庵。

適值蔓晶仙轉身回往後院，突遇腰際銀笛滑落於地，拾起剎那，一股莫名感覺立湧上腦海，不禁覺到，「滿月見得潮漲，乃因引力變化所致。但為何深感島上有著引力加重之異狀？莫非……此乃寒肆楓刻意選擇颯肓島，藉以實踐立冬變天之原因？」一陣疑惑之後，蔓隨即跪於庵裡供奉之菩薩神像前，雙手合十地默唸著，「爹爹雖熟悉島上環境，但少了刁刃與狼行山護航之寒肆楓，定於高丘周圍設下障礙與陷阱，冀望菩薩保佑登島參與遏制邪道者，皆能遇事平安，逢凶化吉！」

霎時，蔓因不經意提及狼行山之名，不禁再次默唸，「狼……記得等我一起……」

「吶嚕吽帕……兮嚕囉呀……，吶嚕吽帕……兮嚕囉呀……」

寒肆楓手持釋光之三犄法杖，巡行島上陰氣較重之區域，並隨其緩步移行而施展法咒。一會兒之後，忽見岩石與土壤間有了翻動現象，隨後即是昔日死於非命之島民、遊客與駐防該島之軍兵骸骨，或見披覆布衣之斷臂男丁，或見身著軍甲之殘肢將士，一一出土；惟其身上仍裹覆著黃土，故可見得約略身形。此班被召喚之殘體亡靈，陸續跟隨寒肆楓一陣後，忽見寒高舉雙臂，向外一展，俄頃見得這班手握兵刃之受喚部隊，兵分多路，紛紛朝樹林移去，而寒則緩緩消失於風霜交錯之中……

然此時刻，尚處於摸索颯肓島環境之揚銳，面對島上逐增之陰沉氣息，不禁提高警覺，甚而遇著若干步徑，或見濕濡爛泥一片，或見結上霜冰而難以附著。一陣無奈後，揚銳欲擇一泥濘之徑挺進，瞬聞「唰唰……」聲響傳出，一條細長藤蔓突自身後竄來！揚銳機警閃身一霎，這才發現，盪著藤蔓之凌允昇已來到了身後。待揚銳向允昇簡述了臨宣城事件前後，推得寒肆楓已無刁、狼二親信相隨，故積極四處佈局，以期阻擋逆勢接近。

「阿銳，前方已遭狂人摧成泥沼，此一障礙雖難不倒咱們，卻因嗅出不遠前方，瘴癘之氣瀰漫，恐對咱們不利，遂及時阻下爾之步伐！」允昇又道：「再觀那濕滑凝冰之徑，縱然足不失誤，恐須耗上半日時辰，始能抵達島之高丘。反之，若不慎失足，即成千古之恨！換言之，左向荊棘密佈叢林，或許值得咱倆一試？」

「嗯……濕濡泥濘，易讓人泥足深陷；不踏實之滑冰，卻也令人不安。倒是披荊斬棘，對咱兄弟倆再家常不過了，或許劈開了荊棘，咱們再藉著樹藤前進，沒準兒能快些抵達昇哥所指之高丘！好，就依昇哥之見囉！」話後，揚銳雙鋒一抽，立馬偕允昇劈砍眼前荊棘。

值二人深入樹林後，揚銳倏而阻下師兄步伐，道：「不妙！有數十……不，似乎有數百人，緩緩朝這兒移來，且部分步伐彷彿有著部隊行軍之勢？」又道：「甫聞咱倆之剖析，狂人已沒了護衛伙伴！更何況，哪兒來的船隻，肯於望休日載這群人登島呢？」

「昔日島上之大半軍民，不幸於大地震中慘遭活埋，除了少數島民劫後餘生外，幾不見完屍！再經西州冷雲秋將軍之描述，或許寒肆楓已於島上施行了喚靈大法。若沒猜錯的話，待會兒咱兄弟倆可有得忙了。切記！藉由咱們所擁之真陽外釋，即可衝散被召喚之陰靈；一旦誰殺出了重圍，立馬急往高丘，定要及時力阻狂人變天計劃！」允昇臨危叮囑道。

半晌之後，果見一群黃泥覆骨之無神戰隊，紛由三方襲來。揚銳雙鋒出於咄嗟，並相接兩握把以成一筆直雙刃，立即對上眼前堅防軍骸。允昇亦亮出了太陰擒龍，俄而轉柄，將握把端扣上劍鞘卡榫，瞬成一長柄劈敵之威刃，使之力抗受喚之骸靈殘兵。

凌、揚二人本欲擊退逆襲並伺機突圍，卻訝異遭劈擊之骸兵，隨即起身再戰，不禁令兄弟倆釋出〈強武太陽〉與〈厲武少陽〉之功力以對。惟見二柄橙熾利刃於鏗鏜互擊聲中，逐一劃開敵對身軀，不僅見得一股灰黑咒氣瞬自創處外釋，更見其骨架崩解而轉黃沙飛散。一陣交擊之後，陸續湧上之骸兵，頻頻竄梭於昏暗林間，致使允昇於多方應對中，不經意遠離了揚銳，待其藉由長桿利刃使上轉刺、橫削、側劈、撥撩之〈彌僧掃葉〉劍式，連續摧解卅餘骸兵之後，驚見眼前之景物，竟隨著骸兵退去之背影而轉趨晦暗，而後漸感周圍寂若死灰，終至呈現一片漆黑，彷彿置身另一不透光之暗黑空間……

「轟……」允昇收回了擒龍劍，立引動身背之**足太陽脈**衝輻光作為照明，且訝異覺到，

「這……是哪兒？怎不見人影與樹叢？揚銳應還在這兒附近才是！欸……我……怎像是置身一不見星光之漆黑宇宙中？嗯……不太對……似乎有些異狀發生？啊……這是？」

「轟轟……隆隆……」一面灰色弧形巨牆突由左側推來，霎令允昇朝右移位以應！片刻後又聞「轟轟……隆隆……」，驚見另一面灰色弧牆由右側推來，兩牆一如平臥齒輪般之一凹一凸，逐漸靠闔。此刻，允昇驚覺地層開始下陷，不禁蹬躍咄嗟，旋即跳奔於左右牆面之間，以免遭閉闔之牆面吞噬。待躍進一段距離後，見遠方釋出了吸睛之亮光，允昇立拋出反轉接合之太陰擒龍劍，經兩翻躍後，雙足精準地踏於劍柄與劍鞘處，隨後自行馭劍前行。

懸空飛行之允昇，回首俯視所遇，驚愕方才竟如置身一參差錯落之迷宮當中！雖不明所處境域，卻只能持續馭劍，疾朝光點處衝飛而去。然而，隨著距離越接近光點處，一股莫名風勢愈見強勁！原來，該發光處即是一光線透入之穴孔，而該勁風即是由外灌入洞穴所致。允昇順勢收回神劍後，隨即踏上了直出孔洞之緩降坡道，而後藉著衣袖以避強光入目，瞇著雙眼兒，立朝洞外而去。

「哇……這……兒是？這是颯肓島一隅嗎？」允昇走出洞外，來到一處深不見底之懸崖前，見眼前一樹藤編織之跨崖吊橋，正挨著強勁風勢而搖晃著。再觀吊橋所聯繫之另一端，清晰可見左右各一相互對稱之荷花池，甚見兩池正中，各有一木搭觀荷平台。正當允昇來到吊橋正中，忽感一股勁風迎面襲來，此風甚而風乾了藤索而使之僵硬，隨後更因一道凜冽寒氣，瞬令橋之對端開始凝覆冰霜，並漸趨侵向橋中。允昇機警應此一幕，雙掌立即釋出溫陽真氣，藉以溫化藤索，而後隨著前進步伐，逐漸緩解了樹藤風乾凍裂之象。

允昇藉由吊橋越過懸崖後，躍上了一荷花池平台，轉眼被池中爭奇鬥豔之荷花所吸引，不禁疑道：「荷花乃盛於六至九月，怎能於立冬絕日大展？」適值允昇由俯視荷花之視角，緩緩上移至平視位置，驚見寒肆楓正佇立於對池中央之平台上，且聞其一派輕鬆地發聲道……

「呵呵……醫經所謂：『太陽主一身之表而衛外』。知悉凌允昇身擁強大太陽脈氣，相較於擎中岳之陽明、揚銳之少陽，閣下乃居三陽之最啊！倘若世人皆如少俠之強盛太陽，風寒外邪則無以循經入裡。然而，觀之以三陽，再相較寒某之至陰凜寒，真可謂天壤懸隔、相判雲泥啊！」

「領教了閣下所施之喚靈大法，真後悔當初未能於何思鎮，一舉封印內力初蘊之狂人！哼……縱然〈至陰神功〉能震懾眾人，終究不敵我凌允昇結合『經脈武學』之太陰擒龍神劍！」

「呵呵，原以為龍武尊之馭劍神技已成絕響！孰料，甫見江偉士炫了技，亦見少俠能掌劍於意識之間，值此乾坤更易前夕，我寒肆楓不妨藉此證實，『經脈武學』終將臣服於〈至陰神功〉之下！甚而預言在先，待吾完成變天大計，此一太陰擒龍劍，終將歸我寒肆楓所馭！」

「什麼！川尻前輩已使上了抑魂陣太刃？而寒肆楓竟毫髮無傷！」允昇訝異片刻後，道：「蝦蟆食月之前，我三陽傳人仍有機會阻斷狂人之變天大計。況且眼前由在下把關，閣下未必能如願行事！」

寒肆楓冷了一笑，道：「喜、怒、憂、思、悲、恐、驚乃人之七情，此般情志不僅令世人病勢趨重，以致寒某能攝魂精進，更因世人之貪婪、猜忌、自私、縱容，進而推助我寒肆楓取得了六稜晶鎮！換言之，藉由若干突發事端之助長，更因時勢之所趨，值寒某登達至陰七重之不敗境域後，三陽傳人實已不足為懼！」

寒又道：「根據席哈暮轉述曲蚋手札之說，五晶鎮本不屬世間所有，且大地自有將之吞噬之力量，怎知世人覬覦此隕石周遭金礦，遂將之掘起，並分藏中土五州。再觀中土五霸之中，真正具危機意識，啟動毀滅晶石岩洞者，實屬北坎、東震二王，怎料此二王之縱容，並忽視其子嗣之爭鬥，以致滅洞之執行，頻頻受阻！至於另三霸主則於貪婪、猜忌、自私之心態作祟下，既覬覦著晶石之能量，亦畏懼著石匠暴斃之因而退縮，如此暴殄天物，何不由強者將之統合利用？」

寒再道：「時至收服了莫乃行與嚴翊廣之後，真正棘手之人物，即是重返中土，伺機掠奪五州晶鎮之……摩蘇里奧！怎料此高人不巧遇上了凌允昇與揚銳，外加一條青竹絲之客串演出，竟了結了寒某之最大障礙！而後更因南離王侵略中州一役，巧合地阻下了少俠與寒某於白虎岩洞交手之機會。您說，寒某這一切所成，怎能不歸功於時勢所趨呢？呵呵，眼前是如此，未來亦是如此。世人對外邪持以投機與惰性心態，勢將導向羸瘦虛弱，而虛弱者即為寒某坐大之至要支撐！縱然世間有再多的常真人、牟芥琛等，能頻施回陽救逆之術，但見不自覺之蒼生，終將一一屈服於我寒某人風寒棋招之下！」

「允昇藉由經脈武學對決〈至陰神功〉，實乃遲早之事兒。只是……這兒明明是颯肓島，咱倆卻是分置於荷花池中？莫非……〈至陰神功〉真能挪移乾坤，更易時空？」允昇疑道。

此刻，寒肆楓引用了佛家所述，「色不異空，空不異色；色即是空，空即是色」；而醫者亦言出病之虛、實。然而實也好，虛也罷，世上唯一真誠待人者，即是時間！未來，時間將證驗寒之所言。寒又道：「醫經有云：『**正氣存內，邪不可干；邪之所湊，其氣必虛。**』眼前所見雖如人間仙境，但以另一角度視之，此處卻是正氣與邪氣永世對決之戰場！眼下亡靈已成吾之奴，未來世間生靈亦將受吾所役，一切都將於我寒肆楓掌控之中！喝啊……」

分立兩池中央之凌、寒二人，瞬間聚能於掌中利器。「轟……」驚見三犄法杖之水晶，應聲釋出一道藍光，直衝對手而去。允昇立抽太陰擒龍於一霎，力發強熾橙光，試圖迎面對擊。適值二能量對衝剎那，惟聞一聲驚天爆響發出，雙方環身池水立上衝數丈之高，待池水散落之後，立見凌、寒二人皆呈前弓後箭馬步，手挺釋光之神器，持續發功對衝！

忽然！見擒龍劍之左右，陸續顯出數道旁分脈龍，逐漸抵銷凜寒而朝敵對挺進！寒見溫陽逼近，旋即蹬躍上旋，隨後即見空中陸續降下巨大石板，且因陣陣巨石墜地之轟隆巨響，逼得允昇不得不先行移位，閃躲退防。待巨石揚起之塵灰散去後，早已不見寒肆楓之蹤影！

允昇視察四周之後，來到巨石立面旁，心想，「這是怎麼回事兒？藉由〈強武太陽〉內力，確實迎上了對手之至陰出擊，但對方說來就來，說走就走，眼前所遇一切，似乎依著既定戲碼上映一般？甫聞寒肆楓形容了此處乃……正氣與邪氣永世對決之戰場！若說邪氣襲人而引動**太陽經氣衛外**，那麼……」

霎時，允昇回頭望著懸崖上因風搖晃之吊橋，再回想方才對峙之場景，突然恍然大悟到，「對了！懸崖深谷與荷花池，正是……正氣與邪氣永世對決之戰場……**風府**與**風池**！這……這是寒肆楓藉喚靈大法，另行催魂之別用！」接著，允昇雙腿一蹬，眨眼躍上了數丈高空，待其凌空俯視之後，一陣詫異倏衝腦門！原來，映入眼簾中之石板一幕，正是允昇於黃垚五藏殿，藉由六稜木板所模擬之五行順向排列圖！剎那間，允昇集中內力以導向太陰擒龍，凌空揮出強大之〈迴風熱旋〉劍式，惟見陣陣橙光向著八方輻散，隨後四周漸趨昏暗，待允昇回落地面，所有景物瞬間回到了先前根深葉茂之樹林。

半晌之後，見得中岳與揚銳先後靠向了允昇，這才知曉，肇中岳於摧擊骸兵時，轉眼落入了一橢圓湖泊；而揚銳則滾落一充滿回音之深谷。時至二人反駁寒肆楓之謬論後發現，寒雖於湖裡發話，卻未見其毛髮隨水而動？亦未聽聞寒於深谷出聲，伴隨回音？疑惑當下，雙雙對寒發出真陽內力後，立不見其蹤影！待肇中岳躍離湖面，始知其處於一類似眼眸之湖中；揚銳爬出了深谷，始知其一直困於類似耳殼深處之耳道中，惟三人均體驗了巨石板凌空降下之一幕。

待允昇述出了鳥瞰石板之擺放，雷同於先前於黃垚五藏之模擬後，再次恍然大悟道：「糟了！咱們於混亂中遭到狂人催魂，遂迷亂於所處空間！甫聞寒肆楓道出了句，『實也好，虛也罷，世上唯一真誠待人者，即是時間！』換言之，巨石板空降之際，正是狂人為晶鎮合體之時！咱們已晚了一步啦！」

允昇又道：「辨證論治中所謂：**外邪略過三陽，直接侵襲三陰之臟而發病者**，謂之『**直中**』。寒肆楓藉著催魂奇術，實已越過三陽把關而直搗**命門**！看來，咱們得直往高丘，以行回陽救逆，藉三陽之聯手，以護**命門**之火了！」

「亡月之風與立冬之寒，均受狂人所馭；再有了晶鎮之能加持，其實力應更勝以往才是，咱們絕不容小覷！」中岳提醒道。

「咱們三兄弟曾赤手空拳，對過黃垚五仙之聯手，亦曾於麒麟洞前，聯手對上那靈幻大仙！眼前之決戰命門，考驗的即是咱們三人之默契啦！」揚銳喊道。

「既然寒肆楓已將晶鎮接合，咱們已無須多費口舌與其爭辯謬論。眼前重中之重，正是時間！此魔頭已無所不用其極，拖延了不少時間，咱們一旦登上高丘，心中唯一信念，即是循醫者之診治宗旨……驅邪以扶正！」允昇話出之後，隨即偕著中岳與揚銳，蹬躍而上，倏而藉由樹藤間之翻躍，直朝高丘疾行而去，怎奈行進之間，頓感周遭之風勢，竟隨接近高丘而漸趨轉弱，霎令三人訝異連連！

癸未立冬子時，一輪明月高掛，卻見汨埩湖狂風疾起，颯肓島上幾乎無法迎風佇立，孰料狂人藉五重至陰之功，緩下島上至高處之風勢，諸多詭異之舉，無不為轉得晶鎮之能而盡心鋪陳。

寒肆楓趁著三陽傳人受惑與引力加重之際，將五色晶鎮依循金、水、木、火、土之順向接合，穩置於閻王石案之上，待風勢漸緩後，立取下法杖上之透淨水晶，靜置於晶鎮圈圍中央。惟因閻王石案所釋溫熱，遇上了凜冽寒氣，以致石案周圍頓生蒸霧，不僅令寒肆楓於佈設過程中頻遭熱灼，甚而出現手足頭面皸裂之象！晶鎮安妥之後，寒盤座於石案溫熱所及之外，且將三犄法杖直立一處，以期三者形成等距之三角位置。一陣喃喃自語後，立合併食、中二指，直朝透淨水晶發出藍光！霎時，一如鎖匙啟動之五色晶鎮，紛向中央水晶釋出光氣，隨後竟見該水晶顯出一陣青，一陣赤，見其發黃，而後雪白再轉烏黑，終而復始。

不久後，寒肆楓雙臂朝地一展，再次鎮住高丘勁風，隨後即見色轉水晶，緩速上升，並突發一道光氣，直射向寒肆楓脊椎上之**大椎**、**陶道**二穴處。適值能量移轉之際，驚見寒之肩胛與龍骨逐漸隆起，先前遭熱灼之皸裂處漸趨密合，雖不見肌膚之色灰更變，卻見其爪甲前延，尖如獸爪一般。

「唰……」突見一利刃迎面飛來，卻於寒肆楓一掌推出後，該利刃即如時間靜止般地定於法杖之前，寒再一揮手，竟令該利刃反向拋回，一身影翻飛而出，凌空接回該利刃，立聞寒以腹音傳出：「嗯……江老甫自冰層下脫困，依能馭劍出擊，果真寶刀未老！不過……眼前這柄抑魂陣太刃，雖能摧我骸軍，但似乎……抑遏不了吾之變天大計啊！不如……轉而瞧瞧江老能否承得了寒某之至陰神力？」

忽見寒肆楓朝法杖推出一拳風，霎見該拳風順著法杖而下，並自接地處直向江老遁地衝去，瞬將反應不及之江老震飛數尺之高，待江老落地剎那，驚見另一遁地之風已到，俄頃以刃觸地，借力使力地將自身上彈以應。適值第三道遁地之風再度襲來，惟見江老此回躍得不高，不及轉身應對，勢將雙足觸地，頓時驚到，「糟了！倘若遭此妖風震個正著，足底**湧泉**所連之**足少陰經脈**恐受損；一旦踝骨碎裂，恐將終身不利於行！」

「咻……嚓……轟隆……」驚見天外飛來一棍，咻聲之後直接墜插於江老身前，更見一道橙熾脈龍隨後，直接擊中該插立棍身，旋即隨棍入地，及時於地層下與遁地拳風對擊，眨眼傳出黃土衝爆巨響而煙塵四散，可推知兩對衝能量已消解於地層之中。

「哇……幸得爾等練得這般應對神技？否則，老夫足踝受創，在所難免啊！」江老驚險話

道。

擎中岳抽起了伏虎棍，道：「還是允昇哥機智，藉導引脈衝入地之法，以期解去燃眉之急！眼前狂人藉著覡魘杉具有擴大與傳能之特性，故將能量遁地而出，所幸咱們所持利器亦源於覡魘杉，故導引擒龍劍之脈龍光氣回擊，即可達到以彼之道，還施彼身之效！」

允昇剖析指出，江老頓時忘了颯肓島於望休之日，突生重力倍增之奇象，以致彈躍高度不及平時，遂來不及因應而落地。相對中岳之拋棍，亦因引力加重而疾速下墜，故能及時到位，化去危機。倒是見那牽引著五晶鎮色光，不斷上升之水晶，應是今夜之關鍵所在！

得江老與兩師弟認同後，凌、擎、揚三人一字排開，緩緩地走出煙霧，立朝著閻王石案而去。

「呵呵，還以為三位會流連於奇境之中而忘了歸返之路，怎奈寒某之佳餚尚未備妥，爾等即已登門拜訪，真是出乎意料之外啊！不過，既來之，則安之。今夜，且看寒某如何藉九重至陰，封印身擁經脈武學之三陽了！」閉闔雙眼之寒肆楓，以腹音傳聲之後，緩緩睜開雙目，伸手即凝出了三尺冰劍，隨後對著三犄法杖揮出劍式，惟聞「唰……唰……唰……」三響聲，法杖竟循著三方位，各顯出了六尺冰刃，而後即見一人盤坐揮招，力對三人出擊之一幕。

「阿岳、阿銳，這魔頭由我來，晶球與晶鎮就交由爾倆處理啦！」允昇喊道。

此刻，亟欲攔阻晶球聚能之揚銳，見六尺巨劍出招較遲緩，遂於雙鋒擊開敵刃後，立朝閻王案靠近，孰料敵對一記隔空〈寒霜掌風〉推出，霎令揚銳轉身以應，怎奈失算於三犄法杖瞬將該掌幅擴大，而僅以前臂作擋，以致**手少陽經脈**於肘前之**會宗**、**三陽絡**與**四瀆**，循至肘後之

天井、清冷淵諸穴處，直接迎對寒霜掌風，隨後即見揚銳手臂呈出了冰霜外覆之狀。然於揚銳中招當下，殊不知甫遭擊開之巨劍，再次追擊而來，待揚銳一回頭，冰劍之劍尖已來到了後頸！

「唰……鐺……轟……」揚銳仆臥一霎，瞬見巨刃遭太陰擒龍劍攔截而裂解，回頭即見寒肆楓起身上躍，凌空與允昇對上拳腳功夫。這時，擎中岳藉著頸、腋、腰三旋點，使上了〈環身旋棍〉絕技，隨後一陣劈、蹦、點、撥、攔、封、撩、掃之連續攻勢，步步將迎面巨刃摧擊成碎冰，而後更見中岳藉〈精武陽明〉內力，以棍劈地，使出了〈乾坤地動震〉，一陣連環地爆，立馬疾衝三犄法杖，直將法杖震飛沖天。凌空對陣之寒肆楓立接回了法杖，而允昇亦馭回了太陰擒龍，瞬令二人續於高丘上空，傾力對決！

回觀遭寒邪入侵之揚銳，唯其身擁之特質，異於允昇之內寒外釋，故順著吸氣之頻率，將已侵**太陽之表**而未入**陽明之裡**的寒邪，藉由**手少陽三焦經脈**導向**中焦**，而後運發**和解少陽**之內力，將留於**半表半裡**之邪氣，和解於**中焦**。揚銳此般特異內能，直令一旁中岳驚歎之際，不料狂人再度施以喚靈大法，藉以護住閻王石案！

「喀隆……喀隆……」見此回狂人所喚之靈，非同小可，除了如先前之蝦兵蟹將外，一約莫卅尺之巨型蜥蜴，竟依循咒語牽引，緩緩爬出地層！然此一幕，霎令江偉士頻頻搖頭道：「不……不會吧！真是那……摩多？」訝異之後，江老立對三陽傳人指出，相傳此一巨蜥曾游於汨竫，藏於颯肓。據老一輩提及，汨竫湖曾出現名曰「水虎」之之食人魚，令船家極為困擾！然自巨蜥出現後，水虎則日漸消失，甚而就此絕跡。正因不見任何巨蜥相關遺骸，以致多數島民仍以神怪傳說視之，並予以「摩多」之稱號，怎料時隔數十寒暑，竟讓寒肆楓喚起了摩多之骸骨！江老不禁又喊：「小心啊！此獸之飛舌如叉，利齒如虎，掌爪如熊，甩尾如鱷，敏捷迅速，不容小覷呀！」

「川尻前輩，眼前巨蜥已成狂魔之傀儡，若不速速收下這摩多，咱們無以靠近石案，故一旁起舞之蝦兵蟹將，恐勞前輩揮刃相助了！」揚銳一完話，立馬偕上中岳，即與上演了陸上屠龍之戲碼。

「鏗……鏗……鏗……」凌允昇力戰狂魔數十回合，雖削了對方一截灰髮與部分衣袖，卻也遭〈透骨陰風〉與〈汗凝冰晶〉之連環追擊，受了不少皮肉創傷。然值雙方交手密集之際，允昇即已識出寒之所以接連出招，不外從中遲緩對手之真氣運行，始達力阻脈氣相結太陰擒龍之目的。突然！允昇藉由似展非展之間歇**太陽脈衝**，誘得對手覺其萌生經脈凝滯現象，遂藉一次雙掌對擊之際，刻意向後噴飛，直滾落高丘坡下！

「欸……這是……？」允昇雖好奇身旁一物，卻也藉此緩衝時機，全力噴發周身經脈；待其經脈真氣回歸各自脈絡，雙臂立馬泛出橙光，倏而回到了高丘。

驚見允昇無傷而回，寒肆楓再藉意識控制，頻發冰晶飛刃。此回允昇不僅手持太陰擒龍，逐一撂下飛刃，更於跨出二三大步後躍起，順勢釋出六道橙熾脈龍，霎令寒肆楓速旋三犄法杖，以〈冥褰陰寒〉作為回擊！剎那間，驚見六脈龍持續破寒挺進，甚而聽得速旋之法杖，傳出了「咧……」之龜裂聲響。忽然……

「轟……」之一聲傳出，雖見三犄法杖應聲遭脈龍劍氣彈飛，惟寒肆楓並非泛泛之輩，值其棄杖之前，實已凝聚了六重至陰功力，待聞轟響傳出，其袖中之喚風摧魂劍已來到對手身前，立見雙方刺劍而出！適值橙、藍二光氣瞬間對衝，且於二劍尖互觸剎那，因相互衝擊力道過猛，致使雙雙於定步之下，各自退滑了數十尺而止。

回觀遭脈龍劍氣彈飛之三犄法杖，因瞬間力道甚大而翻飛高空，猶有墜向叢林之勢。然此時刻，江老驚見深染邪氣之魔杖，頓時脫離了狂人指使，遂於摧滅眼前骸兵剎那，轉身奔躍而起，凌空跨步之中，惟聞掌中之抑魂陣太刃，接連發出「唰嚓……唰嚓……」之摧擊聲響後，立見千年覡魇杉所製之三犄法杖，霎於數丈高空裂解成數段，終而碎散於高丘黃土之上！

待江偉士回落地面，怒不可遏之寒肆楓，倏令就近之巨蜥，轉身衝撲江老！惟因摩多之身形龐大且突擊動作迅速，若非斬其龍骨以釋其邪靈，實在難以摧其堅韌，致使擎、揚二人遲遲未能將之收服！危急當下，不及出手解圍之凌、擎、揚三人，眼見張口吐舌之摩多，直撲江老側頸而奮臂大呼剎那，驚聞一「碰嚓……」聲響自地面竄出，應聲領出一泛著橙熾光氣之三叉堅爪，轉眼由摩多下顎近咽喉處插入，後由顱頂穿出，此舉雖及時止住了摩多攻勢，卻見摩多猛然掃出了勁尾！

霎時，擎中岳藉由〈精武陽明〉之力，貫衝手中三節棍，使出了〈乾坤神龍尾〉，精準地掃斷巨蜥長尾。允昇、揚銳見機不可失，倏而躍身揮刃，聯手劈斷摩多之頸椎與背脊，惟此三人接連出擊，無不出於經脈真陽伴隨，遂使眼前受控於〈至陰神功〉之龐然巨獸，頃刻褪去一身黃土，轉眼僅剩四散一地之碩大白骨！

「哇！幸虧阿飛哥及時出手，咱們才得以一展抑猊、伏虎而擒龍啊！否則，光是對付摩多之尖舌利爪，咱們何時才能斷其龍骨嘞？嗯……此一『高丘屠龍』之橋段，阿飛哥絕對擔綱扛霸子角色！」揚銳喊道。

豫麟飛頓顯酷帥表情，隨後表示，藉由地層傳來一陣地底對擊爆響，即知高丘處出了事兒！又道：「甫鑿裂了閻王石案之地層基座，試圖破壞晶鎮之接合，怎料石案正下深處有著熔岩熱脈；倘若鑿掘中稍有不慎，恐遭熔岩吞噬！待決定探出地面，欲瞭解高丘相應位置之際，怎奈遇上了巨獸狂奔於頭頂上，甚令腦殼兒受了震擊！面對如此過動之猛獸，確實該想個法子，讓牠靜一靜才是！」

「糟了！」凌允昇於協力制服摩多後，憂心道：「寒肆楓依樣畫葫蘆地如我滾出高丘一般，其藉由迎面對衝之回彈力道，刻意滑向了閻王案。而後，再藉喚起摩多而襲向川尻前輩，更能誘使咱們頓時失焦其行蹤！此刻已見那越升越高之水晶球，漸趨呈出了暗灰色澤，再觀蝦蟆食月亦已在即，颯肓島上真正的硬仗……即將登場！」

「寒肆楓沒了三犄法杖，亦沒了摩多護航，咱們還增添了身擁三陽巨力之豫大俠，多重圍剿之下，對方何來勝算之有？」揚銳自信道。

「咱們可別忘了，牟師叔曾述及〈至陰神功〉之五重喚風寒，六重攝陰魂，七重斂魔域，八重馭地資，九重遮天垠！光是藉著七重神功所引來之摩多，實已耗去了咱們甚多，倘若再藉晶鎮巨能，上衝至八重、九重，咱們所估勝算，勢將隨之驟減才是！」中岳接續允昇之憂心而述道。

「大夥兒小心啦！那狂魔現已騰空盤浮於晶鎮之上，且頭頂正向著上升水晶，令三者成一筆直直線。切記！定要制服狂人於其完全遁入魔域之前，若有一絲機會出現，絕不能放過那聚能水晶！」允昇話才說完，又見一群群受喚骸兵，陸續湧向了高丘！

這時，江老與阿飛叮囑了凌、擎、揚務必專於摧魔大任後，二人俄而提刀操械，分朝兩頭躍步而出，以期聯手阻擊眾骸軍湧上高丘。凌、擎、揚三人則於相互頷首示意後，疾朝閻王案方向翻飛而去。

甫進行著水晶轉化巨能之寒肆楓，抬頭已見月蝕啟動，值心中一陣竊喜，立見揚銳於疾奔後蹬腿而上，並藉連續彈躍，隨勢發出〈厲武少陽〉之迴旋光氣，試圖摧擊上升水晶，怎奈寒伸手一揮，天空立顯一巨型熊掌，不僅壓下了迴旋光鏢，更藉利爪攻勢，凌空對擊抑猹雙鋒，強勢將揚銳壓回地面。

另一頭出擊之中岳，鎖定了石案上之晶鎮，立藉衝掃卵石塊礫之棍風，以期推開五晶鎮之相互接合，怎料此時石案上之引力甚強，幾如磁石般地定住了各晶鎮。此刻，未能建功之中岳，忽見一碩大之隔空下鉤拳襲來，當下雖及時以棍作擋，惟該拳風甚為強勁，立馬遭到震擊而後飛！

「轟……轟……轟……」寒肆楓突藉雙掌，連續推出五六水藍光團，只因迎面之來者，實乃雙拳泛出熾亮橙光之凌允昇！惟見允昇釋出〈強武太陽〉內力，倏以一拳擊散一光團之勢，逐一摧解敵對攻勢，後以食指朝天畫圓，此舉立馬引來中岳與揚銳憶起於黃垚五藏之印象。半晌之後，中岳擇機翻躍而上，揚銳則藉中岳之雙臂為墊，接續上翻，終由允昇踏上揚銳之肩膀，再行蹬腿彈飛，並藉此速度，瞬間拋出太陰擒龍，以期能馭駕飛劍，一舉摧擊凌空水晶！

霎時，寒訝異敵對利用分段助攻，藉以搏取高度之策，遂蹬躍斯須，垂直上衝，並朝水晶推出了掌氣，立見晶球加速上升，反觀太陰擒龍則因重力拖累，頓顯上衝不繼之象！孰料，寒肆楓藉方位之利，竟於至高點奪下了擒龍劍，俄頃轉身，直朝對手刺去！危急當下，身處數丈高空之允昇，倏以雙掌併夾擒龍劍身以應，隨後即見雙方凌空較勁內力，惟聞寒睥睨道：「呵呵，此劍終歸我寒肆楓所馭了！」

甫見對峙片刻，木質之擒龍劍柄已覆上一層霜雪，甚見冰寒之氣直朝劍尖延伸。允昇為轉頹勢，立運行雙手**太陽**與**太陰**真氣，以致雙臂橙熾光氣由掌心傳至劍身；惟因金屬導熱較速，致使真陽溫熱直傳劍柄。待寒之掌心因熱導而冒出蒸汽，立見其不甘地鬆了劍柄，眨眼使上騰空交腿之勢，不僅踹中對手腹脘，另一腿更將釋著橙光之擒龍劍踢開，而後雙雙後翻而下。

擎、揚二人見狀，接續拳腳出擊。揚銳倏展〈攔擒扣手〉與〈旋臂肘鉤〉二式，並於攔扣轉鉤之中，充蘊**手少陽經脈**之氣。擎中岳即藉迅實之驅風腿勁兒，值勾踢、側踢、旋踢中，伺機凝聚**足陽明經脈**真氣。凌允昇則於撫揉腹脘之後，匯聚**手太陽經脈**內能，見其舒筋展臂夾陰柔，拳威氣暢力千斤，出招直攻身形漸趨壯碩之陰寒勁敵！

寒肆楓見水晶至一定高度後，揮掌解去鎮壓風勢之技，立見高丘上石礫滾竄，枯草散飛。而後，見寒之雙手朝地舞動一陣，高丘地皮竟生間歇浮動現象，接著即見閻王案周圍地層，不明所以地動了起來！這時，三陽傳人以眼神互示，跨步前躍，紛呈前弓後箭馬步，雙臂同時朝狂人發出〈強武太陽〉之拳光、〈精武陽明〉之束光與〈厲武少陽〉之旋光，直令丘上轟聲連響，當下甚見黃塵蒸霧交雜，一時難以睜眼視物。然此時刻，立冬月蝕已達食甚，眾人忽見高丘呈出晦暗一片，而凌空水晶卻於此刻釋出了輻散強光！

「碰隆……」蒸霧散去後，驚見一裂損不堪之直立冰柱，突然爆散！原來，寒肆楓於三陽同步出擊剎那，就地速旋成環體冰柱以護身，值冰柱遭摧而裂解之際，寒則順勢噴發而出，眨眼現身於釋光水晶正下，見其強力上推一道藍紫熾光，接著……「轟……轟……轟……轟……轟……」驚聞高空發出陣陣如雷巨響，其聲之大，幾可擴及中土五州。

「不對呀！明明齊擊狂人於咱們身前，縱然其能冰封護體，何以於冰柱爆破後，寒即可現身水晶之下？」擎中岳疑惑道。

「中岳哥甫提及〈至陰神功〉之七重斂魔域，八重馭地資。方才狂人移動了地層，藉以擾亂咱們向位。倘若以霧氣蒸散時間與地皮移位之方向，寒確實能於冰柱爆破前，即時挪往石案，以致現身水晶之下！」揚銳剖析道。

「不妙了！瞧，晶球於巨響之後，挾著狂人所釋之凜寒風勢，開始朝五州輻散出灰黑霧氣！」允昇又道：「不行，寒肆楓即將轉化為邪魔，咱們必須於其成魔之前，將其封印於颯肓島才成！」話後，允昇運功展力，喚回了太陰擒龍劍，立偕厥陰伏虎棍與少陰抑獍鋒，再次朝狂人施行圍剿行動。

然而，暗灰霧氣挾著風寒之邪，一如水墨於宣紙上暈開般地輻散擴出；適值颯肓島之亡月生風推助，故能逐漸擴向汨踭湖之周邊城鎮。舉凡中州之臨宣、頂豐、濮陽；北州之冀水、履順、玄榕；東州之郁畿、礁鼎；甚是西州之瞀菘城，勢將漸趨納入霧罩之中。首當其衝者，則非湖泊南岸之頂豐城莫屬！果真事發之後，勞於協助城民避難之頂豐前城主昜衢，因迴避不及疾風凜寒與溫度驟降，頓遭風寒**直中少陰**而不幸墜馬於阡陌之中。若干貧困百姓更因突來之雪虐風饕，接連命喪於心脈疾縮與急促喘呼之間！

「荒唐！真是荒唐！」置身黃垚百會殿露台，遠眺著巨聲轟響出處之常真人，頻頻搖頭表示，常人僅止於〈至陰神功〉之三重，而天賦異秉卻誤入歧道之寒肆楓，竟無限上綱了世間仇恨，直向無人可及之至陰巔頂挑戰，終而難以自拔而斂入魔域！雖說世間本有六淫外邪，而今寒肆楓藉由晶鎮之力，擴散其陰寒本質，此般風寒席捲五州，非關天災而實屬人禍，蒼生何以受此風刀霜劍之苦？

惲子熙則道：「天之無垠，得輔地之生靈。藉由無人能及之術，進而激發成九重神功以遮天垠？實在荒謬！眼前眺得遠處之暗灰氣霧，漸朝八方輻散，猶有以此搭上『遮天垠』之說法，無怪乎推演天磁地氣之羅盤，會呈出立冬時節之颯肓島……暗灰一片！」又道：「五晶鎮遭狂人聚合，實已證實了曲蚺長老之說。倒是……銘義天師之父，何以留下『避轉顛覆，唯恃黃垚』之句，至今依然耐人尋味！」

「此一顛覆，或可對應於狂人之立冬變天！惟遠距數百里外之黃垚山，怎有力挽狂瀾之能力？正所謂『遠水救不了近火』啊！」常真人疑道。

一旁見著月蝕將盡，不時關注著暗灰邪氣擴散之牟芥琛，搖著頭表示，寒肆楓若無晶鎮之能助推，三陽傳人應能及時制止其恣意妄為。而今見得虛弱世人之凜冽風寒已輻散釋出，依此可推，寒肆楓尚未受到箝制！如此狂人若持續強大，甚有形成千年妖魔之可能！屆時，妖魔可脅迫生靈於股掌之間，世間醫者則毫無用武之地，蒼生亦無異於天地間之蜉蝣蟲蟻！

惲接續道：「凌、擎、揚之三陽傳人，不僅面對漸入魔域之狂人，亦須滅去合體之晶鎮，以絕後患。倘若再遇喚靈大法所馭亡靈，勢必分身乏術而難以應對！而今見得狂人釋邪得逞，三陽傳人之驅魔信心難免遭受打擊。然此時刻，黃垚五仙仍閉關於北羽太溪殿中，未能知曉五天師可有另類看法？」

牟正經表示，日前黃垚五仙因齊力於鬼門關前拉回了狼行山，雖見狼已平穩呼吸，卻也因毒邪上攻，既損了其記憶、蝕了其容貌，亦毀了其肢體協調。除了日日癱臥逾六時辰外，舉止僅限於後山撿拾枯葉殘枝，復健之路尚難預期！而後，五天師藉由閉關以自理經脈氣血，回補耗損之精力，為的即是因應立冬變天之可能。

牟又道：「先前五天師於交付太陰擒龍等神器予三陽傳人後，芥琛已將古莨長老提及曲蚺一危機推測，詳實轉述於五天師。五天師未雨綢繆，遂決定閉關蓄能，倘若變生不測，即可因變制宜。眼下已見狂人發出風刀霜劍，以致天寒地坼。為免徒增無謂傷亡，甚而禍及五州，黃垚五仙或將為著力挽狂瀾而全力一搏！」

正當牟芥琛將曲蚺長老之危機推測，再次述予常老及釋星子之後，本源道長突然倉皇到來，隨即表明了眾多飛禽走獸，因不適暴風天候與急凍凜寒，紛紛朝南奔逃。又道：「隨著暗灰氣霧之輻散，甫接獲惠陽與永業二城廟寺之飛鴿急函，相繼指出當地之疾風與溫降幅度，實已逾越史冊之載錄！然於風寒之中，受襲百姓無不畏寒蜷縮，甚見多人因身體不支而一一步上黃泉！再觀急函飛抵北羽太溪殿後，二禽鳥不僅雙翅凍僵，更呈出了奄奄一息之貌。聞訊之海智天師不忍蒼生受虐，更不待暗灰邪氣擴至黃垚，故決定提前出關，現正親率另四天師，移向了殿前之五行祈場。」

常老等人聽得消息後，立馬來到五行祈場一旁，立聞海智天師發聲道……

「黃垚五藏殿向來肩負災難救助與災後重建之要務。值癸未立冬所生眉睫之禍，不僅禍害天地生靈於即時，甚而持續不歇，終致殃及未來生態！眼見大地命門之火漸趨熄滅，唯視**千古醫者之救逆，無不以救患者之胃氣為宗旨**！若論颯肓島為水火交疊之命門，黃垚山則可謂氣血生化之脾胃。倘若依古莨長老剖析曲蚺長老之說，欲引燃胃氣以溫陽，則非五行祈場為起始不可！為此，吾等同道已不能靜待災後始行救濟援助，縱有一絲即時救逆之希望，定將竭盡所能以試之！」

「感激五天師心懸蒼生！食月之蝦蟆雖去，暗灰之天幕亦可讓大地不見日月。眼前五大巨柱若能擴大五天師之內能，或可及時溫陽，助推命門之火才是！」常真人拱手感激道。

待常老領著子熙、芥琛，同向黃垚五仙打躬作揖之後，祈場即因風勢漸增，揚起了飛砂走石，隨後眾人立感周遭溫度異常墜降。主風之東角杍仁見狀，立馬跨步躍向祈場，並於扭腰旋膀中，雙臂外伸下壓，藉以鎮住祈場亂竄疾風。主火之南徵煉禮於風勢漸緩之後，立朝環場五巨柱之間隔處釋出掌風，斯須燃起五炬火光，偕以星月交輝，照明了五行祈場。而後由中宮圻信接手，見其雙掌觸地，即以凝土大法，固住周遭之浮動砂石，以免擾於五仙之聯手釋能。

霎時，西商銘義快步巡向五巨柱之基座，旋即觸及五基座上之深綠圈印，使之立顯古銅色澤，此舉直令牟訝異道：「原來巨柱基座之圈印，實乃大氣中之銅質，因轉化所成之銅綠！甫見銘義天師一出手，瞬將該銅綠拭去，內力煞是驚人！」一旁惲子熙則針對曲蚺長老能以銅質作為傳導介體，始可引外能導入柱心之作法，驚嘆連連！

黃垚五仙陸續理妥祈場條件後，紛紛面外而圈坐於五巨柱之前。半晌之後，見北羽海智匯集全身內力，率先推出一道掌寬光氣，隨後依序見著杍仁、煉禮、圻信、銘義，接連朝巨柱基座之銅圈，推掌發出渾身內力，待五道熾光一一導入巨柱中央之後，驚見包覆巨柱之覙魔杉漸趨轉赤且緩緩釋出了溫熱！然而隨著五仙持續送出內力，五巨柱漸由深赤轉為鮮紅，而後呈出如熾熱木炭之橙熾熱光一般。

惟因覙魔杉具擴大能量之效，值其吸收一定能量後，五仙立馬雙臂平伸，互以掌心與鄰座同道接合，隨後即見五巨柱橫發熾光，一如五仙掌臂相連成圈一般。接著，五天師同步調理脈氣，使之**氣會膻中**，而後同時挺上胸中之強盛**宗氣**，齊以掌腕上下相連之勢，猛然將五道熾盛光氣，紛朝各巨柱推出，現場立聞「轟……轟……轟……轟……轟……」之連聲巨響，隨後即見陣陣橙熾圈光，夾帶著溫煦熱能，一如滴水漣漪般地自五行祈場向外擴出，且隨橙熾環光掠過之鄉村城鎮，不僅疾風得以鎮緩，亦能逆驅異常之凜寒，進而推升各地墜降之氣溫。

然而，鏖戰於颯肓島高丘之凌、擎、揚三人，既須慎防經脈真陽外散於栗烈觱發之境，亦須面對逐漸壯大之至陰勁敵持續逞兇。反觀受著風寒庇護之寒肆楓，不僅控制高丘地表以分散敵對攻勢，更恣意凝出冰晶劍刃，猶如築起籬笆般地直立於高丘外圍；此舉既能阻斷敵對之外援，亦可持續保有周遭之低溫，待對手現出僵緩之狀，即可不費吹灰之力，以行甕中捉鱉之策。

此刻，聽力過人之揚銳，首於風聲咻嘯之中，聞得南方傳來陣陣震響。甫與狂人廝殺一陣之凌允昇，藉其敏銳嗅覺，頓感出氣溫乍暖而不再續降。夜視能力驚人之擎中岳，不僅見到外圍樹叢之霜雪漸退，甚而周圍之冰晶籬笆亦有融化之象。

允昇立對兩師弟喊道：「一股南方暖流傳來，抑制了颯肓島外釋之凜寒，此乃即時之助力，亦是回擊之號角！眼下或可釋出溫中禦寒之內力，進而支援各自所擁之經脈武藝。然此危急存亡之際，欲救亡圖存，咱們須持『生寄死歸』之念，並藉周身至陽之力，全力與狂魔決一生死！」

中岳點頭後隨即表示，已藉由伏虎棍使出〈乾坤地動震〉探知，高丘之地層已禁不起狂人一再扭轉，現已顯出了區塊分裂之象！又道：「切記！中岳將以劈地棍法，製出地面標記，藉以示出已卡位而不易移動之區塊！」

「好，由我掩護中岳哥做出標記，昇哥就專注地激起〈脈龍．劍十三〉之終極神力吧！」揚銳呼應道。

甫見灰暗天幕順勢擴出之寒肆楓，頓時詫異南方逆撲之溫煦氣波，不禁轉而專注溫波之來源？值此回溫時刻，凌允昇瞬發**太陽脈衝**，倏與太陰擒龍相結，隨即再現氣牽神刃，隨心馭劍，直逼寒肆楓發出〈汗凝冰晶〉以應。此刻，寒令眾冰刃疾朝三敵對衝飛而出，機警揚銳立揮出外覆橙光之抑猙雙鋒，轉眼一鋒刃疾砍凌空冰晶，另一利鋒則攔阻冰錐襲向中岳。

「唰唰唰……」突見太陰擒龍旁分出十道橙熾脈龍，直令寒再次揮出袖中之喚風摧魂劍。剎那間，寒一手喚風，一手凝製護身冰牆，但見脈龍劍氣挾溫熱而竄鑽冰牆，一如地鼠掘土一般，值諸脈龍穿透剎那，該牆已不堪允昇之重拳出擊，眨眼即碎。待允昇接回了擒龍劍，刻意單挑寒之喚風摧魂，此舉無非讓中岳有充裕時間劈出標記。果然，寒之藉劍喚風，既能引用叢林之針葉為刺，更因風中夾著空飄霜雪，順勢緩了太陰擒龍與少陰雙鋒所釋溫熱。

「咻……咻……咻……」忽見大量松木針葉襲向了高丘！擎中岳立以三節甩拋之旋棍式，將針葉擊向三方位，待針葉紛紛落於霜雪上，凌、揚二人即識出中岳之用意，「原來，除了閻王石案外，高丘上僅三處地皮有著穩定基座！」三陽傳人於相互點頭示意後，揚銳率先移位至標記處，中岳亦於掃退逆襲針葉後，隨即就定了準位。然而人算不如天算，允昇與狂人一陣雙刃對擊後，驚見寒肆楓收刃回防之位置，正是中岳之第三標記處！

凌允昇另擇一地穩步後，立握拳於胸口。中岳、揚銳見此手勢，即知三陽齊攻已箭在弦上，而寒肆楓亦已備上八重〈冥褰陰寒〉之力於雙掌，並於身後展出了數丈高之龍捲旋風。適值寒發出藍紫光氣剎那，允昇以雙拳前推之勢，令身背之太陰擒龍劍隨拳噴出，並於充盛**太陽脈氣**灌注下，驚見該劍旁生十二道脈龍劍氣！擎中岳則氣衝雙臂，分執三節伏虎之前後棍，於〈精武陽明〉內力推助下，猛然發出了〈衝貫雙龍震〉！一旁揚銳亦於備妥〈厲武少陽〉脈氣下，快速交叉雙臂，瞬向敵對擊出了〈陽樞四脈龍〉！

霎時，寒肆楓雙掌交疊於胸前，值喝聲發出，倏將掌心朝外，水平外展，立見一扇形外擴之藍紫弧光發出，而後雙掌朝地，使出了灌壓之勢，立見地表產生強大震彈，而其身後龍捲風亦於灌壓剎那，襲向了敵對，想當然爾，處於浮動區塊之允昇，頓遭震飛，眨眼即遭龍捲風吞噬，而藍紫弧光則正面對衝三陽脈龍！

「轟……轟……轟……轟……」陣陣轟天巨響接連傳出，致使高丘於脈龍光氣力搏陰寒霜雪下，一片蒸霧瀰漫，待蒸霧遭龍捲風引散後，立見擎、揚二人慘遭對擊震波衝倒而多處挫傷。反觀身上多處冒著黑煙之寒肆楓，卻已呈出了雙手合十，併夾於擒龍半刃處；惟見該劍之前端，實已刺入了寒之心下處！一會兒之後，見寒緩緩地抽出擒龍劍，瞬以冰霜外覆該劍後，持劍冷笑道……

「呵呵呵……此劍雖利，怎奈僅傷及吾之心下，唯寒可凝血，尚不致有戕身伐命之虞。此刻，凌允昇已遭旋風吞噬，太陰擒龍亦為吾所掌，能與寒某匹敵之脈龍劍氣，實已成為絕響！眼下三陽已去了為首之太陽，單憑陽明與少陽之力，欲以逆抗凜冽陰寒，呵……呵……真可謂……蚍蜉……撼……樹……呃……」寒於發話中突顯痛苦之貌，隨後緩緩地單膝跪地，咬牙瞠目而凝視著前方，隨後舉其手指，指著前方喊道：「你……你……」

這時候，循著寒之指向，驚見凌允昇由旋風中緩步走了出來，此幕亦讓中岳與揚銳頓感訝異！允昇隨即發聲道出：「人不僅身擁三陰三陽，尚有奇經八脈中之衝、任二脈！換言之，除了凌、擎、揚三師兄弟外，尚有身擁龍旋神技之龐鳶師妹！適值在下慘遭旋風吞噬之際，龐鳶趁隙竄入旋風之中，並順勢接手掌控，而在下僅佇於捲風之中心，趁隙運調經脈之氣而已。然而閣下欲藉颯肓島以行變天之大計，卻因島之神靈不願苟同，遂藉在下之手，以令狂人屈膝跪地！」

允昇接著指出，先前遭對手擊出高丘坡下時，不經意發現一旁植草之中，竟有野生之草烏！當下即以手中劍刃，取其子根以備用，此即回陽救逆所用之……附子！然值〈強武太陽〉引動擒龍劍身而呈出熱盛，外覆霜雪之附子則隨之受熱，待擒龍劍身沾覆其熱溶成分後，竟巧妙地成了柄驅寒奇刃！眼見狂人已遭脈龍劍氣所傷，再因大熱大毒之生附子，發熱於心下脾胃，縱然身擁至陰神功之上乘者，未必能承受自體內發之毒熱攻心！

寒肆楓於允昇話後，肌膚漸趨皸裂，當下試圖再發〈冥褰陰寒〉反擊，惟此回體內承著毒熱內侵之態，致使神功摧力大幅墜降，立遭對手所釋之經脈掌氣抵銷。這時，龐鳶化去了龍捲旋風，同與擎、揚來到了允昇身後，突聞寒以顫抖聲，道：「至……陰……風寒邪氣……已隨……天幕而……輻散擴出，與……世間醫者之對弈，我寒……肆楓……實已立於……不敗之地！我……呃……啊……又是**附子**……」

當下續見寒肆楓顯出瞠然自失之貌，嘴裡直發呻吟之聲，吃力地欲持起擒龍劍砍向三陽等人，卻因一口烏血噴出而前仆於地，半晌之後即呈出皮開肌裂而漸轉僵硬，待面觸黃土剎那，厥身而斃，神明消滅，幽潛九泉……

寒肆楓嗚呼之後，龐鳶取出了**刺五加**、**續斷**合以**獨活**、**牛膝**之研粉，立予允昇等三人通經暢絡，舒筋強骨而緩其挫傷。隨後又表述了前來高丘途中，不僅深覺地表引力影響了其飛躍速度與高度，更不幸遭狂人所喚之蝙蝠殘靈所圍攻，遂即時登上松樹巔頂以應對，這才發現了黃垚山發出了輻散熾光與轟雷巨響！待擺平了逆襲蝙蝠群，忽感一股暖流傳自南方，漸令周遭回溫，而後再因高丘之對擊爆響震天，遂直奔高丘而來，怎料卻震驚於三陽傳人所戰之狂者，其所釋出之體溫，竟不及常人之半！頓時疑著寒肆楓……是人？是魔？

「哇！黃垚五仙之內力，竟能鎮住南侵之凜冽風寒，不可思議啊！」揚銳驚道。

「若沒猜錯，應與五行祈場上，可推助能量之覡魘杉巨柱有關才是！」中岳說道。

「嗯……幸得各方之助，咱們終於遏制了這泯滅人性的狂魔！而接續之要務，即是設法摘下這概日凌雲之暗灰天幕了！」允昇話後，揚銳立聞不明動靜，「小心，有人靠近！」

「欸……是仙姐耶！仙姐於芜淨庵守護芳姨，怎會來到這兒？」龐鳶訝異道。

蔓晶仙表明了甄芳子漸趨穩定後，訝異眺見飄於半空之聚能水晶，實乃暗灰天幕之源頭；再因颯肓島於望休日之地表引力甚強，若不以非常方法，難以達成摧擊晶球之目的！百般考量後，立朝高丘而來，以期聯手龐鳶，摧毀水晶！

待大夥兒明瞭蔓之毀晶策略後，三陽傳人立擔起其中之後援角色，而蔓則於龐鳶使出〈速旋龍捲〉之際，先於旋風中央待命，適值龐鳶旋至高度極限前夕，蔓晶仙斯須上躍，且於雙掌觸及龐鳶足底剎那，全力使上斥引神功，藉此逆轉引力而瞬將龐鳶上彈更高。此刻，躍升至高界點之龐鳶，力張焰凰神弓一霎，眨眼發出〈旋武銜任〉加持之橙熾飛箭，惟見箭身之橙光合以彎弓之熾耀，高丘上空瞬見一燃火鳳凰飛出，直向天幕之源頭衝去！

「碰……碰……轟……隆……隆……」凌空出擊之龐鳶，依然不失百步穿楊水平！值火凰神箭強力衝破晶球剎那，不僅爆裂震響連天，當下強釋之白熾亮光，令人難以睜眼！待明光錚亮漸逝，高丘上空之暗灰天幕，竟因晶球爆破而呈出一碩大破洞！殊不知，隨後傳來之一幕，震驚了島上所有……

「吼……吼……隆……隆……」忽見一酷似水中大鯢之四爪巨怪，飄飛高丘上空而不斷嚎鳴，甚而訝異隨其吼聲傳出，更見其身軀不斷展延，指顧間即成一身形碩大之灰鬚長尾鯢龍！在場鉗口撟舌之際，見鯢龍突朝緩降之蔓晶仙衝去，直逼對方施展〈靈禦神罩〉以應。衝擊剎那，灰鬚巨龍疾朝神罩吐出寒霜之氣後，一揮爪即摧裂了該神罩，隨後更呈出了開口吞噬之貌！

「咻……咻……咻……」正於高空滑翔而下之龐鳶，以一弓三箭之勢，旋即射中鯢龍身背，隨後更將焰凰神弓，直拋向魔龍大口，及時阻下了惡龍吞咬攻勢！霎時，灰鬚鯢龍伸舌一捲、雙顎一闔，轉眼吞掉了焰凰神弓，而後再一凌空甩尾，正創蔓、龐二人於數丈高空而使其急墜而下，甚因引力之加重，眨眼將見二人墜擊閻王案上！此幕不禁令中岳道出：「不妙！」

「唰……唰……」突見兩道橙光，分自左右而至，隨後即見蔓、龐二人安然觸地。

原來，凌允昇與回往高丘之江偉士，即時使上馭劍神技，分別於龐、蔓下墜之際，馭劍至二人足下，使之得以緩衝落地。霎時，鯢龍疾速下衝甫觸地之龐、蔓，危急當下，豫麟飛再次由黃土竄出，不僅直接衝開魔龍，更藉雙臂推出〈抑寒炙陽拳〉，惟見兩團橙光直出，倏將該魔龍推向了高丘邊緣。

允昇接回了太陰擒龍後，立對大夥兒表明，甫於寒肆楓大體旁取回神劍時，驚見仆臥之該大體已生異狀！見其自後顱之**風府穴**處，延著背脊而至尾椎後段之**長強**穴位肌表，幾乎完全裂開，甚見體內骨架不翼而飛，以此可推，先前大夥兒專於仙姐毀晶之策時，寒肆楓恐於自體**命門**火熄剎那，轉化成魔，且以灰鬚大鯢之態，脫離本軀！

「這下可糟啦！此一鯢龍不僅能飛天吐寒，亦可甩尾生風，見其騰空飛梭，猶如池中紅龍，縱然中了師姐三箭，一如蜂螫牛角一般，不痛不癢；相形之下，那巨蜥摩多可就好應付多啦！」揚銳憂道。

中岳則指出，見豫大俠以三陽真氣擊退魔龍一幕，相較於龐鳶下降之際，因不及運上經脈真陽，僅以銳陰三箭出擊，明顯摧傷不了敵對化魔之軀。換言之，大夥兒若僅藉利刃攻勢，應毫無勝算於轉魔之寒肆楓才是！

江老亦道：「眼前所見，應屬陰間妖魔藉鯢龍之軀以還魂！或許正是為了藉其碩大身軀，遮掩暗灰天幕之破洞。此刻唯有倚恃真陽脈衝，始能力戰陰邪了！」

「只是……咱們沒法兒持續於高空施展經脈武藝呀！再說，這魔龍要是撐著天幕而遲不下來，咱們也拿它沒輒啊！更何況，具制空摧力之焰凰神弓亦已……」龐鳶憂心道。

「除魔之舉，刻不容緩，就由我來擔當誘餌吧！」蔓晶仙之自薦，立馬遭江老否定！惟因靈禦神罩已難抵魔龍攻勢，誘敵之下場，恐如焰凰神弓一般。江老接續建議道：「甫聞允昇已能釋出十二脈龍以摧擊狂人，或許藉由經脈武學之馭劍神技，始能對決魔龍於天幕之下！」

「碰……轟……」說著說著，與魔龍對決一陣之豫麟飛，應聲遭魔龍之勁尾甩回，立聞其斥道：「哼！這醜八怪明明中了我卅六爪，創口竟能自行癒合，實在不符世間生靈啊！」待聞揚銳轉述後，豫麟飛不禁震懾於寒肆楓已轉化魔體之事實！

這時，允昇抬頭見著欲補破洞而頻巡天幕之魔龍，侃然正色地對著大夥兒道出：「昔日龍師公對凌、擎、揚等後輩之教誨，再三強調三陰三陽經脈之離合關係乃源於『**開**、**闔**、**樞**』原理，能通達此理，始能擴大十二經脈之運用！」

江老隨即解析道：「**開**，如門之栓，實則為放或瀉；**闔**，如門之扇，實則為納或收藏；**樞**，如門之軸，實則為樞紐之意，亦即通道之匯聚或轉口。」

龐鳶接續道表明：「**太陽**、**太陰**分居陽陰之表，歸為『開』；**陽明**、**厥陰**分居陽陰之裡，屬於『**闔**』；**少陽**、**少陰**分居陽陰表裡之間，實為『樞』。」

「沒錯！允昇身擁**太陽**、**太陰**之『強』；中岳乃具**陽明**、**厥陰**之『精』；揚銳則握**少陽**、**少陰**之『厲』。換言之，咱們三陽傳人即分擔『**開**、**闔**、**樞**』之角色。或許，三陽傳人同時將所長之脈衝，推至極限，一如五行祈場之五巨柱聚能齊發，則可見得回陽救逆之效！否則，大夥兒皆身處陽間，何以對抗陰間之魔？」允昇頓了下後，又道：「倘若……三陽傳人就此殞命，或許冥冥之中早已注定，咱三兄弟將續於陰間翻啟另一擒魔新頁了！」

聞訊當下，不僅見江老再次搖頭否決，龐鳶亦淚如泉滴地貼抱著允昇後背，哽咽道：「咱們……應該還有其他方法應對……才是！果真……須朝陰間擒魔，龐鳶定會跟上昇哥步伐的！泣……」

「傻丫頭！忘了吾手中之利刃，名曰『擒龍』嗎？咱們會攜上各自神器，伺機屠龍的！」允昇又道：「嗯……時間不多了，可不能任妖魔持續坐大啊！倒是……咱三兄弟將脈衝推向至極之前，還得倚賴諸位嚴防那灰龍逆襲才成啊！」

「三師兄弟捨命一搏，萬不容任何差錯！龐鳶雖沒了神弓助陣，卻仍有〈速旋龍捲〉可擋！」話後，豫麟飛立以其雙臂可擊發〈抑寒炙陽拳〉，勢將擔綱對空巨砲之要角；江老則持起抑魂陣太刃，表明將勝任即時巡弋、制空等要務。這時，突見擎中岳上前請託蔓晶仙，道：「衝突難料！一旦萌生意外，有勞仙姐於先前標註之不動區塊，儘量製出多層神罩，藉以作為緊急掩蔽工事！」

凌、擎、揚三人繫上各自銳陰神器後，立朝閻王石案邁出了步伐。半晌之後，驚聞「轟……轟……轟……」之聲響傳出，立見允昇之身背、中岳之前胸、揚銳之雙臂，應聲強發**太陽**、**陽明**、**少陽**之經脈脈衝橙光。然此一幕，果真引來魔龍關注，並自天幕破洞俯衝而下，隨即遇上江老之陣太飛刃伺候。待魔龍凌空翻轉一閃，豫麟飛之炙陽拳砲俄頃噴發，而後再經龐鳶之速旋氣流阻擋，直令魔龍難以趨近蓄能中之三陽傳人。

時至凌允昇備妥了內能，率先蹬躍數丈高空，順勢震出了極致**太陽**脈衝，霎見天空發出極亮之橙熾光氣，暗灰天幕遮掩之下，幾可見得一巨大凹碗形狀，高掛空中。

擎中岳擁上充盈脈氣後，接續蹬腿上衝，隨後見其猛然挺出胸膛之壯盛**陽明**脈衝，惟見一股強大橙光釋出，彷彿可見一屏息闔眼之面目輪廓，呈顯於暗灰天幕之下。

最終由揚銳高舉雙臂，疾速上衝，值其登上至高之點，速旋雙臂，立展出了堅實之**少陽**脈衝；待揚銳藉著熾熱雙臂，一前一後搭上中岳與允昇之肩膀剎那，隨即見得左右對稱之雙頰、雙耳、雙鬢，連上前方中岳所示之五官面容，並接上後方允昇所呈之後顱腦殼，瞬間即見一碩大橙熾頭顱，亮顯於高丘上空！

灰鬚魔龍驚見一巨顱凌空高掛，頓感威脅之至，倉皇之中，一如上鉤之鯰魚，猛然甩身以應，不禁令高丘之狂風凜寒再起；此勁兒力道之大，立馬掃退為三陽傳人護航之一干人。

值此關鍵時刻，龐鳶訝異指向天幕缺口，令大夥兒紛紛仰首關注。當下不僅見得天幕外之白雲朵朵，倏自缺洞處竄入；甚見凌、擎、揚三人由高空翻降剎那，隨身所繫之銳陰利器，竟自發耀光而各自飛脫！在場接續見到凌空之三節棍，自行接榫成六尺直棍，並與四尺抑猊鋒相接合；擒龍劍則出鞘咄嗟，八寸劍柄倏而反轉接上劍鞘，終與伏虎、抑猊結合成長總約莫十六尺六之尖刃利器！

「嘶……嘶……嘶……」驚見結合後之三陰神刃，突自高空釋出了雪白煙霧，而後偕上甫竄入之白雲，瞬將先前之凌空巨顱完全裹覆。半晌之後，高丘上空突伸出一巨掌，立馬握住了三陰神刃，隨後即見雲霧之中，出現一手持該神刃之朦朧巨人，舞動神刃一霎，跨步力搏風寒出擊之飛天魔龍！俯仰之間，魔龍欲使上飛撲之勢，卻遇巨人速旋十餘尺之神刃，紛以頸、腋、胸、腰為軸點而繞行周身，令魔龍無以得逞而扭腰返回。惟見此一招式，擎中岳頓時驚呼：「那……那是我慣用之〈環身旋棍法〉呀！相較巨人出招之決斷如流，直令中岳難以望其項背啊！」

「咻……嘯……」不甘之灰鬚魔龍，斯須轉身，突向敵對吐出寒霜冽氣，怎料巨人一俯身旋膀，立馬單手纏扣對方頸椎，並於擰、轉、攔、摧之連招應對下，拋刃瞬發雙拳，霎時見得兩團拖曳拳光，衝化凜寒邪氣，並順勢將魔龍甩向天幕！

揚銳見狀，不禁訝異道：「甫見巨人使上吾之〈蛟龍旋膀〉，順接〈仙鶴柔頸〉之後，又趁拋刃剎那，釋出了阿飛哥之〈抑寒炙陽拳〉！惟因巨人身手敏捷且雲霧朦朧，甚難識出其面目輪廓！」

正當三陽傳人疑惑之際，江偉士來到允昇身後，與允昇同感表示，人居陽間，難以與冥界妖魔同立。龍武尊藉其骨灰以融入鑄劍之中，無疑賦予了利刃靈氣。危急當下，三陽傳人傾出至陽之力，瞬間引動劍刃之氣，進而推助龍武尊之靈形現身，順勢結合擒龍、伏虎、抑獍於一體，遂能即時力展降妖屠魔之威勢！

江又道：「沒準兒老夫與允昇尚得幸運之神眷顧，能藉武尊顯靈而一瞭〈脈龍・劍十三〉之完整詮釋！」

孰料，遠於數百里外之黃垚山上，猶可見得巨人凌空屠龍一幕。熟悉龍武尊出招架勢之常

真人，一眼即識出颯肓島上空之巨人身影，正是正氣凜然之龍武尊顯靈！

惲子熙與牟芥琛則於緊盯凌空搏鬥之際，不禁異口同聲地發出了「磐龍仙翁？」之疑問語調。然於黃垚五巨柱釋出溫熱，逆退凜洌風寒後，好奇於天空轟隆作響之民間百姓，於天幕未退之下，對於映入眼簾之朦朧爭鬥，嘖嘖稱奇，甚而對此屠龍一幕，隨之穿鑿附會了離奇與神怪之色彩。

時屆寅末卯初時刻，竄梭雲霧之中而頻遭巨人攔擊之陰寒魔龍，驚覺東方即將釋出曙光，不禁迴身上衝，試圖以寒凝大法，強行補上天幕缺洞！

「轟……轟……轟……」忽聞雲端巨人再發震響，惟此轟鳴乃受三陽傳人所釋之強盛真陽，轉發而出三道環身橙氣，此幕直令中岳與揚銳驚呼：「這是……龍師公之……三陽真元護體！真的……龍師公真的來了！」然因巨人所承之三陽真氣有限，遂即時將之融入三陰神刃，隨後乘著雲霧，速朝盤旋天幕之魔龍而去。

灰鬢魔龍驚見逆來勢力近身，瞬自背脊狂釋出冰晶錐刃。蔓晶仙見冰錐一如雨下，立為大夥兒製出防禦神罩以應。然此時刻，雲端巨人倏拋出三陰神刃，惟見神刃受巨人擊發三陽脈光而衍生六道強大脈龍，旋即衝散飛竄冰晶，隨後再對利刃發出三陰脈光，接續擴增至十二道威猛脈龍，霎見三陰神刃引領脈龍劍氣，於天幕之下呈出十三道光氣，接連交叉追擊陰寒魔龍。

適值橙熾脈龍分別熔穿魔龍之身、背、足、尾各部，且不待魔龍癒合傷口，立見巨人於胸前將雙掌指間交扣成拳狀，十二脈龍隨即分循**太陽**對上**太陰**，**陽明**對上**厥陰**，**少陽**對上**少陰**之「**開、闔、樞**」原則，接連合併成三道脈光，最終再與三陰神刃合為一體。惟見巨人將握拳朝標的物一推，一柄長逾十六尺之橙熾利器，倏由魔龍背脊刺入，直至劍尖自其下腹穿出，此十二脈龍合併本體之〈脈龍・劍十三〉，力道強大，更因地表引力之加重，遂令中劍之魔龍，直向閻王石案墜去。

「轟隆……」一聲轟響出自魔龍墜撞石案而致其昏厥。隨後更聞「轟……轟……轟……」之連響，始自先前寒肆楓之扭轉地層，以致石案基座鬆動而下陷。甫遭三陰神刃緊釘於閻王案上之魔龍，突因石案之溫熱而乍醒，卻因神刃入石之深而無以脫逃。接著，見魔龍身軀漸漸蒸散出灰黲煙氣，而後即隨石案下沉而沒於高丘黃土。正因閻王案之下乃熔岩脈流，遂令轉化妖魔之寒肆楓，浸溶於滾熱岩漿，隨後即由閻王案之引領，順勢攜著身擁九重至陰之狂魔，直向陰曹地府而去。然而，本不歸屬世間之五色晶鎮，暨此隨著石案之沒於熔漿，終而交予大地吸收化解，卻也可惜了能抑遏狂人之銳陰神器，亦隨石案之下沉，自此消逝於天地之間！

「轟隆……」又聞一聲巨響傳出，然此轟聲，出自雲霧巨人運發內力，遂引來眾人抬頭望之。霎時，凌、擎、揚與龐鳶，似乎有了奇妙感應，隨後即見巨人夾著剩餘橙輝，移向了天幕破洞；待見其轉頸回眸之後，立以〈速旋龍捲〉之勢，疾速旋身於天幕缺口。適值龍捲旋雲由雪白轉為霧橙之際，驚見旋雲爆破咄嗟，震力之大，倏令天幕缺口擴大，甚而持續輻擴而出，更因島上望休大風之助，隨之即見灰黲天幕漸趨消散，而後即迎來癸未立冬之第一道曙光！

「隆……隆……隆……」「啊！不妙！整個高丘正在下陷啊！」擎中岳驚愕喊出後，大夥兒立隨豫麟飛奔往北向樹林，而後隨其滑入一洞穴中。原來，豫麟飛於探掘島之地層時，無意中探得一大洞穴；待其將骨骸比對，幾可確認為昔日巨蜥摩多之巢穴。然於阿飛領頭並速循摩多出入之徑掘去，一夥人隨即遠離了震央，直抵了島之北岸。自此數日，颯育島歷經地底板塊推擠，原下陷之高丘處，另由二板塊撞擊上衝，進而推積形成一冒發煙灰熔漿之小火山，而此火山亦成了日後颯肓島上孤峰突起之至高地標！

中土大地重燃命門之火後，除南州之外，各地仍受寒肆楓先前擴發風寒邪氣所威脅。凌允昇得北坎王承諾無償供應醫療藥草下，力促大夥兒儘速協助傷亡慘重之臨宣、頂豐、濮陽三城。江偉士則偕甄、蔓二人，巡護北州環湖諸城之疾患所需；更見常真人、牟芥琛與仇正攸力邀各方醫者，全力投入諸城之救治行列。歷經個半月後，雖見各地疾患趨緩，卻因蒼生之抗邪體魄，每況愈下，令人憂心！

時至癸未冬至，常真人召集三陽傳人等諸賢士，齊聚於黃垚五藏殿，藉以共商後續因應大計。值當日午時，諸賢見凌允昇駕馭追風前來，雙手捧上曾遭莫乃言竊藏之《五行真經》，恭敬地交予海智天師後，卻因不見祈場之五大巨柱而頓顯詫異！後經銘義天師證實，五巨柱確藏當年五運金船之黃金，其上甚留有曲蚺所撰之磐龍刻紋，表明一旦所埋之五色隕石遭人利用，甚而為害中土上下，即可藉覡魘杉之倍能效應以驅凶，進而以此黃金為賑災，足見曲蚺憂心晶石恐於中土萌生意外，遂以此作為彌補。

銘義續道：「而今因狂人所釋外邪成災，各地傷亡甚重，遂決定卸下該五柱黃金，藉以作為救助災民之用。」

中岳隨即表示，頂豐城之死傷，逾全城大半，幸得聶悆超領著精忠志士齊力救助，現已見災情趨於緩和。龐鳶接續指出，東州菩巖寶剎之沁葳方丈，不僅由寶剎水池中，取出了過往嚴翊廣私吞中、東二州籌資打撈運金船之銀兩，藉以作為賑災之用，亦親自領上寶剎弟子，著手搶救各城災情。東震王則因嚴翊廣不仁不義之舉，日夜內疚難安，遂決定退去霸主之位，以期由林務坊之陸洺煊總管接續執掌東州。一旁揚銳則補述了東州軍機處之曹崴總管，鄭重表明告老還鄉，陸洺煊遂令智勇雙全之衛蟄沖，接任軍機總管一職。

然於大夥兒款款而談下，允昇順勢提及了豫麟飛不僅協助無數漁家，亦多次弭平各州水師軍之衝突，允昇遂於救難奔走期間，頻向各州主力諫一事兒，而今已得各州軍機總管之正面回應，未來豫麟飛將勝任維繫中土江河安定之職！換言之，除了普沱、靈沁、蟄泯江與汨溤湖外，其可不受限地自由進出各州內陸水域，以期消弭過往類於允昇於普沱江所遇之喋血事件！然而醫經有謂：「**三焦者，決瀆之官，水道出焉**。」北坎王甚以豫麟飛一如運行於臟腑間之**三焦**一般，遂予豫麟飛「決瀆悍將」之封號。允昇此言一出，瞬得在座一陣稱道。

藉此，允昇再對眾人轉達了年邁之北坎王，實已準備發佈三大決策，其一乃決定將州主之位，交予水利總管……莫沂，現已得北州四大縣令之支持。其二乃因符戳總管於鎮暴中受重創，需長期療養，故由關薦將軍接任北州軍機總管之職。其三則於惲子熙力諫下，延攬江偉士勝任颯肓島總巡司，以期重現昔日颯肓島之繁榮。

知悉東、北二州因應時局之策後，常真人則轉述惲子熙提及擁兵坐鎮惠陽之戎兆犹，日前曾對惲表明了雷氏王朝已成過往！然值聶忞超面臨中州政龎土裂之際，冀望惲能重回中州，藉此穩住過渡時期之浮動文武。倘若聶忞超有命，能得政官支持而入主瑞辰大殿，戎總管願平和交出兵符後掛冠而歸。

常老又道：「敬重戎總管於軍防專業之惲先生，當面請益戎總管，可有勝任中州軍機總管之適任人選？惟聞戎總管表示，當今具統合中州都衛軍之能力者，唯一人莫屬，此人即是昔日神鬣門之疾風勇將……鶱驛！」

一聞常老之述，中岳立馬分享鶱驛之過往行徑，允昇則順勢提及鶱驛於粵浦城一役之應對所為。

稍後，龐鳶依允昇之所述，提問關於蔓晶仙是否亦隨江老前往颯肓島？對此，主思慮之圻信天師，嚴肅回道……

「日前蔓施主為探視狼行山而親訪五藏殿，卻驚聞狼已失憶且肢體尚未協調，值殿內弟子陪同於後山復健之際，狼因失衡而頻頻仆跌，情緒激動下，胡亂擲石以致毀損虎蜂窩巢而慘遭毒蜂襲擊！驚慌之下，狼急朝吊橋方向踉蹌而去，隨後即遭蜂群圍攻而受困橋中，終因身受重創而難以脫逃，值生命垂危之際，忽見獠宇圻及時揮刃斷橋，遂令狼隨吊橋墜入深谷，至今尚無下落！」圻信又道：「幸得蔓施主能理解獠於危急當下之所為，卻於知情之後，悲不自勝、泣不可抑！」

杍仁天師則道：「憶得煉禮同道初次探勘黃垚山時，曾藉後山吊橋垂降，發現橋下之深谷岩縫，正是南州縱貫中州之熔岩流道所經。日前獠施主試圖一探該谷底，卻因地勢艱險，無功而返！回觀狼施主慘遭蜂螫而生死未卜，倘若不幸再墜入岩縫流道，身存機會……煞是渺茫！」又道：「蔓施主聞貧道描述後，雖忍淚含悲，卻也誓言表明，曾耗去十餘寒暑尋得聶忞超下落；自此願用一生歲月，直至覓得狼行山之行蹤方止！」

聞訊之常真人，搖頭嘆息道：「狼行山因中毒而險走了趟鬼門關，卻不幸以傷殘之身存活於世！而今驚聞其之所遇，莫非正是依循因果之論，終須為此生之所作所為而償還？再觀江偉士耗盡半生，只為待得伊人再現；如今一家人巧於颯肓島團圓後，怎奈其女又翻起了另一追尋新頁，不禁感嘆造化弄人！」

主心神之煉禮天師，聞常真人之感慨後，即以事事難料為題，表明龍武尊因三陽傳人之真陽推助，竟由骨灰之鑄劍，進而顯靈屠魔！更將民間逾百年之「磐龍仙翁」傳說，瞬間翻轉為當年杜撰者之未來預言，巧令龍武尊成了真正屠龍，且封印五色晶鎮之故事主角！此事兒不免令人聯想，每輒醫者對憂勞損己者之警語與勸說，冥冥之中，是否即是一則病發預言？耐人尋味！

眾人頷首以表同感，允昇則藉煉禮天師提及龍武尊而表示，直至立冬變天一役後，始能領悟〈脈龍．劍十三〉秘笈中之「陰陽合璧」四字。惟因世人僅知一味追求能量之擴大，縱然已衍生出十二脈龍，終不及陰陽合璧後之諸劍歸一！依此可見，針對一事兒之各自領悟與認知差異，實已決定了諸多相異後果！

此刻，常真人附和允昇所言，呈出了昔日龍武尊相贈之雪白拂塵，並指出該握桿上所刻：庸醫僅識「人得之病」，良醫關注「得病之人」二句，實乃暗寓無良者僅藉患者之病以得酬；仁心者則強人之身以驅病！足見觀點與思維若生差異，其結果必然天壤懸隔！正因此故，黃垚五仙為避免黃金賑災之舉有所偏頗，遂藉由眾仁心者之集思廣益，以期能達實質救難之效。

主風之杍仁天師立憂心道：「狂魔之凜風冽寒已隨天幕而輻散，眼見環湖諸城死傷無數，更因人馬運輸，日夜不停，無疑助長了疫情四散，此幕尤以惠陽為最。然而惠陽乃速效丸劑普及之地，藥商更因屈從利益，以致居民趨於速效而排斥傳統藥草！若非妥善規劃賑災之用，一旦地方百姓再以速效之劑敷衍，實為未來隱憂所在！」

常真人聞訊後感慨認為，**傳統醫藥之學，雖未能盡癒諸病，庶可以見病知源**。倘若蒼生未能理解「天人合一」之理以養其身，未來中土復健之路勢必漫長！

允昇理了下思緒後，藉由醫經而提及，「**夫天布五行，以運萬類；人稟五常，以有五藏。經絡府俞，陰陽會通，玄冥幽微，變化難極。**」又道：「**明瞭傳統醫藥之學，上以療君親之疾，下以救貧賤之厄，中以保身長全，以養其身**。為此，欲妥善黃金之於賑災，除實質醫治與安定百姓居處外，不妨另行資助地方醫藥學堂之設立，貫徹昔日中鼎王未落實之政策。世人若能明瞭『**陰陽、表裡、虛實、寒熱**』之八綱辨證，進而知悉『**汗、吐、下、和、溫、清、補、消**』之治證八法，即可抑『**倚藥掩病**』之念，進而助生『**強身以抗外邪**』之思維。」

允昇如此一說，得在座一致肯定之後，常真人隨即發函予李焜、敖匡、皇甫哲等御醫，竭力投入各地醫藥學堂之規劃，並藉由獠宇圻之力，打探坊間名醫之分布，逐一分析各地之迫切所需。

數日之後，見得雩嬣、研馨紛自閔暹、建寧，召集了千餘義工前來，且依循允昇等人之規劃，立即展開醫藥之運送，並安排傳統醫療知識於各城之宣導任務，怎料一封發自牟芥琛之急函來到，霎令大夥兒不得不研擬應對之策……

原來，惠陽城主……只瀧，藉故戎兆犺鎮不住各城動亂，連番抨擊軍機處以煽動地方文武，而後暗施藥劑，趁隙佔領軍機總部，終而引發內亂衝突！待只瀧放火燒了雷王府後，強勢對外宣稱，將對立於聶忞超之勢力，進而領兵稱霸中州！眼下，戎總管與赫連雋已退守東靖苑，惟因雙方支持人馬衝突不斷，承豊大街現已伏屍千百，血流飄櫓，身處惠陽之牟芥琛，惶恐於瘟疫即起，遂下筆急傳黃垚五藏殿。

聽聞消息後，研馨立疑道：「沒了太陰擒龍等銳陰神器，咱們何以助惠陽平亂呢？」

揚銳微笑應道：「斬靡多地龍、劈狂魔飛龍，確實需神器相助。然而眼前僅是惠陽只瀧？單憑三陽聯手，合以衝任之力，綽綽有餘啊！回觀昔日龍師公之脈絡真氣充盈，無恃神兵利器，依能抑制暴戾妄行。然而真正棘手者，實乃兵亂之中，亦須即時醫護創傷軍兵與患疾百姓，一旦瘟疫既起，難以收拾！」

聽聞疾災連連、兵變頻仍，甚恐瘟疫重襲中土，不禁令龐鳶、雩嫕、研馨三姊妹同感憂心！惟眼前未能即刻解圍下，也僅能撿拾木條，著手製作祈福天燈，以期災禍得去，兵亂得弭，州域得和，百姓得安。

「嘶……嘶……」忽聞追風駿驥一陣長聲嘶鳴，三陽等諸賢倏循聲響出處，快步來到五行祈場，立見一叟翁正與黃垚五仙、常真人娓娓而談。而後，常真人微了一笑，對著允昇等人道：「由高川先生送來大禮即可推知，自此之後，三陽、衝任傳人注定要為顧護中土五州之經絡氣脈而奔走啦！」

高川先生不待允昇等人發聲，旋即以樹葉吹出高頻之音，一會兒之後，立見追風領著另三匹駿驥奔來。

高川先生率先指向一赤色驊騮，並對著擎中岳喊道……

「此驊名曰『嘶風』，其性穩健而內力堅韌，適於身擁〈精武陽明〉之中岳所駕。」話後，見得神駒奔來，中岳俄頃躍起，順勢跨上飛騎而奔。

先生二指一深棕壯驥，且對著揚銳喊出……

「此驥名曰『翻盞』，其反應靈敏而精於折轉，符於內運〈厲武少陽〉之揚銳所馭。」聞訊之揚銳，難掩興奮，立跨二大躍步後，馭馬而騁。

先生再指一雪白駿騎，並點向龐鳶道出……

「此駿名曰『絕轡』，其靜中帶柔而柔中帶剛，合於蘊含〈旋武衝任〉之龐鳶所擁。」甫話完，訝異之龐鳶，躍身旋步，瞬與白駿結合而馳。

高川先生接續表明，此三駿驥雖不具護身鱗甲，卻能如「追風」一般，隨馭者施展內力，引動其鬃髮馬尾以釋出橙熾光氣。話後，高川先生拍著允昇肩膀，真誠道出：「五州域一如人之五臟，惟脾土能健，臟腑則運化無虞。未來中土大地如何促其宣發肅降？理其氣機疏泄？強其筋骨氣血？則得交由爾等後輩拿捏了！」「去吧！待鎮住了只瀧、穩住了惠陽，勢將弭平中州朝野亂象，進而掀起中土五州嶄新一頁！」

允昇於應諾高川先生之後，提步前衝，並於兩騰空翻躍，跨上了追風，隨即領著中岳等師弟妹，馭馬繞行五行祈場，藉以向著諸尊諸賢一一致敬。接著，雩嫜、研馨陸續捧出五天燈，並由黃垚五仙為蒼生提字祈福後，逐一燃火放燈，循序升空。待雩嫜、研馨另上二馬後，惟聞高川先生再次洪聲喊道：「平亂之後，可別忘了滬芫鎮的饕餮大賞啊！」

凌允昇與龐鳶立馬領著大夥兒，振臂喊出……

「鮮之烹，不見不散！駕……駕……」

視得西向一抹橘紅下，先聞驊騮駿驥之蹄聲，傳自五行祈場，後見泛出鬃尾橙光之騎伍，依循蜿蜒之山徑而下。霎時，黃垚五仙立引眾人遠眺，明確表示，五祈福天燈一如**五臟陰氣循上**，六駒勁伍則似**六腑陽氣從下**，此幕彷彿呈出了經脈氣道之「**木火升發**」與「**金水沉降**」，諸志士終為燃起大地之胃氣而協力同心！

此刻，黃垚五藏上下，無不見著乘風之天燈與追風之人馬，倏引希望之火光，齊為翻亮中州京城之混沌而戮力前行。然此一舉，一如穩妥世人後天之脾土，始能續展先天之腎精，致使臟腑五行循序相生，經脈氣血相輔相成，終令上越之**命門相火**得以引火歸元。

……終

國家圖書館出版品預行編目資料

五行　經脈　命門關（五）/ 謝文慶作
-- 初版 . -- 臺北市：博客思，2020.06
冊；　公分 .
ISBN 978-957-9267-61-8（平裝）

863.57　　109004583

現代文學 54

五行　經脈　命門關（五）

作　　者：謝文慶
編　　輯：楊容容
美　　編：楊容容
封面設計：塗宇樵
出 版 者：博客思出版事業網
發　　行：博客思出版事業網
地　　址：台北市中正區重慶南路 1 段 121 號 8 樓之 14
電　　話：(02)2331-1675 或 (02)2331-1691
傳　　真：(02)2382-6225
E—MAIL：books5w@gmail.com 或 books5w@yahoo.com.tw
網路書店：http://bookstv.com.tw/
https://www.pcstore.com.tw/yesbooks/
https://shopee.tw/books5w
博客來網路書店、博客思網路書店
三民書局、金石堂書店
總 經 銷：聯合發行股份有限公司
電　　話：(02) 2917-8022　　傳 真：(02) 2915-7212
劃撥戶名：蘭臺出版社　帳號：18995335
香港代理：香港聯合零售有限公司
地　　址：香港新界大蒲汀麗路 36 號中華商務印刷大樓
C&C Building, 36,Ting, Lai, Road, Tai,Po,
New,Territories
電　　話：(852)2150-2100　　傳真：(852)2356-0735
出版日期：2020 年 6 月 初版
定　　價：新臺幣 300 元整（平裝）
ISBN： 978-957-9267-61-8